EDIÇÕES BESTBOLSO

Férias!

Marian Keyes nasceu em Limerick, região norte da Irlanda, em 1963. Formada em Direito, nunca exerceu a profissão. Passou sua juventude em Londres e foi dependente de álcool por muitos anos. Depois da reabilitação, em 1993, dedicou-se a escrever crônicas e contos que, para sua própria surpresa, foram aceitos pela editora irlandesa Poolbeg em 1995. Dessa inusitada oferta nasceu *Melancia*, seu primeiro sucesso editorial, traduzido para 32 idiomas. Os livros da autora já venderam milhares de exemplares em todo o mundo e muitos deles foram publicados no Brasil: *Melancia*, *Férias!*, *Sushi*, *Casório?!*, *É agora... ou nunca*, *Los Angeles*, *Um best-seller pra chamar de meu* e *Tem alguém aí?*. Com uma mistura de comédia e desventura, Marian Keyes é constantemente comparada a Helen Fielding, autora de *O diário de Bridget Jones*.

Férias!

Marian Keyes

Tradução de
HELOÍSA MARIA LEAL

14ª edição

EDIÇÕES
BestBolso
RIO DE JANEIRO – 2014

CIP-BRASIL. CATALOGAÇÃO NA FONTE
SINDICATO NACIONAL DOS EDITORES DE LIVROS, RJ

Keyes, Marian, 1963-
K55f Férias! / Marian Keyes; tradução de Heloísa Maria Leal. –
14ª ed. 14ª edição – Rio de Janeiro: BestBolso, 2014.

Tradução de: Rachel's Holiday
ISBN 978-85-7799-260-7

1. Ficção irlandesa. I. Leal, Heloísa Maria. II. Título.

CDD: 828.99153
10-1689 CDU: 821.111(415)-3

Férias!, de autoria de Marian Keyes.
Título número 168 das Edições BestBolso.
Décima quarta edição impressa em agosto de 2014.
Texto revisado conforme o Acordo Ortográfico da Língua Portuguesa.

Título original inglês:
RACHEL'S HOLIDAY

Férias! é uma obra de ficção. Nomes, personagens, fatos e lugares são frutos da imaginação da autora ou usados de modo fictício. Qualquer semelhança com fatos reais ou qualquer pessoa, viva ou morta, é mera coincidência.

www.edicoesbestbolso.com.br
Site oficial da autora: www.mariankeyes.com

Design de capa: Carolina Vaz. Adaptação da capa publicada pela Bertrand Brasil em 2003.

Impresso no Brasil

ISBN 978-85-7799-260-7

Agradecimentos

Várias pessoas merecem um agradecimento do tamanho de um bonde.

Agradeço aos meus editores Kate Cruise O'Brien e Louise Moore pelo entusiasmo, o apoio, a visão, a paciência, a amizade e a confiança que depositaram em mim enquanto eu escrevia o livro. Obrigada ao pessoal da Poolbeg, Michael Joseph e Penguin pelo trabalho e as altas doses de entusiasmo.

Agradeço a Jenny Roland, Rita Anne-Keyes e Louise Voss, que iam lendo o livro à medida que era escrito, me aconselhavam e – o que é muito mais importante – elogiavam. Seu processo de confecção foi muito doloroso e, sempre que eu sucumbia à autopiedade e ao desespero (mais ou menos oitenta e sete por cento do tempo), seu apoio era minha tábua da salvação.

Agradeço a Belinda Flaherty, que, pelo terceiro ano consecutivo, deixou-se persuadir a servir de cobaia e leu o produto final. Obrigada pelos comentários e o entusiasmo.

Agradeço a todos os corajosos homens e mulheres que se ofereceram para ingerir cocaína para fins de pesquisa e me relataram suas experiências. Seu sacrifício jamais será esquecido.

Agradeço a Mags Ledwith por me permitir usar sua "Dança do Carro Roubado".

Agradeço a Siobhán Crummey por me permitir usar sua história "Cantando na Cozinha Reformada".

Agradeço a Jonathan Lloyd e Eileen Prendergast por todo o trabalho no sentido de organizar meus contratos etc. Fico-lhes muito agradecida, porque não sou exatamente uma fera em termos jurídicos. Na verdade, sou mais um gatinho recém-nascido.

Agradeço a todas as outras "Rachels" que dividiram suas histórias comigo.

Agradeço ao Dr. Geoff Hinchley pela orientação médica. Finalmente, agradeço a Tony – meu marido, melhor amigo, caixa de ressonância, psiquiatra, dicionário e saco de pancadas. Que Deus o proteja – existe coisa pior do que ser o cônjuge de uma escritora neurótica? Eu não poderia ter escrito este livro sem ele. Ele me elogiou, consolou, orientou, bajulou – tem um talento especial para bajular – alimentou, trouxe água, chocolate e sorvete durante todo o processo. Nos dias ruins, quase teve que me dar banho e vestir.

Este livro é para ele.

É claro que, no rol das contas, ele pode não *querê-lo* depois de tudo por que foi obrigado a passar, mas vai ganhá-lo, mesmo assim.

Para Tony

1

Diziam que eu era toxicômana. Eu achava essa ideia difícil de aceitar – afinal, era uma mulher de classe média, educada em colégio de freiras, que usava drogas para fins estritamente recreativos. De mais a mais, os toxicômanos eram mais magros do que eu, é ou não é? Era verdade que eu usava drogas, mas o que ninguém parecia compreender era que minhas drogas não eram muito diferentes dos drinques que eles tomavam sexta-feira à noite depois do trabalho. Podiam beber uma ou duas vodcas com tônica e se descontrair um pouco; eu cheirava duas carreiras de cocaína e obtinha o mesmo efeito. Como disse para meu pai, minha irmã, meu cunhado e, mais tarde, os terapeutas do Claustro: "Se a cocaína fosse vendida líquida, numa garrafa, vocês se queixariam por eu usá-la? E aí, se queixariam? Não, aposto que não!"

Fiquei ofendida por me acusarem de toxicômana porque não me parecia em nada com essas pessoas. Além das fieiras de marcas nos braços, elas tinham o cabelo sujo, pareciam estar sempre com frio, viviam sacudindo os ombros, usavam tênis de lona, faziam ponto na calçada diante dos edifícios e eram, conforme já mencionei, *magras.*

Eu não era magra.

Mas não por falta de esforço. Passava um tempão fazendo *step* na academia. No entanto, não importa quantos andares hipotéticos subisse, a genética sempre ficava com a última palavra. Se meu pai tivesse se casado com uma mulher pequena, de compleição delicada, eu poderia ter tido uma vida muito diferente. Coxas muito diferentes, com certeza.

Em vez disso, estava condenada a ser sempre descrita pelos outros nos seguintes termos: "Ela é um mulherão." Ao que logo se apressavam em acrescentar: "Mas não estou querendo dizer com isso que seja *gorda.*"

A insinuação era de que, se eu era gorda, pelo menos podia tomar alguma providência a respeito.

"Não", prosseguiam. "Ela é uma mulher bonita, grande, alta. Você sabe, forte."

Sempre me descreviam como forte.

Isso me deixava simplesmente puta da vida.

Meu namorado, Luke, às vezes me descrevia como "magnífica". (Quando a luz estava por trás de mim e ele já tinha tomado umas e outras.) Pelo menos, era o que sempre dizia para *mim*. Depois, provavelmente voltava para a companhia dos amigos e dizia: "Mas não estou querendo dizer com isso que ela seja gorda..."

Fui acusada de toxicômana numa manhã de fevereiro, na época em que vivia em Nova York.

Não era a primeira vez na vida que me sentia como se estivesse naquele programa de pegadinhas, *Cosmic Candid Camera*. Há muito já deixara de acreditar que o Deus que me fora designado era um velhote bonzinho, de cabelo comprido e barba. Era mais como um Jeremy Beadle* celestial, e minha vida uma vitrine que ele usava para divertir os outros deuses.

– O-olhem – convida ele, às gargalhadas – como Rachel pensa que arranjou um novo emprego e acha seguro se demitir do antigo. Mal sabe ela que sua nova firma está prestes a ir à falência!

Gargalhadas de todos os outros deuses.

– Ali, o-olhem – esbalda-se ele – como Rachel caminha apressada para se encontrar com o novo namorado. Estão vendo como ela prende o salto do sapato numa grade? Estão vendo como o salto sai inteirinho? Mal sabe ela que aquela grade tem dedo nosso. Estão vendo como ela manca pelo resto do percurso?

Mais quiriquiqui por parte dos deuses reunidos.

– Mas o melhor de tudo – ri Jeremy – é que o homem com quem ela ia se encontrar não dá as caras. Ele só a convidou para sair por causa de uma aposta. Observem como Rachel não sabe onde enfiar a

---

*Apresentador cômico da TV inglesa. (*N. do E.*)

cara de tanta vergonha, naquele bar elegante. Estão vendo os olhares de piedade que as outras mulheres lançam para ela? Estão vendo como o garçom lhe entrega a conta astronômica daquele copo de vinho e, o melhor de tudo, como Rachel descobre que *esqueceu a bolsa em casa?*

Gargalhadas ininterruptas.

Os fatos que culminaram com a acusação de toxicomania tinham o mesmo tom de farsa celestial que caracterizara toda a minha vida até então. O que aconteceu foi que, uma noite, eu me excedi um pouco nos estimulantes e não consegui dormir. (Não tive a intenção de me exceder, apenas subestimei a qualidade da cocaína ingerida.) Sabia que tinha que acordar para trabalhar na manhã seguinte, de modo que tomei dois comprimidos para dormir. Dez minutos depois, como ainda não tinham surtido efeito, tomei mais dois. E, mesmo assim, minha cabeça zumbia, de modo que, em desespero de causa, pensando no quanto precisava dormir e estar esperta no trabalho, tomei mais alguns.

Finalmente, adormeci. Um sono profundo, delicioso. Tão profundo e delicioso que, quando amanheceu e meu despertador tocou, faltei com a obrigação de acordar.

Brigit, a amiga com quem eu dividia o apartamento, bateu à minha porta, em seguida entrou no quarto e berrou comigo, me sacudiu e, por fim, sem saber mais o que fazer, me deu um tapa na cara. (Não cheguei a engolir aquela história dela de não saber mais o que fazer. Ela devia saber muito bem que um tapa na minha cara não me acordaria, mas ninguém está em boa forma numa segunda-feira de manhã.)

Mas então, Brigit topou com o pedaço de papel onde eu andara tentando escrever pouco antes de pegar no sono. Era a mesma porcaria metida a poética de sempre, piegas, sentimental e sem uma gota de autocrítica que eu costumava escrever quando estava sob o efeito da droga. Coisas que pareciam muito profundas na hora, em que eu achava ter descoberto o segredo do universo, mas que me faziam corar quando lidas à luz fria da manhã – as partes que eu *conseguia* ler, pelo menos.

O poema dizia mais ou menos o seguinte: "Patati-patatá, vida", trecho indecifrável, "tigela de cerejas, patati-patatá, eu sempre acabo na pior..." Então – e eu vagamente me lembrava de ter escrito esta parte – pensei num título muito bom para um poema sobre uma ladra que subitamente descobre sua consciência. Chamava-se "Chega dessa vida".

Mas Brigit, que nos últimos tempos andava toda esquisita e nervosinha, não o encarou como a cabal e vergonhosa porcaria que obviamente era. Em vez disso, quando viu o vidro de soníferos vazio rolando pelo meu travesseiro, concluiu que era um bilhete de suicida. Antes que eu me desse conta – e *foi* realmente antes que eu me desse conta, pois ainda estava dormindo – bem, dormindo ou inconsciente, depende da versão da história em que você acreditar – ela já havia chamado uma ambulância e eu estava no Hospital Mount Solomon, sendo submetida a uma lavagem estomacal. Só isso já foi bastante desagradável, mas o pior ainda estava a caminho. Era óbvio que Brigit passara a fazer parte daquele grupo de fascistas pró-abstinência de Nova York, do tipo que, se você lava a cabeça com xampu de cerveja mais de três vezes por semana, dizem que você é alcoólatra e que deveria estar cumprindo um programa de 12 passos. Assim, telefonou para meus pais em Dublin, disse-lhes que eu tinha um sério problema com drogas e que tentara me suicidar. E, antes que eu pudesse intervir e explicar que tudo não passara de um constrangedor equívoco, meus pais já haviam telefonado para minha irmã mais velha e odiosamente certinha, Margaret, que chegou no primeiro voo disponível de Chicago com seu marido igualmente odioso, Paul.

Margaret tinha apenas mais um ano do que eu, mas era como se tivesse mais quarenta. Estava decidida a me levar de volta para o seio da minha família na Irlanda, onde eu passaria alguns dias antes de ser internada em algum lugar tipo Clínica Betty Ford,* para entrar nos eixos "de uma vez por todas", como disse meu pai quando me telefonou.

---

*Betty Ford Center, famoso centro de reabilitação nos Estados Unidos. (*N. do E.*)

É claro que eu não tinha intenção de ir a parte alguma, mas, a essa altura, já estava totalmente apavorada. E não apenas por causa da história de voltar para a Irlanda e me internar numa clínica, e sim porque meu pai havia me *telefonado Ele* havia *me* telefonado. Isso nunca acontecera em todos os meus 27 anos de vida. Já era uma dificuldade conseguir que dissesse "alô" quando eu telefonava para casa e calhava de ser uma das raras ocasiões em que ele atendia o telefone. O máximo que conseguia dizer era: "Qual de vocês é? Ah, Rachel? Espera aí, que eu vou chamar sua mãe." Seguia-se uma sequência de pancadas e baques ao que ele largava o telefone e corria para chamar mamãe.

E, quando não a encontrava, ficava apavorado. "Sua mãe não está", dizia, a voz aguda de pânico. A entrelinha era: "Por favor, *por favor,* não me obrigue mais a falar com você."

Não porque não gostasse de mim ou fosse um pai frio e inacessível ou algo assim.

Era um homem encantador.

Isso eu só fui admitir, e a contragosto, quando já estava com 27 anos e morando fora de casa há sete. Que ele não era o Grande Negador de Dinheiro para Comprar Calças Jeans Novas que eu e minhas irmãs adorávamos odiar durante nossos anos de adolescência. Mas, apesar da encantadora masculinidade de papai, ele não era lá essas coisas em termos de diálogo. A menos que eu quisesse conversar sobre golfe. Portanto, o fato de ele me telefonar devia indicar que dessa vez eu fizera uma besteira das grandes.

Intimidada, tentei esclarecer as coisas.

– Não há nada de errado comigo – disse a papai. – Tudo não passou de um equívoco e estou ótima.

Mas ele não queria nem saber:

– Você vai voltar para casa – ordenou. Eu também não queria nem saber:

– Papai caia em si. Seja... seja *realista,* não posso simplesmente abandonar minha vida.

– Que é que você não pode abandonar? – perguntou.

– Meu emprego, por exemplo – disse eu. – Não posso simplesmente abandonar meu emprego.

– Já falei com o pessoal no seu trabalho e eles concordam comigo que você deve voltar para casa – disse ele.

Subitamente, me vi diante de um abismo.

– Você fez O QUÊ? – Eu mal conseguia falar, de tão apavorada. O que teriam dito a papai sobre mim?

– Falei com o pessoal no seu trabalho – repetiu papai, com o mesmo tom de voz calmo.

"Seu babacão burro", pensei.

– Com quem você falou?

– Com um camarada chamado Eric – informou ele. – Disse que era o seu patrão.

– Ai, meu Deus – disse eu.

Está certo, eu era uma mulher de 27 anos e não devia me importar se meu pai soubesse que eu às vezes chegava atrasada ao trabalho. Mas o fato é que *me importava*. Senti-me como vinte anos atrás, quando ele e mamãe foram chamados à escola por causa da greve de deveres de casa que eu andava fazendo.

– Isso é horrível – disse eu a papai. – Que é que você tinha que telefonar para o meu trabalho? Que constrangimento! O que eles vão pensar? Vão me despedir por causa disso, sabia?

– Rachel, pelo que pude entender, eles já estavam mesmo para fazer isso.

Ah, não, fim da linha. Papai sabia! Eric devia ter soltado o verbo com ele sobre as minhas faltas.

– Não acredito em você – protestei. – Só está dizendo isso para me fazer voltar para casa.

– Não estou, não – afirmou papai. – Vou contar o que aquele camarada Eric disse...

Nem pensar! Eu mal suportava pensar no que Eric dissera, quanto mais *ouvir*.

– Estava tudo muito bem no meu trabalho até você ligar para lá – menti, desesperada. – Você só fez criar um problema para mim. Vou telefonar para o Eric e dizer que você é um maluco que fugiu do manicômio e que ele não deve acreditar numa palavra do que você disse.

– Rachel – papai soltou um suspiro profundo – eu mal falei com aquele camarada Eric, ele é que falou o tempo todo e parecia louco para liberar você.

– Me liberar? – perguntei, com um fio de voz. – Quer dizer, me despedir? Quer dizer então que estou sem emprego?

– É isso mesmo. – O tom de voz de papai era muito natural.

– Ah, que ótimo – disse eu, às lágrimas. – Obrigada por desgraçar minha vida.

Fez-se um silêncio enquanto eu tentava assimilar o fato de que estava novamente desempregada. Estaria o deus Beadle reprisando alguns episódios antigos lá em cima?

– Tá, e o meu apartamento? – desafiei-o. – Já que você tem o dom de ferrar as minhas coisas!

– Margaret vai resolver isso com Brigit – disse papai.

– Resolver? – Eu esperava que a pergunta sobre o apartamento deixasse papai totalmente sem resposta. Fiquei chocada ao compreender que ele já cuidara do assunto. Estavam todos agindo como se houvesse *realmente* alguma coisa errada comigo.

– Ela vai pagar dois meses de aluguel para Brigit, de modo que Brigit possa procurar com calma outra pessoa.

– Outra pessoa? – gritei. – Mas o apartamento é meu!

– Pelo que pude entender, você e Brigit não andavam se dando muito bem ultimamente – disse papai, com ar constrangido.

Ele tinha razão. E andávamos nos dando ainda pior desde que ela dera aquele telefonema, fazendo com que a família Walsh desabasse em cima da minha cabeça. Eu estava furiosa com ela e, por algum motivo, ela também parecia estar furiosa comigo. Mas Brigit era minha melhor amiga, e sempre havíamos morado juntas. Estava fora de cogitação ela dividir o apartamento com outra pessoa.

– Você andou entendendo muitas coisas – afirmei, áspera.

Ele não disse nada.

– Muitas – disse eu, agora já não tão áspera, pois estava à beira das lágrimas.

Não estava me defendendo tão bem quanto normalmente me defenderia. Mas, para dizer a verdade, minha estada no hospital extraíra de mim mais do que apenas o conteúdo do meu estômago. Eu ainda não estava me sentindo cem por cento, e nem inclinada a discutir com papai, coisa que não se parecia nem um pouco comigo. Discordar de papai era algo que eu fazia tão instintivamente quanto me recusar a dormir com homens de bigode.

– Portanto, não há nada que impeça você de voltar para casa e entrar nos eixos – disse papai.

– Mas eu tenho um gato – menti.

– Pode arranjar outro – disse ele.

– Mas eu tenho um namorado – protestei.

– Pode arranjar outro, também – disse papai.

Falar é fácil, velho.

– Conversarei de novo com Margaret e amanhã voltaremos a nos falar – despediu-se papai.

– Amanhã o cacete – murmurei.

E este parecia ser o fim da história. Felizmente, eu tomara dois comprimidos de Valium. Do contrário, poderia ter ficado muito irritada *mesmo*.

Margaret estava sentada ao meu lado. Para dizer a verdade, parecia estar o tempo todo ao meu lado, agora que eu pensava no assunto.

Quando terminei de falar com papai, decidi pôr um ponto-final naquele absurdo. Já estava na hora de retomar as rédeas da minha vida. Porque nada disso tinha a menor graça, não era divertido, não era nenhum barato. Era desagradável e, sobretudo, desnecessário.

– Margaret – disse eu, com um tom de voz prático – não há nada de errado comigo. Lamento muito que você tenha perdido a viagem, mas, por favor, vá embora e leve seu marido com você. Tudo não passou de um grande, um enorme, um terrível engano.

– Não acho que seja um engano – disse ela. – Brigit falou...

– Esqueça o que Brigit falou – eu a interrompi. – Para ser franca, estou preocupada com Brigit, que anda muito estranha. Logo ela, que era tão divertida.

Margaret parecia inconvicta.

– Mas você parece mesmo estar se drogando demais – disse ela, por fim.

– Pode parecer demais para você – expliquei, com delicadeza. Você é careta, qualquer quantidade é demais para você.

Era verdade que Margaret era careta. Eu tinha quatro irmãs, duas mais velhas e duas mais novas, e Margaret era a única bem-comportada do quinteto. Mamãe costumava passar os olhos por todas nós e dizer, desapontada: “Bem, uma em cinco não é tão mau assim.”

– Não sou careta – reclamou ela. – Sou apenas uma pessoa comum.

– É isso mesmo, Rachel. – Meu cunhado Paul se adiantou para defender Margaret. – Ela não é careta só porque não é uma... uma... viciada que não consegue arranjar emprego e foi abandonada pelo marido... ao contrário de certas pessoas – concluiu, severo.

Detectei a falha em seu argumento.

– Meu marido não me abandonou – protestei em minha defesa.

– Isso porque você não tem um – disse Paul.

Obviamente, Paul estava se referindo a minha irmã mais velha, Claire, que conseguira a proeza de levar um fora do marido no mesmo dia em que dera à luz sua primeira filha.

– E eu tenho um emprego – lembrei a ele.

– Não tem mais. – Ele deu um sorriso de superioridade.

Eu o odiava.

E ele a mim. Eu não levava isso para o terreno pessoal. Ele odiava minha família inteira. Tinha um trabalhão para decidir qual das irmãs de Margaret odiava mais. E era o mínimo que podia fazer, pois a competição entre nós pelo posto de ovelha negra era acirrada. Havia Claire, de 31 anos, a esposa abandonada. Eu, de 27, supostamente uma toxicômana. Anna, de 24, que jamais tivera um emprego decente e às vezes vendia drogas para equilibrar o orçamento. E havia Helen, de 20, e, sinceramente, eu nem saberia por onde começar.

Todas odiávamos Paul tanto quanto ele a nós.

Até mesmo mamãe, embora não admitisse. Gostava de fingir que simpatizava com todo mundo, na esperança de que isto a ajudasse a furar a fila para o Paraíso.

Paul era um sabichão metido a besta. Usava o mesmo tipo de suéter de papai e comprara sua primeira casa aos 13 anos ou alguma outra idade ridícula, economizando o dinheiro da Primeira Comunhão.

– É melhor você telefonar para o papai – disse eu a Margaret. – Porque eu não vou a lugar nenhum.

– Não vai mesmo – concordou Paul.

2

A aeromoça tentou passar entre Paul e eu.

– Podem se sentar, por favor? Estão bloqueando o corredor.

Eu e Paul continuamos onde estávamos, constrangidos. Margaret, como boa menina que era, já ocupara seu assento ao lado da janela.

– Qual é o problema? – A aeromoça olhou nossos cartões de embarque, e depois os números dos assentos.

– Mas esses são os assentos certos – disse, por fim.

Esse era o problema. Os números nos cartões de embarque me haviam posto sentada ao lado de Paul, e a ideia de passar o voo inteiro até Dublin sentada ao lado dele me dava enjoo. Não conseguiria relaxar minha coxa direita durante as próximas sete horas.

– Desculpe – pedi – mas não vou me sentar ao lado dele.

– Nem eu vou me sentar ao lado dela – disse ele.

– Bem, e a senhora? – perguntou a aeromoça a Margaret. – Faz alguma objeção a quem se sente ao seu lado?

– Não.

– Ótimo – disse ela, paciente. Voltando-se para Paul: – Por que não senta aqui na ponta? – E para Margaret: – A senhora passa para o meio. E a senhora – disse para mim – fica ao lado da janela.

– Está bem – concordamos, obedientes.

Um homem no assento da frente virou o pescoço para dar uma boa olhada em nós três.

– Perdoem-me a indiscrição, mas que idade vocês têm?

SIM, EU CONCORDARA em voltar para a Irlanda. Embora não tivesse absolutamente nenhuma intenção de fazê-lo, duas coisas me levaram a mudar de ideia. A primeira foi a ida de Luke ao meu apartamento – Luke, alto, moreno e sensual. Fiquei encantada ao vê-lo.

– Você não devia estar trabalhando? – perguntei, logo tratando de apresentá-lo, orgulhosa, a Margaret e Paul.

Luke trocou um educado aperto de mão com eles, mas sua expressão era fechada e tensa. Para vê-lo sorrir novamente, pus-me a narrar minha aventura no Hospital Mount Solomon, mas ele me agarrou com força pelo braço, murmurando:

– Gostaria falar com você em particular.

Perplexa, deixei Margaret e Paul sentados na sala e levei Luke para meu quarto. Compreendi, pela sua seriedade, que não iria partir para cima de mim e dizer "Depressa, vamos tirar essas suas roupas molhadas", para então despir minhas peças de vestuário com suas mãos experientes, como costumava fazer.

Mesmo assim, eu não estava preparada para o que *de fato* aconteceu. Ele deu a entender que não achara a menor graça na minha estada no hospital. Na verdade, parecia chocado.

– Quando foi que você perdeu o senso de humor? – perguntei, atônita. – Está igual a Brigit.

– Não vou nem responder – disse ele.

Em seguida, para meu total horror, avisou que estava tudo acabado entre nós. O choque me deixou gelada. *Ele* estava terminando *comigo?*

– Mas, por quê? – perguntei, enquanto cada célula do meu corpo gritava "*NÃO!*" – Você conheceu alguém?

– Não seja burra – disparou ele.

– Então, por quê?

– Porque você não é a pessoa que eu pensei que fosse.

Ora, isso não esclarecia absolutamente nada para mim.

Em seguida, ele me insultou brutalmente, insinuando que a culpa era *minha* e que ele não tinha opção senão romper comigo.

– Ah, não. – Eu não ia me deixar manipular. – Pode romper comigo, se quiser, mas não tente me culpar.

– Meu Deus – disse ele, feroz – é inútil tentar fazer você entender.

Levantou-se e se dirigiu para a porta.

Não vai.

Detendo-se apenas para atirar mais alguns comentários desagradáveis na minha cara, ele finalmente saiu do apartamento, batendo a porta. Fiquei arrasada. Não era a primeira vez que um homem me dava o fora sem nenhum motivo óbvio, mas eu não esperava isso de Luke Costello. Nosso relacionamento já durava seis meses. Eu começava até a achar que era um bom relacionamento.

Lutei contra o choque e a dor, tentando fingir para Margaret e Paul que estava tudo ótimo. Então, em meio à minha mescla de infelicidade, atordoamento e náusea, Margaret disse:

– Rachel, você *tem* que voltar para casa. Papai já fez o depósito para você no Claustro.

O Claustro! O Claustro era famoso.

Centenas de astros do rock já haviam passado pelo mosteiro reformado em Wicklow (sem dúvida aproveitando os descontos do imposto de renda oferecidos pelo governo aos artistas), onde permaneceram os dois meses exigidos. Então, antes que a gente pudesse dizer "Quero uma água mineral com gás", eles já tinham deixado de depredar quartos de hotel e cair com o carro na piscina, lançado um novo álbum, aparecido em todos os programas de entrevistas da atualidade, falando com voz pausada e tranquila, o cabelo cortado e bem penteado, enquanto os críticos assinalavam uma nova qualidade e uma dimensão extra em seu trabalho.

Eu não me importava de ir para o Claustro. Não havia nenhuma vergonha nisso. Pelo contrário. E a pessoa nunca sabia com que iria topar lá dentro.

O fora que levei de Luke me fez repensar toda a minha vida. Talvez fosse bom sair um pouco de Nova York, refleti. Principalmente porque as diversões oferecidas por esta cidade pareciam ter-se tornado proibitivas. Eu não precisava ficar para sempre, apenas uns dois meses, até me sentir melhor.

Que mal poderia fazer, agora que eu não tinha um emprego e um namorado para me segurar? Perder um emprego era uma coisa, porque eu sempre poderia conseguir outro. Mas perder um namorado... bem...

– O que você acha, Rachel? – perguntou Margaret, ansiosa. – Que tal?

Naturalmente, eu tinha que encenar alguma resistência. Não podia admitir que minha vida fosse insignificante a ponto de eu poder abandoná-la sem sequer um olhar de adeus. Resisti bravamente, mas era pura encenação.

– Como você se sentiria – perguntei a Margaret – se eu invadisse sua vida e dissesse: "Anda, Mags, se despede de Paul, dos seus amigos, do seu apartamento e da sua vida, porque você vai para um hospício a cinco mil quilômetros daqui, embora não haja nada de errado com você"? E aí, como você se sentiria?

Margaret estava à beira das lágrimas.

– Ah, Rachel, me perdoe. Mas não é um hospício, e...

Não pude manter a encenação por mais tempo, porque detestava transtornar Margaret. Muito embora ela fosse esquisitona e economizasse dinheiro e não tivesse transado antes de se casar, ainda assim eu gostava muito dela. Portanto, quando lhe disse "Margaret, como sua consciência pode lhe permitir fazer isso comigo? Como você consegue dormir à noite?", minha capitulação já era completa.

Quando disse "Tá, eu vou", Brigit, Margaret e Paul trocaram olhares de alívio, o que me irritou, porque estavam agindo como se eu fosse alguma incapacitada sob interdição.

DEPOIS DE PENSAR bem no assunto, um centro de reabilitação me pareceu uma boa ideia. Uma ótima ideia.

Eu não tirava férias há séculos. Bem que andava precisada de um descanso, um pouco de paz e serenidade. Um lugar para me esconder e lamber minhas feridas que Luke havia deixado.

As palavras do poema "Advento", de Patrick Kavanagh, não saíam de minha cabeça: "Já provamos e passamos por tanto, amada, atravessando uma fenda tão larga, que nada nos surpreende mais."

Eu tinha lido muito sobre o Claustro, e parecia ser um lugar maravilhoso. Já me fantasiava passando horas a fio sentada, envolta numa toalha enorme. Imaginava a sauna, as massagens, as sessões de talassoterapia, os tratamentos à base de algas, esse tipo de coisas. Eu comeria frutas e mais frutas, prometi a mim mesma, nada mais do que frutas, legumes e verduras. E beberia litros de água, pelo menos oito copos por dia. Para dar uma boa purificada no meu organismo.

Seria bom passar um mês ou dois sem beber e usar drogas.

Um mês inteiro, pensei, tomada por um medo súbito. Então, o Valium fez efeito, e me tranquilizei. De qualquer maneira, eles provavelmente serviam vinho no jantar. Ou talvez permitissem que as pessoas como eu, que não tinham problemas sérios, frequentassem o bar da redondeza.

Eu ficaria numa cela monacal reformada. Chão de ardósia, paredes caiadas, uma cama estreita de madeira, o som remoto do canto gregoriano pairando no ar noturno. E, é claro, deviam ter uma academia. Todo mundo sabe que o exercício é a melhor coisa para alcoólatras e que tais. Quando eu saísse, minha barriga estaria reta como uma tábua. Duzentos abdominais por dia. Seria ótimo ter algum tempo para dedicar a mim mesma. Assim, quando voltasse para Nova York, estaria linda de morrer e Luke cairia de joelhos, me implorando para aceitá-lo de volta.

Seguramente também devia haver algum tipo de terapia. *Terapia* no duro, mesmo, não apenas terapia para celulite. Do tipo "Deite no divã e me fale do seu pai". Cujas sessões eu frequentaria com o maior prazer. Sem realmente me *submeter* a elas, é claro.

Mas seria interessante ver os toxicômanos de verdade, os magros usando *anoraks** e com o cabelo duro de tão sujo, abraçando-se e pousando a cabeça nos ombros uns dos outros como crianças de 5 anos. Eu sairia de lá limpa, inteira, renovada, renascida. Todas as pessoas que no momento estavam putas da vida comigo, não ficariam mais. A velha Rachel iria embora, a nova Rachel estaria pronta para começar do zero.

– Será que ela, bem, vai, sabe como é, ficar fissurada? – perguntou Margaret timidamente a Brigit, enquanto nos preparávamos para encetar o trajeto de carro debaixo de neve até o aeroporto JFK.

*Um tipo de jaqueta pesada com capuz. (*N. do E.*)

– Não seja ridícula – eu ri. – Você está delirando. Fissurada é a mãe. A pessoa só fica fissurada quando usa heroína.

– Quer dizer então que você não usa heroína? – perguntou Margaret.

Voltei os olhos para ela em sinal de exaspero.

– E como é que eu ia saber? – gritou ela.

– Antes tenho que ir ao banheiro – disse eu.

– Vou com você – ofereceu-se Margaret.

– Não vai, não. – E saí correndo.

Alcancei o banheiro antes dela e bati a porta na sua cara.

– Me deixa em paz – gritei por trás da porta trancada – ou eu vou começar a me picar só pra irritar você!

QUANDO O AVIÃO decolou do aeroporto JFK, afundei no meu assento, surpresa por perceber que sentia um alívio imenso. Tinha a estranha sensação de estar sendo aerotransportada rumo à minha salvação. De repente, sentia-me muito feliz por estar indo embora de Nova York. A vida não andava nada fácil nos últimos tempos. Pouco espaço para manobrar o carro, por assim dizer.

Eu andava numa pindaíba federal e devia dinheiro a quase todo mundo. Ri secretamente, porque, por um momento, essa constatação quase dava a impressão de que eu realmente era uma toxicômana. Não era *este* tipo de dívida que eu tinha, mas já havia estourado o limite de meus dois cartões de crédito e sido obrigada a pedir dinheiro emprestado a todos os meus amigos, sem exceção.

Tornara-se cada vez mais difícil desempenhar o cargo de subgerente no hotel onde eu trabalhava. Havia ocasiões em que passava pela porta giratória para iniciar o expediente e tinha vontade de gritar. Eric, meu patrão, andava mal-humorado e irascível. Eu vivia tirando licenças por motivo de saúde e chegando atrasada. O que tornava Eric ainda mais desagradável. O que, naturalmente, me fazia tirar mais licenças por motivo de saúde. Até que minha vida se viu reduzida a duas emoções: desespero quando eu estava trabalhando e sentimento de culpa quando não estava.

Enquanto o avião varava as nuvens acima de Long Island, pensei, convicta: "Eu poderia estar trabalhando, agora. Não estou e me sinto ótima."

Fechei os olhos e as lembranças de Luke invadiram o recinto sem ser convidadas. A dor inicial provocada pela rejeição se esgueirara um pouco para dar espaço à dor da saudade. Eu e ele estávamos praticamente vivendo juntos, e sua ausência era dolorosa. Não devia ter começado a pensar nele e no que dissera, pois isso me fez ficar um pouco histérica. Fui tomada pelo ímpeto quase incontrolável de encontrá-lo *naquele exato instante*, dizer-lhe o quanto estava errado e lhe implorar para me aceitar de volta. Mas dar vazão a um ímpeto incontrolável num avião em pleno voo logo no começo de uma viagem de sete horas era o tipo da coisa idiota a fazer, de modo que refreei o impulso de puxar o freio de emergência. Felizmente, a aeromoça estava servindo os drinques, e aceitei uma vodca com laranjada com a mesma gratidão de um afogado a quem atiram uma corda.

– Parem com isso – murmurei para Margaret e Paul, que me encaravam com rostos pálidos e ansiosos. – Estou nervosa. Além do mais, desde quando estou proibida de tomar um drinque?

– Mas não exagera – pediu Margaret. – Promete?

MAMÃE RECEBEU muito mal a notícia de que eu era toxicômana. Minha irmã mais nova, Helen, estava assistindo à TV de manhã com ela, quando papai lhes deu a notícia. Pelo visto, assim que terminou de falar com Brigit ao telefone, correu para a sala e soltou a bomba:

– Sua filha é toxicômana!

A única coisa que mamãe disse foi "Hum?", e continuou a assistir ao programa de baixarias de Ricki Lake,* protagonizado pela classe Z dos Estados Unidos.

– Eu já sei disso – acrescentou ela. – Precisa dar um nó na cueca agora por causa dessa história?

– Não – disse papai, irritado. – Não é brincadeira. Não estou falando de Anna. É Rachel!

---

*Apresentadora de *talk show* da TV norte-americana. (*N. do E.*)

Segundo consta, uma expressão estranha surgiu no rosto de mamãe, e ela deu um pulo do sofá. Então, sob os olhares de papai e Helen – o de papai, nervoso, o de Helen, divertido – saiu tateando pelas paredes como uma cega até a cozinha, encostou a cabeça na mesa e começou a chorar.

– Uma toxicômana – soluçava. – Não posso suportar isso.

Papai pousou a mão sobre seu ombro, para confortá-la.

– Anna, talvez – ela se lamuriava. – Anna, *com certeza*. Mas Rachel, não. Já é bastante ruim ter uma, Jack, mas duas...! Não sei o que elas fazem com aquela porcaria de papel laminado. Não sei, mesmo! Anna o usa como quem vai apagar um incêndio, e quando lhe pergunto o que faz com ele, nunca me dá uma resposta direta.

– Ela o usa para embrulhar a maconha em pacotinhos, quando vai vendê-la – informou Helen, solícita.

– Mary, para com essa história de papel laminado por um minuto – disse papai, tentando formular um plano de reabilitação para mim.

Nesse momento, sua cabeça voltou-se de um golpe para Helen.

– Ela faz o *quê?* – perguntou, horrorizado.

Nesse ínterim, mamãe se enfurecera.

– Ah, "para com essa história", não é? – cobrou de papai. – É muito fácil para você me mandar parar com essa história de papel laminado. Não é você que tem que assar o peru e que vai até o armário pegar uma folha de papel laminado para cobrir a porcaria da ave e então descobre que não tem nada ali, além do rolo de papelão. Não é o seu peru que acaba seco feito o Saara.

– Mary, por favor, pelo amor de Deus...

– Se pelo menos ela dissesse que usou, não seria tão mau assim. Se deixasse o rolo de papelão do lado de fora, eu poderia me lembrar de comprar outro, da próxima vez que fosse ao mercado...

– Tenta se lembrar do nome do lugar para onde aquele sujeito foi – disse ele.

– Que sujeito?

– Você sabe, o alcoólatra, o que deu aquele desfalque enorme, que era casado com a irmã daquela senhora com quem você faz retiro, você *conhece*.

– Patsy Madden? – perguntou mamãe. – É dele que voce está falando?

– É esse o nome do rapaz! – Papai ficou eufórico. – Bom, descobre para onde ele foi, para ajudá-la a se livrar da garrafa.

– Mas Rachel não tem nenhum problema com a bebida – protestou mamãe.

– Não – concordou papai. – Mas eles fazem um monte de coisas naquele lugar, seja lá qual for o nome. Bebida, drogas, jogo, comida. Hoje em dia, a pessoa pode se viciar em praticamente qualquer coisa.

Todo mês papai comprava duas revistas femininas, supostamente para Helen e Anna, mas, na verdade, para si mesmo. Assim, conhecia todos os tipos de coisas que nenhum pai deveria conhecer: automutilação, radicais livres, alfahidroxiácidos, Jean-Paul Gaultier e os melhores bronzeados artificiais.

Mamãe foi para o telefone e fez uma investigação discreta. Quando pressionada, disse que um primo distante de papai andava abusando um pouco do álcool, agradeceu à mulher por seu interesse e rapidamente desligou o telefone.

– O Claustro – disse.

– O Claustro! – exclamou papai, aliviado. – Estava quase ficando maluco, tentando me lembrar. Não pregaria o olho, ficaria a noite inteira pensando sem parar...

– Telefona para lá – interrompeu-o mamãe, chorosa.

3

Uma estada no Claustro custava uma fortuna. Era por essa razão que tantos artistas iam para lá. O plano de saúde de algumas pessoas cobria os custos, mas, como eu vivera fora da Irlanda durante oito anos, não tinha nenhum. Pensando bem, também não tinha nenhum em Nova York. Sempre pretendera fazer um, algum dia, quando me tornasse uma adulta madura e responsável.

Como não tinha nem plano de saúde nem um tostão furado, papai disse que arcaria com as despesas, pois valeria a pena, para me pôr nos eixos.

Mas a consequência disso foi que, assim que cheguei em casa e cambaleei porta adentro, confusa com a diferença de fuso horário e deprimida por obra e graça de uma ressaca de Valium e vodca, Helen me recebeu aos gritos, do alto da escada:

– Sua imbecil, esse dinheiro que você vai usar para se desintoxicar é da minha herança, sabia?

– Oi, Helen – disse eu, cansada. Então ela disse, em tom surpreso:

– Meu Deus, você emagreceu. Está com um ar de mulher emancipada, sua filha da puta esquelética!

Quase agradeci, mas lembrei em tempo: o roteiro habitual exigia que eu dissesse: "É mesmo? Emagreci?", e ela respondesse: "Não! Na-na-ni-na-não! Você sempre cai feito um patinho, não é? Que besta quadrada."

– Cadê Poliana? – perguntou Helen.

– Lá fora, no portão, conversando com a Sra. Hennessy – respondi.

Margaret era a única de nós que conversava com os vizinhos, feliz da vida por discutir artroplastias de quadris, a Primeira Comunhão dos netos, o aumento incomum da umidade relativa do ar e as lojas onde se vendem as batatinhas fritas Tayto em Chicago.

Paul entrou no hall e depositou as malas no chão.

– Ah, meu Deus, não – disse Helen, ainda no alto da escada. – Ninguém disse que *você* viria. Quanto tempo vai ficar?

– Não muito.

– É melhor mesmo, ou eu vou ter que sair para arranjar um emprego.

Apesar de dormir com todos os seus professores (ao menos assim dizia ela), Helen fora reprovada nas provas finais no primeiro ano da faculdade. Repetira o ano, mas, como fora reprovada de novo, desistira da carreira de uma vez, como faria com um empreguinho merreca.

Isso acontecera no verão passado, e ela não conseguira arranjar emprego desde então. Em vez disso, passava os dias flanando pela casa, chateando mamãe, insistindo para que jogasse cartas com ela.

– Helen! Deixa o seu cunhado em paz – ouvi à voz de mamãe, que logo em seguida apareceu na escada ao lado de Helen.

Eu estava morta de medo de rever minha mãe. Tive a sensação de que um elevador descontrolado no meu peito despencara na boca do estômago.

Pude ouvir vagamente Helen reclamando que "...mas eu odeio ele. E você vive me dizendo que a honestidade é a melhor política..."

Mamãe não fora ao aeroporto com papai. Era a primeira vez, desde que eu saíra de casa, que ela não fora me receber no aeroporto. Por isso, calculei que a coisa devia estar preta para o meu lado.

– Oi, mãe – consegui dizer, sem fitá-la nos olhos.

Ela me deu um sorriso curto e triste de mártir, e senti uma violenta pontada de culpa que quase me fez sair atarantada pela casa, catando meu vidro de Valium.

– Como foi de viagem? – perguntou.

Não pude aguentar a falsa amabilidade, os rodeios em torno do assunto importante.

– Mamãe – disparei – desculpe pelo susto que lhe dei, mas não há nada de errado comigo. Não tenho nenhum problema com drogas e não tentei me matar.

– Rachel, QUER PARAR DE MENTIR?

A essa altura, meu elevador interno já entrara em colapso total.

A sensação de sobe-e-desce era tão frequente, que eu tinha vontade de vomitar. O sentimento de culpa e a vergonha se mesclavam à raiva e ao ressentimento.

– Não estou mentindo – protestei.

– Rachel – disse ela, com um tom de voz histérico – você foi levada às pressas de ambulância para o hospital e submetida a uma lavagem estomacal!

– Mas não havia necessidade – expliquei. – Foi um engano.

– Não foi! – exclamou ela. – Checaram seus sinais vitais e concluíram que *precisava* ser feito.

É mesmo?, pensei, surpresa. Seria verdade? Antes que pudesse perguntar, ela já recomeçara:

– E você tem um problema com drogas – disse. – Brigit falou que você se droga horrores, e Margaret e Paul disseram o mesmo...

– Sim, mas... – tentei me explicar, ao mesmo tempo em que sentia meu ódio por Brigit entrar em erupção. Mas a lava teria que ser arquivada para outra ocasião. Não suportava que minha mãe ficasse zangada comigo. Estava habituada a que meu pai gritasse comigo, coisa que não me afetava nem um pouco. Salvo, talvez, pelo fato de me fazer rir. Mas mamãe me dando um sermão do tipo "Estou decepcionada com você" era uma coisa muito desagradável.

– Tá, eu uso drogas uma vez ou outra admiti.

– De que tipo? – perguntou ela.

– Ah, você sabe.

– Não sei, não.

– Bom, talvez uma ou duas carreiras de cocaína..

– Cocaína! – ela repetiu, arquejante. Parecia tão abalada que me senti como se tivesse lhe dado um tapa. Ela não compreendia. Era de uma geração que entrava em pânico à simples menção da palavra "drogas".

– É legal? – perguntou Helen, mas não lhe dei atenção.

– Não é tão ruim quanto parece, mãe – argumentei.

– Mas não me parece nem um pouco ruim. – Como eu gostaria que Helen fosse embora!

– É inócua, não causa dependência e todo mundo usa – disse eu a mamãe, em tom suplicante.

– Eu não – reclamou Helen. – Quem me dera.

– Não conheço ninguém que use – disse mamãe. – Nenhuma das filhas de minhas amigas já fez uma coisa dessas.

Lutei contra a raiva que me invadia. Do jeito que mamãe falava, qualquer um juraria que eu era a única pessoa no mundo inteiro, em todos os tempos, que já saíra da linha ou dera uma mancada.

Bom, você é minha mãe, pensei, agressiva. Foi você quem me fez como sou.

Mas, felizmente – o deus Jeremy devia estar tirando uma soneca – consegui, sabe-se lá como, calar a boca.

PASSEI DOIS DIAS em casa antes de ir para o Claustro.

Não foi nada agradável.

Eu não andava nada popular.

Com exceção de Margaret, que não se classificara nas eliminatórias, a posição de Filha Menos Favorita passava de uma para a outra num sistema de rodízio, como a presidência dos Estados Unidos. O fato de eu ter visto a morte de perto fez com que destronasse Claire e agora usasse a coroa.

Quando eu estava prestes a descer do avião, papai me disse que eu teria que fazer um exame de sangue antes de ser aceita no Claustro.

– Preste atenção – disse ele, nervoso – não estou dizendo que você vá, mas, se estiver pensando em tomar alguma coisa, e tenho certeza de que não está, vai aparecer no resultado do exame e não vão aceitar você.

– Papai, eu já lhe disse um monte de vezes que não sou toxicômana e que não há nada com que se preocupar.

Quase acrescentei que ainda estava à espera de que o preservativo cheio de cocaína saísse do meu trato gastrintestinal, mas, como ele não parecia estar com muito senso de humor, achei melhor ficar na minha.

Os medos de papai eram infundados, porque eu não tinha a menor intenção de tomar nenhuma droga.

E isso porque não tinha nenhuma droga para tomar. Bem, nenhuma droga ilegal, pelo menos. Dispunha de minha embalagem econômica de Valium, tamanho-família, mas isso não contava, pois eu a comprara com receita (mesmo tendo tido que comprar a receita de um médico meio salafrário no East Village que tinha uma ex-mulher muito cara e era viciado em heroína, o que lhe saía mais caro ainda). Claro que eu não fora idiota de me arriscar a contrabandear para a Irlanda cocaína e outras drogas ilícitas. O que foi muito maduro e sensato da minha parte.

E tampouco foi o grande sacrifício que estou fazendo crer que foi. Sabia que jamais me faltaria um narcótico, enquanto Anna estivesse por perto.

O único problema era que Anna *não* estava por perto. Compreendi, pelas frases curtas e tensas de mamãe, que Anna estava praticamente morando com Shane, seu namorado. Esse sim, era um rapaz que sabia se divertir! Shane, como dizem por aí, "vivia a vida intensamente". Tão intensamente que, se fosse um elástico, já teria arrebentado.

Por estranho que pareça, não era da cocaína que eu sentia falta. Era do Valium. Não que isso fosse de surpreender, pois eu estava abalada com as mudanças recentes e rápidas que minha vida sofrera, e a tensão entre mamãe e eu não era nada agradável. Bem que gostaria de tomar alguma coisa que amenizasse tudo isso. Mas consegui resistir a meus comprimidinhos brancos porque estava realmente ansiosa para ir para o Claustro. Se tivesse mais tempo (e mais dinheiro), teria até comprado roupas novas em homenagem à ocasião.

Quanta força de vontade! E estavam me chamando de toxicômana? Vê se pode!

DORMI MUITO durante aqueles dois dias. Era a melhor coisa a fazer, porque me sentia desorientada com a mudança de fuso horário e todo mundo estava com ódio de mim.

Tentei ligar duas vezes para Luke. Mesmo sabendo que não devia. Ele estava tão zangado comigo, que a melhor coisa a fazer era lhe dar um tempo para se acalmar, mas não pude me conter. O que aconteceu, porém, foi que caiu na secretária eletrônica e tive autocontrole bastante para não deixar nenhum recado.

Vontade de ligar mais vezes, eu tinha. Tinha ímpetos de ligar a maior parte do dia. Mas, não fazia muito tempo, papai recebera uma conta telefônica enorme (algo a ver com Helen) e passara a montar guarda ao telefone vinte e quatro horas por dia. Assim, toda vez que eu teclava um número, papai se retesava em qualquer lugar onde se encontrasse, mesmo que a mais de seis quilômetros de distância, jogando golfe, e ficava de orelha em pé no ato. Se eu teclasse mais de sete dígitos, mal teria partido para o oitavo e ele irromperia hall adentro, aos gritos de "Sai dessa droga de telefone!". O que anulava todas as minhas chances de falar com Luke, mas valia o quanto pesava em termos de nostalgia. Eu revivia na hora meus anos de adolescência.

Só faltava ele dizer: "Nem um minuto além das onze, Rachel. Presta atenção, desta vez estou falando sério. Se me deixar esperando no carro como da última vez, nunca mais vai sair de novo." E fazer me sentir como uma garota de 14 anos novamente. Por que eu haveria de querer ter 14 anos? Experimenta ter 14 anos, com 1,70 metro de altura e calçando 40!

Minha relação com mamãe estava ainda mais tensa. No meu primeiro dia em casa, quando eu estava me despindo para tirar uma soneca pós-voo, flagrei-a me encarando como se visse uma assombração.

– Que Deus nos proteja. – Sua voz estava trêmula. – Onde foi que você arranjou esses hematomas horríveis?

Abaixei os olhos e tive a impressão de estar olhando para o corpo de outra pessoa. Minha barriga, meu tronco e meus braços eram um caos de inchaços roxo-escuros.

– Ah – disse eu, num fio de voz. – Acho que deve ter sido da lavagem estomacal.

– Deus do céu. – Ela tentou me abraçar. – Ninguém disse que... Eu achava que... Não sabia que era uma coisa *tão violenta.*

Desvencilhei-me dela.

– Bom, agora já sabe.

– Estou chocada – disse ela.

E eu, então?

Depois disso, toda vez que eu me vestia ou despia, evitava me olhar no espelho. Felizmente, estávamos em fevereiro e fazia um frio de rachar, de modo que até para dormir eu podia usar roupas de gola alta e manga comprida.

Durante aqueles dois dias, tive um pesadelo atrás do outro.

Inclusive meu velho favorito, o "Tem-alguém-horrível-no-meu-quarto-e-eu-não-consigo-acordar". O sonho consistia – surpresa! – na presença de alguém ameaçador que queria me fazer mal. E, quando eu tentava acordar para me proteger, descobria que não podia. A força se aproximava mais e mais, até se inclinar sobre mim e, embora eu sentisse um terror pavoroso, nem assim conseguia acordar. Estava paralisada. Tentava várias vezes abrir caminho até a superfície, mas sufocava sob o manto do sono.

Também tinha o "Estou morrendo". Esse era horrível, porque eu podia de fato sentir minha energia vital esvaindo-se de mim em espiral, como um tornado invertido, e não podia fazer nada para impedir que acontecesse. Sabia que estaria salva se acordasse, mas não conseguia.

Sonhava que despencava de precipícios, que sofria um acidente de automóvel, que uma árvore caía em cima de mim. Sentia o impacto todas as vezes e acordava com um sobressalto, suando, trêmula, sem saber onde estava, nem se era dia ou noite.

HELEN SÓ ME DEIXOU em paz até minha segunda noite em casa. Eu estava na cama, com medo de me levantar, quando ela entrou no quarto, comendo um Cornetto. Tinha um ar de falta do que fazer que prometia, no pior sentido do termo.

– Oi – disse ela.

– Pensei que você fosse sair para beber alguma coisa com Margaret e Paul – comentei, cautelosa.

– E ia. Mas não vou mais.

– Por que não?

– Porque aquele filho da mãe pão-duro do Paul diz que não vai mais pagar nenhuma bebida para mim – disse ela, feroz. – E onde é que eu vou arranjar dinheiro para uma bebida? Estou desempregada, como você sabe. Paul não daria a ninguém nem o vapor do seu mijo – arrematou, sentando-se na minha cama.

– Mas eles não te levaram ontem e te deixaram beber até cair? – perguntei, surpresa. – Margaret disse que você passou a noite inteira tomando Southern Comforts duplos e que não pagou nenhum.

– Estou desempregada! – rugiu ela. – Fiquei pobre! Que é que você quer que eu faça?

– Tá bem, tá bem – disse eu, branda. Não estava a fim de discutir. De mais a mais, concordava com ela. A mão de Paul era fechada como a xoxota de uma freira. Até mamãe comentara uma vez que Paul jantaria numa gaveta e descascaria uma laranja no bolso. E que não mijaria na rua porque os passarinhos poderiam depois aquecer os pezinhos na poça. Embora estivesse bêbada quando disse isso, tomara um dedo de Harp* com limão, falara sério.

– Meu Deus, imagina só! – Helen sorriu para mim, acomodando-se na cama com jeito de quem ia passar algum tempo ali. – Minha própria irmã, uma desequilibrada mental, num hospício.

– Não é um hospício – protestei fracamente. – É um centro de reabilitação.

– Centro de reabilitação! – ela debochou. – Não passa de um hospício com outro nome. Você não engana ninguém.

– Você não entendeu nada – tentei.

– As pessoas vão atravessar a rua quando virem você se aproximando – disse ela, divertida. – Vão dizer: "Aquela é a garota da família Walsh, a que ficou maluca e teve que ser trancafiada." Ah, que vão, vão!

– Cala a boca.

– E as pessoas vão ficar confusas por causa de Anna e dirão: "*Qual* das garotas da família Walsh? Acho que são duas que ficaram de miolo mole e..."

– Os artistas vão para lá – cortei-a, jogando minha cartada decisiva.

Isso a deixou sem resposta.

– Quem? – perguntou, por fim.

Citei dois nomes e ela ficou visivelmente impressionada.

– É mesmo?

– É.

– Como é que você sabe?

– Li no jornal.

– Como é que eu nunca ouvi falar nisso?

– Porque você não lê os jornais, Helen.

– Não leio? É, acho que não. Para que eu haveria de querer ler os jornais?

– Para ficar sabendo que os artistas vão para o Claustro – disse eu, com ar de superioridade. Fui recompensada com um olhar azedo de Helen.

---

*Marca de cerveja irlandesa. (*N. do E.*)

– Cala a boca, espertalhona – disse ela. – Você não vai se achar tão bacana assim quando estiver pulando de um lado para o outro na sua cela acolchoada, usando uma daquelas lindas camisas de manga comprida.

– Não vou ficar numa cela acolchoada – tornei, altiva. – E vou passar o dia inteiro esbarrando com celebridades.

– Os artistas vão mesmo para lá? – Ela começava a deixar transparecer sua empolgação, por mais que tentasse ocultá-la.

– Vão – garanti.

– É mesmo? – insistiu ela.

– É mesmo.

– Mesmo, mesmo?

– Mesmo, mesmo.

– Caraca. – Ela parecia impressionada. – Toma, pode matar. – Estendeu o resto do Cornetto para mim.

– Não, obrigada – recusei. Só a ideia de comer já me nauseava.

– Não estou pedindo a você para aceitar, estou mandando – explicou Helen. – Estou cheia de comer Cornetto, e por mais que diga a papai para pegar Magnum na seção dos sorvetes, ele sempre traz a porra do Cornetto. Com exceção de uma única vez; e dessa, o que ele trouxe? Magnum de menta. Fala sério, *de menta*...

– Não quero. – Empurrei o aviltante Cornetto para o lado.

– Bom, você é que sabe. – Helen deu de ombros e pôs o sorvete na minha mesa de cabeceira, onde começou a derreter em cima do tampo. Procurei pensar em coisas mais alegres.

– Então, Helen, quando eu me tornar a melhor amiga de gente como Madonna – recomecei, como quem não quer nada – você vai ficar...

– Cai na real, Rachel – cortou ela. – Embora eu ache que uma das principais razões pelas quais você vai para um hospício é justamente o fato de não conseguir cair na real.

– Como assim? – Foi minha vez de cortá-la.

– Bom – disse ela, com um sorriso de piedade – é improvável que eles ponham as pessoas famosas no mesmo lugar que gente como você, não acha? Essas pessoas precisam proteger sua privacidade.

Do contrário, gente como você iria para os jornais assim que saísse de lá para vender sua história – "Sexo no meu inferno de cocaína" e o escambau.

Ela tinha razão. Fiquei decepcionada, mas não muito. Afinal, eu provavelmente os veria às refeições e nos eventos sociais. Talvez dessem festas.

– E é claro que os quartos e a comida deles devem ser muito melhores – disse Helen, fazendo com que eu me sentisse pior. Coisa que você não vai ter, porque papai é pão-duro demais. Você vai ficar na ala econômica, enquanto as celebridades vão ter todas as mordomias na ala de luxo.

Tive um acesso de ódio contra meu avaro pai. Como se atrevia a não pagar a taxa extra para que eu ficasse no mesmo lugar que as celebridades?

– E não adianta pedir a ele para soltar a grana. – Helen leu meus pensamentos. – Ele diz que agora estamos pobres por sua causa, e que não podemos mais comprar nenhuma batata frita cara.

Fiquei muito deprimida. Não disse uma palavra. E, o que era extremamente inusitado, Helen também não.

– De qualquer maneira – disse ela, por fim – você deve acabar esbarrando com eles qualquer hora dessas. Sabe como é, nos corredores, na frente do prédio, esses lugares. Pode ser até que fique amiga de algum deles.

De repente, me senti alegre e esperançosa. Se Helen estava convicta, então só podia ser verdade.

4

Eu já conhecia Luke Costello de vista muito antes da noite em que acabamos indo para a cama. Ele era irlandês, eu era irlandesa e, embora eu não soubesse disso na ocasião, morávamos a quatro quadras um do outro.

Eu costumava encontrá-lo porque frequentávamos os mesmos bares. Bares irlandeses, mas não daquele tipo de bar irlandês que se torna um reduto de irlandeses cantando "A Nation Once Again", chorando e fazendo coletas de fundos para a Causa * Esses bares eram diferentes. Eram bares *da moda*, na verdade, da mesma forma que as cervejarias, alguns anos atrás. Tinham nomes engraçados, meio "irlandescos", do tipo Tadgh's Boghole e Slawn Che. Dizia-se que um artista irlandês era dono de um deles, embora eu não tivesse certeza de qual bar fosse. Ou de qual artista, para ser franca.

Ser irlandês em Nova York é sinônimo de prestígio eterno, e enquanto vivi lá foi um verdadeiro barato.

De qualquer forma, Brigit e eu sempre aparecíamos nesses lugares, onde encontrávamos Luke e seus amigos e dávamos boas gargalhadas à sua custa.

Não que eu e Brigit fôssemos cruéis, mas, sinceramente, só vendo os caras para entender. Nenhum deles pareceria deslocado em qualquer banda de rock famosa do começo da década de setenta. Do tipo que tocava em estádios gigantescos, caía com a Ferrari dentro da piscina e aparecia nas fotos com uma fileira de louras esquálidas, todas com a mesma cara.

Luke e os amigos tinham todos mais ou menos a mesma altura, por volta de 1,90 metro, e a mesma cabeleira regulamentar, comprida e encaracolada. Numa época em que era até aceitável que um homem usasse cabelo comprido, desde que fosse todo do mesmo comprimento, repartido ao meio e liso. Nota zero para os cabelos cortados em camadas, encaracolados e brilhantes.

Na época em que os conhecemos, nem uma única vez um deles apareceu com um corte de cabelo atual. Quer fosse curto, penteado para a frente e colorido. Ou aquele corte zero que põe todos os cortes zero no chinelo. Ou uma cabeça raspada com as costeletas quase se emendando debaixo do queixo. Ou seja lá o que for.

E suas roupas eram tão cafonas quanto seus cabelos. Brim, brim e mais brim, e um toque ocasional de couro. Com ênfase na *justeza*, se é

---

*A autora refere-se ao IRA, o Exército Republicano Irlandês. (*N. da T*)

que você me entende. Sob condições ideais, dava até para dizer qual deles era circuncidado.

Eram completamente imunes à moda do mundo exterior. Ternos Tommy Hilfiger, chapéus Stussy, jaquetas Phatfarm, mochilas Diesel, tênis Adidas ou Timberlands – acho que aqueles caras sequer sabiam que essas coisas *existiam*. Qualquer pessoa elegante que se preze sabia. A única coisa que posso dizer em sua defesa é que nenhum deles tinha uma jaqueta de camurça franjada. Pelo menos, eu nunca *vi* nenhum deles usando uma.

O estilo de Luke e dos amigos era anacrônico demais para o nosso gosto. Nós os chamávamos de "Homens de Verdade", mas não sem uma dose cavalar de ironia.

Quanto ao já mencionado toque ocasional de couro... bem, há uma história a esse respeito. O que aconteceu foi que, depois de observarmos e rirmos deles durante meses, Brigit e eu aos poucos fomos nos dando conta de uma coisa estranha. Sempre que se encontravam todos juntos em algum lugar, só *um* usava calças de couro. Como será que eles combinam isso?, eu me perguntava. Você acha que eles telefonam uns para os outros antes de sair e perguntam o que vão usar, como as garotas fazem?

Durante meses tentamos descobrir se o fenômeno obedecia a um padrão. Haveria algum sistema de rodízio em vigência?, quebrávamos a cabeça. Em que Joey só poderia usar seu par às quartas e Gaz às quintas, ou algo assim? E o que aconteceria se *dois deles* aparecessem usando calças de couro?

Uma noite, porém, notamos uma coisa ainda mais estranha do que o indefectível rodízio. O bolso traseiro da calça de Gaz estava rasgado. Até aí, nada de mais. Salvo pelo fato de que, quando víramos Shake no fim de semana anterior, *suas* calças tinham um rasgão exatamente no mesmo lugar. Interessante, pensamos, *muito interessante*.

Dois dias depois, quando os encontramos no Lively Bullock, as calças de Joey tinham um rasgão idêntico.

Boquiabertas de espanto, decidimos adiar o veredicto até que o mesmo acontecesse com um quarto elemento. (Ó mulheres de pouca fé...) É óbvio que, não muito tempo depois disso, vimos Johnno no

Cute Hoor. Só que ele passou horas sentado e achamos que nunca se levantaria e nos mostraria sua bunda. Como fizemos render aquela única cerveja que dividimos entre nós duas! Estávamos sem um tostão furado, mas teríamos enlouquecido se tivéssemos ficado enfiadas em casa a noite toda. Por fim, muitas horas depois, quando nossa cerveja já havia quase evaporado, Johnno e sua bexiga de camelo finalmente se levantaram. Eu e Brigit nos agarramos, prendendo o fôlego, quando ele finalmente se virou – e ei-lo! O rasgão! O rasgão idêntico num bolso idêntico!

Soltamos um gritinho eufórico e vitorioso. Então era verdade!

Apesar de minhas gargalhadas, ouvi vagamente alguém com sotaque irlandês se queixando: "Cristo TODO-PODEROSO! Tem algum *banshee** no recinto?"

Rodamos pelo bar, as lágrimas jorrando dos olhos, observadas pelo resto dos frequentadores, que fizeram completo silêncio.

– Ai, meu Deus – gritava Brigit, arquejante. – E a gente achava que cada um tinha a sua... a sua... a sua...

Não conseguia falar, de tanto que ria.

– Calça! – desfechou, finalmente.

– A gente achava... achava... – eu me esforçava para falar, os ombros se sacudindo – ...que só um deles tinha permissão para usar sua calça às... às...

Tive que pousar a cabeça na mesa e dar socos no tampo durante algum tempo.

– ...às vezes. Não é de admirar que só um aparecesse usando a calça... – murmurei, já rouca de rir.

– Porque – Brigit se contorcia, o rosto escarlate – *só havia uma calça para* USAR!!!

– Para – implorei. – Vou vomitar.

– Ora, vamos, meninas – exortou uma voz de homem. – Contem a piada para a gente.

---

*Na mitologia irlandesa, espírito de mulher cujo choro pressagia a morte. (*N. da T.*)

De uma hora para a outra, ficamos muito populares. Havia milhares de homens no bar que tinham vindo de Mayo* para uma conferência sobre carne de vaca. Haviam acreditado equivocadamente que, pelo fato de o bar se chamar Cute Hoor, teriam pela frente uma noitada cantando "Four Green Fields" e pontificando sobre política irlandesa. Não tinham gostado nada de ser esnobados e escarnecidos em todos os lugares finos e descolados de Nova York. Não tinham gostado *naaa, nada*. Afinal, eram homens muito importantes em Ballina ou Westport ou seja qual for o lugar de onde vinham.

Por esse motivo, quando Brigit e eu tivemos nossos ataques de riso, eles acharam que a mudança de ares era muito bem-vinda. Todos, sem exceção, quiseram nos pagar uma bebida e descobrir o que era tão engraçado. Mas, mesmo aceitando as bebidas, pois, afinal de contas, uma bebida de graça é uma bebida de graça, não podíamos contar a eles do que estávamos rindo.

Conseguimos nos acalmar um pouco. Só que, de vez em quando, Brigit agarrava meu braço e, quase sem conseguir falar, soltava, com esforço:

– Imagina só, ser... ser... ser... acionista de um par de calças!

E caíamos no quiriquiqui durante os dez minutos seguintes, nos sacudindo e contorcendo, as lágrimas escorrendo por nossos rostos vermelhos e brilhantes. Enquanto o círculo dos homens de Mayo nos observava, estupefato.

Ou então eu dizia:

– O cara só pode entrar no grupo deles se tiver a mesma cintura e comprimento de perna!

E caíamos no riso outra vez.

Na verdade, foi uma grande noite. Todas as pessoas chiques retiraram-se em peso, em protesto contra os caipiras de Mayo, de modo que eu e Brigit pudemos deitar e rolar, sem o medo de sermos consideradas bregas.

Ficamos lá até pelo menos até as três da manhã e, por Deus, estávamos *mamadas*. Tão mamadas que até mesmo participamos da

---

*Condado de Mayo, no Oeste da Irlanda. (*N. do E.*)

cantoria obrigatória, com os olhos devidamente marejados. Não é engraçado como os irlandeses, sempre que deixam a terra natal, ainda que seja apenas para passar o dia em Holyhead, fazendo compras no *free shop* (que fica logo ali, no País de Gales, a *três horas* de distância!), acabam entoando canções tristes, patéticas, sobre a partida da Ilha de Esmeralda e o desejo de voltar?

Embora os homens de Mayo estivessem em Nova York há apenas quatro dias, cantamos "From Clare to Here", "The Mountains of Mourne", "The Hills of Donegal", o prefixo da Eurovision da Irlanda e – uma escolha bastante insólita – "Wonderwall", do Oasis. *Também* houve uma tentativa desastrada e muito, muito bêbada de dançar uma de nossas quadrilhas natais, conhecida como "As muralhas de Limerick" – algo que o dono do bar tratou de dar um basta. ("Vamos lá, rapazes, sosseguem, está bem?, senão podem ir todos tratando de voltar para Westport.") Isso foi depois de dois dos homens quase saírem no braço a propósito do número de vezes que os pares se encontram e voltam aos seus lugares, antes de trocarem de fileira. Pelo visto, um deles estava confundindo "As muralhas de Limerick" com "O cerco de Ennis." Acontece...

5

No geral, a ideia de dormir com Luke ou qualquer um de seus amigos era risível. Inimaginável, na realidade. Mal sabia eu...

A noite em questão chegou aproximadamente um mês depois da Grande Farra com os homens de Mayo no Cute Hoor. Brigit e eu planejávamos – bem – entrar de penetras, para ser honesta, numa festa no Rickshaw Rooms. Havíamos caprichado muito na produção para ficarmos lindas, pois esperávamos, como sempre que íamos a algum lugar, que houvesse homens bonitos e, o que é mais importante, descompromissados por lá.

Arranjar um namorado em Nova York era como achar uma agulha num palheiro. Não se conseguia um nem por amor, nem por dinheiro. (Naturalmente, eu estava disposta a oferecer os dois.) Relatos de uma amiga que vivia na Austrália e de outra que vivia em Dublin indicavam que o movimento andava fraco em toda parte, mas Nova York batia o recorde. Não apenas havia um bilhão de mulheres para cada homem heterossexual, como cada uma delas era de uma beleza *homicida.* Estou falando de mulheres *deslumbrantes.* E a explicação para essa beleza incrível era do tipo "Ah, a mãe dela é meio sueca e meio aborígine australiano, e o pai é meio birmanês, um quarto esquimó e um quarto italiano."

Sendo eu e Brigit cem por cento irlandesas, como podíamos competir? Em geral, considerávamos nossa aparência um caso perdido. Principalmente porque éramos ambas altas e tínhamos a ossatura larga. A única coisa que tínhamos a nosso favor eram nossos cabelos – o meu, comprido e escuro, o dela comprido e louro. Alguns fios do dela até eram naturais.

No entanto, o que realmente tínhamos a nosso favor era o fato de que a maioria das nova-iorquinas era completamente neurótica. E nós não éramos.

Éramos apenas *levemente* neuróticas. (Um medo patológico de cabras e uma obsessão por batatas cozidas, fritas, assadas, *sautées,* enfim, contanto que não fossem cruas, não eram tão graves quanto implorar para levar na cara e no pescoço com uma garrafa quebrada durante uma relação sexual.)

Seja como for, apesar da nossa falta de diversidade étnica, na noite em questão achamos que estávamos um verdadeiro arraso. Pelo que me lembro, as palavras de Brigit foram: "Nada mau, para duas matutas." Concordei – e olhe que não tínhamos uma partícula de cocaína em nossos sistemas para levantar a autoestima!

É claro que teríamos adorado dar uma cafungada, mas ainda faltavam dois dias para Brigit receber seu salário e mal tínhamos dinheiro para comer.

Eu usava um lindo par de sapatos, que faziam seu passeio inaugural. Com o número que calço, era impossível conseguir bons sapatos que coubessem nos meus pés. Até mesmo em Nova York, onde o comércio está habituado a lidar com clientes *sui generis*. Mas a estação do ano me favoreceu. Estávamos no verão, e os sapatos eram as mules. Mules verde-limão, não muito altas. Assim, não importava que fossem um ou dois números abaixo do meu, porque meus dedos podiam sair pela frente e os calcanhares por trás. Excruciante para caminhar, é claro, mas quem se importava? Beleza é dor.

Rumo ao Rickshaw Rooms! Onde acontecia a festa de lançamento de um novo seriado de televisão. Brigit ouvira falar a respeito no seu trabalho e, pelo que parecia, haveria um ou outro homem famoso e bonito, bebida de graça em quantidade suficiente para afundar um encouraçado e, se Deus quisesse, um monte de gente viciada em cocaína, disposta a dividir a parada.

Não tínhamos convites, mas conseguimos entrar porque Brigit se ofereceu para *não* fazer sexo com o segurança.

Foi o que ela disse, literalmente.

– Minha amiga e eu não temos convites, mas, se você deixar a gente entrar, não precisa dormir com nenhuma de nós duas.

E, conforme Brigit me garantira, ele nos deu a maior atenção depois disso.

– Sabe – explicou Brigit, diante do rosto perplexo do sujeito –, no seu ramo de trabalho, você deve ouvir centenas de mulheres lindas dizendo "Se me deixar entrar aí, eu te deixo entrar aqui", se é que me entende. – Deu-lhe uma piscadela que contraiu cada músculo de seu corpo, como medida de precaução, para o caso de ele não ter entendido. – Você já deve estar cheio disso – afirmou, categórica.

O segurança, um italiano jovem e feio, assentiu com a cabeça, aturdido.

– Quanto a mim e à minha amiga aqui – prosseguiu Brigit – nosso diferencial é o fato de *não* sermos lindas, de modo que resolvemos tirar o maior proveito possível disso. Podemos entrar?

– É claro – ele murmurou. Parecia desnorteado e confuso. Mas esperem – chamou. – Vocês vão precisar disso. – E enfiou dois convites nas nossas mãos, no momento em que já estávamos prestes a desabalar numa correria para o elevador.

Quando subimos, fomos obrigadas a enfrentar uma segunda rodada de seguranças, mas agora já tínhamos convites.

E marchamos porta adentro, tentando não parecer muito deslumbradas. O lindo salão *art deco!* A vista espetacular! A fartura de bebidas alcoólicas!

Segundos depois de chegarmos, aos risos, exultantes com nosso sucesso, Brigit se deteve e me agarrou.

– Olha – sussurrou. – Os Garotos do Túnel do Tempo. Olhei. Não restava dúvida, lá estavam eles, em meio a um mar de cabeleiras e etiquetas vermelhas da Levi's, Gaz, Joey, Johnno, Shake e Luke. Como de costume, seus acessórios eram duas louras com pernas tão finas que pareciam vítimas de raquitismo.

– O que os Homens de Verdade estão fazendo aqui? – indaguei. De repente, nossa vitória sobre o segurança tornou-se insignificante, desprovida de qualquer valor. Era óbvio que estavam deixando qualquer idiota entrar.

Luke estava distribuindo as bebidas criteriosamente.

– Joey, cara, JD puro, aqui está.

– Valeu, Luke, cara.

– Johnno, cara, JD *on the rocks,* este é seu.

– Legal, Luke, cara.

– Gaz, cadê você, cara? Ah, sim, aqui está sua tequila com sal e limão.

– Bacana, Luke, cara.

– Melinda, gata, não tem champanhe cor-de-rosa, mas tem da comum, e eles puseram um pouco de Ribena nela, cara legal, aquele *barman.*

– Valeu, Luke.

– Tamara, gata, JD puro, desculpe, gata, eles não têm aqueles guarda-chuvinhas.

– Valeu, Luke.

Será que estou pintando um quadro bastante claro? Sim, é isso aí, eles se chamavam *mesmo* uns aos outros de "cara", chamavam *mesmo* as mulheres de "gata", bebiam *mesmo* Jack Daniels quase sem parar e, naturalmente, abreviavam Jack Daniels para "JD". Não vou ser injusta com os rapazes dizendo que sempre que se encontravam trocavam um tapa na palma da mão, mas, às vezes, eu diria que era por pouco.

– Quem está usando as calças comunitárias hoje? – perguntou Brigit, o que acabou com os nossos cinco minutos seguintes, pois nos agarramos e começamos a rir.

– É Luke – respondi. Devo ter falado mais alto do que pretendia, pois Luke levantou o rosto. Encarou a nós duas, e então, sob nossos olhares incrédulos, piscou o olho para nós. Brigit e eu nos entreolhamos por um momento, pasmas, antes de *explodirmos* novamente.

– O *ar de bacana* dele – choraminguei, por entre as lágrimas de hilaridade.

– Quem ele pensa que é? – Brigit ria às gargalhadas.

Nesse momento, para meu horror, Luke se separou dos outros e, com a descontração ágil que caracterizava seu andar, caminhou em nossa direção.

– Ai, meu Deus – disse eu, aos risos – ele está vindo para cá.

Antes mesmo que Brigit pudesse responder, Luke já estava na nossa frente. Era todo sorrisos e simpatia, ansioso por agradar.

– Seu nome é Rachel, não é?

Fiz que sim com a cabeça, porque, se abrisse a boca, soltaria uma gargalhada na cara dele. Vagamente me dei conta de que fui obrigada a inclinar a cabeça para trás, a fim de poder olhar para ele. Algo comichou dentro de mim.

– E Brigit?

Brigit também balançou a cabeça, muda.

– Sou Luke – disse ele, estendendo a mão. Em silêncio, eu e Brigit a apertamos.

– Tenho visto vocês duas à beça, por aí – disse ele. – Vocês estão sempre rindo, é o máximo!

Analisei seu rosto à procura de qualquer vestígio de ironia, mas não parecia ser o caso. Também, eu não considerava nenhum deles um Einstein, mesmo.

– Venham conhecer o resto do pessoal – ele convidou.

E, mesmo contra nossa vontade, porque estaríamos perdendo um tempo precioso, quando poderíamos estar tentando fisgar algum dos bonitões presentes, marchamos atrás dele em direção ao grupo.

E, lá chegando, tivemos que realizar o velho ritual dos irlandeses que se encontram no estrangeiro. Esse ritual consistia, em primeiro lugar, em fingir que uma das partes não tinha se dado conta de que a outra parte também era irlandesa. Em seguida, as duas partes tinham que descobrir que haviam crescido a dois minutos uma da outra, ou que frequentaram a mesma escola, ou que já se conheciam das férias de verão em Tramore quando tinham 11 anos, ou que suas mães foram damas de honra uma da outra, ou que o irmão mais velho de uma namorou a irmã mais velha da outra, ou que quando o cachorro de uma se perdeu, a família da outra o encontrou e trouxe de volta, ou que certa vez o pai de uma bateu com o carro na traseira do carro do pai da outra e tiveram uma discussão na rodovia Stillorgan, terminando os dois no tribunal por perturbar a ordem pública, ou coisa que o valha. O fato é que seus caminhos já se haviam cruzado de alguma forma, quanto a isso não restava a menor dúvida.

Dito e feito: em questão de segundos, descobrimos que Joey e Brigit haviam se conhecido no Butlin, aquele clubeco classe média, há 19 anos, durante um concurso de fantasias em que tiraram o primeiro e o segundo lugares, respectivamente. Consta que Joey, então com 9 anos, fantasiou-se de Johnny Rotten, o líder dos Sex Pistols, e caprichou tanto que até mesmo Brigit concordou que ele merecia o primeiro lugar. (Brigit queria ir de Princesa Leia, mas não tinha um biquíni dourado, nem cabelo comprido. Mas, para se ater ao tema de *Guerra nas Estrelas,* sua mãe fez com que ela se fantasiasse de Luke Skywalker. Ela vestia uma camisa branca do pai, calças de pijama e empunhava uma longa varinha branca. Quando os juízes se aproximassem, teria que murmurar "Sentem a força?" Mas eles não a ouviram da primeira vez, de modo que ela foi obrigada a repetir a pergunta. "Sentir o quê, meu anjo? A poça?" Até hoje, ela diz que não se recobrou do episódio. Mas, pelo menos, não se saiu tão mal quanto seu primo Oisin, que teve que usar um balde preto na cabeça e ficar arfando, pois sua fantasia era de Darth Vader.)

Poucos segundos depois, Gaz e eu estabelecemos um vínculo. Ele disse que meu rosto lhe parecia familiar, e me submeteu a um interrogatório

– Qual é o seu sobrenome? Walsh? Onde você mora? Tem alguma irmã mais velha? Ela já esteve em Wesley? Tem cabelo comprido? Um par enorme de... er... de olhos? Uma garota muito simpática? Qual o nome dela? Roisin, Imelda ou coisa parecida? Claire! Isso mesmo! É, eu comi ela uma noite, numa festa em Rathfarnham, uns dez anos atrás.

Um coro de indignação irrompeu.

– Você não tem o direito de dizer uma coisa dessas! – todos nós exclamamos. – Que audácia, a dele.

Entreolhamo-nos, com a expressão chocada.

– Que *audácia,* a dele – assentíamos com a cabeça, vigorosamente. – Que audácia, a dele.

Olhei para Shake, que retribuiu meu olhar, e ambos dissemos.

– Que audácia, a dele!

Brigit voltou-se para Joey, que voltou-se para Brigit, e ambos exclamaram:

– Que audácia, a dele!

Horrorizados, Luke e Johnno disseram em uníssono:

– Que audácia, a dele!

Melinda olhou para Tamara, que levantou as sobrancelhas para Melinda e disse:

– A gente precisa lembrar de comprar leite quando voltar para casa.

– Gaz, cara – disse Luke, quando o volume do coro dos descontentes baixou um pouco – eu vivo avisando cara, você não pode sair por aí dizendo esse tipo de coisa sobre as moças, não é assim que um cavalheiro se comporta.

Gaz estava com um ar perplexo e aborrecido.

– Que foi que eu fiz? – indagou.

– Você está ofendendo a moça, falando dela desse jeito – explicou Luke, com delicadeza.

– Não estou, não – defendeu-se o outro, com veemência. – Ela foi mesmo uma *grande* trepada. – E, aproximando-se de mim: – Você é como a sua irmã mais velha?

6

Gostei de conversar com os Homens de Verdade. Estava tão difícil encontrar homens que demonstrassem algum interesse por mim em Nova York, que foi uma massagem no ego ser o centro das atenções masculinas. Mesmo que eu não topasse dormir com nenhum deles nem num beliche de dez andares, eu no térreo e ele na cobertura. Brigit e eu ficamos tão populares que Melinda se retirou, emburrada, rebolando sua bundinha de 6 anos de idade. *Puta de sorte!* Um segundo depois, Tamara saiu com indignação teatral, pisando tão duro que parecia que suas pernas iam quebrar.

– Acho que Tamara está grávida – prossegui.

Todos gritaram "Como é que é?". O que era bastante razoável, já que pelo menos três dos rapazes presentes eram responsáveis pelo lazer horizontal de Tamara.

– É que há pouco ela disse: "*Tamara* que seja rebate falso, porque às vezes eu esqueço de *tamar a* pílula."

Luke, Shake, Joey e Johnno quase tiveram que ser hospitalizados de tanto rir. Gaz fez um ar perplexo e se lamuriou: "Que é que ela quis dizer com isso?", até que Luke, dobrando-se de rir, levou-o para um canto e explicou-lhe o trocadilho.

Mais tarde, chegou a hora de nos despedirmos dos meninos. Tinha sido um interlúdio agradável, mas Brigit e eu estávamos numa missão. Havia deuses em demasia naquele aposento para desperdiçarmos nosso tempo com um bando de idiotas cabeludos, por mais simpáticos que fossem.

Mas, quando eu já estava prestes a levantar âncora, Luke comentou comigo:

– Quando eu tinha 9 anos, não teria coragem de me fantasiar de Johnny Rotten. É mais provável que tivesse me fantasiado de Madre Teresa de Calcutá.

– Por quê? – perguntei, educada.

– Porque na época eu era coroinha e queria ser padre.

Essas palavras reacenderam em mim uma lembrança de juventude.

– É engraçado, porque, quando eu tinha 9 anos, queria ser freira – disparei, sem conseguir me conter.

Na mesma hora me arrependi por ter dito isso. Afinal, não era algo de que me orgulhasse, pelo contrário, era uma coisa que mantivera guardada a sete chaves, desejando que jamais tivesse acontecido.

– É mesmo? – Luke abriu um sorriso largo e divertido. – Não é um barato? Eu achava que era o único.

Sua atitude relaxada, como se não fosse uma coisa de que alguém devesse se envergonhar, me acalmou.

– Eu também – admiti.

Ele sorriu novamente, trazendo-me para o interior de um pequeno círculo íntimo de afinidades. Senti uma florzinha de interesse querendo desabrochar dentro de mim, mas decidi que ainda não era hora de permitir que isso acontecesse.

– Até que ponto você chegou? – perguntou ele. – Porque não acho que possa ter sido pior do que eu. Você acredita que eu lamentava de coração o fato de o catolicismo não ser mais uma religião proibida, porque teria adorado ser mártir? Chegava a fantasiar que me mergulhavam em azeite fervendo.

– E eu fazia desenhos de mim mesma coberta de flechas – admiti, por um lado surpresa com a excentricidade de meu comportamento, e por outro relembrando o quanto parecera autêntico e importante na ocasião.

– Não só isso – disse Luke, os olhos brilhando com a lembrança – como eu também curtia a mortificação da carne, amarrava uns negócios em mim bem apertados, o escambau. Tipo sadomasoquismo juvenil, sabe? – Alteou uma sobrancelha buscando minha conivência, e sorri, para encorajá-lo. – Só que não consegui encontrar nenhuma corda na garagem, de modo que tive que roubar o cinto do vestido da minha mãe e amarrá-lo em volta da cintura. Tive dois dias de agonia purificadora, da boa, até que meu irmão descobriu e me acusou de ser um travesti.

Senti-me aproximar de Luke, curiosa para saber como os outros lidavam com o deboche dos irmãos mais velhos.

– É mesmo? – perguntei, intrigada. – E depois?

– Acho que eu devia ter feito o que era certo – disse ele, pensativo.

– O quê? Rezar por ele?

– *Não!* Baixar o cacete no filho da puta.

Soltei uma gargalhada, surpresa.

– Mas, em vez disso, banquei o santo e ofertei a outra face, dizendo que faria uma novena em intenção dele. As alegrias de uma infância católica.

Eu ria sem parar.

– Eu era uma perfeito idiota, não era, Rachel? – Ele me encorajou a concordar, com um sorriso encantador, irresistível.

Gostei da maneira como ele disse meu nome. E decidi esperar um pouco mais antes de circular pelo aposento.

Encaminhei-me discretamente para um canto, com Luke de frente para mim. Desse modo, ninguém importante poderia me ver.

– Por que você acha que a gente era assim? – perguntei, com certo constrangimento. – Por que queria uma coisa tão estranha? Seria a puberdade incipiente? Os hormônios entrando em curto-circuito?

– Pode ser – ele concordou, enquanto eu perscrutava seu rosto em busca de respostas. – Embora talvez fôssemos um pouco jovens demais. Acho que, no meu caso, teve a ver com o fato de que eu havia acabado de me mudar para uma casa nova e não tinha amigos.

– No meu, também.

– Você tinha acabado de se mudar para uma casa nova?

– Não.

Encaramo-nos durante alguns segundos, perplexos. Ele não sabia se devia sentir pena de mim, rir ou me dar conselhos. Então, felizmente, ambos rimos, os olhos fixos um no outro, unidos pelo riso, no interior de seu círculo.

Durante as duas horas seguintes, Luke quase me matou de rir. Contou-me sobre um restaurante na rua Canal onde comeu um *curry* tão picante que jurou ter ficado cego durante três dias. O assunto comida trouxe consigo a revelação de que, como eu, Luke era vegetariano. Isso descortinou todo um novo universo de experiências em comum, e conversamos longamente sobre a discriminação sofrida pelos vegetarianos e a maneira como não eram levados a sério. Entusiasmados, contamos grandes histórias sobre as Ocasiões Em Que o Vegetariano Quase É Obrigado a Comer Carne.

Luke tirou o primeiro lugar, com um caso passado numa pensão no condado de Kerry, onde pediu um café da manhã vegetariano e recebeu praticamente um leitão inteiro, lindamente disposto no prato, só faltando sorrir para ele.

– E aí? – perguntei, divertida.

– Eu disse à Sra. O'Loughlin: "Senhora, eu não falei que era vegetariano?"

– E ela? – perguntei, me esbaldando.

– "Falou, filho, falou. Qual é o problema?"

– E você? – Eu de bom grado dava as deixas para Luke.

– "As fatias de toucinho, minha senhora, esse é que é o problema."

– E ela?

– Ela ficou com os olhos cheios de lágrimas e disse: "Mas não tá certo, um menino crescendo como você, só comer uns cogumelos e quatro ou cinco ovos. Que mal pode fazer uma fatia de toucinho ou duas?"

Atiramos as cabeças para trás, soltando exclamações de zombaria e reprovação, divertindo-nos horrores.

Reclamamos durante algum tempo da maneira como as pessoas consomem proteínas em excesso, e como o broto de alfafa é um alimento muito injustiçado, quando, na realidade, constitui uma excelente fonte de nutrientes.

– Do que mais a gente precisa? – perguntei, com ar filosófico. – Só de brotos de alfafa?

– Exatamente – concordou Luke. – Um homem adulto pode sobreviver com um punhado de brotos de alfafa de dois em dois meses.

– Servem até como combustível para automóveis – observei. – E, não apenas isso – aventurei-me ainda mais longe – como os brotos de alfafa dão à pessoa uma visão de raios X, uma força sobre-humana e...

– Um pelo e um rabo lustrosos – sugeriu Luke.

– Isso mesmo.

– E o segredo do universo.

– Exatamente. – Sorri. Achava que ele era o máximo, eu era o máximo, brotos de alfafa eram o máximo. – É uma pena que tenham um gosto tão horrível – acrescentei.

– Não é mesmo? – ele assentiu com a cabeça.

Eu me esforçava ao máximo para retribuir cada caso engraçado de Luke com outro. Ele tinha uma maneira de se expressar maravilhosa e um repertório fantástico de sotaques, que lhe permitia ora ser um bandido mexicano, ora um presidente russo, ora um guarda obeso de Kerry prendendo alguém.

Ele era como uma imagem em cores vibrantes num mundo em preto e branco.

Eu também estava num de meus melhores dias como contadora de casos, porque me sentia totalmente relaxada. Não apenas por causa das doses cavalares de bebida que havia ingerido, mas porque não me sentia atraída por Luke.

Da mesma maneira como nunca me senti nervosa na presença de um gay, não importa quão extravagante fosse sua beleza, eu simplesmente não podia considerar seriamente Luke ou qualquer um de seus amigos como um namorado em potencial. Por mais que tentasse, simplesmente *não* podia me forçar a enrubescer ou ficar muda ou puxar a carteira da bolsa apenas para descobrir que era um absorvente dobrado ou passar a mão pelos cabelos e prender uma unha postiça ou tentar pagar uma rodada de bebidas com um cartão telefônico ou qualquer uma das coisas que invariavelmente fazia quando me sentia atraída por um homem.

A pessoa desfruta uma tremenda sensação de *liberdade* quando não se sente atraída por alguém, porque não tem que fazer com que o outro se sinta atraído por ela.

Com Luke, eu podia ser eu mesma. O que quer que isso fosse.

Não que ele fosse *feio*. Tinha cabelos escuros e bonitos; bem, seriam bonitos se ele lhes desse um corte decente. E tinha olhos vivos e um rosto animado e expressivo.

Contei-lhe tudo sobre minha família, pois, por algum motivo, as pessoas a achavam engraçada. Contei-lhe sobre meu pobre pai, o único homem entre seis mulheres. E de como ele quisera se mudar para um hotel, quando a menopausa de minha mãe chegou no mesmo dia em que a puberdade de Claire.

De como comprara um gato para equilibrar o número de representantes dos dois sexos, apenas para descobrir que o gato não era macho. E de como sentara-se no degrau mais baixo da escada, chorando: "Até a joça do gato é mulher."

Luke riu tanto que achei que ele merecia conhecer a história da excursão escolar a Paris de que participei aos 15 anos. De como o ônibus ficou preso num engarrafamento no Pigalle, e as freiras que tomavam conta de nós quase tiveram um ataque apoplético ao se verem diante de letreiros de néon anunciando boates de nudismo.

– Você conhece o tipo de coisa – disse eu a Luke. – "Garotas, garotas e mais garotas, do jeito que o diabo gosta!"

– Já ouvi falar que essas coisas existem, sim – disse ele, os olhos arregalados em sinal de falsa inocência. – Embora, é claro, nunca as tenha visto.

– É claro.

– E o que as boas irmãs fizeram?

– Primeiro saíram pelo ônibus fechando as cortinas.

– Está brincando! – Luke parecia assombrado.

– E depois... – disse eu, lentamente. – Você não vai acreditar no que aconteceu depois.

– O que foi?

– Irmã Canice se postou no corredor e anunciou, agitadíssima: "Muito bem, meninas, os Mistérios Dolorosos; primeiro, a Agonia no Horto. Pai nosso que estais no Cé... – Rachel Walsh, saia dessa janela! –... que estais no Céu..."

Luke quase se engasgou de tanto rir.

– Fizeram vocês rezarem o rosário!

– Dá para ver a cena, não dá? – perguntei, fazendo-o rir ainda mais. – Quarenta meninas de 15 anos e cinco freiras, dentro de um ônibus preso num engarrafamento na zona de baixo meretrício de Paris, com as cortinas fechadas, recitando as 15 dezenas do rosário.

– Esta – declarei eu, para seu rosto vermelho e brilhante de tanto rir – é uma história verídica.

Como um ímã, Luke atraía mais e mais de mim para a superfície, levando-me a lhe contar coisas que jamais contaria a um homem por quem me sentisse atraída.

Não sei como, mas até deixei escapar que *Obra Reunida de Patrick Kavanagh* era meu livro de cabeceira. Bastou eu dizer isso para me arrepender na hora. Sabia que tipo de leitura era *in* e que tipo era *out*.

– Não porque eu seja uma intelectual – apressei-me em lhe dizer – mas porque gosto de ter *alguma coisa* para ler, e minha capacidade de concentração é tão medíocre que não dura mais do que um poema.

– Entendo o que você quer dizer – disse ele, dando-me um olhar cauteloso. – Com um poema, você não tem o trabalho de tentar se lembrar do desenvolvimento da trama ou dos vários personagens.

– Acho que você está concordando comigo só para me agradar. – Sorri.

– Não há nada demais em ler poesia – insistiu ele.

– Você não diria isso se tivesse minhas irmãs – disse eu, em tom compungido, contorcendo o rosto numa careta que o fez rir.

De vez em quando, os outros nos interrompiam e tentavam participar contando casos engraçados ocorridos com eles, mas não eram páreo para mim. Ninguém era tão engraçado quanto Luke ou eu. Pelo menos, era o que eu e Luke achávamos, e trocamos olhares coniventes quando Gaz se esforçou para nos contar da ocasião em que seu irmão quase se engasgou com um floco de cereal. Ou teria sido um sucrilho? Não, espere, pode ter sido um tablete de fibras. Não um tablete de fibras inteiro, não poderia ser um tablete de fibras *inteiro*, mas, pensando bem, talvez tenha sido...

Todos os outros, inclusive Brigit, fizeram no mínimo uma incursão ao bar para pegar drinques para todo mundo, menos eu e Luke.

Não dávamos a menor bola quando Gaz gritava "Essa rodada é sua, seu sacana pão-duro." (Mais tarde, Joey conseguiu fazê-lo entender que as bebidas eram de graça, e ele calou a boca.)

Enquanto isso, eu e Luke estávamos tão ocupados competindo para ver quem era mais engraçado, que mal notamos quando alguém enfiou duas bebidas nas nossas mãos, que não paravam de gesticular. Sequer ouvimos os vários murmúrios de "Vocês podiam ter pelo menos agradecido".

Eu só pensava comigo mesma: *Ele é tão legal. Tão engraçado.*

Luke começou a contar outra história.

– Então, Rachel, lá estava eu, usando uma das saias floridas da minha mãe... – (Ele tinha quebrado a perna.) – E quem é que eu encontro, senão minha ex-namorada...

– Não a que apanhou você e Shake amarrando um ao outro! – exclamei. (Eles tinham andado praticando nós, não sexo sadomasoquista.)

– A própria – confirmou Luke. – Ela olhou para mim, sacudiu a cabeça e disse: "Agora são roupas de mulher. Você é um filho da mãe pervertido, Luke Costello."

– E você? – perguntei, prendendo o fôlego.

– Decidi que, perdido por um, perdido por mil, então perguntei a ela: "Será que uma trepada está fora de cogitação?"

– E deu sorte?

– Ela ameaçou quebrar minha outra perna.

Esse desfecho quase me matou de rir. No geral, eu estava encantada com meu novo amigo.

É claro que teria que tomar alguma providência em relação à sua aparência. Perguntava-me o que as pessoas pensariam de mim se eu fosse vista com alguém como ele. Não era uma pena? Porque, se não se vestisse de uma maneira tão idiota, seria até boa-pinta.

Flagrei-me a analisar discretamente seu corpo, meus olhos fugindo de seu rosto e voltando, bem depressa, para que ele não percebesse o que eu estava fazendo. Fui obrigada a admitir que, embora calças de couro fossem vulgares, ele tinha realmente umas pernas compridas, fortes e... Esperei que se virasse um pouco para aceitar outra bebida de

Joey, para que eu pudesse dar uma boa olhada... uma bunda muito bonitinha. Flagrei-me pensando que, se, digamos, eu fosse uma dessas tietes de roqueiro, e se, vamos fazer de conta, estivesse procurando um namorado, nesse caso ele seria uma boa escolha.

Depois de horas de diversão ininterrupta, houve uma pequena pausa na conversa. O burburinho do mundo exterior rompeu o círculo mágico que eu e Luke havíamos traçado ao nosso redor.

Ouvi vagamente Johnno dirigindo-se a Brigit: "Ei, Brigit de Madison County, traz um maço de cigarros, também."

– Não é engraçado – observou Luke – como essa é a primeira vez que a gente conversa?

– Acho que sim – sorri.

– Porque estou de olho em você há muito tempo, sabe? – disse ele, fixando seu olhar no meu por muito mais tempo do que o necessário.

– Está, é? – Dei um sorriso idiota, enquanto minha cabeça gritava: *Ele se sente atraído por mim, um dos Homens de Verdade se sente atraído por mim, que piada!* Perguntei-me quando poderia contar a Brigit, para que pudéssemos dar boas gargalhadas a respeito.

– Mas, me diz – recomeçou ele, em tom confidencial – do que é que você e Brigit acham tanta graça em mim e meus amigos?

Quase morri. Aquela sensação deliciosa de encanto se esvaiu rapidamente. Ele não estava interessado em mim coisíssima nenhuma, como eu podia ter chegado a achar que estivesse? Embora minhas emoções estivessem bem acolchoadas pelos vinte Seabreezes que tornara, gaguejei e enrubesci.

– Porque tenho visto vocês, sabe? – disse ele. De repente, o tom de sua voz não parecia nem um pouco simpático. E nem a expressão de seu rosto.

Era como se fosse outra pessoa, séria e aborrecida. Alguém digno de respeito.

Abaixei os olhos e me dei conta de que estava olhando para sua barriga. A camiseta branca saíra da calça e eu podia ver sua barriga reta e bronzeada e a trilha de pelos negros que descia até o...

Com o coração acelerado, tornei a erguer o rosto depressa para ele e fitei-o nos olhos. Ele relanceou o ponto que eu estivera olhando e tornou a sustentar meu olhar. Encaramo-nos em silêncio. Não me ocorreu nada para dizer. Subitamente, o tesão *explodiu* dentro de mim.

Num instante, Luke deixou de ser um objeto de escárnio. Eu estava pouco me importando com seu corte de cabelo cafona e suas roupas ridículas. Tudo nele, até mesmo as calças justas, e principalmente o que havia dentro delas, revestira-se de uma sensualidade inexplicável, irresistível. Queria que ele me beijasse. Queria arrastá-lo do Rickshaw Rooms. Queria que me enfiasse num táxi e rasgasse minhas roupas. Queria que me atirasse em cima de uma cama e me comesse.

Ele deve ter sentido o mesmo, pois, embora eu não saiba quem tomou a iniciativa, num momento estávamos nos encarando com raiva e no outro sua boca estava na minha. Fresca e suave por um segundo, e então quente, amorosa e firme.

Minha cabeça delirava de susto e prazer. Meu Deus, como eu estava feliz por ter vindo essa noite! Seus braços me enlaçavam pela nuca, por baixo de meus cabelos, seus dedos na pele sensível fazendo com que o desejo percorresse todo o meu corpo. Deslizei meus braços por sua cintura e puxei seu corpo contra o meu. Com um susto, me dei conta de que o volume duro contra minha barriga era sua ereção. Fui às nuvens, compreendendo que não estava imaginando isso. Ele me queria tanto quanto eu a ele. Era real.

Ele puxou meus cabelos, inclinando minha cabeça para trás.

Doeu e eu adorei. Roçou sua barba por fazer no meu rosto e mordeu o canto da minha boca.

– Sua puta gostosa – murmurou no meu ouvido, e, mais uma vez, quase desmaiei. Eu me *sentia* mesmo uma puta gostosa. Poderosa e desejável.

– Vamos – disse ele. – Pegue a bolsa e vamos embora.

Não nos despedimos de ninguém. Tive uma vaga consciência dos outros Homens de Verdade e Brigit nos encarando, estupefatos, mas estava pouco me lixando para isso.

Esse tipo de coisa não acontecia comigo, pensei, confusa, esse tipo de tesão incontrolável. Ou, pelo menos, não costumava ser recíproco.

Chamamos um táxi imediatamente e, assim que entramos no carro, ele me jogou de costas no assento e deslizou as mãos até meu top. Eu estava sem sutiã e, quando ele pousou a mão em meus seios, os mamilos já estavam duros como se fossem de pedra. Ele os beliscou entre o polegar e o indicador, e dois raios de prazer percorreram meu corpo.

– Meu Deus – gemi, com voz rouca.

– Rachel, você é linda – ele sussurrou.

Frenética, levantei minha saia e comprimi seu púbis contra o meu. Podia sentir sua ereção através da calcinha. Pus as mãos em sua bunda e o apertei com tanta força contra mim que doeu. Uma dor deliciosa.

Tenho que sentir esse cara dentro de mim, pensei.

Enfiei minhas mãos febris por baixo de sua camiseta para tocar sua pele, em seguida pousei-as na sua bunda porque não aguentava ficar sem senti-la.

Atordoada, percebi que o táxi havia parado, e achei que o motorista estava nos expulsando por causa de nossas terríveis travessuras. Mas, na verdade, havíamos chegado ao apartamento de Luke. Eu já devia saber. Os motoristas de táxi de Nova York não estão nem aí para o que o passageiro faz, contanto que pague a corrida e lhes dê uma gorjeta. Você pode assassinar alguém no banco traseiro que eles estão se lixando, contanto que não manche os assentos de sangue.

Mal me lembro da chegada ao apartamento de Luke. Só sei que corremos de mãos dadas pelos quatro lances de escada, porque não aguentamos esperar o elevador. Fomos direto para seu quarto e ele bateu a porta com um pontapé de costas, gesto que achei tremendamente sensual. Embora àquela altura eu já estivesse tão cheia de desejo por Luke, que ele poderia ter feito qualquer coisa, até vomitar, que eu teria achado sensual.

Ele me atirou na cama e em segundos tirou todas as roupas. Já estava quase sem elas, mesmo. A grande fivela de seu cinto de couro, máscula e *sexy*, já estava aberta, bem como os dois primeiros botões da calça de couro. Achei que fora eu mesma quem fizera isso no táxi, embora mal me lembrasse da proeza.

Ele era lindo sem roupas.

Comecei a me despir, mas ele me deteve. Primeiro, puxou meu top para cima, de modo a libertar meus seios, mas não o tirou. Sorrindo, ajoelhou-se sobre meus braços para que eu não pudesse me mover. Brincou com meus mamilos, contornando-os com a ponta macia e lisa do pênis ereto, o mais leve toque fazendo com que eu me contorcesse de desejo.

– Agora – disse eu.

– Agora o quê? – perguntou ele, com ar inocente.

– Agora a gente pode fazer?

– Fazer o quê?

– Você sabe – implorei, arqueando o torso contra o dele.

– Pede "por favor". – Ele sorriu, cruel.

– Por favor, seu filho da mãe!

Ele arrancou minhas roupas. Assim que me penetrou, comecei a gozar. Um orgasmo atrás do outro. Uma coisa infinita, eu nunca experimentara nada igual. Crispava os dedos em seus ombros, paralisada, enquanto meu corpo se contraía em ondas de prazer. Então a respiração dele se tornou mais rouca e entrecortada, e ele gemeu, começando a gozar.

– Ah, Rachel – arfava, os dedos emaranhados em meus cabelos. – Ah, Rachel.

Fez-se silêncio absoluto. Ele continuou deitado em cima de mim, os arrepios repuxando sua pele, a cabeça na curva do meu pescoço.

Por fim, recostou-se sobre os cotovelos e contemplou meu rosto longamente. E sorriu, um sorriso largo, lindo, quase beatífico.

– Rachel, gata – disse – acho que te amo.

7

— Chegamos. Lá está o Claustro.

Papai diminuiu a marcha do automóvel (o que não foi nada fácil, considerando-se que perfizera todo o trajeto de Dublin a Wicklow a uma média de trinta quilômetros por hora, para fúria de Helen) e apontou um vale. Eu e Helen nos espichamos para dar uma olhada. Enquanto nossos olhares varavam em silêncio a paisagem invernal do campo e se fixavam no casarão cinzento em estilo gótico, senti um frio no estômago.

– Caraca, é igualzinho a um hospício. – Helen parecia impressionada.

Para ser franca, eu estava ligeiramente alarmada. Precisava parecer tanto com uma clínica psiquiátrica? O casarão já era bastante assustador, mas, para piorar as coisas, era totalmente cercado por uma alta muralha de pedra, coberta por sempre-vivas cerradas e escuras. Não teria me causado surpresa ver morcegos voando ao redor das torres com a lua cheia ao fundo, embora fossem onze horas de uma manhã de sexta-feira e não houvesse nenhuma torre.

– O Claustro – murmurei, tentando disfarçar a ansiedade com um comentário jocoso – onde finalmente encontro minha nêmesis.

– Nêmesis? – perguntou Helen, entusiasmada. – O que eles cantam?

No entanto, pensei, tentando não ouvir o que ela dizia, o lugar tinha um certo encanto austero. Não pegaria bem para a instituição se tivesse a aparência de um hotel de luxo, embora fosse exatamente o que era. Ninguém a levaria a sério.

– Algum deles é bonito? – urrou Helen.

Era ótimo estar no campo, pensei com meus botões, recusando-me obstinadamente a ouvir Helen. Pense nisso! Ar puro, uma vida simples e a chance de fugir do corre-corre da cidade grande.

– Estão todos aqui? – perguntou Helen, em tom lamurioso. – Ou só alg...

Minha ansiedade transbordou.

– Cala a boca! – berrei. Gostaria que ela não tivesse vindo, mas ela vinha insistindo desde que ficara sabendo dos artistas.

Helen fez uma expressão furiosa e papai interveio rapidamente:

– Não seja implicante, Helen.

Ela o fuzilou com o olhar, mas terminou por ceder.

– Está bem – disse, num raro rompante de altruísmo. – Afinal, não é todo dia que ela se interna.

Ao sairmos do carro, Helen e eu fizemos uma rápida vistoria no terreno, procurando alguma celebridade perdida, mas nada feito. Papai, é claro, não estava interessado nisso. Apertara a mão do técnico da seleção da Irlanda uma vez, e nada podia superar esse episódio. Tomando a dianteira, ele subiu com esforço a escada cinzenta que levava à porta de madeira maciça. Nem eu nem ele andávamos nos falando muito, mas, pelo menos, ele me acompanhara. Mamãe não apenas se recusara, como também não permitira que Anna viesse. Acho que estava com medo de que internassem Anna também. Ainda mais depois que Helen jurou de pés juntos ter lido que o Claustro estava fazendo uma promoção do tipo "Tranque dois e pague um" durante o mês de fevereiro.

A porta da frente, de madeira de lei pesada e maciça, abriu-se com solene lentidão, como não poderia deixar de ser. Fiquei surpresa ao constatar que, de repente, estávamos numa recepção moderna. Copiadoras, telefones, fax, computadores, divisórias finas de eucatex e um cartaz na parede com os dizeres "Você não precisa ser um dependente químico para trabalhar aqui, mas ajuda". Ou talvez tenha sido eu que imaginei esse adendo.

– Bom dia – disse uma mocinha jovial. O tipo de mocinha que responde aos classificados do correio sentimental que procuram por alguém "cheio de vida". Cabelos louros encaracolados e um sorriso radiante, mas não a ponto de parecer insensível. Afinal, essa não era uma circunstância feliz.

– Sou Jack Walsh – disse papai. – Esta é minha filha Rachel. Estamos sendo esperados. E esta é Helen, mas não ligue para ela.

A cheia de vida deu uma olhada de relance em Helen. Provavelmente eram raras as ocasiões em que se encontrava no mesmo aposento que uma garota muito mais bonita do que ela. Conseguiu controlar-se o bastante para brindar a mim e papai com um sorriso de simpatia profissional.

– Ela tem... bem, tem tido alguns probleminhas *com*... você sabe, drogas... – disse ele.

– Hum, sei. – Ela assentiu com a cabeça. – O Dr. Billings está esperando vocês. Vou avisá-lo que estão aqui.

Ela interfonou para o Dr. Billings, abriu um sorriso largo para papai, sorriu com ar triste para mim, fechou a cara para Helen e disse:

– Ele vai recebê-los em um minuto.

– Não é tarde demais, é? – perguntou papai. – Para Rachel. Ela pode ser ajudada, não pode?

Cheia de Vida fez uma expressão assustada.

– Não me cabe dizer – apressou-se em responder. – O Dr. Billings é quem fará a avaliação, pois só ele está abalizado para dizer se...

Morta de vergonha, dei uma cotovelada em papai. Que negócio era esse de perguntar àquela criança se eu podia ser salva?

Meu pai sempre se comportou como se fosse o dono da verdade. O que fizera eu para reduzi-lo a isso?

Enquanto esperávamos o Dr. Billings, peguei em cima da mesa um folheto impresso em papel lustroso. "O Claustro. No coração das antigas colinas de Wicklow..." Por um momento, tive a sensação de estar lendo o rótulo no verso de uma garrafa de água mineral.

A semelhança física entre o Dr. Billings e o humorista John Cleese, do Monty Python, era espantosa. Tinha aproximadamente 2,5 metros de altura e era quase careca. Suas pernas terminavam na altura das orelhas, sua bunda vinha até a nuca e suas calças só chegavam até a metade da panturrilha, onde adejavam como asas, deixando entrever quase um palmo de meias brancas. Parecia um louco. Mais tarde fiquei sabendo que era psiquiatra, o que fazia bastante sentido.

Sob as risadinhas de Helen, ele me levou para ser "avaliada". A avaliação consistia em tentar convencer a mim e a si mesmo de que eu estava mal o bastante para ser internada. Passou um tempão me encarando com ar pensativo, dizendo "hum" e anotando tudo que eu dizia.

Fiquei decepcionada com o fato de ele não fumar cachimbo.

Ele me perguntou sobre as drogas que eu usava e procurei ser totalmente franca. Bem, *quase totalmente.* Por estranho que pareça, a quantidade e a variedade de drogas que eu usava pareciam muito maiores quando descritas fora de contexto, de modo que dourei a pílula ao máximo. Quer dizer, *eu* sabia que meu consumo de drogas estava totalmente sob controle, mas ele podia não compreender isso. Escrevia numa ficha e dizia coisas do tipo "Sim, sim, posso ver que você tem um problema".

Não gostei de ouvir isso. Ainda mais porque era mentira. Até que lembrei que me classificar como toxicômana valia vários milhares de libras para ele.

Então ele fez algo que eu estava morta de medo que fizesse desde que entrara em seu consultório. Pousou os braços na escrivaninha, encostou as mãos uma na outra e inclinou-se para a frente, dizendo:

– Sim, Rachel, é óbvio que você tem um problema crônico de abuso de drogas etc. etc.

Em poucas palavras: eu estava internada.

Ele me fez uma preleção sobre o lugar.

– Ninguém a está obrigando a vir para cá, Rachel. Você não está sendo internada à força. Já teve alguma experiência em outras instituições?

Fiz que não com a cabeça. Que audácia a daquele homem!

– Bem – continuou ele – muitos de nossos clientes já tiveram. Mas, uma vez que você concordou em vir para cá, há certas condições que esperamos que aceite.

Ah, é? Condições? Que tipo de condições?

– O período de tempo regulamentar que as pessoas passam aqui é de dois meses – disse ele. – Ocasionalmente, podem querer sair antes de transcorridos esses dois meses, mas, tendo assinado os documentos, são obrigadas a ficar três semanas. Depois disso, estão livres para ir embora, a menos que achemos que isso seria contrário aos seus interesses.

Essa declaração fez brotar em mim um filete gelado de algo semelhante a apreensão. Não que eu me importasse de ficar as três semanas. Na realidade, planejava ficar os dois meses inteiros. Apenas não gostei do tom de voz dele. Por que levava tudo tão a sério? E por que as pessoas haveriam de querer ir embora antes de transcorridos os dois meses?

– Compreende isso, Rachel? – perguntou ele.

– Sim, Dr. Cleese – murmurei.

– Billings. – Ele franziu a testa, alcançando minha ficha com um gesto abrupto e anotando alguma coisa. – Meu nome é Dr. Billings.

– Sim, Billings – disparei. – É claro, Billings.

– Não aceitamos ninguém que esteja aqui contra a sua vontade – prosseguiu ele. – Nem ninguém que não queira receber ajuda. Esperamos sua colaboração.

Isso também não me agradou nada. Só queria um pouco de descanso, agradável e livre de atribulações. Não causaria nenhum problema, mas também não queria que me fizessem nenhuma exigência. Eu passara por poucas e boas e estava ali para recuperar minhas forças.

De repente, a expressão do Dr. Billings mudou completamente.

– Rachel. – Fitou-me no fundo dos olhos. – Você admite que tem um problema? Quer ser ajudada a se livrar dos seus vícios?

Eu tinha achado que não faria diferença mentir. Mas estava fazendo, mais do que eu esperava.

Para o inferno, pensei, inquieta. Pense nas revistas para ler, nas banheiras de hidromassagem, nos exercícios, nas camas de bronzeamento artificial. Pense na barriga reta, nas coxas firmes, na pele clara e brilhante. Pense nas celebridades com quem topará. Pense em como Luke sentirá falta de você, e como sofrerá quando assistir à sua volta triunfal a Nova York.

O Dr. Billings continuou a salientar as condições de minha estada:

– Visitas nas tardes de domingo, mas não no seu primeiro fim de semana. Você terá direito a dar ou receber dois telefonemas por semana.

– Mas isso é uma barbaridade – disse eu. – *Dois* telefonemas por *semana*?

Em geral, eu dava dois telefonemas por hora. Tinha que falar com Luke e talvez precisasse dar um monte de telefonemas até conseguir. Será que contava como telefonema se a secretária eletrônica atendesse? Certamente que não, pois eu não teria chegado a falar com ele, não é? E se ele batesse com o telefone na minha cara? Isso também não contava, contava?

O Dr. Billings escreveu algo na minha ficha e disse, fitando-me longamente:

– Você empregou uma palavra interessante, Rachel. Barbaridade. Por que diz que é uma barbaridade?

Ihhh..., pensei, começando a compreender e já me preparando para me esgueirar rapidinho da armadilha. Eu manjo seus truques psicanalíticos. Não sou um daqueles pobres idiotas que você pega. Vivi em Nova York, tá?, que só perde para São Francisco em matéria de jargão psicanalítico. Se bobear, *eu* é que posso analisar *você*.

Contive o ímpeto de encarar fixamente o Dr. Billings e perguntar: "Eu ameaço o senhor?"

– Nada – respondi, simpática. – Não quis dizer nada com isso. Dois telefonemas por semana? Está ótimo.

Ele ficou irritado, mas o que podia fazer?

– Você se absterá totalmente de usar qualquer psicotrópico durante sua estada aqui – prosseguiu ele.

– Isso quer dizer que não vou poder tomar vinho no jantar? – Achei melhor engolir o sapo.

– Por quê? – Ele na hora saltou sobre minha pergunta como um tigre. – Você gosta de vinho? Costuma consumi-lo em grandes quantidades?

– Em absoluto – respondi, embora não tivesse o hábito de dizer coisas como "Em absoluto". – Perguntei só por perguntar.

Droga, pensei, decepcionada. Graças a Deus trouxe meu Valium comigo.

– Teremos que revistar sua mala – disse ele. – Espero que não se importe.

– De jeito nenhum – sorri, gentilmente. Ainda bem que enfiara o Valium na bolsa.

– E a sua bolsa, é claro – acrescentou ele.

Ah, não!

– Ah, sim, claro. – Tentei parecer calma. – Mas, antes, será que posso ir ao toalete?

Havia um toque de esperteza e presunção em seu olhar, do tipo "a mim você não engana", que não me agradou. No entanto, limitou-se a dizer:

– No fim do corredor, à esquerda.

Com o coração aos pulos, corri para o banheiro feminino e bati a porta atrás de mim. Rodei pelo pequeno recinto, em pânico, procurando algum lugar onde pudesse me livrar de meu precioso vidrinho, ou – o que seria de longe preferível – algum lugar onde pudesse escondê-lo para mais tarde recuperá-lo. Mas não havia nenhum. Nenhuma cesta de lixo ou recipiente para absorventes usados, nenhum cantinho ou reentrância esperta. As paredes eram retas e lisas, o chão vazio e exposto. Ocorreu-me que talvez essa falta de esconderijos fosse proposital. (Tempos depois, descobri que era.)

Até onde vai a paranoia desse pessoal?, pensei, num rompante de ódio e impotência. Paranoicos de merda, loucos de merda, sacanas de merda, filhos da mais puta dentre todas as putas!

E eu lá, parada, com o vidro na minha mão e a cabeça oca, oscilando entre o ódio e o medo. Tinha que enfiá-lo em algum lugar. Era muito importante que não me apanhassem com drogas, por mais leves e inofensivas que fossem.

Minha bolsa, pensei, eufórica. Eu poderia colocá-lo na minha bolsa! Não, espera aí, esse era o motivo pelo qual eu estava parada naquele banheiro minúsculo, suando em bicas, por *não poder* colocá-lo na minha bolsa.

Tornei a olhar em volta, na esperança de ter deixado passar alguma coisa na vistoria anterior. Mas não tinha. Compreendi que, infelizmente, seria melhor me livrar pelo menos dos comprimidos. E depressa. A essa altura, o Dr. Billings provavelmente já se perguntava o que eu estaria fazendo, e eu não queria que ele pensasse mal de mim. Pelo menos, ainda não. Quer dizer, mais cedo ou mais tarde ele inevitavelmente pensaria, todas as pessoas numa posição de autoridade sempre pensavam, mas ainda era cedo demais, até mesmo para mim...

Uma voz interior me interrompeu, apressando-me a dar o fora e a eliminar quaisquer vestígios que pudessem me incriminar. Não acredito que isso esteja acontecendo comigo, pensei, enquanto, com as mãos suadas, arrancava o rótulo do vidro. Sentia-me como uma criminosa.

Joguei o rótulo no vaso e, em seguida, com uma curta porém intensa pontada de desespero pela perda, despejei a pequena torrente de comprimidinhos brancos em seu interior.

Tive que virar a cabeça quando dei a descarga.

Assim que desceram, senti-me nua e exposta, mas não podia me dar ao luxo de degustar meu sofrimento. Tinha preocupações maiores. O que iria fazer com o vidro marrom vazio? Não podia deixá-lo ali, pois alguém fatalmente o encontraria e provavelmente descobririam que era meu. Não havia nenhuma janela que eu pudesse abrir, para jogá-lo fora. O melhor seria ficar com ele, pensei, e torcer para que surgisse uma chance de me livrar dele mais tarde. Minha bol...! Ah, não, eu me esquecia toda hora. O melhor era levá-lo comigo e torcer – ha-ha-ha – para que não me submetessem a uma revista íntima.

Meu sangue gelou. Eles *podiam* me submeter a uma revista íntima. Bastava ver como estavam sendo minuciosos com minha mala e minha bolsa.

Bem, eu me recusaria a permitir que me submetessem a uma revista íntima, pensei. Como se atreviam?!

Até lá, em que parte de meu corpo eu o esconderia? Deixara meu casaco na recepção e minhas roupas não tinham bolsos. Mal podendo acreditar no que fazia, levantei meu suéter e o enfiei dentro do sutiã, entre os seios. Mas foi um suplício, porque meu peito estava todo coberto de hematomas, de modo que fui obrigada a tirá-lo, Tentei acomodá-lo numa das taças do sutiã, depois na outra, mas dava para ver claramente o contorno do vidro marcando meu suéter colante de angorá ("meu", aqui, é uma figura de sintaxe, obviamente. O suéter, na verdade, era de Anna), de modo que tornei a retirá-lo.

Não havia mais nenhum esconderijo para ele, nenhum outro lugar para onde pudesse ir. Enfiei-o, pois, na calcinha. O vidro era frio contra a pele e me senti extremamente idiota, mas, ao dar dois passos, constatei que estava seguro. Sucesso!

Senti-me ótima, até ter uma rápida imagem mental de mim mesma, quando então algo pareceu errado.

Como eu fora terminar assim? Estava vivendo em Nova York e era jovem, independente, sofisticada e bem-sucedida, não era? E não uma mulher de 27 anos, desempregada, tida na conta de toxicômana, num centro de reabilitação sei lá onde com um vidro vazio de Valium enfiado na calcinha?

8

Pobres coitados, pensei, morta de pena, quando olhei para a comprida mesa de madeira à qual almoçavam os alcoólatras e toxicômanos. Pobres, pobres coitados.

Agora, eu era uma interna oficial.

Fizera o exame de sangue e passara com louvor, minha calcinha não fora revistada, minha bolsa *sim,* mas não encontraram nada de ilícito, e papai e Helen haviam partido com um mínimo de manifestações de afeto e lágrimas ("Comporte-se, pelo amor de Deus. Estarei aqui no domingo da semana que vem", disse papai. "Tchau, matusquela, faz uma cestinha de vime legal para mim", disse Helen.)

Ao ver o carro de papai abandonando lentamente o terreno, felicitei-me pela calma que sentia e pelo fato de não ter pensado em drogas nem uma única vez. Toxicômana, até parece!

O Dr. Billings interrompeu minha contemplação à janela para me participar que os outros clientes, como os chamava, estavam almoçando. Por pouco perdeu as caretas grotescas que Helen fazia para ele pela janela traseira, enquanto o carro desaparecia.

– Venha almoçar – convidou. – Depois eu lhe mostro seu quarto.

Senti um frêmito de excitação à ideia de ver alguns artistas. Apesar de Helen ter me convencido de que os ricos e famosos ficariam isolados dos plebeus, a esperança dava saltos em meu estômago como um sapo.

E, é claro, os toxicômanos, alcoólatras, comedores compulsivos e jogadores, enfim, todos os loucos que compunham o restante da clientela, também mereciam uma olhada. Foi com o passo despreocupado que desci as escadas atrás do Dr. Billings rumo ao refeitório, onde ele me apresentou aos outros.

– Senhoras e senhores, esta é Rachel, que hoje se juntará a nós. Uma multidão de rostos se ergueu e me olhou, dizendo "Oi". Dei uma rápida geral neles e, à primeira vista, não havia nenhum que fosse obviamente um artista. Uma pena.

Nem qualquer um deles fazia muito o gênero *Um estranho no ninho*. Uma pena maior ainda.

Depois de dar uma boa olhada no aposento, constatei, surpresa, que era totalmente desprovido de sofisticação. Embora sempre fosse possível que o decorador tivesse tentado transmitir uma mensagem irônica e pós-moderna com as paredes amarelas, brilhantes, institucionais. E, é claro, o linóleo estava novamente na moda. Embora os azulejos marrons empenados que revestiam o chão parecessem estar lá desde a Idade Média.

Corri os olhos rapidamente pela mesa, à qual parecia haver uns vinte "clientes". Destes, apenas uns cinco eram mulheres.

O velho gordo à minha direita enchia a boca de comida. Um comedor compulsivo? O jovem gordo à minha esquerda se apresentou como Davy.

– Oi, Davy. – Sorri com dignidade. Não era preciso assumir uma atitude hostil em relação a eles. Eu manteria a reserva o estrito necessário, mas sempre seria simpática e educada, pensei. Afinal, tinha certeza de que suas vidas já eram bastante infelizes. Não seria eu a acrescentar aflição a quem já estava aflito.

– Por que você está aqui? – perguntou ele.

– Drogas – respondi, com um risinho do tipo "Dá para acreditar nisso?".

– Mais alguma coisa? – perguntou Davy, esperançoso.

– Não – respondi, perplexa. Ele fez um ar decepcionado e baixou os olhos para o prato de comida. Montanhas de rabanetes, batatas e costeletas de porco.

– E você, por que está aqui? – perguntei. Achei que seria no mínimo educado da minha parte.

– Jogo – disse ele, deprimido.

– Bebida – disse o homem ao seu lado, embora eu não tivesse perguntado.

– Bebida – disse o homem ao seu lado.

Eu tinha iniciado alguma coisa. Uma vez que se perguntasse a alguém por que estava internado ali, a pergunta surtia uma espécie de efeito dominó, e todos se sentiam na obrigação de informar a natureza do seu vício.

– Bebida – disse o outro homem, embora eu não pudesse vê-lo.

– Bebida – disse outra voz, de mais longe.

– Bebida – disse outra, ainda mais longe.

– Bebida – respondeu uma voz quase inaudível da cabeceira da mesa.

– Bebida – respondeu outra voz, dessa vez um pouco mais perto. Os dominós agora caíam do outro lado da mesa.

– Bebida. – Um pouquinho mais alto.

– Bebida. – As vozes se tornavam cada vez mais fortes.

– Bebida – disse o homem à minha frente.

– E drogas – acrescentou uma voz mais afastada. – Não se esqueça, Vincent, de que você descobriu na terapia de grupo que também tem um problema com drogas.

– Vá à merda, pedófilo – disse o homem à minha frente, feroz.

– Você não tem moral para falar de mim, Frederick, seu tarado exibicionista!

Ninguém piscou um olho durante a briga. Era exatamente como os jantares lá em casa.

Seria Frederick de fato pedófilo, tarado e exibicionista?

Mas eu não tinha como apurar. Pelo menos, não no momento.

– Bebida – continuou o próximo homem.

– Bebida.

– Bebida.

– Drogas – respondeu uma voz de mulher.

Drogas! Espichei o pescoço para dar uma boa olhada nela. Tinha seus 50 anos. Provavelmente, uma dona de casa viciada em tranquilizantes. Que pena! Por um segundo, achei que havia encontrado alguém com quem brincar.

– Drogas – disse uma voz de homem.

Dei uma olhada nele e meu sangue esquentou perceptivelmente. Era jovem, a única pessoa da minha idade que eu vira até então. E era muito bonito. Bem, talvez não fosse, mas parecia bonito em comparação com aquele bando de carecas e gordos de que a mesa estava lotada – embora eu não esteja em momento algum dizendo que não eram boas pessoas.

– Drogas – disse outra voz de homem. Parecia ser vítima do LSD. Os olhos salientes e vidrados e o cabelo penteado para trás o entregavam.

– Bebida.

– Comida.

– Comida.

Por fim, todos já tinham se apresentado. Ou, pelo menos, participado a razão pela qual estavam internados. Havia quatro vezes mais alcoólatras do que toxicômanos, e dois comedores compulsivos. Mas havia um único jogador, Davy. Não admira que se sentisse tão frustrado.

Uma mulher gorda de avental laranja chapou um prato de costeletas de porco e rabanetes à minha frente.

– Obrigada – sorri, gentil. – Mas, para ser franca, sou vegetariana.

– E daí? – Ela fez um beicinho igual ao de Elvis Presley.

– Não como carne – expliquei, perturbada com sua agressão.

– Que peninha – disse ela. – Acho bom começar.

– C-como disse? – perguntei, nervosa.

– Você vai comer o que for posto na sua frente – ameaçou. – Não tenho tempo para essa baboseira de não comer ou comer demais ou então comer e provocar o vômito. Onde é que já se viu? E, se eu apanhar você na minha cozinha tentando descobrir onde escondo a gelatina, vai para o olho da rua.

– Deixa ela em paz, Sadie – ordenou um homem sentado do outro lado da mesa, na diagonal. Imediatamente ganhou minha simpatia, embora parecesse um boxeador profissional e, o que é pior, seu cabelo encaracolado fosse apertadinho como mola de relógio, ao estilo dos imperadores romanos. – Ela está aqui por causa de drogas, não de comida. Larga do pé dela.

– Ah, me perdoa, moça. – Sadie foi efusiva em suas desculpas. – É que você é muito magra e eu achei que fazia parte da turma dos que não comem. Esse pessoal me dá no saco, pode crer. Se soubessem o que é a fome de verdade, botariam depressinha um ponto-final nessa frescura.

Por um momento, o prazer de ser confundida com uma anoréxica sobrepujou minha ansiedade.

– Sadie gostaria de ser terapeuta, não gostaria, Sadie? – brincou o homem. – Mas é burra demais, não é, Sadie?

– Fecha essa matraca, Mike. – Sadie parecia excepcionalmente bem-humorada para uma mulher que acabara de ser insultada por (se não me falhava a memória) um alcoólatra.

– Mas você não sabe ler nem escrever, sabe, Sadie? – continuou o homem.

– Sei, sim. – Ela sorriu. (Sorriu! Eu teria lhe dado uma porrada.)

– A única coisa que ela sabe fazer é cozinhar, e nem isso sabe fazer direito – disse Mike, gesticulando a esmo para os comensais e recebendo apoio entusiástico de sua parte.

– Você é um cocô, Sadie! – berrou alguém do fundo do aposento.

– É, uma imprestável de merda – gritou um rapazinho que não aparentava ter mais de 14 anos. Como podia ser um alcoólatra?

Sadie se ausentou, depois de nos garantir que "Vocês hoje vão ficar chupando o dedo na hora do chá". Surpresa, constatei que estava com vontade de chorar. Embora, para variar, os insultos amigáveis não tivessem sido dirigidos a mim, quase me deixaram aos prantos.

– Fale com Billings depois do almoço – aconselhou Mike, que deve ter percebido meu lábio trêmulo. – Enquanto isso, por que não come os rabanetes e batatas e deixa as costeletas?

– Posso ficar com elas? – Um homem com cara de lua cheia passou a cabeça por trás do velho gordo à minha direita.

– Pode ficar com o prato todo – disse eu. Não queria rabanetes e batatas. Não comia esse tipo de coisa nem em casa, que dirá num lugar de luxo como aquele. Embora soubesse que os restaurantes da moda haviam voltado a servir salsichas, purê de batatas, molho acebolado, pudins feitos em banho-maria e coisas do gênero, não havia força no mundo que me fizesse gostar delas. Eu estava louca para comer frutas, mesmo que talvez não estivessem mais na moda. Onde estava o bufê de saladas? Onde estavam as deliciosas refeições com as calorias contadas? Onde estavam os sucos de frutas fresquinhas?

Empurrei meu prato para o gordo e isso causou o maior rebuliço.

– Rachel, não dê seu prato para ele.

– Não deixem que ela faça isso.

– Eamonn não tem permissão.

– Ele é um comedor compulsivo.

– Por favor, não dê comida ao elefante.

– NÃO FAZ PARTE da nossa política preparar refeições especiais para ninguém – disse o Dr. Billings.

– Não? – Fiquei atônita.

– Não.

– Mas não são refeições especiais – protestei. – Sou vegetariana.

– Quase todas as pessoas que vêm para cá sofrem de desordens alimentares, e é muito importante que aprendam a comer o que lhes for servido – disse ele.

– Compreendo perfeitamente – respondi, simpática. – O senhor se preocupa com os anoréxicos, bulímicos, comedores compulsivos etc. Eles podem ficar chateados quando virem meu jantar especial.

– Não, Rachel – disse ele, firme. – Na realidade, é com você que eu me preocupo.

Comigo? Se preocupava comigo? Por que cargas-d'água?

– Por quê? – Esforcei-me para dar um tom educado à pergunta.

– Porque, embora sua dependência principal sejam as drogas, você pode muito bem desenvolver relacionamentos doentios com outras substâncias, como, por exemplo, a comida e o álcool. E corre o risco da dependência cruzada.

Mas eu não era viciada em drogas. Só que não podia dizer isso, ou ele me mandaria embora. E o que era dependência cruzada?

– A dependência cruzada pode ocorrer quando você tenta cortar sua dependência principal. Você pode controlar a dependência principal e se tornar dependente de outra substância. Ou pode simplesmente acrescentar a segunda dependência à primeira e ficar com as duas.

– Já entendi – disse eu. – Venho para cá para ser tratada da dependência química e, quando saio, sou alcoólatra e bulímica. É como ir para a prisão por não pagar uma multa e sair de lá sabendo assaltar um banco e fazer uma bomba.

– Não exatamente – disse ele, com um sorrisinho enigmático.

– Nesse caso, o que vou comer?

– O que lhe servirem.

– O senhor até parece minha mãe falando.

– Pareço? – Ele sorriu com ar neutro.

– E eu também não comia o que ela me servia.

E isso porque minha mãe era a pior cozinheira do mundo. Toda aquela conversa sobre papel laminado e perus assados, quando ela tomara conhecimento de minha suposta tentativa de suicídio, não passara de otimismo da sua parte. Não importa quanto papel laminado usasse, seus perus sempre acabavam estorricados.

O Dr. Billings limitou-se a dar de ombros.

– E qual vai ser a minha fonte de proteínas? – Eu estava surpresa com o fato de ele não parecer preocupado.

– Ovos, queijo, leite. Você come peixe?

– Não – respondi. Embora comesse.

Eu estava chocada por ele parecer não se importar, mas o Dr. Billings ignorou minha óbvia perplexidade.

– Você vai ficar bem. – Sorriu. – Venha conhecer Jackie.

Quem era Jackie?

– A moça com quem você vai dividir o quarto – ele acrescentou.

Dividir? Era um choque atrás do outro. Pelo preço que cobravam, eu deveria ter um quarto particular, não? Antes que pudesse lhe fazer mais perguntas, ele já abrira a porta do consultório e me levara até uma mulher loura e sofisticada que, sem muito ânimo, passava o aspirador de pó na área da recepção. Dei um sorriso do tipo "Sou um amor, você vai gostar de mim". Só precisava esperar que ela fosse embora para dar queixa de sua existência. Um amor de queixa, é claro.

Ela estendeu a mão lisa e bronzeada.

– Muito prazer, sou Jackie – sorriu.

Tinha por volta de 45 anos, mas, a uma certa distância, poderia ter-se passado por uma mulher pelo menos dez anos mais jovem.

– Meu nome se escreve C-H-A-Q-U-I-E – acrescentou. Jackie é tão comum quando se escreve J-A-C-K-I-E, não acha?

Não soube o *que* dizer, de modo que tornei a sorrir.

– Sou Rachel – disse, educada.

– Oi, Rachel – disse ela. – É Rachel com um y e dois ll?

Eu ia dividir o quarto com essa louca?

E por que ela estava passando o aspirador de pó ali? Não era uma interna? Eu tinha certeza de havê-la visto à mesa durante o almoço. Senti um desânimo mortal. Eles não levavam a filosofia da Clínica Betty Ford a ferro e fogo, levavam?

– Você deixou passar aquele cantinho perto da porta, Chaquie – disse o Dr. Billings, antes de se encaminhar para as escadas.

O olhar que Chaquie cravou nas costas dele, quando já se afastava, serviria para trinchar um frango.

– Não se esqueça de sua mala, Rachel – lembrou o Dr. Billings.

E lá se foi ele pelas escadas rumo aos quartos, me deixando sozinha, às voltas com minha mala. Que pesava uma tonelada. Para o caso de haver um monte de gente famosa no Claustro, eu tomara a precaução de trazer todas as minhas roupas, além de algumas de Helen que cabiam em mim. Teria pego emprestado tudo que Helen possuía, mas ela era pequena e esguia, ao passo que eu media 1,75 metro, de modo que não fazia sentido levar outras peças além das de tamanho único (único entre gnomos). A não ser pelo fato de que teria sido um grande barato quando ela abrisse o guarda-roupa e descobrisse que todos os seus trapinhos haviam desaparecido, é claro.

Enquanto eu me arrastava aos trancos e barrancos pelas escadas cobertas por um linóleo, passando por paredes com a tinta descascada, amaldiçoei minha falta de sorte por ter vindo para o Claustro justamente na época em que estava sendo reformado.

– Quando a reforma vai acabar? – gritei de longe para Billings, na esperança de que ele dissesse "Logo".

Mas ele apenas sorriu, sem me responder. Era mesmo um filho da mãe maluco, pensei, num súbito acesso de raiva.

A cada passo que dava, ofegante e sem fôlego, sentia-me mais deprimida. Tinha certeza de que, quando pintassem as paredes e instalassem o novo carpete, o lugar ficaria com a aparência exata do hotel de luxo que eu tinha esperado. Mas, enquanto isso, tinha a incômoda consciência de que mais se parecia com um orfanato dickensiano.

Quando vi meu quarto, fiquei ainda mais decepcionada. Totalmente perplexa, para dizer a verdade. Precisava ser tão pequeno assim? Mal cabiam as duas minúsculas camas de solteiro que haviam enfiado ali dentro com grande esforço. Fora o tamanho, a semelhança com uma cela monacal acabava aí. A menos, é claro, que os monges usassem colchas de náilon cor-de-rosa, do tipo que eu me lembrava da minha infância na década de setenta. Não exatamente a colcha branca e recém-passada de linho irlandês que eu esperava.

Quando passei pela cama, ouvi um vago ruído de estática que arrepiou os pelos de minhas pernas.

Uma cômoda branca, mal se aguentando sobre as pernas, estava lotada com vidros de produtos para a pele da Clinique, Clarins, Lancôme e Estée Lauder. Deviam ser de Chaquie. Não havia espaço para meus dois patéticos potes de creme Pond's.

– Fique à vontade – disse o Dr. Billings. – A sessão de terapia em grupo começa às duas, e você está no de Josephine. Não se atrase.

Terapia de grupo? No de Josephine? O que aconteceria se eu me atrasasse? Qual era a minha cama? Onde eu iria arranjar cabides?

– Mas o que...?

– Pergunte a algum dos outros – disse ele. – Terão muito prazer em ajudar.

E foi embora!

Filho da mãe atrevido, pensei, furiosa. Vagabundo preguiçoso, imprestável. Não quis providenciar refeições vegetarianas para mim. Não quis carregar minha mala. Não me ajudou a me instalar. Eu podia ter ficado muito irritada, sabe? Perguntar a algum dos outros, essa é boa. Eu iria é escrever uma carta para os jornais quando saísse. Filho da mãe preguiçoso. E, provavelmente, pagavam-lhe uma fortuna, com o *meu* dinheiro.

Passei os olhos pelo quartinho. Que pocilga. Infeliz, atirei-me na cama e o vidro de Valium esquecido quase me estripou. Quando a dor diminuiu um pouco, retirei-o e decidi escondê-lo na gaveta da mesa de cabeceira. Mas, quando tentei me levantar, a colcha de náilon cor-de-rosa veio junto comigo. Toda vez que eu me livrava de um pedaço, ela escorria de volta e se grudava em mim de novo.

Eu estava frustrada, decepcionada e puta da vida.

9

Vamos, vamos, tentei me animar. Olhemos para o lado positivo. Pense nas banheiras de hidromassagem, nas massagens, nas sessões de talassoterapia, nos banhos de lama, nos tratamentos exóticos à base de algas.

Está bem, respondi, mal-humorada, aferrando-me à autopiedade. Sem muito entusiasmo, retirei duas roupas da mala, apenas para descobrir que o ínfimo guarda-roupa já estava abarrotado com as roupas de Chaquie. Assim sendo, refiz a maquiagem, na esperança de encontrar algumas celebridades no grupo de Josephine, e forcei-me a descer de novo.

Foi uma luta para sair do quarto. Sentia-me tímida, envergonhada e desconfiada de que todos os outros estavam falando de mim. Quando cheguei ao refeitório (arrastando-me rente à parede e chupando o dedo de um jeito infantil e grotesco), mal pude enxergar seu interior, tão densa era a fumaça de cigarro. Mas, pelo que pude ouvir, todos pareciam estar sentados, tomando chá, rindo e conversando, e – o que era bastante óbvio – o assunto não era eu.

Esgueirei-me furtivamente. Era exatamente como ir a uma festa onde não se conhece ninguém. Uma festa onde não há nada para se beber.

Para meu alívio, avistei Mike. Embora fosse o tipo de homem a quem lá fora eu teria medo de dar as horas, por correr o risco de alguém pensar que eu era sua namorada, por ora estava assustada demais para me importar. Foi com a maior boa vontade que fiz vista grossa para suas calças da década de setenta e o fato de parecer um touro com uma peruca de cachinhos, pois afinal ele me protegera de Sadie, a do avental laranja.

– Onde fica o grupo de Josephine? – perguntei.

– Vem cá que eu te mostro como a coisa funciona. – Ele me conduziu até um quadro de avisos e apontou uma programação.

Vistoriei-a por alto e me pareceu bastante cheia. Terapia de grupo de manhã e de tarde, palestras, debates, filmes, encontros dos AA, encontros dos NA, encontros dos JA...

– AA quer dizer Alcoólatras Anônimos? – perguntei a Mike, incrédula.

– Isso mesmo.

– E NA?

– Narcóticos Anônimos.

– Que diabo é *isso?* – perguntei.

– Como os AA, só que para toxicômanos – explicou ele.

– Sai pra lá – disse eu, achando a maior graça. – Está falando sério?

– Estou. – Ele me deu um olhar estranho. Por mais que me esforçasse, não consegui decifrá-la. – E JA?

– Jogadores Anônimos.

– E CCA? – Eu a custo continha a vontade de rir. – Não, me deixa adivinhar: Colecionadores de Carrinhos Anônimos – para gente que é capaz de torrar o salário inteiro num Cadillac do tamanho de uma caixa de fósforos.

– É Comedores Compulsivos Anônimos – informou ele, parecendo não achar a menor graça. Seu rosto feio parecia um bloco de granito.

– Sei. – Tentei refrear o riso, constrangida por ter debochado dos AA, NA, JA e companhia limitada. Podia ser engraçado para mim, mas provavelmente era uma questão de vida ou morte para aqueles pobres coitados.

– E aqui é onde cada atividade acontece. – Apontou outra coluna. Esforcei-me por parecer interessada. – Está vendo? Hoje, sexta, às duas da tarde, o grupo de Josephine vai se reunir no Aposento do Abade... – Tudo acontecia em lugares com nomes lindos, tais como o Jardim de Inverno, o Quarto Silencioso e o Tanque das Reflexões.

– Ora, então esta é a nossa nova dama – interrompeu uma voz de homem.

Voltei-me para ele. Não precisava ter-me dado ao trabalho. Era um dos baixotes rechonchudos de meia-idade que pululavam no estabelecimento. Quantos suéteres de malha marrom cabem numa casa?

– Como vai indo? – ele perguntou.

– Muito bem – respondi, educada.

– Meu primeiro dia também foi horrível – disse ele, em tom afetuoso. – Mas depois melhora.

– Melhora? – perguntei, patética. O inesperado de sua delicadeza me deixou à beira das lágrimas.

– Melhora, sim – disse ele. – E depois piora de novo. Soltou essa como se fosse o desfecho de uma piada e atirou a cabeça para trás, rindo escandalosamente. Passado algum tempo, acalmou-se um pouco e estendeu a mão para me cumprimentar.

– Meu nome é Peter.

– Rachel. – Esforcei-me por retribuir seu sorriso. Embora preferisse ter-lhe dado um soco.

– Não ligue para mim – disse ele, com os olhos brilhando. – É claro que sou louco de pedra.

Logo descobri que Peter tinha um grande senso de humor e ria de tudo, até das coisas terríveis. Principalmente das coisas terríveis.

Muito em breve eu estaria odiando Peter.

– Venha tomar uma xícara de chá antes de começar a terapia em grupo – convidou.

Constrangida como se todos me olhassem, servi-me de uma xícara de chá, a primeira de uma série de vários milhares (embora eu detestasse chá), e sentei-me à mesa

– Esse seu cabelo comprido é lindo – disse um homem que usava um – não, não podia ser! Um paletó de pijama, sim, *era* um paletó de pijama. E um cardigã mostarda. Seu cabelo era praticamente uma abstração, mas, apesar disso, ele tinha alguns fios penteados que lhe atravessavam a careca de uma orelha à outra. Pareciam colados no couro cabeludo com Super Bonder. Ele me deu um sorriso forçado e aproximou-se um pouco.

– O preto é natural?

– É, sim – respondi, tentando ocultar minha apreensão, quando ele se pôs a alisar meus cabelos.

– Ha-ha-ha – fez Peter, o comediante, de um ponto distante da mesa. – Natural ou não, garanto que não eram dessa cor quando você nasceu. Ha-ha-ha-ha!

Eu estava ocupada demais para me sentir ofendida por Peter, sentada dura feito um pau, esperando que o alisador de cabelos se afastasse. Comprimia as costas com toda a força contra o espaldar da cadeira, mas, como nem assim ele parasse de fazer festinhas nele e acariciá-lo, comprimi-as ainda mais. Nesse momento, Mike, que até então fumava um cigarro com o olhar taciturno perdido em algum ponto do aposento, pareceu despertar, e gritou:

– Chega, Clarence, chega! Deixa a moça em paz!

Relutante, Clarence tirou as mãos de mim.

– Ele não faz por mal – explicou Mike, enquanto eu, pela décima quinta vez naquele dia, tentava refrear as lágrimas. – Basta mandar ele à merda.

– É claro que não faço por mal – exclamou Clarence, parecendo magoado e surpreso. – Ela tem um cabelo lindo. Que mal há nisso?

– Que mal há nisso? – tornou a perguntar, com a cara a um palmo da minha.

– Ne-nenhum – gaguejei, horrorizada.

– Em que grupo você está? – Foi a maneira que um outro interno encontrou de mudar de assunto. Tinha a cara mais vermelha que eu já vira na minha vida.

– O que é esse negócio de grupo? – perguntei, respirando aliviada quando Clarence se afastou de mim.

– Já deu para você notar que fazemos um bocado de terapia de grupo – comentou Mike. Todos riram de suas palavras, sei lá por que razão, mas sorri também, para que não me julgassem uma tipinha metida a besta. – E estamos divididos em grupos de seis ou sete. São três grupos, o de Josephine, o da Chucrute Azedo e o de Barry Grant.

– Chucrute Azedo? – perguntei, perplexa.

– O nome verdadeiro dela é Heidi – disse o Rubicundo.

– Helga – corrigiu-o Peter.

– Helga, Heidi, tanto faz – disse o Cara Vermelha. – Enfim, nós a odiamos. E ela é alemã.

– Por que vocês a odeiam?

A pergunta provocou um ataque de risos.

– Porque ela é nossa terapeuta – explicou alguém. – Não se preocupe, você também vai odiar a sua.

Não vou, não, tive vontade de dizer, mas não disse.

– E Barry Grant? – indaguei.

– Ela é de Liverpool.

– Sei. Bom, estou no grupo de Josephine. – Sentia-me decepcionada por não ter ficado no grupo de nenhuma das que tinham nomes diferentes.

No ato irrompeu um coro de "Irmã Josephine, não!", "Ó Jesus", "Aquela é carne de pescoço", "Ela é capaz de fazer um marmanjo chorar" e "Ela já *fez* um marmanjo chorar".

O último comentário deu início a uma discussão entre – se eu não estivesse confundindo os nomes, o que seria impossível, já que quase todos os homens pareciam se fundir num só – Vincent e Clarence, o alisador de cabelos.

– Eu não estava chorando – protestava Clarence. – Estava resfriado.

– Estava chorando, sim – insistia Vincent, que parecia do tipo que dá um boi para entrar numa briga.

Eu é que não vou criar caso com ninguém aqui, pensei. Cumpriria minha pena e cairia fora. Vapt, vupt. Não faria amizade com ninguém. (A menos que fossem ricos e famosos, é claro.) Não ofenderia ninguém.

A discussão foi interrompida pela voz de alguém, anunciando:

– Lá vem Misty.

Todos os homens se remexeram, agitados. Presumi que Misty fosse a linda garota que atravessou o aposento em passo lânguido, a cabeça altiva. Embora estivesse apenas de jeans e suéter verde, era de uma beleza estonteante. No ato, me senti empetecada demais. Ela tinha cabelos ruivos e longos, tão longos que poderia sentar em cima deles. Se tivesse vontade, é claro. Era esquálida, de uma fragilidade de bibelô, e dominava com mestria a arte da indiferença.

Sentou-se no extremo da mesa, o mais longe possível de nós, sem dar a mínima para ninguém. Encarei-a até me sentir de tal modo dominada pela inveja, que tive vontade de vomitar. Eu adoraria ter aquele jeito distante, mas sempre estragava tudo. (Não se pode negar a contraproducência de ficar perguntando "Que tal estou indo? Essa distância está boa ou preciso me afastar mais um pouco?".)

A assembleia de homens ao meu redor parecia ter prendido o fôlego. Em êxtase, observaram Misty pegar um jornal e começar a fazer as palavras cruzadas.

– Aquela se acha – debochou Mike. – Só porque escreveu um livro aos 17 aninhos.

– Escreveu? – Eu estava totalmente fascinada, mas me esforçava ao máximo para não demonstrar. Não era *elegante* demonstrar interesse e assombro.

– Você na certa já ouviu falar de Misty, não ouviu? – perguntou Mike, com um tom que me pareceu irônico, embora eu não pudesse ter certeza. – A que era uma beberrona da pesada? – indagou.

Meneei a cabeça negativamente.

– E que parou no ano passado e escreveu o livro?

Tornei a menear a cabeça negativamente.

– Não? Bom, era ela. De repente, lá está ela toda vez que a gente liga a TV, contando como largou a bebida e se tornou escritora com apenas 17 anos.

A história de Misty começava a me soar familiar.

– E, quando menos se espera, ela está de volta à birita, e acaba aqui outra vez para se "curar". – O sarcasmo de Mike agora era explícito. – Só que agora, é claro, ela não tem mais 17 anos.

Sim, na verdade eu *tinha ouvido* falar dela. Ora, se tinha! O jornal que eu lera no voo de Nova York, movida por um tédio histérico, trazia uma reportagem enorme sobre sua dramática recaída, dando a entender que tudo não passava de um golpe de publicidade. Certamente não era coincidência, insinuavam, que o novo livro de Misty atulhasse as prateleiras e seu retrato cobrisse as paredes de todas as lojas.

– Não entendo por que ela esperava receber tantos tapinhas nas costas só por parar de beber – prosseguiu Mike. – É mais ou menos como Yasser Garrafat ganhar o Prêmio Nobel da Paz. Sabe, se comportar como um perfeito babaca, e então parar e esperar que todo mundo diga que você é o máximo...

Misty deve ter percebido que falavam dela, pois subitamente ergueu os olhos do jornal e nos encarou, com ar de nojo, antes de nos brindar com um gesto indecente. Eu estava dividida entre a mais extrema admiração e uma inveja imensa.

– Ela faz as palavras cruzadas do *Irish Times* todos os dias – sussurrou Clarence. – As crípticas.

– E nunca come nada – disse Eamonn, o da cara de lua cheia, que fazia par com a bunda.

– O nome dela é Misty O'Malley? – perguntei, em voz baixa.

– Já ouviu falar nela? – perguntou Mike, parecendo quase assustado.

Fiz que sim com a cabeça.

– Acho que ninguém entendeu patavina daquele livro que ela escreveu – disse ele.

– Ganhou um prêmio, não foi? – perguntei.

– É justamente o que quero dizer.

– Dá uma pista para a gente, Misty – berrou Clarence.

– Vai à merda, Clarence, seu caipira gordo e velho – disse ela, perversa, sem levantar os olhos.

Clarence suspirou, com uma fisionomia de devoção sequiosa estampada no rosto.

– Seria de esperar que uma escritora fosse capaz de se sair com uma ofensa melhor do que "caipira gordo e velho" – disse Mike a ela, debochado

Ela levantou o rosto e sorriu, meigamente. "Ah, Mike" – suspirou, sacudindo a cabeça. A luz incidiu em seus cabelos ruivos, que na hora transformaram-se em fios de ouro. Ela parecia linda, vulnerável, encantadora. Eu a julgara mal, e era óbvio que Mike pensava o mesmo. Ele estava tão imóvel que tive medo de me mexer, enquanto um olhar demorado e tenso se sustentou entre os dois.

Mas, espera aí! Ela ia falar de novo!

– Quando é que você vai pedir para porem um calmante no seu chá, Mike? Não consegue me deixar em paz, não é mesmo? – Deu um sorrisinho ferino e Mike ficou amarelo. Sorrindo com ar superior, apanhou o jornal e saiu lentamente do aposento. Todos os olhares se fixaram na cadência de seus quadrizinhos, que se alteavam um após outro. Nenhum dos homens deu uma palavra até ela desaparecer. Por fim, parecendo um pouco atordoados, voltaram sua atenção para mim, não sem alguma relutância.

– Ela incendeia nossos corações – disse Clarence, num tom de admiração um tanto irritante. – Graças a Deus, agora você está aqui, e podemos ficar a fim de você. Não vai ser cruel com a gente, vai?

Putinha sebosa e antipática, pensei. Eu jamais me comportaria como ela, nem em um milhão de anos. Seria *tão* legal, que todo mundo me adoraria. Embora, é claro, não tivesse a menor intenção de me envolver com nenhuma daquelas pessoas. Mas, mesmo contra a minha vontade, eu tinha a incômoda consciência de que admirava Misty...

Nesse momento, alguém exclamou: "São cinco para as duas." Todos disseram "Meu Deus!", apagaram os cigarros, arremataram seus chás e puseram-se de pé, fazendo comentários bem-humorados do tipo "Lá vamos nós ser humilhados", "Hoje é minha vez de ser arrastado por cima das brasas" e "Preferia que me levassem para o pátio e me esfolassem vivo com um chicote de nove tiras".

– Vamos – Mike me chamou.

10

Mike me agarrou pelo pulso e desabalou comigo numa corrida pelo corredor em direção a uma sala.

– É este o Aposento do Abade? – perguntei, em dúvida, dando uma olhada na sala varada por correntes de ar, onde não havia nada além de um círculo de poltronas gastas.

– É. – Mike parecia estar em pânico. – Senta ali. Depressa. Rachel, depressa!

Sentei-me e Mike também.

– Presta atenção – disse ele, em tom de urgência. – Vou te dar um aviso. Provavelmente é a coisa mais importante que você vai aprender durante sua estada aqui.

Cheguei mais perto dele, nervosa e ansiosa.

– Nunca! – ele declarou, e em seguida tomou fôlego. – Nunca!

Tornou a tomar fôlego. Cheguei ainda mais perto dele.

– Nunca – apontou – se sente *naquela* poltrona, *naquela, naquela* ou *naquela*. Cada reunião dura pelo menos duas horas, e sua bunda vai ficar em petição de miséria se você tiver a falta de sorte de se sentar em qualquer uma delas. Agora, veja bem, vou apontá-las de novo para você...

Enquanto o fazia, a porta se abriu e um bando de internos entrou correndo, logo se pondo a reclamar em altos brados sobre o fato de todos os bons assentos já estarem ocupados. Na mesma hora me senti culpada, pois todos tinham problemas terríveis e deveriam no mínimo ter direito a assentos confortáveis durante seu tratamento.

Eram seis internos, dos quais a maior parte reconheci do refeitório. Infelizmente, o rapaz bonito que estava internado por causa de drogas não se encontrava entre eles. Os que estavam eram Misty, a escritora, Clarence, Chaquie, minha companheira de quarto, e Vincent, o Feroz. Senti um friozinho no estômago quando avistei Vincent, porque, sem nenhum exagero, ele era a agressividade em pessoa. Eu tinha medo de que resolvesse cismar com a minha cara, incapaz de compreender que eu não era um deles. O sexto interno era um velho que eu não me lembrava de ter visto no refeitório, mas que, ainda assim, estava convicta de não pertencer à ala dos artistas. Ou os artistas tinham seu próprio grupo, o que parecia mais provável, ou estavam no de Barry Grant ou no da Chucrute Azedo.

– É bom contar com outra mulher – disse Chaquie. – Equilibra as coisas.

Compreendi que se referia a mim. Sim, de fato equilibrava as coisas *em teoria*, mas, como eu não iria participar, no rol das contas não equilibrava coisa alguma.

Josephine chegou. Analisei-a com grande interesse, sem conseguir entender o que lhes inspirava tanto medo, já que ela era *inofensiva*. Era uma freira, mas do tipo moderninho. Ou, pelo menos, assim lhe parecia. Não vejo absolutamente nada de moderninho em usar uma saia de flanela cinza abaixo dos joelhos e um cabelo grisalho e curto, sem corte definido, com um prendedor marrom do lado. Mas ela parecia ser uma boa pessoa; um amor, na verdade. Com seus olhos azuis redondos e brilhantes, era a cara de Mickey Rooney.

Assim que ela sentou, todos se puseram a encarar os próprios pés, em silêncio. Todos os vestígios dos risos e conversas do almoço haviam desaparecido. O silêncio se prolongava interminavelmente. Eu percorria os rostos, um por um. Por que esta ansiedade toda, pessoal?

Por fim, ela disse:

– Nossa, que silêncio mais constrangedor. Ok, John Joe, não gostaria de ler para nós a história da sua vida?

Houve um suspiro coletivo de alívio.

John Joe era o tal velho. Para dizer a verdade, era *matusalênico*, com sobrancelhas imensas e um terno preto retinto de velhice. Tempos depois, fiquei sabendo que esse era o mesmo terno que ele envergava nas ocasiões especiais – casamentos, enterros, leilões de novilhos inusitadamente lucrativos e centros de reabilitação onde era encarcerado pelo sobrinho.

– Bom, certo, vou ler – disse ele.

Quando será que começariam os gritos e acusações? Eu pensava que uma sessão de terapia em grupo fosse muito mais dinâmica e *virulenta* do que isso.

A história da vida de John Joe durou mais ou menos cinco segundos. Fora criado numa fazenda, onde ainda hoje vivia com o irmão. Essa autobiografia, escrita no que parecia ser uma folha arrancada a um caderno de criança, foi lida em voz baixa e lenta. Não foi lá muito interessante.

– É isso aí – concluiu ele, dando um sorriso tímido e voltando a fitar suas pesadas botas pretas.

Seguiu-se outro silêncio.

Por fim, Mike disse:

– Bom, você não entrou em muitos detalhes.

John Joe o espiou por baixo de suas sobrancelhas, esboçou um dar de ombros e tornou a sorrir, manso.

– É isso mesmo – concordou Chaquie. – Você nem mencionou a bebida.

John Joe tornou a dar de ombros e sorrir. Mais olhares esquivos por baixo das sobrancelhas. Era do tipo de homem que se esconde atrás de uma moita quando passa um carro na estrada. Um bicho do mato. Um homem da terra. Um tabaréu de tamanco.

– Er... você não gostaria de se estender um pouco mais? – sugeriu Clarence, nervoso.

Josephine finalmente se manifestou. Seu tom de voz era muito mais assustador do que se poderia adivinhar por sua figura inofensiva.

– Bom, esta é a história da sua vida, não é, John Joe?

Ele fez que sim com a cabeça.

– E nem uma palavra sobre as duas garrafas de conhaque que bebeu todos os dias durante os últimos dez anos? Nem uma palavra sobre o gado que vendeu escondido do seu irmão? Nem uma palavra sobre a segunda hipoteca que fez das suas terras?

Será possível?, me perguntei, empolgada. Quem teria adivinhado? Um velhote inofensivo daqueles!

John Joe não reagiu. Manteve-se imóvel como uma estátua, o que me levou a presumir que devia ser verdade. Porque, se não fosse, teria se posto de pé, defendendo-se com veemência, não é mesmo?

– E quanto a vocês? – Ela correu os olhos pela sala. – Será que ninguém tinha mais nada a dizer além de – aqui, fez uma vozinha cantada e infantil – "Está um pouco curto, John Joe?"

Seu olhar terrível fez com que todos se encolhessem de medo. Até eu, por um momento.

– Está certo, John Joe, vamos tentar de novo. Conte ao grupo sobre seu vício. Vamos começar com a razão pela qual você *sentia vontade* de beber.

John Joe permaneceu impassível. Eu estaria fumegando. Para dizer a verdade, já *estava* fumegando. Afinal, o coitado fizera o melhor que pudera. Cheguei a pensar em mandar Josephine deixá-lo em paz, mas achei melhor esperar mais um dia ou dois antes de começar a dar as cartas no Claustro.

– Bom – John Joe deu de ombros – você sabe como são as coisas.

– Não, John Joe, para ser franca, não sei, não – continuou Josephine, tranquila. – Não se esqueça de que não sou eu que estou num centro de reabilitação por alcoolismo crônico.

Deus do Céu, ela era uma peste!

– Er, bem, você sabe – disse John Joe, buscando sua conivência. – De noite, a gente se sente sozinho e bebe alguma coisa...

– Quem? – ela perguntou bruscamente.

John Joe limitou-se a dar outro de seus sorrisos bondosos.

– *Quem* bebia alguma coisa? – insistiu Josephine.

– Eu – disse John Joe. Parecia ter dificuldade em falar. Pelo jeito, até agora não houvera muita necessidade de palavras em sua vida.

– Não estou ouvindo, John Joe – disse Josephine. – Fale mais alto. Diga quem é que bebia alguma coisa.

– Eu.

– Mais alto.

– Eu.

– Mais alto.

– *EU.*

Transtornado, John Joe tremia do esforço de abusar das cordas vocais.

– Assuma seus atos – disse Josephine, ríspida. – Você é o autor deles, então *diga* que é.

Mas vejam só como ela tenta fazer com que eles se descontrolem, pensei, interessada. Que crueldade. Era obrigada a admitir que subestimara Josephine. Ela estava muito mais para Dennis Hopper do que para Mickey Rooney.

Mas comigo é que não ia levar a melhor. Eu não reagiria a nada que ela dissesse, ficaria na minha. De mais a mais, ela não tinha do que me acusar. Eu não bebia duas garrafas de conhaque por dia e nunca vendera gado escondido do meu irmão.

Josephine pressionou John Joe, implacável, disparando perguntas sobre sua infância, seu relacionamento com a mãe, enfim, a estratégia de praxe. Mas tentar arrancar alguma informação dele foi como tirar suco de pedra. Entre um dar de ombros e um monossílabo afirmativo, não restou quase nada de concreto.

– Por que você nunca se casou, John Joe? – perguntou ela.

– Acho que foi porque as coisas nunca chegaram a esse ponto – disse ele.

– Você já teve alguma namorada, John Joe?

– Ora, devo ter tido, uma ou duas – admitiu ele.

– E algum desses relacionamentos foi sério?

– É... Foi e não foi. – John Joe deu de ombros. (De novo!)

Ele agora estava começando a me irritar. Será que não podia dizer de uma vez a Josephine por que nunca se casara? Tinha que haver uma boa e econômica explicação irlandesa para o fato. Talvez a fazenda não fosse viável se ele a dividisse com o irmão, ou tivesse que esperar a mãe morrer para se casar com a namorada porque não podia botar duas ruivas debaixo de um mesmo teto (de sapê). (Este último parece ser um problema comum na Irlanda rural, que sempre se repete no folclore agrário. Uma vez eu passara o verão em Galway, sabia como eram essas coisas.)

Josephine ia forçando mais e mais, suas perguntas tornando-se cada vez mais atrevidas.

– Você já se apaixonou?

E por fim:

– Já perdeu a virgindade?

O grupo inteiro prendeu o fôlego. Como ela podia perguntar uma coisa dessas?

Será que havia alguma hipótese de ele ainda ser virgem?

Um homem da sua idade?

Mas John Joe continuou fechado em copas, olhando fixamente para suas botas.

– Deixe-me colocar a questão de outro modo – disse Josephine. – Você já perdeu sua virgindade com uma mulher?

O que ela estava insinuando? Que John Joe perdera sua virgindade com uma ovelha?

John Joe permaneceu imóvel como se fosse de pedra. E nós também. Eu prendia o fôlego.

Meu suspense voyeurístico quase era subjugado pela sensação de estar invadindo sua privacidade. O silêncio se prolongou infinitamente. Por fim, Josephine disse:

– Ok, a hora acabou.

A decepção foi enorme. É horrível ser mantido em suspense. Era como uma novela, só que pior, por ser real.

Saímos da sala em fila indiana. Minha cabeça estava a mil. Apertei o passo para alcançar Mike.

– Que foi isso?

– Só Deus sabe.

– Quando é que vamos descobrir?

– Temos sessão novamente na segunda.

– Ah, não! Não vou aguentar esperar até lá.

– Olha aqui. – Ele parecia irritado. – Pode não ter sido nada, só um ardil. Josephine faz todos os tipos de pergunta na esperança de que alguma delas ponha o dedo na ferida. Ela atira em todas as direções.

Mas eu não ia cair nessa. Estava habituada aos desfechos das novelas.

– Ora, por favor... – comecei, em tom cético, mas estava falando com as paredes. Irritada, vi que Mike fora ao encontro de John Joe, que parecia chocado e abalado.

11

Ansiosa, tentei imaginar o que viria a seguir. Será que *agora* iríamos fazer massagem? Observei atentamente os outros, a expectativa percorrendo meus terminais nervosos, para ver aonde iam. Seguiram até o fim do corredor, contornaram uma parede e... ah, não!... voltaram ao refeitório. Todos os internos do grupo de Josephine, bem como os dos outros grupos, invadiram o aposento e puseram-se a tomar chá, conversando em voz alta e fumando com prazer. Talvez fossem só dois dedos de chá e prosa antes de correrem para a sauna. Talvez.

Sentei-me na beirinha da cadeira e recusei a xícara de chá. Não queria passar a sessão de aromaterapia inteira apertada para ir ao banheiro. Meus olhos pulavam ansiosos de uma xícara de chá para outra. Andem logo, apressava-os em pensamento, acabem com este chá de uma vez! Senão, daqui a pouco vai estar na hora do jantar e não vamos ter tempo de fazer uma massagem decente. Mas o chá continuou a ser bebido com lentidão exasperante. Eu tinha ímpetos de arrancar as xícaras das mãos deles e terminar de beber uma por uma.

E, para meu horror, assim que acabaram de degustar as borras do chá com um ar odiosamente relaxado, levantaram languidamente o bule e serviram uma segunda xícara, que puseram-se a bebericar com prazer indolente.

Está muito bem, pensei, nervosa. Quem sabe depois da segunda xícara?

Mas, quando vi os minutos passarem, as segundas xícaras serem bebericadas, os cigarros acesos e, finalmente, a terceira rodada de chá servida, admiti, a contragosto, que todos pareciam inclinados a passar um bom tempo ali. Quem sabe não era depois do chá que as coisas começavam a acontecer?

Claro, bastava eu perguntar a alguém, para ter certeza.

Mas, por algum motivo, não consegui.

Talvez temesse que os clientes comuns, como Mike e John Joe, me julgassem frívola, se eu me mostrasse interessada demais nos tratamentos de luxo ou nos aposentos das celebridades. Compreendi que provavelmente já *esperavam* que eu lhes perguntasse sobre tais coisas. Provavelmente já estavam *fartos* de recém-chegados dizendo, com ar de desdém, "Saiam da minha frente, estou indo confraternizar com gente do gabarito de Hurricane Higgins* numa banheira de algas".

Bem, eu fingiria estar achando ótimo ficar ali sentada bebendo chá com eles por toda a eternidade. Desse modo, eles fatalmente gostariam de mim. Eu passaria dois meses ali, me acalmei; havia tempo *de sobra.*

Corri os olhos pela mesa. Eles ainda estavam lá, jogando colheradas de açúcar em suas xícaras de chá e virando uma após a outra, comentando como era delicioso. Que coisa mais triste.

– Você não fuma? – perguntou uma voz de homem. Alarmada, me dei conta de que era Vincent, o Feroz.

– Não – respondi, nervosa. Pelo menos, cigarros, não.

– Parou, é? – Ele se aproximou de mim.

– Nunca cheguei a começar. – Recuei. Como desejava que ele fosse embora! Não queria fazer amizade com ele. Ele me dava medo, com sua barba preta e seus dentões. A melhor palavra para descrevê-lo é *lupino,* se lupino se refere a alguém com cara de lobo.

– Vai estar fumando sessenta por dia quando sair daqui – garantiu, dando-me um sorriso antipático e uma amostra grátis do seu bodum. ("Ah, Vincent, como você cheira bem.")

Olhei ao redor à procura de Mike para me proteger, mas nem sinal dele.

Dei as costas para Vincent tanto quanto foi possível sem com isso parecer grosseira, e me vi cara a cara com o estranho Clarence. Da frigideira para o fogo. Mesmo com medo de uma reprise do episódio de alisamento de cabelo, dirigi-me a ele, a contragosto.

De repente, me dei conta de que passara uma tarde inteira ali sem pensar em drogas uma única vez. Sequer me lembrara que existiam! Isso me proporcionou uma sensação de bem-estar e autoestima que perdurou ao longo das conversas sucessivas e idênticas que mantive

---

*Campeão irlandês de sinuca. (*N. da T.*)

com cada um dos homens presentes. Todos disputavam minha atenção, tentando descobrir tudo a meu respeito. Todos, menos o bonitão que eu vira à mesa durante o almoço. Só porque eu teria *gostado muito* de conversar com ele, ele me ignorou totalmente.

Bem, para ser justa, ele sequer se encontrava no aposento. Durante duas horas, falei de meu passado várias vezes, repetindo uma atrás da outra:

– Meu nome é Rachel. Tenho 27 anos. Não, não sou anoréxica, mas obrigada por perguntar, é claro que fico lisonjeada. Não, nem sempre fui alta assim, era um pouco mais baixa no dia em que nasci. Passei os últimos dois anos e meio em Nova York. Antes disso, morei em Praga...

– Onde fica Praga? – perguntou John Joe. – É no condado de Tipperary?

– Minha Nossa Senhora! – Clarence fez um ruído com os lábios em sinal de desaprovação e sacudiu a cabeça, cheio de desprezo. – Ouviu o que ele disse? "É no condado de Tipperary?" Que bestalhão. Quem é que não sabe que fica no condado de Sligo?

Eu estava arrependida por ter deixado escapar que morara em Praga, porque bastava dizer isso para que todo mundo ficasse alvoroçado, e o pessoal do Claustro não foi exceção à regra. Diga a qualquer um, em qualquer lugar, que já morou em Praga, e se prepare para ouvir as perguntas. As. Mesmas Três Perguntas. *De sempre.* Era insuportável. Toda vez que eu vinha de Praga passar as férias em casa, ficava com os nervos em frangalhos, já tensa por antecipação, sabendo que ouviria As Três Perguntas mais uma vez. No fim, toda vez que o assunto Praga vinha à baila, minha vontade era distribuir uma circular com as respostas: "1) Sim, é verdade, Praga é linda. 2) Para dizer a verdade, não, as lojas são muito melhores agora, a gente encontra a maioria das coisas que não encontra aqui. Mas não a manteiga Kerrygold, ha-ha-ha." (A pergunta sobre a manteiga Kerrygold era a que me irritava *para valer.* E, quando não era a manteiga Kerrygold, era o chá Barrys.) "3) Sim, é melhor ir para lá antes que os americanos tomem conta do lugar."

Essas conversas sobre Praga sempre me faziam lembrar o quanto eu era ignorante. Envergonhava-me por não ter me sentido à vontade lá, pois, embora a cidade fosse linda e pitoresca, era excessivamente saudável e certinha para mim, com sua vida ao ar livre. Se houvesse um pouco menos de esqui e alpinismo nos fins de semana e um pouco mais de noitadas numa boate atrás da outra, eu teria gostado mais de lá.

Enquanto Eddie, o sujeito com o rosto vermelho e brilhante, me sabatinava sobre o preço de tudo em Praga, o bonitão entrou no refeitório.

– Chegou Christy – berrou um sujeito com uma vasta cabeleira negra e um portentoso bigode *à la* Stalin que, por estranho que pareça, era grisalho. Pronunciou o nome do rapaz "Chreeeeeeesty", graças ao que compreendi que ele era o sal da terra, bairrista até a medula, do tipo que adora dizer "Este seu criado foi criado e procriado em Dublin".

Christy sentou-se alguns lugares depois de mim, o que me atirou num estado tal de confusão mental e excitação que perdi o fio da meada e disse a Eddie que a cerveja era muito mais cara em Praga do que na Irlanda. Coisa que, naturalmente, não era verdade. Ele pareceu muito surpreso, e intensificou seu interrogatório:

– E a vodca?

– Que é que tem?

– É mais cara ou mais barata?

– Mais barata.

– E o uísque?

– Mais caro.

– E o Bacardi?

– Ah... mais barato, acho eu.

– Mas por que o Bacardi seria mais barato e o uísque mais caro? – indagou.

Limitei-me a fazer "hum" e "ah", em tom distraído. Estava ocupada demais fazendo um exame completo, embora disfarçado, em Christy. Estava certa desde o começo. Ele *era* bonito. E seria, mesmo fora do Claustro. Seus olhos azuis ardiam de brilho e claridade, como se ele tivesse nadado numa piscina com excesso de cloro.

Uma vozinha interior protestou que ainda assim preferia Luke, mas calei-a na hora. Pretendia me interessar por Christy, quer gostasse disso ou não. Estava desesperada para me livrar da mágoa causada por Luke, e que maneira melhor havia, do que ficando obcecada por outra pessoa? Por sorte e por acaso, Christy era tão bonito que eu não conseguia desgrudar o olho dele. (Só consegui desgrudar o outro olho porque Eddie era um interlocutor muito exigente.)

Observava Christy de soslaio, enquanto ele conversava animadamente com o sujeito do bigode *à la* Stalin. Christy tinha meu tipo de boca favorito – uma boca Dave Allen.

(Dave Allen era um humorista desbocado a cujo programa eu assistia no fim da década de setenta. Papai sempre tenta divertir as pessoas, ou seja, enche o saco delas até entrarem em coma, contando-lhes como eu gritava feito uma histérica para que me deixassem ficar acordada e assistir ao programa de Dave Allen na TV.)

(Eu tinha 25 anos.)

(Brincadeirinha.)

Enfim, uma boca Dave Allen é um atributo e tanto num homem. É uma boca incomum, porque parece um pouco grande demais para o rosto a que pertence. Mas isso de uma maneira muito atraente. Uma boca ímpar, cujos cantos sobem ou descem como se tivessem vida própria. Os homens abençoados com uma boca Dave Allen sempre parecem um pouco irônicos.

Continuei a fazer uma discreta vistoria em Christy. Até seu cabelo era bonito. Louro cor de trigo, bem cortado.

A par da boca expressiva e personalíssima, ele parecia ser um homem com H, desses com quem você pode realmente contar. *Não* daqueles que você pode contar que *não vão* telefonar. Refiro-me a uma infalibilidade saudável, do tipo "Eu te salvaria até de um prédio em chamas".

Enfim, achei-o lindo, menos, é claro, pela altura. Quando ele se levantou para alcançar o bule mais à frente na mesa, vi que não era muito mais alto que eu. Uma decepção a que eu já estava acostumada.

Apesar disso, havia uma certa mobilidade em seu físico que me atraía muito. Ele era magro. Mas não de uma magreza pálida, côncava, raquítica, daquele tipo cujas fieiras de costelas parecem dois escorredores de pratos e as pernas parecem duas bisnagas de pão. A melhor palavra para descrevê-lo era *esguio*. Suas mangas estavam enroladas, deixando entrever os antebraços musculosos que eu queria tocar. E ele tinha umas pernas fantásticas. Um pouquinho mais curtas do que o ideal, mas, por mim, tudo bem. Quando um homem que eu achava bonito tinha, de quebra, pernas um pouquinho curtas, era elevado à categoria de atraentérrimo. Não sei bem por quê. Talvez tivesse algo a ver com a sugestão de robustez.

A sugestão de robustez de um pau grosso. Mesmo sabendo que o lógico seria adorar pernas compridas num homem, não era louca por elas. Eram consideradas o suprassumo no mundo das pernas. Em outras palavras, eu não entendia a razão dessa preferência. Homens de pernas finas sempre me faziam pensar em girafas, bailarinas e veadagem generalizada.

Christy não tinha nada de efeminado.

De repente, compreendi por que faziam tanto estardalhaço em torno do Corpus Christy na missa. Agora que eu o experimentava em primeira mão, na certa nunca mais faria qualquer objeção a me ajoelhar para... mas já bastava dessas bobagens. Com uma pontada de solidão, percebi que sentia falta de Brigit, de Luke, de ter alguém com quem falar bobagem.

Forcei-me a despejar Luke do pensamento para ocupá-lo outra vez com Christy.

Não seria ótimo, pensei, a mente divagando, se acontecesse alguma coisa entre mim e Christy? Se nos *apaixonássemos*. E ele me acompanhasse em minha volta a Nova York e encontrássemos Luke. E Luke ficasse arrasado e descobrisse que no fundo me amava e me implorasse para deixar Christy. E eu dissesse alguma coisa horrível para Luke, do tipo "Sinto muito, Luke, mas descobri o quanto você é superficial. O que existe entre mim e Christy é *profundo*..."

Eu acabava de chegar à parte em que Luke tentava dar um soco em Christy, que agarrava Luke pelo braço e dizia, cheio de pena, "Deixa disso, cara, ela não quer você, certo?", quando, subitamente, dois homens começaram a atirar punhados de garfos e facas sobre a mesa, num retintim estridente. Christy era um deles, o que me surpreendeu, porque, na minha cabeça, ele ainda estava humilhando Luke.

– Hora do chá – bradou alegremente o balofo Eamonn.

Mas o que...? O que era...? Que *diabos* estavam fazendo? Para minha estupefação, os internos estavam pondo a mesa! Eu pensava que estivessem retinindo os talheres para avisar o pessoal da cozinha que já estavam prontos para o chá, mas não: o retintim fora um mero prelúdio à arrumação da mesa. Eles passavam canecas de leite e fatias de pão e distribuíam manteigueiras e potes de geleia por toda a mesa. ("Toma, coloca isso na cabeceira e não deixa Eamonn comer.")

– Por que vocês estão pondo a mesa? – perguntei a Mike, nervosa. Estavam perdendo seu tempo, se achavam que eu ia ajudar. Não punha uma mesa nem no dia a dia, muito menos durante minhas férias.

– Porque somos boas pessoas – ele sorriu. – Queremos economizar o dinheiro do Claustro, porque pagamos muito pouco.

Vá lá, pensei, contanto que não sejam obrigados a fazer isso. Só que, por algum motivo, eu não estava convencida. Talvez por causa do coro de gargalhadas homéricas que se seguiu à resposta de Mike.

12

O jantar foi maravilhoso, de uma maneira totalmente asquerosa. Serviram batatas fritas, filé de peixe, cebolas em fatias, vagens e ervilhas. Quantidades ilimitadas, segundo Clarence.

– Pode comer o quanto quiser – avisou ele, num cochicho cúmplice. – Basta ir à cozinha e pedir a Sadie, a sádica. Agora que ela sabe que você é uma viciada, pode comer o quanto quiser.

Estremeci com o "você é uma viciada", mas logo minha paixão por batatas falou mais alto e comecei a devorá-las.

– Já engordei uns seis quilos desde que vim para cá – ele acrescentou.

Senti um aperto gelado no coração. Meu garfo cheio freou no ar como um carro cantando pneu, já prestes a desaparecer boca adentro. Não queria engordar nenhum quilo, os meus já estavam de bom (mau) tamanho.

Enquanto tentava me convencer de que uma refeição altamente calórica não faria tanto mal assim e que eu começaria a controlar minha alimentação no dia seguinte, ouvi um ruído desagradável à esquerda. Era o som de John Joe comendo!

Era muito alto. E estava ficando cada vez mais alto. Por que ninguém mais parecia se dar conta? Tentei me fazer de surda, mas era impossível. Meus ouvidos haviam subitamente se tornado como aqueles microfones poderosos que eles usam na televisão para ampliar o som da respiração das formigas.

Concentrei-me em minhas batatas fritas, mas a única coisa que conseguia ouvir eram os sorvos, a mastigação e os bufos de rinoceronte. Meus ombros foram se retesando cada vez mais, até quase chegarem às orelhas. O volume das lambidas e mastigadas foi num crescendo, até finalmente ocupar cem por cento dos meus tímpanos. Era um nojo. Eu sentia uma fúria absurda, um ódio feroz. "Diz isso a ele", me encorajei. "Pede para abaixar um pouco o volume da lambança." Mas não conseguia. Em vez disso, tinha fantasias em que me virava para ele e lhe acertava uma porretada fenomenal, pondo-me a esmurrar seu peito para arrancar aqueles ruídos de dentro dele.

Não é de admirar que ninguém queira se casar com ele, pensei, furiosa. Bem-feito, por nunca ter perdido a virgindade. Ele merecia isso e muito mais. Quem é que ia dormir com um homem que promovia aquela lambança xexelenta e ensurdecedora três vezes por dia?

O ruído de uma garfada particularmente entusiasmada alcançou meus ouvidos. Assim já era demais! Atirei meus talheres no prato com estardalhaço. Não daria mais nenhuma garfada nessas condições.

Para aumentar minha irritação, ninguém percebeu que eu parara de comer. Eu esperava algum interesse, "Rachel, por que não está comendo?". Mas ninguém deu uma palavra. A começar pelo próprio John Joe, aquele filho da mãe velho, burro e porco.

O que eu não conseguia compreender era *por que* estava tão furiosa. Durante o dia inteiro, alternara períodos de calma e ódio feroz. Ao mesmo tempo, tinha vontade de romper em lágrimas. Nada disso era do meu feitio. Eu era uma pessoa tranquila a maior parte do tempo. Deveria estar feliz, pois, afinal, quisera vir para o Claustro. E *estava* feliz por estar lá. Mas talvez ficasse ainda mais feliz quando pusesse os olhos em algumas celebridades e, quem sabe, batesse um papinho com elas.

Depois das batatas fritas etc., veio o bolo. John Joe gostou. Provavelmente, ouviram-no no Peru.

Enquanto eu me encurvava e retesava de desespero e tensão, imaginando John Joe sendo torturado, o suéter marrom sentado à minha direita se levantou e Christy apareceu em seu lugar. Enquanto eu tinha um ataque de nervos, ele se dirigiu ao suéter marrom: "Suéter Marrom (ou seja lá qual fosse seu nome), você já terminou? Se importa se eu me sentar aqui um pouco? Ainda não tive oportunidade de conversar com Rachel." E sentou-se, como se fosse a coisa mais natural do mundo. Tratei imediatamente de tirar John Joe e sua lambança da cabeça e me forcei a abrir um sorriso radiante.

– Oi, sou Chris – apresentou-se ele.

Seus olhos, brilhantes como que pelo efeito do cloro, eram tão azuis que parecia que a luz os fazia doerem.

– Pensei que seu nome fosse Christy – sorri para ele, tentando dar ao comentário um tom entre saliente e íntimo.

– Não, isso é coisa do Oliver. – (Presumi que se referisse a Stalin.) – Ele não consegue pronunciar o nome de ninguém sem acrescentar um "ey" ao final.

Fascinada, observei sua boca linda e expressiva a me fazer as perguntas de costume: de onde eu era, que idade tinha etc. etc. Respondi a elas com um entusiasmo muito maior do que sentira durante as conversas idênticas que tivera mais cedo. ("Sim, ha-ha, é uma cidade linda. Não, você encontra quase tudo que encontra aqui. Menos man teiga Kerrygold, ha-ha-ha.")

Ele sorria muito para mim. Que coisa mais linda, a ironia dançando da esquerda para a direita e o centro. Ele é tão descolado, pensei, admirada, muito mais descolado do que Luke. Luke apenas *se achava* descolado, audacioso, vivendo no limite. Mas não chegava aos pés de Chris. Afinal, *Chris* era um toxicômano. Segura essa, Luke Costello!

E, embora eu fosse louca por homens descolados, mesmo que as drogas estivessem incluídas no pacote, era classe média o bastante para me sentir aliviada ao constatar que Chris era bem falante e articulado. Pouco depois, descobri que morava a uns dez minutos de onde eu crescera.

– Acho que Nova York deve ser um lugar fantástico – comentou. – Tanta coisa para se fazer. Um teatro fantástico, produções alternativas fantásticas.

Eu discordava totalmente, mas de bom grado deixei passar, para que ele gostasse de mim.

– Fantásticas! – concordei, com falso entusiasmo. Por sorte, dois meses antes, visitara com Luke e Brigit uma "instalação interativa" medonha, uma espécie de performance em cartaz numa garagem abandonada em TriBeCa. Consistia em pintura corporal e *piercings* nos mamilos ao vivo no palco. Embora eu me refira ao "palco" como a parte do chão sujo de graxa onde a plateia não tinha permissão de pisar.

Nossa ida deveu-se exclusivamente ao fato de que Brigit andava às voltas com um garoto chamado José. (Pronunciava-se Rossê, mas eu e Luke o chamávamos de Josie para implicar com Brigit.) A irmã de Josie fazia parte da tal performance, e Brigit achou que cairia nas suas boas graças se comparecesse. Implorou a mim e Luke que a acompanhássemos para lhe dar apoio imoral, chegando mesmo a se oferecer para nos *pagar*. Mas a coisa era tão atroz que saímos meia hora depois, até mesmo Brigit. E fomos para o bar mais próximo, onde enchemos a cara e ficamos inventando falsas resenhas. ("Uma fina merda", "Emprestem as roupas para o lanterninha".)

Recusando-me a reviver o sentimento de perda deflagrado pela lembrança daquela noite, fiz das tripas coração e urdi uma descrição elogiosa da peça para Chris, incrementando-a com palavras tais como "inovadora" e "assombrosa" (e era mesmo).

Eu estava no auge da minha dissertação quando ele se levantou, dizendo:

– Acho melhor continuar a tirar a mesa. Não posso deixar os rapazes na mão.

Um pouco aturdida, olhei ao meu redor. Os internos estavam raspando os pratos e colocando-os num carrinho. Um deles varria, ou melhor, fazia cócegas no linóleo com uma vassoura. Por que faziam isso?, eu me perguntava, confusa. Por que o Claustro não tem uma equipe de lacaios para tirar e pôr a mesa? Será que os internos estão realmente fazendo isso só porque são boas pessoas?

– Posso ajudar de alguma maneira? – perguntei, educada, embora não tivesse a menor intenção de fazê-lo. Se tivessem dito "sim", eu ficaria extremamente irritada, mas sabia que não diriam. Como, de fato, não disseram. Houve um coro de "não" e "de jeito nenhum". O que me agradou, pois indicava que, obviamente, sentiam que eu não era um deles.

Mas então, quando corria para o quarto a fim de dar um rápido retoque na maquiagem, em homenagem ao que quer que acontecesse depois do chá, passei pela cozinha. Onde, para minha grande surpresa, Misty O'Malley estava lavando um panelão. Para isso, fora obrigada a trepar numa cadeira. Embora eu tivesse certeza de que não precisara *realmente* trepar numa cadeira, só o fizera para que a achassem uma gracinha, tão delicada!

No ato me arrependi por não ter insistido em ajudar na arrumação. Eu nunca achava que fazia coisa alguma direito. Se tivesse ajudado e Misty O'Malley não, teria me sentido uma perfeita otária. Mas, no caso contrário, com Misty ajudando e eu tirando o corpo fora, me senti preguiçosa e imprestável.

Assim, quando voltei, experimentei vagar sem rumo pelo aposento com uma manteigueira, até um dos suéteres me deter:

– Não precisa fazer isso. – Com delicadeza, tomou a manteigueira de minha mão, que se abriu sem a menor resistência.

Fiquei encantada. Segura essa, Misty O'Malley!

– Pusemos você na equipe do Don – prosseguiu ele.

Não compreendi o que isso queria dizer. Equipe do Don? Achei que devia ser alguma coisa do tipo do grupo da Josephine.

– Amanhã você está na equipe do café da manhã. Espero que seja do tipo que acorda fácil, porque o batente começa às sete.

Ele só podia estar brincando comigo.

– Ha-ha. – Pisquei o olho para ele, conivente. – Essa é boa.

13

Permaneci no refeitório enquanto os restos da refeição desapareciam. Quando não me envolvia ativamente em alguma coisa, as lembranças de Luke me subjugavam. A dor da rejeição passava de uma sutil impressão subliminar a um sofrimento agudo. Eu precisava de alguma distração, e já. *Tinha* que ser hora da massagem, da ginástica e tudo o mais, tinha que ser! Não podia mais continuar ali, sentada em silêncio, tomando chá, atormentada pela consciência de que Luke me dera o fora, não podia!

A histeria, que antes me fizera sentir um bolo no estômago, resolveu dar um nó na minha garganta. O suor comichava no couro cabeludo. Subitamente, me vi impelida a partir para a ação. Quando dei por mim, já estava de pé, procurando Mike. Esquecendo minha relutância anterior em parecer íntima demais dele, marchei até sua frente e indaguei, feroz:

– E AGORA?

Consegui conter o ímpeto de agarrá-lo pela camisa e urrar, com olhos esgazeados de louca furiosa: "E, caso esteja pensando em sugerir, não vou mais tomar essa porra de chá!"

Ele pareceu surpreso com a agressividade de minha investida, mas apenas por um momento. Logo sorriu, tranquilo, dizendo:

– O que quisermos. Como não temos palestras nem encontros nas noites de sexta, podemos fazer o que quisermos.

– O quê, por exemplo? – perguntei. Pode parecer mentira, mas minha fúria era tamanha que eu chegava a estar com falta de ar.

– Vem, vou te levar para fazer uma excursãozinha – ofereceu-se. Senti-me dividida entre a curiosidade e a relutância em aceitar sua companhia. Mas ele já disparava porta afora, e eu, ainda tentando recobrar o fôlego, fui atrás dele.

Primeira parada: Sala de Estar. Como o resto do lugar, estava sendo reformada. Só que essa estava realmente na casca. Toda a mobília fora retirada, com exceção de um par de sofás gastos, e o carpete estava cheio de pedaços de reboco, que deviam ter caído do teto. As janelas estavam sendo substituídas, mas, enquanto isso não acontecia, um vento gelado fazia-as trepidarem, soprando por todo o aposento. Só havia uma única pessoa ali. Era para não haver nenhuma, considerando a temperatura siberiana. Quando nos aproximamos, vi que se tratava de Davy, o jogador solitário. Não o reconhecera porque estava usando um casaco e um boné com protetores de orelhas. Sentado na beira do sofá, assistia atentamente ao programa *You Bet Your Life.**

– Tudo – murmurava para a tela. – Vai, aposta tudo.

– Que é que estão passando, Davy? – perguntou Mike, num tom de voz estranho, cantarolado.

Davy pulou, literalmente *pulou,* correndo na hora a desligar a TV.

– Não conta para ninguém, promete? – implorou.

– Desta vez, não – disse Mike. – Mas, pelo amor de Deus, vê se toma mais cuidado, sua besta!

Eu não tinha a menor ideia do que os dois estavam falando.

Próxima parada: Sala de Leitura.

Também estava sendo reformada. Ainda assim, havia um bom número de internos ali. Embora fosse chamada de Sala de Leitura, estavam todos escrevendo. O quê?, me perguntei. Cartas? Mas por que a redação de uma carta os faria dar tapas de desespero na mesa, aos gritos de "Não consigo fazer isso"? Sim, porque era o que todos faziam.

---

*Programa norte-americano de perguntas e respostas, com prêmios em dinheiro, apresentado originalmente pelo humorista Groucho Marx. Teve uma versão mais recente, na década de noventa, apresentada por Bill Cosby. (*N. da T.*)

Eu estava lá há não mais que três segundos, e nesse espaço de tempo pelo menos cinco deles deram tapas na mesa. Outros amassavam os papéis e atiravam as bolas na parede. O ar estava pesado da fumaça de cigarro e do desespero. Fiquei aliviada por sair de lá.

– E agora – anunciou Mike – a melhor parte.

Aos pulos, meu coração expulsou de vez os últimos vestígios de raiva. O que ele estaria prestes a me mostrar? A academia? A ala das celebridades? A piscina?

Seu quarto.

Depois de me arrastar pelas escadas, escancarou uma porta e declarou: "Eis a *pièce de resistance.*" Nem sequer tentou fazer sotaque francês. Não era esse tipo de homem.

Agora que a fúria cedera, fora substituída pela vergonha e o desejo de agradar. Era a sequência de praxe. Portanto, embora eu não chegasse ao ponto de achar que ele merecia uma chupada, se era esse o motivo pelo qual me levara até lá – afinal, não me sentia *tão* culpada assim – por outro lado estava mais do que disposta a enfiar a cabeça pela porta, dar uma olhada e elogiar seu quarto até dizer chega.

Mal pude acreditar no que vi! Era como se tivessem feito um concurso para ver quantas camas de solteiro cabem num quarto. Estava atulhado. *Lotado.* Cada cama encostava, no mínimo, em uma outra.

– Aconchegante e íntimo, não? – perguntou Mike, irônico.

Ri, achando graça do que ele dissera. Mas teria rido, mesmo que *não* achasse.

– Vem, vamos voltar lá para baixo – chamou Mike, quando eu já empregara todos os elogios que conhecia para descrever seu quarto.

– Não, me mostra o resto do lugar – protestei.

– Ah, não, está escuro e frio lá fora – argumentou ele. – Amanhã eu mostro.

A academia, a piscina e a sauna devem ficar num edifício separado, concluí. Assim, tornamos a nos despencar para o refeitório, onde ainda se encontravam uns dez internos. *Ainda* tomando chá, *ainda* pondo colheradas de açúcar em suas canecas, *ainda* acendendo um cigarro atrás do outro.

Adoravam o refeitório. Era como se fosse uma espécie de lar espiritual para eles. Começando a me desanimar, finalmente admiti que esses homens provavelmente nunca frequentavam a academia. Provavelmente, sequer chegavam a sair do refeitório. Não me surpreenderia se descobrisse que dormiam ali. Era óbvio que nenhum deles dava a mínima para o próprio corpo ou aparência.

Com exceção de Chris. Havia desaparecido, e eu era capaz de apostar que sabia onde estava.

À medida que o tempo passava, comecei a me sentir – não havia como negar – deprimida. As paredes amarelas começavam a me incomodar, o chá me enervava, mesmo não sendo eu que o tomava. E as lembranças de Luke voltaram à minha cabeça. O glamour de que eu estava dependendo para tirá-lo da cabeça permanecia escondido, para meu tormento.

Tentei me animar perguntando a Oliver, o homem com o bigode de Stalin, de onde ele era, só para ouvi-lo dizer que "Este seu criado foi criado e procriado em Dublin". E, quando ele respondeu "Dublin, sou de Dublin. Este seu criado foi criado e procriado em Dublin", isso levantou um pouco meu astral, mas não por muito tempo.

Não era assim que eu esperava que as coisas fossem, pensei, com uma tristeza infinita.

No momento em que me passou pela cabeça a ideia, acompanhada por um violento tranco no estômago, de que talvez houvesse *dois* Claustros, e eu estava no errado, Clarence entrou. Tinha o rosto vermelho como um tomate, seus parcos cabelos estavam molhados e ele sorria de orelha a orelha.

– Onde você estava? – perguntou Peter, com uma gargalhada forçada que me deu ganas de despejar uma xícara de chá fervendo em cima dele.

– Lá na sauna – respondeu Clarence.

Meu coração se encheu de alegria com essas palavras. E de alívio, devo admitir. Agora que tinha uma prova, meus medos pareciam infundados. Ridículos, na verdade.

– Como foi? – perguntou Mike.

– Ótimo! – disse Clarence. – Uma beleza.

– Foi sua primeira vez, não foi? – perguntou alguém.

– Foi – confirmou ele. – E foi fantástico, simplesmente fantástico. Eu me senti muito bem depois.

– E nem poderia deixar de ser – comentou um outro, – Assim é que se fala.

– É uma maravilha se livrar daquelas impurezas, não é? – perguntei, ansiosa por participar.

– Nem me fale de impurezas – Clarence riu. – Preciso dizer que eu não tinha uma só cueca limpa?

Ah, meu Deus!, recuei, enojada. Ugh! Meu estômago *se embrulhou.* Para que ele fora mencionar as cuecas? Deixei de gostar dele na hora. Que pena. Logo agora, que estava começando a ir com a sua cara.

Clarence se sentou e o tema da conversa voltou a ser o mesmo de antes de minha chegada, fosse lá qual fosse. De repente, me senti morta de sono e incapaz de me concentrar no que os homens diziam. Só conseguia ouvir o murmúrio de suas vozes, se elevando e abaixando, ao sabor dos altos e baixos da conversa. Lembrei-me de quando era pequena e ia para o chalé de vovó Walsh, em Clare. No silêncio da noite, as visitas iam e vinham, sentando-se ao redor da lareira, com seu fogo alimentado a turfa, tomando chá e conversando até altas horas. Como nosso quarto dava para a sala, minha irmã e eu adormecíamos embaladas pelos murmúrios dos homens da região, que vinham visitar vovó. (Não, ela não era uma prostituta.)

Agora, ao que as ondas de vozes masculinas, sobretudo rurais, quebravam sobre mim, comecei a me sentir sonolenta, exatamente como naquela época.

Queria ir me deitar, mas o medo de chamar atenção, quando levantasse para lhes desejar boa-noite, me paralisava. Fora um grande erro da minha parte sentar entre eles.

Eu sempre detestara ser alta. Tanto é que, quando tinha 12 anos, e minha irmã Claire me disse, em tom de horror sádico, "Mamãe vai falar com você sobre a Maldição", achei que ela queria dizer que mamãe ia falar comigo sobre minha altura.

Embora, por incrível que pareça, foi só uns dois meses depois de me fazer a preleção "Introdução às Regras" (que incluía o sub-discurso "Absorventes íntimos são obra de Satanás"), que mamãe me puxou para um canto, para outra conversa de mãe para filha.

E dessa vez *realmente* foi sobre minha altura e o fato de eu me curvar para a frente de tal modo, que quase me dobrava em duas.

– Se endireite, vamos lá, pare de se curvar como uma árvore sobre um poço sagrado – ordenou ela, seca. – Ombros para trás, cabeça para cima. Deus te fez alta, não há do que se envergonhar.

É claro que ela não acreditava numa palavra do que dizia. Embora também fosse alta, achava que a conjunção de 1,70 metro de altura com 12 anos de idade era bizarra o bastante para que eu fizesse jus à minha própria página no *Livro dos Recordes*. Murmurei "Tá" e prometi que tentaria.

– Pare de andar fuçando o chão – advertiu ela. – Ande como uma pessoa alta! – Aqui, foi vítima de algo semelhante a um frouxo de riso. – É claro. De que outra maneira você poderia andar? – E saiu correndo do quarto, aos risos, deixando-me apatetada, a olhar para a porta. Ela não podia estar rindo de mim, podia? Quer dizer, minha própria mãe...?

Assim que saiu, Claire irrompeu porta adentro e me agarrou. – Vem cá – disse, em tom de urgência. – Não ligue para uma palavra do que ela disse.

Eu venerava Claire. Era meu ídolo. Com seus 16 anos, eu a achava a quinta-essência da sofisticação. E, naturalmente, acreditava em tudo que ela me dizia.

– *Não* ande como uma pessoa alta – ensinou – *nem* levante a cabeça. – Acrescentou em tom sinistro: – Não se quiser ter um namorado algum dia.

Ora, *é claro* que eu queria ter um namorado. Queria um namorado mais do que qualquer coisa no mundo, mais até do que uma minissaia pregueada e um par de botinhas, de modo que fui toda ouvidos para o que ela tinha a me dizer.

– Eles não vão nem chegar perto de você se for mais alta do que eles – alertou. Assenti com a cabeça, solene. Ela era tão sabida! – Para dizer a verdade, eles não gostam das mulheres mais altas do que eles. Faz com que se sintam ameaçados. Baixa e burra – resumiu. – É disso que eles gostam. É o tipo favorito deles.

Assim, segui à risca o conselho de Claire. E descobri que ela tinha razão. Para ser franca, a própria Claire devia ter tido o bom-senso de pôr em prática sua própria teoria. Eu estava convicta de que seu casamento fracassara simplesmente porque, quando usava saltos altos, ela ficava da mesma altura de James. Era demais para o ego dele.

14

Para a caminha. As deixas: bocejos, braços espreguiçados, olhos esfregados com os nós dos dedos, lábios estalados, uma camisola dos Ursinhos Carinhosos debruada de pelo sintético e o aconchego sob o peso protetor de um edredom, pronta para receber, agradecida, 12 horas de sono reparador, energizante e feliz.

Vai contando!

Ou, se preferir, o cacete!

Havia um choque à minha espera quando entrei no quarto, já quase desabando, prontinha para me jogar na cama sem tirar a maquiagem. (Um luxo muito especial, o de não tirar a maquiagem, reservado para noites particularmente exaustivas. Ou de alto teor alcoólico, é claro.) Para meu desânimo, descobri que Chaquie já estava no quarto. Droga, eu tinha me esquecido dela.

Estava sentada na cama, os elegantes tornozelos cruzados, fazendo algo que, ao meu olho leigo, pareceu ser uma manicure. Eu nunca precisara de uma manicure para dar um jeito nas minhas unhas. Meu vício de roê-las até o sabugo desde que me entendia por gente dava conta do recado perfeitamente.

– Ah, oi – disse eu, nervosa. Será que teria que conversar com ela...?

– *Olá,* Rachel.

Pelo visto, sim.

– Entra, senta aí. – Deu um tapinha convidativo na cama. – Fiquei com muita pena de você no jantar, sentada ao lado daquele animal nojento, John Joe. Os ruídos que saíam daquele homem. Em casa, deve comer com os porcos.

Que alívio! Era como se desatassem o apertado nó de tensão que havia em meu peito.

– É verdade – suspirei, *encantada* por me encontrar em companhia de alguém que sentia o mesmo que eu. – Não podia acreditar. Nunca ouvi nad...

Sem dar uma palavra, ela fez que sim com a cabeça, como eu, durante um ou dois segundos, enquanto cutucava as unhas com um palito de picolé. De repente, sem mais nem menos, perguntou:

– Você é casada, Rachel?

– Não – respondi. Durante dois segundos tinha conseguido deixar de pensar em Luke, mas a pergunta me atirou de volta à estaca zero. Tomada pela angústia, por um segundo simplesmente *não consegui acreditar* que estivesse tudo acabado entre nós.

– E você, é casada? – perguntei, a contragosto.

– Ó Senhor, sou! – Revirou os olhos para mim, indicando os longos anos de seu sofrimento.

Compreendi que não estava nem um pouco interessada em mim. Simplesmente começara a conversa para depois puxá-la para si.

– Para mal dos meus pecados! – Deu-me um largo sorriso. – O nome de meu marido é Dermot. – Pronunciou-o "Durm't", para que eu soubesse que ela era de bom nível social.

Esbocei um débil sorriso.

– Vinte e cinco anos felizes – disse ela, logo se apressando em acrescentar: – Quando casei, ainda estava na escola.

Forcei outro sorriso.

Do nada, ela atirou com força o palito de picolé no chão.

– Não consigo acreditar que Durm't me pôs aqui! – exclamou. Chegou mais perto de mim e, para meu horror, seus olhos estavam cheios de lágrimas. – Simplesmente não consigo acreditar. Fui uma esposa devotada todos esses anos, e essa é a paga que recebo!

– Você está internada, er, por alcoolismo? – Procurei dar um tom discreto à pergunta. Não queria que ela tivesse a impressão de que eu a estava *acusando* de alguma coisa.

– Ora, por favor – disse, fazendo um gesto desdenhoso com a mão. – Eu, uma alcoólatra? – Arregalou os olhos bem pintados em sinal de incredulidade. – Alguns Bacardis com Coca-Cola com as amigas, de vez em quando. Para relaxar. Deus sabe como mereço, ainda mais me matando de trabalhar como me mato por aquele homem.

– Mas por que Durm't pôs você aqui? – perguntei, alarmada. Alguns Bacardis com Coca-Cola não pareciam nada de mais.

Logo me arrependi por tê-lo chamado de Durm't. Era um vício meu horrível, o de pegar o sotaque da pessoa com quem estava conversando.

– Nem me pergunte, Rachel – disse Chaquie. – Você acha que eu tenho cara de alcoólatra?

– Não, pelo amor de Deus. – Ri, em tom íntimo e compreensivo. – E eu, tenho cara de toxicômana?

– Isso eu não saberia dizer, Rachel – respondeu, sem conseguir ocultar o desagrado em sua voz. – Não frequento esse tipo de círculo.

– Pois bem, não sou.

Sua mocreia, pensei. Ficara magoada. Principalmente por ter sido tão legal com ela, dizendo que não parecia uma alcoólatra.

– Onde a sua família mora? – perguntou, de novo mudando bruscamente de assunto.

– Em Blackrock – murmurei, mal-humorada.

– Que rua?

Disse a ela. Ela obviamente a aprovou.

– Ah, eu conheço. Uma amiga minha morava lá, mas vendeu a casa e comprou outra maravilhosa, em Killiney, com cinco banheiros e vista para a baía. Mandou buscar um arquiteto famoso em Londres para decorá-la.

– É mesmo? – perguntei, maldosa. – Quem é ele? Entendo um pouco de arquitetura. – Não entendia bulhufas, é claro, mas ela tinha me irritado.

– Ah... como é mesmo o nome dele? – perguntou-se, distraída. - Geoff não sei das quantas.

– Nunca ouvi falar.

Ela permaneceu impassível.

– Nesse caso, você não entende tanto assim de arquitetura – disse, com ar superior.

Bem-feito por ser sacana, Rachel. Que isso lhe sirva de lição.

Ah, sim, pensei, amarga, me serviu direitinho de lição. Da próxima vez, vou ser ainda mais sacana com ela.

Em seguida, ela se pôs a falar sobre *sua* casa. Sentia uma atração patológica por banheiros de suíte.

– Nossa casa é perfeita, parece uma daquelas de revista de decoração! – declarou. – Embora não tenhamos mandado buscar nenhum arquiteto famoso em Londres para decorá-la. – Novamente revirou os olhos, com ar gaiato, incentivando-me a sorrir com ela.

E eu sorri. Vivia ansiosa por agradar, mesmo quando detestava o objeto do meu agrado. Meu "agradatário".

– Fica em Monkstown – contou ela, orgulhosa. – Você ficou fora um bom tempo, então não pode saber, mas Monkstown promete. Ih, tem artistas aos montes. Chris de Burgh mora algumas casas depois da minha.

Estremeci.

– Aquele que canta com as sobrancelhas? Bom, lá se vai a vizinhança por água abaixo.

Quer dizer, ela não podia gostar *mesmo* dessa proximidade, podia?

– Espero que você não o escute ensaiando – prossegui. – Isso seria o golpe de misericó...

Interrompi-me ao ver a expressão em seu rosto.

Ó meu Deus. Ó meu Deus. Não havíamos começado nada bem. Eu esperava de todo coração que ela fosse embora logo.

– Er, há quanto tempo você está aqui, Chaquie?

– Sete dias.

Merda!

Então, para meu pavor, ela começou a falar. A falar pelos cotovelos. Eu pensava que meu comentário sobre Chris de Burgh tivesse posto um ponto-final no diálogo, o que viria a calhar mais do que posso dar uma ideia. Mas, subitamente, diante de meus olhos exaustos, ela deu uma guinada e se transformou no coelhinho Duracell da conversa jogada fora. O papo sobre banheiros e maridos não passara de um preâmbulo, enquanto ela esperava que esvaziassem a pista. Então, em resposta a um sinal que só ela pareceu ouvir, entrou em sobremarcha. Pé na tábua, fazendo roncar o motor, pisando fundo no acelerador da conversa.

A essência de seu amargurado monólogo era a de que não se podia confiar em ninguém. Nem em ginecologistas, nem em leiteiros, nem em maridos.

Principalmente maridos.

Suas palavras davam voltas vertiginosas na minha cabeça.

– ...eu disse a ele que não podia ter me trazido um litro de leite na terça-feira, porque eu e Durm't estávamos viajando nesse dia... (Seu leiteiro estava sob suspeita.)

– ...e como é que eu posso confiar nele da próxima vez que enfiar as mãos debaixo da minha saia...? – (Seu ginecologista estava tendo um caso com uma de suas amigas.)

– ...ainda não consigo acreditar que ele me pôs aqui! Como pôde?! – (Durm't a magoara.)

...tremo só de pensar nas inúmeras vezes em que tirei a roupa na frente dele... – (Acho que esse era o ginecologista conquistador. Embora mais tarde eu tenha ficado sabendo de coisas sobre Chaquie que indicam que pode muito bem ter sido o leiteiro.)

Sentia-me fraca e nauseada, a toda hora perdendo o fio da meada. Torcia para desmaiar, ter um ataque ou coisa que o valha, mas de quando em quando voltava a mim, apenas para descobrir que ela ainda estava a todo o vapor.

– ...e era leite integral, ainda por cima, e Durm't e eu só tomamos leite desnatado, porque, afinal das contas, a gente tem que se cuidar, não é mesmo... – (O leiteiro outra vez.)

– ...agora, sempre que estou na presença dele, sinto que me olha *de um jeito lascivo...* – (Ou o ginecologista, ou Durm't. Pensando bem, talvez não fosse Durm't.)

– ...que foi que eu fiz para merecer ser jogada aqui dentro? Como ele foi capaz?.. – (Durm't, sem sombra de dúvida.)

– ...e ele disse que não havia nada que pudesse fazer, porque as contas são feitas por computador. E eu disse: "Não fale assim comigo, rapazinho..." – (Talvez o leiteiro.)

– ...e ficaram curtas demais para a janela de sacada, faltando bem uns 15 centímetros. Por isso, me recusei a pagar... – (Sinto muito, não faço a menor ideia.)

E ela continuou falando sem parar, enquanto minhas costas se colavam ao espaldar da cama como se uma força centrífuga me achatasse contra a madeira. Perguntava-me se parecia tão desesperada quanto me sentia.

Talvez fosse apenas porque eu tivera um dia longo e estranho, mas o fato é que meu ódio por ela era extremamente sincero. Não culpava Durm't por tê-la posto no Claustro. Se eu fosse casada com Chaquie, teria muito prazer em encarcerá-la numa instituição. Na verdade, desejaria vê-la morta. Mas não contrataria um assassino profissional. Por que *me* privaria desse prazer?

Lutando contra aquele dilúvio verborrágico, arrastei-me para fora de sua cama, a fim de tentar dormir um pouco. Mas não queria me despir na frente dela. Nunca vira a mulher mais gorda, quer dizer, mais magra. Sentia um pudor adâmico da minha nudez, como se Chaquie fosse Deus e eu tivesse acabado de morder a maçã proibida. Se bem que, como Adam era o nome do namorado de minha irmã Claire, talvez esta não fosse a analogia exata. Adam não parecia do tipo que sentiria pudor de tirar sua folha de parreira na frente de alguém. Quanto a mim, teria *adorado* tirar a minha na frente dele. Tinha 2,68 metros de altura, era lindo de alagar a calcinha e Claire me prometera que, quando morresse, eu poderia ficar com ele.

Enquanto me espremia como uma contorcionista para vestir a camisola de mamãe, tentando não deixar entrever um átomo de minha pele, Chaquie zombou de mim, em tom de professora primária:

– Acho bom ficar de olho nessa celulite, Rachel. Na sua idade, você não pode se dar ao luxo de fazer vista grossa.

Com o rosto ardendo de vergonha, subi na cama estreita.

– Fale com Durm't – sugeriu ela. – Ele vai dar um jeito em você.

– COMO DISSE? – Fiquei escandalizada! Que tipo de mulher era essa que oferecia o marido para dar jeito na celulite de uma estranha?

– Durm't dirige uma clínica de estética – esclareceu.

Isso explicava muita coisa. Inclusive a razão pela qual ela era tão bem-tratada.

– Bem, digo que ele dirige – sorriu – quando na verdade deveria dizer que é dono. *Nós* somos donos. Como Durm't costuma dizer, "Celulite dá um dinheirão".

Seu rosto tornou-se sombrio.

– Aquele cachorro – disse entre os dentes.

Chaquie não teve a menor vergonha de se despir. Exibiu-se na minha frente da maneira mais ostensiva. Tentei não olhar, mas foi inevitável, porque ela ficou de calcinha e sutiã muito mais tempo do que o necessário. E, embora me irritasse admitir, estava em excelente forma. Um pouquinho flácida, mas uma coisinha de nada. Estava apenas *se exibindo,* pensei, desejando que a morte e a ruína se abatessem sobre ela e suas coxas esguias e bronzeadas.

Passou horas a fio removendo a maquiagem, toda uma sessão de toques com as pontas dos dedos, pancadinhas, alisadelas e massagens suaves. Nas raras ocasiões em que eu *chegava* a remover minha maquiagem, apenas atirava uma bolota de creme de limpeza no rosto, como um ceramista atirando barro úmido no prato giratório, e a esfregava em movimentos circulares com a palma da mão, como se estivesse limpando uma vidraça. Em seguida, dava uma seca da rapidíssima com um lenço de papel.

Eu queria desesperadamente dormir. O dia de hoje já deu tudo que tinha que dar, pensei, tudo, tudo, até o rabo. Gostaria de sair um pouco do ar, por favor, agora mesmo, se possível. Mas Chaquie não me deixava dormir. Continuou falando sem parar, mesmo quando tentei me esconder atrás do meu livro de Raymond Carver. Que eu só trouxera porque fora um presente de Luke, mas e daí? Eu podia estar mesmo a fim de lê-lo.

E, mesmo quando puxei as cobertas (de tecido áspero, com um cheiro estranho) até a cabeça e fingi dormir, *nem assim* ela parou. Tentei ignorá-la, fingindo ressonar profunda e regularmente, mas ela me chamava: "Rachel, Rachel, está dormindo?" E, como eu não respondesse, sacudia meu ombro, ríspida: "Rachel, está DORMINDO?"

Era um horror. Eu estava quase aos prantos, de exaustão e frustração. Sentia-me como uma fina superfície de vidro prestes a se estilhaçar sob uma pressão insuportável. Se ela pelo menos CALASSE A BOCA!, eu pensava, a fúria correndo como lava aos borbotões por minhas veias.

Estava com tanto ódio que não sei como não brilhava no escuro. Aliás, sei, sim: não brilhava porque ela não apagava a porra da luz!

Então, quis uma droga. Ou vinte. Teria dado qualquer coisa por dois punhados de Valium. Ou de soníferos. Ou de qualquer coisa. Aceitam-se todos os donativos com gratidão.

Eu sentia um desejo incontrolável por substâncias químicas. Não achava que desejar drogas sob condições tão insuportáveis fizesse de mim uma toxicômana. Porque eu também desejava uma espingarda de cano serrado. E isso não fazia de mim uma assassina. Pelo menos, não sob circunstâncias normais.

Para abafar sua algaravia e o horror da cena, tentei pensar em alguma coisa boa. Mas a única que me veio à cabeça foi Luke.

15

A primeira manhã em que me vi na cama com Luke Costello, tive vontade de morrer.

Depois de acordar, levei um ou dois segundos para compreender que não estava na minha cama. "Hum", pensei, contente, com os olhos ainda fechados, "de quem será a cama em que *estou?* Tomara que seja de alguém legal." Nesse momento, com o impacto brutal de um balde de água gelada, a lembrança voltou de um jato: o Rickshaw Rooms, os Homens de Verdade, os amassos no táxi, o sexo com Luke e, o pior de tudo, o fato de que meu atual paradeiro era sua cama.

Em pensamento, sentei-me de um pulo, agarrando os cabelos e gritando: *Como é que eu pude fazer uma coisa dessas?* Na realidade, porém, continuei imóvel e calada, muito preocupada em não acordar Luke. Muito preocupada mesmo.

A razão voltara com a luz do dia, e eu estava simplesmente horrorizada. Não apenas porque dormira com um dos Homens de Verdade, mas porque não tivera a inteligência de acordar de madrugada, me vestir no escuro e sair do quarto pé ante pé, deixando para trás o homem, os brincos e alguma coisa constrangedora, como minha pomada para herpes, para nunca mais voltar a pôr os olhos em nenhum dos três. Não que eu me importasse. Teria deixado de boa vontade uma bisnaga de pomada para hemorroidas no travesseiro dele à guisa de bilhete de adeus, se pudesse desaparecer dali como num passe de mágica.

Tentando não me mexer, abri os olhos com cuidado. Estava de frente para uma parede. Pelo calor e a respiração de outra pessoa, percebi que havia mais alguém na cama.

Alguém que se interpunha entre mim e minha fuga.

Como um camundongo engaiolado, meu cérebro corria de um lado para o outro, tentando localizar minhas roupas. Ah, como eu me arrependia amargamente por não ter acordado às três da madrugada!

Não, eu tinha que ser honesta e admitir que o problema começara um pouco antes disso. Como me arrependia amargamente por ter deixado Luke Costello me beijar! Então decidi que, na verdade, as coisas haviam começado a ir para o brejo no momento em que pus os pés no Rickshaw Rooms. Por que o segurança não tinha mandado a gente à merda, como esse pessoal costuma fazer? Quanto mais eu pensava no assunto, mais ficava claro que o dia em que ouvira falar de Nova York pela primeira vez é que fora o início do rolo. Se eu tivesse gostado de Praga, nada disso teria acontecido. Se eles tivessem mais algumas boates por lá...

E eu lá, o corpo rígido, a cabeça voando pelo passado. Se tivesse conseguido aquela vaga no curso de hotelaria em Dublin, se nunca tivesse conhecido Brigit, se tivesse nascido homem..

No momento em que datava a origem de meu problema do malfadado dia em que minha mãe me deu à luz, ouvi uma voz. "Bom dia, amor", disse alguém – que eu só podia esperar que fosse Luke, a menos que os caras dividissem outras coisas além de suas calças de couro. Então ele estava acordado. Isso pôs por terra minha última esperança de sair de fininho, sem acordá-lo. Se não estivesse fingindo ser muda e tetraplégica, teria escondido o rosto nas mãos e chorado.

Para meu horror, senti um braço enlaçar como uma serpente meu corpo nu e arrastá-lo pela cama. Coisa de macho, mesmo, porque eu não era nenhum peso-pena.

Deslizei com facilidade pelos lençóis até encostar em outro corpo. Um corpo de homem. Fiquei furiosa com seu atrevimento. Não tinha a menor intenção de iniciar um corpo-a-corpo matinal com o Sr. Luke Homem de Verdade Cabeludo. Ele dera sorte, muita, *muita* sorte comigo na noite anterior. Cheguei a cogitar, por um momento, de me safar inventando que ele abusara de mim, talvez até acusando-o de praticamente ter me estuprado, mas, a contragosto, desisti da ideia. Fora um erro terrível da minha parte, que jamais se repetiria.

– Oi – ele murmurou ao lado de minha cabeça. Não respondi.

Estava de costas para ele e não olharia, *não poderia* olhar para ele.

Em vez disso, fechei os olhos bem fechados e rezei para que ele fosse embora, morresse ou coisa que o valha.

Eu chegara até ele exatamente na mesma posição em que estava deitada no outro extremo da cama. Enquanto jazia implacavelmente hirta como um cadáver, ele começou a afastar lentamente meu cabelo da pele sensível da nuca. Horrorizada com sua audácia, mal me permitia respirar. Como ele se atreve?, pensava, furiosa. Bem, ele que não pense que vai me encontrar molinha, maleável, receptiva e ávida. Vou me manter perfeitamente imóvel, ele vai se desinteressar e vou poder fugir.

Então senti uma sensação estranha na coxa, tão suave e tênue que, no começo, achei que era minha imaginação. Mas não era. Luke estava passando levemente sua outra mão pelo contorno da minha coxa, arrepiando toda a penugem. Entre as cócegas e o arrepio. Até a altura do ilíaco, dali até o joelho, de volta ao ilíaco...

Engoli em seco.

Estava quase histérica para sair dali. Mas não queria fazer nenhum gesto teatral, do tipo atirar os lençóis para trás (talvez me dando ao luxo de acertar uma cotovelada no seu rim), até saber onde encontrar pelo menos algumas das minhas roupas.

Será que não podíamos ter pelo menos fechado as cortinas na noite passada? Não havia como esconder nem um centímetro da minha nudez, na luz crua da manhã.

Enquanto a mão de Luke vagava por minha coxa, sua outra mão fazia cócegas e pinicava minha nuca. De repente, uma sensação muito agradável no pescoço soltou fagulhas elétricas por todo o meu corpo. O que estava acontecendo? Um exame mais detalhado do fenômeno revelou que Luke começara a me mordiscar com delicadeza.

Agora ele tinha ido longe demais!

Eu *precisava* ir embora. Mas como?

Podia jogar tudo para o alto, pensei, em desespero de causa. Podia simplesmente pular da cama e fingir que não estava morta de vergonha por sair atarantada catando minhas roupas no chão. Se achasse minhas calcinhas e mantivesse pelo menos a bunda no anonimato, não ficaria tão preocupada com o resto do corpo...

Ou podia tentar bancar a engraçadinha, enrolando o lençol em volta do corpo como uma toga e... espera aí, que é que ele estava fazendo?

Engoli com dificuldade. A mão do canalha, sabe-se lá como, conseguira transpor a barreira da rigidez cadavérica de meu braço e agora acariciava meus mamilos com afagos leves como uma pluma, fazendo com que os dois se projetassem como os pregos de uma chuteira.

Mas, mesmo assim, mantive minha condição de objeto inanimado. Ele se aproximou mais de mim, alinhando a frente de seu corpo com os fundos do meu. Seria excelente para a minha saúde sentir os primeiros sinais de sua ereção matinal.

Adoro pênis semitúrgidos, pensei, sonhadora. É óbvio que não são tão úteis quanto os plenitúrgidos, mas são tão gordos, inchados e *vivos*... E a gente nunca sabe o que vão fazer em seguida, quer dizer, sabe, claro, mas, mesmo assim...

Surpresa, constatei que meu sexo estava acordado.

E, não só acordado, como exigindo o café da manhã.

Eu não podia ver Luke, mas podia *sentir seu cheiro*. Cigarros, pasta de dentes e alguma outra coisa, sensual e com notas de almíscar, um cheiro másculo. Essência de homem.

Dessa vez, fui eu quem senti os primeiros sinais da excitação. O contato com ele era bom *demais* – grande e sólido, liso e tenro.

Mas ele que fosse à merda, decidi, irredutível. A noite passada fora um erro.

Ele mexeu as pernas, de modo a que suas coxas encostassem nas minhas. Eu tinha uma consciência aguda do tamanho e da força delas. Estava tão sensível a cada toque seu, que era como se houvessem removido uma camada de minha pele. Nada como um pouco de desejo para me fazer sentir como se tivesse passado uma hora esfoliando o corpo feito uma louca.

Para minha surpresa, não me sentia gorda e hedionda, como em geral acontecia quando me encontrava na cama com um homem. Tinha a faca e o queijo na mão, porque Luke estava louco por mim.

Podia sentir sua ereção às minhas costas, quase encostando na minha bunda.

Ele tornou a mordiscar meu pescoço e sua mão desceu ainda mais, contornando a curva de minha barriga (barriga pra dentro, depressa!), em seguida descendo ainda mais. Eu estava sem fôlego, por motivos totalmente diversos.

Ele passou a mão por cima de minha barriga, mal tocando-a, contornando a ponta do meu quadril até a coxa, roçando rapidamente meus pelos pubianos (tentei abafar um grito, que escapou e saiu igual ao ganido que o cachorro solta quando prende o rabo na porta), de volta à barriga, até o quadril, pelo ilíaco, deslizando para baixo, movendo-se em círculos cada vez mais estreitos.

Mas não estreitos o bastante para o meu gosto.

Minha cabeça dizia para eu lhe dar um tapa na mão e mandá-lo à merda, mas meu sexo choramingava como uma criança pequena.

Ai, continua, eu pensava, desesperada, ao que seus dedos desciam. *Ah, não!* Ele voltara à minha barriga. E então à minha coxa, dessa vez um pouco mais alto do que o ponto que tocara antes, mas, ainda assim, não alto o bastante.

Não obstante, continuei imóvel.

O sangue fugira todo de minha cabeça para a região pélvica, como um êxodo de refugiados, inundando-a e intumescendo-a. Minha cabeça estava tonta e leve, minha vagina túmida e hipersensível.

Eu continuava lá, enrosca da de lado, pensando no que fazer, quando de repente, não mais que de repente, tudo mudou! Sem nenhum aviso, Luke passou os braços por baixo de mim e me virou de barriga para cima. Num minuto eu estava enroscada como um feto em estado de rigidez cadavérica, no outro estava deitada de costas, com Luke agachado sobre mim.

– O que está fazendo? – gemi. Estava irritada. Perturbada. Era obrigada a reconhecer que ele estava muito bonito; a barba por fazer da manhã ficava bem nele, e seus olhos eram azul-escuros à luz do dia.

Abaixei os olhos e vislumbrei seu membro ereto. Tratei de desviá-los rapidamente, entre o pavor e a excitação.

– Quero alguém para brincar – disse ele, com a maior simplicidade. E sorriu. Eu não me lembrava de ter visto na vida um sorriso tão enternecedor. Senti os últimos fiapos de minha força de vontade balançarem e caírem. – Vou brincar com você.

Desde o momento em que acordara, mantivera minhas pernas firmemente apertadas. Mas agora ele punha as duas mãos entre minhas coxas e delicadamente as afastava. O desejo me encapelava. O desejo me *rasgava.*

Um som escapou de minha garganta antes mesmo que eu fizesse menção de soltá-lo.

– A menos que você não *queira* brincar – disse ele, inocente.

Ajoelhou-se e mordeu um de meus mamilos, com delicadeza mas força, e novamente gemi de desejo.

Sentia-me inchada, em carne viva de desejo por ele. Podia sentir o clitóris latejando e ardendo, como se estivesse se derretendo no fogo. *Agora sei como é ter uma ereção*, pensei, pasma.

Ele olhou para mim e perguntou:

– E aí?

Mordeu meu outro mamilo.

Eu sabia que não conseguiria me levantar e andar, mesmo que tentasse. Tudo em mim parecia mais pesado do que o normal. Eu estava aérea, grogue, *bêbada* de desejo.

– E aí? – ele repetiu. – Quer brincar?

Olhei para ele – olhos azuis, dentes brancos, coxas gostosas, um pau enorme e roxo.

– Quero – admiti, sem forças. – Quero brincar.

16

Depois que tudo terminou, cambaleei em direção ao corredor, à procura do banheiro. Estava totalmente desorientada, quando a primeira pessoa com quem dei de cara foi Brigit.

– Mas... – murmurei –... não estamos em casa, estamos?

– Não – disse ela, curta e rasteira. – Estamos no apartamento dos Homens de Verdade.

– Mas o que *você* está fazen... – Subitamente, compreendi. – Qual deles? – perguntei, alegre.

– Joey. – Ela apertava os lábios, com ar azedo.

– Que foi que aconteceu? – indaguei. Tinha vontade de dançar de alegria, por não ser a única. – Muita coisa – murmurou.

– Vocês transaram ou só ficaram?

– Transamos. – Após um momento, acrescentou: – Duas vezes.

Parecia arrasada.

– Eu não devia. Tenho vontade de me matar. Como pude? Depois de ele me dar uma surra daquelas.

– Ele *deu uma surra* em você? – Eu mal podia acreditar no que ouvia.

– No concurso de fantasias, sua besta, não ontem à noite.

Quando eu já estava de saída, Luke pediu o número de meu telefone. Em silêncio, arranquei uma folha de meu diário, anotei o número com todo o capricho e, sob seu olhar atônito, amassei a folha numa bolinha e atirei-a na cesta de lixo.

– Pronto – disse eu, com um sorriso deslumbrante. – Para poupar você do trabalho.

Ele estava na cama, recostado na parede. Belo peito, pensei, distraída. Para um babaca desses.

Ele parecia chocado.

– Tchau-tchau – disse eu, com outro sorriso cegante, girando nos calcanhares de minhas mules. Senti uma dor dos diabos nos calcanhares e nas panturrilhas.

– Espera aí – chamou ele.

Que foi, agora?, pensei. Imaginei que ele quisesse um beijo de despedida. Pois bem, ia ficar na vontade.

– Que é? – perguntei, irritada, mal disfarçando a impaciência em minha voz.

– Você esqueceu seus brincos.

Brigit e eu capengamos de volta para casa, imundas e com os olhos quase fechando, ainda com nossas roupas de festa. Embora fossem apenas oito horas da manhã, já estava quente e abafado. Demos uma parada na banca de Benny, o Judeu Madrugador, onde sempre comprávamos café e rosquinhas a caminho do trabalho. Fomos submetidas a um intenso interrogatório a propósito de nosso enxovalho.

– Órra essa, olha só, olha só, o que as garróta anda fazendo?

Hein? Hein? – indagou, saindo de trás da banca para nos inspecionar. Metade da rua olhava para nós e o trânsito estava quase paralisado, ao que Benny gesticulava para os transeuntes.

– Eu gosta saberr – bateu no próprio peito – o que acontecerr aqui. – Agitava os braços a esmo para indicar a mim e a Brigit, nossos cabelos desgrenhados e nossa maquiagem escorrida numa lambança abstracionista.

– E o que eu vê? – Apontou os próprios olhos. – Vê dois bagaça, é isso que eu vê. – Mais bracejos. – E eu que achava vocês erra boas garróta – reclamou.

– Põe a mão na consciência, Benny – disse eu. – Não achava, não.

Apesar do sexo maravilhoso, eu não tinha a menor intenção de rever Luke. A humanidade passaria o resto de seus dias rindo de mim. Fiz uma autópsia do encontro com Brigit. Mas não foi uma daquelas agradáveis, em que nos arrepiávamos de prazer com as lembranças, discutindo a transa nos seus mínimos detalhes, às vezes recorrendo até a diagramas para descrever o pênis do homem.

Foi mais um papo do tipo "redução de prejuízos".

– Você acha que alguém me viu beijando Luke? – perguntei.

– Um monte de gente viu vocês. Eu, por exemplo.

– Não. Alguém que... você sabe, *importe.*

Luke me ligou. Tinha que ligar, é claro. Os que eu queria que ligassem, nunca ligavam. Devia ter pescado o papel amassado da cesta de lixo, depois que fui embora.

Brigit atendeu o telefone.

– Quem está falando, por favor? – Fez a pergunta num tom de voz tão estranho, que levantei o rosto. Ela estava gesticulando freneticamente para mim.

– É para você – anunciou, com a voz embargada.

Tapou o bocal com a mão, fez uma expressão de dor intensa, arriou as cadeiras e entortou os joelhos para dentro, como fazem os homens quando levam com uma bola de críquete nos ovos.

– Quem é? – perguntei. Mas já sabia.

– Luke – ela respondeu por mímica labial.

Minha cabeça girava pelo aposento, buscando uma saída.

– Diz que eu não estou – sussurrei, em tom de súplica. – Diz que voltei a morar em Dublin.

– Não posso – ela sussurrou. – Eu riria. Desculpe.

– Sua cachorra – disse eu, entre os dentes, tomando o fone de sua mão. – Não vou me esquecer disso.

– Alô? – disse eu.

– Rachel, gata – disse ele. Que estranho. Sua voz era muito mais bonita do que eu me lembrava. Grossa, com um tom de riso. – É Luke. Lembra de mim?

O "Lembra de mim" me varou como uma espada. Quantas vezes eu perguntara o mesmo para homens que não estavam interessados em mim, mas para os quais insistia em ligar, mesmo assim?

– Eu me lembro de você, Luke – respondi. O que já era mais do que alguns daqueles homens haviam chegado a me dizer.

– E então, como tem passado? – perguntou ele. – Conseguiu trabalhar na quarta? Eu passei o dia inteiro me sentindo um caco.

Ri educadamente, acalentando a ideia de desligar e fingir que o telefone tinha quebrado de repente.

Ele me falou de sua semana, e tive certeza de que intuía minha impaciência mal disfarçada sob o verniz artificial da cortesia.

Eu estava agindo da mesma maneira cautelosa e excessivamente cortês empregada pelos homens que não estavam interessados em mim. Uma profusão de "Ah, é?" e "Mesmo?". Era fascinante ver a coisa do ângulo oposto.

FINALMENTE, ELE foi ao que interessava. Gostaria de me ver de novo. Me levar para jantar, se eu quisesse.

Brigit passou o telefonema inteiro perto de mim, vigorosamente tocando uma guitarra invisível. Com as pernas bem afastadas, sacudia os cabelos feito uma alucinada, para cima e para baixo.

Enquanto eu recusava o convite de Luke, canhestra e constrangida, ela ficou projetando o púbis na minha direção e tremelicando a língua fora da boca. Dei as costas para ela, mas ela me seguiu.

– Hum, não, acho que não – murmurei para Luke. – Sabe, eu, bom, não quero um namorado. – Uma mentira deslavada. Era ele que eu não queria como namorado.

Brigit estava de joelhos, tocando freneticamente, os olhos fixos no teto com aquela expressão de "Estou tendo um orgasmo" que esses guitarristas sempre exibem.

Felizmente, Luke não tentou me convencer de que podíamos nos encontrar como amigos. Os garotos que eram Erros sempre tentavam fazer isso. Fingiam não se importar quando eu os mandava tomar no rabo e insistiam que ficariam felizes em ser apenas meus amigos. Em geral, eu me sentia tão culpada que acabava me encontrando com eles. E, quando dava por mim, estava bêbada feito uma gambá e na cama com eles.

– Desculpe – pedi. Sentia-me envergonhada e nervosa, porque ele *era* uma pessoa muito legal.

– Não, de modo algum – disse ele, tranquilo. – Com certeza, a gente se vê por aí uma hora dessas. Vamos bater um papo.

– Tudo bem – arrematei. – Tchau. – Bati com o telefone.

– Sua filha da puta! – gritei para Brigit, que, por então, tentava deslizar pelo chão de azulejos da cozinha. – Espera só até Joey ligar para você.

– Ele não vai ligar – disse ela, com ar presunçoso. – Não pediu meu telefone.

Sentei-me e vasculhei minha bolsa, procurando o vidro de Valium. Despejei três na mão, mas pensei bem e acrescentei mais dois. Que sufoco! Estava com ódio dele por ter me telefonado e me feito passar por tudo aquilo. Por que minha vida era uma sequência de fatos tão desagradáveis? Será que eu era vítima de alguma maldição?

17

Bem no meio de um sonho maravilhoso, fui acordada por uma estranha brandindo uma lanterna na minha cara.

– Rachel, está na hora de acordar.

Estava escuro como breu e gelado. Eu não fazia ideia de quem ela fosse. Concluí que devia estar tendo uma alucinação, portanto dei-lhe as costas e tornei a fechar os olhos.

– Vamos, Rachel – ela cochichou alto. – Não acorde Chaquie.

A menção a Chaquie fez com que a realidade arrombasse minha consciência. Eu não estava na minha cama em Nova York. Estava no Claustro, onde uma doida ambulante tentava me acordar às altas da madrugada. Devia ser um dos internos mais perturbados, que fugira de seu quarto trancafiado no sótão.

– Oi – disse-lhe eu. – Volte para sua cama. – Amigável, mas firme. Agora, se Deus quisesse, poderia voltar a dormir.

– Sou a enfermeira do turno da noite – disse ela.

– E eu sou o Palhaço Coco – rebati. Podia ganhar dela disparado em matéria de loucura.

– Vamos, você está na equipe do café da manhã.

– E por que Chaquie não está na equipe do café da manhã? – Eu tinha ouvido em algum lugar que era melhor argumentar com os loucos.

– Porque ela não está na equipe do Don.

De repente, as palavras "equipe do Don" despertaram em mim uma vaga lembrança, a um tempo estranha e desagradável.

– Eu estou... eu estou... na equipe do Don? – perguntei, titubeante. Acabava de me dar conta de que talvez estivesse. Eu não tinha concordado com alguma coisa na noite anterior...?

– Está.

Uma sensação de enorme vazio se abateu sobre mim. Talvez eu tivesse mesmo que me levantar.

– Bom, acabo de me demitir – improvisei, esperançosa.

Ela riu de um jeito que, em outras circunstâncias, poderia ser considerado amável.

– Você não pode se demitir – me chaleirou. – Quem vai fazer o café da manhã, se você não for? Não pode deixar todo mundo na mão.

Eu estava cansada demais para discutir. Na verdade, estava cansada demais para compreender o que estava acontecendo e me aborrecer. Uma coisa eu captei, uma única coisa. Se não me levantasse, as pessoas poderiam não gostar de mim. Mas iria encontrar aquele tal de Don, quem quer que fosse, e entregar-lhe meu pedido de demissão na mesma hora.

Estava tão cansada e com tanto frio que achei que poderia morrer de choque térmico se entrasse debaixo do chuveiro. Também tinha medo de acender a luz e acordar Chaquie, pois havia o risco de ela começar a falar comigo outra vez. Assim, em plena escuridão, vesti as mesmas roupas que havia jogado no chão, na noite anterior.

Arrastei-me até o banheiro para escovar os dentes, mas estava ocupado. Enquanto eu tiritava no mezanino, esperando que desocupasse, a louca da lanterna reapareceu.

– Você está de pé, boa menina – disse ela, ao me ver. – Desculpe por me apresentar desse jeito. Sou Monica, uma das enfermeiras do turno da noite.

Passei a escova de dentes para a outra mão, a fim de poder cumprimentá-la. Parecia ser uma pessoa afável e afetuosa. Maternal. Mas não como a minha mãe.

A porta finalmente se abriu e, em meio a uma nuvem de loção pós-barba, Oliver, o sósia de Stalin, saiu valsando do banheiro. Vestia apenas as calças e tinha uma toalha graciosamente jogada ao redor dos ombros rechonchudos. Parecia grávido de nove meses. Sua barriga imensa, nua e coberta de pelos grisalhos, parecia ter vida própria.

– Hora da loção de limpeza, hein? – disse ele, piscando para mim. – É todo seu.

Depois de jogar um pouco de água na cara desanimada, arrasteime pelas escadas. Estava pronta para encontrar o tal de Don e explicar-lhe em tom de voz firme que era meu triste dever apresentar-lhe o meu pedido de demissão...

No momento em que entrei na cozinha, onde fazia um frio mortal, um homenzinho gorducho de meia-idade correu na minha direção. Usava uma camisa-de-meia, e tive a mesma sensação de ter tomado alucinógenos que experimentara pouco tempo antes.

– Boa menina – disse ele, esbaforido e sem fôlego. – Já estou com os chouriços na frigideira. Quer se encarregar das salsichas...?

– Você é o Don? – perguntei, surpresa.

– E quem mais haveria de ser? – respondeu, com ar irritado.

Fiquei confusa. Don era um interno, eu já o vira várias vezes na véspera, no fragor dos suéteres marrons. Por que ele era um dos chefes de equipe? Foi o que lhe perguntei, titubeante.

E ele me explicou aquilo de que eu já desconfiava. Seguindo a tradição da Clínica Betty Ford, os próprios internos do Claustro desempenhavam a maior parte das tarefas domésticas.

– Isso é para nos ensinar a ter responsabilidade e a trabalhar em equipe – disse ele, pulando de um pé para o outro. – E eu sou o chefe *desta* equipe porque já estou aqui há quase seis semanas.

– Quantas equipes são? – perguntei.

– Quatro – disse Don. – Cafés da Manhã, que somos nós, Almoços, Jantares e Aspirador de Pó.

Tratei de explicar que não poderia ficar na sua equipe. Ou em nenhuma outra, para dizer a verdade. Era alérgica a tarefas domésticas e, de mais a mais, não havia nada de errado comigo, eu sabia tudo que precisava saber sobre responsabilidade e trabalho em equipe.

– É melhor pôr mãos à obra – interrompeu ele. – O pessoal vai descer a qualquer momento, com o estômago nas costas, exigindo o café da manhã. Vou pegar os ovos.

– Mas...

– E fique de olho em Eamonn, sim? – pediu, ansioso. – Ele comeria as fatias de toucinho cruas, se pusesse as mãos nelas. – E então afastou-se, apressado.

– Não é justo com os chefes de equipe que ponham um CC na equipe Cafés da Manhã – ergueu a voz, por cima do ombro.

– O que é um CC? – ergui a minha em resposta.

– Um comedor compulsivo – respondeu uma voz abafada.

Virei-me e vi que Eamonn também estava na cozinha. Não sei como não o notara até então. Deus sabe que ele ocupava metade dela.

A razão pela qual sua voz saíra abafada era o fato de ele ter um pão de forma quase inteiro na boca.

– Você vai me denunciar por isto, não vai? – perguntou, com uma expressão envergonhada, ao que enfiava na boca uma fatia atrás da outra.

– *Denunciar* você? – exclamei. – Por que eu faria isso?

– E por que não? – Sua voz e expressão eram de mágoa. – Você tem a obrigação de se preocupar comigo, a obrigação de me ajudar a superar meus vícios, assim como eu tenho a obrigação de ajudar você.

– Mas você é um homem adulto – tornei, confusa. – Se quiser comer um pão de forma tamanho-família... – Calei-me por um momento, encostando a mão na iguaria. –... um pão de forma tamanho-família *gelado*, em menos de um minuto, o problema é seu.

– Pois muito bem – disse ele, agressivo. – É o que vou fazer.

Eu havia dito a coisa errada. E só estava tentando ser simpática.

– UBA! – Encarava-me com ódio, enchendo a boca com mais e mais fatias de pão. – E bô ubê odra aora besbo!

Irredutível, apesar da boca cheia, partiu para um segundo pão de forma. O segundo de que eu tinha conhecimento, pelo menos. Só Deus sabe quantos já comera antes de eu chegar.

Ouvi passos vindos do corredor. Era Don, que voltava com Stalin a reboque, os dois carregando caixas de ovos.

Voltou-se para mim, com a expressão ultrajada:

– Que é que está havendo aqui? Ah, olha só, Rachel, ele está comendo o pão quase todo, assim não vai sobrar nada para as TORRADAS! – Seu timbre de voz fora num crescendo durante a frase, até o *gran finale* "TORRADAS", entoado num agudo de soprano, desses de estilhaçar vidro.

Sentia-me nauseada. Infeliz. Estava desorientada com a mudança de fuso horário, pelo amor de Deus! E eram para ser férias, que merda! Eu não era obrigada a acordar tão cedo assim nem quando ia para o trabalho! Lamentava muito que Eamonn tivesse comido todo o pão, não me dera conta de que não havia mais, ou poderia ter tentado impedi-lo. Agora, todo mundo ficaria com ódio de mim...

– Desculpe – pedi, quase às lágrimas.

– Ah, deixa pra lá – disse Don, canhestro em sua gentileza. – Nem o próprio diabo teria conseguido impedi-lo.

– Desculpe – sussurrei de novo. Olhei para Don com os olhos cheios de lágrimas, bati as pálpebras uma só vez e isso bastou para derretê-lo.

– Não se preocupe – ele me tranquilizou. – Há uma semana que ele vem fazendo isso todos os dias. O pessoal já está acostumado a ficar sem as torradas.

E então pôs-se a quebrar ovos numa vasilha. Era cedo demais para olhar para 36 ovos crus. Meu estômago se embrulhou.

– Você está passando bem? – perguntou Stalin, ansioso.

– Ela não está passando bem! – declarou Don, nervosíssimo.

– Seu idiota. A menina não está passando bem. Pelo amor de Deus, deixa a criança sentar!

Estava tão preocupado, que escorregou num pedaço de pele de toucinho e deu um encontrão em nós. Ato contínuo, levou-me até uma cadeira.

– Quer que eu chame a enfermeira para você? Chamem a enfermeira! – ordenou a Stalin e Eamonn. – Põe a cabeça entre as orelhas! Quer dizer, entre os joelhos.

– Não – disse eu, fraca. – Estou bem, foram só os ovos, e eu não dormi muito...

– Você não está esperando a visita da cegonha, está? – perguntou Stalin.

– Que pergunta! – chocou-se Don. – É claro que a menina não está esperando a visita da cegonha...

Chegando a cara gorducha a um centímetro da minha:

– Não está, está?

Fiz que não com a cabeça.

– Viu só? – declarou para Stalin, triunfante.

Tempos depois, fiquei sabendo que Don tinha 47 anos, vivia com a mãe e era um "solteirão inveterado". Por algum motivo, isso não me surpreendeu.

– Tem certeza de que não engoliu um caroço de azeitona? Stalin voltou à carga. – Minha Rita não podia olhar para um ovo, quando estava esperando os quatro primeiros.

– Tenho.

– Como é que você sabe?

– Sabendo, ora essa.

Ele que fosse lamber sabão se achava que eu ia lhe dar satisfações sobre meu ciclo menstrual.

Assim, Don, Eamonn, Stalin e um rapazinho chamado Barry, que eu me lembrava de ter visto muitos anos atrás – ou seja, ontem – prepararam o café da manhã. Fiquei sentada numa cadeira, bebericando água, respirando fundo e tentando não vomitar. Barry era aquele que parecia ter 14 anos e gritara para Sadie, na véspera: "É, uma imprestável de merda."

Pouco antes do café, lembrei-me de que em breve veria Chris, e não estava usando um pingo de maquiagem. Por entre a neblina da exaustão, da náusea e da tristeza, tremeluziu uma tênue centelha de instinto de sobrevivência. Mas, quando tentei me arrastar de volta pelas escadas acima para passar um pouco de *blush* e rímel, Monica, a maternal enfermeira, postou-se bem no meio do meu caminho. O café estava prestes a ser servido, e eu não ia a parte alguma até que terminasse.

– Mas... – tentei, fraca.

– Diga o que quer do quarto e eu vou lá buscar – ofereceu-se ela, com um sorriso amável mas muito, muito firme.

É claro que eu não podia lhe dizer o que queria. Ela me julgaria frívola. Assim, voltei ao refeitório com o rabo entre as pernas e a cabeça baixa, para não correr o risco de Chris me ver sem maquiagem e descobrir a baranga que eu era. Consegui passar o café da manhã inteiro sem que meu olhar cruzasse com o de ninguém.

Todos se comportaram de maneira jovial. Até mesmo em relação à falta de torradas.

– O quê, não tem torrada? DE NOVO! – Peter riu. Mas também, aquele teria rido mesmo que soubesse que um incêndio reduzira sua casa a cinzas e toda a sua família fora exterminada num massacre.

– Não tem torrada, de novo – repetiu um outro.

– Não tem torrada, de novo.

– Não tem torrada, de novo. – A mensagem correu pela mesa.

– Aquele filho da puta gordo, Eamonn – murmurou alguém, em tom rancoroso. Para minha surpresa, fora Chaquie.

Entre os ovos de embrulhar o estômago e as salsichas e fatias de toucinho nada vegetarianos, não comi quase nada. O que não podia ser mau, decidi.

Mas meu cansaço e sensação de estranhamento eram tais, devido a tudo por que passara, que só tarde da noite fui me dar conta de que não haviam servido uma única fruta no café da manhã. Nem uma maçã com a casca amassada ou uma banana podre, que dirá o bufê quilométrico de frutas tropicais fresquinhas que eu esperava.

18

Meu dia não chegou a entrar nos eixos. Sentia-me tonta e nauseada, sem conseguir acordar direito.

Pensava em Luke o tempo todo. Estava cansada demais para me compenetrar de sua perda com lucidez, mas a dor não parava de rumorejar, semiconsciente.

Tudo era estranho e diferente, como se eu tivesse aterrissado em outro planeta.

Ao fim do nauseabundo café da manhã, tive que arear várias frigideiras enormes, sujas de gordura. Depois, corri para o quarto e passei vinte minutos lambuzando a cara de maquiagem. Eu tinha um desafio e tanto nas mãos.

Toda vez que não dormia o bastante, surgiam zonas vermelhas de escamação no meu rosto. Eram difíceis de disfarçar, porque, mesmo soterrando-as sob toneladas de base, as partes vermelhas ficavam escamando, levando a base consigo e deixando as manchas em destaque outra vez. Fiz o que pude, mas, mesmo maquiada, parecia um cadáver.

Tornei a me arrastar pelas escadas, forçando um sorriso, e topei com Misty O'Malley, também arrastando-se com ombros caídos, ar azedo e nenhuma maquiagem. Com minha cara sorridente, marrom e pegajosa, no ato me senti uma maçã caramelada idiota.

Don escapuliu na minha direção e me agarrou pela manga.

– Lavou as mãos? – indagou, ansioso.

– Por quê?

– Porque está na hora da aula de CULINÁRIA – guinchou, os olhos saltando das órbitas com minha estupidez. – É sábado de manhã, temos *HOBBIES!*

Uma miragem em que massageavam com delicadeza meus pontos de tensão tremeu e se desfez. Não fiquei nem um pouco feliz. Uma aula de culinária ficava a apenas um passo de artesanato em vime.

– Você vai adorar Betty – garantiu um outro.

Betty era a professora. Loura, perfumada e popular.

Stalin a agarrou e saiu valsando com ela pelo aposento.

– Ah, minha menina querida – dizia.

Clarence me deu uma cotovelada.

– Ela não é linda? – sussurrou, como o imbecil que era. – O cabelo dela não é lindo?

– A postos, pessoal. – Betty bateu palmas.

Quando estávamos prestes a começar, o Dr. Billings chegou e fez um sinal com o dedo para Eamonn, cujos olhos brilhavam cobiçosamente para um saquinho de passas, e rebocou-o consigo.

– Aonde ele vai? – perguntei a Mike.

– Ah, ele não tem permissão para cozinhar – disse Mike –, porque perdeu a cabeça na semana passada e comeu uma tigela inteira de massa de bolo. Crua – frisou, para não dar margem a dúvidas.

A lembrança parecia ser-lhe dolorosa.

– A cena foi de dar enjoo – disse. – Ele agarrou aquela tigela com uma força...

– Meu Deus, foi um horror – secundou-o Stalin, estremecendo. – Cheguei a perder o sono de noite.

– E onde é que ele está agora? – Não me agradara a maneira peremptória como Eamonn fora rebocado.

– Sei lá – Mike deu de ombros. – Praticando algum outro *hobby.*

– Talvez esteja aprendendo a fazer cerveja caseira – sugeriu Barry, o Bebê.

Isso provocou um escândalo de gargalhadas. Batiam nas coxas esbaldando-se. "Fazer cerveja caseira, essa é boa!"

– Ou fazendo ou fazendo... – Clarence ria tanto que mal conseguia falar – ou fazendo degustação de vinhos – desfechou, finalmente. Os suéteres marrons explodiram em gargalhadas. Ofegavam, rindo tanto que eram obrigados a se apoiar uns nos outros.

– Eu até encaro uma tigela de massa de bolo, se me deixarem fazer degustação de vinhos – disse Mike, morrendo de rir

Mais gargalhadas.

Eu não ria. Queria deitar e dormir por muito, muito tempo. A última coisa que queria era cozinhar.

Os outros trocavam piadas entre si, alegremente, enquanto eu rezava para morrer. Podia ouvir o que diziam, mas suas vozes pareciam chegar de muito longe.

– Vou fazer um tipo fabuloso de... como direi... pão, que comi em Islamabad – murmurou Fergus, a vítima do LSD.

– E tem maconha para o recheio? – indagou Vincent.

– Não – admitiu Fergus.

– Então, *não* vai ser como o pão que você comeu em Timbuctu, vai?

Fergus deu as costas, seu olhar morto de terreno baldio ainda mais deserto.

– Já pensou se minha mulher me visse agora? RAR, RAR, RAR! soltou Stalin, pesando açúcar de confeiteiro. – Ela nunca me viu sequer esquentar uma chaleira d'água.

– Não admira que tenha conseguido uma ordem judicial proibindo você de chegar perto da casa dela – comentou Misty O'Malley.

Todos soltaram muxoxos de desaprovação, dizendo "Ô *Misty*", mas em tom bem-humorado. Então, o agressivo Vincent saiu-se com essa:

– Não é porque ele não sabe cozinhar, e sim porque vive quebrando as costelas dela.

Meus ouvidos zuniram de tal modo, que achei que ia desmaiar.

Não podia ser verdade, podia?, pensei, horrorizada. Stalin era um homem simpático e afável, não faria uma coisa dessas. Vincent devia estar brincando. Mas ninguém riu. Ninguém disse nada.

Passou-se um bom tempo antes que os internos voltassem a conversar e trocar piadas. Stalin não deu mais uma palavra.

Eu continuava sentindo a mesma vontade horrível de vomitar. Se não tivesse me restado uma gota de sanidade, juraria que tomara uma carraspana na noite anterior.

Felizmente, Betty era simpática. Perguntou se havia algo em particular que eu gostaria de fazer.

– Alguma coisa fácil – murmurei.

– Que tal bolinhos de coco? Dá para fazer até dormindo.

Como era exatamente o que eu já sentia estar fazendo, concordei.

– Passei a semana inteira planejando fazer isso – anunciou Mike, eufórico, apontando uma fotografia num livro. – É uma *tarte tatin.*

– O que é isso? – indagou Peter.

– Uma espécie de torta de maçã francesa de cabeça para baixo.

– E qual é o problema em fazer ela de cabeça para cima? – quis saber Peter. – Você foi criado bem longe desses troços franceses de cabeça para baixo. QUÁ-QUÁ-QUÁ-QUÁ-QUÁ!

Betty circulava pela cozinha, ajudando aqui, fazendo sugestões acolá. ("Chega de manteiga, Mike, você não quer ter um ataque do coração, quer?" "Não, Fergus, sinto muito. Vai ter que usar um forno comum. Desculpe se não vai sair autêntico." "Não, Fergus, sinto muito *mesmo.*" "Não, Fergus, não estou tratando você como se fosse uma criança." "Não, Fergus, não tenho nada contra drogas." "Pois fique você sabendo, Fergus, que eu fumei maconha uma vez." "Dá licença? Eu traguei, *sim.*") Para alguém se sentindo horrivelmente mal, como eu, havia qualquer coisa de confortante em medir e peneirar a farinha, o açúcar e o coco ralado (que minha mãe chamava de "coco encurralado"), quebrar os ovos (parando por um momento, devido a uma breve ânsia de vômito), bater tudo numa tigela e despejar a mistura pegajosa em forminhas de papel decoradas com ramos de azevim. Isso me fez lembrar de quando eu era pequena e ajudava minha mãe, antes de ela desistir de fazer doces para sempre.

Fiquei longe de Chris, pois sabia que ele não ia mais querer saber de mim se visse de perto minha cara de cadáver e as manchas vermelhas. Mas foi difícil, porque a atenção que ele me dispensara na véspera fez com que eu me sentisse um milionésimo melhor em relação a Luke. Se outro homem quisera conversar comigo, na certa eu não era tão insignificante quanto Luke me achava, não é mesmo?

Furtivamente, observei Chris amassando pão preto. Suspirei, desejando que fossem meus mamilos que estivessem na tábua coberta de farinha.

Lá para as tantas, vi-o conversar com Misty O'Malley, e ela deve ter dito alguma coisa engraçada, porque ele riu. O som de sua risada e o lampejo azul de seus olhos foram uma punhalada em mim. Queria que fosse *eu* a fazê-lo rir.

Bastou me sentir enciumada e rejeitada por Chris, para na mesma hora me lembrar de como me sentia rejeitada por Luke. A depressão me arrastou para o fundo do poço.

Depois da aula de culinária, veio o almoço, em seguida um filme sobre gente bêbada e, por fim, mais e mais xícaras de chá. Passei por tudo isso como se fosse um pesadelo.

Volta e meia, a pergunta O *que estou fazendo aqui?* passava por minha cabeça. E então eu levava minha cabeça para um canto e tinha uma boa conversa com ela, lembrando-a dos artistas, da desintoxicação, enfim, da oitava maravilha do mundo que era o Claustro. Profundamente aliviada, voltava a me lembrar de tudo e compreendia como era uma pessoa de sorte. Mas, dali a pouco, me pegava fitando embasbacada os homens de meia-idade, as paredes amarelas, o nevoeiro denso de fumaça de cigarro, a *sordidez* daquilo tudo, e voltava a me perguntar: O *que estou fazendo aqui?*

Era como usar sapatos com solas escorregadias. O tempo todo eu pensava que, tão logo terminasse o que quer que estivesse fazendo, viraria o jogo e faria algo legal. Mas não fazia. No minuto em que uma coisa acabava, começava outra. E eu não tinha energia para lutar contra isso, era mais fácil seguir o rebanho.

Algo me preocupava. Havia uma ideia na minha cabeça que eu não conseguia alcançar, pois escapulia de mim.

19

À tarde, um homem simpático que eu ainda não conhecia veio falar comigo.

– Como vai? – disse ele. – O nome é Neil e eu também estou no grupo de Josephine. Não nos vimos ontem porque eu estava no dentista.

Normalmente, eu não daria nem as horas a alguém que se apresentasse dizendo "O nome é Neil", mas havia alguma coisa nele que me agradara.

Era expansivo, sorridente e muito jovem. Quando dei por mim, já corrigira a postura e me esforçava um pouco para lhe causar uma boa impressão. Embora soubesse que ele era casado, mesmo antes de ver a aliança em seu dedo. Talvez pelo suéter sem rugas e a calça sem vincos. Senti uma estranha ponta de decepção.

– Está se dando bem com esse bando de malucos? – perguntou ele.

Que alívio! Uma pessoa normal!

– São legais. – Dei um risinho. – Para um bando de malucos.

– E o que achou de Josephine?

– Ela é um pouco assustadora – admiti.

– Ah, aquela é outra doida – disse ele. – Fica botando ideias na cabeça das pessoas, obrigando-as a admitir coisas que não disseram nem fizeram.

– É mesmo? Sabe de uma coisa? Bem que eu *achei* ela um pouco esquisita.

– É, você vai ver, quando chegar a sua vez – disse ele, enigmático. – Enfim, por que está internada?

– Drogas. – Fiz uma expressão patética, para indicar que não havia *nada* de errado comigo.

Ele riu, compreensivo.

– Entendo o que quer dizer. Estou internado por alcoolismo. Como a pobre inocente da minha mulher não bebe, acha que só porque tomo quatro cervejas nas noites de sábado isso faz de mim um alcoólatra. Só me internei para ela largar do meu pé. Pelo menos agora isso vai provar para ela que não há nada de errado comigo.

E nós dois demos um sorriso de cumplicidade por causa da insensatez daquelas pessoas.

Durante o dia, eu já notara duas vezes a Chucrute Azedo e Celine, a enfermeira do turno do dia, conversando sobre mim. Na hora do chá, pouco antes do festival de batatas fritas, Celine apareceu.

– Posso dar uma palavra com você, Rachel?

Baixou um clima de desgraça iminente. Sob os gritos dos internos de "Ihhh, Rachel, agora você se ferrou" e "Posso comer suas batatas fritas?", Celine me levou, de cabeça baixa, para a sala das enfermeiras.

Foi como ser levada para o gabinete do diretor na escola. Mas, para minha surpresa, Celine não parecia estar aborrecida comigo. – Você não me parece bem – disse ela. – Aliás, não pareceu bem o dia inteiro.

– Não dormi muito na noite passada. – Suspirei de alívio, eufórica. – E acho que talvez ainda esteja me ressentindo da diferença de fuso horário.

– Por que não disse nada?

– Não sei – sorri. – Acho que estou habituada a me sentir mal. Quase sempre me sinto um bagaço no trabalho... – Interrompi-me bruscamente ao ver a expressão em seu rosto. Essa não era a pessoa indicada para se discutir noitadas da pesada.

– Por que você se sente mal no trabalho? – perguntou. Por um momento, sua voz tranquila quase me enganou. Mas não totalmente.

– Porque sou notívaga – limitei-me a dizer.

Ela sorriu. Com um único olhar, vi que já decretara minha sentença. Ela sabe, pensei, alarmada. Ela sabe tudo a meu respeito.

– Acho que você deveria ir para a cama depois do chá – disse ela. – A terapeuta de plantão e eu discutimos e achamos que não há nenhum problema se você perder os jogos de hoje à noite.

– Que jogos?

– Todos os sábados à noite, os internos brincam de dança das cadeiras, *Red Rover, Twister,* esse tipo de coisa.

Ela não pode estar falando sério, pensei. Era a coisa mais brega que eu já ouvira na minha vida.

– É divertidíssimo. – Ela sorriu.

Que pobre coitada deprimente você é, pensei, se essa é a sua ideia de diversão.

– Os internos espairecem um pouco – prosseguiu. – E é a única hora da semana em que não há nenhuma enfermeira ou terapeuta presente, de modo que vocês podem fazer imitações de nós...

No momento em que ela disse isso, me dei conta de uma das coisas que tinham me incomodado o dia inteiro. Os internos raramente ficavam sozinhos. Mesmo durante as refeições, sempre havia alguém da equipe sentado discretamente entre eles.

– Portanto, depois do chá, vá direto para a cama – ordenou. Esperançosa, imaginei que talvez antes pudesse fazer uma massagem ou passar alguns minutos numa cama de bronzeamento artificial.

– Será que primeiro eu...?

– Cama – ela me interrompeu, firme. – Chá, e depois, cama. Você está cansada e não queremos que fique doente.

Que coisa mais louca, ir para a cama às sete da noite de um sábado. Em geral, só me encontrariam deitada a essa hora se eu ainda não tivesse acordado da noite anterior. (O que não era raro, para ser franca. Principalmente quando ficava acordada até tarde e cheirava cocaína.)

A sensação de isolamento e alienação que me acompanhara durante todo o dia se intensificou, quando sentei na cama, apática, folheando as revistas de Chaquie, a chuva fustigando a janela que batia, deixando o vento entrar. Sentia-me sozinha e com medo. E um fracasso. Era noite de sábado e eu devia estar me produzindo para sair e me divertir. Em vez disso, estava na cama.

Minha maior preocupação era Luke. Eu nunca me sentira tão impotente na vida. Sabia que ele sairia aquela noite e se divertiria sem mim. Poderia até – minhas entranhas se encolheram de medo – poderia até conhecer outra garota. E levá-la para o seu apartamento. E transar com ela...

Ao pensar nisso, fui invadida por um ímpeto quase incontrolável de pular da cama, enfiar algumas roupas e, *não sei como,* ir a Nova

York para impedi-lo. Desesperada, apanhei um punhado de Pringles e as enfiei na boca, graças ao que o pânico diminuiu um pouco. As Pringles eram um grande consolo. O tubo fora doado por Neil, ao saber que haviam me mandado cedo para a cama. Minha intenção era comer apenas uma ou duas, mas meus dedos acabaram abrindo caminho até o fundo do tubo. Não consigo pegar no sono facilmente se houver algum saco aberto de salgadinhos por perto.

Sabia que não era justo pedir aos pobres viciados que passassem sem os respectivos objetos de seus vícios, quando gente como eu, que *não* tinha nenhum problema, estava ingerindo salgadinhos livremente. Não seria certo balançar a tentação bem debaixo dos seus narizes. Mas, ainda assim...

Podia ouvir as pancadas, as batidas, os gritos e risos, enquanto os outros brincavam de dança das cadeiras no aposento que ficava embaixo de meu quarto.

Quando Chaquie subiu para dormir, tinha o rosto vermelho e feliz.

Por pouco tempo.

– Não vi você na missa hoje à noite – disse, com os lábios apertados.

(Vinha um padre todo sábado rezar uma missa para os interessados.)

– É isso mesmo, não viu – disse eu, alegre.

Ela me fuzilou. Sorri, com ar petulante.

Então, deu início a mais uma de suas cantilenas. Dessa vez, era sobre o mal das mães que trabalham fora. Puxei as cobertas acima da cabeça com grande espalhafato, dizendo "boa noite". Mas isso não fez a menor diferença. Chaquie tinha algumas coisas para desabafar e não estava se importando com quem.

– ...e o marido chega em casa depois de um longo dia no escritório – ou no salão de beleza... – permitiu-se um sorrisinho ao dizer isso – ...e a casa está um pandemônio, as crianças aos gritos...

– O jantar não está na mesa – interrompi-a debaixo de meus lençóis, decidida a ganhar a corrida.

– É isso mesmo, Rachel. – Ela pareceu agradavelmente surpresa. – O jantar não está na mesa.

– As camisas dele não foram passadas.

– É isso mes...

– As crianças chegam da escola e encontram a casa vazia, entregue às baratas...

– É isso mes...

– Comem batatas fritas e biscoitos, em vez de uma refeição nutritiva, servida na hora...

– Exatam...

– Assistem filmes pornográficos na TV, cometem incesto, a casa pega fogo e, como a mãe não está lá para tomar uma providência, morrem!

Seguiu-se um silêncio. Passado algum tempo, dei uma espiada debaixo de minhas cobertas.

Chaquie me encarava, confusa. Tinha a forte suspeita de que eu estava debochando dela, mas não a certeza.

Se eu já achava que a detestava antes, agora sabia que a detestava *mesmo*.

Cretina fascista, pensei com meus botões. Conhecia o seu tipo. Era membro da Liga das Mães da Direita Católica Contra o Prazer, ou que nome tivessem.

Pouco depois, com um silêncio azedo, Chaquie apagou a luz e foi para a cama.

Graças a Deus, e à enorme exaustão, adormeci.

20

Domingo. Dia de visitas!

Mas não para mim. Adoraria ter algum contato com o mundo exterior. Ficaria feliz até mesmo de ver minha mãe. Mas ainda não se passara a semana exigida, embora já me sentisse como se estivesse lá há muitos anos.

A primeira coisa em que pensei, quando fui acordada pela lanterna de Monica, foi Luke. Atormentava-me pensando no que ele poderia ter aprontado na noite anterior. E poderia *ainda* estar aprontando. Afinal, eram apenas três da madrugada onde ele estava. A noite de sábado ainda era uma criança.

Queria telefonar para ele. A vontade era tanta que beirava o insuportável. Mas, provavelmente, ele ainda nem tinha chegado em casa. A menos que estivesse na cama com alguém. Talvez esteja na cama com uma garota agora mesmo, pensei, desesperada. Talvez, neste exato instante, esteja tendo um orgasmo com outra mulher. Compreendi que é assim que as pessoas enlouquecem. E que eu realmente *acabaria* precisando ir para um hospício, se não abrisse o olho.

Decidi que tinha que falar com ele. E, para tanto, teria que telefonar para ele. Mas, após rápidas contas, compreendi que teria que esperar até pelo menos as três da madrugada, quando então seriam nove da manhã em Nova York. *Ah, por que não posso telefonar agora? Porra de fuso horário!* Amargurada, amaldiçoei a curvatura da Terra.

No fundo, sabia que dez da manhã de domingo era cedo demais Provavelmente, vários dias cedo demais. Mas não me importava. Daria para o gasto.

Depois do café da manhã, Chaquie se envolveu em preparativos frenéticos para a chegada de Dermot. Para minha surpresa, pediu-me que a ajudasse a escolher o que vestir. Isso me comoveu tanto, que esqueci que a detestava.

E fiquei extremamente grata por ter alguma coisa para fazer. Não parava de pensar em Luke, mas a ocupação reduziu o sofrimento a uma espécie de dor subliminar. Não era tão mau assim, apenas onipresente.

Chaquie espalhou seu guarda-roupa inteiro pelo quarto minúsculo. O que me lembrou da necessidade urgente de lhe perguntar se por acaso se incomodaria em ceder espaço para algumas de minhas roupas, que ainda estavam dentro da mala, no chão.

– O que você acha, Rachel? – perguntou. – O *tailleur* Jaeger com o lenço Hermès?

– Er, talvez alguma coisa um pouco menos formal – sugeri, pisando em ovos. – Você tem uma calça jeans?

– JEANS! – Ela soltou uma gargalhada. – Pelo Sagrado Coração! Claro que não! Durm't morreria se me visse de calça jeans. – Dobrou os joelhos para se olhar no espelho (ínfimo, coberto de manchas de velhice) e passou a mão rapidamente pelos cabelos perfeitos.

– Jesus, Maria, José – declarou, revirando os olhos. – Estou um espanto.

Claro que não estava. Sua aparência era impecável.

– É muito importante que a mulher fique bonita para o marido – confidenciou, vestindo uma saia bem cortada e um cardigã com contas e apliques na frente. Agora sim, estava um espanto.

Com movimentos bruscos, penteou o cabelo para trás. Estava nervosa, *muito* nervosa, por causa da visita de Dermot.

– Você está linda – disse eu, embora achasse que parecia uma árvore de Natal.

Consultei o relógio: meio-dia. Só mais três horas, e eu estaria falando com Luke!

– Quando Dermot chegar, você gostaria que eu, bem... você sabe? – propus a Chaquie, magnânima, fazendo gestos do tipo "pode ficar".

– O quê?

– Gostaria de ficar com o quarto só para vocês, para poderem (pigarro!), você sabe...?

Ela pareceu chocada.

– O quê? Termos relações sexuais, é isso?

– É uma das maneiras de dizer a coisa. – Na linguagem dos romances.

– Pelo Sagrado Coração, não! – disse ela. – O único lado bom de estar aqui é que ele não me inferniza com a sua flauta quando tento ler meu livro na cama. E, de mais a mais, não é permitido receber visitas no quarto.

– Não é permitido receber visitas no quarto? – Foi minha vez de ficar chocada. – Pois se até na prisão as pessoas têm direito de receber os cônjuges...!

Chaquie ia toda hora até a janela. Finalmente, à uma e meia, disse:

– Lá está ele.

Era quase impossível descrever seu tom de voz. Admiração, alívio e ódio em doses idênticas.

– Onde? – Corri até a janela para dar uma olhada nele.

Ali, saindo do Volvo novo.

Olhei para baixo, fascinada, torcendo para que fosse um bofe. Mas, a distância, até que não era tão mau assim. Com seu bronzeado escuríssimo e seus cabelos suspeitamente negros, podia ser descrito como o tipo de homem que "sabe se cuidar". Usava uma camisa jeans, uma jaqueta de couro e um par de calças de algodão com o cós chegando quase até o peito, um dos truques a que recorrem os gorduchos, numa tentativa inútil de esconder a barriga. A julgar por Dermot, Chaquie não era a única que curtia um Bacardi com Coca-Cola de vez em quando.

Enquanto eu o analisava, à procura de defeitos, percebi que tinha mãos pequenas e, o que é pior, pés pequenos. Mal se viam os pés sob a bainha das calças. Eu detestava homens com mãos e pés pequenos. Isso lhes dava uma aparência pouco viril, como diabretes ou gnomos. Helen insistia que os homens com mãos pequenas eram seus favoritos, mas isso era só porque seus peitos eram pequenos, e, quão menores as mãos do homem, maiores seus peitos, em comparação.

Apressada, Chaquie vaporizou-se com um vidro quase inteiro de White Linen. Em seguida, alisando a saia e o cabelo, saiu do quarto para recebê-lo.

Eu não sabia o que fazer. Não queria ficar sozinha, de modo que decidi descer para ver o que estava acontecendo. Topei com Mike no mezanino. Ele olhava com ar melancólico pela janela, exatamente como Chaquie, alguns minutos antes.

– Oi – disse eu, puxando conversa. – Como vai?

– Vem cá – chamou ele, apontando pela janela.

Uma mulher e três crianças avançavam penosamente pela entrada para carros, debaixo da chuva. Pareciam exaustos e mortos de frio.

– Minha mulher e meus filhos. – Seu tom de voz era estranho. Primeiro Chaquie, agora Mike. O mesmo bicho mordera todos eles.

A mulher de Mike levava uma sacola a tiracolo.

– Está vendo aquela sacola? – perguntou ele, apontando-a.

Fiz que sim com a cabeça.

– É para mim – disse ele.

Tornei a fazer que sim com a cabeça.

– Está cheia de biscoitos. Bela merda – disse, amargurado, afastando-se em seguida.

– Para que é que eu quero biscoitos? – gritou para mim, por cima do ombro.

– Sei lá – disse eu, nervosa.

Pouco depois, dirigi-me ao refeitório. O corredor estava cheio de crianças felizes machucando umas às outras e quebrando coisas.

Para meu horror, tropecei num Meu Pequeno Pônei e quase caí. Mas, como o vídeo de um edifício dinamitado passado de trás para a frente, consegui me pôr de pé, antes que meus joelhos quicassem no chão. Lancei um olhar furtivo ao meu redor para me certificar de que nem Chris nem Misty O'Malley haviam me visto. Dois odiosos pirralhos sardentos apontaram para mim, rindo de chorar.

Quando eu entrava no refeitório, Misty O'Malley, que estava de saída, passou por mim, esbarrando com grosseria. Não foi um breve roçar, e sim mais um safanão violento. Não pediu desculpas. Fiquei olhando para ela, enquanto se afastava. Mesmo sem ver seu rosto, sabia que estava sorrindo, com ar de deboche. Divertindo-se à minha custa.

Meus olhos se encheram de lágrimas. Que mal eu fizera a ela?

O refeitório estava repleto de internos e visitantes. Pelo visto, quando o tempo estava bom, podiam todos passear pelo terreno. Mas, nos dias chuvosos, como aquele, tinham que se aglomerar nos bancos do refeitório, em fileiras de dez, e ficar olhando para as janelas embaçadas.

Encontrei Chaquie e Dermot. Sentei-me com a maior cara de pau perto dos dois, para forçar Chaquie a me apresentar a ele. No que os olhos de Dermot cruzaram com os meus, ele automaticamente me vistoriou da cabeça aos pés. Não porque tivesse me achado bonita, mas porque estava curioso para saber o que *eu* achava dele.

De perto, viam-se centenas de microvarizes à espreita sob seu bronzeado artificial. Eu até compreendia por que Chaquie queria distância das atenções de Dermot e sua flauta. Ele era asqueroso. E os cuidados excessivos que dispensava à sua aparência tornavam-no ainda mais asqueroso. Passava o tempo todo dando toques no cabelo, cujos fios, além de cobertos pela tinta quase a ponto de morrerem por asfixia, eram vítimas do secador, da escova que os deixava altos e fofos e do laquê petrificante. Sua abundância era tal que quase parecia uma colmeia.

Eu me esbaldava, observando Dermot sem a menor discrição. Conhecia esse tipo de homem. Típico frequentador de adegas, daqueles que pagam bebidas para as mulheres e perguntam, pouco depois de se apresentar: "Quantos anos você me dá? Não, fica à vontade, pode dizer. Outra bebida?"

O mais engraçado de tudo era ver Dermot e os de sua laia tentando dançar. E pareciam sempre beber coisas femininas, tipo Campari com soda ou Bacardi com Coca-Cola. Bebidas doces, gasosas, em suma, *perfumaria*. Brigit e eu já havíamos encontrado caras como ele várias vezes. Pagavam bebidas para nós a noite inteira e, quando chegava a hora de o bar fechar, dávamos o fora. Um monte de lembranças me vieram à cabeça na hora, de nós duas às gargalhadas, escondidas atrás de uma parede, dizendo "É melhor você ficar com ele", "Ora, vai à merda, fica *você*."

Bastava um olhar para saber que Dermot era daquele tipo de homem que mente sobre o fato de ser casado. (Provavelmente, até para a própria mulher.) O tipo de homem que dá alguma desculpa complicada para não ter que convidar a garota para ir ao seu apartamento. O tipo de homem que eu acabaria agradecendo a Deus por fisgar, se não me apressasse, pensei, subitamente deprimida.

Chaquie me deu as costas e se pôs a conversar com Dermot, em voz baixa, murmurada. Não que isso indicasse discórdia ou algo parecido. O aposento estava cheio de gente conversando em voz baixa, murmurada. Não tinham escolha. Na semana seguinte, quando mamãe e papai viessem me visitar, nós também nos sentaríamos à mesa e conversaríamos em voz baixa, murmurada. O ar estava tão cheio daquele zunzum baixo e murmurado, que comecei a sentir sono. A única coisa que me impedia de cabecear era o barulho das pessoas tropeçando no corredor, além de um ou outro grito ocasional de Mike – "Willy, seu pestinha, para de ficar tentando matar todo mundo com o Pequeno Pônei de Michelle!"

Eu estava me sentindo até melhor, por ter descoberto que o marido de Chaquie era tão hediondo. Até que passei os olhos pelo aposento e vi Misty O'Malley encostada nos radiadores do aquecimento central, conversando em voz baixa, murmurada, com um homem alto, louro e bonito de cair o queixo. Senti-me solitária e enciumada. Fiquei com ódio por haver injustiças desse tipo no mundo. Havia milhões de homens loucos por Misty, que não passava de uma putinha grossa e antipática, e que nem era tão linda assim, sério, se a gente parasse para pensar. Enquanto isso, eu, que era tão legal, não tinha ninguém.

Fiquei flanando pelo refeitório, fazendo hora até darem as três da tarde, tentando irradiar uma aura de orfandade. Minha esperança era chamar a atenção de alguém, para então abrir um sorriso corajoso. Queria que todo mundo se perguntasse por que eu não recebia visitas, cutucando-se e dizendo: "Quem é aquela criança? Deem um chocolate para ela." Mas ninguém estava nem um pouco interessado em mim. Neil sentava-se em companhia de uma mulher feiosa e duas meninas pequenas. Ergueu os olhos e me deu um sorriso simpático e afável, logo voltando a atenção para a mulher. Pelo jeito deles, pareciam estar discutindo a impermeabilização da garagem.

Quando entreouvi a terceira conversa em que um homem garantia à mulher que "Desta vez vai ser diferente, prometo", não aguentei mais ficar lá.

Dirigi-me para a porta da frente e me postei ali, cheia de desânimo, na escada que levava até a porta, sob a chuva, a contemplar as árvores lúgubres e gotejantes. Tinha pensado em dar a volta ao casarão à procura da academia, para fazer uma horinha de musculação, mas estava morta de preguiça. Ora, francamente, me repreendi, isso não vai afinar suas coxas.

Apelando para minha força de vontade e determinação, endireitei os ombros, tranquei as mandíbulas e prometi, *jurei* – quase podia ouvir as trombetas celestiais e ver os raios de sol varando as nuvens – *"Amanhã eu começo!"*.

Voltei ao refeitório e fiquei ensaiando mentalmente o que diria a Luke. ("Oiiiii! Ótima! E vocêêê?")

Vi Chris sentado com duas pessoas que pareciam ser seus pais. Regulavam em idade com os meus, e ver os três assim espremidos, tentando desajeitadamente entabular uma conversa, me encheu de uma tristeza estranha. Não pude deixar de notar a ausência de alguma mulher com jeito de namorada ao lado dele.

Que bom.

Stalin me rebocou para conhecer sua Rita, uma mulher de voz rouca que fumava um cigarro atrás do outro. Com seu jeitão de *drag queen*, parecia mais capaz de quebrar as costelas de Stalin do que ele as dela. Isso me reconfortou.

Às dez para as três, não aguentei mais esperar. Procurei a terapeuta de plantão, a Chucrute Azedo, e lhe perguntei se podia dar um telefonema. Ela me encarou, como se eu lhe tivesse pedido mil libras emprestadas, e me conduziu em silêncio ao escritório. Passamos por Cheia de Vida na recepção. Que coisa mais chata, ter que trabalhar num domingo. Pela expressão ressentida de Cheia de Vida, deduzi que concordava comigo.

– Me dê o númerro – disse a Chucrute Azedo.

– É um número de Nova York – disse eu, pigarreando, nervosa. – Tudo bem?

Ela me fuzilou por trás de seus óculos de John Lennon, mas não disse que não.

– Está chamando – disse, entregando-me o fone.

Com o coração palpitando e o suor comichando no couro cabeludo, recebi-o de sua mão.

Eu ensaiara meu discurso o dia inteiro. Estava decidida a adotar um tom despreocupado e informal, não lamurioso e acusador. Mas meus lábios tremiam tanto, que não tinha certeza se conseguiria juntá-los para falar, quando chegasse a hora H.

Quando ouvi o clique, tive uma violenta decepção: a secretária eletrônica. Mesmo assim, decidi deixar um recado. Talvez alguém atendesse o telefone, ao ouvir minha voz. Pacientemente, esperei até ouvir o primeiro verso de "Smoke on Water".

Mas não era "Smoke on Water"!

Eles tinham mudado a canção da mensagem para outra, do Led Zeppelin.

Quando Robert Plant começou a esgoelar alguma coisa sobre gatas quentíssimas e o que pretendia fazer com elas assim que chegasse em casa, fui tomada pelo medo, convicta de que a nova mensagem era simbólica. Que Luke estava tentando me dizer "Abaixo o velho, viva o novo." A consciência de que a vida continuava em Nova York sem mim me atingiu com uma força devastadora. O que *mais* havia acontecido, que eu não sabia?

Ouvi a guitarra histérica, alucinada dar uma parada e, quando se aproximou do fim, tentei parar de tremer, concentrando-me para falar. Mas, não! Havia um segundo verso. Lá vinha o Sr. Plant de novo, urrando e gritando e prometendo amor à esquerda, à direita e no meio. Seguiu-se mais um desvario guitarrístico. Por fim, a voz de Shake disse: "Deixa aí o lance do recado, cara." Mas eu já tinha me descontrolado completamente. Lembrei-me de como Luke estava zangado comigo, de como fora extremamente cruel. Não iria querer falar comigo. Assim, debrucei-me e desliguei.

– Secretária – murmurei para a Chucrute Azedo, que estivera o tempo todo sentada ali.

– Focê gastou uma dos suas telefonemas mesma sem ter falado.

Por volta das cinco, todos os visitantes já haviam ido embora. Todo mundo estava apático, calado e taciturno. Menos eu.

Eu estava com vontade de me matar.

Depois do chá, abri o guarda-louça do refeitório, à procura dos chocolates que vira ali mais cedo, e quase fraturei o crânio quando uma avalanche de biscoitos, bolos, bolinhos, bombons e barras de chocolate despencou em cima da minha cabeça.

– Santo Deus! – gritei, quando um saco de minibarras de chocolate quase me arrancou um olho. – Que negócio é esse?

– Dinheiro da culpa – disse Mike. – Eles sempre trazem sacolas e mais sacolas de doces. Menos o marido da Chaquie. Esse só trouxe um saco de tangerinas. Você viu a peruca dele?

– Dermot? – perguntei, pasma. – Ele usa peruca?

– Como é que você pode não ter notado? – riu Mike. – Parecia um castor dormindo no couro cabeludo.

– E o que você quer dizer com "dinheiro da culpa"? – perguntei. A expressão me deixara inexplicavelmente ansiosa.

– Nossas famílias se sentem culpadas por nos porem aqui.

– Mas por que se sentiriam culpadas? – perguntei. – Não é para o próprio bem de vocês?

– É isso mesmo que você acha? – perguntou Mike, franzindo os olhos.

– É claro – respondi, nervosa. – Se você é um alcoólatra ou toxicômano, vir para cá é a melhor coisa para você.

– Você acha que é a melhor coisa para *você?*

O que eu poderia dizer? Decidi ser honesta.

– Olha – disse, em tom confidencial – eu não deveria de jeito nenhum estar aqui. Meu pai fez uma tempestade em copo d'água. Só me internei para agradar aos meus pais.

A expressão séria de Mike se desfez, e ele caiu na gargalhada.

– Qual é a graça? – perguntei, irritada.

– O que você acabou de dizer – ele riu. – Eu me internei para agradar à minha mulher, Chaquie para que o marido largasse do seu pé, Don por causa da mãe, Davy para não perder o emprego, Eamonn por causa da irmã e John Joe por causa do sobrinho. Todos nós estamos aqui para agradar a alguém.

Não soube o que dizer. Que fazer, se todos negavam o verdadeiro motivo de sua internação?

21

Era segunda-feira de manhã.

Eu tivera uma noite de sono horrível, sonhando o tempo todo com Luke e acordando desolada, coberta de suor. Estava quase na hora de irmos para a sessão de terapia em grupo. Constava que o OIE de Neil, o que quer que isso fosse, estaria presente.

– Quer dizer "Outro Importante Envolvido" – explicou Mike. – Alguém como a esposa, os amigos ou os pais. Eles comparecem e contam ao grupo como a gente era horrível quando bebia, cheirava ou esvaziava a geladeira.

– É mesmo? – Senti um frêmito de expectativa voyeurística. Uma Oprah irlandesa da vida real.* Devia tentar convencer mamãe e Helen a assistir a uma sessão, elas gostariam.

– E quem são seus OIEs? – perguntou Mike, irônico.

– Não tenho nenhum – respondi, surpresa.

– Ninguém jamais viu você sob o efeito das drogas? – perguntou. Seu tom de voz era sarcástico.

Estava quase perdendo as esperanças. Como podia fazer esses idiotas entenderem que era normal usar drogas para fins recreativos? Que se qualquer um dos meus OIEs comparecesse a uma sessão de terapia em grupo, não teria outra coisa a relatar, a não ser que eu me divertia?

– Vivi em outro país durante os últimos oito anos – disse eu. – E não acho lá muito provável que a amiga com quem eu dividia o apartamento vá embarcar no primeiro voo de Nova York.

Mike riu outra vez, com um olhar malicioso.

– O OIE de Neil é sua esposa – disse. – Em geral, os OIEs são as esposas.

– Bom, não sei o que a esposa de Neil vem fazer aqui – comentei. – Ele não é alcoólatra.

---

*Oprah Winfrey, apresentadora de TV norte-americana. (*N. da T.*)

– É mesmo? – disse Mike, e percebi que zombava de mim. – Como é que você sabe?

– Porque ele me disse.

– Disse, é?

Neil e sua mulher já estavam no Aposento do Abade, assim como os outros – Misty, John Joe, Vincent, Chaquie e Clarence.

Neil tinha a aparência angelical e asseada de um menininho que acabou de ser crismado. Sorri para ele, para transmitir-lhe força, embora ele não precisasse. Ele me retribuiu com uma espécie de sorriso triste de palhaço, com os cantos da boca caídos. Eu sabia que seria uma sessão extremamente tediosa, e estava um pouco decepcionada. Andava ansiosíssima para descobrir se John Joe transara com uma ovelha.

A mulher de Neil, Emer, parecia ainda mais apagada e feia do que na véspera. Meu desprezo por ela foi automático, por ter causado todo aquele banzé em torno do alcoolismo de Neil, ou suposto alcoolismo. Eu não suportava gente desmancha-prazeres. Era capaz de apostar que ela também fazia parte da Liga da Direita Católica das Mães Contra o Prazer, exatamente como Chaquie. Tinha muita sorte por Neil ainda não tê-la mandado à merda.

Josephine chegou e fez com que todos nos apresentássemos. Em seguida, agradeceu a Emer por sua presença e pôs-se a interrogá-la.

– Não gostaria de contar ao grupo sobre o alcoolismo de Neil?

Suspirei. Quatro cervejas nas noites de sábado não dariam um grande livro. Josephine olhou para mim. Tremi nas bases.

– Bem – disse Emer, com a voz trêmula – ele não ficava tão mal assim, acho eu. – Tinha os olhos postos na saia enquanto falava.

Ele não ficava *nem um pouco* mal, sua cretina, pensei, lançando-lhe um olhar venenoso.

– Ele se embriagava com frequência? – perguntou Josephine.

– Não – disse ela, a voz vacilante. – Quase nunca.

Relanceou Neil e voltou a fitar a própria saia.

Meu desprezo por ela aumentou.

– Ele alguma vez se portou mal com você e as crianças?

– Não, nunca.

– Alguma vez passou dias sem aparecer em casa?

– Não.

– Alguma vez deixou que lhe faltasse dinheiro?

– Não.

– Alguma vez a agrediu verbalmente?

– Não.

– Alguma vez bateu em você?

– Não.

– Alguma vez lhe foi infiel?

– Não.

Comecei a suspirar para tornar patente o tédio que me inspiravam as palavras de Emer, mas lembrei-me de Josephine e achei melhor ficar quieta.

Josephine tornou a falar:

– Ele deve ter se portado mal alguma vez, ou não estaria aqui.

Emer encolheu os ombros ossudos, sem erguer os olhos.

– Você tem medo do seu marido?

– Não.

– Vou ler uma coisa para o grupo – disse Josephine. – O questionário que você preencheu quando Neil veio para cá.

– Não! – exclamou Emer.

– Por que não? – perguntou Josephine, com brandura.

– Porque... porque não é verdade!

– Então não é verdade que Neil... – Josephine apanhou uma folha de papel – ... que Neil quebrou seu nariz em três ocasiões, quebrou sua mandíbula, fraturou seu braço, queimou-a com cigarros, prendeu seus dedos entre as dobradiças de uma porta e a bateu, atirou sua filha caçula pela escada abaixo, fazendo com que atravessasse o painel de vidro da porta da frente e tivesse que levar 48 pontos...

– NÃO! – ela gritou, as mãos cobrindo os olhos.

Eu não podia acreditar no que estava ouvindo. Mentir sobre o quanto ele bebia era uma coisa, mas eu estava abalada com os horrores de que ela o acusara.

Neil olhou com ódio para Emer, que soluçava.

Todo mundo parecia estar tão chocado quanto eu.

Remexi-me em minha poltrona, agitada, não apenas porque calhara de me sentar em uma das ruins, como porque o jogo psicoterapêutico já não me agradava tanto. No começo, até que fora divertido, mas agora se tornara sério e assustador.

– O que você tem a dizer sobre isso, Neil? – perguntou Josephine, em voz baixa.

Suspirei de alívio. Até que enfim Neil teria uma chance de se defender!

– Que ela é uma filha da puta mentirosa – disse ele, lentamente, com a voz embargada. Já não parecia ser a boa pessoa de antes, pela maneira como falara.

– Você é? – perguntou Josephine a Emer, com naturalidade. Seguiu-se outro silêncio, que se prolongou infinitamente. Eu podia ouvir meu próprio fôlego entrecortado.

– Você é? – Josephine tornou a perguntar.

– Sou – disse Emer. Sua voz tremia tanto que ela mal conseguia falar. – Nada disso que escrevi é verdade.

– Ainda tentando protegê-lo? – perguntou Josephine. – Quer dizer que ele vem antes de você?

Como eu gostaria que Josephine calasse a boca! Emer já havia dito que nada daquilo era verdade, e eu queria que a coisa morresse aí.

Estava aflita para que a sessão terminasse e pudéssemos fazer alguma coisa normal e agradável, como tomar uma xícara de chá.

– Antes de seus filhos? – prosseguiu Josephine, mansa. Emer dobrava-se em duas na poltrona.

Outro silêncio longo, insuportável. Eu estava tão tensa que meus ombros quase me chegavam às orelhas.

– Não – veio a resposta abafada. Senti uma enorme decepção.

Que foi que disse, Emer? – perguntou Josephine, em tom carinhoso.

Emer levantou os olhos. Seu rosto estava vermelho e molhado.

– Não – repetiu, às lágrimas. – Antes de meus filhos, não. Ele pode me bater, se quiser, mas quero que deixe meus filhos fora disso.

Olhei para Neil, cujo rosto estava rubro de ódio. O homem simpático e expansivo de vinte minutos atrás estava irreconhecível agora.

– Quer dizer então que *é* verdade, não é? – perguntou Josephine, cheia de compaixão. – Neil fez todas as coisas que você relatou no questionário?

– Fez. – A palavra lhe saiu como um uivo.

– Concordo plenamente – disse Josephine – E tenho relatórios policiais e boletins hospitalares que confirmam a veracidade de suas denúncias. Quem sabe você não gostaria de dar uma olhada neles, Neil? – sugeriu, simpática. – Quem sabe não gostaria de refrescar a memória sobre o que fez com sua mulher e seus filhos?

Minha cabeça voltou-se de Emer para Neil, enquanto eu tentava descobrir quem estava dizendo a verdade. Já não tinha mais tanta certeza de que fosse Neil. Se Josephine dissera que tinha relatórios policiais, então provavelmente era verdade.

Neil estava de pé, trocando as pernas como se tivesse sido acometido pelo mal da vaca louca.

– Olha só para ela – berrou. – Você bateria na sua mulher também, se fosse casada com uma filha da puta burra dessas.

– Sente-se, Neil. – A voz de Josephine era fria como uma lâmina de aço. – E como se atreve a usar esse linguajar na minha presença?

Ele hesitou. Por fim, sentou-se de má vontade na poltrona.

Josephine voltou-se para ele.

– Por que bateu na sua mulher, Neil?

– Não tive culpa – berrou. – Eu estava bêbado.

Em seguida, ficou perplexo com o que acabara de dizer, como se não tivesse tido a intenção.

– Quando você se internou aqui – Josephine remexeu em outro papel – disse ao Dr. Billings que tomava uma média de quatro cervejas por semana...

Todos levamos um susto, quando Emer deixou escapar um som estranho. Era um riso chocado.

– Hoje ficou claro que você bebia muito mais do que isso. Fale ao grupo a respeito, por favor.

– Era só o que eu bebia – afirmou Neil, com ar arrogante. – Quatro cervejas.

Josephine encarou-o fixamente, com um olhar do tipo "Não brinque com fogo".

– Talvez um pouco mais – ele se apressou em murmurar. Josephine não deu uma palavra, limitando-se a olhá-lo do mesmo jeito.

– Está bem, está bem – desistiu Neil. A duras penas, contou-nos que bebia quatro cervejas por noite, e então, acuado pelo sorriso irônico de Josephine, disse que era uma garrafa de vodca por semana, para finalmente admitir que era meia garrafa de vodca por dia.

– Uma garrafa inteira – interrompeu-o Emer, bem mais corajosa agora. – Uma garrafa de um litro. *Além* de vinho, cerveja e cocaína, sempre que arranjava.

Cocaína, pensei, chocada. *Neil?* Quem olhasse para ele pensaria que nem sabia o que era cocaína. Eu precisava lhe perguntar onde se podia comprá-la em Dublin.

– O.k., Neil – disse Josephine, com a paciência de uma mulher que já fizera esse tipo de coisa muitas vezes antes – vamos começar de novo. Conte ao grupo quanto você realmente bebia.

Relutante, Neil reiterou o que Emer acabara de dizer.

– Obrigada, Neil – disse Josephine. – Agora, poderia fazer o favor de contar ao grupo quanto você *realmente* bebe?

– Mas eu acabei de...

– Não mesmo. – Josephine sorriu. – Você apenas nos contou o que Emer sabe. E as garrafas que guarda no carro, os drinques que toma no escritório?

Neil a encarou com um olhar do tipo "Que mais você quer, meu sangue?".

Seus olhos estavam fundos, e ele parecia exausto.

– Porque seu sócio virá na sexta-feira, e nos contará – disse Josephine, amável. – E – acrescentou – sua namorada virá na quarta.

Pouco depois de encerrada a sessão, Josephine disse a Neil "Fique com esses sentimentos", o que quer que isso quisesse dizer. Em seguida, uma das enfermeiras levou Emer embora dali. Os internos e eu permanecemos no Aposento do Abade, trocando olhares constrangidos. Chaquie e Clarence desapareceram, murmurando algo sobre pôr a mesa.

Neil continuou sentado, a cabeça encostada no braço da poltrona. Ergueu o rosto e olhou direto para mim, com uma expressão suplicante. Lancei-lhe um olhar de desprezo e nojo, antes de dar-lhe as costas.

– Você está bem, Neil? – ouvi Vincent perguntar, o que me deixou atônita.

Foda-se, Neil, pensei, com ódio. Foda-se, Neil, seu beberrão, espancador de mulheres, mentiroso. Relembrei como ele tentara me convencer de que sua mulher era louca, Josephine uma máquina de lavar cérebros e ele um bom rapaz.

Neil respondeu à pergunta de Vincent com um chilique, e dos bons. Desferindo socos no braço da poltrona, abriu um berreiro. Mas eram lágrimas de ódio, não de vergonha.

– Não acredito no que a filha da puta da minha mulher acabou de fazer! Me recuso a acreditar! – gritava, as lágrimas a escorrerem-lhe pelo rosto contraído. – Por que ela tinha que dizer aquelas coisas, porra? Por quê? Meu Deus, POR QUÊ?

– Vem tomar uma xícara de chá – sugeriu Mike, em tom amável.

– Ela está inventando, sabe, aquela vaca filha da puta – insistia Neil. – E eu vendo ela sentada ali – fez gestos veementes a indicar a poltrona que Emer acabara de desocupar – com ar de santinha. Pois bem, me acreditem, há 14 anos que aquela mulher faz da minha vida um inferno. Mas é tudo eu, Neil fez isso, Neil fez aquilo...

E seu discurso foi-se tornando cada vez mais incoerente. Levantei os olhos para o teto, enquanto Mike, Vincent e *Misty* – acredite quem quiser – rodeavam-no, tentando consolá-lo. Até mesmo John Joe mantinha-se ali, desajeitado, como que na intenção de dizer alguma coisa reconfortante, se soubesse que palavras usar.

– O que *aconteceu* com minha vida? – indagava Neil. – Por que deu tudo tão errado? E como é que ela ficou sabendo de Mandy? Dá para acreditar que teve a cara de pau de se encontrar com ela? Aposto que conversaram sobre mim, as duas filhas da puta.

– Vamos para o refeitório – Mike tornou a sugerir. Eu não compreendia por que todos estavam sendo tão bons com Neil.

– Não posso – murmurou ele. – Não tenho coragem de olhar na cara de ninguém

– Tem, sim – encorajou-o Mike. – Você está entre amigos.

– Claro, isso já aconteceu com todos nós – disse Vincent, num tom de voz insolitamente manso. – E nós também odiamos.

– É isso aí. – Misty deu um risinho meigo para Neil. – É o normal, para os parâmetros dessa merda em que estamos internados.

Não é o normal para os *meus* parâmetros, pensei, azeda.

– E foi bom para nós, nos ajudou. Olha só como nos sentimos bem, como nos sentimos normais, *agora*. – Misty fez um gesto indicando a si, Vincent e Mike. (Já ia estendendo o braço até John Joe, mas hesitou e abaixou-o.) Todos caíram na gargalhada, até mesmo Neil, por entre os soluços.

Eu estava apatetada.

– É sério – disse Mike. – Você vai se lembrar do dia de hoje com alegria. Foi o que me disseram no dia em que minha mulher veio aqui e disse cobras e lagartos de mim. Que ser forçado a encarar a verdade era o começo da minha cura.

– Mas não é verdade – disse Neil. – Ela é uma filha da puta mentirosa.

Tive vontade de enfiar o punho na cara dele. Mas nem um só dos presentes o censurou.

Mike, Vincent, Misty e John Joe ajudaram Neil a se levantar e conduziram-no carinhosamente para fora do aposento.

22

Eu havia me prometido que segunda-feira começaria a me organizar e exercitar. Assim que começasse a me esforçar para ficar linda e magra, me sentiria mais otimista em relação às minhas chances de reconquistar Luke.

Resolvi pedir a Chris para me mostrar a academia. Algumas mulheres, quando estão com dor de cotovelo, não sentem uma gota de interesse por outros homens. Eu não era uma delas. Pelo contrário, ansiava pela aprovação masculina como uma forma de cura. Não ligo que me chamem de frívola, não ligo que me chamem de carente, não ligo que me chamem do que for, contanto que me liguem.

Excepcionalmente, Chris não se envolvera em nenhuma conversa interminável depois do almoço com algum dos suéteres marrons. Estava lendo, o pé pousado no joelho oposto, com um ar propositalmente *sexy*, só para me afugentar.

Seu par de botas era impressionante – pretas, em *lezard*, com cano curto, bico quadrado e elástico lateral, botas que lhe teriam aberto as portas do sucesso em Nova York. Se por um lado eu me sentia eletrizada por estar perto de um homem tão bem-vestido, por outro a excitação era uma faca de dois gumes, pois me afugentava. Suas botas me inspiravam tal reverência e admiração, que eu tinha medo de não ser digna de dirigir a palavra ao seu dono.

E medo de que os outros internos deduzissem que eu me sentia atraída por Chris. Felizmente, estavam concentrados em Neil, que fazia as honras palacianas para o círculo de puxa-sacos solidários que se reunia ao seu redor, balançando as cabeças como vaquinhas de presépio. Nem assim consegui descolar a bunda da cadeira para me dirigir a Chris.

Levanta daí, me incentivei, bastam quatro passos para cruzar o aposento e falar com ele.

Tem toda razão, retruquei, com convicção. Mas continuei colada à cadeira.

Vou contar até cinco, barganhei. Aí, eu vou.

Contei até cinco.

Dez! Mudei de ideia. Vou contar até dez, e aí falo com ele.

Assim que minha bunda se afastou da cadeira para encetar a longa travessia do refeitório, fui paralisada pelo medo. Minha maquiagem! Eu não dava uma espiada no espelho desde a manhã. Corri feito um raio até meu quarto, escovei o cabelo e retoquei a maquiagem numa pressa louca, derrapando no batom e borrando o rímel.

Se ele ainda estiver lá quando eu voltar, juro por Deus que vou falar com ele, prometi a mim mesma.

Quando voltei, ele estava exatamente no mesmo lugar, ainda livre do assédio dos homens de meia-idade. Eu não tinha mais desculpas.

Finge que ele é medonho, me aconselhei. Tenta imaginar que ele é banguela e caolho.

Assim, ligeiramente trêmula, cruzei o assoalho em sua direção.

– Er, Chris – chamei. Surpreendeu-me a entonação normal com que pronunciei as palavras, em vez do tom de gasguita de um adolescente mudando a voz.

– Rachel. – Ele abaixou o livro e olhou para mim, com seus olhos azuis que sempre brilhavam como se o sol estivesse forte demais. Os cantos de sua linda boca curvaram-se para cima, num meio sorriso. – Como é que vai? Senta aí.

Eu estava tão eletrizada por ele não ter batido com o livro na mesa e berrado "Que que é?!", que abri um sorriso de encanto.

– Quer me mostrar uma coisa? – pedi.

– Oba. – Ele deu uma risada curta. – Estou com sorte.

Nervosa e corada, como não me ocorresse nenhum comentário espirituoso, limitei-me a dizer:

– Er, não... Quer dizer, eu não quis dizer... quer me mostrar a sauna? – Achei mais seguro pedir para ver a sauna, porque essa eu sabia que *de fato* existia.

– É claro – ele respondeu. – Quer pegar suas coisas?

– Ainda não, só quero vê-la, por enquanto.

– Está certo – disse ele, pondo seu livro sobre a mesa. – Lá vamos nós!

– Cuidado com as lindas botas, Chris – disse Mike, fazendo uma voz afetada. – Não vai sujar elas de lama.

– Camponeses – comentei, com um muxoxo, revirando os olhos para cima. Chris limitou-se a rir.

– John Joe quis saber onde as comprei – contou ele, sorrindo.

– Acha que são boas para ordenhar vacas.

E saímos para o frio reinante. O vendaval fazia as árvores ramalharem os galhos e as mechas de cabelo fustigarem meu rosto. Derrapando por uma trilha de relva enlameada, de seus cinquenta metros, passou-me pela cabeça a ideia de fingir um escorregão, para que, quando Chris me acudisse, eu o puxasse para o chão, para cima de mim... Antes que tivesse uma chance, chegamos ao pequeno anexo.

Entrei de supetão, e Chris logo depois de mim. Bateu a porta atrás de nós, para impedir que a chuva e o vento entrassem..

Estávamos num cubículo ínfimo, cujo interior era agradável e quentinho. Havia uma máquina de lavar e uma centrifugadora, ambas sacolejando no cumprimento de seu dever. O barulho era alto, pois ecoava pelo chão e as paredes de pedra. Olhei para Chris, em expectativa, esperando que ele me levasse mais adiante.

– Estou pronta, e você? – Sorri, mas com uma pontinha de ansiedade, pois não parecia haver nenhuma outra porta além daquela por onde havíamos entrado.

– Você não devia dizer esse tipo de coisa para um homem nas minhas condições. – Ele sorriu.

Tentei sorrir, mas não consegui. Ele pousou as mãos geladas na tampa trepidante da máquina de lavar, e em seguida passou-as pelos cabelos claros.

– Ufa – fez ele. – Dá para entender por que chamam este lugar de sauna.

– Esta é a sauna? – perguntei, com a voz trêmula.

– É.

Olhei em volta. Mas onde estavam as paredes e bancos de pinho sueco, as toalhas grandes e felpudas, os poros se abrindo e desintoxicando? Havia apenas um quartinho com tijolos de cimento expostos, chão de concreto e cestos de roupas em plástico vermelho.

– Não se parece muito com uma sauna – arrisquei.

– A sauna é só um apelido – disse Chris, olhando para mim. – Porque fica um forno aqui dentro quando lavamos e secamos as roupas, entende?

– Mas *tem* uma sauna de verdade? – perguntei, prendendo o fôlego.

Houve uma pausa que pareceu interminável, antes que a resposta viesse.

– Não.

Meu mundo caiu. Mas foi menos o ultraje que se abateu sobre mim do que um misto de apatia e desespero. Eu sabia. Em algum canto de meu inconsciente, já sabia. Não havia nenhuma sauna. Talvez nem mesmo uma academia. Ou sessões de massagem.

Ao me dar conta disso, o pânico se apoderou de mim.

– Será que podemos voltar para o refeitório? – pedi, com a voz trêmula e esganiçada. – Posso te fazer algumas perguntas sobre nossa programação?

– Claro.

Agarrei seu suéter e desabalei numa corrida, arrastando-o pelo vendaval. Dessa vez, sem nenhuma fantasia sobre escorregões. Alcancei a parede onde se encontrava a programação quase antes de Chris chegar a sair do anexo.

– O.k. – Recobrei meu fôlego, com o estômago dando voltas. – Está vendo tudo isso aqui, terapia de grupo, mais terapia de grupo, encontros dos AA e mais terapia de grupo... Bom, tem mais alguma coisa que não esteja na lista?

Tinha consciência de que os outros internos, reunidos em volta de Neil, haviam levantado o rosto e me observavam, interessados.

– De que tipo?

Eu não queria perguntar com todas as letras se havia uma academia, para o caso de não haver. Assim, resolvi fazer a pergunta de modo indireto:

– Alguém aqui faz exercícios?

– Bom, eu faço algumas flexões, de vez em quando. Mas não posso responder por eles. Diria que não fazem.

– Onde? – indaguei, ofegante. – Onde você faz suas flexões?

– No chão do quarto.

Meu mundo afundou mais meio metro, mas eu ainda tinha um último fiapo de esperança. Podiam não ter uma academia, mas talvez oferecessem outros tipos de tratamento. Sentindo que Chris estava cheio de compaixão e desejo de agradar, embora confuso com meu comportamento, decidi correr o risco.

– Será que vocês têm...? – forcei-me a perguntar. Vai em frente, vai em frente! – ...camas de bronzeamento artificial?

Primeiro, Chris fez cara de riso. Então, sua fisionomia se revestiu de maturidade e enorme compaixão. Ele meneou a cabeça negativamente, com brandura:

– Não, Rachel, não temos camas de bronzeamento artificial.

– Nem sessões de massagem? – a custo sussurrei.

– Nem sessões de massagem – concordou Chris.

Não me dei ao trabalho de mencionar item por item da longa lista que tinha em mente. Se não havia sessões de massagem, o que seria o básico do básico, tinha certeza de que também não havia sessões de talassoterapia, banhos de lama ou tratamentos exóticos à base de algas.

– Nem... nem piscina? – forcei-me a perguntar.

Sua boca curvou-se um pouco, mas ele se limitou a responder:

– Nem piscina.

– Então, o que a gente tem para fazer? – finalmente consegui perguntar.

– Está tudo aqui na lista – disse Chris, tornando a chamar minha atenção para o quadro de avisos.

Dei mais uma olhada. O monte de sessões de terapia em grupo continuava lá, com um ou outro encontro ocasional dos AA de permeio, para quebrar a monotonia. Ao observar a programação, percebi que o refeitório constava como *Salão* de Jantar. Salão de Jantar, o cacete! Está mais para *barraco* de jantar, pensei com meus botões.

Não, que tal *tugúrio* de jantar?

Não, espera aí, *cortiço* de jantar.

Não, melhor ainda, *pardieiro* de jantar, pensei, com histeria crescente.

Eu ainda tinha mais uma pergunta.

– Er, Chris, você conhece todas as pessoas que estão aqui no Claustro?

– Conheço.

– Bom, são *só* vocês? Não tem nenhuma outra ala em alguma parte do terreno?

Ele pareceu estupefato com a pergunta.

– Não – respondeu. – É claro que não.

Já entendi, pensei. Também não tem nenhum artista. Puta que o pariu. Pra mim, chega. Pra mim, já chega *mesmo.*

– Vamos, Rachel, temos terapia de grupo, agora – disse ele, amável.

Ignorei-o e dei meia-volta.

– Aonde você vai? – chamou ele, às minhas costas.

– Para casa – respondi.

FOI O PIOR dia da minha vida.

Decidi ir embora imediatamente. Iria para Dublin, me encheria de drogas até o rabo, tomaria o primeiro avião de volta para Nova York e me reencontraria com Luke.

Não ficaria naquele hospício caqueirado e decadente nem mais um minuto. Não queria ter mais nada a ver com o lugar e seus internos. Conseguira tolerá-los mal e porcamente porque faziam parte de um pacote de luxo. Mas não havia nenhum pacote de luxo.

Sentia-me constrangida, humilhada, idiota, contaminada pela companhia daquela gente e desesperada para ir embora. Doida para tomar o máximo de distância possível daqueles alcoólatras e toxicômanos.

Recuava do Claustro como uma pessoa que se queima, como se estivesse fazendo bilu-bilu e festinhas num bebê fofinho, apenas para descobrir, horrorizada, que era uma ratazana.

Marchei para o consultório do Dr. Billings, a fim de avisá-lo que estava indo embora. Porém, quando alcancei a porta que dava para a área onde ficava seu escritório, descobri que estava trancada. Trancada!

O medo despertou em minhas veias. Eu estava encarcerada naquele lugar medonho. Ficaria ali por toda a eternidade, tomando chá.

Sacudi a maçaneta, como os personagens fazem naqueles filmes B em preto e branco. Dali a pouco estaria batendo no gancho do telefone e gritando: "Telefonista, telefonista!"

– Posso ajudá-la, Rachel? – perguntou uma voz.

Era a Chucrute Azedo.

– Quero falar com o Dr. Billings, mas a porta está TRANCADA – disse eu, com os olhos esgazeados.

– Focê está firrando o maçaneta parra o lado errado – ela observou, friamente.

– Oh, ah, certo, obrigada – agradeci, entrando aos tropeções na Recepção.

Ignorei Cheia de Vida, a recepcionista, e suas desesperadas tentativas de me avisar que eu não poderia falar com o Dr. Billings sem hora marcada.

– Me observe – dei um sorriso irônico, entrando e dando de cara com ele.

23

— Lamento, mas você não pode ir embora – disse o Dr. Billings.

– Quem disse? – perguntei, fazendo um beicinho petulante.

– Você mesma – declarou ele, tranquilo, brandindo uma folha de papel. – Você assinou um contrato legal e irrescindível em que se compromete a ficar aqui durante três semanas.

– Então me processe – respondi, arrogante. Não vivera em Nova York à toa.

– Vou conseguir na Justiça que impetrem um mandado forçando-a a ficar aqui até que transcorram as três semanas – retorquiu ele. – *E* vou processá-la, até arrancar de você cada centavo que não tem.

Apanhou outro papel e o brandiu.

– Seu extrato bancário. Você deixou suas finanças se enrolarem um pouquinho, não?

– Como foi que o senhor conseguiu isso?

– Você mesma me autorizou a consegui-lo – disse ele. – No mesmo documento em que se comprometia a ficar durante três semanas.

Fui bem claro? Vou ficar muito feliz de conseguir um mandado para impedi-la de ir embora.

– O senhor não pode fazer isso. – Eu me sentia cheia de ódio impotente.

– Posso e vou. Estaria faltando com meu dever, se não o fizesse.

– Vou fugir, vou escapar – disse eu, fora de mim. – Não há nada que me impeça de sair tranquilamente pelo portão neste exato instante.

– Acho que você ainda vai descobrir que há muitas coisas para impedi-la, além das muralhas e do portão trancado.

– Olhe aqui, seu filho da mãe com complexo de poder... seu porco – implorei, oscilando entre o ódio e o desespero – ...não tem nada de errado comigo! Só vim para cá por causa da sauna e das massagens, não deveria estar aqui *de jeito nenhum.*

– É o que todos eles dizem.

Que sujeito mais mentiroso! Que cara de pau, esperar que eu acreditasse que nem um único dos internos admitia ser alcoólatra. Estava na cara, literalmente, como suas microvarizes e seus narigões vermelhos. Mas algo me dizia que se eu não me acalmasse e argumentasse racionalmente com ele, não chegaria a parte alguma.

– Por favor, me escute – pedi, num tom de voz bem menos histérico. – Não há a menor necessidade de discutirmos por causa disso. Mas o fato é que só concordei em vir para cá porque pensei que se tratasse de um spa.

Ele assentiu. Sentindo-me encorajada, prossegui:

– E o Claustro está longe de ser um spa. Quando assinei o contrato me comprometendo a passar três semanas aqui, assinei-o totalmente iludida, entende? Agora compreendo que deveria ter dito ao senhor que não sou uma toxicômana – disse, suplicante. – E foi errado da minha parte me internar apenas por causa da academia e dos tratamentos estéticos, mas errar é humano.

Fez-se um silêncio. Eu o encarava, cheia de esperança.

– Rachel – disse ele, por fim – ao contrário do que você pensa, minha opinião e a opinião de outras pessoas é a de que você, de fato, *é* uma toxicômana.

De repente, relembrei o caso dos Birmingham Six. *O processo*, de Kafka.* Minha vida começava a se parecer com um pesadelo. Eu estava sendo condenada sem um julgamento decente por um crime que não cometera.

– Quem são essas outras pessoas? – perguntei. O Dr. Billings brandiu uma terceira folha de papel.

– Este fax chegou de Nova York há meia hora. É de... – deteve-se, olhando para a folha –... um senhor chamado Luke Costello. Creio que você o conhece, não?

Meu primeiro sentimento foi de encanto. Luke havia me passado um fax! Estava em contato, o que devia significar que ainda me amava, que não mudara de ideia.

– Posso ver? – Estendi a mão, os olhos brilhando.

– Ainda não.

– Mas é para mim. Me dá minha carta.

– Não é para você – esclareceu o Dr. Billings. – É para Josephine, sua terapeuta.

– Do que é que você tá falando, porra? – disparei. – Por que Luke escreveria para Josephine?

– São as respostas do Sr. Costello ao questionário que lhe enviamos por fax na sexta-feira.

– Que tipo de questionário? – Meu coração martelava no peito.

– Um questionário sobre você e sua dependência.

– *Minha* dependência! – rebati, furiosa e abalada. – E a porra da dependência *dele*? Vocês perguntaram a ele sobre isso? E aí, perguntaram?

– Por favor, sente-se, Rachel – disse o Dr. Billings, sem alterar a voz.

– Ele se droga até dizer chega! – gritei, embora não fosse verdade.

---

*The Birmingham Six: Grupo de irlandeses condenados injustamente pela explosão de dois *pubs* na cidade de Birmingham, na Inglaterra, que matou 21 pessoas e feriu mais de 160, em 1974. *O processo:* Romance capital de Franz Kafka (1883-1924), que narra a história de Joseph K., um homem que jamais chega a descobrir por que está sendo processado. (*N. da T.*)

– A questão, Rachel, por favor, sente-se, a questão, Rachel, é que não é o Sr. Costello quem se encontra internado por dependência química num centro de reabilitação. – Fez uma pausa. – E sim *você*.

– Mas eu não deveria ESTAR AQUI, PORRA! – Entrei em desespero. – Foi um equívoco, PORRA!

– Não há dúvida de que foi tudo, menos um equívoco – disse Billings. – Você ainda não parou para pensar no fato de que quase morreu quando tomou aquela overdose?

– Que quase morri, o quê – debochei.

– Quase morreu, sim.

Será?

– Não. É. Normal. – Ele escandiu as palavras. – Ir parar num hospital e ter que ser submetida a uma lavagem estomacal por ingerir uma quantidade de drogas que põe sua vida em risco.

– Foi um acidente – argumentei, mal conseguindo acreditar na burrice daquele homem.

– O que isso diz sobre a vida de uma pessoa? – perguntou ele. – O que diz sobre seu amor-próprio, quando ela se encontra numa situação dessas? Porque foi o que você fez, Rachel. Foi você quem pôs aquelas pílulas na boca, sem que ninguém a obrigasse.

Suspirei. Era inútil tentar discutir com ele.

– E estas respostas do Sr. Costello confirmam o que já sabíamos: que você tem um problema crônico com drogas.

– Ora, por favor. – Joguei a cabeça para trás. – Acorda, pelo amor de Deus.

– De acordo com ele, você sempre cheirava cocaína antes de ir para o trabalho, não é verdade?

Encolhi-me de vergonha, sentindo um ódio brutal de Luke. Filho da puta! Como podia me trair daquele jeito? Como podia me magoar tanto assim? Ele me amava, como nosso relacionamento pudera dar tão errado? Meu nariz começou a tremer, quando as lágrimas assomaram aos olhos.

– Não vou responder à sua pergunta – consegui dizer. – O senhor não sabe nada sobre minha vida, sobre o quanto meu trabalho era difícil.

– Rachel – disse ele, brando – ninguém *tem* que usar drogas. Nenhum emprego é tão ruim assim.

Eu devia estar enchendo a mesa de socos e me defendendo, mas não me sentia capaz. Estava arrasada demais com a traição de Luke. Mais tarde, quando o ódio voltasse, eu juraria de pés juntos me vingar dele. Colocaria sua edição limitada do *Houses of the Holy* do Led Zeppelin no micro-ondas, onde se retorceria num amassado imprestável, digno de Salvador Dalí. Rasgaria o guardanapo que Dave Gilmour do Pink Floyd autografara para ele certa vez. Atiraria suas botas de motoqueiro no rio Hudson. Com ele dentro.

Mas, por ora, sentia-me um farrapo humano.

Num lance do tipo tira bom/tira mau,* Billings mandou buscar Celine, a enfermeira. Ela me levou para a sala das enfermeiras e preparou uma xícara de chá de erva-doce para mim, que, não só não atirei na sua cara, como tomei, e que, para minha surpresa, me reconfortou.

24

— Sabe, Luke não é nenhum anjo – eu ia dizendo. – Sempre foi leviano e desleal. *Mau-caráter*, para dizer a verdade.

Isso foi no dia da conjunção catastrófica Questionário/Não Tem Academia. Eu estava no refeitório, horas depois, cercada por internos que bebiam minhas palavras. Ter uma tábua de carne para fazer picadinho de Luke me proporcionou uma espécie de prazer amargo, que desfrutei sem dó nem piedade.

Não me contentei em *insinuar* que Luke era um ladrão, acusei-o abertamente, com todas as letras do alfabeto. Que importância isso tinha? Nenhuma daquelas pessoas iria conhecê-lo, mesmo. Mas é

*Técnica policial que consiste em alternar dois policiais na condução de um interrogatório, um agressivo e outro benevolente, para que o medo provocado pelo primeiro leve o suspeito a se abrir com o segundo. (*N. da T.*)

claro que Luke não roubara o dinheiro do cofrinho da sobrinha de 6 anos, o dinheiro que ela vinha economizando para comprar um filhote de cachorro. Na verdade, Luke nem tinha sobrinhas. Ou sobrinhos. Mas, e daí?

Fui longe demais, porém, ao dizer que ele roubara o violino de um cego. Os rapazes me encararam com desconfiança, trocando olhares de soslaio.

– Roubou o violino de um cego? – perguntou Mike. – Tem certeza? Não foi aquele santo irlandês que fez isso? Como é mesmo o nome dele...?

– Matt Talbot – informou alguém.

– Isso mesmo, Matt Talbot – concordou Mike. – Ele roubou o violino de um cego para conseguir dinheiro para a bebida, na época em que ainda enchia a cara.

– Er, tem razão – voltei atrás, apressada. – Eu quis dizer que Luke roubou *do* Violino do Cego, o bar na rua 60 oeste onde trabalhava.

– Aaaahhh – suspiraram eles. – *Do* Violino do Cego.

Foi por um triz. Eles se voltaram uns para os outros, sacudindo as cabeças, mais calmos:

– Do Violino do Cego. *Do.*

EU PASSARA a tarde com Celine, na aconchegante sala das enfermeiras. Mas, apesar do aconchego do cômodo, da presença bondosa e maternal de Celine e da assombrosa variedade de biscoitos de chocolate, minha agitação beirava a histeria. Comi o pão que o diabo amassou, imaginando o que *mais* Luke pusera no questionário. Ele sabia coisas demais sobre mim.

– Você viu? – perguntei a Celine, com o coração palpitando.

– Não. – Ela sorriu.

Eu não sabia se acreditava nela ou não.

– Se viu, por favor, *por favor,* me diz o que está escrito – implorei. – É importante, é minha vida que está em jogo.

– Não vi – disse ela, mansamente.

Ela não entende, pensei, em muda frustração. Ela não faz ideia do quanto é importante.

– O que as pessoas normalmente dizem nesses questionários? – perguntei, trêmula. – Em geral são coisas horríveis?

– Às vezes – disse ela. – Quando o cliente fez coisas horríveis.

O desespero e a náusea tomaram conta de mim.

– Anime-se – disse ela. – Não pode ser tão ruim assim. Você assassinou alguém?

– Não – respondi, rindo.

– Então. – Ela sorriu.

– Quando é que vou ter permissão para vê-lo? – perguntei.

– Essa decisão compete a Josephine. Se ela achar pertinente para a sua cura, pode lê-lo em voz alta numa sessão de grupo, e...

– Lê-lo em voz alta numa SESSÃO DE GRUPO? – gritei. – Na frente dos outros?

– Não seria exatamente um grupo se fosse só você, não é? – argumentou Celine, com um de seus sorrisos afetuosos, embora completamente imparciais.

O pânico ferveu e transbordou.

Não vou ficar nesse lugar e me sujeitar a um tratamento desses nem que a vaca tussa!

Então lembrei o que o Dr. Billings dissera sobre os portões trancados. Era verdade. No dia em que eu chegara, papai tivera que se anunciar pelo interfone, antes que os abrissem. E as muralhas eram altas. Altas demais para serem galgadas por uma pata-choca desajeitada como eu.

Como, em nome de Deus, fui acabar nessa situação?, me perguntei. Deve ter sido exatamente assim que Brian Keenan e John McCarthy se sentiram, quando se viram acorrentados a um radiador num porão de concreto situado numa zona não muito chique de Beirute.*

– Não é tão mau assim – disse Celine, como se realmente acreditasse nisso. Deu-me um sorriso reconfortante, que não me reconfortou nada.

---

*Jornalista britânico e professor irlandês sequestrados na década de 1980 pela organização Jihad Islâmica, tendo permanecido anos em seu poder. (*N. da T.*)

– Como assim? – quase gritei. – Esta é a pior coisa que já aconteceu comigo!

– Não é uma sorte, então, que você tenha levado uma vida tão isenta de atribulações? – perguntou ela.

Não podia fazê-la entender a verdadeira catástrofe que tudo isso era.

Minha pele se arrepiava toda cada vez que eu imaginava o questionário sendo lido em voz alta para o restante do grupo. Teria dado qualquer coisa para saber o que Luke escrevera.

Teria?

Será que queria mesmo ouvir Luke me condenando?

Eu estava num mato sem cachorro. Não saber era uma tortura, mas saber seria uma tortura pior ainda. Sabia que o leria com o rosto quase de perfil, estremecendo a cada palavra cruel.

Eu teria matado para conseguir um psicotrópico. *Qualquer coisa.* Não precisava ser um vidro de Valium. Uma garrafa de conhaque daria conta do recado.

No auge da agitação, fiz menção de me levantar e ir peitar o Dr. Billings, *exigindo* que o lesse para mim.

– Sente-se – ordenou Celine, subitamente muito firme.

– Que-ê?

– Sente-se. Desta vez você não vai conseguir o que quer à força – disse ela.

Fiquei pasma com a insinuação de que eu já conseguira o que queria à força em outras ocasiões.

– O hábito da gratificação imediata está arraigado demais em você – prosseguiu. – Esperar vai lhe fazer bem.

– Quer dizer então que você viu o questionário?

– Não, não vi.

– Então por que está falando de mim e de gratificação imediata?

– Todas as pessoas que vêm para cá passaram a maior parte de sua vida adulta buscando gratificação imediata – disse ela, retomando seu ar manso e maternal. – É uma parte fundamental da personalidade do viciado. Você não é diferente. Embora eu saiba que gostaria de pensar que é.

Filha da puta pretensiosa, pensei, num ímpeto de ódio. Vai me pagar por isso. Antes de eu sair daqui, você vai estar de joelhos me pedindo perdão por ter sido tão ruim comigo.

– Mas quando você sair daqui, vai estar concordando – ela sorriu.

Fixei os olhos no colo, mal-humorada,

– Tome outra xícara de chá – ela ofereceu. – E coma uns biscoitos.

Aceitei-os, em silêncio. Queria demonstrar o quanto estava indignada recusando-me a comer, mas um biscoito de chocolate é um biscoito de chocolate.

– Como está se sentindo agora? – perguntou Celine, depois de algum tempo.

– Estou com frio.

– É o choque – disse ela.

A resposta me agradou. Indicava que era normal eu me sentir tão mal como me sentia.

– Estou com sono – disse, pouco depois.

– É o choque – Celine repetiu.

Tornei a assentir, satisfeita. Resposta certa.

– É seu organismo tentando fazer frente a algo desagradável – prosseguiu ela. – Normalmente, você usaria uma droga para superar a dor.

Desculpe, mas vou ter que descontar alguns pontos por essa.

Mas não reagi, pois imaginei que devia fazer parte de seu trabalho dizer essas coisas. Durante alguns minutos, comi meus biscoitos e tomei meu chá, acreditando que atingira um platô de calma. Mas, quando terminei de comer o último biscoito, a angústia voltou com a mesma intensidade, fazendo com que meu estômago desse voltas. Eu estava perplexa com a crueldade de Luke. Ardia como um tapa na pele queimada de sol. Primeiro me dava um fora, e agora me metia numa puta encrenca. Por quê?

Fui obrigada a reconhecer que não era só isso que tinha que enfrentar. Voltei a atenção para o primeiro choque que sofrera, ao descobrir que o Claustro não era o hotel de luxo apinhado de celebridades que eu tinha esperado. Por um momento, me esquecera disso, devido ao grande horror provocado pela novela do questionário de Luke.

Eu estava num centro de reabilitação que não passava de um pardieiro sujo e caqueirado, cheio de alcoólatras e toxicômanos feios, gordos e broncos. Não havia mais o esplendor da celebridade, o brilho da academia para me distrair do que o Claustro realmente era.

Então, meu ódio por Luke voltou. Sentia-me mais furiosa do que nunca.

– Luke Costello é um filho da mãe mentiroso – disparei, colérica, entre lágrimas.

Celine riu.

De uma maneira amável.

Só para me confundir.

– Qual é a graça? – indaguei.

– Rachel, pela minha experiência, o que as pessoas dizem nesses questionários é verdade – contou ela. – Trabalho aqui há 17 anos, e nem uma única vez alguém mentiu neles.

– Tudo tem sua primeira vez – gracejei.

– Você já pensou no tormento que deve ter sido para Luke escrever o que escreveu?

– Por quê, um tormento? – perguntei, surpresa.

– Porque, se ele sabe o bastante a seu respeito para poder comentar seu vício, é porque a conhece o bastante para gostar de você. Ele devia saber que suas revelações a magoariam. Ninguém se sente à vontade fazendo isso com a pessoa amada.

– Você não conhece Luke. – Eu começava a fumegar. – Ele não é flor que se cheire. Não é só pelo questionário. Sempre foi um mentiroso.

Sempre?, uma parte de mim perguntou, surpresa.

Quem se importa?, respondeu outra parte de minha cabeça. Agora ele é, o.k.?

– Você não escolheu bem seu namorado – disse Celine, com um de seus sorrisos que evocavam uma atmosfera de rechonchudez, donas de casa e pão caseiro.

Fiquei desconcertada. Por um momento, não soube o que dizer. Então, resolvi me unir a ela. Na dúvida, lisonjeie.

– Sei que não – disse, com toda a honestidade. – Você tem toda razão, Celine, só agora me dou conta disso.

– Ou talvez ele não seja mesmo uma má pessoa – disse ela, mansa. – Talvez você apenas queira se convencer de que é, para desacreditar qualquer informação que ele forneça sobre seu vício.

O que a levava a pensar que entendia tanto assim do assunto?, me perguntei. Era apenas uma porcaria de enfermeira, que só servia para enfiar termômetro no rabo dos outros!

25

Terminei de comer o último biscoito de chocolate servido por Celine no exato momento em que os outros foram liberados da sessão de terapia de grupo. Hora de voltar para o meu próprio planeta.

Quando cheguei ao refeitório, sonolenta do choque e do açúcar, senti-me como se tivesse passado um longo tempo fora.

Neil, o babaca, ainda era o centro das atenções, cercado por um círculo de gente que assentia com a cabeça em sinal de solidariedade e soltava murmúrios de concordância. Concluí que eram todos bêbados mentirosos que espancavam as esposas, como ele. Até as mulheres. Podia ouvi-lo se queixando: "Estou me sentindo tão traído, não consigo acreditar no que ela fez comigo, e ela é pirada, sabe, *ela* é quem deveria estar numa clínica psiquiátrica, não eu..."

Meu ódio deu uma curta trégua a Luke para poder se dedicar a Neil. De um jeito ou de outro, seus segundos como a coisa mais interessante do refeitório estavam contados. Eu fora vítima de uma desgraça, uma *verdadeira* desgraça, que botaria a sua no chinelo. Sua desgraça não era digna de beijar a sola do sapato da minha desgraça!

Tentando irradiar beleza e tragicidade, postei-me à porta.

Nesse exato instante, Chris ergueu os olhos.

– Pensei que você fosse para casa – disse ele, com um sorriso irônico.

Meu ar de heroína sorumbática vacilou. Ele fora tão bom comigo horas antes, por que não estava sendo bom comigo agora?

– Anime-se – disse, alegre. – Tenho certeza de que vários dos rapazes adorariam fazer uma massagem em você, uma daquelas a dois, de corpo inteiro. Eles podem pedir um pouco de óleo de fritura para Sadie.

– Pedir, podem, mas não vão ganhar – comentou a própria, que por acaso passava apressada, naquele momento.

Estremeci de vergonha, imaginando se estaria todo mundo rindo de mim por ter achado que o Claustro era um spa.

– Não é isso – disse eu, magoada. – Aconteceu outra coisa. Sentia-me quase feliz por Luke ter armado para cima de mim de uma maneira tão cruel. Isso daria um jeito na antipática leviandade de Chris. Óleo de fritura, ora, faça-me o favor! A coisa era *séria*.

– Chegou um questionário? – Ele alteou uma sobrancelha para mim.

Imediatamente me pus na defensiva, jogando a cabeça para trás:

– Como é que você sabe?

– Em geral chega um questionário, quando a pessoa está aqui há uns dois dias – disse ele, com a expressão séria. Para meu alívio, parecia não estar mais rindo de mim. – É aí que a merda bate no ventilador. Pelo menos, a primeira prestação da merda. De quem é?

– Do meu namorado. – Meus olhos ficaram cheios d'água. – Quer dizer, meu ex-namorado. Você não acreditaria no que ele escreveu – disse eu, adorando as grossas lágrimas que escorriam por meu rosto. Contava com elas para granjear simpatia, conforto e contato físico de Chris.

Dito e feito: ele me conduziu com toda a delicadeza até uma cadeira e puxou outra para perto, a bondade estampada em seu rosto, nossos joelhos quase se tocando.

Bingo!

– Quer saber? Provavelmente, eu *acreditaria* no que ele escreveu – disse Chris, passando a mão no meu antebraço com uma intimidade que a um tempo me constrangeu e agradou. – Estou aqui há duas semanas, e já ouvi um monte de questionários. Tenho certeza de que você não é pior do que nenhum de nós.

Eu estava um pouco aturdida com sua proximidade física, o calor de sua mão grande e máscula subindo e descendo por minha manga, mas saí do transe para protestar, chorosa:

– Você não entende, só estou aqui porque pensei que essa estalagem de quinta categoria fosse um spa. Não há rigorosamente nada de errado comigo!

Em parte eu esperava que ele discordasse, mas ele apenas emitiu alguns sons vagos, reconfortantes, daqueles que o veterinário faz para acalmar uma vaca em trabalho de parto.

Fiquei aliviada.

E impressionada. Tantos homens ficam uma pilha de nervos quando veem uma mulher aos prantos. O que, é claro, também *não é mau*. Pode até ser muito útil, às vezes. Mas o autocontrole de Chris era impecável.

Se ele é equilibrado assim quando estou chorando, como não será na cama?, me peguei pensando.

– E então, o que foi exatamente que seu namorado disse? – perguntou Chris, arrancando minha imaginação da zona onde andara perambulando, em cima daquele móvel onde as pessoas não usam roupas.

– Ex-namorado – apressei-me em dizer. Para não dar margem a nenhum equívoco.

Ao prestar atenção ao que Chris dissera sobre o formulário, subitamente relembrei como Luke era carinhoso comigo no passado. Uma onda insuportável de nostalgia quebrou sobre mim, trazendo consigo uma nova batelada de lágrimas.

– Só me contaram uma das coisas que Luke disse – solucei. – E era MENTIRA!

Não era uma mentira propriamente dita, não do ponto de vista *técnico*. Mas transmitia uma imagem distorcida de mim, fazendo com que eu não parecesse uma boa pessoa. Portanto, num certo sentido, era uma mentira. A qual me pareceu melhor esconder de Chris.

– Isso é terrível – murmurou Chris. – Seu namorado mentir assim sobre você.

Algo em seu tom de voz me levou a desconfiar de que ele estava novamente zombando de mim. Mas, quando lhe lancei um olhar penetrante, encontrei seu rosto franco e tranquilo. Recomecei a chorar.

– Luke Costello é um perfeito canalha – eu chorava. – Devia estar fora de mim no dia em que saí com ele pela primeira vez.

Virei-me para pousar a cabeça sobre a mesa. Com o movimento, minhas coxas cobertas pela saia de laicra roçaram nas calças jeans de Chris.

Ah, não há mal que por bem não venha...

Chris ficou esfregando minhas costas por algum tempo, enquanto eu permanecia curvada sobre a mesa. Demorei-me nessa posição mais do que o estrito necessário, porque era muito gostoso sentir sua mão passando pelo fecho de meu sutiã. Quando finalmente tornei a endireitar as costas, aconteceu outro roçar de coxas tentador. Que sorte a minha, estar usando uma saia curta.

Do extremo da mesa, várias cabeças olhavam para nós, com interesse. Se Neil não abrisse o olho, corria o risco de perder sua plateia. Trinquei os dentes, emitindo poderosos raios mentais para os suéteres marrons. *Vão embora. Se algum de vocês se aproximar agora, eu mato.*

Por incrível que pareça, com exceção de Fergus, a vítima do LSD, que me passou uma caixa de lenços de papel, os outros nos deixaram em paz.

Chris continuou a emitir sons calmantes. Sua atenção era como um banho de Caladryl nas ferroadas da rejeição de Luke, o antídoto para o veneno de Luke.

– Não entendo que necessidade ele tinha de mentir a meu respeito para o Dr. Billings – disse a Chris, triste. Quanto mais bancasse a vítima, melhor. Amarraria Chris a mim com as cordas da solidariedade.

Tinha uma vaga consciência de que perdera a verdadeira dor de vista. Sim, eu estava arrasada com o que Luke dissera. Não por ter mentido sobre mim – e sim por ser *verdade*. Mas não podia contar isso a Chris. A honestidade era um luxo a que eu não podia me dar.

Em vez disso, comedi minha dor, na esperança de fazer com que Chris gostasse de mim. A corajosa heroína preserva a sua dignidade, apesar de perplexa com as mentiras do namorado cruel, esse tipo de coisa.

– O que Luke disse exatamente? – perguntou Chris.

– Sou uma azarada – improvisei, me esquivando da pergunta. Uma fornada fresca de lágrimas chegou aos olhos. – Parece que só acontecem coisas ruins comigo. Entende o que quero dizer?

Chris fez que sim, com uma expressão severa que me deixou nervosa. Será que eu o aborrecera?

No momento em que me convenci de que ele sabia que eu inventara tudo aquilo sobre as mentiras de Luke, Chris inesperadamente puxou a cadeira para mais perto de mim. Dei um pulo, devido à brusquidão do gesto e meu próprio sentimento de culpa. Ele se aproximara tanto de mim que sua coxa direita se encaixou entre as minhas. Praticamente enfiada debaixo da minha saia, percebi, alarmada. O que ele estava fazendo?

Acompanhei seus movimentos, assustada, ao que ele levou a mão ao meu rosto e pousou os dedos sob minha mandíbula. *Será que vai me bater?* Por um momento que se prolongou infinitamente, meu rosto descansou na concha de sua mão. *Ou vai me beijar?* Quando ele aproximou mais ainda seu rosto, dando a entender que seria o segundo caso, entrei num pânico louco, imaginando como poderíamos nos beijar sem que todos os suéteres marrons à mesa nos vissem. Mas ele nem me bateu, nem me beijou. Em vez disso, passou o polegar por meu rosto e secou uma das lágrimas. Um gesto que mesclava eficiência e uma estranha ternura.

– Coitadinha da Rachel – disse ele, secando a outra lágrima com o outro polegar. A compaixão em sua voz era inequívoca. Ou a paixão...? Talvez...

– Coitadinha da Rachel – repetiu.

Mas, nesse exato instante, Misty O'Malley passou por nós e, para minha grande surpresa, ouvi-a rir. Ela não tinha o direito de rir. Todo mundo tinha a obrigação de sentir pena de mim.

Coitadinha de mim!, dissera Chris.

Ela me encarou, com uma expressão de desprezo abrasador em sua carinha de olhos verdes. Sentindo-me injustiçada e cheia de ódio, olhei para Chris, pronta a pautar minha reação pela sua. Quando ele apertou os lábios de sua linda boca, esperei ansiosamente que dissesse "Cala a boca, Misty, sua putinha". Mas ele não disse. Não disse absolutamente nada. E, mesmo a contragosto, eu também não.

Misty se afastou, com seu andar arrogante. Sem me olhar nos olhos, Chris disse devagar, com ar pensativo:

– Tenho uma sugestão a fazer.

Uma sugestão em que os três ingredientes principais eram ele, nossa nudez e um preservativo?, me perguntei, cheia de esperança.

– Você pode não gostar – avisou.

Ele não queria usar preservativo? Tudo bem, a gente podia bolar outra coisa.

– Sei que você está se sentindo péssima, neste momento – disse, medindo as palavras. – Está magoada. Mas talvez seja bom para você refletir sobre o que Luke disse, porque pode acabar descobrindo que não é mentira.

Encarei-o, boquiaberta, enquanto uma vozinha choramingava dentro de mim: *Pensei que você fosse meu amigo.* Ele também me encarava, com um olhar da mais profunda simpatia.

O que estava acontecendo?

Nesse justo momento, Misty O'Malley tornou a entrar no aposento, dizendo "Preciso de um homem alto e forte". Isso provocou um estouro da porcada, como se fosse hora do almoço no chiqueiro. Ela ergueu a mão e disse: "Mas, à falta de um, vou ter que me virar com você." Brindando-me com um sorriso especial, daqueles todos seus, que ninguém mais podia ver, estendeu o braço e puxou Chris pela mão.

E ele foi! Levantou-se, roçou meu joelhos, provocando em mim um breve *frisson,* e disse: "Mais tarde a gente continua." Ato contínuo, foi embora.

Quase rompi em lágrimas de novo. Senti ódio de Misty O'Malley, por ter o dom de me fazer sentir como se fosse a idiota da aldeia. Odiei Chris por preferir Misty a mim. E, o pior de tudo, estava mortalmente envergonhada pelo fato de Chris saber que eu estava mentindo em relação a Luke. Agora, o que eu não entendia *mesmo* era a razão de ele ter sido tão benevolente em relação à mentira.

Quando os outros internos vieram falar comigo, compreendi que podia ser honesta sobre o que Luke escrevera. Não era tão ruim assim, lembrei a mim mesma.

O primeiro a se aproximar de mim foi Mike que, como Chris, já sabia que chegara um questionário antes mesmo de eu lhe contar.

– É óbvio. – Ele mostrou os dentes, estufando o peito de pombo. – Quando você estiver aqui há três semanas, vai conhecer os sinais. Mas, enfim, o que o rapaz disse?

– Que eu às vezes cheirava cocaína antes de ir para o trabalho. – Ao repetir em voz alta pela primeira vez o que Luke dissera, o impacto de sua traição me atingiu com força renovada. Senti-me invadir por um ódio amargo.

– E cheirava? – perguntou Mike.

– De vez em quando – disse, impaciente, aborrecida por ter que explicar essas coisas para aquele fazendeiro bronco. – Não tem nada de mais – afirmei, veemente. – Um monte de gente faz isso em Nova York, é diferente daqui, entende? A vida lá é agitadíssima. É a mesma coisa que tomar uma xícara de café pela manhã. Você não pode entender.

Pouco a pouco, Neil foi perdendo a guerra da audiência, à medida que os internos iam se bandeando para o meu lado. Eu aproveitava cada chegada para externar minhas mágoas mais uma vez.

Queria mãos resserenantes se impondo sobre meus sentimentos febris. E, como Luke me fizera sentir uma nulidade, queria equilibrar os pratos da balança, reduzindo-o a nada.

Ao contrário de Celine, os internos não fizeram nenhuma objeção a que eu estraçalhasse Luke Costello. Até participaram com suas próprias histórias, "Grandes questionários que conheci". Empanturramo-nos com casos terríveis de amigos da onça e parentes que nos apunhalaram pelas costas em muitos questionários do Claustro. Eu estava quase me divertindo. Não me importava de jogar no mesmo time que os outros, porque precisava ter *alguém* com quem falar, ainda que fôssemos tão próximos quanto pessoas nascidas em planetas diferentes. Foi bom sentar entre um monte de gente que era toda simpatia e barras de chocolate.

Acreditaram de bom grado em cada coisa terrível que lhes contei sobre Luke. Menos, é claro, naquela parte sobre o violino do cego. Mas deixei isso de lado, e logo estávamos lavando a roupa suja de Luke outra vez.

– Luke Costello seria incapaz de dizer a verdade sobre o que quer que fosse! – declarei. – Querem mesmo saber? Ele mentiria até se vocês lhe perguntassem qual é sua *cor favorita.*

Quanto mais eu denegria seu nome, melhor me sentia. No fim, já estava quase acreditando que ele era mesmo um horror, como alegara.

Chris não voltou. Fiquei de olho na porta, imaginando aonde fora com Misty. E o que os dois estavam fazendo.

Filhos da puta.

Mas não cheguei a ter tempo de ficar emburrada, porque Mike e companhia estavam muito interessados na vida agitadíssima que eu levava em Nova York.

– E você ficava muito ocupada no trabalho? – Eddie perguntou. Todos se aproximaram mais de mim, seus olhos acesos de interesse.

– Vocês nem acreditariam – disse-lhes eu. – Não era incomum fazer uma jornada de trabalho de 18 horas. E a gente podia perder o emprego ASSIM. – Estalei os dedos, para demonstrar como era fácil. – E não existe auxílio-desemprego em Nova York.

Todos soltaram exclamações chocadas.

– A gente podia ir parar debaixo da ponte em questão de dias – disse eu, sombria. – E faz muito mais frio em Nova York do que aqui.

– Mais frio do que em Leitrim? – perguntou Clarence.

– Muito mais.

– Mais frio do que em Cork? – perguntou Don.

– Muito mais.

– Mais frio do que em Cav... – já ia começando John Joe, mas interrompi-o, um tanto irritada:

– Mais frio do que em qualquer lugar da Irlanda.

– Deus do Céu, parece um lugar horrível – disse Mike. – Por que você foi para lá?

– Boa pergunta, Mike – disse eu, com um sorriso de garota triste.

– E esse negócio de cocaína, é igualzinho a café? – perguntou Peter.

– Não faz diferença. Na verdade, acho até que são derivados da mesma planta.

– E há quanto tempo você estava namorando esse Luke? – perguntou um outro.

– Uns seis meses.

– E ele deve dinheiro a você?

– Aos montes.

– Que coisa mais chocante.

– E ele me fez sentir tão humilhada – funguei, com uma pontada sincera de dor.

– Ninguém pode nos fazer sentir coisa alguma – interrompeu Clarence. – Nossos sentimentos são responsabilidade nossa.

Fez-se silêncio. Os outros se voltaram para ele, encarando-o, chocados.

– QUÊ? – indagou Eddie, seu rosto vermelho tão contraído de irritação e incredulidade, que parecia estar tendo uma crise de prisão de ventre.

– Nossos sentimentos são resp... – repetiu Clarence, como um papagaio.

– Seu idiota – esbravejou Vincent. – Só disse besteira. Está tentando arranjar emprego aqui?

– Só estou dizendo! – protestou Clarence. – Foi isso que me disseram, quando meus irmãos me humilharam. Que ninguém pode fazer com que nos sintamos de nenhum jeito, a menos que deixemos.

– Estamos tentando animar Rachel! – gritou Don. – A criança está MAGOADA!

– Também estou tentando animá-la – insistiu Clarence. – Se ela não consegue se desapegar daquele sujeito Luke...

– AH, CALA A BOCA – disseram várias vozes em coro.

– Quando você estiver aqui há cinco semanas, vai entender o que quero dizer – sentenciou Clarence, altivo.

26

À noite, quando fui dormir, estava me sentindo confusa.

Luke não é tão mau assim, uma vozinha observou. *Você mentiu em relação a ele para que todo mundo ficasse do seu lado.*

Ele é mau, sim, insistiu outra voz. *Olha só o que fez com você. Ele a humilhou, colocou-a numa baita encrenca, se voltou contra você. Ele a rejeitou antes mesmo de você ir embora de Nova York e voltou a rejeitar com aquela porra de questionário. Portanto, ele é mau, sim. Talvez não exatamente do modo como você o pintou para o pessoal lá embaixo, hoje à noite. Mas ele é mau.* Satisfeita, virei-me e tratei de dormir.

Mas não consegui parar de pensar nele.

Agora que refletia sobre o passado, tinha a impressão de que ele sempre fora totalmente neurótico em relação ao meu consumo de drogas.

Nunca me esqueci do jeito como se comportara na minha festa. Que cara de pau! E nem ao menos tinha sido convidado!

Brigit e eu demos a tal festa mais ou menos duas semanas depois do descalabro do Rickshaw Rooms.

Na realidade, a ideia de dar a festa foi minha. Estava tão cheia de não ser convidada para as festas descoladas no East Village e no SoHo, que decidi dar eu mesma uma festa e convidar cada pessoa bonita, bem relacionada e com um emprego interessante que eu conhecia. Assim, quando dessem uma festa, *teriam* que me convidar.

Brigit e eu fizemos uma seleção cuidadosa e estratégica.

– E Nadia...?

– Nadia, a desbundada? Que é que tem ela?

– Ela trabalha na Donna Karan. Será que a palavra *desconto* significa alguma coisa para você?

– Não dá para a gente só convidar garotas feias e gordas?

– Não. Não existem. Bom, e quanto a Fineas?

– Mas ele é só um *barman.*

– Sim, mas pense a longo prazo. Se ficar nosso chapa, vai arranjar uns drinques para nós quando estivermos duras. Coisa que, me corrija se eu estiver errada, acontece o tempo todo.

– O.k., Fineas fica. Carvela?

– Nem pensar! Andrew, o publicitário, era meu, até ela entrar em cena com aquele *piercing* na língua.

– Mas ela conhece Madonna.

– Só porque uma pessoa fez as unhas da outra uma vez, isso não quer dizer que a conheça. Ela não vem, o.k.? Precisamos de homens hetero, é desses que estamos em falta.

– E quando foi que não estivemos?

– Helenka e Jessica?

– Claro. Se vierem. Filhas da puta sebosas.

Não convidamos os Homens de Verdade. Nem sequer nos passou pela cabeça.

Na noite da festa, colamos três balões com durex na porta da frente, cobrimos o abajur da sala com papel crepom vermelho e abrimos seis sacos de batatas fritas. Embora já tivéssemos três CDs, pedimos mais três emprestados, em homenagem à ocasião. Por fim, relaxamos, esperando que o deslumbrante evento se desenrolasse.

Eu achava que a única coisa de que uma boa festa precisava era um caminhão de bebidas e drogas. Embora não tivéssemos comprado nenhuma droga para nossos convidados, sua disponibilidade e fartura estavam garantidas, pois prometêramos exclusividade a Wayne, nosso amigo, vizinho e traficante. E tínhamos uma quantidade homérica de bebidas entulhando a cozinha. Apesar de tudo, porém, nosso apartamento não estava com a menor cara de festa.

Eu estava perplexa. Sentada na minha sala vazia e ecoante naquela noite de sábado, eu me perguntava: *Onde foi que eu errei?*

– Vai ser ótimo, quando estiver cheio de gente – prometeu-me Brigit, para logo em seguida morder o nó do dedo, soltando um gemido abafado de angústia.

– Estamos perdidas, não estamos, Brigit? – perguntei, dando-me conta da extensão de minha temeridade. Como pudera chegar a achar que era digna de dar uma festa e convidar gente que trabalhava na loja de Calvin Klein? – Nunca mais vamos almoçar nesta cidade.

Os convites diziam às pessoas para chegarem por volta das dez.

Mas, à meia-noite, o apartamento ainda parecia um cemitério. Brigit e eu estávamos quase arrancando os cabelos.

– Todo mundo detesta a gente – disse eu, tomando vinho da garrafa.

– De quem foi a merda dessa ideia burra? – perguntou Brigit, chorosa. – Eu achava que pelo menos Gina e sua turma viriam. Afinal, *juraram* que viriam. As pessoas são tão *falsas* em Nova York.

Esperamos mais um pouco, desancando todo mundo que conhecíamos, até gente que não tínhamos convidado. E entornando feio.

– Você convidou Dara? – ela indagou.

– Não – disse eu, na defensiva: – Achei que você ia convidar. E você, convidou Candide?

– Não – ela rosnou. – Achei que você ia convidar.

– E onde é que está o filho da mãe do Salto Cubano? – acrescentou, furibunda.

Na ocasião, Brigit, com sua acentuada queda pelos hispânicos, estava tendo um caso intermitente com um cubano (rompe-reata-rompe). Quando ele se comportava bem, ela o chamava de Nosso Homem em Havana. Quando se comportava mal, ou seja, quase o tempo todo, chamava-o de Salto Cubano. Seu nome era Carlos e eu o chamava de O Girador. Ele se achava um dançarino fantástico, exibindo-se à menor provocação. Já era o bastante para fazer a pessoa vomitar o almoço, a maneira como rebolava, dando todo tipo de guinada exagerada com seus quadris minúsculos. Nos dias em que eu não o chamava de O Girador, chamava-o de O Batedor de Estômago, para me ater ao tema da rotação.

– E onde é que está Wayne? – indaguei. – Não vai adiantar nada o pessoal vir, se ele não vier.

Era a ausência de Wayne que estava me deixando nervosa, mais do que a de qualquer outra pessoa.

– Bota uma música aí.

– Não, porque assim a gente não vai ouvir a campainha.

– Bota uma música! A gente não quer que as pessoas pensem que estão num velório.

– Um velório seria mais divertido! Refresca minha memória, de quem foi mesmo essa ideia?

A campainha soou, estridente, interrompendo nosso acalorado bate-boca.

Graças a Deus, pensei, com fervor. Mas era apenas O Salto Cubano, com alguns de seus amigos igualmente minúsculos. Olharam com ar de dúvida para os balões, as batatas fritas e a sala vazia e silenciosa, com sua luminosidade rosada.

Enquanto Carlos punha um CD e Brigit lhe dizia muitas e boas, os amiguinhos de Carlos me despiam com seus olhos castanhos e límpidos.

Dizia Brigit que Carlos era fantástico na cama e que tinha um pinto piramidal. Ela adoraria que eu engrenasse com um de seus amigos, mas eu teria preferido alugar minha vagina para um pardal fazer seu ninho.

A música estrugiu, alta demais para a sala vazia, abafando seus "Desculpe, *enamorada*" e "Não tive culpa, *querida*".

– Toma. – Empurrei uma tigela de batatas fritas na mão de Miguel. – Come uma batata e para de me olhar desse jeito.

A música que Carlos pusera era latino-americana, daquelas de um otimismo assassino, acompanhada por uma banda de vinte pistons. Violentamente animada, evocando sol, areia, Rio, garotas de Ipanema e meninos morenos de olhos brilhantes. Homens com mangas cheias de babadinhos, chapelões de palha e aquela pseudogravata que não passa de um cadarço amarrado no pescoço, sacudindo maracas. O tipo de música que chamam de "contagiante". Sem dúvida, eu já contraíra o vírus e me sentia doente. Odiava esse tipo de música.

A campainha tocou novamente, e dessa vez era mesmo um convidado.

A campainha tocou novamente e dez pessoas entraram em tropel, com garrafas debaixo do braço.

Miguel me encurralou. Para minha surpresa, não consegui me esquivar dele. O que lhe faltava em tamanho, sobrava em agilidade. Seus olhos estavam na altura dos meus mamilos, e lá ficaram durante a maior parte da conversa.

– Rachel – entoou, com um sorriso brilhante e mestiço – tem duas estrelas faltando no céu, estão nos seus olhos.

– Miguel... – comecei

– Tomás. – Ele abriu um largo sorriso.

– ...tá, Tomás, o que for. Tem dois dentes faltando na sua boca, estão no meu punho. Pelo menos é o que vem por aí, se não me deixar em paz.

– Rachel, Rachel. – Olhar triste. – Não quer um pouquinho de latinidade dentro de você?

– Se o pouquinho de latinidade em pauta for você, não, não quero.

– Mas por que não? Sua amiga Brigit gosta de Carlos.

– Brigit não bate bem. E, além disso, você é pequeno demais, eu te achataria.

– Ah, não – ele suspirou. – Nós cubanos somos mestres nas artes do amor, você e eu vamos explorar muitas coisas, e não há o menor perigo de você me achat...

– Por favor. – Levantei a mão. – Para.

– Mas você é uma deusa, no meu país seria idolatrada.

– E você é um cafajeste, no meu país trabalharia numa lanchonete.

Subitamente, tive uma ideia brilhante.

– Espera aí, você é cubano, não é? Tem alguma coca aí com você?

Felizmente, eu dissera a coisa errada. O que acontecia era que recentemente o tio Paco de Tomás sofrera um fracasso retumbante, quando a guarda costeira dos Estados Unidos descobriu que estava a cargo de um iate cheio de pó. No momento, Paco apodrecia numa penitenciária em Miami, e Tomás ficou indignado com minha investigação de rotina.

– Eu não *disse* que você era um marginal – protestei. – Só pensei em *pedir*, já que Wayne até agora ainda não chegou.

Tomás ainda falou mais um pouco sobre honra de família e outras titicas do mesmo calibre, até que me deu outro olhar derretido, dizendo:

– Não vamos brigar.

– Não, tudo bem – tranquilizei-o. – Não me importo de brigar com você.

Ele estendeu o braço e segurou minha mão..

– Rachel – fitou-me nos olhos significativamente – dance comigo.

– Miguel – disse eu – não me obrigue a machucar você.

Nesse momento, graças a Deus, Wayne chegou.

Quase fui pisoteada no corre-corre de gente em sua direção, mas fiz valer meu direito de anfitriã e fui a primeira a chegar até ele. Adorava cheirar cocaína em festas. Não havia nada melhor para aumentar minha autoconfiança e me dar coragem para falar com os homens. Adorava a sensação de invencibilidade que provocava em mim.

Porque, num certo sentido, em algum canto do meu inconsciente, eu sabia que era atraente. Mas era só depois de cheirar uma ou duas carreiras que o reconhecimento desse fato se tornava consciente. A bebida até bastava. Mas a cocaína era muito melhor.

E não era só eu, *todas as outras pessoas* pareciam muito melhores quando eu enchia o tanque de cocaína. Mais bonitas, mais engraçadas, mas interessantes, mais sensuais.

Brigit e eu compramos um grama, para rachar entre nós duas. O prazer do teco começava muito antes de eu chegar a cheirar alguma coisa. O simples ato de efetuar a transação com Wayne bastava para fazer disparar minha adrenalina. As notas que eu pagava a ele estalavam de novas, mais verdes do que o normal. Eu me desfazia delas com o maior prazer. Adorava a sensação do pacotinho na palma da minha mão. Atirava-o para cima e para baixo, sentindo seu volume mágico, compacto.

A parte menos divertida de cheirar coca era a fila para o banheiro das mulheres no bar, no clube, onde quer que fosse. Assim, a grande vantagem de dar uma festa no meu próprio apartamento era o fato de não haver nenhuma necessidade de esperar. Direto para o meu quarto com Brigit, para abrir um espaço em cima da penteadeira.

Brigit queria discutir a Crise Cubana.

– Não aguento mais – disse ela. – Pior do que ele me trata, é impossível.

– Por que não rompe com ele? – sugeri. – Ele não tem o menor respeito por você.

De mais a mais, eu achava que não pegava bem para mim dividir o apartamento com uma amiga que namorava alguém tão brega quanto Carlos.

– Sou sua escrava – suspirou Brigit. – Não consigo resistir a ele. E quer saber de uma coisa? Eu nem mesmo *gosto* dele.

– Nem eu – concordei.

Um erro. Jamais concorde com sua amiga quando o namoro dela estiver passando por uma crise. Porque, no momento em que ela e o namorado fizerem as pazes, ela vai azedar com você e perguntar:

"Que negócio é esse de você não gostar de Padraig /Elliot/ Miguel?" Aí ela conta para *ele*, os dois ficam com ódio de você e resolvem fazer uma releitura da História, acusando-a de ter tentado separá-los.

E te darão um gelo sempre que você estiver no mesmo aposento que eles. Não te oferecerão mais uma fatia da pizza que compraram, embora a pizza seja monstra, grande demais para os dois, e você esteja morta de fome, porque não jantou. E farão com que você fique paranoica, preocupada com a hipótese de resolverem morar juntos sem te avisar até a última hora, e você acabará sendo obrigada a pagar meses e meses de aluguel aos dois até poder encontrar outra pessoa com quem morar.

– Ah, claro, ele é ótimo – apressei-me em dizer. Então, o assunto saiu totalmente da nossa cabeça, porque tínhamos cheirado duas carreiras gordas, brancas, lindas.

Fui a primeira. Enquanto Brigit cheirava a sua, comecei a sentir a comichão inicial no rosto e o torpor que vinham do primeiro teco. Virei-me para o espelho e sorri para mim mesma. Meu Deus, como estava bonita, aquela noite. Olha só como minha pele estava clara.

Olha só como meu cabelo estava brilhante. Olha só como meu sorriso estava encantador. Como eu estava com uma cara safada, como estava *sexy*. De repente, percebi como meus dois caninos salientes, que eu detestava, *ficavam bem* em mim. Como realçavam meu charme. Sorri molemente para Brigit:

– Você está linda.

– Você também – disse ela.

Ato contínuo, dissemos em uníssono:

– Nada mal, para duas matutas.

E lá fomos nós circular por entre nossos convidados.

27

Em pouco tempo, tinha gente saindo por todo lado.

Havia uma fila quilométrica para o banheiro, formada pelos que tinham ido às compras nos Supermercados Wayne e ainda estavam se sentindo inibidos demais para cheirar cocaína em público. Esse decoro nunca ia além da primeira carreira.

A música rompera a barreira do som durante minha breve ausência. Tentei trocar o CD, mas Carlos escondera todos os outros. Brigit não me ajudou em nada, enquanto eu corria desesperada de um lado para o outro, tentando descobrir onde ele os pusera. Estava ocupada demais tentando fazer bonito diante dos quadris rodopiantes de Carlos. Eu temia pela integridade de nossos poucos enfeites. Depois de uma guinada excepcionalmente violenta, comecei a me preocupar com os abajures.

Agora, todos os quatro cubanos estavam dançando, com seus pezinhos ágeis e seus quadris que valiam por três, fazendo olhar de peixe morto para todas as mulheres presentes. Tive que me virar de costas.

Continuava chegando gente sem parar. Eu não conhecia ninguém, com exceção de Brigit e dos cubanos. A campainha tocou novamente e outro exército de gente entrou, na maior animação.

Sua única virtude era o fato de serem homens.

"Aí, mina, firmeza?" Tinham por volta de 14 anos, usavam chapéus, tênis, roupas largas, skates e o jargão dos surfistas. Até então, eu me achava muito descolada. Mas minha euforia murchou rapidamente, surgindo em seu lugar uma certa sensação de meia-idade. Eles pontuavam as frases com gestos engraçados – dobravam todos os dedos, menos o mindinho e o polegar – e diziam "irado" o tempo todo. Seu sotaque vinha do Harlem. Não havia nada de errado nisso. Salvo pelo fato de que *eles* vinham de Nova Jersey. Numa limusine de vinte metros de comprimento. Cafajestes classe média tentando parecer descolados. E estavam na minha festa. Isso não era nada bom.

– Oi, Rachel – disse uma voz. Quase caí no chão, numa pose do gênero "quem sou *eu*". Era Helenka. Eu sentia a mais profunda admiração por Helenka. Considerava-a minha amiga, mas era puro otimismo da minha parte.

Embora ambas fôssemos irlandesas, sua vida em Nova York fora muito mais bem-sucedida do que a minha. Ela era linda, tinha roupas fantásticas, conhecia Bono e Sinéad O'Connor, fazia RP para a Junta Comercial Irlandesa, já estivera no iate dos Kennedy e nunca falava bem de ninguém. Eu estava honrada por ela ter vindo à minha festa, sua presença punha nela o selo do sucesso.

E o fato de estar usando a capa de *chiffon* comprida até os pés que aparecia na capa da *Vogue* daquele mês só contribuía para aumentar meu bem-estar geral.

– Então é este o seu apartamentinho? – perguntou.

– Meu e de Brigit – respondi, gentil.

– Vivem *duas* pessoas aqui? – Ela pareceu atônita.

Não me importei. Sentia-me maravilhosamente bem, e nada poderia me aborrecer.

– Que história é essa que ouvi de você estar namorando um daqueles garotos metaleiros? – perguntou Helenka.

– Eu? Namorando um deles? – Soltei uma gargalhada forçada.

– É, Jessica disse que viu você no Rickshaw Rooms praticamente fazendo sexo com ele.

Jessica era o braço direito de Helenka. Não era tão bem-apessoada, bem-vestida, bem remunerada ou bem relacionada quanto Helenka. O único departamento em que ninguém a destronava era o da difamação.

Quase morri de vergonha, tentando imaginar o que ela dissera.

– Ela, hum, viu, é? – foi só o que me ocorreu dizer.

– Sempre achei que um daqueles garotos tinha um tesão meio selvagem, animal – disse ela, pensativa. – Sabe como? – Volveu-me seu olhar de esmeralda. Ela só está usando lentes de contato, disse a mim mesma, tentando parar de tremer de reverência por sua beleza. – Luke – disse, por fim. – É esse. Faz um tipão.

– Para ser franca – disse eu, não cabendo em mim de orgulho –, era Luke que eu estava beijando.

– Ou talvez seja Shake – continuou, distraída. – Seja como for, comigo a coisa nunca iria em frente.

Cravou em mim um olhar ferino e se afastou. Pelo visto, meu projeto de ficar amiga de Helenka não fizera muito progresso.

Eu estava ao lado da porta quando, de repente, tive a impressão de estar imaginando coisas, ao ver surgir na soleira uma patarra pesada calçando uma bota. Seguida por outras nove patarras.

Cinco gigantes marcharam na minha direção, cabeludos, vestindo jeans da cabeça aos pés, todos engalanados e carregados de kits de cervejas. Os Homens de Verdade tinham chegado.

Quem os convidara? Como ficaram sabendo? Eu estava frita. Paralisada de pânico, durante uma fração de segundo tive o instinto de bater a porta, negando ter qualquer conhecimento de que houvesse uma festa, mas o olhar de Joey já tinha cruzado com o meu.

– Abre as pernas, *yeh*, garota, *yeh!* – cumprimentou-me.

Que diabo, pensei. Sentia-me invencível. Forte, deslumbrante, segura de mim. Pronta para topar qualquer parada. Com o rabo do olho, vi o rosto apavorado de Brigit pular de Joey para Carlos e de novo para Joey. Parecia estar tentando não gritar.

Cumprimentei educadamente os rapazes, sob o olhar de Madrasta Malvada de Helenka. Corei, mas mantive a cabeça erguida. Não estava com medo.

Luke foi o último a entrar.

– Oi. – Abriu um sorriso. – Como vai?

Meu Deus, pensei, as entranhas pegando fogo na hora, como ele está bonito.

– Oi – saudei-o com uma voz rouca e sensual, sustentando seu olhar durante tanto tempo, que pareceu um dia e meio. Será que ele fizera alguma coisa?, pensei, pasma. Porque, sem dúvida, nunca fora tão bonito assim, fora? Um transplante de cabeça, talvez? Quem sabe não convencera Gabriel Byrne a lhe emprestar o rosto por uma noite?

Notei que tinha me empertigado, projetando o peito em sua direção, ao estilo das cachorras desabusadas. Só de olhar para ele, meus mamilos ficaram duros.

– Desculpe por não ter querido sair com você – disse, petulante.

Nunca tocaria no assunto, se não tivesse cheirado duas carreiras. Mas tinha cheirado, e me sentia cheia de compaixão e generosidade.

– Está tudo bem. – Ele pareceu achar graça.

– Não está, não – insisti.

– Está, sim. – Ele pareceu achar mais graça ainda.

– Quer conversar sobre isso? – perguntei, entre terna e ansiosa.

Eie ficou em silêncio por um momento. Por fim, riu.

– Que foi? – Minha invencibilidade balançou um pouco.

– Rachel – disse ele – achei você uma pessoa muito legal. Teria gostado de te ver de novo. Você não quis. Fim de papo.

– Foi só isso que você achou de mim? – perguntei, emburrada. Ele deu de ombros, parecendo desconcertado.

– Que é que você quer que eu diga?

– Bom, você não se sentiu atraído por mim?

– É claro que me senti atraído por você – sorriu. – Quem não se sentiria?

Era mais o que eu queria ouvir.

– É isso – prosseguiu. – Achei você linda. E muito legal. Mas respeito sua decisão. Agora, vou deixar você e dar uma volta por aí.

– Achou? – Segurei-o pelas costas da jaqueta, fazendo beicinho.

Ele se voltou, surpreso.

– Achou? – repeti. – Você me *achou* linda. Pretérito perfeito?

Ele deu de ombros, como se estivesse confuso.

– Rachel, você nao quis sair comigo. Por que está me perguntando isso?

Em silêncio, me aproximei dele e, enquanto me fitava, surpreso, enfiei o indicador no cós de sua calça jeans. Sustentando seu olhar sobressaltado, puxei-o para mim num só gesto fluido.

Quase gargalhei de prazer. Sentia-me extremamente *poderosa* pela audácia incomum de meu comportamento – eu era uma mulher em contato com a sua sensualidade, que sabia o que queria e como conseguir. Seu peito encostava no meu, suas coxas encostavam nas minhas, eu sentia seu hálito em meu rosto inclinado para o seu. Enquanto esperava que ele me beijasse, já ia planejando como tirar todo mundo do meu quarto. A porta não tinha chave, mas eu poria uma cadeira debaixo da maçaneta. E não era incrível que tivesse depilado as pernas justamente na véspera?

A centelha entre mim e Luke era inegável. Não era a primeira vez que eu lamentava o fato de ele ser tão brega. Mas, talvez, se cortasse o cabelo, comprasse roupas novas e...

Estou pronta para o beijo, Luke. Prontinha.

Mas ele não me beijou.

E eu lá esperando, impaciente. A coisa não estava saindo exatamente conforme o planejado, que é que estava havendo com ele?

– Meu Deus. – Ele sacudiu a cabeça e, com um empurrão curto, desvencilhou-se de mim. Aonde ele ia? Estava louco por mim e eu estava muito atraente, muito sensual. Então, que negócio era esse?

– Sua arrogância – disse ele, com um risinho.

Nao compreendi. Eu estava agindo com desassombro e autoconfiança. Era uma mulher tomando a iniciativa, como as revistas sempre me mandavam fazer. Não conseguia entender por que o tiro saíra pela culatra de maneira tão inesperada.

– Diz aí, Rachel, que é que você andou cheirando mais cedo? – ele perguntou, em tom confidencial.

E o que *isso* tinha a ver?, me perguntei.

– Já entendi – disse ele – Bom, me procura de novo, quando seu ego voltar à Terra.

E se afastou!

Minha autoconfiança foi abalada. Como se por um momento as luzes diminuíssem de intensidade e a festa deixasse de ser um evento social deslumbrante, para se tornar apenas uma barafunda de bêbados num apartamento de dimensões inverossímeis em Nova York, com três balões presos à porta por um pedaço de durex.

Então, endireitei os ombros. Já estava mais do que na hora de cheirar outra carreira. Havia um amplo leque de homens atraentes na minha sala. Havia até mesmo uma chance de que alguns deles não fossem gays.

Luke Costello que fosse à merda!

28

Tive sorte aquela noite. Fiquei com um cara chamado Daryl, que ocupava um cargo importante numa editora. Dizia que conhecia o escritor Jay McInerney e que já tinha estado em seu rancho no Texas.

– Oh. – Prendi o fôlego, impressionada. – Ele tem dois ranchos?

– Como...? – perguntou Daryl.

– É, eu sabia que ele tinha um rancho em Connecticut, mas não que tinha um no Texas também – disse eu.

Daryl pareceu um pouco desconcertado.

Compreendi que estava falando demais.

Como não conseguíssemos entrar no meu quarto para dar uma trepada, saímos da festa e fomos para o apartamento de Daryl. Infelizmente, as coisas deram uma guinada para lá de esquisita, pouco depois de chegarmos.

Matamos o resto da minha coca. Mas, justo no momento em que devíamos estar subindo na cama juntos, para descobrir qual dos dois era mais invencível, ele se enroscou em posição fetal e começou a se balançar para a frente e para trás, repetindo uma vez atrás da outra, com voz de bebê:

– Mamá. Má. Má. Mam. Má. Mamá.

Primeiro pensei que estivesse brincando, e entrei na dança, fazendo uns "mamás" junto com ele. Até que compreendi que não era nenhuma piada, e eu não passava de uma perfeita idiota.

Recuperei-me, pigarreando, e tentei chamá-lo à razão, mas ele não me via nem me ouvia.

A essa altura, o dia já amanhecera. Eu estava num *loft* lindo, espaçoso, de paredes brancas na rua 9 oeste, olhando um marmanjo rolar de um lado para o outro no chão envernizado de cerejeira como uma criança pequena. E a solidão me bateu com tamanha intensidade, que cheguei a me sentir oca. Observava a dança das partículas de poeira na luz da manhã recém-nascida e me sentia como se estivesse em linha direta com o centro do universo, e este também estivesse oco, vazio, isolado. Eu continha o vazio de toda a Criação no espaço que um dia fora ocupado por meu estômago. Quem diria que um ser humano pode conter tamanho nada? Eu era uma Tardis* emocional, contendo desertos de uma vastidão inverossímil, feitos de abandono e vazio, semanas inteiras de jornada por um vácuo desértico, isolado.

Vazio ao meu redor. Vazio dentro de mim.

Olhei para Daryl. Tinha dormido com o polegar na boca.

Pensei em me deitar ao seu lado, mas, por algum motivo, achei que ele não gostaria de me ver lá, quando acordasse.

Fiquei ali parada, hesitante, sem saber o que fazer. Por fim, arranquei uma folha de minha caderneta, anotei meu número, escrevi "Me liga!" e assinei meu nome. Fiquei preocupada, sem saber se devia pôr "Com carinho, Rachel" ou só "Rachel". Achava "Rachel" mais seguro, mas menos afetuoso. No fim da página, escrevi: "A garota da festa", para o caso de ele não se lembrar de mim. Cogitei até de fazer um desenho de mim mesma, mas me contive. Então fiquei em dúvida se o

---

*Nome da nave que viajava no tempo e no espaço, na série de TV inglesa *Doctor Who*. A Tardis tinha o poder de se transformar em qualquer coisa, para se adaptar à época visitada. (*N. da T.*)

ponto de exclamação ao fim de "Me liga!" não seria prepotente demais. Talvez eu devesse ter escrito "Me dá uma ligada...?".

Sabia que estava sendo boba. Mas, quando os dias se passassem e ele não me ligasse, como fatalmente aconteceria, eu ficaria me atormentando com o que fizera ou deixara de fazer. (Talvez o bilhete tenha sido frio demais – talvez ele ache que no fundo eu não quero que me ligue. Ele pode estar em casa neste exato momento, *louco* para me ligar, mas acha que não quero que ele ligue. Ou talvez eu tenha sido agressiva demais – ele pode ter percebido como estou desesperada. Eu devia ter bancado a difícil, escrevendo "*Não me liga*" etc, etc.) Coloquei o bilhete embaixo de sua mão e fui dar uma olhada na geladeira. Gostava de espiar as geladeiras das pessoas chiques.

Não havia nada ali, a não ser uma fatia de pizza e um pedaço de queijo brie. Pus o queijo na bolsa e fui para casa.

Tentei me obrigar a voltar a pé, na manhã ensolarada, para a avenida A, pois acreditava que fazer exercício era um ótimo jeito de se voltar ao normal.

Mas não consegui. As ruas tinham um ar ameaçador, intimidante. Terra de ficção científica. Sentia que as poucas pessoas que estavam na rua àquela hora – seis da manhã de domingo – viravam-se à minha passagem. Tinha a sensação de que cada olho em Nova York estava colado em mim, com ódio de mim, desejando meu mal.

Quando dei por mim, estava caminhando cada vez mais depressa, quase correndo.

No momento em que vi um táxi se aproximar, quase me ajoelhei de gratidão. Entrei, as palmas das mãos pegajosas de suor, mal conseguindo dar meu endereço ao motorista.

Então, tive vontade de descer do táxi. O motorista não me inspirava a menor confiança. Ficava olhando para mim pelo espelho retrovisor.

Horrorizada, me dei conta de que ninguém sabia onde eu estava. Ou com quem. Todo mundo sabia que os motoristas de táxi em Nova York eram psicopatas em último grau. Aquele motorista poderia me levar para algum armazém abandonado e me matar, sem que ninguém ficasse sabendo.

Ninguém me vira sair da festa com Darren, Daryl, fosse lá qual fosse seu nome.

Só Luke Costello, lembrei, o alívio entremeando-se com uma sensação desagradável – ele me vira e fizera um comentário ácido. Qual fora, mesmo...?

Com o impacto de quem cai e dá uma umbigada no chão, subitamente me lembrei do episódio do dedo no cós da calça jeans de Luke, e tive vontade de vomitar de vergonha. Por favor, Deus, implorei, faça com que isso não tenha acontecido. Dou meu salário da semana que vem para os pobres, se você apagar o que aconteceu.

Que é que eu tinha na cabeça?, me perguntei, horrorizada. Logo ele! E o pior de tudo era que tinha me dado um fora, me rejeitado!

Com um sobressalto, voltei ao presente, ao sentir os olhos do motorista em mim. Estava com tanto medo que decidi saltar do táxi no próximo sinal.

Mas então – graças a Deus – compreendi que provavelmente estava apenas imaginando a ameaça sobre rodas. Quase sempre ficava paranoica depois de cheirar muito, e me senti frouxa de alívio ao me lembrar disso. Não havia nada do que ter medo.

Nesse momento, o homem se dirigiu a mim e, muito embora eu soubesse que não havia nenhum motivo *lógico* para ter medo, o medo deu as caras outra vez.

– Andou farreando? – perguntou ele, seus olhos encontrando os meus no espelho retrovisor.

– Passei a noite no apartamento de uma pessoa amiga – disse, com a boca seca. – De uma amiga mulher – esclareci. – E a amiga com quem moro já está me esperando. Liguei para ela quando saí.

Ele não disse nada, apenas assentiu com a cabeça. Se a parte de trás da cabeça de uma pessoa pode parecer ameaçadora, a dele parecia.

– Se eu não chegar em casa dentro de dez minutos, ela vai ligar para a polícia – disse a ele. Isso me fez sentir melhor.

Por pouco tempo.

Ele estava indo pelo caminho errado, não estava?

Sim, estava. *Estava.* Estávamos indo para a zona norte da cidade, quando deveríamos estar indo para o centro.

Novamente tive vontade de saltar do carro. Mas todos os sinais estavam abertos, ele dirigia depressa demais para que eu pudesse fazer sinais para alguém e, além disso, as ruas estavam desertas.

Senti um impulso irresistível de olhar para o espelho outra vez, e vi que ele ainda olhava para mim.

Eu estava fodida e mal paga, compreendi, com calma resignação.

Alguns segundos depois, o terror se alastrou como um incêndio dentro de mim.

Sem conseguir me segurar mais, revirei minha bolsa atrás do vidro de Valium. Tendo o cuidado de não deixar que ele percebesse o que eu estava fazendo, destampei o vidro furtivamente e retirei dois comprimidos. Fingi esfregar o rosto, coloquei-os na boca e fiquei esperando que o medo passasse.

– Que número você quer? – ouvi o assassino perguntar. Quando olhei pela janela, vi que estava quase em casa. Fiquei zonza de alívio. Como então, ele não ia me assassinar!

– Aqui está bom – respondi.

– A gente teve que dar uma volta comprida porque estão esburacando a Quinta – explicou. – Pode descontar 2 dólares do taxímetro.

Empurrei o valor integral na mão dele, mais uma gorjeta. (Eu não era *tão* mão-aberta assim.) Desci do carro, cheia de gratidão.

– Ei, eu te conheço! – exclamou ele.

Opa. Sempre que alguém dizia isso, eu ficava com medo. Em geral, a pessoa se lembrava de mim porque eu dera algum vexame. E eu nunca me lembrava dela exatamente pelo mesmo motivo.

– Cê trabalha no Hotel Old Shillayleagh, né?

– É. – Fiz que sim com a cabeça, nervosa.

– É, eu soube que te conhecia assim que cê entrou, e fiquei te olhando, mas não conseguia me lembrar de onde. Sempre te vejo quando passo pelo hotel pra apanhar passageiro. – Ele era todo sorrisos. – Cê é irlandesa? Tem toda a pinta, com esse cabelo preto e essas sardas. Uma perfeita irlandesa, sem tirar nem pôr.

– Sou. – Tentei a muque dar um ar simpático ao meu rosto rígido.

– Eu também. Meu bisavozinho era de Cork. De Bantry Bay. Conhece?

– Conheço.

– O nome é McCarthy. Harvey McCarthy.

– Ué – tornei, surpresa – McCarthy *é mesmo* um nome de Cork.

– E aí, como vai? – Ele parecia pronto para um bate-papo.

– Muito bem – murmurei. – Mas a amiga que mora comigo, você sabe, é melhor...

– Claro, claro, mas vê se agora te cuida, tá ouvindo?

O APARTAMENTO PARECIA uma cena extraída de algum documentário sobre uma turnê de banda de rock. Latas, garrafas e cinzeiros transbordantes nos quatro cantos. Duas pessoas que eu não conhecia dormindo no sofá. Outro corpo estirado no chão. Nenhum deles sequer se mexeu quando entrei.

Quando abri a geladeira para guardar o queijo, uma avalanche de latas de cerveja despencou por todos os lados no chão da cozinha, fazendo uma barulheira infernal. Um dos corpos adormecidos estremunhou, murmurando algo parecido com "Pastinacas na Internet". Depois, tudo ficou em silêncio outra vez.

Como o Valium não surtira nenhum efeito sobre minha paranoia, despejei mais alguns na palma da mão e engoli-os com cerveja. Sentei-me no chão da cozinha e esperei até me sentir melhor.

Passado algum tempo, achei que já estava em condições de encarar uma cama. Abri outra lata de cerveja e fui para meu quarto. Onde, para minha grande surpresa, já havia duas, não, minto, três, não, minto, *quatro* pessoas na minha cama. Eu não conhecia nenhuma delas.

Embora fossem todos homens, nenhum deles era atraente o bastante para eu me dar ao trabalho de subir na cama ao seu lado. Então, me dei conta de que era a turma do "Aí, mina, firmeza?". Merdinhas, pensei. A puta cara de pau deles.

Tentei acordá-los aos trancos e cutucões para que saíssem da minha cama, mas nada feito.

Entrei pé ante pé no quarto de Brigit. Cheirava a bebida e fumaça. O sol já se esgueirava pelas persianas, aquecendo o aposento.

– Oi – sussurrei, deslizando na cama ao seu lado. – Roubei um pedaço de queijo para você.

– Para onde você foi com a coca? – ela murmurou. – Não devia ter me deixado aqui, tendo que me virar sozinha com a festa.

– Mas eu conheci um cara – expliquei, em voz baixa.

– Não é justo, Rachel- disse ela, com os olhos ainda fechados. – Metade daquele grama era meu. Você não tinha o direito de levar daqui com você.

Como um rasgão mal cerzido, o medo se descosturou outra vez. Brigit estava aborrecida comigo. Minha paranoia, até então à deriva, encontrou um bom ancoradouro para lançar ferro. Como desejei ardentemente não ter ido embora. Principalmente considerando o fracasso da missão.

Mamá.

Mamá, ora, faça-me o favor

Filho da puta maluco, pensei, sem dar mais importância ao caso.

Tomara que ele ligue.

Brigit se virou e voltou a dormir. Mas eu podia sentir sua raiva. Não queria mais ficar na sua cama, mas não tinha nenhum outro lugar para onde ir.

29

O medo de que o questionário fosse lido em voz alta para o grupo na manhã seguinte quase me deixou de cama. Por favor, Deus, rezei. Faço tudo que você quiser, mas afasta de mim esse cálice.

Só que os internos pareciam estar do meu lado, pelo menos a maioria deles. Quando desci para fazer o café da manhã, Don berrou:

– Que é que nós QUEREMOS?

Ao que Stalin respondeu:

– Os colhões de Luke Costello para fazer de brincos.

Então Don berrou, com os olhos saltando fora do crânio:

– E quando nós QUEREMOS?

E Stalin respondeu:

– Já!

Dramáticas variações sobre o tema foram tecidas durante todo o café da manhã. Entre os itens desejados, estavam as rótulas de Luke Costello para fazer de cinzeiros, o rabo de Luke Costello para fazer de capacho, o pinto de Luke Costello para fazer de pulseira e, é claro, os colhões de Luke Costello num porta-ovos, para praticar tiro ao alvo, para jogar golfe, para fazer malabarismo, para jogar bolas de gude e para enfiar na boca de quem ousasse defendê-lo,

Fiquei profundamente comovida com essas manifestações de solidariedade. Das quais, é claro, nem todos participaram. Mike foi um dos que ficaram de fora, com uma expressão inescrutável em sua cara feia de granito. Quase todos da velha-guarda, que já estavam lá há mais de um mês, observavam-nos calados, em sinal de desaprovação. Frederick, que atingira a vetusta idade de seis semanas, disse, entre muxoxos e exclamações: "Você não devia estar culpando ninguém, e sim procurando descobrir qual é o seu papel nisso tudo." Mas todo mundo ficou do meu lado. Fergus, Chaquie, Vincent, John Joe, Eddie, Stalin, Peter, Davy, o jogador, Eamonn e Barry, o Bebê, gritaram juntos: "Ah, cala a boca." Até Neil gritou, embora eu dispensasse de bom grado seu apoio.

Observava Chris atentamente, desesperada por algum sinal que indicasse que ainda era meu amigo, e fiquei magoada por ele não dizer que queria os colhões de Luke Costello para nada. Mas, para meu alívio, ele também não parecia ter-se aliado aos veteranos que arrotavam santidade. Quando já estávamos a caminho da sessão de terapia em grupo – eu com cara de quem vai enfrentar um pelotão de fuzilamento – ele segurou meu braço.

– Bom dia – disse. – Posso dar uma palavra rápida com você?

– Claro – respondi, desesperada para agradar e me perguntando se ele ainda gostava de mim, mesmo sabendo que eu era uma mentirosa.

– Como é que está se sentindo hoje? – Ele estava lindo, o azul-claro de sua camisa de *chambray* realçando a cor dos seus olhos.

– Bem – respondi, ressabiada.

– Posso fazer uma sugestão? – ele perguntou

– Pode – respondi, mais ressabiada ainda. Não achava que fosse ser uma daquelas em que os ingredientes principais eram ele, eu, nossa nudez e um preservativo.

– Bom – ele prosseguiu – sei que você acha que não precisaria estar aqui, mas por que não tenta aproveitar ao máximo o que o lugar tem a oferecer?

– Em que sentido? – perguntei, de pé atrás.

– Sabe aquela história da nossa vida que nos mandam escrever depois que já estamos aqui há algum tempo?

– Sei – respondi, lembrando o texto que John Joe lera durante minha primeira sessão de terapia em grupo.

– Bom, mesmo que você não seja uma viciada – disse Chris ainda assim pode ser muito útil.

– Como?

– Sabe como é – ele disse, com um sorriso irônico que fez minhas entranhas se revolverem – todo mundo pode colher benefícios da psicoterapia.

– Todo mundo? – ergui a voz, surpresa. – Até você?

Ele riu, mas de um jeito triste que fez com que eu me remexesse, angustiada.

– Até eu – assentiu, com um olhar de 15 quilômetros de distância, que o levou para muito longe de mim. – Todo mundo precisa de uma ajudinha para ser feliz.

– Feliz?

– É, feliz. Você é feliz?

– Ora, claro – respondi, segura de mim. – Eu me divirto à beça.

– Não, *feliz* - ele repetiu. – Você sabe, contente, serena, em paz consigo mesma.

Não tinha certeza absoluta do que ele estava falando. Não só não conseguia me imaginar contente ou serena, como, principalmente, não *queria* me sentir assim. A coisa tinha um ar simplesmente sacal.

– Eu me sinto ótima – disse, escandindo as palavras. – Sou felicíssima, a não ser por algumas coisas na minha vida que precisam ser mudadas...

Por exemplo, todas – o pensamento se impôs à consciência. Minha vida amorosa, minha carreira, meu peso, minhas finanças, meu rosto, meu corpo, meus dentes. Meu passado. Meu presente. Meu futuro. Mas, tirando isso...

– Pense na hipótese de escrever a história da sua vida – sugeriu Chris. – Que mal pode fazer?

– Tá – concordei, a contragosto.

– Com o questionário do seu ex-namorado, já são duas coisas para você pensar. – Deu-me um breve sorriso e foi embora.

Confusa, fiquei olhando para ele enquanto se afastava. Não conseguia entender o que estava se passando. Quero dizer, ele se sentia atraído por mim ou não?

SENTEI-ME – perdera as boas poltronas – e tentei descobrir pela expressão de Josephine se estava ferrada ou não. Mas, no rastro da visita de Emer, as atenções estavam voltadas para Neil. Fiquei satisfeitíssima quando o grupo trouxe à baila algumas das contradições gritantes entre o que Emer nos contara sobre Neil e o que Neil nos contara sobre si próprio.

Neil ainda insistia que, se algum dos presentes vivesse com Emer, baixaria o braço nela também. Porém, não apenas nenhum dos outros estava sendo tão duro quanto eu gostaria de ser, como ficavam tentando demonstrar para Neil que o que ele dizia não estava certo. Cortaram um dobrado durante a manhã inteira, Mike, Misty, Vincent, Chaquie e Clarence. Até mesmo John Joe conseguiu dizer algumas palavras sobre como jamais levantara a mão para um novilho.

Mas Neil recusava-se obstinadamente a admitir o que quer que fosse.

– Você me enoja seu brutamontes – explodi, de repente, sem conseguir me conter.

Para minha surpresa, não se seguiu o previsível coro de aprovação dos outros internos. Apenas voltaram para mim o mesmo olhar piedoso que antes lançavam para Neil.

– É mesmo, Rachel? – perguntou Josephine. No ato desejei não ter dito nada. – Você não gosta do lado truculento de Neil?

Fiquei calada.

– Bem, Rachel – ela prosseguiu. Senti que alguma coisa desagradável estava a caminho. – As características que mais nos desagradam nos outros são as mesmas de que menos gostamos em nós mesmos. Esta é uma boa oportunidade para você examinar o brutamontes que tem dentro de si.

A gente não podia *peidar* nesse lugar sem que enquadrassem o peido dentro de alguma interpretação ridícula, pensei, indignada. E ela estava enganada. Eu era a pessoa menos truculenta que conhecia.

Para meu grande alívio, à tarde Neil voltou a ser o centro das atenções. E, mais uma vez, nem uma palavra sobre meu questionário.

Josephine decidiu que os internos já tinham tido muitas chances de ajudar Neil, e que era chegada a hora de apelar para a artilharia pesada – ela.

Foi fascinante. Josephine se reportou à história da vida de Neil, que ele lera numa sessão anterior à minha chegada. Com a máxima exatidão, ela foi desenrolando sua vida, como quem puxa o fio solto de um suéter.

– Você não disse quase nada sobre seu pai – observou, simpática. – Achei essa omissão muito interessante.

– Não quero falar sobre ele – disparou Neil.

– Isso é o óbvio – retrucou ela. – E é exatamente a razão pela qual *devemos* falar sobre ele.

– Não quero falar sobre ele – Neil tornou a dizer, dessa vez mais alto

– Por que não? – Os olhos de Josephine brilhavam como os de um cachorro que ganhou um osso.

– Não sei – disse Neil. – Não quero e pronto.

– Vamos descobrir *por que* você não quer, está bem? – disse Josephine, em tom de falsa camaradagem.

– NÃO! – insistiu Neil. – Deixa pra lá.

– Ah, não – ela insistiu. – Deixar pra lá é a última coisa que devemos fazer.

– Não há nada a dizer. – O rosto de Neil tornara-se sombrio.

– É óbvio que há muito a dizer – rebateu Josephine. – Por que outro motivo você estaria tão transtornado? Agora, me diga, seu pai bebia?

Neil assentiu, desconfiado.

– Muito?

Outro aceno afirmativo e desconfiado.

– Esse é um detalhe muito importante para ser omitido da história da sua vida, não é? – comentou Josephine, astuta.

Neil deu de ombros, nervoso.

– Quando foi que ele começou a beber muito?

Houve uma longa pausa.

– Quando? – ela repetiu a pergunta, dura.

Com um sobressalto, Neil respondeu:

– Não sei. Sempre.

– Quer dizer que é uma coisa com a qual você conviveu desde pequeno?

Neil assentiu.

– E a sua mãe? – prosseguiu Josephine. – Você parece gostar muito dela.

A dor anuviou o rosto de Neil.

– E gosto – disse ele, com uma voz rouca e emocionada que me surpreendeu. Pensava que o único ente amado de Neil era ele próprio. Que provavelmente gritava o próprio nome quando gozava.

– Ela bebia?

– Não.

– Não em companhia do seu pai?

– Não, não era assim. Ela tentava impedi-lo.

Um profundo silêncio tomara conta do aposento.

– E o que acontecia quando ela tentava impedi-lo?

Houve um silêncio tenso, terrível.

– O que acontecia? – Josephine tornou a perguntar.

– Ele batia nela – respondeu Neil, as lágrimas embargando sua voz.

Como é que ela sabe?, me perguntei, surpresa. Como Josephine sabia as perguntas que devia fazer?

– Isso acontecia com frequência?

Houve um silêncio torturado antes de Neil disparar:

– Acontecia.

Senti a mesma repugnância do dia anterior, quando descobri que ele batia em Emer.

– Você é o filho mais velho da família – disse Josephine a Neil. – Por acaso não tentava proteger sua mãe?

Os olhos de Neil estavam longe, em algum lugar apavorante do passado.

– Tentava, mas era pequeno demais para poder ajudar. Dava para ouvir no andar de baixo... sabe? Os baques. Os tapas, estalos... – Ele fez uma pausa e abriu a boca, como se fosse vomitar.

Pôs a palma da mão sobre a boca aberta, diante de nossos olhos esbugalhados de terror.

– E ela tentava não gritar, sabe? – conseguiu dizer, esboçando um sorriso contrafeito. – Para não assustar a gente, no andar de cima.

Estremeci.

– E eu tentava distrair os outros, para que não percebessem o que estava acontecendo, mas não fazia nenhuma diferença. Mesmo não conseguindo escutar nada, ainda assim podiam intuir o meu medo.

Minha testa estava coberta de suor.

– Sempre acontecia nas sextas à noite, de modo que nosso medo ia crescendo, à medida que passavam os dias da semana. E eu jurava que assim que crescesse mataria o desgraçado, faria com que ele implorasse por misericórdia, como obrigava mamãe a fazer.

– E fez?

– Não – Neil a custo respondeu. – O filho da puta sofreu um derrame. Agora, passa o dia inteiro sentado numa cadeira, e mamãe lá, paparicando ele. Eu vivo dizendo a ela para ir embora, mas ela não vai e isso me deixa louco.

– Como você se sente em relação ao seu pai agora? – perguntou Josephine.

– Ainda tenho ódio dele.

– E como você se sente em relação ao fato de ter ficado exatamente igual a ele? – perguntou Josephine. A brandura de seus modos não conseguiu ocultar a natureza apocalíptica da pergunta.

Neil a encarou e, por fim, deu um sorriso trêmulo.

– O que você quer dizer?

– Quero dizer, Neil – respondeu ela, enfática – que você é exatamente como seu pai.

– De jeito nenhum – gaguejou Neil. – Não me pareço em nada com ele. Sempre jurei que seria completamente diferente dele.

Eu estava perplexa com a completa indiferença de Neil à realidade dos fatos.

– Mas você é igualzinho a ele – observou Josephine. – Comporta-se *exatamente* como ele. Bebe demais, brutaliza sua mulher e seus filhos e está criando uma futura geração de alcoólatras.

– NÃO! – urrou Neil. – Não estou fazendo nada disso! Sou o oposto do tipo de homem que meu pai era.

– Você bate na sua mulher como seu pai batia na sua mãe – prosseguiu Josephine, implacável. – E Gemma – ela é a mais velha, não é? – provavelmente tenta tapar os ouvidos de Courtney para que não escute o barulho, como você fazia com seus irmãos.

Neil quase teve uma crise histérica. Comprimiu as costas contra o espaldar da cadeira, o terror estampado em seu rosto como se estivesse encurralado contra uma parede, cercado por pitbulls latindo, ferozes, a acuá-lo,

– Não! – gritou. – Não é verdade!

Seus olhos estavam horrorizados. Ao observá-lo, tive a chocante consciência de que Neil realmente acreditava que não era verdade.

Ali e naquele instante, pela primeira vez na minha vida, compreendi plenamente o significado daquela expressão tão usada e abusada hoje em dia – negação. O medo me enregelou até as entranhas. Neil não conseguia enxergar, honesta e verdadeiramente não conseguia enxergar, e a culpa não era sua.

Um raio de compaixão brotou em mim. Continuamos em silêncio. O único som que se ouvia eram os soluços de Neil.

Finalmente, Josephine tornou a falar.

– Neil – disse, com naturalidade – compreendo que sua dor é imensa, neste momento. Fique com os sentimentos. E gostaria de lhe pedir que levasse algumas coisas em consideração. Aprendemos padrões de comportamento com os nossos pais. Mesmo quando detestamos esses pais e seu comportamento. Você aprendeu de seu pai como um homem deve se comportar, mesmo que, inconscientemente, tivesse ojeriza à maneira como ele se comportava.

– Sou diferente! – urrava Neil. – Comigo não é a mesma coisa.

– Você foi uma criança traumatizada – prosseguiu Josephine. – E, sob alguns aspectos, ainda é. Isso não perdoa o que fez com Emer, seus filhos e Mandy, mas *explica* por que o fez. Você pode aprender com esse fato, pode curar a ferida em seu casamento e, principalmente, em si mesmo. É muita coisa para assumir, ainda mais considerando a gravidade da sua resistência, mas, felizmente, você ainda tem mais seis semanas pela frente.

"E quanto ao resto de vocês – ela correu um olhar severo pelo aposento – nem todos vêm de lares destruídos pelo alcoolismo, mas não os aconselho a usarem isso como desculpa para negar a *sua* dependência, seja do álcool, das drogas ou do que for.

30

Arrastamo-nos para o refeitório, esgotados pelas emoções da sessão.

Todas as tardes, depois da terapia em grupo, dois dos internos mais antigos iam até a loja de doces da cidade e traziam montanhas de cigarros e chocolates. A hora de fazer a lista das encomendas era bastante animada.

– Quero chocolate, e como quero – disse Eddie a Frederick, que anotava as encomendas numa folha de bloco A4. Frederick tinha o nariz mais imenso e vermelho que eu já vira na vida. – Diz aí o nome de alguma coisa gostosa.

– Turkish Delight – ele sugeriu.

– Não, pequeno demais, uma mordida e já era.

– Aero?

– Não, não vou gastar meu rico dinheirinho pra comer buracos.

Essa resposta foi saudada por um coro de "Ah, seu babaca pão-duro", formado por Mike, Stalin e Peter, que discutiam acaloradamente as vantagens das Mars Bars com sorvete sobre as Mars Bars comuns. ("As com sorvete são três vezes mais caras." "Mas são mil vezes melhores." "Três vezes melhores?" "Bom, isso eu não sei.")

– Curly Wurly? – sugeriu Chris.

– Já não disse que não vou gastar meu rico dinheirinho pra comer buracos?

– E o chocolate se desmilingue todo – acrescentou Clarence.

– Double-Decker? – arriscou Nancy, a dona de casa cinquentona viciada em tranquilizantes. Era a primeira vez que eu ouvia sua voz. A conversa sobre chocolates conseguira penetrar naquele mundo nebuloso que ela parecia habitar.

– Não.

– Fry's Chocolate Creme? – sugeriu Sadie, a sádica, que por acaso estava presente.

– Não.

– Toffee Crisp? – Sugestão de Barry, o Bebê.

– Não.

– Mas são maravilh...

– Minstrels! – sugeriu Mike.

– Qual é mesmo o slogan? Uma avelã em cada mordida? – perguntou

Vincent.

– Walnut WHIP? – gritou Don. – "Desfrute o SONHO de um Walnut WHIP?"

– Milky Way? – Peter.

– Bounty? – Stalin.

– Caramel? – Misty.

– Revellers. – Fergus, a vítima do LSD.

– Revels – corrigiu-o Clarence.

– Vai à merda. – Fergus ficou irritado.

– Um Picnic – disse Chaquie.

– Uma Lion Bar? – Eamonn.

– Acho que os Picnics e as Lions Bars são a mesma coisa – disse Chaquie.

– Não são, não – insistiu o balofo Eamonn. – São totalmente diferentes. A Lion Bar tem amendoins dentro, o Picnic tem passas. Superficialmente são a mesma coisa, porque tanto um quanto o outro têm recheio de biscoito.

– Está certo – cedeu Chaquie.

Eamonn sorriu.

– Se há alguém que saiba a diferença, esse alguém é você – acrescentou ela.

Eamonn atirou a cabeça para trás, altivo, com as mandíbulas tremendo como uma tigela de gelatina.

Continuaram a chover sugestões.

– Um Fuse?

– Um Galaxy?

– Um Marathon?

– Peraí! – berrou Eddie. – Peraí, volta a fita novamente, um o *quê?*

– Um Fuse? – repetiu Eamonn.

– Isso – declarou Eddie, com o rosto mais vermelho do que nunca. – O Fuse. É algum lançamento?

Todos olharam para Eamonn.

– Não exatamente – disse ele, pensativo. – Foi lançado no mercado irlandês há mais de um ano, e tem vendido sistematicamente bem, atraindo os consumidores que querem um chocolate relativamente descomplicado, mas não no formato tradicional de oito quadradinhos. É uma mistura interessante – uma *fusão,* se preferirem – de passas, flocos crocantes de cereal, pedaços de caramelo e, é claro... – correu um sorriso vitorioso pela mesa – ...chocolate.

O pessoal só faltou aplaudir de pé.

– Ele é fantástico, não é? – cochichou Don. – Realmente entende do riscado.

– O.k. – disse Eddie, convencido. – Vou querer sete.

– Eu também – gritou Mike.

– Anota aí, cinco pra mim – berrou Stalin.

– Pra mim também.

– Seis.

– Oito.

– Três – disse eu, sem sentir, embora não tivesse pretendido encomendar nada. Tal era o poder retórico de Eamonn.

Em seguida, cada um encomendou cem cigarros e alguns tabloides, e Don e Frederick saíram para a noite fria, rumo ao povoado.

Depois do chá, quando flanávamos pelo refeitório, Davy levantou os olhos do jornal, exclamando:

– Olha! Olha! Traz aqui um retrato do Snorter na farra. – Foi um corre-corre de gente, todos se aglomerando ao redor de Davy para dar uma olhada.

– Parece que ele voltou à birita – comentou Mike, triste.

– Não durou muito, né? – disse Oliver.

Todos sacudiam a cabeça, desiludidos, parecendo muito, muito chocados.

– Pensei que ele fosse ficar bem – murmurou Barry.

– Disse que dessa vez ia se esforçar pra valer – disse Misty.

– Acho que no ramo de trabalho dele – *groupies*, cocaína, Jack Daniels... – disse Fergus, melancólico. – Enfim, que é que se pode esperar?

Uma atmosfera pesada baixara sobre a mesa.

– Este é o Snorter do Killer? – perguntei, cautelosa. Killer era uma banda heavy-metal, ou, para o meu gosto, heavy-merda, que, apesar de ordinária, era muito popular. Provavelmente, Luke tinha todos os seus discos.

– É o próprio – disse Mike.

– Como é que vocês conhecem ele? – perguntei, como quem não quer nada. Não queria bancar a idiota tirando conclusões precipitadas.

– Porque ele esteve AQUI! – gritou Don, seus olhos esbugalhados de bócio quase explodindo da cabeça. – Internado aqui! Com A GENTE!

– É mesmo? – murmurei, a esperança fazendo meu coração bater um pouquinho mais forte. – E que tal ele é?

Houve um coro de aprovação para Snorter.

– Um ótimo sujeito – afirmou Mike.

– Gente finíssima – concordou Stalin.

– Uma cabeleira fabulosa – disse Clarence.

– Umas calças tão apertadas que dava para ver quando ficava arrepiado – disse John Joe.

– Umas calças tão apertadas que, se não se cuidar, nunca vai fazer um filho – berrou Peter, contorcendo-se de rir.

Entretanto, a dar-se crédito aos tabloides, Snorter não tinha nenhum problema nesse departamento, já tendo sido processado várias vezes por mulheres que ficaram na alça de mira de suas estressadas gônadas.

– E onde foi que ele... er... *ficou?* – Tentei ser diplomática. Mas achava difícil de acreditar que pudesse ter ficado em um daqueles quartos atulhados. Snorter era *habitué* de hotéis cinco estrelas.

– Ele ficou com a gente, é claro – disse Mike. – Dormia na cama entre a minha e a do jovem Christy aqui.

Ora, ora, pensei. Como então, um dos esporádicos famosos realmente se internara no Claustro. Mas o conhecimento desse fato não me alegrou. Não havia praticamente nada que pudesse me alegrar, vivendo como eu vivia à sombra do questionário.

Ainda assim, os três Fuses ajudaram.

31

Na manhã seguinte, durante a sessão de terapia em grupo, quase tive uma crise histérica de alívio quando ficou claro que John Joe seria o centro das atenções.

Josephine não perdeu tempo em pegar no pé dele.

– Na sexta-feira passada, demos uma olhada na sua vida amorosa e sexual- disse ela. – Talvez você tenha tido tempo para pensar a respeito, de lá para cá.

Ele deu de ombros. Já era de se prever

– Para quem está de fora, pelo menos, a vida que você levou parece muito solitária. Concorda?

– Acho que sim. – Ele assentiu com a cabeça, obsequioso.

– Por que nunca se casou? – perguntou ela, como já fizera na sexta.

Ele pareceu confuso, como se realmente não fizesse a menor ideia.

– Talvez, er .. sabe como é... porque a mulher certa não apareceu? – arriscou, corajoso.

– É isso que você acha, John Joe? – ela perguntou, com um sorriso irônico terrível.

Ele largou os braços ao longo do corpo, num gesto de impotência.

– É, acho que sim.

– Pois eu não acho, John Joe – disse ela. – Bem, perguntei a você na sexta se já tinha perdido sua virgindade. Está preparado para responder a essa pergunta?

Ele se limitou a olhar para as botas, sem sequer arriscar uma espiada por baixo das sobrancelhas espessas.

Estava claro que Josephine não teria o mesmo tipo de sucesso com John Joe que desfrutara na véspera com Neil. Eu desconfiava de que não havia nada a descobrir a respeito de John Joe.

Errado.

– Me fale da sua infância – sugeriu ela, bem-humorada.

Meu Deus, pensei. Que clichê.

John Joe pareceu não compreender.

– Como era o seu pai? – ela perguntou.

– Ahhh, já faz um tempão que ele bateu as botas..

– Conte para nós do que se lembra – disse ela, firme. – Como ele era fisicamente?

– Um homem grandão, bonito – disse ele, devagar. – Alto que nem um armário. E era capaz de carregar um boi debaixo de cada braço.

– Qual é a lembrança mais antiga que você tem dele?

Fiquei surpresíssima quando ele se pôs a falar – falar *para valer*.

– Eu era um molequinho de 3 ou 4 anos. A gente devia de estar em setembro, porque o feno já tinha sido colhido e estava todo empilhado em fardos pequeninos no campo lá embaixo, e o ar cheirava da colheita. Eu ia brincando no caminho de pedras diante de casa, atirando um pedaço de pau de um lado pro outro, com um dos porcos.

Ouvi com assombro a lírica descrição de John Joe. Quem teria imaginado que ele seria capaz de fazer uma descrição dessas?

– E, por pura estripulia, encasquetei de dar uma paulada no porco com o pedaço de pau. Dei, e qual não foi meu espanto, quando vi que tinha matado o bicho bem matado...

E quem teria imaginado que aquele velhote frágil era capaz de matar um porco?

– PJ começou a chorar que nem uma mulher e entrou correndo em casa: "Você matou o porco, vou te dedurar pro pai..."

– Quem é PJ? – perguntou Josephine.

– O irmão.

– E você ficou com medo?

– Acho que fiquei. Acho que sabia que não era bom negócio sair por aí matando porcos. Mas, quando o pai saiu de casa, deu uma olhada e se esgoelou de rir, falando: "Caramba! Mas tem que ser um homem muito forte pra matar um porco!"

– Quer dizer então que seu pai não ficou zangado?

– Não, não mesmo. Ficou orgulhoso de mim.

– E você gostou que seu pai ficasse orgulhoso de você?

– Gostei. Me senti poderoso.

John Joe estava animadíssimo.

Mesmo contra a minha vontade, comecei a admirar Josephine. Ela certamente conhecia os calcanhares de aquiles das pessoas. Embora eu não tivesse certeza de aonde estava querendo chegar com aquela dobradinha John Joe/Pai.

– Descreva em uma palavra como seu pai fez você se sentir – pediu ela. – Pode ser qualquer palavra. Feliz, triste, fraco, inteligente, forte, burro, qualquer uma. Pense por alguns minutos.

John Joe refletiu longa e arduamente, respirando pela boca de uma maneira bastante desagradável.

Por fim, disse, convicto:

– Seguro.

– Tem certeza?

Ele assentiu com a cabeça.

A resposta pareceu agradar a Josephine.

– Você mencionou PJ "chorando que nem uma mulher". Isso parece indicar uma atitude bastante preconceituosa em relação às mulheres. Ou, por outra, é como se você não tivesse muito resp...

– Eu sei o que quer dizer "preconceituoso" – interrompeu John Joe. Sua voz lenta e grossa estava carregada de brio e irritação.

Senti que todos tínhamos nos empertigado em nossas cadeiras, surpresos.

– Você *tem* algum preconceito contra as mulheres? – ela perguntou.

– Tenho! – ele respondeu sem pestanejar, para espanto de todos. – Sempre se lamuriando e choramingando, sempre precisando de alguém que tome conta delas...

– Hum. – A boca sem batom de Josephine esboçou um sorriso malicioso. – E quem é que toma conta delas?

– Os homens.

– Por quê?

– Porque são fortes. Os homens têm a obrigação de tomar conta dos outros.

– Mas isso deixa você numa posição difícil, não é, John Joe? – ela perguntou, com um brilho estranho nos olhos. – Porque, embora seja homem, e portanto tenha a obrigação de tomar conta dos outros, você também gosta que tomem conta de você. Gosta de se sentir *seguro*.

Ele assentiu, desconfiado.

– Mas as mulheres não podem tomar conta de você, segundo seu ponto de vista. Portanto, para você se sentir realmente *seguro*, seria preciso que outro homem tomasse conta de você.

Por alguns momentos, ela deixou no ar todos os tipos de perguntas e respostas.

Aonde ela quer chegar?, me perguntei, desarvorada. Não podia estar querendo dizer...? Não estava insinuando...? Que John Joe era...?

– Gay – disse ela, curta e rasteira. – Mas talvez vocês estejam mais familiarizados com a palavra "homossexual".

O rosto de John Joe tinha ficado amarelo. Mas, para meu boquiaberto assombro, não soltou a torrente furiosa e hidrofóbica de negativas que eu esperava. ("Quem é que é viado aqui? Você diz isso porque não passa de uma freira velha e sapatona que nunca viu um homem com o cipó de fora...")

John Joe parecia *resignado,* mais do que qualquer outra coisa.

– Você já sabia disso, não sabia? – perguntou Josephine, observando-o atentamente.

Para cúmulo de meu assombro, John Joe deu de ombros, cansado:

– Ara, sabia e não sabia. Que bem me teria feito?

Você podia ter-se tornado padre, quase disse eu, para ter um cardápio de garotos à sua escolha.

– Você tem 66 anos de idade – disse Josephine. Que vida solitária deve ter levado até hoje.

Ele parecia exausto e desolado.

– Já é hora de começar a viver sua vida honesta e devidamente – prosseguiu ela.

– É tarde demais – disse ele, abatido.

– Não é, não – rebateu Josephine.

Comecei a imaginar John Joe trocando seu terno preto, velho e retinto por um par de Levi's 501, uma camiseta branca e uma cabeça raspada. Ou John Joe com uma camisa xadrez, aquelas calças de couro que deixam a bunda de fora e um bigodão com as pontas retorcidas, dizendo adeus às tetas das vacas para dançar ao som do Village People e dos Communards.

– John Joe – disse Josephine, retomando seu ar professoral –, entenda uma coisa. Uma pessoa é tão doente quão mais doentios forem os seus segredos. Enquanto você viver uma mentira, vai continuar a beber. E, se continuar a beber, vai morrer. Logo.

Era de dar medo.

– Há muito trabalho a ser feito, John Joe, em relação à maneira como você tem vivido a sua vida, mas hoje transpusemos uma grande barreira. Fique com os sentimentos. Quanto a vocês, sei que nem todos são homossexuais ou lésbicas enrustidos, mas não pensem que só por causa disso podem ser alcoólatras e toxicômanos.

HORAS MAIS TARDE, chegou uma nova interna. Fiquei sabendo da novidade quando Chaquie passou ventando pelo refeitório depois do almoço e gritou: "Temos uma nova garota! Eu a vi, quando estava passando o aspirador de pó."

Não fiquei contente de saber que a nova aquisição do Claustro era uma garota. Minha competição com Misty O'Merda O'Malley pela atenção de Chris já era bastante acirrada.

Por sorte, a nova garota era provavelmente a mulher mais gorda que eu já vira na vida real. Eu já vira pessoas com uma massa igual à sua no programa do Geraldo,* mas não acreditava que realmente existissem. Ela estava sentada à mesa no refeitório, quando voltamos da sessão de grupo da tarde. Dr. Billings apresentou Angela a nós e foi cuidar da vida.

Chris se chegou até mim.

Meu coração deu um salto, quando ele disse:

– Rachel, por que não vai falar com Angela?

– Eu? – perguntei. – Por que eu?

– E por que não? Vai lá – encorajou-me. – Neste momento, ela provavelmente vai se sentir mais à vontade conversando com outra mulher. Vai lá. Lembra como estava assustada no seu primeiro dia?

Eu já ia dizendo "Comigo foi diferente", mas queria agradar a ele, de modo que sapequei um sorriso na cara e me aproximei dela. Mike se juntou a mim e tentamos entabular uma conversa.

Nenhum de nós perguntou a ela por que razão estava internada, embora desconfiássemos que tivesse alguma coisa a ver com comida e excesso de consumo da propriamente dita.

**Talk show* de grande apelo popular apresentado por Geraldo Rivera. (*N. do E.*)

Ela estava com um ar amedrontado e infeliz. Quando vi, já estava dizendo "Não se preocupe, meu primeiro dia também foi horrível, mas depois melhora", mesmo sem acreditar em uma só palavra.

Don e Eddie estavam aos berros do outro lado da mesa, a propósito de uma gota de chá que o primeiro derramara no jornal do segundo. Eddie insistia que Don comprasse outro jornal para ele, mas Don recusava-se terminantemente. Eu sabia que a rixa era totalmente inofensiva, mas Angela parecia horrorizada. Mike e eu tentamos animá-la.

– Eddie está furioso – eu ri. – Mas se engana *redondamente* se pensa... er... que Don vai comprar outro jornal.

No momento em que eu disse "redondamente", meu olhar cruzou com o de Angela, e o momento durou uma eternidade. Fiquei com ódio de mim mesma. Estava sempre metendo os pés pelas mãos. Sempre.

– Mas Don é um Hitlerzinho, já está mais do que na hora de alguém furar... – Mike virou uma estátua, mas logo se obrigou a concluir a frase – ...o balão dele.

– Afinal de contas, é só um jornal – disse eu, com jovialidade forçada. – Eddie podia ter um pouco de jogo de cintura... Respeitar mais o espaço dos outros... – Para meu horror, as palavras "cintura" e "espaço" saíram num tom de voz muito mais alto do que eu pretendera.

Senti gotas de suor brotarem no meu lábio superior.

Foi impressão minha ou Angela estremeceu?

Nesse momento, Fergus, que até então tentava apitar a peleja Don/Eddie, caminhou em nossa direção.

– Como vai? – Cumprimentou Angela com um aceno de cabeça, sentando-se. – Cara. – Sacudiu a cabeça, incrédulo. – Que barra-pesada.

Todos nos retesamos. Como defuntos entrando em estado de rigidez cadavérica.

– Você se refere a Don e Eddie? – perguntei, ansiosa, tentando aliviar a barra.

– Exatamente – suspirou Fergus, distraído. – Se pelo menos Don topasse comprar outro jornal para Eddie... MAS É AÍ QUE A PORCA TORCE O RABO.

– Isso vai ser um prato cheio... – hesitei – ...digo, vai dar pano pra manga na sessão de terapia em grupo deles.

A essa altura, eu suava em bicas.

– ... NEM QUE A VACA TUSSA! – berrou Eddie para Don. Eu e Mike trememos nas bases.

– Ih, olha só – gritou Stalin. – QUE BOLÃO! Patati-patatá. Soubemos depois que estava olhando a sessão de futebol no jornal e que o Arsenal tinha ganho, mas, na hora, não foi o que pareceu.

Eu estava me sentindo um trapo.

Ato contínuo, Peter se aproximou e sentou-se conosco. Soltei um grande suspiro de alívio.

– Oi – ele cumprimentou Angela. – Meu nome é Peter.

– Angela. – Ela sorriu, nervosa.

– Bem – ele soltou uma gargalhada de efeito – nem preciso perguntar por que você está aqui.

Quase desmaiei.

– Talvez Angela e Eamonn se apaixonem – sugeriu Don, horas depois, apertando as mãos, os olhos acesos. – Não seria lindo? E teriam um monte de filhinhos lindos, que já nasceriam quicando.

– Isso lá é coisa que se diga? censurou-o Vincent, com um muxoxo.

– E por que não? – indagou Don. – Por acaso Liz Taylor e Larry Foreskinsky não se conheceram num centro de reabilitação? As histórias de amor *acontecem*, os sonhos *se realizam*.

Eu me perguntava se o homossexualismo de Don ainda era enrustido demais para ele ter chegado ao ponto de descobrir Judy Garland. Se fosse o caso, eu não poderia deixar de apresentá-lo a ela.

DUAS VEZES por dia, durante o resto da semana, suei em bicas, morta de medo de que Josephine lesse o questionário na sessão de grupo. Mas ela não o leu, e comecei a ter uma tênue esperança de que nunca chegasse a fazê-lo. Apesar de ser poupada, isso não me impedia de botar fumacinhas pelo nariz sempre que pensava em Luke – ou seja, a maior parte do tempo. Eu oscilava entre o ódio fumegante, em que planejava uma vingança terrível, e uma espécie de confusão lamuriosa, em que me indagava por que ele fora tão cruel comigo.

A companhia dos outros internos me proporcionou um conforto estranho e inesperado. Quase todos condenavam Luke com um entusiasmo fanático, e eram muito afetuosos comigo.

No entanto, eu gostava de pensar que os abraços de Chris queriam dizer *algo mais*. Como não estávamos no mesmo grupo, eu só o via às refeições e à noite. Mas ele sempre saía de seus cuidados para vir sentar ao meu lado depois do jantar. Eu ficava ansiosa por vê-lo, para batermos nosso papinho especial e íntimo. Às vezes, eu quase conseguia me convencer de que estar presa no Claustro não era de todo mau. Esse convívio intenso fatalmente ajudaria nosso incipiente relacionamento a se desenvolver.

A semana foi passando. Na quarta-feira, Chaquie leu a história de sua vida, que foi aguada e sem graça.

Na quinta, um dos irmãos de Clarence veio como seu Outro Importante Envolvido, mas, como Clarence já não negava mais seu alcoolismo, não houve nenhuma surpresa. Pelo contrário, Clarence chegava a se antecipar ao irmão, desfechando cada história de terror.

Na sexta, veio a namorada de Neil, Mandy. Por algum motivo, eu esperava uma dondoca de minissaia e olhos pretos de delineador. Mas Mandy podia se passar pela irmã mais velha e mais mal-ajambrada de Emer. Minha impressão era de que Neil estava procurando uma imagem materna. Mandy confirmou o que todos já sabiam: Neil bebia horrores, gostava de dar umas bofetadas em suas mulheres e quebrava um ou outro osso seu de vez em quando.

Na noite de quinta, houve uma reunião dos Narcóticos Anônimos.

Quando olhei o quadro de avisos no meu primeiro dia, tive a impressão de que havia bilhões de reuniões. Mas, na realidade, era apenas uma por semana. Como era minha primeira reunião, eu estava curiosa. Quase excitada. Mas foi tudo uma doideira.

O que ocorreu foi que eu, Vincent, Chris, Fergus, Nancy, a dona de casa, Neil e mais dois ou três outros marchamos para a Biblioteca. Onde uma mulher linda e loura com sotaque de Cork sentou-se conosco, fingindo ter sido viciada em heroína até sete anos atrás.

Chamava-se Nola, ou, pelo menos, esse foi o *nome* que nos deu. Mas era tão articulada e elegante que só de olhar para ela eu soube que jamais conhecera um dia de desregramento em sua vida. Devia ser uma atriz que o Claustro tinha contratado para tentar convencer os viciados de que podiam se recuperar. Mas a mim ela não enganou.

Perguntou-me se eu gostaria de dizer alguma coisa e, sobressaltada, murmurei que não. Tive medo de que se aborrecesse comigo. Mas ela me deu um sorriso tão lindo e deslumbrante, que tive vontade de me enfiar no seu bolso e ficar com ela. Achei-a *linda*.

Duas coisas boas aconteceram aquela semana, em meio a minha raiva e confusão costellianas. A primeira foi que encerrei minha semana na equipe do café da manhã e passei para a do almoço, chefiada por Clarence, o que significava que podia dormir até tarde e dar adeus aos ovos. A segunda foi que Margot, uma das enfermeiras, me pesou, e eu estava com menos de 54 quilos, o peso que sonhara ter durante quase toda a minha vida.

Mas quando ela disse "Que bom, você ganhou novecentos gramas", fiquei estupefata.

– Desde quando? – perguntei.

– Desde o dia em que chegou.

– E como você sabe quanto eu pesava?

– Porque nós pesamos você. – Pareceu interessada e puxou uma ficha branca na sua direção. – Não se lembra?

– Não. – Fiquei muito confusa.

– Não precisa se preocupar – ela sorriu, escrevendo no cartão. – A maioria das pessoas está num tal nevoeiro químico no dia em que chega aqui, que não sabe nem se é gente ou personagem de ficção. Demora algum tempo para esse nevoeiro se dissipar. Os outros não têm comentado que você emagreceu?

Tinham, uma vez ou outra. Como ela sabia?

– Têm – respondi, titubeante – mas não acreditei neles. Achei que, por serem fazendeiros e afins, queriam uma boa mulher com bastante carne para ter onde pegar, como eles dizem, com ancas tão largas que poderiam parir um novilho e força para caminhar seis quilômetros com uma ovelha debaixo de cada braço, cozinhar um batatal inteiro para o chá toda noite e...

Não se podia fazer piada sobre *coisa alguma.* Bastou eu dizer isso para Margot começar a escrever furiosamente na ficha branca.

– É uma *Piada* – disse eu, em tom de desprezo, com um olhar significativo para a ficha

Margot me deu um sorriso cúmplice:

– Rachel, até mesmo as piadas são muito reveladoras.

Não havia nenhum espelho de corpo inteiro onde eu pudesse conferir a descoberta de Margot. Mas, quando arrisquei passar os dedos pelos quadris e as costelas, compreendi que *devia* mesmo ter perdido peso – meus quadris não estavam tão enxutos assim desde que eu tinha 10 anos. Mesmo eufórica, não tinha a menor ideia de como isso acontecera. Anos e anos de malhação na academia não haviam surtido nenhum efeito. Quem sabe eu não tivera a sorte de pegar uma solitária?

Porém, uma coisa era certa, jurei de pés juntos para mim mesma: agora que eu perdera peso, estava determinada a não ganhá-lo de novo. Nada mais de Pringles, biscoitos ou comida entre as refeições. Nem comida *às* refeições, tampouco. Isso manteria as coisas nos eixos.

E, antes que eu me desse conta, chegamos ao fim de semana, passamos ventando pela aula de culinária e os jogos de sábado e, de repente, era domingo de novo.

32

Nesse domingo, eu tinha permissão para receber visitas. Minha esperança era de que Anna viesse me visitar com um ou dois narcóticos malocados na sua distinta pessoa.

Não me preocupava mais que as drogas aparecessem em algum exame de sangue surpresa. Pelo contrário, teria adorado que me pusessem para fora.

Para o desagradável caso de Anna não vir, eu já deixara uma carta escrita para ela, a ser levada por papai ou outra pessoa, solicitando que passasse sebo nas canelas rumo a Wicklow com uma sacola de drogas debaixo de cada braço.

Se por um lado eu estava ansiosa por receber visitas, por outro duas coisas me preocupavam. A primeira era o medo do espalhafato eufórico que Helen faria quando soubesse que não havia academia, piscina ou massagens. Nem qualquer celebridade hospedada lá naquele momento.

Mas, pior do que isso, estava com medo de minha mãe. Tinha pavor de ver seu olhar decepcionado, martirizado.

Talvez ela não venha, pensei. Senti um lampejo de esperança antes de compreender que sua ausência seria infinitamente pior do que sua presença.

POR FIM, QUANDO meus nervos já estavam quase saindo pela pele, avistei nosso automóvel dobrando a entrada para carros. Mal pude acreditar quando vi mamãe sentada no banco da frente ao lado de papai. Esperava vê-la deitada no banco traseiro, coberta por uma colcha, para o caso de alguém vê-la e somar dois mais dois. Em vez disso, lá estava ela, sentada muito empertigadinha, sem sequer um par de óculos escuros, uma balaclava ou um sombrero. Senti uma alegria enorme, até perceber que só havia uma pessoa no banco traseiro do carro. Torci para que fosse Anna. Anna e um monte de drogas.

Mas, quando a porta do carro se abriu, até de minha janela deu para ouvir as vozes alteradas pela discussão. Profundamente decepcionada, compreendi que a pessoa em questão era Helen.

– Por que você tem que dirigir tão devagar? – gritou ela, descendo do carro. Usava um sobretudo comprido e um gorro de pele, no estilo de *Dr. Jivago*. Estava simplesmente linda.

– Porque as estradas estão cheias de gelo, que droga! – gritou papai para ela, nervoso, com o rosto vermelho. – Vai pro inferno e me deixa dirigir do meu jeito.

– Parem com isso, parem com isso – sussurrou mamãe entre os dentes, carregada de sacolas. – Que é que vão pensar de nós?

– Quem se importa? – O vento frio carregava a voz de Helen – São uns bebuns de merda, todos eles.

– PARA COM ISSO! – Mamãe deu um tranco no ombro de Helen.

– Não enche! – Helen devolveu seu tranco. – Por que está tão nervosinha? Só porque sua filha também é uma bebum de merda?

– Ela *não* é uma bebum de merda – ouvi mamãe dizer.

– Ihhh, olha o palavrão – entoou Helen. – É pecado, você vai ter que contar isso quando se confessar.

– Seja como for, você tem razão – prosseguiu, triunfante. – Ela não é uma bebum de merda, é uma cheirum de merda!

Papai e mamãe adquiriram uma expressão apática, e abaixaram as cabeças.

Eu assistia à cena de minha janela, imóvel, tomada por uma mágoa inesperada. Tive vontade de matar Helen. Tive vontade de matar meus pais. Tive vontade de me matar.

Trocamos abraços constrangidos, os únicos que conhecíamos, e sorrimos. Meus olhos estavam cheios d'água.

Helen me cumprimentou dizendo "MEU DEEEEUS, estou morta de frio". Mamãe me cumprimentou dando um empurrão em Helen e dizendo "Não tome o nome do Senhor em vão".

Papai me cumprimentou dizendo "'dia, dona". Na hora não prestei muita atenção a isso.

Antes que se abrisse um abismo na conversa, mamãe enfiou uma sacola na minha mão.

– Trouxemos umas coisas.

– Que ótimo – disse eu, vistoriando o interior da sacola. – Batatinhas fritas, batatinhas fritas e... mais batatinhas fritas. Obrigada. – E chocolates – disse mamãe. – Tem que ter dez barras de chocolate aí.

Tornei a olhar.

– Acho que não – disse.

– Mas eu botei aí dentro – disse mamãe. – Lembro que fiz isso hoje de manhã, tenho certeza absoluta.

– Ah, mãe – disse Helen, apiedada, sua carinha de gato o retrato da inocência – sua memória já não é mais o que era antigamente.

– Helen! – chamou mamãe, ríspida. – Devolva os chocolates! Helen abriu a bolsa, de má vontade.

– Mas por que não posso ficar com nenhum?

– Você sabe por quê – disse mamãe.

– Porque não sou uma drogada – disse Helen. Todos estremecemos. – Bom – ameaçou ela – isso pode ser resolvido.

– Aceita um? – ofereci, quando ela os devolveu, mal-humorada.

– Que tal três?

MOSTREI O LUGAR a eles, entre orgulhosa e tímida. Envergonhada apenas quando diziam coisas do tipo "Este lugar bem que precisa de uma mão de tinta, está quase igual à nossa casa". Salvei mamãe, que quase ia tropeçando no Meu Pequeno Pônei de Michelle.

– Tem alguém famoso aqui? – cochichou Helen para mim.

– No momento, não – respondi, com ar displicente. Para meu grande alívio, ela apenas soltou um "puta merda" e encerrou o assunto.

Levei os três para o refeitório. Estava atulhado de gente até as vigas do teto e parecia o Dia do Juízo Final. Conseguimos nos espremer no finzinho de um banco.

– Bão – disse papai – é tudo danado de frumoso.

– Como é que é, pai?

– Danado de frumoso.

– Que é que ele está dizendo? – perguntei a mamãe.

– Que é tudo danado de formoso – explicou ela.

– Mas por que você está falando desse jeito ridículo? – perguntei a ele. – E, de mais a mais, não é, não. Está longe de ser danado de frumoso.

– *Oklahoma** – sussurrou mamãe. – Ele conseguiu uma ponta na montagem do grupo teatral de Blackrock. Está praticando a maneira de falar dos matutos americanos, não é, Jack?

– Craro que tô, dona. – Deu um peteleco na aba de um chapéu imaginário.

– Ele tem deixado a gente doida – acrescentou mamãe. – Se eu tiver que ouvir que o milho está da altura do olho de um elefante mais uma vez, vou dar um tiro no elefante.

– Apeia do cavalo – disse papai, com voz arrastada – e toma o seu leite.

E isso não é de *Oklahoma,* não é mesmo – bronqueou ela. – Isso é daquele outro camarada, que diz *go on punk, make my day* – como é mesmo o nome dele?

– Sylvester Stallone? – arriscou papai.** – Mas esse não é... Ora, bolas. Estou esquecendo de praticar. – Virou-se para mim. – É o método de Stonislavski e Stressbourg, sabe? Tenho que viver, comer e respirar o meu papel.

– Há uma semana que ele come feijão na hora do chá – contou Helen.

De repente, me ocorreu que talvez não fosse surpreendente que eu estivesse num centro de reabilitação.

– Meu Deus! – exclamou Helen. – Quem é aquele cara?

Seguimos o fio de seu olhar. Chris estava na outra ponta.

– Nada mau! Eu não chutaria ele da cama por peid... AI! Por que me bateu? – perguntou a mamãe.

– Já te mostro o que é uma boa cama! – ameaçou mamãe. Nesse momento, notou que algumas pessoas olhavam para ela, e abriu um largo sorriso do tipo tapa-buraco, que não enganava ninguém.

– São as pernas dele, não são? – disse Helen, pensativa. – Ele joga futebol?

---

*Musical de 1943 da dupla Oscar Hammerstein e Richard Rodgers. (*N. da T.*)

**A autora ironiza os conhecimentos dos pais de Rachel sobre cinema. A célebre *frase,* na realidade de Clint Eastwood, é "*Go ahead. Make my day,*" [Anda, vai. Me dá essa alegria."] (*N. da T.*)

- Não sei.

Descubra – ordenou.

Continuamos sentados, num silêncio constrangido, a alegria inicial do encontro já arrefecida. Eu estava morta de vergonha por não estarmos conversando em voz baixa, murmurada, como todos os outros.

Vez por outra, tentávamos engatar uma conversa dizendo alguma coisa do tipo "Eles têm te alimentado direitinho?" ou "Fevereiro é um mês horrível, não é?".

Desde que chegara, mamãe não parava de olhar de soslaio para Chaquie, seus cabelos dourados, sua maquiagem perfeita, sua profusão de joias, suas roupas caras. Por fim, me cutucou, num cochicho de peça teatral que provavelmente ouviram na Noruega:

– Que é que há com ela?

– Um pouco mais alto e daria para a gente dançar – respondi.

Ela me lançou um olhar terrível.

De repente, seu rosto ficou branco e ela virou a cabeça bruscamente.

Pelo Sagrado Coração de Jesus – entoou.

– Que foi? – Todos nos viramos e espichamos para ver o que ela estava olhando.

– Não olhem – sussurrou. – Fiquem de cabeça baixa.

– *Qu-ê?* Queeeeem?

Ela se voltou para papai.

– Philomena e Ted Hutchinson. O que estarão fazendo aqui? E se nos virem?

– Quem são eles? – gritamos eu e Helen.

– Dois veio conhecido do seu veio e da sua veia – respondeu papai.

– E de onde vocês se conhecem?

– Do clube de golfe – disse mamãe. – Que os santos nos protejam, estou morta de vergonha.

– Bão, num foi lá que nóis conheceu eles – disse papai, com sua dicção arrastada. – O negócio foi o seguinte. O buldogue deles... quer dizer, o burdogue deles fugiu, nóis achou o bicho e trusse de vorta...

– Ai, meu Deus, eles estão vindo para cá – disse mamãe, parecendo prestes a desmaiar.

Eu não estava me sentindo bem. Para começo de conversa, se ela tinha tanta vergonha de eu estar lá, gostaria de saber por que me obrigara a vir.

Pelo horrível sorriso meloso que sapecou na cara, deduzi que ela e o casal tinham acabado de se ver.

– Ah, olá, Philomena – deu um sorriso amarelo.

Virei-me. Era a mulher que eu tinha visto sentada ao lado de Chris no domingo anterior. Sua mãe, presumi. Estava lidando com a situação com muito mais desenvoltura do que mamãe.

– Mary – soltou uma gargalhada – eu jamais sonharia que você é uma alcoólatra.

Mamãe se obrigou a rir.

– Por que você está internada, Philomena? Viciou-se em corridas de cavalos?

Mais gargalhadas de dar hérnia, como se estivessem numa festa. Davy, o jogador, estava no outro extremo da mesa. Sua expressão desolada fez brotar em mim um lampejo de instinto protetor.

– Nosso filho está aqui – disse Philomena. – Para onde ele foi? Cristopher!

Não restava dúvida, era a mãe de Chris. Ótimo. Não havia nenhum mal que os pais dele conhecessem os meus. Poderia até vir a calhar, caso ele não me telefonasse quando saíssemos de lá. Eu poderia usar a desculpa de entregar um pote de plástico à Sra. Hutchinson para vê-lo. Mamãe fatalmente precisaria de um portador para entregar um pote de plástico à Sra. Hutchinson, um dia depois de eu sair da clínica. Mamãe e suas amigas *viviam* trocando potes de plástico umas com as outras. Bolo de chocolate com recheio de suspiro, salada de repolho, esse tipo de coisas. Pareciam fazer pouco mais do que isso.

Mamãe tentou fazer algumas apresentações.

– Nossa filha, Claire... – gesticulou em minha direção.

– Rachel – corrigi-a.

– ...e Anna, não, a outra... Helen.

Helen escusou-se educadamente com o Sr. e a Sra. Hutchinson, dizendo-lhes, em tom cúmplice, "Caraca, tô quase me mijando nas calças", e saiu de fininho. Pouco depois, fui atrás dela. Não que eu não confiasse nela, era só que eu... não confiava nela.

Estava sentada nas escadas, literalmente cercada de homens. O refeitório devia estar cheio de mulheres e filhos abandonados. Um dos homens era Chris. Se isso não chegou a me surpreender, certamente também não me alegrou.

Ela estava brindando sua plateia com histórias de suas bebedeiras.

– Quantas vezes já não acordei sem me lembrar como tinha chegado em casa – gabou-se.

Ninguém tentou desbancá-la com algum comentário do tipo "Isso não é nada, quantas vezes já não acordei sem me lembrar se estava vivo ou morto", como eles tinham todo o direito de fazer.

Mas, em vez disso, cumulavam-na de sugestões entusiasmadas. Que ela se internasse no Claustro, havia vagas para mulheres no momento, havia uma cama dando sopa no quarto de Nancy e Misty...

– E você sempre pode apelar para a minha cama, em caso de aperto – sugeriu Mike. Tive um acesso de ódio. Sua pobre mulher, oprimida carregadora de biscoitos, estava a apenas alguns metros dali.

Clarence tentou alisar o cabelo de Helen.

– Pode parar – disse ela, ríspida. – A menos que me pague 10 libras.

Clarence fez menção de revirar o bolso, mas Mike o impediu, pondo a mão em seu braço e dizendo:

– Ela está brincando.

– Não estou, não – replicou Helen.

Em meio a todo esse furor, eu observava o rosto de Chris, enciumada. Queria ver como ele reagia a Helen. Bem, o que eu realmente queria ver era Chris *não* reagindo a Helen.

Mas flagrei um ou dois olhares entre os dois que não me agradaram nada. Pareciam carregados e significativos.

Sentia-me angustiada e com ódio de mim mesma, por sempre me ver reduzida à mais supina insignificância na presença de qualquer uma das minhas irmãs. Até mamãe me roubava a cena, às vezes.

Como uma idiota, eu tinha achado que o impacto que surtira em Chris era forte o bastante para que eu não desaparecesse à sombra dos encantos de Helen. Mas me enganara, mais uma vez. Tive aquela sensação terrível, minha velha conhecida, de "Quem você está tentando enganar?".

Permaneci entre os homens, obrigando-me a participar da brincadeira geral, sentindo-me a um tempo inexistente e elefantina.

Estava tão transtornada que, quando Helen já estava de saída, esqueci de lhe entregar a carta para Anna, pedindo-lhe que viesse me visitar com um monte de drogas. E mais tarde, quando pedi um selo a Celine, ela respondeu: "Claro. Traga a carta para mim que, depois de lê-la, aviso você se tem permissão para pô-la no correio."

Fiquei tão puta da vida que marchei direito para o guarda-louça onde ficavam os doces, escancarei a porta e esperei pela concussão cerebral que sofreria com a avalanche de chocolate das noites de domingo. Por um momento, titubeei, tentando apelar para minha força de vontade. Mas então Chris disse "Meu Deus, aquela sua irmã é um estouro", e a velha mágoa se abateu sobre mim, por eu ser eu mesma. E não Helen. Ou alguma outra pessoa. *Qualquer* outra pessoa, qualquer uma, menos eu.

Chocolate, pensei, angustiada e infeliz. Isso vai fazer com que eu me sinta melhor, já que não há nenhuma droga disponível.

– Ela é ótima, não é? – consegui dizer.

Peguei Celine sorrindo para si mesma, enquanto fingia se ocupar com uma tapeçaria que sempre tinha nas mãos quando nos espionava.

Incapaz de me conter, apanhei uma barra de chocolate com frutas e nozes tão grande, que dava para navegar até os Estados Unidos a bordo.

– De quem é? – perguntei.

– Minha – disse Mike. – Mas manda ver.

Terminei de comê-la em uns vinte segundos.

– Batata frita – berrei para o pessoal. – Preciso de alguma coisa salgada.

Eu podia ter comido as batatinhas que mamae me trouxera, mas queria atenção e paparicos, não apenas salgadinhos.

Don correu até mim com seis pacotes de batatas fritas sabor cebola, Peter gritou, de longe, "Posso te arranjar uns biscoitinhos salgados", Barry, o Bebê, disse "Se for de fato uma emergência, posso conseguir um saco de batatinhas dietéticas", e Mike murmurou em voz baixa, de modo a que eu ouvisse e Celine não. "Tenho uma coisa gostosa e salgadinha dentro das minhas calças que você pode chupar".

Esperei que Chris me oferecesse alguma coisa, para indicar que ainda estava consciente da minha existência, mas ele não disse absolutamente nada.

33

Dizem que o caminho do verdadeiro amor jamais corre desimpedido. Bem, o caminho do meu amor por Luke não corria, capengava, como se usasse botas novas que esfolavam seus calcanhares. Cheios de bolhas e cortes, vermelhos e em carne viva, cada palmo avançado uma tortura, pulando num pé só, num zigue-zague de barata tonta.

Na semana que se seguiu à festa, pensei muito nele. Sentia uma vergonha horrível, toda vez que lembrava como me comportara mal. Na hora achei que estava sendo uma *femme fatale,* mas depois me senti mais como uma prostituta. Não conseguia parar de pensar nisso, da mesma maneira como a gente não consegue parar de cutucar com a língua um dente dolorido.

Embora eu torcesse para nunca mais tornar a pôr os olhos em Luke, ele me intrigava. Sua rejeição despertara um interesse em mim que até então eu não sentia.

Ponto para ele, uma parte de mim pensou. Um homem de princípios.

Ao que outra parte de mim gritou: *Não, espera aí, ele me rejeitou.*

Era a noite de terça depois de nossa festa, e Brigit e eu estávamos com a cachorra.

Eu tinha cheirado bastante na noite anterior, e amargava uma situação particularmente severa, porque o Valium, que poderia amenizar seus efeitos, tinha acabado. E eu não teria dinheiro para refazer o estoque até receber meu salário. Passara o dia inteiro me sentindo tão deprimida que não tivera forças para ir trabalhar. Tudo que consegui foi ficar deitada no sofá, apática, com aquele mal-estar indefinido, sentindo meu coração bater devagar, lamentando não ter a energia necessária para cortar os pulsos.

Carlos fizera outro de seus números de mágica para Brigit e desaparecera, depois de descobrir, na festa, sabe-se lá como, que Brigit e Joey tinham se conhecido biblicamente. (Pode ter tido alguma coisa a ver com o fato de que Gaz a abordou respeitosamente, quase às lágrimas, e disse, perto o bastante para Carlos ouvir: "Putz, você é uma mulher e tanto, Joey disse que nunca levou uma chupada tão boa quanto a sua.")

Brigit estava arrasada, e eu não ficava muito atrás. Daryl, o bambambã das edições e melhor amigo de Jay McInerney, não tinha me ligado.

– Se pelo menos eu soubesse onde ele está – sussurrava Brigit, torturada. – Se pelo menos soubesse que ele não está com ninguém, poderia dormir um pouco. Há três noites que não durmo, sabia?

Tentei acalmá-la com murmúrios cuja entrelinha era "Você é boa demais para aquele cafajestinho desprezível".

– Você ligaria para ele? – suplicou Brigit. – Por favor, liga para ele e, se ele atender, desliga depressa.

– Mas como é que eu vou saber? Não vejo a menor diferença entre a voz de Carlos e a dos amigos.

– Tá, tá – disse ela, andando de um lado para o outro e respirando fundo. – Pede para falar com ele e, se for o próprio, desliga.

– Mas ele vai reconhecer minha voz.

– Disfarça, faz sotaque russo, inala gás de balão, sei lá. E, se não for ele, mas disserem que ele está, desliga do mesmo jeito.

Telefonei, mas caiu na secretária eletrônica, com seu samba horrível.

– Ai, Jesus. – Ela enfiou os dedos na boca, estragando suas unhas novas e caras de náilon. – Ele só está fazendo isso para me castigar, sabia?

Eu suspeitava que Carlos não estava aborrecido com Brigit por ela ter dormido com Joey, e sim que apenas andava procurando uma desculpa para dar outro fora nela. Mesmo assim, murmurei "canalha" para ela saber que contava com meu apoio.

– E até parece que ele nunca transava com outras mulheres.

– E aquele porco do Daryl também não me ligou – disse eu, não querendo ficar atrás. – Por favor, Deus, se fizer com que ele telefone, dou todo o meu dinheiro para os pobres.

Eu sempre dizia isso porque estava segura; *eu* era os pobres, de modo que só precisava guardar minha graninha para manter o trato com Deus.

E varamos a noite, na maior paranoia, fazendo as coisas de praxe: tirar o telefone do gancho para termos certeza de que estava funcionando, ligar para Ed pedindo que nos ligasse de volta só para termos certeza de que estávamos recebendo chamadas, dizer "Vou dividir este baralho ao meio, se a primeira carta que vir for um rei, ele vai ligar". (Foi um sete.) Em seguida, "Melhor de três, se a próxima que eu puxar for um rei, ele vai ligar". (Foi outro sete.) Por fim, "O.k., melhor de cinco, se..."

– CALA A BOCA! – berrou Brigit.

– Desculpe.

Por fim, Brigit pôs o dedo sobre os lábios e disse:

– Shhh, escuta.

– O quê?

– Tá ouvindo?

– Ouvindo o quê?

– O som do telefone não tocando.

Então, para minha surpresa, ela riu, como se uma nuvem saísse de cima dela.

– Vamos lá. – Abriu um sorriso. – Não aguento mais essa porra de vigília, vamos fazer alguma coisa que preste.

A terrível depressão em que eu sufocara durante o dia inteiro sacudiu a poeira um pouco.

– Vamos nos produzir – disse eu, ansiosa. – Vamos sair. – Detestava ficar em casa à noite, por causa de tudo que poderia estar perdendo. Esse era o grande barato da cocaína. Sempre acontecia alguma coisa maravilhosa quando a gente cheirava. Ou conhecia um homem, ou ia à festa de alguém, ou *alguma outra coisa.* A coca impulsionava minha vida. E, quanto mais eu cheirava, mais excitantes os resultados.

– Você está dura – lembrou-me Brigit.

Ela tinha razão, admiti, decepcionada. Não podia me dar o luxo de comprar drogas aquela noite. Por um momento pensei em perguntar a Brigit se me emprestaria mais dinheiro, mas mudei de ideia.

– O que eu tenho dá para uma bebida e uma gorjeta – achei melhor dizer.

– Quando é que você vai devolver o dinheiro que me deve?

– Logo – respondi, constrangida. Brigit andava sofrendo de um estranho pão-durismo nos últimos tempos.

– É o que você vive dizendo – resmungou ela.

– Ora, por favor, para de ser desmancha-prazeres e baixo-astral e vamos sair. Passamos a semana inteira brincando de "Vamos fazer de conta que conheci o homem certo", não aguento mais.

Em geral, quando Brigit e eu estávamos sem dinheiro e sentíamos falta de diversão, ela detalhava uma fantasia em que eu conhecia o homem dos meus sonhos, e depois eu fazia o mesmo por ela. Era uma brincadeira de que raramente nos cansávamos.

– O que estou vestindo? – eu perguntava.

– Aquele vestido traspassado da Donna Karan que nós vimos.

– Que cor, preto?

– Verde-escuro.

– Melhor ainda. Obrigada, Brigit. Posso ser bem magrinha?

– Claro. Cinquenta quilos está bem para você?

– Um pouco mais leve.

– Quarenta e oito?

– Obrigada – eu dizia. – E como? Lipoaspiração?

– Não – dizia ela. – Você teve disenteria amebiana e a gordura simplesmente caiu, sem que você precisasse fazer nada.

– Mas como foi que eu peguei disenteria amebiana? Não é uma doença exótica? *Essa* é daquelas que a gente não arranja sem receita.

– Tá, você conheceu um homem que passou as férias na Índia... Mas que importa como você pegou? Isso é uma *fantasia.*

– Tá, desculpe. Estou frágil, com os olhos grandes e um ar misterioso?

– Como uma gazela bem-vestida.

PARA CONTRABALANÇAR nossa baixa autoestima, pusemos nossos melhores vestidos: Brigit, o soltinho de Joseph do brechó na Quinta Avenida, para onde as pessoas ricas de bom coração doavam suas roupas velhas; e eu, o pretinho curto de Alaïa, oriundo do mesmo berço humilde, mais minha falsa bolsa Prada, que comprara na rua Canal por 10 dólares.

Eu podia não estar parecendo uma top model com cachê de um milhão de dólares, mas merecia pelo menos uns 27 ou 28.

Como sempre, fiquei em uma dúvida atroz quanto a usar meus sapatos altos de couro de cobra preto, com tornozeleiras, porque me deixavam alta demais.

– Ah, usa, sim – disse Brigit. – De que adianta comprar os sapatos, se nunca usa?

E lá fomos nós, eu meio cambaleante em cima dos saltos novos, para o Llama Lounge.

O Llama Lounge era um bar que reconstituía a atmosfera dos anos sessenta: lâmpadas halógenas muito doidas, cadeiras de metal para lá de esquisitas e trapizongas futuristas e espaciais em geral. Muito, muito chique.

Brigit sentou-se com todo o cuidado num sofá inflável de plástico transparente.

– Não tenho certeza se esse troço aguenta com meu peso disse, ansiosa.

– Não! – Fiz menção de sentar ao seu lado, mas ela não deixou. – Se sentarmos as duas, ele vai estourar – explicou.

– Mas que droga – disse ela, quando finalmente se acomodou.

– Que foi?

– Esse troço é transparente, e você sabe como tudo se espalha quando a gente senta. Todo mundo atrás de mim vai pensar que tenho 120 centímetros de quadris. Dá uma volta e olha, tá? – pediu, em voz baixa, aflita. – Mas não faz cara de quem está checando, vai como quem não quer nada.

Sentindo-me uma idiota, dei a volta ao sofá.

– Está tudo bem – disse eu, quando voltei, ocupando uma poltrona reclinável de prata que deixou minha bunda quase no chão e meus joelhos vários centímetros acima, evocando a desagradável sensação de um exame ginecológico.

– Desculpe incomodar – interrompeu uma voz amável e fanhosa – mas será que posso lhe perguntar se...?

De minha desabada posição, ergui os olhos para o jovem bacaninha. Dezessete anos, no máximo. Jovem demais.

– É alguma coisa, sabe... *mística*, o que você acabou de fazer?

– Que foi que eu acabei de fazer?

– Você deu a volta ao sofá. – Ele era ridiculamente bonito. Fiquei muito feliz por não ser uma garota, a competição já era bastante acirrada.

– Ah, o círculo...? – Senti um ataque de espírito de porco baixar em mim. – Foi, realmente. Um antigo ritual irlandês...

– Chinês! – Brigit disse ao mesmo tempo.

– Tem sido observado tanto na cultura chinesa quanto na hibérnica – disse eu, com a maior cara de pau. – Traz...

– Boa sorte? – Garoto(a) interrompeu, ansioso(a).

– Exatamente.

– Obrigado.

– Não há de quê.

– Ele podia pelo menos ter pago uma bebida para a gente – disse Brigit, ressentida.

Ficamos a observá-lo quando voltou para seu grupo de amigos da mesma idade e explicou algo para eles, entusiasmado, descrevendo vários círculos com o dedo sobre a mesa. Uma expressão preocupada surgiu no seu rosto, e ele se levantou, voltando a se encaminhar na nossa direção

– No sentido horário – gritei para ele.

Eufórico, tornou a sentar e deu prosseguimento à sua explicação.

Após alguns minutos, vimos os cinco do grupo levantarem, numa fila indiana reverente, e contornarem suas cadeiras. Ao voltarem ao ponto de partida, apertaram-se as mãos e abraçaram-se, emocionados.

Passados alguns minutos, uma garota de outra mesa se dirigiu até eles e lhes perguntou alguma coisa. Garoto(a) falou com elas e apontou para mim e Brigit, descrevendo mais alguns círculos no ar. Pouco depois, a garota voltou para seus amigos, que se levantaram em peso e contornaram seus assentos. Mais abraços e beijos. Então, alguém foi até a mesa *deles*... E assim sucessivamente. Foi como assistir a uma lentíssima *ola* mexicana.

Estava quente. Sentadas em nossos desconfortáveis assentos, bebericávamos nossos drinques sofisticados. Os drinques do Llama Lounge eram acompanhados por lindas coberturas e enfeites comestíveis. E não se podia sequer dar uma olhada num raio de dois metros de um garçom sem ter um pratinho de pistaches transadíssimo empurrado na sua direção.

Comecei a me sentir normal, e não apenas por causa da meia garrafa de tequila que enxugara desde o almoço.

Brigit e eu estávamos nos sentindo melhor do que nos sentíamos há dias. Nosso moral levantara um pouco porque alguém estava sendo bom conosco, mesmo que esse alguém fôssemos apenas nós mesmas.

Brigit decretou que era minha vez de experimentar o sofá transparente. O que foi muito bom, até onde pode ser bom sentir a parte de trás das coxas suando no vinil.

Até que chegou a hora de me levantar para ir ao banheiro. Porque não consegui.

– Não consigo me levantar – disse, alarmada. – Estou grudada nessa bosta de sofá.

– Claro que não está – disse Brigit. – Basta jogar o corpo para a frente que você sai.

Mas minhas mãos não conseguiam se apoiar no plástico molhado de suor. E minhas coxas estavam *atoladas* nele.

– Santo Deus – murmurou Brigit, levantando-se e me agarrando pelo braço. – Será que é pedir demais, sair para tomar um drinque em paz e...

Puxou-me com força, mas nem assim consegui sair.

Brigit dobrou os joelhos, agachando-se como se participasse de um cabo de guerra, e deu outro puxão violento.

Dolorosamente, como se perdesse uma camada de pele – que pena que eu recentemente gastara 50 dólares depilando as pernas a cera, quando isso teria dado conta do recado perfeitamente – comecei a me separar do sofá. Com um ruído violento de chupão, que fez todos no recinto levantarem os olhos de seus copos, atônitos, Brigit conseguiu me descolar.

E, quando saltei como uma rolha de champanhe, com um estouro final que fez Brigit cair sentada para trás, com quem dou de cara, senão Luke-droga-de-Costello?

Arqueando a sobrancelha numa expressão de desprezo, ele disse "Oi, Rachel", num tom malicioso, humilhante.

Então sorriu, com um brilho nos olhos que me apavorou.

34

— Tira o vestido – disse Luke, baixinho.

Assustadíssima, lancei-lhe um olhar-relâmpago para ver se não estaria ouvindo coisas. Estávamos na minha cozinha, eu diante da pia, Luke encostado na bancada em frente, com os braços cruzados. Prestes a tomar uma xícara de café, segundo constava.

Em vez disso, a menos que eu estivesse tendo alucinações auditivas, ele acabara de me mandar tirar o vestido.

– Que foi que você disse? – perguntei de chofre.

Ele abriu um sorriso lento, mole e sensual que me assustou.

– Você ouviu – respondeu.

Luke Costello acabou de me mandar tirar o vestido, pensei, o pânico e o ultraje disputando às cotoveladas o primeiro lugar. A puta cara de pau dele. Mas, o que vou fazer?

O óbvio era simplesmente mandar que saísse do meu apartamento. Em vez disso, murmurei "Mas ainda nem fomos apresentados", bancando a engraçadinha para livrar minha cara.

Ele não achou graça.

– Vamos lá – disse, num tom de voz que achei apavorante, mas irresistível. – Tira o vestido.

Senti um nó de medo na garganta. Não tinha cheirado ou bebido o bastante para fazer esse tipo de coisa. A única razão pela qual Luke estava no meu apartamento era o fato de Brigit ter me deixado à sua mercê no Llama Lounge. Nadia tinha batido para ela que o Salto Cubano fora visto no Bar Z, e ela partiu, eufórica, para desentocá-lo.

Fiz de tudo para acompanhá-la, mas ela não deixou.

– Você fica aqui – disse, maldosa, subitamente com o melhor dos humores. Piscou o olho, balançando a cabeça para Luke, e disse: – Mas fica de olho nesse cara, cuidado com o seu dinheirinho. – E lá se foi ela, feliz da vida, se achando a tal, me deixando a olhar para a porta, ressentida.

Alguns minutos depois, tentei fugir outra vez, mas Luke fez questão, irredutível em sua galanteria, de me pagar uma bebida e depois me acompanhar até em casa. E, quando chegamos ao meu apartamento e ele se convidou para tomar um café, tentei recusar, mas não pude.

– O vestido – ele repetiu. – Tira.

Pousei a chaleira que estava enchendo de água. Dava para perceber por sua voz que falava muito a sério.

– Abre o primeiro botão – ordenou.

Foi nesse momento que eu devia tê-lo posto pela porta afora. Isso não era uma brincadeira, era coisa de gente grande e eu estava com medo.

Mas, em vez disso, levei a mão ao decote... hesitei... e parei.

Pro inferno com isso, pensei, não vou ficar plantada na minha cozinha e tirar o vestido para Luke Costello.

– Ou eu vou até aí e faço isso para você – ameaçou ele em voz baixa.

Depressa, assustada, tateei desajeitadamente o botão e o abri, sem conseguir acreditar no que estava fazendo.

O interruptor do meu ultraje devia estar com defeito. Por que eu não estava pegando o telefone e chamando a polícia? Em vez de me sentir aliviada por estar usando o vestido curto e provocante de Alaïa?

– Agora o seguinte – disse ele, baixinho, me observando com os olhos entrecerrados.

Meu estômago dava voltas de excitação. Com os dedos trêmulos, abri o botão seguinte.

– Continua – ordenou ele, com outro sorriso sensual e assustador.

Sob seu olhar atento, não consegui parar de desabotoar o vestido, botão por botão, até estarem todos abertos. Morta de vergonha, apertei o vestido na altura do estômago, mantendo-o fechado.

– Tira – disse ele.

Não me mexi.

– Já falei – ameaçou em voz baixa. – Tira. O. Vestido.

A pausa se prolongou por um bom tempo, nós dois em silêncio. Até que, entre constrangida e desafiadora, desfiz-me do vestido sacudindo os ombros e braços, e estendi-o para ele.

Para variar, estava usando um sutiã decente, um bom sutiã de renda preta, que tinha apenas uma pequena gota na frente. Caso contrário, jamais teria tirado o vestido. E, embora a calcinha não fizesse par com o sutiã, pelo menos também era de renda preta. Abaixei a cabeça de modo a jogar os cabelos para a frente, cobrindo o máximo possível os ombros e seios. Percebi, tarde demais, que a pequena gota no sutiã era na verdade bem grandinha, e que se encaixara direitinho ao redor do mamilo, como uma espécie de olho mágico independente.

Luke esticou o braço e pegou o vestido, sem deixar que sua mão encostasse na minha, e atirou-o na bancada atrás de si. Nossos olhos se encontraram e algo se esboçou em seu rosto que me fez tremer. Embora fosse uma noite quente, eu estava toda arrepiada.

– E agora, o que vou fazer com você? – Ele me avaliava com o olhar, como se eu fosse uma vaca premiada. Eu tinha vontade de me encolher toda e me esconder, mas me obriguei a ficar ali, de pé, empertigada, com a barriga para dentro e o peito para fora. Cheguei a pensar em pôr a mão no quadril, mas percebi que não tinha coragem para um gesto tão atrevido assim.

– O que vou mandar você tirar agora?

Por mais ridículo que pareça, meu primeiro medo foram os sapatos. Não queria descalçá-los, pois eram altos e deixavam minhas pernas compridas e esguias. Bem, não tão gordas quanto eram, pelo menos.

– O.k., tira o sutiã.

– Ah, não!

– Ah, sim, sinto muito. – Ele deu um sorriso mole, debochado.

Encaramo-nos, cada qual de um lado da cozinha, eu vermelha de vergonha e excitação. Subitamente, vislumbrei o volume revelador em sua calça jeans e, quando dei por mim, minhas mãos já contornavam as costas, alcançando e abrindo o fecho do sutiã.

Mas, depois de abri-lo, fiquei paralisada, sem conseguir fazer mais nada para tirá-lo.

– Continua – disse ele, autoritário, ao perceber que eu me detivera.

– Não posso – confessei.

– Está bem – ele concordou, subitamente compreensivo. – Basta puxar para baixo uma das alças.

Hipnotizada pelo inesperado de sua gentileza, fiz o que me ordenara.

– Agora a outra – disse ele.

Mais uma vez, obedeci, sem pensar. – Agora me dá aqui – ordenou.

Quando estendi o braço para lhe entregar o sutiã, meus seios balançaram, e flagrei Luke olhando para eles. Tive um breve lampejo da extensão do seu desejo por mim.

Então voltei a experimentar aquele misto de humilhação e excitação doentia.

– Agora vem cá e faz comigo o que fez na sua festa – ordenou ele.

Sentindo a vergonha tomar conta de mim, não me mexi.

– Vem cá – ele repetiu.

Como uma autômata, caminhei em sua direção, de olhos baixos.

– Sabe, você e eu – disse ele, tomando minha mão bruscamente e levando-a até seu sexo – temos um assunto pendente.

Contorci-me e dei as costas.

– Nada disso – ele me repreendeu, quando tentei desvencilhar minha mão.

– Não – tornei a dizer, olhando para o chão.

– Você está começando a se tornar repetitiva – ele zombou.

Seus dedos enlaçavam meu punho e meus mamilos balançavam, roçando o tecido áspero de sua camisa, mas esse era o único contato entre nossos corpos. Ele parecia estar propositalmente se mantendo a distância. E eu estava com medo demais desse estranho enorme de alto para encostar no corpo dele. Não conseguia nem olhar para seu rosto.

– Continua – disse ele, tentando encostar meu punho contraído no comprido volume de sua ereção. – Termina o que começou no sábado passado.

Ao mesmo tempo em que tinha vontade de morrer de tanta vergonha, chegava a me sentir enjoada de desejo. Não queria encostar no seu pênis, nem acariciar sua ereção sob a calça jeans.

– Aposto que *Daryl* não teve uma dessas – disse ele, antipático, ainda puxando minha mão para si.

Fiquei morta de vergonha. Tinha esquecido que Luke me vira com Daryl. Compreendendo que devia me considerar uma galinha de marca maior, tentei me desvencilhar dele.

– Ah, não – Luke riu, desagradável. – Chega desses joguinhos. Os *homens* não gostam de ser provocados.

Tive a impressão de que ele não incluía Daryl nessa categoria.

Com a pele vermelha e arrepiada, forcei-me a pôr alguns dedos na fivela de seu cinto, mas logo descobri que não podia ir além disso.

Sentia algo se avolumando dentro de mim e tive de parar, antes que me subjugasse.

Dessa vez, Luke não me ordenou ou obrigou a fazer nada. Eu ouvia o som rouco de sua respiração acima de mim e sentia o calor de seu hálito no meu couro cabeludo.

Estávamos os dois marcando passo, esperando, não sei pelo quê. Tinha a sensação de que ambos estávamos numa espécie de acostamento, esperando alguma coisa passar. Então, ele passou um dos braços pela minha cintura, num gesto estranhamente protetor. O contato da pele de seu braço na pele das minhas costas me sobressaltou.

Devagar, sem olhar para ele, comecei a desafivelar seu cinto. Seu cinto grosso, de couro preto – até isso parecia assustador, coisa de homem adulto – deslizou pelas presilhas, com um som leve, que lembrava uma palmada, até ficar pendurado com a pesada fivela de um lado da braguilha e a tira de couro do outro.

Eu o ouvia tentando manter a respiração normal, mas sabia que estava fazendo um esforço bárbaro.

Então foi a vez dos botões da sua calça. *Não posso, não posso,* pensei, tomada pelo pânico.

– Rachel – ouvi Luke dizer, com a voz rouca –, não para...

Prendendo o fôlego, abri o primeiro botão. Depois, o seguinte. E o seguinte.

Quando estavam todos abertos, fiquei imóvel, esperando que ele me dissesse o que fazer em seguida.

– Olha para mim – disse ele.

Ergui os olhos, relutante, e, quando finalmente olhamos um para o outro, algo rompeu dentro de mim, algo que eu podia ver refletido no seu rosto.

Eu o encarava, assustada, maravilhada, cheia de desejo. Por sua ternura, suas carícias, seus beijos, seu queixo áspero roçando minha face, o cheiro de sua pele em meu rosto. Levantei a mão trêmula e toquei de leve seu cabelo sedoso.

No momento em que o toquei, as comportas rebentaram. Dessa vez, não esperamos que a loucura passasse. Nos agarramos, aos puxões, rasgões, beijos, lanhos.

Arfando, eu puxava sua camisa, tentando arrancá-la, para poder passar minhas mãos pela pele sedosa de suas costas, pela trilha de pelos em seu ventre.

Com os braços me enlaçando, ele me acariciava e mordia. Enroscou os dedos em meus cabelos, inclinou minha cabeça e me beijou com tanta força que doeu.

– Quero você – disse, ofegante.

Suas calças estavam pelos joelhos, a camisa aberta, mas ele ainda estava com ela. Estávamos no chão, e eu sentia os azulejos frios nas costas. Ele estava em cima de mim, seu peso me imobilizando contra o chão. Eu estava em cima dele, arrancando suas calças jeans, em seguida puxando sua cueca para baixo, tão devagar que ele murmurou: "Anda logo com isso, Rachel, pelo amor de Deus!"

Eu fitava avidamente seus olhos dilatados e turvos de desejo. Ele estava sem calças, minha calcinha estava arriada até as coxas, meus mamilos irritados das suas mordidas, os sapatos ainda nos pés, os dois ofegando como se tivessem dado uma corrida.

Não aguentei mais esperar.

– Preservativo – murmurei, desarvorada.

– Tá – ele arfou, revirando a jaqueta.

– Aqui. – Entregou-me a embalagem metálica. – Quero que você faça isso.

Frustrada com minhas mãos trêmulas, que não andavam mais depressa, rasguei-a e assentei o preservativo sobre a glande reluzente.

Em seguida, com toda a reverência – ao que ele soltava um gemido – ajustei-a até o fim do comprido volume.

– Ah, meu Deus – ofeguei. – Você é um tesão.

Ele ficou em silêncio por um momento, e abriu um sorriso tão inesperado que quase me fez gozar.

– Isso, Rachel Walsh – sorriu – é um elogio e tanto, vindo de você.

EU NÃO QUERIA que Luke fosse embora. Queria dormir na minha cama, aconchegada nos seus braços. Não sabia qual era a minha em relação a ele. Seria porque eu estava sem namorado desde que chegara a

Nova York?, me perguntava. Talvez, pensava, inconvicta. Afinal, uma mulher tem suas necessidades

Mas não era só isso. No quiproquó Sedução/Rejeição, eu me esquecera como fora divertida a companhia dele naquela primeira noite no Rickshaw Rooms. E agora voltava a ser.

– Tá legal, gata – disse, no minuto em que entrou no meu quarto. – O que este quarto me diz sobre Rachel Walsh? Assim, de cara, já posso ir garantindo que você não é o que chamam de anal retentiva, é? – disse, vistoriando o caos em minha penteadeira. – O destino teve a bondade de poupá-la de uma terrível neurose caracterizada pela mania de arrumação.

– Se eu soubesse que você vinha, teria mandado reformar o quarto – comentei, bem-humorada, deitada na cama, linda de morrer com a melhor camisola de Brigit.

– Hum, legal – disse ele, observando o pôster do anúncio da exposição de Kandinsky no Guggenheim. – Apreciadora das artes visuais, hein?

– Não – respondi, surpresa por ouvir alguém como Luke empregando uma expressão como "artes visuais". – Roubei do meu emprego. Está tapando o buraco na parede onde caiu um pedaço de reboco.

– Muito bem – disse ele, tranquilo. – Contanto que eu saiba. Vamos dar uma olhada nos seus livros – disse ele, avançando em sua direção como uma locomotiva a pleno vapor. Felizmente, tinha enrolado uma toalha na cintura que cobria seus penduricalhos, de modo que não fiquei alvoroçada demais com sua movimentação pelo quarto. – Que tipo de pessoa você realmente é? Muito bem, aqui está sua *Obra Reunida de Patrick Kavanagh*, como me disse na noite em que nos conhecemos. Legal, saber que a garota não mente.

– Sai de perto deles – ordenei. – Deixa eles em paz, não estão habituados a receber visitas, você vai perturbar eles e vão ficar semanas sem conseguir transar.

Minha "coleção" de livros me encabulava – oito livros não chegam a constituir uma coleção. Mas o fato é que eu não precisava de mais nenhum. Raramente encontrava algum livro que me dissesse alguma coisa e, mesmo quando isso acontecia, levava mais ou menos um ano para lê-lo. Em seguida, relia-o. E então relia-o outra vez. Depois, lia um dos que já tinha lido um milhão de vezes. E voltava ao primeiro. E o lia de novo. Sabia que não era essa a abordagem normal de um texto literário, mas não havia nada que eu pudesse fazer.

– *O ranger dos sinos, Medo e delírio, O processo, Alice no país das maravilhas, Obras reunidas de PG Wodehouse* e, não só um, mais *dois* livros de Dostoievski.

Ele sorriu para mim, cheio de admiração:

– Você não é nenhuma boba, é, gata?

Fiquei em dúvida se estava sendo sarcástico, e não consegui chegar a nenhuma conclusão. Ele se limitou a dar de ombros, distraído.

Eu estava particularmente envergonhada por causa dos livros de Dostoievski.

– Que é que há de errado com John Grisham? – perguntava Brigit, toda vez que me pegava com eles. – Por que você lê esses negócios metidos a besta?

Eu ignorava a razão. Só sabia que achava sua leitura muito reconfortante. Principalmente porque podia abrir esses livros em qualquer página que quisesse e saber exatamente em que ponto me encontrava. Não precisava me dar ao tedioso trabalho de descobrir onde tinha parado, nem lembrar quem era quem ou qualquer um dos outros problemas que acometem as pessoas com uma inteligência abaixo da média e uma capacidade de concentração vergonhosamente baixa.

– Foi muito atrevimento da sua parte me mandar tirar o vestido daquele jeito – disse eu, para provocá-la, deitada ao seu lado na minha cama. – O que te deu tanta certeza de que eu faria o que me mandasse? Eu podia estar namorando outra pessoa.

– Por exemplo? – ele riu. – Daryl? Aquele babaca burro.

– Ele não é um babaca burro – disse eu, altiva. – É uma pessoa muito legal e tem um ótimo emprego.

– Pode-se dizer o mesmo de Madre Teresa – debochou Luke –, mas nem assim eu iria querer ir para casa com ela.

Gostei de saber que Luke tinha ciúmes de mim com Daryl, mas me sentia um pouco constrangida com o episódio. Assim, tentei mudar de assunto

– Eu nunca adivinharia que o Llama Lounge faz o seu gênero – disse eu.

– E não faz, mesmo.

– Então, o que você estava fazendo lá?

Aos risos, ele respondeu:

– Eu não deveria te contar isso, mas o fato é que andei espalhando uns espiões para ficarem de olho em você.

Senti um misto de vaidade e desprezo por ele.

– Como assim? – Não tinha certeza se queria saber, não fosse pela grande parte de mim que queria saber tudo.

– Conhece Anya? – ele perguntou.

– Claro que sim. – Anya era uma modelo e eu queria ser ela.

– Falei de você com Anya e ela me ligou, dizendo que você estava no Llama Lounge.

– Como é que você conhece Anya? – perguntei.

– Eu trabalho com ela.

– Fazendo o quê?

– Processamento de dados numéricos, gata.

– O que é isso?

– Contabilidade. Na agência de Anya.

– Você é contador? – perguntei, atônita.

– Não. Só um humilde contínuo.

– Graças a Deus – suspirei. – O marido de minha irmã Margaret, Paul, é um tipo de contador, só que pior. Você sabe aqueles sujeitos de que estou falando, como é mesmo o nome deles?

– Auditores?

– Exatamente. Mas, me diz, como é a Anya? É legal? Tem vagas para amigas?

– É uma garota ótima – disse ele. – Gente finíssima.

Seus olhos se fecharam, seu discurso tornou-se mais baixo e murmurado, e ele se virou de lado. Aninhei-me contra a pele lisa de suas costas e passei os braços ao seu redor, tocando furtivamente sua barriga, para ver se se distendia em direção à minha mão, como minha barriga fazia com suas costas. Não se distendeu.

Depois que ele dormiu, subitamente fiquei obcecada com o preservativo que ele tinha no bolso da calça. Não conseguia dormir, pensando nisso. Mesmo sabendo que era uma atitude muito responsável da parte dele, fiquei com ciúmes. Ciúmes da desconhecida com quem ele o teria usado, se não tivesse sido comigo. E o que isso me diz sobre Luke?, me perguntei, zangada. Que ele estava sempre de olho numa trepada? A qualquer hora, em qualquer circunstância, em qualquer lugar? Sempre pronto, seu fiel preservativo a postos para ser convocado para a ativa? Luke-só-pensa-naquilo-Costello! Quantos mais ele não teria no bolso, prontos para serem usados de uma hora para a outra? Com Anya, provavelmente, mas só se ela dormisse de touca, já que nunca iria querer nada com um idiota como Luke.

Olhei para ele, que dormia, e cheguei à conclusão de que não gostava mais dele.

Acordei de madrugada com uma cólica menstrual de matar.

– Que foi, gata? – perguntou Luke, vendo que eu me contorcia de dor.

Hesitei. Como iria dizer isso a ele?

"Estou amaldiçoada?" Talvez ele não entendesse.

"Estou pingando?" Era Helen quem dizia isso. Até para os homens.

Resolvi dizer "Estou naqueles dias". Conciso, na medida, sem dar margem a equívocos, mas não tão clínico quanto "Estou menstruando".

– Que ótimo! – exclamou Luke. – Não vamos precisar de preservativos durante os próximos cinco dias.

– Para com isso – gemi. – Tô morta de dor. Me traz um remédio, procura naquela gaveta.

– O.k. – Ele pulou da cama e, embora eu não gostasse mais dele, não havia como negar que seu corpo era uma beleza. No escuro, contemplei o brilho prateado das luzes da rua no contorno musculoso de sua perna, aquela linda linha que corre pela lateral de uma perna bem definida. Não que eu fosse nenhuma entendida no assunto.

Enquanto ele vasculhava uma gaveta, admirei a vista lateral de seu corpo. Que bunda maravilhosa ele tinha, pensei, zonza de dor. Adorava as reentrâncias dos lados. Para dizer a verdade, adoraria eu mesma ter uma bunda daquelas.

Ele voltou com meu vidro enorme de analgésicos potência-industrial.

– Dihidrocodeína? – leu o rótulo. – Pauleira. Só é vendido com receita.

– É isso aí. – Não precisava dizer a ele que *comprara* a receita de Digby, o médico viciado em heroína.

– O.k. – disse ele, lendo o rótulo lentamente. – Dois agora e mais nenhum durante seis horas...

– Pode buscar um copo d'água para mim? – interrompi-o. Dois, uma ova. Dez era mais o caso.

Enquanto ele estava na cozinha, enfiei um punhado de comprimidos na boca. Quando voltou, deixei que me desse dois, junto com o copo d'água.

– Mrigada – murmurei, mal podendo falar, tão cheia estava minha boca. Mas sabia que ele não tinha percebido nada.

35

Naturalmente, não pude ir trabalhar no dia seguinte. Livre de qualquer sentimento de culpa – afinal, para variar, *estava* realmente doente – tomei outro punhado de pílulas e me preparei para curtir meu dia de folga.

Que foi bom.

Com uma agradável sensação de leveza provocada pelo efeito dos analgésicos e da umidade do ar, assisti ao programa do Geraldo, depois ao de Jerry Springer, depois ao da Oprah e depois ao de Sally Jessy Raphael.*

**Talk shows* populares da TV norte-americana. (*N. do E.*)

Comi uma caixa inteira de sorvete e um saco tamanho-família de salgadinhos de milho. Por fim, tirei uma soneca.

Quando Brigit chegou em casa do trabalho, eu estava deitada no sofá, usando calças largas de ginástica e um sutiã, comendo sucrilhos de canela direto da caixa. Porque, como todo mundo sabe, cereais comidos direto da embalagem – assim como biscoitos de chocolate partidos em pedaços e qualquer alimento ingerido de pé – não contêm calorias.

– Você faltou ao trabalho de novo? – foram suas primeiras palavras.

– Eu estava doente – me defendi.

– Ah, Rachel...

– Estava doente *mesmo,* dessa vez. – Fiquei irritada. Quem precisa de mãe, quando tem Brigit?

– Você vai perder seu emprego, se continuar fazendo isso.

Só Deus sabe por que ela estava tão irritada comigo. Quantas vezes, no passado, já não tinha me pedido para telefonar para o seu trabalho e dizer que estava doente?

Mas, enfim, estava fazendo calor demais para brigar.

– Cala a boca – disse eu, constrangida – e me conta como é que foi ontem à noite com Nosso Homem em Havana.

– *Madre de Dios!* – exclamou ela. Era a única coisa que se lembrava das aulas de espanhol que andara tendo, numa tentativa de conquistar o coração do infiel Carlos. – Alta dramaturgia, minha filha! Desliga essa televisão e liga o ventilador que eu te conto.

– O ventilador está ligado.

– Caramba, e a gente ainda está em junho. – Suspirou. – Enfim, espera só até ouvir.

Com o rosto sombrio de raiva, ela contou que se despencara para o Bar Z, apenas para descobrir que Carlos já tinha ido embora. Assim, foi até seu apartamento, mas encontrou Miguel montando guarda à porta, sem querer deixá-la entrar. Mesmo assim, ela chegou a avançar até o hall, onde viu uma hispânica de uns noventa centímetros de altura, com olhos castanhos e vivos e um ar do tipo não-se-mete-comigo-ou-meus-irmãos-vão-sacar-as-navalhas.

– Assim que pus os olhos nela, eu *soube*, sabe como, Rachel?, eu *soube* que ela era alguma coisa de Carlos.

– Intuição feminina – murmurei. Mas talvez devesse ter dito "Neurose feminina". – E ela era alguma coisa de Carlos?

– A nova namorada dele, segundo ela. Me fez entrar, ficou gritando em espanhol com Carlos e aí me disse "Vai procurar *tu* turma".

– "Vai procurar *tu* turma"? – Fiquei chocada. – Como em *West Side Story*?*

– Exatamente – disse Brigit, seu rosto tomado por uma fúria estereotípica. – E eu não quero procurar a minha turma, os homens irlandeses são de lascar. E espera só até ouvir a pior parte: ela me chamou de *gringa*. Com essas exatas palavras: "Tu *eres* uma *gringa*." E Carlos deixou, ficou lá sentado como se de repente não soubesse mais se defender sozinho! CALHORDA – berrou, atirando minha lata de desodorante do outro lado do quarto, onde foi quicar numa parede. – Aquele merdinha imundo, xexelento. Vê se pode, *gringa*, que desaforo.

– Mas peraí – disse eu, ansiosa. – *Gringa* não é um desaforo.

– Ah, não mesmo – disse Brigit, agitada. – Como então, ser chamada de piranha não é um desaforo. Muitíssimo obrigada, Rach...

– *Gringa* não quer dizer piranha – levantei a voz. Era preciso falar alto para se comunicar com Brigit quando estava com esse tipo de estado de espírito. – Quer dizer apenas uma pessoa da raça branca. – Então, como se diz piranha em Cuba?

– Sei lá, foi você quem teve aulas de espanhol.

– Sabe – Brigit parecia um pouco encabulada – bem que eu achei que ela ficou com um ar meio confuso quando eu disse que não era nenhuma *gringa* e que a única *gringa* ali era *ela*.

– Quer dizer então que é o fim da linha para Carlos? – perguntei. Até o próximo fim da linha, pelo menos. – É definitivo?

---

*Musical de 1957 sobre o amor proibido entre uma descendente de porto-riquenhos e um descendente de italianos. (*N. da T.*)

– Definitivo – ela confirmou. – Temos que encher a cara hoje à noite.

– Tem razão. Ou talvez eu pudesse ligar para Wayne e...

– NÃO – berrou ela. – Já tô cheia de você ficar...

– O quê? – encarei-a, amedrontada.

– Nada – ela murmurou. – Nada. Só quero ficar bêbada, sentimental e chorar. Ninguém consegue ficar infeliz com cocaína. Pelo menos não quando é a própria pessoa que cheira – acrescentou, misteriosa. – Vou trocar de roupa.

– *Prostituta* – gritou Brigit do quarto.

– Você também não é nenhuma santa – devolvi.

– Não. – Percebi o tom de riso em sua voz. – Olhei no dicionário, é assim que se diz piranha em espanhol. – Ah, tá.

– Quero ter certeza de que vou ofendê-la direito na carta.

– Que carta? – perguntei, desconfiada.

– A carta que vou escrever para aquela Sacana Cubana.

Ah, não.

– Piranha atrevida – prosseguiu Brigit. – Quem ela pensa que é para ser grossa comigo? Essa não é boa, Sacana Cubana? E nós somos as Princesas Irlandesas. Vamos ver se consigo arranjar mais rimas.

– Não seria melhor para você mesma se escrevesse uma carta para Carlos? – arrisquei, cautelosa.

Ouvi-a murmurando:

– ...fulana, cigana, banana, cabana, paisana, pestana, roldana... Não.

– Por que não?

– Porque aí ele saberia que gosto dele.

– Sabe – acrescentou – se essa mulher quiser que o namoro dela com Carlos dure, vai ter que ser boa em duas coisas.

– Quais?

– Chupar e perdoar.

O telefone tocou. Ambas mergulhamos nele de ponta-cabeça, eu da sala, Brigit do quarto. Brigit chegou primeiro. Sempre tivera reflexos maravilhosos, desde pequena. Passamos muitas horas felizes batendo com a ponta de uma régua abaixo da rótula uma da outra e gritando "Mexeu!".

– É para mim – veio a voz dela de longe.

Uns sete segundos depois, correu de volta para a sala, quase sem fôlego.

– Adivinha quem era!

– Carlos.

– Como é que você sabe? Enfim, ele quer se desculpar comigo. Então, er... vai vir aqui daqui a pouco.

Não disse nada. Quem era eu para julgar?

– Bom, vamos lá, vamos arrumar este lugar, ele vai estar aqui em meia hora.

Sem muito ânimo, amassei sacos vazios de salgadinhos de milho e latas de cerveja, e arrastei meu edredom de volta para o quarto.

Carlos não apareceu meia hora depois. Nem uma hora depois. Nem uma hora e meia depois. Nem duas horas depois. Nem três horas depois.

Brigit foi desmoronando noite adentro, ruindo em câmera lenta.

– Não acredito que ele esteja fazendo isso comigo de novo – murmurou. – Depois da última vez, prometeu que não me torturana assim.

Uma hora e meia depois, ela não aguentou mais e me fez ligar para ele. Ninguém atendeu. Isso a animou, pois achou que indicava que ele já estava a caminho. Mas, vinte minutos depois, como ele ainda não tivesse chegado, foi forçada a desistir da ideia.

– Ele está com ela, a sacaninha cubana – gemeu. – Eu *sinto* isso, sou uma bruxa, meus pressentimentos nunca falham.

Senti uma pontinha cruel de alegria. Torcia para que ele fosse tão sujo com ela, que ela seria obrigada a desistir dele. Mas me envergonhava por isso.

Quando o atraso atingiu a marca das três horas, ela se levantou e disse:

– Muito bem, vou até lá.

– Não, Brigit – implorei. – Por favor... sua dignidade... seu amor-próprio... um porco... uma *vara* de porcos... não valem uma mijada sua... de que adianta... senta aí.

Nesse exato momento, a campainha do interfone tocou. Foi como se o apartamento inteiro suspirasse de alívio.

– Aos quarenta e três minutos do segundo tempo – murmurou Brigit.

Preferi não lembrar a ela que os quarenta e três minutos do segundo tempo já tinham passado há algum tempo, e que já estávamos indo para os pênaltis.

Um brilho estranho surgiu nos olhos de Brigit.

– Assiste só – disse ela, trincando as mandíbulas e caminhando com passo despreocupado para o interfone. Apanhou o fone e respirou fundo. Em seguida, com a voz mais alta que já ouvi na vida, gritou: – VAI À MERDA!

Deu as costas e começou a se sacudir de tanto rir.

– Isso vai servir de lição para aquele cafajestinho.

– Posso tirar uma casquinha? – pedi, ávida.

– Fica à vontade. – Ela ria de chorar.

– Ham-ham. – Pigarreei. – O.k., lá vai. É ISSO Aí, VAI À MERDA!

Ato contínuo, caímos nos braços uma da outra, chorando de rir.

A campainha do interfone tornou a tocar, longa e estridente, levando-nos a ficar quietas por um momento.

– Ignora – disse eu, recobrando o fôlego.

– Não posso – ela abafava o riso. Então, caímos na gargalhada outra vez.

Ela teve que esperar até conseguir falar, antes de apanhar o fone e dizer "Entra, seu porco gordo e cabeludo", e apertar o botão que abria a porta.

ELE ESTAVA COM UM AR ressabiado e magoado. E não era para menos.

Porque era Daryl, não Carlos. Daryl! Como então, os sonhos se realizam.

Era difícil de acreditar que acabara de transpor a soleira da nossa porta. Para ser absolutamente honesta, eu já o dava por morto. Concluí que devia ter perdido o número do meu telefone, mas que se lembrava do endereço por causa da noite da festa. Eu estava tão feliz, que quase tive uma convulsão.

Agora que as coisas chegavam a bom termo, era engraçado constatar como meus medos pareciam infundados.

– Oi, Rebecca – disse ele, distante.

– Rachel – corrigi-o, constrangida.

– Não, *Daryl* – disse ele. – Meu nome é Daryl.

Já não parecia ser tão boa-pinta quanto eu me lembrava dele na noite de sábado, mas não me importei. Usava roupas fantásticas, conhecia Jay McInerney e eu estava vidrada nele.

– Pois é, Rebecca – disse ele, sem prestar muita atenção em mim. – Estou proc...

– Desculpe – me obriguei a dizer – mas meu nome é Rachel. – Logo me senti culpada, pois ele podia achar que eu o estava criticando. – Mas não importa – acrescentei.

Quase disse "Pode me chamar de Rebecca, se quiser".

– Por que vocês duas me mandaram à merda? – perguntou, dando uma longa fungada que explicou a natureza de seu olhar perdido, instável.

Como Brigit ficara muda de decepção e incredulidade, tive que responder:

– Pensamos que você fosse outra pessoa...

A campainha tocou outra vez, e Brigit logo ficou animadíssima.

Correu para a porta, pegou o fone e soltou aos berros um passa-fora incoerente, do qual apenas uma a cada dez palavras era compreensível:

– PUTOCALHORDAATRASADOSACANAMAISOQUEFAZERESCROTOBABACAPROFUNDASDOINFERNO.

Desfechou dizendo "Entra, seu babaca", e apertou o botão.

Só então pareceu se dar conta de Daryl.

– MAMA mia – disse, com ar sombrio, dando um risinho estranho. – MAMA mia. MAMA MAMA mia. Ha-ha.

Assustada, concluí que nunca devia ter contado a ela sobre o episódio com Daryl. Agora que ficara doida, esse conhecimento podia ser bastante incendiário.

Enfiou o polegar na boca e chegou o rosto bem perto do de Daryl, perto até demais, antes de tornar a dizer, num tom muito sugestivo:

"Mama." Com outra risada estranha e maligna, dirigiu-se para a porta. Tanto mais fácil seria descer o braço em Carlos quando chegasse.

Quando Luke entrou tranquilamente, carregando duas caixas enormes de sorvete, Brigit fez cara de quem acabou de morrer.

– Oi, Brigit – disse ele, com a maior naturalidade. – O calor está deixando você nervosa?

Ela o fitou com olhos fundos, exaustos de guerra. – Luke – murmurou. – Foi você quem tocou...?

– Pois é – disse ele. – O que aconteceu? O cubano se escafedeu de novo?

Ela assentiu, calada.

– Não prefere dar o caso por encerrado e sair com um irlandês legal? – perguntou ele.

Ela continuou a fitá-lo, seus olhos vazios como dois túneis abandonados.

– Será que um sorvetinho não faria você se sentir melhor? – prosseguiu, em tom afetuoso.

Eis um homem que conhece as mulheres, me peguei pensando, embora também tivesse levado um choque com sua chegada inesperada. Ainda mais com Daryl no recinto.

Ela fez que sim com a cabeça, como se estivesse fora do ar. Quando Luke estendeu uma das caixas de sorvete em sua direção, ela hesitou, mas logo arrancou-a dele, como uma criança com medo de que lhe tomem o brinquedo.

– Todo... para... mim? – a muito custo perguntou. Eu já a vira catatônica de decepção antes, mas nunca tão mal assim.

Luke fez que sim com a cabeça:

– Todo para Brigit – disse ela, como uma criança, o braço estreitando a caixa.

Todos a observavam, ansiosos.

– Que bom – balbuciou. – Todo para a coitadinha da Brigit.

Em silêncio, nós a observamos tentando caminhar.

– Colher – murmurou, cambaleando em direção à cozinha. – Come. Se sente melhor.

Então, deteve-se de um tranco:

– Não, não precisa. Come de qualquer jeito. Sem colher.

Não desgrudamos os olhos dela até conseguir chegar a seu quarto. Quando bateu a porta, Luke voltou-se para mim.

– Rachel – disse, num tom de voz diferente do que tinha empregado para acalmar Brigit.

Era um tom de voz significativo, que fez com que meu estômago se sentisse como se já tivesse ganho um pouco do sorvete que ele trouxera. Mas a consciência da presença de Daryl e seu nariz fungão não me permitiu apreciar essa sensação.

– Ah, oi, Luke – disse eu, constrangida. – Não estávamos esperando você.

Assim que as palavras saíram de minha boca, me arrependi por tê-las dito, pois não soavam nada acolhedoras. Emendei depressa:

"Mas estou muito feliz por ver você." Mas aí me arrependi da emenda, porque soava condescendente e hipócrita.

Minha pele comichava. Ai, por que Luke tinha que aparecer logo agora que Daryl estava lá? E por que Daryl tinha que estar lá logo agora que Luke aparecera?

Uma desgraça nunca vem sozinha. O diabo é quando resolve trazer a família inteira. Era disso que eu tinha medo.

E também de que Daryl pensasse mal de mim por conhecer alguém que usava uma camiseta do *Senhor dos Anéis.*

Mas, e isso me surpreendeu, também estava nervosa porque Luke obviamente achava que Daryl era uma dessas bichas loucas que vivem rebolando em discotecas.

Descobri que gostava de Luke, e não fiquei nem um pouco feliz com a descoberta.

Luke se voltou para Daryl, e sua expressão mudou:

– Darren – cumprimentou-o com um aceno de cabeça, mal-humorado.

– Daryl – corrigiu o outro.

– Eu sei – disse Luke.

– Alguém gostaria de beber alguma coisa? – perguntei com a voz esganiçada, antes que estourasse uma guerra.

Luke me seguiu até a cozinha.

– Rachel – chamou baixinho, num tom suave e melodioso, seu corpo grande e sensual quase encostando no meu – você não se lembra, lembra?

– Do quê? – Senti uma nota tênue de seu cheiro, e tive vontade de dar uma dentada nele.

– Você me pediu para vir aqui hoje à noite.

– Pedi? Quando?

– Hoje de manhã, quando eu estava de saída.

Meu coração se apertou de medo, pois eu não tinha a mais pálida lembrança do pedido. E não era a primeira vez que esse tipo de coisa acontecia.

– Ah, meu Deus – soltei uma risadinha nervosa – eu não devia estar acordada. Mas estava acordada o bastante para pedir a ele que ligasse para meu emprego, dizendo que eu estava doente. – Finge que é meu irmão – lembrava-me de ter dito a ele.

– Nesse caso – desfechou Luke, com uma expressão glacial, colocando a outra caixa de sorvete em cima da pia –, vou deixar você.

Deprimida pela consciência do quanto lidara mal com a situação e de como a culpa era toda minha, vi-o ir embora.

Queria detê-lo, mas todas as partes de meu corpo, com exceção do cérebro, estavam paralisadas, como se eu tivesse acabado de acordar de uma anestesia geral.

Volta, minha cabeça gritava, mas a voz não colaborava.

Vai atrás dele, agarra ele, ordenava minha cabeça, mas os braços e pernas estavam sofrendo um apagão.

Quando a porta bateu atrás dele, ouvi Daryl fungar e dizer: "Putz, esse cara é superagressivo."

Cansada, voltei minha atenção para ele, decidida a salvar tudo que podia da situação.

36

— Santo Deus, já são quase nove horas! – exclamou Chris.

Seguiu-se uma debandada geral do refeitório para a sessão de segunda de manhã: o grupo da Chucrute Azedo para a Biblioteca, encabeçado por Chris, o de Barry Grant para o Santuário e o de Josephine para o Aposento do Abade.

Aos trancos e empurrões, o bando desembestou pelo corredor, entrando e gritando em tom brincalhão sobre a conquista dos melhores assentos. Chaquie e eu lutamos, disputando o mesmo. Com um empurrão forte, ela me atirou no chão e saltitou vitoriosa em direção à poltrona. Choramos de rir. Mike ficou com a outra poltrona boa. Misty sentou no colo dele, enroscando-se e dizendo "Eu quero. Dá pra mim", com um sorriso irônico de duplo sentido, indicando que estava cheia de amor para dar. Mike ficou amarelo e saiu capengando em direção à pior poltrona, cuja mola podia fazer uma bunda chorar lágrimas de sangue, se a sessão fosse longa..

Josephine abriu a sessão dizendo:

– Rachel, deixamos você um pouco de lado na semana passada, não é?

Meus intestinos viraram água.

Hora do questionário. Como eu podia ter chegado a achar que escaparia? Isso me serviria de lição por ter brincado com Chaquie. Meu alto astral desafiara o destino.

– Não é? – repetiu Josephine.

– Não me importo – murmurei.

– Sei que não – disse ela, jovial. – E essa é precisamente a razão pela qual vamos fazer de você o centro das atenções.

Com o coração aos pulos, senti o ódio e a impotência se debaterem dentro de mim. Tive vontade de derrubar as poltronas, enfiar um murro na cara daquela figurona e sair pelos portões afora rumo a Nova York, para matar Luke.

A consciência da loucura de minha estada no Claustro, sujeitandome a tamanha dor e humilhação, me atingiu com uma força esmagadora.

Calada e aflita, vi Josephine remexer algumas folhas de papel que tinha nas mãos. *Não faça isso, por favor, não faça isso.*

– Gostaria que você escrevesse a história da sua vida – disse ela, estendendo-me uma folha. – Aqui estão as perguntas que quero que você aborde, ao fazê-lo.

Custei um pouco a compreender que fora poupada, que ela não ia ler em voz alta o atestado da traição de Luke. Tudo que queria que eu fizesse era uma sinopse boba da minha vida. Sem problemas!

– Não precisa ficar tão assustada – disse, com um sorriso malicioso.

Sorri debilmente.

Trêmula, dei uma rápida olhada na folha de papel que ela me dera. Tudo que continha era uma lista de perguntas que deveriam servir de diretrizes para a redação da história da minha vida. "Qual é sua lembrança mais antiga?" "Quem era a pessoa de quem você mais gostava quando tinha 3 anos?" "Dez?" "Quinze?" "Vinte?"

E eu que tinha achado que seria um exercício difícil de criatividade, exigindo que desencavasse lembranças aleatórias de meu passado. Mas não, seria simples como preencher um relatório de solicitação de reembolso à companhia de seguros. Menos mal.

A sessão daquela manhã foi dedicada a Clarence, que, tendo ultrapassado a marca das seis semanas, iria embora muito em breve.

– Você compreende que, se quiser ficar longe da bebida – disse-lhe Josephine – terá que mudar de vida quando voltar para o mundo lá fora.

– Mas eu já mudei – disse Clarence, ansioso. – Conheço aspectos de mim mesmo que nem sonhava existirem, em todos os meus 51 anos de vida. Tive coragem de escutar minha família contando histórias de quando eu estava embriagado. E tenho consciência de que fui egoísta e irresponsável.

Era estranho ver alguém tão esquisito quanto Clarence falando com tamanha autoridade e conhecimento de causa.

– Isso eu não discuto com você, Clarence – disse Josephine, com um sorriso que, pela primeira vez, não tinha uma gota de ironia. – Você percorreu um longo caminho. Mas me refiro às mudanças práticas que você vai ter que empreender.

– Mas eu quase nunca pensava em beber, durante minha estada aqui – insistiu Clarence. – Só quando acontecia alguma coisa ruim.

– Exatamente – concordou Josephine. – E as coisas ruins vão acontecer lá fora também, porque essa é a natureza da vida. Só que, a essa altura, você vai poder beber. O que vocês sugerem? – lançou a questão ao grupo.

– Que tal psicoterapia? – indagou Vincent. – É claro que não aprendemos o bastante sobre nós mesmos durante os dois meses que passamos aqui, a ponto de não precisarmos aprender mais nada até o fim da vida.

– Tem razão, Vincent – aprovou Josephine. – Bem observado. Cada um de vocês vai ter que mudar o comportamento de toda uma vida quando voltar para o mundo lá fora. A psicoterapia, seja ela em grupo ou individual, é de importância vital.

– Ficar longe dos bares – propôs Misty, veemente. – E se afastar das pessoas com quem você bebia, porque já não vai ter mais nada em comum com elas. Essa foi a minha desgraça.

– Vá por Misty – disse Josephine. – A menos que queira acabar aqui de novo em seis meses.

– Frequentar um monte de sessões dos AA – sugeriu Mike.

– Obrigada, Mike. – Josephine inclinou a cabeça. – Todos vocês encontrarão um grande apoio nos AA e NA quando saírem.

– Você pode arranjar vários *hobbies* novos – sugeriu Chaquie –, para encher o seu tempo.

Eu estava gostando dessa sessão. Era empolgante ajudar alguém a planejar uma nova vida.

– Obrigada, Chaquie – agradeceu Josephine. – Pense um pouco no que gostaria de fazer, Clarence.

– Bom... – disse ele, tímido. – Eu sempre...

– Diga.

– Sempre quis... aprender a dirigir. Vivia dizendo que aprenderia em breve, mas nunca chegava a começar, porque, na hora H, sempre preferia a bebida a qualquer outra coisa. – Clarence pareceu surpreso com o que acabara de dizer.

– Essa – sibilou Josephine, seu rosto iluminado – é a coisa mais perspicaz que você disse durante toda a sua estada aqui. Reconheceu uma característica fundamental da vida do dependente: manter sua dependência é tão importante, que ele não tem nenhum interesse por mais nada.

Bastou eu me sentir vaidosa por ter um monte de interesses – ir a festas, bater perna na rua, comprar roupas, me divertir – para Josephine soltar:

– E gostaria que todos vocês se lembrassem de que comemorações, festas, bares e boates não constituem interesses por si só. São simplesmente atividades periféricas à manutenção do vício.

Disse isso olhando diretamente para mim, com seus olhos azuis e inteligentes cheios de alegria e argúcia. Odiei Josephine como nunca tinha odiado ninguém na vida. E, pode crer, eu já tinha odiado um bocado de gente.

– Algum problema, Rachel? – ela perguntou.

– Sei – disparei, possessa de raiva. – Quer dizer então que ir a uma festa faz de alguém um dependente?

– Eu não disse isso.

– Disse, sim, você disse que...

– Rachel – ela subitamente se tornou muito firme – para uma pessoa normal, ir a uma festa é apenas isso, ir a uma festa. Mas, para um dependente, é uma situação onde a droga de sua escolha, seja ela o álcool ou a cocaína, estará disponível. É interessante que você tenha ouvido o que eu disse desse jeito...

– E eu *odeio* essa palavra – soltei.

– Que palavra?

– *Normal.* Quer dizer então que se você é um dependente, é *anormal?*

– Sim, suas respostas às situações da vida cotidiana são anormais. Um dependente usa sua droga, em vez de lidar com a vida, seja ela boa ou ruim.

– Mas eu não quero ser *anormal* – explodi.

Mas que...?, pensei, surpresa. Não tinha tido a menor intenção de dizer aquilo.

– Ninguém quer ser anormal – disse Josephine, fitando-me com um olhar afetuoso. – É por isso que a negação do dependente costuma ser tão forte. Mas aqui no Claustro você vai aprender novas respostas, respostas normais.

Chocada e confusa, abri a boca para pôr os pingos nos is, mas ela já tinha mudado de assunto.

Logicamente, eu sabia que ela era uma filha da puta burra e que não havia absolutamente nada de errado em levar uma vida social saudável, mas me sentia emocionalmente acuada. E desgastada. Tinha a impressão de estar sempre me explicando ou desculpando por ser quem eu era e viver a vida ao meu modo.

Em geral, dava uma banana para essas baboseiras do Claustro que supostamente se aplicavam a mim, mas naquele dia não estava com forças para bater no muque. Cuidado, adverti a mim mesma, com uma espécie de medo premonitório. Não baixe a guarda, porque, se deixar, eles montam em você.

SENTI-ME ESTRANHA aquela noite, sentada no refeitório, para escrever a história da minha vida. À vontade, como se aquele fosse o meu lugar. Como eu tinha a temeridade de me sentir bem, jamais saberei. Imprensada entre o fora e a armação de Luke, com o temido questionário ainda por vir, as coisas estavam bem feias. Mas, como aquelas pessoas que conseguem levar uma vida feliz e realizada morando ao sopé de um vulcão, eu às vezes conseguia me desligar de minha insustentável situação. Tinha que me desligar. Enlouqueceria se não me desligasse.

Misty não estava lá, o que me ajudou. Ela sempre me deixava nervosa e irritada.

Chupando a ponta da caneta, eu olhava para Chris, principalmente suas coxas. Meu Deus, ele era delicioso. Desejei que ele olhasse para mim, enquanto eu estava com a caneta na boca. Achava essa pose um tanto provocante. Mas ele não olhou. De repente, a ponta de minha língua ficou insensível, do gosto da tinta. Ugh! Ansiosa, me perguntei se meus dentes tinham ficado azuis.

Desde a véspera, eu vinha observando Chris atentamente, para ver se Helen me suplantara em seus afetos. Ele não chegava a ser antipático, brindando-me com as brincadeiras de sempre e a dádiva ocasional do contato físico. Mas, seria imaginação minha ou tinha havido uma diminuição infinitesimal no seu interesse por mim, tão pequena que chegava a ser invisível a olho nu? Talvez eu estivesse apenas sendo paranoica ao extremo, pensei, procurando me acalmar.

Tentei me concentrar na história da minha vida, mas de novo meu olhar foi irresistivelmente atraído para Chris, que jogava Trivial Pursuit com alguns outros internos. Ou, pelo menos, tentava. As discussões não paravam de interromper o jogo, porque Vincent suspeitava que Stalin tivesse decorado todas as respostas. Jurava tê-lo visto lendo e estudando os cartões.

Davy, o jogador, implorava a eles para que jogassem a dinheiro. A palitos de fósforo, que fosse.

A discussão me fez lembrar da minha família. Só que os internos não eram tão ferozes, é claro.

Tinha começado a nevar. Deixamos as cortinas abertas para podermos ver os flocos macios esvoaçando por trás da janela.

Barry, o Bebê, dançava pelo aposento, fazendo *tai chi chuan*, com movimentos graciosos, relaxantes de se assistir. Ele estava lindo, como um querubim de cabelos escuros. E quase parecia alegre e animado, no universo particular de seu transe. Especulei que idade teria.

Eamonn entrou, com seu passo de pato, e quase tropeçou em Barry.

– Que é que está acontecendo? – indagou. – Isso é perigoso, você não devia fazer.

– Deixa o garoto fazer o *chow mein** dele – protestou Mike. Nesse momento, Chaquie chegou, reclamando em voz alta de alguma coisa que lera nos jornais sobre uma distribuição de preservativos às mães solteiras, com o objetivo de evitar que aumentassem suas famílias.

– É uma vergonha – ela fumegava. – Por que o dinheiro do contribuinte deve ser empregado em preservativos para elas? Não deveriam precisar de absolutamente nada. Sabem qual é o melhor anticoncepcional?

---

*Prato chinês à base de macarrão frito, carne e legumes desfiados. (*N. da T.*)

Barry franziu a testa, pensativo.

– Seu rosto? – arriscou.

Chaquie não deu bola para ele.

– A palavra "não"! É simples assim, bastam três letrinhas, n, a, o, til: não. Se tivessem um mínimo de moralidade, não precisariam...

– AH, CALA A BOCA! – berraram todos em uníssono.

As coisas se aquietaram um pouco, até John Joe pedir a Barry que lhe demonstrasse os rudimentos do *tai chi chuan*. Barry, sendo o amor de criança que era, fez sua vontade.

– Está vendo? Você desliza a perna pelo chão, aqui. Não, *desliza*.

Em vez de deslizar a perna graciosamente, John Joe se limitou a levantar o pé calçado com uma botina pesada e plantá-lo desajeitadamente em outro ponto do chão.

– Desliza, está vendo? Assim.

– Me mostra de novo – pediu John Joe, chegando mais perto de Barry.

Todos nós que estávamos no grupo de John Joe nos retesamos, pensando a mesma coisa. "Ele se sente atraído por Barry. Ó Deus, ele se sente atraído por Barry!"

– E levanta o braço com delicadeza. – Barry ergueu o braço com a graça de uma bailarina. John Joe esticou o seu como se estivesse dando um murro em alguém.

– Agora dá uma arqueadinha nos quadris.

Outra babel de vozes irrompeu, dessa vez porque Stalin sabia a capital da Papua Nova Guiné.

– *Como* é que você pode saber? – perguntou Vincent. – *Como* é que um idiota como você pode saber uma coisa dessas?

– Porque não sou um idiota burro, como alguns que posso citar – insistiu Stalin.

– Nada a ver. – Vincent sorriu, sombrio. – Nada. A. Ver. É porque você andou estudando feito um louco as respostas, eis por quê. Capital da Papua Nova Guiné é o cacete, você mal sabe qual é a capital da Irlanda, embora viva nela. Se não fosse um alcoólatra, nunca teria saído da rua Clanbrassil, você está longe de ser o que se possa chamar de *viajado*...

– Shhh, pessoal, por favor, estou tentando escrever a história da minha vida – disse eu, bem-humorada.

– Por que não vai para a Sala de Leitura? – sugeriu Chris. Lá você vai ter mais sossego.

Fiquei dividida entre a oportunidade de admirá-lo e a de me mostrar grata por sua sugestão.

– Vá – incentivou-me ele, com um sorriso. – O trabalho lá vai render à beça.

Não precisou dizer mais nada.

Mas, assim que tentei escrever a história da minha vida, quer dizer, escrever *mesmo*, em oposição a ficar sentada diante do papel, subitamente compreendi por que razão, na primeira noite em que estivera na Sala de Leitura, estavam todos dando tapas nas mesas, amassando bolas de papel, atirando-as na parede, desesperados, e gritando "Não consigo fazer isso!".

Ao me ver confrontada com as perguntas, descobri que, no fundo, não queria responder a elas.

37

Qual era minha lembrança mais antiga?, me perguntei, olhando para a folha em branco à minha frente. Uma dentre muitas. Aquela vez em que Margaret e Claire me puseram num carrinho de boneca e saíram me empurrando pela casa em alta velocidade. Eu ainda me lembrava de mim mesma espremida no carrinho minúsculo, ofuscada pelo sol de verão, e dos rostos risonhos de Margaret e Claire, seus cabelos castanhos parecendo formas de pudim, o corte que todas usávamos. Lembrei-me do quanto odiava meu cabelo e desejava ardentemente ter cachos longos e dourados, como os da minha vizinha Angela Kilfeather.

Ou daquela vez em que corri atrás de Margaret e Claire com minhas perninhas rechonchudas, tentando acompanhar seu passo, só para ouvir delas: "Vai pra casa, você não pode vir, é muito criança."

Ou de como cobiçava as sandálias azul-claras de verniz de Claire, que tinham uma tira em volta do tornozelo, outra ao redor do dedão e – o melhor de tudo – uma flor branca de verniz em cima da tira ao redor do dedão.

Talvez minha lembrança mais antiga fosse a do dia em que comi o ovo de Páscoa de Margaret e ficamos todos trancados fora de casa.

Na mesma hora, foi como se as luzes na Sala de Leitura diminuíssem de intensidade. Ah, meu Deus, eu ainda me sentia estranha, mesmo 23 anos depois, ao me lembrar daquele dia. Sem dúvida, não *parecia* ter sido 23 anos atrás, parecia ter sido ontem.

Era um ovo de Páscoa da Beano, eu me lembrava claramente. Acho que não fazem mais Beanos, pensei, tentando me distrair da dolorosa lembrança. Se não me falhava a memória, os Beanos haviam entrado em extinção na década de setenta. Bem, eu sempre podia tirar isso a limpo com Eamonn. Eram lindos, como os Smarties, mas com cores muito mais brilhantes, muito mais vivas.

Margaret vinha guardando o ovo de Páscoa desde abril, e àquela altura já estávamos em setembro. Era esse o gênero de irmã que Margaret fazia. Seu dom de amealhar me *atormentava.*

Eu era o extremo oposto. Quando ganhávamos nossos sacos de bombons nos domingos, eu mal podia esperar a hora de arrancar o papel para enfiá-los na boca. E, quando terminava, os dela ainda estavam intactos. Então, é claro, eu me arrependia por não ter guardado os meus e queria os dela.

Durante meses, o ovo de Páscoa ficou no alto do armário, piscando para mim e me ofuscando com seu papel vermelho e reluzente. Eu o cobiçava o tempo todo, com cada fibra de meu corpinho gorducho. Estava obcecada por ele.

– Quando você acha que vai comer o ovo? – eu perguntava, tentando fingir que não dava a mínima. Que não me sentia como se fosse morrer, se não fosse nos próximos cinco minutos.

– Ah, sei lá – dizia ela, displicente, com o autocontrole de uma perfeita neurótica.

– É mesmo? – tornava eu, simulando minha indiferença com o maior rigor. Era de importância vital que ninguém ficasse sabendo o que a gente realmente queria. Porque, se soubessem, aí é que fariam questão de não dar. Quem pede, não ganha, era o que a experiência tinha me ensinado.

– Posso até nem comer – cismou. – Posso até jogar fora.

– Bom – disse eu, medindo as palavras, prendendo o fôlego à ideia de conseguir o que queria – não precisa jogar fora, eu como ele pra você.

– Você *quer* comer ele?

– Quero – disse eu, me esquecendo de dissimular.

– Ah-ha! Quer dizer então que quer comer ele.

– Não! Eu...

– Você quer, é o óbvio. E o Santo Deus diz que, porque você pediu, se tornou indigna dele. Não teve humildade, entendeu?

Aos cinco anos e três meses de idade, Margaret era uma sumidade em teologia.

Eu sabia muito pouco a Seu respeito, a não ser que Ele era um velho muito malvado, que se comportava como todas as pessoas que faziam parte do meu mundo. Se a gente queria uma coisa e pedia, tornava-se automaticamente inapta a consegui-la. Eu achava que a única maneira segura de se viver com Deus por perto era querendo as coisas que não se queria.

Cresci à sombra de um Deus cruel.

Cresci à sombra de uma irmã cruel.

Eu ficava confusa com seu autocontrole, confusa com minha própria fraqueza. Por que eu queria seu ovo de Páscoa tão desesperadamente, e ela não se importava com ele nem um pouco?

No dia em que finalmente perdi a cabeça, não tinha *intenção* de comê-lo.

Não o ovo inteiro, pelo menos.

Só queria me empanturrar com os confeitos que vinham no saquinho de celofane dentro dele. O plano era embalar novamente o ovo de Páscoa no seu papel laminado vermelho, guardá-lo de volta na caixa e tornar a colocá-lo em cima do guarda-roupa, quase intacto. E, se Margaret resolvesse comê-la e desse por falta do saquinho de confeitas, pensaria que o ovo já viera sem ele da fábrica. Eu até poderia dizer que o *meu* também viera sem confeitos, pensei, encantada com minha astúcia. Esse argumento certamente daria um toque extra de autenticidade ao golpe.

A gestação da ideia do roubo foi lenta e rancorosa. Escolhi a ocasião com todo o cuidado.

Claire e Margaret estavam na escola; a professora de Margaret dizia que nunca encontrara uma menina tão bem-comportada em seus 36 anos de magistério. Anna dormia com seu bumbum cheiroso no berço, e mamãe estava pendurando roupas no varal, uma aventura que em geral implicava várias horas de ausência, pois ela ficava conversando no jardim com a Sra. Kilfeather, mãe da tal Angela dos cachos dourados e angelicais.

Arrastei uma cadeira amarela de vime até o grande e pesado armário marrom (os armários planejados, brancos, de design moderno, mal-acabados e construídos com material ordinário, ainda eram coisa do futuro. Tais armários eram "o último grito", e nossa casa não tinha nenhum grito, além dos nossos.)

Encarapitei-me na cadeira e fiquei na pontinha dos pés, esticando os braços ao máximo para alcançá-lo. Não cansava de repetir para mim mesma que Margaret não queria o ovo de Páscoa. Estava quase me convencendo de que lhe prestava um favor. Finalmente, inclinei-o com a mão e ele despencou em cima de mim.

Carreguei a caixa comigo e coloquei-a no chão entre minha cama e a parede. Desse jeito, se mamãe entrasse, não me pegaria em flagrante.

Houve um momento de medo, antes de eu puxar o papelão. Mas, a essa altura, já estava além das minhas forças resistir. Minha boca estava cheia d'água, o coração aos pulos, a adrenalina a mil. Eu queria chocolate e ia ter.

Não foi fácil abrir a caixa. Margaret deixara até o *durex* intacto, meu Deus! Isso queria dizer, concluí, chocada, que não o abrira nem para *dar uma lambida.*

Com o maior cuidado, as mãozinhas gorduchas suando, levantei a pontinha do durex. Mas não adiantou, o papelão veio junto. Decidi que estava entusiasmada demais para me importar e que me preocuparia com isso mais tarde.

Cheia de reverência, ergui a bola de chocolate brilhante e vermelha de dentro da caixa, e o cheiro atingiu minhas narinas. Embora estivesse desesperada para começar a enfiar pedaços de chocolate na boca, me obriguei a descascar cuidadosamente o papel laminado. Uma vez removido, as duas metades se separaram, expondo o ruidoso saco de celofane cheio de confeitos que se aninhava em seu interior. Como o Menininho Jesus na manjedoura, pensei, empolgada.

Sinceramente, eu planejara comer apenas os confeitos, mas, quando terminei de comê-los, quis mais. *Mais.* MUITO MAIS!

Por que não?, me perguntei. Tem chocolate aí de sobra. E, de mais a mais, ela nem mesmo *quer* ele.

Não posso, me compenetrei, ela vai me matar.

Pode, sim, me bajulei, ela não vai nem notar.

Tá bem, pensei, chegando rapidamente a um acordo comigo mesma, posso comer uma das metades, embrulhar a outra de novo com o papel vermelho, colocar a caixa de volta em cima do armário com o lado perfeitinho para a frente, que Margaret nunca vai ficar sabendo.

Entre alegre, decidida e orgulhosa por ter sido tão esperta, empunhei uma das metades do ovo de Páscoa de Margaret e, um pouco ofegante de medo e antegozo, parti-a ao meio. Eufórica, o sangue pulsando de satisfação, enfiei um pedaço na boca, mal sentindo o gosto do chocolate antes de engoli-lo.

Mas esse frenesi não durou muito.

Quase na mesma hora em que o último bocado desapareceu, a vergonha chegou. Torturada pelo sentimento de culpa, embrulhei rapidamente a outra metade com o papel laminado. Não queria mais olhar para ela. No entanto, por mais que tentasse, não conseguia desamarfanhar e esticar o papel brilhante. Quando tentei alisá-lo com a unha, ele rasgou! Minha fome de açúcar fora saciada. Mas o medo, que não podia conviver com essa fome, reapareceu.

Profundamente arrependida, desejava não ter tocado em nada. Desejava nunca ter ouvido falar em ovos de Páscoa. Margaret saberia.

E, mesmo que não soubesse, Deus sabia. Eu iria para o Inferno. Onde arderia e chiaria como as batatas que mamãe fritava para nós toda sexta-feira.

Enjoada da sobrecarga de chocolate e da nostalgia dos dez minutos anteriores ao crime, quando o ovo ainda estava intacto, tornei a ajeitar o papel e recoloquei a outra metade na caixa. Mas não havia jeito de ele ficar em pé, pois faltava a outra metade para apoiá-lo contra os fundos da caixa.

E agora que o durex estava com metade do papelão da caixa grudada nele, não queria colar mais.

Fiquei com muito medo. Com muito, muito medo. Teria dado qualquer coisa para que o tempo retrocedesse a algum momento anterior à primeira dentada. *Qualquer coisa.*

Por favor, Deus, me ajude, rezei. Vou ser boazinha, nunca mais vou fazer uma coisa dessas de novo. Dou meu ovo de Páscoa no ano que vem para ela. Dou meu saco de bombons para ela todo domingo, mas não deixe que me apanhem.

Por fim, consegui enfiar os restos do ovo de Páscoa pelo buraco na frente da caixa. Fechei-a e coloquei-a de volta no alto do armário.

E me convenci de que estava ótima. A parte da frente estava perfeita, ninguém diria que a de trás já não existia mais. Ocorreu-me, então – e a imagem não me desagradou – que o ovo de Páscoa de Margaret era exatamente como o homem que encontraram no pântano de O'Leary com o crânio afundado. A descoberta deixara nossa rua em polvorosa, e pelo menos mais quatro ruas de cada lado. Nossa rua, no entanto, era o centro do bafafá, porque um de nossos cidadãos, o pai de Dan Bourke, encontrou o cadáver. A princípio, pensou que o homem estivesse apenas tirando um cochilo, porque seu rosto parecia normal. Mas, quando o Sr. Bourke o levantou, seus miolos escorreram-lhe pelas costas. Dan Bourke disse que foi uma coisa tão nojenta, que seu pai vomitou.

Não era para ficarmos sabendo da história. Ouvi mamãe dizer "Shhh, as paredes têm ouvidos", levantando as sobrancelhas para nós. Mas Dan Bourke, que estava por dentro, contou-nos tudo. Disse que a arma do crime fora um atiçador de lareira, e a partir daí passei a nutrir um grande interesse pelo atiçador lá de casa, me perguntando se também podia fazer os miolos de um homem escorrerem pelas suas costas. Perguntei a mamãe e ela disse que não, que o nosso atiçador era um atiçador de boa família.

O que não nos impediu de brincar de "Homem morto no pântano de O'Leary" com o dito-cujo durante parte do verão. Havia muito pouco a fazer. Uma de nós fingia bater na cabeça da outra com o atiçador, e então a que levara o golpe tinha que ficar deitada durante séculos, e uma terceira pessoa tinha que fazer o papel do Sr. Bourke, para aparecer e vomitar. Uma vez, Claire fez a cena do vômito tão bem, que *vomitou de verdade.*

Foi um barato.

Quando mamãe descobriu a brincadeira, tomou o atiçador de nós, e fomos obrigadas a substituí-lo por uma colher de pau, o que deixava muito a desejar em termos de autenticidade.

Por acaso, o confisco de nosso atiçador coincidiu com a aquisição dos Shaw de uma piscina inflável, época em que Hilda Shaw se viu subitamente inundada por convites de candidatas ao posto de suas novas melhores amigas.

Claire, Margaret e eu nos candidatamos. Para variar, nem cheguei a figurar na lista das pré-selecionadas. Claire e Margaret chegaram até a segunda entrevista, e então receberam o envelope manilhado participando-lhes que estavam entre as candidatas aprovadas.

Assim, enquanto nadavam com seus maiozinhos cor-de-rosa, com os traseiros debruados por três fieiras de babadinhos, tive que ficar em casa, no quintal, excluída, como sempre, e brincar de Chateia-a-Mãe.

(– Mamãe, por que o céu é?

– Por que o céu é o *quê,* Rachel?

– Não, por que o céu é?

– Você não pode perguntar por que o céu é, não faz sentido.

– Por quê?

– Porque não.

– Por quê?

– Para de me perguntar por quê, Rachel, está me chateando.

– Por quê?

– Vai brincar com Claire e Margaret.

– Não posso, elas 'tão na piscina inflável de Hilda Shaw.

Pausa.

– Mamãe, por que a grama é?

– Por que a grama é o *quê*, Rach...)

Enfim, achei que o ovo de Páscoa restaurado de Margaret parecia muito direitinho no alto do guarda-roupa. Mais calma, fui dar uma espiada em mamãe. Ela ainda estava no jardim, conversando com a Sra. Nagle, do outro lado. Do que será que elas falam?, eu me perguntava. E como é que conseguem fazer isso durante tanto tempo? Gente grande era engraçada. Principalmente por nunca sentir vontade de *quebrar* as coisas. Ou beliscar os outros.

Fiquei ali, agarrada na saia de mamãe, encostada nela. Achando que nunca mais iria embora, resolvi apressar as coisas para receber um pouco de atenção, e reclamei, "Mamãe, tô com vontade de fazer cocô", embora não estivesse.

– Ah, que inferno! – ela exclamou para a Sra. Nagle. – Não tenho um segundo de paz nessa casa. Vamos! – Mas, assim que entramos em casa, ela se ocupou de Anna. Eu *ainda* não tinha conseguido chamar sua atenção.

Com quem ou com o que iria brincar? Do nada, a lembrança da outra metade do ovo de Margaret se acendeu. Pertinho, bastava subir a escada. A alguns minutos dos meus pés. Tão perto. Seria tão fácil, apenas...

Não! Não devo, relembrei a mim mesma.

Mas por que não?, adulou outra voz. Vai lá, ela não vai se importar.

E lá fui eu de volta para a cena do crime. Rumo ao armário, para cima da cadeira, para o chão com o ovo de Páscoa.

Dessa vez, comi tudo que restara dele, até não sobrar nada para pôr dentro da caixa à guisa de fachada. O pavor e a vergonha voltaram, mas com mais força, *muito* mais força do que da última vez.

Tarde demais, compreendi que estava perdida.

Com o coração palpitando de medo, sabia que não podia simplesmente deixar a caixa vazia em cima do armário. Olhei ao meu redor, em busca de lugares onde pudesse me descartar da prova do crime, ao mesmo tempo em que desejava nunca ter nascido. Debaixo da cama? Nem pensar, era ali que a maior parte de nossas brincadeiras acontecia. Atrás do sofá na sala? Não, quando eu escondera a boneca Sindy de Claire ali, depois de tosar todo o seu cabelo, encontraram-na com uma rapidez assustadora. Por fim, optei pelo depósito de carvão, pois não era mais usado. (Eu ainda era muito pequena para associar o calor da estação à lareira apagada.)

Naturalmente, não tinha a menor intenção de confessar minha culpa. Pelo contrário. Se pudesse culpar outra pessoa, teria culpado. Só que isso também não costumava dar certo. Quando tentei incriminar Jennifer Nagle por arrancar a cabeça da boneca de Margaret, deu tudo errado, mais errado impossível.

Eu diria que o ovo tinha sido roubado por um homem, decidi. Um homem com cara de mau usando uma capa preta que saía por aí roubando ovos de Páscoa.

– O que está fazendo aí fora? – A voz de mamãe quase me matou de susto, e o tiquetaque de meu coração se acelerou. – Vamos, Anna já está no moisés, se não entrar já, vamos nos atrasar para apanhá-las na escola.

REZEI – EMBORA SEM MUITA FÉ – para que, assim que chegássemos à escola, Margaret tivesse quebrado a perna, morrido ou qualquer outra desgraça providencial.

Nada feito. Assim sendo, rezei durante a volta para que *eu* quebrasse a perna ou morresse. Na verdade, vivia rezando para quebrar a perna. A pessoa ganhava um monte de doces e todo mundo tinha que ser bonzinho com ela.

Mas cheguei em casa viva, fisicamente ilesa e quase gaga de pavor.

Por um breve momento, achei que estava salva: mamãe não conseguia abrir a porta dos fundos. Torcia e sacudia a chave, inutilmente. Voltava à carga, puxando a maçaneta em sua direção, mas a porta continuava fechada.

Comecei a sentir uma pontinha de medo, um medo nefasto.

Os murmúrios que mamãe deixava escapar entre os dentes, com voz séria, foram subindo de tom, até se parecerem mais com gritos do que com murmúrios.

– Que foi, mamãe? – perguntei, ansiosa.

– Parece que essa bosta de fechadura quebrou – disse ela.

Aí, sim, fiquei morta de medo! Mamãe nunca dizia "bosta". Espinafrava papai quando o fazia, ordenando-lhe que, em seu lugar, dissesse "joça". As coisas deviam estar pretas.

E eu soube, com uma convicção profunda e inabalável, que tudo isso era por minha culpa. Tinha a ver com o fato de eu ter comido o ovo de Páscoa de Margaret. Eu cometera um pecado grave, talvez até mesmo mortal, embora não tivesse muita certeza de qual fosse, e agora estava sendo castigada. Eu e minha família.

Esperei que o céu escurecesse, como acontecia nas ilustrações da Sexta-feira Santa que eu tinha visto, depois que o Menino Jesus morre.

– Não é horrível, Rachel? – perguntou Claire, maldosa. – Nunca mais vamos ver o interior da nossa linda casa.

Foi ela falar e eu romper em lágrimas escandalosas, horrorizadas, carregadas de sentimento de culpa.

– Para com isso – mamãe sussurrou para Claire. – Ela já é bastante difícil. – E para mim, impaciente: – Vamos chamar um homem para consertar a fechadura. Fica aqui, tomando conta de Anna, enquanto dou um pulo na casa da Sra. Evans e telefono para alguém.

Assim que deu as costas, Margaret e Claire me brindaram com histórias de terror sobre meninas de sua classe na escola que encontraram a fechadura da *sua* casa quebrada e nunca mais puderam entrar.

– Ela teve que ir morar no pântano – disse Claire. – E usar roupas rasgadas.

– E o travesseiro dela era uma caixa de sucrilhos – acrescentou Margaret.

– E o único brinquedo dela era um pedaço de papel que ela dobrava em vários formatos, embora em casa tivesse um monte de bonecas e figurinhas pra colar num quadro de feltro.

Eu chorava lágrimas de pavor, aterrada com o que destruíra. Era a única responsável por privar minha família de um lar. Tudo por ser uma calhordinha.

– A gente não pode comprar outra casa? – perguntei, em tom de súplica.

– Ah, não. – As duas sacudiram a cabeça. – Uma casa custa muito dinheiro.

– Mas eu tenho dinheiro no meu cofrinho – ofereci. Teria dado minha vida, que dirá os cinquenta *pence* novinhos guardados no cofre de lata em feitio de caixa de correio, que ganhara de tia Julia. – Mas o cofrinho tá trancado em casa – observou Claire, para logo romper em gargalhadas cruéis com Margaret.

Mamãe voltou e disse que teríamos que nos sentar em frente à casa para que o homem nos visse, quando chegasse. Os vizinhos nos ofereceram santuário e chá, mas mamãe sentenciou que seria melhor ficarmos onde estávamos. Assim sendo, a Sra. Evans mandou nos entregar um prato de sanduíches de banana, que Claire e Margaret comeram com prazer, sentadas na grama. Não consegui comer nada. Nunca mais comeria nada na vida. Principalmente ovos de Páscoa.

As pessoas que passavam pela rua nas duas direções olhavam para nós com interesse, de volta da escola ou do trabalho, para fazer suas refeições no estilo do começo dos anos setenta. Passavam apressadas por nós ao encontro de seu purê de batatas instantâneo, seguido por seu chantilly comprado pronto, cantarolando uma canção de David Cassidy, lindas em suas camisetas de malha sem mangas, esperando que a Guerra do Vietnã chegasse ao fim e a crise do petróleo começasse.

Normalmente, a situação da minha família, sentada no jardim comendo sanduíches de banana em setembro, teria me matado de vergonha. No verão, vá lá, mas agora que as aulas tinham recomeçado, não pegava bem. Sempre tive um faro muito desenvolvido para o que os outros pensavam de mim. Mas, dessa vez, pouco me importava. Estava cagando e andando.

De olhos fundos, vítima de um desespero atroz, fitava os transeuntes.

– O homem vai mesmo conseguir abrir a porta pra gente entrar? – não parava de perguntar a mamãe.

– Vaaaaai! Pelo amor de Deus, Rachel, vaaaaai!

– E a gente não vai ter que ir morar no pântano?

– De onde você tirou essa ideia de ir morar no pântano?

– Você acha mesmo que o homem vem?

– É claro que vem.

Mas o homem não veio. E a tarde virou noite, as sombras escureceram e a temperatura caiu. Eu sabia o que tinha que fazer.

Tinha que me confessar.

Papai chegou em casa antes do homem. O que aconteceu foi que não havia nada de errado com a fechadura, mamãe tinha apenas usado a chave errada. A essa altura, é claro, já era tarde demais. Eu já vomitara as tripas, no afã de corrigir o desequilíbrio que provocara no universo.

38

Decidi não usar a história do ovo de Páscoa. Temia que não me pintasse num ângulo muito favorável. Assim, quando começou a sessão de grupo da manhã seguinte, eu não tinha escrito praticamente nada da história da minha vida. Josephine ficou zangada.

– Desculpe – pedi, me sentindo como se estivesse de novo na escola e não tivesse feito o dever de casa.

Grande erro. Grande, enorme, colossal, com uma papada, dois culotes e três pneus.

Os olhos de Josephine brilharam como os de um tigre à espreita da presa.

– Porque estava muito barulho no refeitório – exclamei. – Eu me refiro a *esse* tipo de dificuldade, não ao outro. Vou escrever hoje à noite.

Mas ela não aceitou:

– Vamos fazer agora. Não precisa escrever nada, basta me contar as coisas com suas próprias palavras.

Merda.

– Seria melhor se eu refletisse sobre o assunto antes de escrever – protestei, consciente de que o protesto me empurrava para mais perto da obrigação de fazê-lo, mas não me contive. Se tivesse um mínimo de juízo, teria fingido ficar encantada com a sugestão do improviso, porque, aí, sim, quem não me deixaria fazê-lo seria ela.

– Vamos fazer agora. – Ela sorriu, seu olhar penetrante como uma faca. – Muito bem – começou. – Sua irmã veio aqui ver você no domingo, não é verdade?

Assenti, logo tratando de analisar minha linguagem corporal. À menção de Helen, eu me fechara toda. Os braços se cruzaram e apertaram com força contra o corpo, as pernas se cruzaram e enroscaram. Isso não daria certo. Josephine tiraria todos os tipos de conclusões imagináveis de minha postura.

Afastei os braços do estômago e deixei que pendessem frouxos ao longo do corpo. Descruzei as pernas e as escancarei de um jeito tão relaxado, que Mike achou que era seu dia de sorte. Constrangida ao perceber que ele tinha dado uma boa olhada nos fundos da minha calcinha, apressei-me em juntar os joelhos, apertando-os firmemente.

– Pelo que consta, essa sua irmã causou um certo alvoroço no domingo – disse Josephine.

– Ela sempre causa – comentei, em tom casual.

Não devia. Dava para *sentir* o *cheiro* da excitação de Josephine.

– É mesmo? – ergueu a voz. – E ouvi dizer que é uma moça muito bonita.

Estremeci. Não conseguia me controlar. Não que me importasse com o fato de Helen ou qualquer outra de minhas irmãs ser mil vezes mais bonita do que eu; era a *pena* das pessoas que me deprimia.

– E qual é a diferença de idade entre vocês?

– Seis anos, ela tem quase 21 – respondi, tentando não dar nenhuma inflexão à minha voz, para não dar margem a deduções.

– Você parece muito indiferente – disse Josephine. – A juventude dela incomoda você?

Não consegui refrear um sorriso irônico. Não importava o que eu fizesse, sempre teria alguma interpretação *negativa*.

Josephine observou meu rosto com ar de curiosidade.

– Estou bancando a durona – brinquei.

– Eu sei – disse ela, mortalmente séria.

– Não! Olha, é brincadeira..

– Você deve ter ficado muito enciumada quando Helen nasceu – me atalhou.

– Até que não – disse eu, surpresa. Surpresa porque Josephine errara o alvo. Porque não me reduzira a um farrapo gaguejante e choroso, como eu a vira fazer com Neil e John Joe.

Fiaaau, fiaaau! Espero que ela saiba lidar com o *fracasso.*

– Mal me lembro de quando Helen nasceu – disse a ela, com toda a honestidade.

– Muito bem, então, conte para nós como foi quando Anna nasceu – sugeriu. – Que idade você tinha?

De repente, já não me senti mais tão segura de mim. Não queria falar do nascimento de Anna.

– Que idade? – Josephine tornou a perguntar. Fiquei irritada comigo mesma, porque, por não dar uma resposta imediata, deixara meus sentimentos transparecem.

– Três anos e meio – disse, como se o fato não tivesse importância.

– E você era a mais nova até Anna nascer?

– Hum-hum.

– E teve ciúmes de Anna quando ela nasceu?

– Não! – Como ela sabia? Eu já tinha esquecido que ela perguntara o mesmo sobre Helen, que seu método se calcava no acaso, não na onisciência.

– Quer dizer então que você não beliscou Anna? Nem tentou fazê-la chorar?

Olhei para ela, horrorizada. Como sabia disso? E por que tinha que contar a todo mundo ali?

Todos se empertigaram. Até Mike deu uma trégua à tentativa de fazer contato visual com minha calcinha.

– Quem sabe você não ficou com ódio de Anna por lhe roubar as atenções?

– Não fiquei, não.

– Ficou, sim.

Eu suava, morta de calor. Não sabia onde enfiar a cara de vergonha e raiva. Sentia ódio de ser precipitada outra vez naquele mundo aterrador onde meus atos tinham tido consequências catastróficas. Quase teria preferido o questionário a isso.

Não queria me lembrar.

Embora a lembrança sempre tivesse existido, semiconsciente.

– Rachel, você tinha três anos, uma idade que os psicólogos infantis reconhecem ser muito difícil no que diz respeito à aceitação de uma nova criança na família. O seu ciúme era *natural*. Josephine tinha ficado toda delicada comigo.

– O que está sentindo? – perguntou.

Em vez de mandá-la para o inferno, minha boca se abriu e a palavra "Vergonha" saiu.

– Por que não disse isso à sua mãe?

– Não podia – respondi, surpresa. A expectativa geral era de que eu ficasse encantada com minhas novas irmãs, não ressentida. – De mais a mais, mamãe tinha ficado esquisita.

Senti o interesse de todos aumentar mais um pouco.

– Ela ficava na cama, chorando à beça.

– E por quê?

– Porque fui má com Anna – disse eu, devagar. Meu espírito se confrangeu, quando me obriguei a dizer isso. Eu fizera minha mãe ficar de cama durante seis meses porque fora má.

– E o que você fez com Anna de tão terrível assim?

Hesitei. Como podia dizer a ela e aos outros presentes que beliscara uma criancinha tão pequena e indefesa, como rezara para que morresse, como tivera fantasias em que a jogava na lata de lixo?

– O.k. – disse Josephine, quando ficou claro que eu não ia responder. – Você tentou matá-la?

– Nãããão! – quase ri. – Claro que não.

– Bem, nesse caso, você não pode ter sido tão má assim.

– Mas fui – insisti. – Fiz com que papai fosse embora.

Para onde?

– Para Manchester.

– Por que ele foi para Manchester?

E ela ainda perguntava?, pensei, cheia de vergonha e dor. Não estava perfeitamente claro que ele fora embora por minha causa?

– A culpa foi toda minha – disparei. – Se eu não tivesse ficado com ódio de Anna, mamãe não teria chorado e ficado de cama, e papai não teria se enchido de todas nós e ido embora. – Ao dizer isso, para cúmulo do meu horror, rompi em lágrimas.

Chorei só um pouco, antes de pedir desculpas e me endireitar.

– Já ocorreu a você que sua mãe pudesse estar sofrendo de depressão pós-parto?

– Ah, não, acho que não – disse eu, categórica. – Não era nada desse gênero, era por minha causa.

– É muita arrogância da sua parte – disse Josephine. – Você era só uma criança, não podia ser tão importante assim.

– Que audácia! Eu *era* importante!

– Ora, ora – murmurou ela. – Como então, você se acha importante?

– Não, não acho! – interrompi-a, furiosa. Não tinha sido isso em absoluto que eu quisera dizer. – Nunca me considerei superior a ninguém.

– Certamente não foi essa a impressão que você deu quando chegou ao Claustro – disse ela, branda.

– Mas isso foi porque eles são lavradores e alcoólatras – explodi, antes mesmo de me dar conta de ter dito alguma coisa. Tive vontade de cortar as cordas vocais com um descascador de batatas.

– Acho que você há de convir comigo – ela sorriu, gentil – que tem um sentimento de superioridade bastante exacerbado, como parece ser o caso de muitas personalidades propensas à dependência, *além* de uma autoestima incrivelmente baixa.

– Que coisa mais burra – resmunguei. – Não faz nenhum sentido.

– Mas é assim que funciona. É um fato notório que as pessoas que se tornam dependentes têm personalidades muito parecidas.

– Sei. Quer dizer então que você *nasce* dependente? – rebati, em tom de escárnio. – Bom, nesse caso, que chance as pessoas têm?

– Essa é uma escola de pensamento. Aqui no Claustro vemos a coisa de um modo um pouco diferente. Achamos que se trata de uma combinação entre o tipo de pessoa que você é e a sua experiência de vida. Veja seu caso: você era menos... *robusta*, do ponto de vista emocional, digamos assim, do que outras pessoas. A culpa não é sua, alguns nascem com uma vista ruim, por exemplo, enquanto outros nascem hipersensíveis. E você ficou traumatizada com a chegada de uma nova irmã, numa idade em que era extremamente frágil.

– Sei. Então, todo mundo que tem uma irmã mais nova se vicia em cocaína? – perguntei, exaltada. – Na realidade, tenho *duas* irmãs. O que você acha disso? Eu não deveria ser viciada em heroína também, além de cocaína? Que sorte a minha, por não ter *três* irmãs mais novas, não é?

– Rachel, você está sendo debochada. Mas esse é apenas um mecanismo de defesa...

Ela se interrompeu, quando uivei como um cão-da-pradaria faminto:

– CHEGA! Não aguento mais, tudo isso é pura... pura... BABAQUICE!

– Nós hoje tocamos num poço profundo de dor, Rachel – disse ela, calmamente, enquanto minha boca quase espumava. – Tente ficar com esses sentimentos, em vez de fugir deles, como sempre fez no passado. Temos muito trabalho pela frente, até você perdoar a Rachel de três anos de idade.

Gemi de desespero. Mas, pelo menos, ela não usara aquela expressão de lascar, "criança interior".

– Quanto a vocês – concluiu – não pensem que não são alcoólatras e toxicômanos, só porque não carregam nas costas o peso de um complexo de infância.

DURANTE TODO O ALMOÇO, chorei até não poder mais. Chorei para valer, mesmo, de desfigurar e avermelhar o rosto. Não as lágrimas falsas de menininha que tinha forjado para Chris no dia em que soubera que Luke me dedurara. Um pranto inestancável, convulso. Não conseguia recobrar o fôlego e sentia a cabeça leve. Não chorava assim desde a adolescência.

Estava avassalada de dor. Uma dor que ia muito além da fossa provocada por Luke. Uma tristeza profunda, pura e antiga, que me mantinha indefesa em seu poder.

Os outros internos foram muito bons comigo, oferecendo lencos de papel e ombros amigos para meu berreiro, mas eu mal tinha consciência de sua presença. Não me importava sequer com Chris. Eu estava em outro lugar, onde todo o sofrimento que sempre existira ia sendo inculcado dentro de mim. E eu me expandia para acomodá-lo; quanto mais entrava, mais eu o sentia.

– O que foi? – perguntou uma voz carinhosa. Podia ser a de Mike. Podia ser até a de Chris.

– Não sei – chorei.

Nem ao menos pedi desculpas, como faz a maioria das pessoas quando extravasa sua emoção em público. Eu sentia dor, sensação de vazio, de irremediabilidade. Algo se perdera para sempre e, mesmo eu não sabendo o que era, me feria profundamente.

Uma xícara de chá surgiu à minha frente, e a delicadeza do gesto duplicou minha dor. Solucei mais alto e mais forte, sentindo vontade de vomitar.

– Quer biscoito de CHOCOLATE? – Alguém, que só podia ser Don, berrou bem no meu ouvido.

– Não.

– Meu Deus, ela *está* mal – ouvi alguém murmurar.

Felizmente, antes que me desse conta, comecei a rir.

– Quem disse isso? – arquejei, por entre as lágrimas.

Era Barry, o Bebê. Eu ria e chorava, chorava e ria. Alguém alisava meu cabelo (provavelmente Clarence, que tinha um notável senso de oportunidade) e outro fazia massagens circulares nas minhas costas, como se eu fosse um bebê que tivesse tomado choro.

– Já está quase na hora da sessão de grupo – disse alguém. – Está a fim de vir?

Assenti, porque estava com medo de ficar sozinha.

– Nesse caso... – disse Chaquie, me arrastando consigo para nosso quarto e tirando da cartola todo tipo de produto de beleza, para dar um jeito no meu rosto desfigurado. Foi um tanto contraproducente, pois o toque delicado de seus dedos em minha pele fazia as lágrimas correrem novamente, num rio que enxurrava os cremes caros assim que secavam.

NO REFEITÓRIO, depois da sessão, Chris abriu caminho até mim por entre a multidão de simpatizantes. Gostei de ver Chaquie e os outros se afastarem automaticamente à sua passagem. Isso demonstrava que sabiam haver um vínculo especial entre mim e Chris. Ele deu um daqueles sorrisos que eram exclusivamente meus e alteou as sobrancelhas, como quem diz "Você está bem?". Pela preocupação em seus olhos azul-claros, ficou evidente que a diminuição em seu interesse fora pura imaginação minha.

Ele sentou, sua coxa encostando na minha. Como quem sonda o terreno, passou nervosamente o braço por meus ombros. Muito diferente dos abraços rápidos e casuais que costumava me dar. A penugem na minha nuca se arrepiou toda. Meu coração acelerou. Aquele era o contato mais íntimo que tínhamos desde o dia em que ele enxugara minhas lágrimas com os polegares.

Estava louca para deitar a cabeça no seu ombro. Mas continuava rígida, sem conseguir criar coragem. *Vai*, eu me cutucava. Já começava a suar ligeiramente de desejo por ele.

Algum tempo depois, quando comecei a sentir um sobe e desce no estômago, consegui encostar a cabeça nele, curtindo o cheiro limpo de sabão em pó de sua camisa de *chambray*. Ele não cheira como Luke, pensei, distraída. Senti uma curta pontada de dor por sua perda, antes de me lembrar que Chris era tão gostoso quanto Luke. Ficamos ali, calados e imóveis, o braço de Chris me estreitando com força. Fechei os olhos e, por alguns momentos, me permiti fingir que estava num mundo perfeito, onde ele era meu namorado.

Isso me fez lembrar de uma outra época, mais inocente, quando o máximo que um namorado fazia era passar o braço pela garota, e – se ela estivesse com sorte – beijá-la. O decoro imposto pelo Claustro era romântico, encantador. Me comovia, mais do que frustrava.

Sentia seu coração batendo mais depressa do que o normal. E o meu também.

Mike passou por nós, com um sorriso safado. Misty seguia Mike, com o passo despreocupado. Quando deu comigo e Chris, me olhou com um ódio tão venenoso que quase me arrancou a epiderme da cara.

Constrangida como se houvesse sido pega em flagrante delito, contorci-me toda e me desvencilhei de Chris. Despojada de seu aroma limpo e másculo e da sensação de seu ombro e braço fortes por baixo do tecido macio de sua camisa, senti-me abandonada. Odiei Misty com todas as minhas forças.

– Me diga – começou Chris, aparentemente sem perceber os olhares de condenação – por que você estava tão transtornada horas atrás?

– Porque Josephine me fez perguntas sobre minha infância durante a sessão de grupo. – Dei de ombros. – Não sei por que fiquei tão transtornada. Tomara que não esteja enlouquecendo.

– Não mesmo – disse Chris. – É perfeitamente normal. Pense nisso. Durante anos você reprimiu todas as suas emoções com drogas. Agora que os agentes repressores foram cortados, *décadas* de mágoa, ódio e todo tipo de sentimento virão à tona outra vez. Foi só isso que aconteceu – concluiu, em tom carinhoso.

Revirei os olhos. Não consegui me conter. Chris viu.

– Ah, não, eu tinha me esquecido. – Ele riu. – Você não tem nenhum problema com drogas.

Levantou-se para ir embora. *Por favor, não vai,* tive vontade de dizer.

– O engraçado – veio o som de sua voz, ao que ele já se afastava – é que você está se comportando exatamente como se tivesse.

39

Aquela noite, depois do chá, tivemos uma palestra. Sempre tínhamos palestras, em geral dadas por alguns dos terapeutas do Dr. Billings, mas eu bancava a surda o tempo todo. Aquela noite foi a primeira vez que prestei atenção, grata pela oportunidade de me distrair da dor profunda em que haviam me atolado.

A palestra era sobre dentes, e seria dada por Barry Grant, uma mulher de Liverpool baixinha, bonitinha e braba, que chamava os outros de "bocó" o tempo todo.

– Muito bem – ordenou, numa voz de baixo profundo que não combinava em nada com sua figura. – Silêncio. Silêncio.

Ficamos quietos, por medo de que ela batesse em nós. Ela deu início à palestra, que achei muito interessante. Durante algum tempo, pelo menos.

Segundo constava, os usuários de drogas e vítimas de desordens alimentares tinham dentes horríveis. Em parte por causa de suas vidas desregradas – os viciados em ecstasy rangiam os dentes até reduzi-los a nada; e os bulímicos, que enxaguavam seus dentes com ácido hidroclorídrico toda vez que vomitavam, tinham sorte quando lhes restava um único dente na boca; assim como os alcoólatras, que também deitavam carga ao mar com uma certa frequência.

Além do desregramento, disse Barry Grant, nenhum deles ia ao dentista.

(Fora os internos no outro prato da balança, que iam *demais* ao médico, ao dentista e ao hospital, sob todos os tipos de pretextos fantasiosos.)

Eram várias as razões pelas quais os dependentes não frequentavam o consultório do dentista, explicou Barry Grant.

Uma era a falta de autoestima; não se julgavam dignos de tais cuidados.

Outra era o medo de gastar dinheiro. Os dependentes davam prioridade aos gastos com drogas, comida ou qualquer que fosse o objeto de sua dependência.

O medo propriamente dito era a razão principal, disse ela. Todo mundo tem medo de ir ao dentista, mas os dependentes nunca o enfrentam. Sempre que sentem medo, bebem uma garrafa de uísque, comem duzentas tortas de queijo ou apostam o salário de um mês numa barbada.

Uma conversa fascinante, que me fazia balançar a cabeça e dizer "hum". Se usasse óculos, eu os tiraria e balançaria pela haste, com ar de entendida. Até que, sem mais nem menos, me ocorreu que eu não ia ao dentista há mais ou menos uns 15 anos.

Ou mais, provavelmente.

Uns nove segundos depois, senti uma pontada num dos dentes de trás.

Por volta da hora de dormir, já estava enlouquecida de dor.

A palavra "dor" não chegava nem perto de descrever as fagulhas elétricas, quentes, metálicas de dor que se irradiavam do meu crânio até a mandíbula. Era horrível.

Eu pulava toda hora para pegar meu vidro de dihidrocodeína e encher a caveira com meus analgésicos preciosos e balsâmicos, quando então caía em mim, confusa, dando-me conta de que não havia nenhum para tomar. Que o paradeiro de todos aqueles divinos removedores de dor era a gaveta de cima da minha penteadeira em Nova York. Isso presumindo que a penteadeira ainda *era* minha, que Brigit não tinha enfiado outra companheira dentro de casa e atirado minhas coisas no meio da rua.

Essa hipótese era desagradável demais para ser levada em consideração. Felizmente, a atrocidade de minha dor de dente era tão fenomenal, que eu não conseguia pensar em nada por muito tempo.

Tentei enfrentar a dor. Consegui, durante uns cinco minutos, antes de gritar para o refeitório inteiro: "Alguém tem um analgésico?"

Levei um minuto para compreender por que estavam todos rindo às gargalhadas.

Quase de joelhos, fui procurar Celine, que era a enfermeira de plantão aquela noite.

– Estou com uma dor de dente horrível – choraminguei, a mão aninhando a mandíbula. – Posso tomar alguma coisa para a dor? Um pouco de heroína seria ótimo – acrescentei.

– Não.

Fiquei pasma.

– Eu não estava falando sério sobre a heroína.

– Eu sei. Mesmo assim, você não pode tomar nenhuma droga.

– Não é uma *droga,* é um *remédio para dor,* você sabe disso!

– Olhe só como você fala.

Eu estava perplexa.

– Mas está doendo.

– Aprenda a suportar.

– Mas... mas isso é uma barbaridade.

– Pode-se dizer que a vida é uma barbaridade, Rachel. Considere esse imprevisto como uma oportunidade de conviver com a dor.

– Ahhh, meu Deus – soltei – não estou em sessão agora.

– Não importa. Quando sair daqui, não vai mais estar em sessão, mas ainda assim vai ter dor na sua vida. E descobrirá que ela não mata.

– Claro que não mata, mas dói. – Ela deu de ombros.

– Viver dói, mas não se usam analgésicos para isso. Ah, não, eu já ia me esquecendo: você sempre usou, não é mesmo?

A dor era tamanha, que achei que fosse enlouquecer. Não conseguia dormir com ela e, pela primeira vez na minha vida, chorei de dor. *Dor física,* quero dizer.

De madrugada, Chaquie não aguentou mais comigo me revirando de um lado para o outro e arranhando o travesseiro, desesperada de dor, e me levou na marra para a sala das enfermeiras.

– Dá um jeito nela – disse, em voz alta. – Ela está sofrendo e não me deixa dormir. E amanhã Dermot vem aí para ser meu Outro Importante Envolvido. Já estou com bastante dificuldade para pegar no sono.

A contragosto, Celine me deu dois comprimidos de paracetamol, que não surtiram o menor efeito sobre a dor, e disse:

– É melhor você ir ao dentista amanhã de manhã. Meu medo foi quase tão grande quanto a dor.

– Não quero ir ao dentista – gaguejei.

– Aposto que não – ela sorriu, com ar de superioridade. – Você estava na palestra hoje à noite?

– Não – respondi, azeda. – Resolvi matar e ir tomar umas cervejas na cidade.

Ela arregalou os olhos. Não gostou do que ouvira.

– Claro que estava! Onde mais haveria de estar?

– Por que não encara sua ida ao dentista como a primeira coisa adulta que faz na vida? – sugeriu ela. – A primeira coisa assustadora que consegue fazer sem drogas?

– Ah, pelo amor de Deus – murmurei.

EMBORA UMA DAS ENFERMEIRAS, Margot, fosse me acompanhar, os internos estavam mortos de inveja de mim.

– Vai tentar FUGIR? – Don quis saber.

– É claro – murmurei, com a mão na bochecha.

– Vão soltar os leopardos atrás de você – relembrou Mike.

– Sim, mas se ela se esconder no rio, eles vão perder seu rastro – observou Barry.

Davy chegou de fininho e me pediu discretamente para fazer uma aposta no páreo das duas e meia em Sandown Park.

E no das três.

E no das três e meia.

E no das quatro.

– Não sei se vou passar por alguma agência de apostas – expliquei a ele, me sentindo culpada. E, de uma maneira ou de outra, não saberia mesmo como proceder, pois nunca estivera num lugar desses na minha vida.

– Vai me algemar? – perguntei a Margot, quando entramos no carro.

Ela se limitou a me lançar um olhar de desdém, e me encolhi de vergonha. Filha da puta sem senso de humor.

Para meu horror, assim que o carro passou pelos portões, comecei a tremer. O mundo real era estranho e assustador, e eu me sentia como se tivesse passado muito tempo fora. Isso me irritou. Ainda não passara nem duas semanas no Claustro e já estava institucionalizada.

Fomos para a cidade mais próxima, ao Dr. O'Dowd, o dentista a quem o Claustro recorria quando os dentes dos internos começavam a fazer das suas. Coisa que, segundo Margot, acontecia o tempo todo.

Durante a caminhada do carro até o consultório, senti que a cidade inteira olhava para mim. Como se eu fosse uma prisioneira de segurança máxima que tivesse sido liberada durante a parte da manhã para assistir ao enterro do pai. Eu me sentia diferente, uma estranha. Eles saberiam, só de olhar para mim, de onde eu viera.

Observei um casal de jovens numa esquina. Aposto que vendem drogas, pensei, a adrenalina começando a circular pelas veias, enquanto imaginava o que poderia fazer para que Margot me perdesse de vista.

Nada.

Ela me rebocou para o consultório do dentista, onde, pelo ar de excitação contida, compreendi que já era esperada. A recepcionista de 14 anos não conseguia tirar os olhinhos fascinados de mim. Eu sabia o que estava pensando. Eu era uma aberração, uma desajustada, alguém à margem da vida. Amargurada, imaginei que devia ter passado a manhã inteira acotovelando as enfermeiras e perguntando: "Como será que ela é, a *toxicômana*?"

Sentia-me vítima de um equívoco. Ela estava me julgando por ser uma interna do Claustro, mas não entendera nada, eu não era um deles.

Com um risinho nada discreto, pediu que eu preenchesse um formulário.

– E a conta vai ser mandada para o, er, Claustro? – perguntou, com falsa discrição. Todas as pessoas na sala de espera olharam, subitamente interessadas.

– Exatamente – murmurei. Embora tenha sentido vontade de dizer: "Pode falar um pouquinho mais alto? Acho que os habitantes de Waterford não a ouviram muito bem."

Sentia-me velha e cansada, aborrecida com o idealismo da jovem recepcionista. Provavelmente achava que nunca, jamais, nem em um milhão de anos, acabaria no Claustro, e que eu fora muito burra por deixar que isso acontecesse comigo. Mas eu já fora como ela, um dia.

Jovem e burra. Me achando invulnerável às tragédias da vida. Me achando esperta demais para permitir que algo de ruim acontecesse comigo.

Sentei e me preparei para uma longa espera. Podia ter ido ao dentista pela última vez há várias encarnações, mas ainda conhecia a rotina.

Sentadas em silêncio, Margot e eu lemos exemplares rasgados da revista *Catholic Messenger*, a única coisa que havia ali para se ler. Tentei me animar lendo a página das "Intenções oferecidas", em que as pessoas rezam por qualquer mal que as esteja afligindo.

Sempre ajuda saber que existem outras pessoas infelizes.

Cada vez que eu levantava o rosto, encontrava todos os olhos na sala colados em mim.

É claro, assim que a recepcionista disse "O Dr. O'Dowd vai recebê-la agora", a dor passou. Isso sempre acontecia comigo. Eu fazia um estardalhaço por causa de uma dor, um machucado etc. Mas, no momento em que chegava ao médico, todos os sintomas desapareciam, levando todo mundo a crer que eu sofria da Síndrome do Barão de Munchausen.

Entrei cabisbaixa na sala. Só o cheiro já bastou para me deixar fraca de medo.

Felizmente, o Dr. O'Dowd era um sujeito gorducho e jovial, que foi todo sorrisos comigo, em vez do tipo Doutor Morte que eu estava esperando.

– Suba aqui, boa menina, vamos dar uma olhada. Subi. Ele olhou.

Enquanto fazia um baticum na minha boca com um negocinho pontudo de metal e um espelho, deu início a uma conversa cujo intuito era me deixar à vontade.

– Quer dizer então que você é do Claustro? – perguntou.

– Aaarr – assenti com a cabeça.

– Bebida?

– Gão. – Tentei sinalizar uma negativa alteando e abaixando as sobrancelhas. – Grogas.

– Ah, drogas, não é? – Fiquei aliviada por ele não parecer decepcionado. – Sempre me pergunto como uma pessoa sabe que é alcoólatra.

Tentei dizer "Bom, não adianta me perguntar", mas o que saiu foi mais ou menos "Om, nanhana i ercná".

– É óbvio que, se você acaba indo para o Claustro, é porque *sabe* que é alcoólatra, esse dente está nas últimas.

Tentei me sentar, alarmada, mas ele não notou meu choque.

– Não que eu beba todos os dias – disse. – Se tratarmos esse canal, talvez dê para salvá-lo. E não se deve deixar para amanhã o que se pode fazer hoje.

Tratar o *canal!* Ah, não! Eu não sabia o que era um tratamento de canal, mas, a julgar pelo jeito como as pessoas ficavam quando tinham que fazer um, devia ser algo temível.

– Não exatamente todo *dia* – prosseguiu. – Mas quase todas as noites, ha-ha.

Balancei a cabeça, infelicíssima.

– Mas nunca quando preciso estar com a mão firme para usar a broca no dia seguinte. Ha-ha.

Olhei para a porta, ansiosa.

– Mas, depois que começo, não consigo parar, entende o que quero dizer?

Assenti, temerosa. Era melhor concordar com ele.

Por favor, não me machuque.

– E, lá para as tantas da noite, me dou conta de que não consigo ficar mais bêbado do que já estou. Entende o que quero dizer?

Ele não precisava de nenhuma confirmação da minha parte.

– E a depressão *depois.* Nem me *fale.* – Seu tom era veemente. – Quase sempre tenho vontade de morrer.

Tinha dado uma trégua ao batuque e à arranhação, mas deixara o espelho e o negocinho pontudo na minha boca aberta. Pousou a mão no meu rosto, com ar pensativo. Era um homem se preparando para uma longa conversa.

– Para ser franco, já pensei até em me suicidar depois de uma noite da pesada – confidenciou. Eu sentia a saliva lentamente escorrer por meu queixo, mas tinha medo de parecer insensível se a enxugasse. – Você acreditaria que a odontologia é a profissão com o índice mais alto de suicídios?

Contorcendo as sobrancelhas e arregalando os olhos, tentei transmitir-lhe minha compaixão.

– Mas, também, é uma vida meio solitária, ficar olhando dentro da boca dos outros, entra dia, sai dia. – A saliva se tornara uma verdadeira catarata. – Entra dia, sai dia. Bela merda. – Fez uma vozinha lamuriosa: – "Meu dente está doendo, pode dar um jeito nele, estou com dor de dente, faça alguma coisa." É só o que escuto, dentes, dentes, dentes!

Opa, um maluco.

– Fui a algumas reuniões dos AA só para dar uma olhada, sabe? – Olhou para mim com ar suplicante. Olhei com ar suplicante para ele.

Por favor, me deixe ir embora.

– Mas não eram para mim – explicou. – Como já disse, não bebo todo dia. E nunca de manhã. A não ser que a tremedeira esteja muito feia, é claro.

– Aaar – disse eu, para encorajá-lo.

Converse com o sequestrador, estabeleça um relacionamento, tente fazer com que fique do seu lado.

– Minha mulher ameaçou ir embora, se eu não largar a bebida – prosseguiu. – Mas sinto que se fizesse isso não sobraria nada para mim, minha vida estaria acabada. Tanto faria estar vivo ou morto. Entende o que quero dizer?

De repente, pareceu cair em si.

E arrependeu-se do desabafo, envergonhado por ter se mostrado fraco na minha frente, logo tratando de restabelecer o equilíbrio.

– Agora vou lhe aplicar uma injeçãozinha, mas você sabe tudo sobre isso, não sabe? – Soltou uma gargalhada antipática. – Adoro quando vocês toxicômanos vêm aqui. A maioria das pessoas tem pavor de agulhas! Ha-ha-ha.

"Tome, quer aplicar você mesma? Ha-ha-ha.

"Trouxe seu torniquete? Ha-ha-ha.

"Pelo menos você não vai ter que dividir a agulha com mais ninguém, ha-ha-ha-ha-ha!"

Eu suava frio, sentindo um medo horrível, porque ele estava enganado, eu tinha pavor de agulhas. E tremia só de imaginar os horrores que ainda me esperavam.

Meu corpo se retesou todo quando ele levantou meu lábio e espetou a ponta afiada da agulha no tecido macio da gengiva. Enquanto o líquido gelado inundava minha carne, fiquei com os pelos em pé de repugnância. A dor da picada da agulha se intensificava, quanto mais tempo ele a mantinha na gengiva. Pensei que não fosse acabar nunca.

Vou esperar mais cinco segundos, prometi a mim mesma. Se até lá ele ainda não tiver acabado, vou ter que partir para cima desse sujeito.

Quando a dor atingiu o limite do suportável, ele retirou a agulha. Mas, a essa altura, eu já tinha chegado à conclusão de que era covarde demais para suportar maiores interferências odontológicas na minha boca, e que preferia arriscar minha sorte com a dor de dente.

Porém, quando já estava a pique de dar um safanão nele e sair correndo, uma deliciosa e pinicante sensação de torpor se alastrou pelo lábio e um lado do rosto, irradiando alívio pela cabeça afora.

Fiquei eufórica. *Adorava* essa sensação. Relaxei na cadeira, curtindo-a. Que coisa maravilhosa era a novocaína. Quem me dera que pudesse aplicá-la no corpo inteiro. E nas minhas emoções.

Mas a euforia não durou. Não pude deixar de me lembrar de todas as histórias horríveis que haviam me contado sobre dentistas. Como o caso de Fidelma Higgins, que fora hospitalizada para extrair os quatro sisos sob anestesia geral. Não apenas não extraíram os quatro meliantes, como, em seu lugar, removeram seu baço perfeitamente saudável. Ou o caso de Claire, que uma vez teve que arrancar um dente, mas as raízes do dito-cujo eram tão fortes que – jurava ela – o dentista plantou a sola do sapato no seu peito, para ter base para arrancá-lo. E, é claro, a favorita dos que têm fobia de dentista – aquela cena de *Maratona da Morte.* Eu nem mesmo tinha visto *Maratona da Morte,* mas não importava: já ouvira o bastante sobre a tal cena para me sentir nauseada com minha vulnerabilidade à dor excruciante na ponta dos dedos e da broca daquele homem assustador.

– Certo, a esta altura esta boca já deve estar insensível. – O Dr. O'Dowd interrompeu o filme de terror que passava na minha cabeça. – Podemos começar.

– O qu-que exatamente é um tratamento de canal? – Achei preferível saber o que iria acontecer comigo.

– Extraímos o interior do dente. O nervo, o tecido, tudo a que se tem direito! – disse ele, cheio de alegria. E, com essa, partiu para a broca com o prazer de um homem que instala prateleiras.

A consciência do que estava prestes a fazer levou meus ombros a subirem até as têmporas, imprensando-as de pavor. Ia doer que era uma barbaridade. E abrir um buraco até o meu cérebro, pensei, a náusea dando um pontapé na boca do estômago.

Pouco tempo depois, os nervos de todos os meus outros dentes começaram a pintar e bordar. Obriguei-me a esperar até não aguentar mais – ou seja, mais ou menos quatro segundos – antes de acenar para que ele parasse.

– Agora todos os outros dentes estão doendo – consegui murmurar.

– Já? – perguntou ele. – É incrível como vocês toxicômanos metabolizam os analgésicos depressa.

– Isso acontece com eles, é? – Fiquei surpresa.

– Com *vocês.*

Ele me aplicou outra injeção. Que doeu mais do que a primeira, o tecido delicado da gengiva já traumatizado e ferido. Em seguida, pisou fundo no pedal do motor, como se fosse uma serra elétrica, e partiu para a ação outra vez.

Demorou horas.

Tive que lhe pedir duas vezes para dar uma parada, tão horrível era a dor. Mas, em ambas as ocasiões, endireitei os ombros, fitei-o nos olhos e disse: "Já estou bem, vá em frente."

Quando finalmente voltei para a sala de espera trocando as pernas, ao encontro de Margot, tinha a sensação de que minha boca fora atropelada por um caminhão, mas a dor de dente passara e eu me sentia vitoriosa.

Tinha vindo, visto, vencido e estava me achando o máximo.

– Por que será que meus dentes resolveram dar sinal de vida agora? – murmurei, pensativa, durante a volta.

Margot olhou para mim, cautelosa:

– Tenho certeza de que não foi uma coincidência – disse.

– Não? – perguntei, surpresa.

– Pense um pouco – disse ela. – Creio que você fez algum progresso ontem na sessão de grupo...

Eu?

– ...mas seu corpo está tentando impedi-la de enfrentar a dor emocional, substituindo-a por uma dor física. Sendo a dor física, é claro, mais fácil de suportar.

– Está dizendo que inventei isso? – perguntei, exaltada. – Pois então volta lá e pergunta àquele dentista, e ele vai te dizer...

– Não estou dizendo que você está fingindo.

– Mas então o qu...?

– Estou dizendo que sua vontade de evitar olhar para si mesma e seu passado é tão forte, que seu corpo se mancomunou com você, dando-lhe outra coisa com que se preocupar.

Pelo amor de Deus.

– Estou *cheia* dessas mil e uma interpretações que vocês dão a tudo – disse eu, feroz. – Tive uma dor de dente, só isso, não foi nenhum bicho de sete cabeças.

– Foi você quem levantou a lebre da coincidência entre uma coisa e a outra – relembrou Margot, branda.

Passamos o resto do trajeto em silêncio.

NA VOLTA AO CLAUSTRO, fui saudada como se tivesse passado muitos anos fora. Quase todo mundo se levantou de um pulo, interrompendo o almoço (embora Eamonn e Angela não estivessem entre eles), gritando coisas do tipo "Ela VOLTOU" e "Que bom, Rachel, sentimos sua falta".

Em homenagem à minha boca mutilada, Clarence me dispensou da lavagem das panelas, meu encargo na equipe. Foi maravilhoso, como na ocasião em que a escola nos mandou para casa porque os canos estouraram. Mas nem a isenção da panelada se comparou ao *frisson* que senti quando Chris passou os braços por mim.

– Bem-vinda ao lar – murmurou. – Já estávamos dando você por morta.

Uma bolhinha deliciosa de felicidade fez "popl" no meu estômago. Ele devia ter me perdoado por revirar os olhos na véspera, quando me dera aquele conselho.

Choveram perguntas sobre mim.

– Como é o mundo lá fora? – quis saber Stalin.

– Richard Nixon ainda é presidente? – perguntou Chris.

– Richard Nixon é presidente? – indagou Mike. – Aquele fedelho? Quando cheguei aqui, ainda era apenas senador.

– Do que é que vocês estão falando? – O rosto de Chaquie estava contraído de indignação. – Aquele sujeito Nixon já era há muito tempo. Já faz anos que ele foi... – Interrompeu-se, ao ver que Barry fazia sinais para ela.

– É uma piada – disse ele. – Sabe o que é uma *Piada?* Ha. Ha. Procura no dicionário, sua pateta.

– Ah – fez Chaquie, aturdida. – Nixon. Onde é que eu estou com a cabeça? Mas, com Dermot vindo aí hoje à tarde, não estou no meu estado normal...

Para apreensão de todos, pareceu prestes a chorar.

– Dá uma trégua a essa cabeça, moça – disse Barry, afastando-se, apressado. – Você não é uma pateta, não.

Todos no aposento prenderam o fôlego durante alguns minutos de tensão, até que o rosto de Chaquie se desanuviou.

Assim que recebemos o sinal verde, brindei todo mundo com grandes lorotas sobre minha aventura bucal.

– Tratamento de canal? – sorri, com ar de desdém: – Moleza.

– Mas não DOEU? – Don quis saber.

– Nada de extraordinário – me gabei, decidindo correr um véu sobre minhas lágrimas de dor na cadeira do dentista.

– E você não ficou com medo? – perguntou John Joe.

– Não podia me dar o luxo de ficar com medo – tornei, com ar de bacana. – Tinha que ser feito e ponto-final.

O que era quase verdade, me dei conta, surpresa.

– Quanto custou? – Eddie fez a pergunta que considerava mais importante.

– Ah, sei lá – respondi. – Não muito, tenho certeza.

Eddie riu, sombrio.

– Você deve ter nascido ontem. Como é que pode ser tão ingênua? Esses dentistas e médicos não dão nem as horas sem cobrar os olhos da cara.

– Eddie, sabe de uma coisa? – resolvi arriscar: – Você é um pouquinho neurótico em matéria de dinheiro.

40

Para a sessão de grupo.

Desabalamos pelo corredor, Eddie gritando às minhas costas: "Só porque eu sei dar valor ao meu dinheiro!"

Dermot e sua peruca já estavam lá. Agora que eu sabia que ele usava uma, não conseguia mais tirar os olhos dela. Era tão *óbvia.* E grande o bastante para merecer uma cadeira só para si.

Dermot se enfatiotara todo em homenagem à sua participação como OIE de Chaquie. Usava um paletó traspassado, tipo jaquetão, que tentava, sem sucesso, botar sua barriga dentro dos conformes. De lado, parecia uma letra D garrafal.

Chaquie estava perfumada e impecavelmente maquiada, mais ainda do que de costume.

Eu me sentia a um tempo curiosa e cética em relação ao que Dermot tinha a dizer. Acreditava na palavra de Chaquie, quando dizia que não bebia mais do que um Bacardi com Coca-Cola de vez em quando com as amigas. Chaquie não era Neil, e eu tinha certeza de que não me enganara sobre a gravidade de seu problema com a bebida, como Neil.

Na verdade, eu desconfiava que Chaquie, apesar de irritante com suas ideias declaradamente direitistas, tinha levado uma vida totalmente sem manchas.

Fiquei surpresa por constatar que minha atitude mudara desde que eu conhecera Chaquie. Agora, sentia uma estranha afeição por ela.

Josephine chegou. Tratamos de nos endireitar e ficar em silêncio.

Ela agradeceu a Dermot por sua presença e disse:

– Não gostaria de falar um pouco sobre o alcoolismo de Chaquie?

Enfiei a língua no dente, distraída. Não conseguia parar de fazer isso. Estava extremamente orgulhosa de mim mesma e do meu canal.

– Ela sempre gostou de beber – disse Dermot, sem uma gota da reticência de Emer.

Chaquie fez uma expressão chocada.

– Sempre me vinha com aquela lenga-lenga de que o uísque era para o resfriado e o vinho do Porto ou o conhaque eram para a dor de estômago...

– Que é que eu posso fazer, se vivo indisposta? – interrompeu-o Chaquie, seu sotaque mais afetado do que nunca.

Josephine lançou-lhe um olhar feroz e Chaquie acovardou-se.

– Como eu disse – suspirou Dermot – ela sempre gostou de beber, mas escondeu a gravidade da coisa até estar com uma aliança no dedo. E aí começou a me fazer passar vexame.

Chaquie soltou uma exclamação, que Josephine calou com o cenho franzido.

– Que tipo de vexame?

– Eu trabalho muito duro – disse Dermot. – Muito duro. Sou um homem que se fez sozinho, construí meu negócio praticamente do nada...

– E fez isso sem ajuda de ninguém, não é? – atalhou-o Chaquie, a voz de súbito esganiçada. – Pois bem, você não teria feito o que fez sem mim. A ideia de comprar as cabines de bronzeamento artificial foi minha.

– Não foi! – disse Dermot, irritado. – Eu li sobre elas num catálogo muito antes de você vê-las naquela loja em Londres.

– Não leu, não! Que mentira mais deslavada. Você nem sabia como funcionavam.

– Estou dizendo – Dermot enfatizava cada palavra desferindo um golpe com a mão nanica – eu li sobre elas.

– Talvez possamos voltar a esse assunto mais adiante – murmurou Josephine. – Estamos aqui para falar sobre o problema de Chaquie com a bebida.

– Nesse caso, podemos passar a semana inteira aqui – disse Dermot, com um riso amargurado.

– Está muito bem. Por favor, continue – pediu Josephine.

Dermot não se fez de rogado:

– Eu não soube o quanto a situação era grave durante muito tempo, porque ela bebia na moita – contou ele. – Escondia as garrafas e dizia que estava com enxaqueca, quando na verdade ia se deitar com uma garrafa de bebida.

O rosto de Chaquie estava vermelho como um pimentão.

– E inventava um monte de mentiras para mim. Uma vez encontrei umas vinte garrafas vazias de Bacardi nos fundos do jardim, mas ela disse que não sabia como tinham ido parar ali e culpou uns rapazes do conjunto habitacional.

"Uma noite, convidamos o gerente do banco e a esposa para jantarem lá em casa. Eu estava tentando conseguir um empréstimo com ele para ampliar as instalações, quando Chaquie começou a cantar, 'Parabéns, Sr. Presidente', igual a Marilyn Monroe cantando para Kennedy, rebolando o traseiro e exibindo o decote para ele.

Dei uma espiada em Chaquie. Seu rosto era o retrato do horror.

Senti um misto vergonhoso de pena e regozijo.

– ...ela tinha passado a tarde inteira bebendo. Mas, quando lhe perguntei se tinha bebido, ela mentiu, dizendo que estava totalmente sóbria. Quando até uma criança poderia ver que estava bêbada. Então, foi para a cozinha, para servir o *roulade* de salmão defumado, e não voltou. Esperamos horas a fio, eu morto de vergonha, tentando manter o pique da conversa com o Sr. O'Higgins. E, quando fui procurar por ela, onde é que fui encontrá-la, senão na cama, totalmente chumbada...

– Eu não estava me sentindo bem – murmurou Chaquie.

– Não preciso nem dizer – continuou Dermot, com ar satisfeito – que não consegui o empréstimo. Depois disso, ela começou a beber cada vez mais, até o ponto em que se embebedava quase todos os dias da semana – e noites, também. Eu não podia contar com ela para nada.

– Você nunca vai me deixar esquecer aquele episódio do empréstimo, não é? – exclamou Chaquie. – E não teve nada a ver com o fato de eu não estar me sentindo bem. Foi porque as contas não fechavam, e eu disse isso antes de você ir atrás de O'Higgins com aquelas suas propostas idiotas.

Dermot não deu a mínima para ela.

– Enquanto isso, eu ia tocando o negócio – continuou ele. – Trabalhando dia e noite para abrir o maior salão de beleza [que ele pronunciava "salon de beléze"] do sul do condado de Dublin.

– Eu também trabalhava dia e noite! – exclamou Chaquie. – A maioria das ideias saiu da minha cabeça. Fui eu quem bolou a ideia dos descontos especiais.

– Bolou é o cace...! – Dermot se deteve. – Não bolou, não. Nós oferecemos descontos especiais, sabem? – Disse isso olhando para mim e Misty. – Um dia inteiro de mordomias, o diabo a quatro. Uma sessão de aromaterapia, um banho de lama, sauna, uma manicure ou uma pedicure e uma fatia de torta para fechar o pacote, tudo por 50 paus. Mais um desconto de 15 paus, se você optar pela manicure, ou de 18, se optar pela pedicure.

Josephine abriu a boca, mas tarde demais. Lá vinha Dermot de novo com sua típica lábia de vendedor:

– Também atendemos à clientela masculina [que ele pronunciava "clientele masculine"]. Descobrimos que o homem irlandês está muito mais exigente em relação à sua aparência, e que, se no passado, um homem que cuidasse da pele seria tachado de maricas, hoje não tem nada de mais. Eu mesmo... – passou a mãozinha rechonchuda pela bochecha cheia de microvarizes – ...uso produtos para a pele e colho os melhores benefícios.

Clarence, Mike, Vincent e Neil encaravam Dermot com um olhar gelado. John Joe, no entanto, parecia interessado.

– Dermot – disse Josephine, ríspida – estamos aqui para discutir o alcoolismo de Chaquie.

– Ele vive fazendo isso – interveio Chaquie, olhando com ódio para Dermot. – É tão constrangedor. Uma vez, na missa, quando estava dando o abraço da paz na mulher ao lado, olhou para as unhas dela e disse que precisavam de uma manicure. Na Casa do Senhor! Onde é que já se viu?

– Tenho que ganhar a vida – defendeu-se Dermot, exaltado. Se fôssemos depender de você, já teríamos ido à falência há muito tempo.

– Por quê? – perguntou Josephine, levando a conversa de volta para os problemas de Chaquie.

– Eu tive que proibi-la de trabalhar no salon de beléze, porque ela ficava de porre e incomodava a clientele. E fazia tudo errado, marcando hora para as pessoas nas cabines de bronzeamento artificial logo depois de depilarem as pernas, quando todo mundo sabe que não se pode fazer isso sem correr o risco de ser processado, e depois que a gente fica com o nome sujo, está frita...

– É verdade? – Josephine o interrompeu. – Você trabalhava embriagada, Chaquie?

– Não mesmo. – Ela dobrou os braços e abaixou a cabeça, formando uma papada que lhe conferia um ar de indignação virtuosa.

– Pois pode perguntar a qualquer uma das garotas que trabalham lá – insistiu Dermot, inflamado.

– "Pode perguntar a qualquer uma das garotas que trabalham lá" – imitou-o Chaquie, venenosa. – Ou a uma garota em particular, não é isso mesmo?

Pode-se sentir o interesse de todos aumentar dramaticamente.

– Sei exatamente o que você pretende, Dermot Hopkins – prosseguiu Chaquie. – Me fazer passar por alcoólatra, negar que eu alguma vez tenha contribuído para o negócio, trazer sua *namorada* aqui para concordar com você e acabar com a minha vida.

Voltando-se para os demais presentes:

– Não estávamos casados há nem um ano quando ele começou a ter seus casos. Contratava as garotas do salão não pela sua competência, mas pelo... – Dermot tentava berrar mais do que ela, mas Chaquie berrou mais alto: – ...MAS PELO TAMANHO DOS SEUS PEITOS. E, quando não dormiam com ele, iam para o olho da rua.

– Sua filha da puta mentirosa – berrou Dermot ao mesmo tempo que ela.

– E agora botou na cabeça que está apaixonado por uma delas, uma pirralhinha de 19 anos chamada Sharon, que está louca pra subir na vida sem fazer força. – O rosto de Chaquie estava vermelho, e seus olhos brilhavam de ódio e mágoa. Tornou a respirar fundo e gritou: – E não pense que ela tá apaixonada por você, Dermot Hopkins. Ela só está interessada em fazer um bom pé de meia. E vai fazer você de trouxa com tê maiúsculo!

O sotaque de Chaquie mudara. A dicção classe média desaparecera, e em seu lugar surgira um sotaque vulgar de Dublin.

– E o seu caso? – A raiva deixara a voz de Dermot fina como a de um soprano.

– Que caso? – perguntou Chaquie, também aos gritos. Josephine tentava acalmar os ânimos, mas não tinha a menor chance.

– Estou sabendo de você com o sujeito que instalou o carpete novo.

As coisas ficaram um pouco confusas depois disso, porque Chaquie saltou da cadeira e tentou dar um sopapo em Dermot. Mas, pelo que pudemos entender, Dermot estava insinuando que o carpete não fora o único a ir parar no chão. Chaquie negou com veemência sua versão dos fatos, e foi impossível saber quem estava dizendo a verdade.

Em meio ao pandemônio, a sessão terminou.

E a primeira pessoa a chegar até Chaquie, abraçá-la e levá-la para tomar chá, fui eu.

41

Nas duas sessões de grupo seguintes, seguindo um roteiro que eu agora já conhecia, Josephine escavoucou a psique de Chaquie e tirou mil e um coelhos da cartola.

Ficou claro que Dermot, por mais desagradável que fosse, não tinha mentido.

Josephine foi pressionando Chaquie cada vez mais, até ela confessar o quanto bebia. Quando finalmente admitiu que bebia uma garrafa de Bacardi por dia, Josephine intensificou o interrogatório até ela admitir que complementava o Bacardi com conhaque e Valium.

Ato contínuo, Josephine pôs-se a investigar os motivos.

Duas coisas a intrigavam: a obsessão de Chaquie com sua aparência e a insistência em provar que era uma boa e respeitável cidadã de classe média. Como sempre, a intuição de Josephine estava certa.

E a verdade veio toda à tona. As origens miseráveis de Chaquie num conjunto habitacional superlotado, numa área abandonada de Dublin. Sua falta de instrução, o fato de ter cortado relações com a família por medo de que aparecesse diante de seus novos amigos classe média e o pavor de ser obrigada a voltar para aquele cenário de privação. Ficou claro que Dermot era tudo que ela tinha.

Dependia totalmente do marido, e ressentia-se amargamente dele por isso.

Chaquie reconheceu que jamais se sentira à vontade com seus amigos, por medo de que percebessem a fraude que ela sentia ser.

Olhei para ela, com sua pele maravilhosa, seus cabelos dourados e suas unhas perfeitas. A competência com que se reinventara me admirava. Eu jamais teria acreditado que havia tanta dor e insegurança fazendo tamanho estrago sob aquela fachada de elegância e sofisticação.

Em seguida, Josephine a interrogou sobre o homem do carpete. Após uma sessão de perguntas e respostas que achei extremamente dolorosa de acompanhar, Chaquie finalmente admitiu que havia realmente batizado seu carpete novo fazendo sexo sobre ele com o instalador.

Os detalhes não eram picantes ou fascinantes, eram simplesmente sórdidos. Ela disse que fizera aquilo porque estava bêbada e morta de carência afetiva.

Senti uma pena enorme dela. Esperava que pessoas da minha idade se comportassem assim. Parecia infinitamente mais patético e chocante que alguém de sua idade e posição o fizesse. Ocorreu-me com uma força avassaladora que eu não queria acabar como Chaquie.

Essa poderia ser você, disse uma voz em minha cabeça.

Como?, perguntou outra voz.

Não sei, respondeu a primeira, confusa. *Só sei que poderia ser.*

– Quis morrer de vergonha quando fiquei sóbria – Chaquie engasgava-se de chorar.

Não contente com isso, Josephine continuou a espremer Chaquie até ela admitir que fizera sexo com desconhecidos em inúmeras ocasiões, qualquer um que caísse no seu lixo, principalmente técnicos, bombeiros, eletricistas, entregadores etc.

Era assombroso, sobretudo à luz da postura católica e preconceituosa adotada por Chaquie. Mas, por outro lado, compreendi, começando a entrar no espírito do Claustro, talvez não fosse nem um pouco assombroso. Ela tapava desesperadamente os buracos de sua vergonha fingindo ser a pessoa recatada e respeitável que gostaria de ser.

Eu estava estupefata com tudo aquilo.

NA NOITE DE SEXTA-FEIRA, percebi que o sofrimento horrível que me afligira no começo da semana tinha passado. Porque voltou.

– O dente não distraiu você por muito tempo, não é mesmo? – Margot sorriu para mim. Eu estava sentada à mesa de jantar, chorando a cântaros.

Devia ter atirado meu prato de toucinho com repolho na cara dela, mas me limitei a chorar mais ainda.

Eu não estava sozinha.

Neil soluçava horrivelmente. Na sessão de grupo daquela tarde, Josephine finalmente rompera sua resistência. De repente, ele enxergou o que todo mundo na face da Terra podia ver: que era um alcoólatra digno de rivalizar com o tão odiado pai em matéria de atrocidade. "Eu me odeio", soluçava com o rosto escondido nas mãos, "eu me odeio".

Vincent também estava aos prantos, devido ao exame de sua infância a que Josephine o submetera durante a sessão da manhã. E Stalin se debulhava em lágrimas porque recebera uma carta de Rita dizendo que não voltasse para casa quando saísse do Claustro, pois dera entrada no pedido de divórcio.

O refeitório tinha tanta gente chorando que parecia uma creche.

– Ela conheceu alguém – ululava Stalin. – Alguém que vai...

– ...quebrar as costelas dela – completou Angela, franzindo sua boquinha de arco-de-cupido, o que a tornava menor ainda na cara de bolacha.

Ai, Jesus. Angela fora acometida pelo vírus PMNI – Palmatória do Mundo do Novo Interno. Ela que esperasse até receber a visita de algum Outro Importante Envolvido, para contar ao grupo sobre como tinha fraturado o braço da mãe com um golpe de caratê para impedi-la de pegar a última fatia de torta de sorvete ou coisa que o valha. Aí, sim, ela não se sentiria tão superior ao comum dos mortais.

Senti pena dela.

Na noite de sexta, como sempre, a nova lista de encargos de cada equipe foi para o quadro de avisos. No momento em que Frederick prendeu-a à cortiça com uma tachinha, todos avançamos para cima dela, desesperados para conhecer nossa sorte, como se fosse uma lista de baixas de guerra. Quando vi que estava na equipe de Vincent e, pior ainda, que isso queria dizer cafés da manhã, fiquei muito, muito transtornada. Tá legal, tá legal, eu já estava transtornada *antes,* mas agora estava transtornada *mesmo.* Tão transtornada que nem tive vontade de berrar com todo mundo, só de dormir e não acordar.

Chris se aproximou de mim com uma caixa de lenços de papel. – Me conta alguma coisa – pedi-lhe, sorrindo por entre as lágrimas – me distrai um pouco.

– Eu não devia – disse ele. – Você devia *ficar com a dor...*

Ergui minha xícara de chá, ameaçadora.

– Calma. – Ele sorriu. – Só estava brincando. E aí, o que aconteceu?

– Estou na equipe de Vincent – respondi, contando-lhe a única parte palpável de meu sofrimento de que tinha consciência. – E eu tenho medo dele, é tão agressivo...

– É? – Chris olhou na direção de Vincent, que ainda estava aos prantos, à cabeceira da mesa. – Ele não me parece lá muito agressivo...

– Mas era – disse eu, inconvicta. – No dia em que entrei aqui...

– Isso foi há duas semanas – observou Chris. – Uma semana é um bocado de tempo em psicoterapia.

– Ahhh – fiz eu – quer dizer que você acha que ele está diferente agora... Mas ele era tão ameaçador – achei que devia relembrar Chris.

– As pessoas mudam aqui dentro – disse ele, tranquilo. – É para isso que serve o Claustro.

O comentário me irritou.

– Me conta como você veio acabar nesse hospício. – Eu sempre me sentira curiosa sobre Chris e seu passado, desejando estar em seu grupo para saber mais sobre ele. Mas nunca tivera coragem de lhe fazer uma pergunta tão direta assim.

Para minha surpresa, uma expressão de dor passou pelo rosto de Chris, como uma brisa soprando num milharal. Estava tão habituada a imaginá-lo totalmente senhor de si e onisciente, que sua vulnerabilidade me assustou.

– Sabe, esta não é a primeira vez que venho para cá – disse ele, puxando uma cadeira para perto de mim.

– Não sabia – disse eu. A revelação me chocou. Indicava que seu vício devia estar num estágio muito avançado.

– Pois é, estive aqui quatro anos atrás, e tudo que me diziam entrava por um ouvido e saía pelo outro. Mas, desta vez, estou fazendo a coisa direitinho e vou conseguir pôr minha vida em ordem novamente.

– Você esteve muito mal? – perguntei, nervosa. Sentia carinho demais por ele para querer ouvir que tinha se espojado numa poça de vômito com uma agulha espetada no braço.

– Depende do que você entende por "mal" – respondeu, com um sorriso contrafeito. – Se por um lado minha vida não chegava a ser *Trainspotting*,* à base de picos de heroína e ocupação ilegal de imóveis, também não chegava a ser uma vida realizada e produtiva.

– E que, er, drogas você usava?

– Basicamente, eu fumava haxixe.

---

*Filme inglês de 1996 que mostra a vida de viciados em heroína. (*N. do E.*)

Esperei que prosseguisse com a longa lista: crack, heroína, temazepam... Mas ele não prosseguiu.

– Só haxixe? – murmurei.

– Pode crer – ele abriu um sorriso – era mais do que suficiente.

Eu não achava que alguém pudesse ser toxicômano sem usar agulhas. Nervosa, fiz outra pergunta:

– Como você arranjava dinheiro? – Esperando que ele dissesse que traficava drogas ou fazia o cafetão.

– Eu tinha um emprego – disse, com ar surpreso.

– Mas... – Eu estava confusa. – Para mim, isso não é ser um toxicômano.

Ele abriu a boca e disse de uma vez só:

– Eu passava quase todas as noites sozinho, chapado. A maior parte dos dias no emprego, era incapaz de trabalhar. Estava sempre preocupado com o lugar de onde viria a próxima bagana. Nunca tinha vontade de fazer nada, tipo ir ao cinema ou comer fora, porque isso roubaria tempo do meu barato. – Fez uma pausa e perguntou, com naturalidade: – Esse "mal" chega para você?

– Não. – Eu ainda estava confusa.

– O.k. – Ele respirou fundo. – Eu devia dinheiro à todo mundo, não era amigo de ninguém. E o problema não era só o fato de viver minha vida tão mal. O que se passava na minha cabeça também não era bom. Eu sempre me sentia à margem das coisas, como se não fosse bom o bastante, sabe como?

Assenti, ressabiada.

– Entrava nos relacionamentos errados com as pessoas erradas. Não ligava para ninguém, além de mim mesmo. E nem para mim mesmo ligava muito.

Ansiosa, me perguntei a que tipo de relacionamentos ele estaria se referindo.

– Usei drogas para lidar com todas as coisas desagradáveis que a vida pôs no meu caminho. Quando vim para cá, me disseram que minha idade emocional era de 12 anos.

– Como é que eles sabem? – Que tipo de processo de medição empregariam?

– Porque foi com essa idade que comecei a usar drogas. A pessoa so cresce quando enfrenta a merda que a vida põe no caminho dela. Mas, sempre que a vida punha problemas no meu, eu saltava de banda. E, com isso, minhas emoções ficaram estacionadas nos meus 12 anos.

– Sinceramente, não vejo que mal há em ter 12 anos. – Dei uma risadinha para que ele entendesse que era uma piada.

Mas ele não achou graça.

– O mal é que eu nunca tive o menor senso de responsabilidade. Deixei várias pessoas na mão, dei o bolo em outras tantas...

Eu estava começando a deixar de gostar dele. Era careta e chato demais para mim.

– Contei milhões e milhões de mentiras para salvar minha pele, para que as pessoas não ficassem chateadas comigo.

Isso *realmente* foi um balde de água fria em mim. Que cara mais fraco!

– Com que idade você começou a usar drogas? – Ele me perguntou, para minha surpresa.

Eu?

– Por volta dos 15 anos – respondi, gaguejando. – Mas sempre só usei drogas em festas. Nunca fiz nenhuma das coisas que você mencionou, me drogar sozinha, contrair dívidas, agir de maneira irresponsável...

– Nunca? – ele perguntou, com um sorriso de orelha a orelha.

– Qual é a graça? – Fiquei irritada.

– Nada.

Resolvi mudar de assunto.

– O que você vai fazer quando sair daqui? – perguntei.

– Quem sabe? Arranjar um emprego, andar na linha. Nunca se sabe. – Piscou o olho para mim. – De repente, posso até ir para Nova York e, enquanto estiver lá, encontrar esse tal de Luke e dar um jeito nele.

Com os olhos cheios de estrelas, me perdi numa fantasia desvairada. Uma visão de minha chegada a Nova York de braço dado com Chris, entrando com ele no Cute Hoor, nós dois perdidamente apaixonados, Chris não mais com idade emocional de 12 anos, ambos loucos para badalar. Um casal bonito e bem entrosado.

Naturalmente, mentiríamos sobre o lugar onde tínhamos nos conhecido.

Mais visões passaram voando pela minha cabeça. Luke vomitando de infelicidade. Luke me implorando para aceitá-lo de volta. Luke enlouquecendo de ciúmes e tentando dar um soco em Chris... em geral, minha cabeça voltava à visão em que Luke tentava dar um soco em Chris. Uma das minhas favoritas.

42

Na noite em que Luke saiu ventando da minha cozinha – ah, sim, muito embora tenha saído com toda a frieza e autocontrole, ele ventou, mesmo assim – o caminho do nosso amor ficou totalmente paralisado. Passou mais de duas semanas sem fazer mais nada além de ficar coçando o saco numa esquina, esperando pelo dia do auxílio-desemprego, assobiando sem muito entusiasmo para as garotas que voltavam para casa da fábrica.

E, é claro, Daryl não me serviu de consolo.

Surgiu na soleira da minha porta daquele jeito inesperado, afugentando Luke, quando nem mesmo viera para me ver. Só estava lá porque seu fornecedor fora em cana. Estava batendo na porta de todo mundo que conhecia na ilha de Manhattan, em busca de uma fonte alternativa de drogas. Num saudoso passado, as pessoas recomendavam cabeleireiros umas para as outras. Ou bombeiros. Ou até mesmo *personal trainers.* Agora, são traficantes. Em outras circunstâncias, eu talvez tivesse achado isso encantador.

É o estilo Bons-vizinhos-na-Nova-York-do-fim-do-milênio. Em vez de bater para pedir emprestada uma xícara de açúcar, eles aparecem para pedir emprestados dois gramas de coca. Mas, na esteira da partida de Luke, eu não estava vendo encanto em quase nada.

E é claro que não tinha nem sombra de droga para dar a Daryl.

Mas conhecia um homem que tinha.

O que acontecia é que, devido ao sentimento da mais extrema infelicidade provocado pela partida de Luke, eu mesma estava louca para encontrar Wayne. Assim, puxei a brasa do desespero de Daryl para a minha sardinha com o maior cinismo. Daryl tinha dinheiro para as drogas, mas não sabia onde arranjá-las; eu sabia onde arranjá-las, mas não dispunha do vil metal para elas.

Precisávamos um do outro.

Depois de meu telefonema para Wayne, Daryl e eu relaxamos, esperando. Até consegui me animar um pouquinho. Eu sei, eu sei, Luke estava com ódio de mim outra vez, mas Daryl estava usando roupas muito legais. Um par de calças boca de sino em veludo, transadíssimas, o que havia de mais moderno e elegante em termos de moda masculina.

Não era culpa dele que o fizessem suar tanto.

Mas que o emprego dele era fantástico, ah, isso era.

– Você conhece outros escritores além de Jay McInerney? perguntei, inclinando-me para a frente, na esperança de que ele fosse do tipo que fica aceso com um par de peitos, porque era o melhor que eu tinha a lhe oferecer.

– Ah, sim – ele fungou, seus olhos se desviando dos meus. – Conheço um monte.

– Como é que a coisa funciona? – perguntei, minha cabeça avançando e recuando, na tentativa de acompanhar seu olhar fugidio. – Você tem autores especificamente designados para você?

– Tenho – respondeu ele, com um olhar fugaz que me fez dar um jeito no pescoço, devido a minhas manobras para tentar encará-lo – É assim mesmo.

– E quem são os seus? – perguntei, perdendo as esperanças de que nossos olhares se encontrassem. – Quais foram seus livros que venderam mais?

– Vamos ver – disse ele, pensativo. Ao dizer isso, senti um ímpeto prazeroso de antecipação. Era o máximo conversar com alguém que conhecia gente famosa.

Ele não me decepcionou.

– Você já ouviu falar na escritora Lois Fitzgerald-Smith? – per guntou, como se eu obviamente já tivesse.

– Já! – respondi, entusiasmada.

Quem?

– Já? – perguntou Daryl, também entusiasmado.

– É claro – disse eu, satisfeita por ter adquirido um ar animado. Pelo visto, isso agradara a ele.

– Eu estava numa posição estratégica em relação ao público-alvo de seu livro *Jardinagem para bailarinas*, que apareceu na lista do *New York Times* na primavera.

– Ah, sim, eu ouvi falar. – Na verdade, se não me falhava a memó ria, tinha ganho o prêmio de romance do ano ou algo parecido. Sorri para Daryl, orgulhosa por me encontrar na companhia de alguém que tinha uma carreira tão interessante e bem-sucedida.

Pensando depressa, me perguntei se devia fingir ter lido o livro. Eu podia soltar algumas frases vagas, do tipo "Emprego de uma linguagem maravilhosamente lírica" ou "O poder admirável das metáforas". Mas, por outro lado, fiquei com medo de não conseguir sustentar uma conversa inteira nesses termos.

Ainda assim, era muito importante em Nova York ler os livros do momento. Ou, pelo menos, fingir tê-los lido. Eu já tinha até ouvido falar de um serviço oferecido por pessoas que liam o livro e depois apresentavam um resumo para o cliente. E, por uma taxa extra, forneciam algumas frases recomendáveis para se soltar em jantares elegantes ("Decalque pseudoepigonista", "Sim, mas é *arte?*" e "Gostei da cena do pepino").

Por esse motivo, disse a Daryl, em tom de desculpas:

– Ainda não cheguei a ler. Já comprei, é claro, está numa pilha na minha mesa de cabeceira que eu vivo tentando desmatar, mas é difícil, quando a pessoa vive ocupada, como eu...

Naturalmente, não havia uma sílaba de verdade nessa frase. O único livro na minha mesa de cabeceira era *O ranger dos sinos*,* que eu estava relendo pela enésima vez.

– Vou começar assim que tiver terminado *Cores primárias* – prometi a ele, me perguntando se *Cores primárias* ainda estava acontecendo. Não pegava nada bem pisar na bola em relação a essas coisas.

---

*Romance autobiográfico da poetisa inglesa Sylvia Plath (1934-1963), que trata do colapso nervoso de uma talentosa mulher durante o período em que trabalha numa revista em Nova York. Plath suicidou-se um mês após sua publicação. (*N. da T.*)

– Me diga – dei um sorriso encantador para ele. – *Jardinagem para bailarinas* vai mudar minha vida? É sobre o quê?

– Hum – fez Daryl, constrangido. – Sabe...?

Cheguei mais perto dele, minha curiosidade atiçada por sua reticência. Obviamente, tratava-se de um livro controvertido, mas sobre o quê? Incesto? Satanismo? Canibalismo?

– É sobre... bem... *jardinagem*. Para – pigarreou – bailarinas.

– Bem, não apenas para bailarinas, obviamente – apressou-se em acrescentar – Os movimentos que a jardinagem obriga a pessoa a fazer, como se inclinar e se agachar, servem para *todos* os dançarinos, na realidade. Nossa editora não é elitista.

Minha boca se contraiu, como se eu enunciasse vogais. A, depois O, depois A de novo, depois O.

– Quer dizer que não é um romance? – perguntei, por fim.

– Não.

– É um manual de jardinagem?

– É.

– E em que número ficou na lista dos mais vendidos do *New York Times?*

– Sessenta e nove.

– E essa sua posição estratégica em relação ao público se traduzia em quê?

– Eu empacotava os livros e mandava para as livrarias.

– Adeus, Daryl.

43

Não exatamente. Não cheguei a dizer, ali e naquele momento, as palavras" Adeus, Daryl". Não para *ele*. Mas disse-as para meus botões. Principalmente porque ele deixou escapar que o *loft* maravilhoso para onde me levara depois da minha festa sequer era seu.

Por isso, mesmo tendo passado a noite e boa parte da manhã seguinte juntos, eu não acalentava a menor esperança de que em breve eu e Daryl estaríamos abrindo uma conta conjunta. Só o aturei com sua conversa fiada por causa da minha parte nas drogas.

É claro que aquele babaca pão-duro não gostou muito quando ficou claro que não iria fugir de mim com seus dois gramas intactos.

Mas pensei, "Problema seu, você me deve", e ponto-final.

Já tarde da noite, me ocorreu como um soco na cara que eu estava pensando em *Marinhagem para iniciantes*, não em *Jardinagem para as porras das bailarinas*.

Nos dias que se seguiram, não ouvi falar de Luke. Minha cabeça não parava de dizer "Ele vai me ligar." Mas não ligou.

A coitada da Brigit era obrigada a sair comigo toda noite, para virar a cidade ao avesso atrás dele. Aonde quer que fosse com ela, mesmo ao mercado do outro lado da rua para comprar dez tubos de Pringles, eu estava sempre em estado de alerta constante e maquiagem máxima.

Não deveria tê-lo deixado escapar, repetia incessantemente para mim mesma, desesperada. Cometera um erro terrível.

Nunca topávamos com ele. Isso não era justo, pois quando eu não dava a mínima para ele, bastava pôr o pé fora de casa para esbarrar com ele ou algum de seus amigos cabeludos.

Por fim, não tive escolha senão arregimentar uma seleta meia dúzia de amigos, uma *seletíssima* meia dúzia de amigos, para me ajudarem na busca. Mesmo assim, não tive sorte. Quando encontrava, digamos, Ed no Cute Hoor e ele dizia que tinha visto Luke no Tadgh's Boghole há menos de dez minutos e eu e Brigit desembestávamos para lá, tudo que restava da passagem de Luke era um copo vazio de JD, um cinzeiro fumegante e um assento ainda quente com uma mossa no feitio da sua bunda.

Muito frustrante.

Finalmente, esbarrei com ele no dia que batizei de Terça-feira Negra – o dia em que perdi o emprego e Brigit foi promovida.

Há séculos que eu já sabia que meus dias no Old Shillayleagh estavam contados, e mesmo assim não conseguia esquentar com isso.

Odiava trabalhar mais do que à minha própria vida. E, desde o dia em que recortei um artigo sobre tratamentos para a impotência e o colei com durex no armário do meu patrão, com o PS "Achei que poderia lhe ser útil", senti a fila dos desempregados avançar alguns passos na minha direção.

Mesmo assim, ser posta no olho da rua não teve a menor graça. E teve menos graça ainda quando cheguei em casa e encontrei Brigit dançando gigas* pelo apartamento afora, porque seu salário dobrara e ela ganhara uma nova sala e um novo título: assistente adjunta da vice-presidência do seu departamento.

– Antes eu era só *subassistente* adjunta da vice-presidência. Olha só como progredi! – disse, eufórica.

– Maravilha – comentei, amarga. – E agora aposto como vai virar uma machona nova-iorquina, chegando ao escritório às quatro da manhã, trabalhando até a meia-noite, trazendo arquivos para casa, metendo a cara até nos feriados e se achando a tal.

– É bom saber que você está tão feliz por mim, Rachel – disse ela, com a voz sumida. Foi para o quarto e bateu a porta com tanta força que a fachada do prédio quase desabou. Fiquei olhando para a porta, ressentida. Que bicho mordeu Brigit?, me perguntei, do alto de minha superioridade. Não fora *ela* quem perdera o emprego! Isso é que é tripudiar sobre a desgraça alheia, o resto é conversa fiada! Atirei-me no sofá, curtindo minha merecida autopiedade.

Sempre achei que a quantidade de sorte em circulação no universo é limitada. Pois Brigit tinha simplesmente abiscoitado a cota inteira do nosso apartamento, sem deixar nem um pouquinho para mim, nem um mísero átomo.

Filha da puta egoísta, pensei, furiosa, revirando a casa atrás de alguma bebida ou droga. E eu, pobre desempregada, que provavelmente vou ter que trabalhar no McDonald's? Isso se tiver sorte! Pois bem, tomara que Brigit não esteja à altura do cargo e sofra um colapso nervoso. Isso vai servir de lição para aquela mocreia metida a besta.

*Dança inglesa do século XVI. (*N. do E.*)

Abri todos os guarda-louças à procura de uma garrafa de rum que estava certa de ter visto em algum lugar, mas então lembrei que a bebera na noite anterior.

Ah, que merda, pensei, remoendo minha desgraça.

À falta de estimulantes artificiais, tentei me consolar pensando que a vida de Brigit seria horrível, que eles a matariam de tanto trabalhar, que o preço a ser pago por uma carreira bem-sucedida era alto. E se Brigit me abandonar?, pensei, em pânico. E se Brigit se mudar para um apartamento maravilhoso perto do centro da cidade, com ar-condicionado central e academia? E aí, o que eu faria? E aí, para onde iria? Não tinha dinheiro para arcar com um aluguel daqueles sozinha.

De repente, tive uma revelação ao estilo de São Paulo no caminho de Damasco: *Fica quieta no seu canto, se não quiser perdê-la.*

Levantei do sofá, engoli minhas mágoas e bati com delicadeza à porta do quarto de Brigit.

– Desculpe, Brigit – pedi. – Sou uma cachorra egoísta, me desculpe, mesmo.

Uma muralha de silêncio.

– Desculpe – tornei a pedir. – É que eu fui despedida hoje de tarde e estava me sentindo meio... entende?

Nem um sinal de vida.

– Ah, Brigit, *por favor* – implorei. – Me perdoa, de coração. A porta se escancarou e Brigit apareceu no umbral, o rosto desfigurado de choro.

– Ah, Rachel – suspirou. Não identifiquei o tom de sua voz. Seria de perdão? Exaspero? Pena? Cansaço? Podia ser qualquer um deles, mas torci para que fosse de perdão.

– Deixa eu te levar para tomar uma champanhe, para comemorar – me ofereci.

Ela abaixou a cabeça e traçou um desenho no chão com o dedo do pé.

– Não sei, não...

– Ah, vam'bora – incentivei-a.

– Tá – ela cedeu.

– Só tem um probleminha – disse eu, falando muito depressa. – Tômeioduranomomento,massevocêmeemprestarumdinheiro eutedevolvoassimquepuder.

Calada – um pouco calada demais para o meu gosto – ela suspirou e concordou.

Fiz questão de que fôssemos ao Llama Lounge.

– A gente tem que ir, Brigit – disse eu. – Não é todo dia que uma de nós duas é promovida. Certamente não se for eu, ha-ha-ha.

A gerência do Llama Lounge tinha pendurado um cartaz ao lado do sofá inflável, com os seguintes dizeres: "AVENTUREIROS QUE SE SENTAREM AQUI COM AS PERNAS DE FORA, FÁ-LO-ÃO POR SUA CONTA E RISCO." Brigit e eu demos uma olhada e dissemos em uníssono: "Não vamos sentar aí!" Torci para que essa simultaneidade fosse um indício de que Brigit me perdoara. Mas a conversa continuou emperrada. Fiz de tudo e muito, provavelmente até demais, para demonstrar o quanto estava feliz por sua sorte, mas foi um osso duro de roer.

No exato momento em que eu lhe dizia mais uma vez como estava feliz por ela, Brigit olhou para a porta e disse:

– Olha aí o seu namorado.

Por favor, Deus, faça com que seja Luke, rezei, com as entranhas tremendo. E Deus atendeu ao meu pedido, mas com uma cláusula adicional. Era Luke, realmente.

Só que estava acompanhado por ninguém menos do que a estonteante Anya, esguia, bronzeada, de olhos amendoados.

A primeira coisa que me passou pela cabeça foi: "Se ele é bom o bastante para Anya, então é bom o bastante para mim."

Não que eu estivesse em condições de escolher, é claro. Luke fez um aceno evasivo com a cabeça para mim e Brigit, mas não se aproximou.

Meu mundo se espatifou no chão quando Brigit se perguntou em voz alta:

– Que é que há com o Sempre-na-Dele?

Luke e Anya pareciam muito íntimos. Como se tivessem acabado de sair da cama. Eu só podia estar imaginando isso, ou não?, me perguntei, ansiosa. Mas seus rostos estavam muito próximos, de frente um para o outro. De repente, suas coxas se encostaram. Sob meu olhar horrorizado, ele passou o braço pelas costas da cadeira em que ela estava sentada, roçando de leve seus ombros esguios, mas bem definidos.

Eu sempre soube que ele se sentia atraído por Anya, o tempo todo, pensei, rancorosa. Sempre soube. Porra. E ele com aquela conversa mole de que ela era muito legal.

– Para de ficar encarando – sussurrou Brigit.

Estremunhei, voltando à realidade.

– Troca de lugar comigo – ordenou Brigit. – Você vai se sentar de costas para ele. E para de fazer essa cara de bebê com fome. E bota essa língua para dentro da boca, está balançando entre os seus joelhos.

Fiz o que ela mandou, mas logo me arrependi. Então, tentei fazer com que Brigit olhasse para ele por procuração.

– O que ele está fazendo agora? – perguntei a ela.

Ela deu uma olhada furtiva nele.

– Está segurando a mão dela.

Gemi baixinho.

– Ainda? – perguntei, alguns segundos depois.

– Ainda o quê?

– Ele ainda está segurando a mão dela?

– Ainda.

– Ai, Jesus. – Eu estava quase chorando. – E ele, como é que está?

– Com uma calça de couro, uma camiseta branca...

– Não! Como é que está a *cara* dele? Está com um ar feliz, de quem está louco por ela?

– Termina o seu drinque – Brigit ordenou, curta e grossa, apontando meu copo. – Vam'bora.

– Não – protestei, veemente, em voz baixa. – Quero ficar. Tenho que ficar e observar os dois...

– Não. – Brigit foi peremptória. – Nem pensar, isso não faz bem a ninguém. E que te sirva de lição. Da próxima vez que conhecer um cara gato e gente fina como Luke Costello, talvez não ferre as coisas.

– Você acha Luke gato e gente fina? – perguntei, extremamente surpresa.

– Claro que sim – disse ela, estarrecida.

– Ora, e por que nunca me disse?

– E por que diria? Você precisa que eu endosse as coisas para você antes de se permitir gostar delas? – perguntou.

Sua cretina, pensei, irritada. Só tinha sido promovida há duas horas e já estava se comportando como se fosse chefe dos outros.

SOFRI POR LUKE durante alguns dias. Sentia agudamente a sua perda. Mas não acalentava nenhuma esperança, pois sabia que não podia competir com Anya. Nem em sonho. Conhecia minhas limitações.

Dediquei meu tempo a dar uma espiada em alguns empregos. O esforço consagrado a essa atividade não chegou a merecer o título de "procura". Como minha experiência profissional era pouca e eu não tinha curso superior, minhas opções eram muito limitadas. No entanto, encontrei, por acaso, um emprego em outro hotel. Não tão bom quanto o Old Shillayleagh. Embora não esteja querendo dizer com isso que o Old Shillayleagh *fosse* bom. O lugar onde me empreguei se chamava Motel Barbados. Mas não se parecia em nada com Barbados, a menos que lá os patrões também paguem os empregados por hora.

Meu patrão, Eric, era um dos homens mais gordos que eu já tinha visto, e seu apelido era o Gorduroso Chefão, em homenagem à banha colossal de seus pneus. Quase todo o quadro de empregados era composto por imigrantes ilegais, devido a uma quedinha da gerência por ordenados abaixo do salário mínimo.

Ainda assim, era um emprego.

Em outras palavras, trabalheira, tormento e tédio, os três em um.

Ao fim do meu primeiro dia, voltei cambaleando para casa, exausta e deprimida. Quando cheguei, o telefone estava tocando.

– Pronto! – atendi, com um tom de voz não muito fino, disposta a descarregar meu humor cão em quem quer que se encontrasse do outro lado da linha.

Seguiu-se uma breve – e intensa – pausa. Por fim, a voz de Luke, como uma carícia, disse "Rachel?". E meu mundo desenhado a toco de carvão explodiu numa luminosidade resplandecente.

Por intuição, eu sabia que nao era um telefonema de investigação, do gênero "Não estou encontrando minha cueca Beavis e Butthead. Será que não deixei aí na sua casa? Você não daria uma lavadinha nela e traria aqui?".

Pelo contrário.

Pelo tom de sua voz, pela simples maneira como dissera "Rachel" – como se me acariciasse – eu soube que tudo terminaria bem.

Melhor do que bem.

Estava convicta de que ele nunca mais me procuraria. Quase chorei de alívio, de alegria, de libertação, de gratidão por ter mais uma chance.

– Luke? – disse eu. Está vendo como eu não disse "Daryl?", "Frederick?". "Belzebu?" ou qualquer outro nome de homem, como faria, se ainda estivesse brincando com você?

– Como vai? – ele perguntou.

Me chama de gata, ansiei.

– Muito bem – respondi. – Bom, fui despedida do meu emprego e arranjei outro num lugar horroroso que, desconfio, é usado por prostitutas, e o salário é uma merreca, mas vou muito bem. E você, como vai?

Ele deu um risinho meigo e afetuoso, do tipo acho-você-incrível, e me senti como se o amasse.

– Será que posso levar você para jantar fora? – ele perguntou.

Levar você para jantar fora. *Levar* você para jantar. Quanta coisa essa única palavra transmite. Significa: Eu gosto de você. Vou tomar conta de você. E, o mais importante de tudo, vou pagar a conta para você.

Tive vontade de perguntar sobre Anya, mas, pela primeira vez na minha vida autodestrutiva, consegui fazer a coisa certa e calei minha boca idiota.

– Quando? – perguntei. *Agora, agora, agora!*

– Que tal hoje à noite?

Achei que devia alegar algum compromisso. Não é uma das regras de ouro da captura de um homem? Mas eu não tinha a menor intenção de deixá-lo escapar da rede novamente.

– Hoje à noite está ótimo – disse, meiga.

– Ah, e desculpe não ter ido falar com você e Brigit aquela noite – ele acrescentou. – Anya tinha acabado de levar um fora do namorado e eu estava tentando levantar o astral dela

Meu cálice transborda.*

44

Era um encontro, um encontro como manda o figurino.

Ele disse que me apanharia às oito e meia e me levaria a um restaurante francês. Senti uma leve inquietação quando ele veio com essa conversa de restaurante francês, porque só caipiras e gente de fora frequentavam restaurantes franceses. A pedida para impressionar uma mulher eram os turcomanos. Mas, e daí?, pensei.

Aprontei-me com calma, sem nenhuma pressa. Não estava sentindo aquele tipo de sobe e desce no estômago que em geral associava a Luke. Em seu lugar, uma expectativa surda e incessante vibrava dentro de mim.

O elevador continuava no meu estômago, mas estava parado. De vez em quando abria e fechava a porta pantográfica, só para me lembrar da sua existência.

É claro, lembrei a mim mesma, que Luke podia estar engabelando a mim, Anya e Deus sabe quantas outras. Mas eu simplesmente *sabia* que não estava. Ignorava de onde vinha essa certeza absoluta e inabalável, mas não a questionava.

Tínhamos passado por mil peripécias: a noite de amor depois do Rickshaw Rooms, o convite dele para sairmos, minha recusa, sua aparição em minha festa, a recusa *dele*, minha procura por ele em toda parte, nosso encontro no Llama Lounge, a transa alucinante, a chegada de Daryl, a partida emburrada de Luke. Depois de tudo isso, das

*Últimas palavras do Salmo 23:5, Antigo Testamento. (*N. da T*)

tentativas de aproximação e dos foras, o fato de Luke ainda querer sair comigo e o fato de eu ainda querer ir só podiam indicar a existência de alguma centelhazinha de entendimento.

Tínhamos chegado a um ponto em que ambos já conhecíamos o bastante um do outro, até os defeitos, ou *principalmente* os defeitos, e mesmo assim queríamos ir em frente.

Vesti-me com todo o recato para o meu jantar francês.

Por fora, pelo menos.

Enverguei aquele que chamava de "meu vestido adulto". Chamava-o assim porque não era nem preto, nem de laicra, nem deixava entrever o contorno da calcinha por baixo. Era um vestido solto, cinza-escuro, conventual. Essas características me fizeram achá-lo um elefante branco, mas Brigit me obrigou a comprá-lo, argumentando que algum dia ainda viria a calhar. Respondi que não estava pretendendo morrer, entrar para um convento ou ser levada ao banco dos réus sob acusação de assassinato. Mas agora, ao admirar minha recatada imagem no espelho (a qual, estranhamente, não me provocou enjoos), admiti que ela tinha razão.

E minha imagem melhorou ainda mais. Calcei saltos altos e prendi os cabelos num coque. Em geral, só podia fazer uma coisa ou a outra, não as duas, a menos que estivesse a fim de olhar para a humanidade de cima, como o Incrível Hulk. Mas Luke era bastante homem para me encarar no meu zênite.

Por baixo da batina, eu me espremera num par de meias de seda pretas e uma cinta-liga – um sinal inequívoco de que estava louca por Luke. Sim, porque ninguém usa esse tipo de lingerie se não estiver pretendendo tirá-la muito em breve, não é mesmo? Mas que me dava uma sensação de desconforto e artificialidade, isso dava. Eu me sentia ridícula como uma drag queen.

A noite chegou e Luke também, às oito e meia em ponto. Bastou eu dar uma olhada nele – olhos escuros, rosto bem barbeado, perfume cítrico – para o elevador quase furar o teto do edifício.

Ele estava muito mais elegante do que eu jamais o tinha visto – muitos acres a menos de cabelo e jeans do que normalmente estariam à mostra. Compreendi que estava me levando a sério, e transbordei de prazer.

Quando ele cruzou o umbral, me preparei para levar um daqueles beijos que deixam a mulher entre a vida e a morte. Mas, para minha surpresa, ele não me beijou. Sobressaltei-me por um momento, mas me recompus galhardamente, recusando-me a descer ao fundo do poço, que acenava para mim, tentador. Não achei que ele não se sentia atraído por mim. Sabia que se sentia, teria apostado minha vida nisso.

Ele sentou no sofá com toda a educação e, com toda a educação, absteve-se de me atirar no chão e me violentar. Que sensação estranha, ficarmos no mesmo aposento por mais de cinco segundos e ainda estarmos vestidos!

– Me apronto num minuto – prometi a ele.

– Não tem pressa – disse ele.

Senti seus olhos me seguirem, enquanto eu saía atarantada pelo apartamento, esbarrando em tudo quanto é canto, à procura de minhas chaves. Um quadril esmagado numa bancada aqui, um cotovelo esfolado numa maçaneta acolá. Nada como a sensação de estar sendo observada por um homem que eu deseje para fazer com que eu comece a me comportar como uma paspalha desastrada. Por fim, virei-me para ele e perguntei, fingindo irritação:

– Que foi?

Eu sabia que vinha coisa boa por aí, entende?

– Você está... – ele fez uma pausa – ...linda.

Resposta certa.

EU NÃO CONHECIA o restaurante a que ele me levou, nem mesmo de nome. Mas era lindo. Tapetes felpudos, uma penumbra tão escura que chegava a ser soturna e garçons humildes, trocando murmúrios num sotaque francês tão exagerado que um não entendia o que o outro dizia.

Luke e eu mal nos falamos a noite inteira.

Mas isso não era um sinal de discórdia. Na realidade, eu nunca me sentira tão próxima de alguém em toda a minha vida. Não conseguíamos parar de sorrir um para o outro. Sorrisos largos, de orelha a orelha, entusiasmados, de olhos nos olhos.

Ele continuou se comportando com aquela cortesia antiprensa-na-parede com que inaugurara a noite. Em seu lugar, foi um tal de pagar táxi, abrir porta e me conduzir até a mesa sem contato físico que não tinha mais fim. E, a cada gesto, um sorriso homérico.

Quando segurou minha mão com toda a gentileza para me ajudar a entrar no táxi, ambos sorrimos. Quando chegamos ao La Bonne Chère (O Bom e Caro),* ele me ajudou a descer do carro com a máxima deferência, e soltamos sorrisos tonitruantes. Houve uma breve pausa enquanto ele pagava o motorista, e em seguida nos viramos um para o outro, franzindo tanto os olhos que mal enxergávamos.

Ele perguntou "Vamos?", ofereceu-me ou braço e entramos no restaurante com um andar bamboleante e relaxado. Onde fomos saudados com um entusiasmo indecifrável pelos garçons. E isso fez com que nos entreolhássemos, trocando um sorriso irônico.

Fomos conduzidos até uma mesa tão discreta e mal iluminada, que mal consegui ver Luke. "Aqui está bom para você, gata?", ele murmurou. Não cabendo em mim de contente, assenti com um sorriso. Qualquer coisa teria sido maravilhosa.

Houve um breve instante de constrangimento quando nos sentamos um diante do outro, pois, afinal, nunca tínhamos estado numa situação dessas antes. Só existe uma coisa que deixa a mulher mais envergonhada do que a primeira vez em que vai para a cama com um homem, e é a primeira vez em que vai para a mesa com ele. Luke tentou puxar conversa com um animado "E aí?". Pensei em responder, mas a alegria me inundou e desaguou na boca, obrigando-a a se abrir em outro sorriso de êxtase. Compreendi que não havia necessidade de dizer nada. A resposta de Luke ao meu sorriso foi outro do mesmo quilate, e nos ofuscamos reciprocamente, como dois idiotas de aldeia. Ficamos nisso, sorrindo de olhos vidrados, até o garçom francês chegar e nos oferecer os cardápios, com ar melífluo.

– Acho melhor a gente... – Luke apontou o cardápio.

– Ah, claro – disse eu, tentando me concentrar.

---

*"A Boa Mesa". Trata-se de uma ironia em relação ao francês de Rachel. (*N. da T.*)

Depois de alguns segundos, levantei os olhos e dei com Luke me encarando outra vez. Desatamos a sorrir novamente. Um pouco encabulada, baixei os olhos. Mas não consegui me conter e olhei para ele de novo. Ele ainda estava me fitando, e pusemos mais dois sorrisos na nossa conta.

Novamente num misto de encanto e encabulamento, murmurei:

– Para.

E ele murmurou:

– Desculpe, não consigo me conter, você é tão...

Trocamos um risinho delicioso de encanto. Ele tornou a apontar o cardápio:

– É melhor mesmo nós...

– Temos mesmo que... – concordei.

Eu me sentia como se fosse explodir de felicidade por estar com ele. Tinha certeza de que devia estar parecendo um sapo-boi, inchada ao máximo de alegria.

Ele pediu champanhe.

– Por quê? – perguntei.

– Porque... – Ele se calou, olhando para mim, com ar de especulação. Prendi o fôlego, certa de que ia dizer que me amava. – ...porque você vale – disse, por fim.

Dei um sorrisinho secreto. Tinha visto o rosto dele, sabia o que sentia por mim. E ele sabia que eu sabia.

Passei a noite toda sentindo uma calma superficial. Mas, por baixo, sentia uma deliciosa falta de ar. Era como se meus pulmões mal conseguissem absorver o ar, meu coração a custo batesse, meu sangue rastejasse sensualmente pelas veias. Eu tinha caído num ritmo diferente, inebriada pelo que sentia por ele.

Todos os meus sentidos estavam exacerbados. Meus nervos estavam em carne viva, expostos, à flor da pele. Meu sistema nervoso central era um verdadeiro Centre Pompidou. Sentia prazer cada vez que respirava. Fruía cada batida de meu coração, cada sobe e desce em meu estômago.

Cada hausto era uma vitória, ao que meu peito subia e descia para, depois de uma pausa um milésimo de segundo longa demais, tornar a subir e descer. Era como chegar ao topo de uma pequena colina. E depois outra. E mais outra.

– Está gostoso? – Ele indicou com a cabeça minha *pomme au fenêtre*, ou seja lá que nome tivesse.

– Está, sim, uma delícia – murmurei, conseguindo engolir dois ou três átomos dele.

E era um tal de pegarmos os talheres e deixá-los suspensos sobre a comida – que provavelmente estava deliciosa, mas pelo visto nenhum de nós conseguia comer – e sorrir um para o outro feito dois retardados, que não tinha mais fim. E depois abaixar os garfos e flagrar um olhando para o outro, antes de explodirmos em sorrisos outra vez.

Tirando a sensação de que meu esôfago e estômago tinham sido cimentados, eu me sentia inebriada, eufórica.

Ambos parecíamos ter consciência de que o que sentíamos um pelo outro era algo frágil e precioso, que devia ser carregado cuidadosamente e mantido em repouso. Não podíamos perturbar sua ordem e estabilidade, mas, mesmo a despeito dessa inércia, estávamos plenamente conscientes de sua existência. E de pouco mais além disso.

Não havia necessidade de desbancarmos um o outro com casos engraçados, pois ambos já sabíamos que sabíamos contá-los, Não havia necessidade de nos atracarmos, rasgando nossas roupas, pois isso aconteceria no seu devido tempo.

Só houve uma única pedra no caminho a noite inteira, e foi quando Luke perguntou:

– Como vai Daryl?

– Olha – disse eu, sem graça, decidindo pôr algumas cartas na mesa – não aconteceu nada entre mim e Daryl.

– Tenho certeza que não – disse ele.

– Como assim? – perguntei.

– Porque ele é gay – Luke riu.

– Sai pra lá! – Fiquei vermelha feito um tomate. Embora, pensando bem, isso explicasse muita coisa.

Só que, nesse caso, não deveria ter sido "papá" em vez de "mamá"?

– Mas ele dedica energia demais ao vício – disse Luke, indignado – para ter *qualquer* tipo de sexualidade.

– Ah, sim – disse eu, insegura quanto ao que dizer, mas convicta de que devia dizer alguma coisa.

Durante a noite inteira, a nascente de desejo estancada limitou-se a cintilar suavemente sobre o leito rochoso da convicção do que sentíamos um pelo outro. Quando Luke pagou a conta (Tá vendo? Tá *vendo?* Eu não disse? Vou *levar* você), uma parte da neve de inverno se derreteu, aumentando a torrente.

Quando saímos na noite úmida, Luke perguntou, educado:

– Prefere caminhar ou tomar um táxi?

– Caminhar – respondi. Tanto melhor para aumentar a expectativa.

No percurso, ele sequer segurou minha mão, apenas mantendo-se ao meu lado com a mão nas minhas costas, o que achei encantador. A separação imposta, a sensação de estar a um tempo tão longe e tão perto dele, mas sem encostarmos um no outro, só serviu para intensificar meu desejo por ele.

Quando entramos na reta final em direção ao meu edifício, senti um grande alívio. Que diabo, já está mais do que na hora, pensei. A falta de contato físico entre nós dois tinha me deixado muito mais tensa do que eu me dera conta. Animada, preparei-me para encenar o velho roteiro: "Não quer subir para tomar um café etc. etc.?"

Apertei o passo, já pronta a irromper pela portaria adentro e subir correndo as escadas, quando ele começou a andar mais devagar, até finalmente se deter. Puxou-me para um canto, fora do caminho dos pedestres, e me deu um beijo no rosto. Eu estava louca para agarrá-lo pelo gancho da calça, mas tinha sido um encontro tão terno e *contido,* que me obriguei a esperar mais alguns minutos.

– Obrigado pela noite maravilhosa – ele murmurou.

– Não há de quê – respondi. – Eu é que agradeço.

Sorri, gentil, mas já pensando, impaciente, chega desse chove não molha, vamos subir logo para você poder me atirar no chão e enfiar a mão embaixo da minha saia, como costuma fazer.

– Vejo você em breve? – ele perguntou. – Ligo para você amanhã?

– Ótimo – disse eu, mas minha euforia já começara a se descarregar, como se alguém tivesse arrancado a tomada da parede. Ele não podia estar seriamente dando a noite por encerrada, podia? Tudo bem que o decoro tivesse pautado aquele encontro, mas só porque eu não acreditara nem um minuto que fosse sincero. E será que eu tinha gasto todo aquele tempo e tido todo aquele trabalho de pôr uma cinta-liga e um par de meias de seda para ser eu mesma a tirá-las?

– Boa noite – disse ele, inclinando-se e me dando um beijo curto na boca. Seus lábios se demoraram sobre os meus o tempo exato de conferir ao momento um caráter sagrado. Ato contínuo, ele se afastou, deixando minha cabeça cheia de vertigens e estrelas.

– Ah, antes que me esqueça – disse ele, me entregando um embrulhinho que parecia ter surgido do nada. Então, sem mais delongas, virou-se e saiu caminhando pela rua afora, me deixando lá, a encará-lo, de queixo caído.

Pelo amor de Deus, pensei, incrédula. Não, falando sério: *pelo amor de Deus!*

Dei-lhe alguns minutos para se virar, sorrindo, e dizer: "Ha-ha, brincadeirinha, quer ver meu pau-de-sebo?" Mas ele continuou a caminhar.

Tudo que eu via eram suas costas se afastando cada vez mais de mim, e o som de suas botas tornando-se cada vez mais fraco. Até que ele dobrou a esquina, e não vi nem ouvi mais nada.

Ainda assim, continuei esperando, na expectativa de ver sua cabeça surgindo de trás de uma parede na esquina, como se estivesse na ponta de um palito, mas nada feito.

Quando finalmente aceitei o fato de que não tinha nenhuma opção, subi as escadas pisando duro, com o gosto amargo da frustração na boca. "Qual é a dele?", murmurei. Sério, que diabos ele pretendia?

Desesperada por alguma pista sobre os motivos de Luke, abri aos rasgões o pequeno embrulho que ele me dera, agitada demais para apreciar o lindo papel de presente e o lacinho de fita brilhante em cima. Mas era apenas um livro de poemas de Raymond Carver.

– *Poemas?* – gritei, indignada. – Quero uma *trepada.* – Atirei o livro na parede.

Saí pelo apartamento batendo portas e esbarrando nos objetos.

Brigit, a filha da puta, não estava em casa, de modo que eu não tinha ninguém com quem me desabafar.

Uma fera, arranquei a lingerie provocante, me enchendo de desaforos por ter chegado a colocá-la. Eu devia saber que estava desafiando o destino. Tinha a impressão de que a cinta-liga de renda, as meias de seda e a calcinha minúscula estavam se divertindo à minha custa. "Seria de esperar que a essa altura do campeonato ela já tivesse aprendido a lição", diziam, às gargalhadas. Sacanas.

Por fim, quando já não me restava mais nada a fazer, compreendi que não tinha escolha, a não ser ir dormir. Com a mais absoluta certeza de que meu facho estava aceso demais para me permitir um minuto de sono sequer, atirei meu vestido adulto no chão e saí dando uns pontapés nele pelo quarto. (Já estava até pendurado, mas voltei ao guarda-roupa, tirei-o do cabide e ensinei a ele o que é bom para a tosse, procurando um bode expiatório para minha solidão.) No exato momento em que, já sem fôlego, prometia a ele que jamais tornaria a ver a luz do dia, o telefone tocou.

"Quem será, droga?", me perguntei, torcendo que fosse engano para poder berrar com o enganado.

– Ainda não acabei com você – ameacei o vestido adulto, encolhido contra a parede, enquanto ia atender o telefone.

– ALÔ! – urrei no bocal, agressiva.

– Er, é você, Rachel? – perguntou uma voz de homem.

– SOU – admiti, feroz.

– Sou eu, Luke.

– E DAÍ?

– Desculpe, não queria te incomodar, falo com você amanhã – disse ele, humilde.

– Não, espera! Por que você me telefonou?

– Fiquei preocupado depois de hoje à noite, sabe?

Não disse nada, mas meu coração palpitou de alívio.

– Achei que estava fazendo o que era certo – ele se apressou em dizer. – Tentando ser um cavalheiro, tentando mudar o padrão entre nós dois, sabe, para tocar as coisas em frente. Mas, depois que cheguei em casa, achei que talvez não tivesse sido claro o bastante, e que você poderia pensar que não gosto mais de você, quando estou louco por você, então pensei em te ligar, mas depois pensei que talvez já fosse muito tarde e você já estivesse deitada, talvez já *seja* mesmo muito tarde e você esteja deitada...

– Aonde é que você quer chegar? – A essa altura, eu já estava excitadíssima. Podia sentir a ansiedade dele, seu desejo de acertar. Será que vinha uma declaração de amor por aí? Será que ia me pedir para ser sua namorada?

Então, ele deixou a seriedade de lado e sua voz readquiriu um tom de riso:

– Será que uma trepada está fora de cogitação?

Ofendida até a medula e mortalmente decepcionada, bati com o telefone.

Gaguejava de indignação. É isso mesmo, *gaguejava*. "Dá pra acred...? Ouviu o que ele acabou de *dizer?*", dirigi a pergunta ao aposento em geral e ao vestido adulto em particular.

– A audácia dele; a *audácia* dele.

Sacudi a cabeça, incrédula.

– Se ele pensa que vou lhe dar as horas sequer, depois de se comportar desse jeito, está muitíssimo enganado...

Soltei um suspiro mais triste do que zangado, sentindo prazer em sacudir a cabeça mais uma vez, escandalizada. – *Francamente...* – Soltei o ar, indignada.

Seis segundos depois, estava tirando o fone do gancho. É *claro* que uma trepada não estava fora de cogitação.

45

Outro fim de semana. Dois dias livre do medo do questionário.

Apesar do alívio, minhas emoções ainda estavam no mais completo caos.

Uma tristeza terrível ia e voltava, ia e voltava. Na verdade, eu ficava até feliz quando me sentia furiosa ou desolada por causa de Luke, pois pelo menos conseguia identificar o que estava sentindo.

A manhã de sábado começou com a aula de culinária, como sempre.

E, é claro, não faltou o tradicional bololó estrelado por Eamonn e certo gênero alimentício, dessa vez uma lata de coco ralado, que culminou com o dito-cujo sendo rebocado, seu indefectível destino nas manhãs de sábado.

Todos lançávamos olhares furtivos para Angela, nos perguntando *torcendo,* para ser franca – se faria alguma coisa desse tipo. Mas Angela não se parecia em nada com Eamonn, e se comportara maravilhosamente bem na sessão da semana anterior.

Na realidade, se não fosse por sua assombrosa circunferência, ninguém jamais diria que sofria de uma desordem alimentar, pois dava a impressão de não comer *nunca.* Eu a ouvira contando para Misty que tinha um problema glandular terrível e um metabolismo incrivelmente lento. E bem podia ser verdade.

Ou isso, ou ela se trancava no banheiro três vezes por dia e comia escondido o equivalente ao estoque de um supermercado de médio porte. Ou uma coisa, ou a outra. Eu suspeitava da segunda. Na minha opinião, a manutenção de uma bunda daquele tamanho exigia trabalho duro e dedicação.

Fiquei surpresa por Misty não comentar isso na cara de Angela, mas o fato é que Misty era muito simpática com ela. O que me fez indagar, mal-humorada, por que não podia ser simpática comigo. Aquela putinha.

Betty levou algum tempo para fazer com que todos se organizassem com a farinha, o açúcar, as tigelas, peneiras e demais apetrechos e ingredientes.

Clarence não parava de levantar a mão, chamando: "Professora!"

E Betty não parava de dizer: "Me chama de Betty."

E Clarence não parava de responder: "Tá, professora."

De repente, a paz baixou sobre aquela cozinha. A concentração de todos era tão profunda, com seus suéteres marrons cobertos de farinha de trigo, que senti a atmosfera carregada no aposento. Uma harmonia estranha, de dar calafrios. Quase como... quase como se *estivéssemos na presença do Divino,* me peguei pensando, surpresa.

Então fui assolada por um constrangimento monstro, por pensar esse tipo de babaquice esotérica. Dali a pouco eu estaria lendo *A profecia celestina,* se não abrisse o olho!

Mas, pouco depois, tive outro ataque de sentimentalismo agudo. Quando os homens tiravam do forno seus bolos tortos, deformados, queimados, solados, quase despencando, cheios de orgulho por suas criações, meus olhos se enchiam de lágrimas. Cada um daqueles bolos era um pequeno milagre, pensava eu, vertendo uma discreta lágrima. Esses homens são alcoólatras e alguns fizeram coisas horríveis, mas assaram um bolo sozinhos...

Então, *morri de vergonha.*

Não conseguia acreditar no que tinha acabado de pensar.

Graças a *Deus* não tem ninguém aqui que leia pensamentos, disse a mim mesma, para me acalmar.

EU ACHAVA AS NOITES de sábado as mais difíceis do Claustro. A consciência de que o planeta inteiro, menos eu, estava se produzindo para sair era humilhante. Mas, pior do que isso, a preocupação com Luke me infernizava. A noite de sábado era a parte da semana em que ele tinha maior probabilidade de conhecer outra garota. Isso me deixava doida.

Tinha esquecido completamente que estava com raiva dele. Sofria, morta de saudades suas, ao mesmo tempo em que me sentia louca de ciúme e medo de perdê-lo, Mesmo sendo óbvio que já o tinha perdido. Mas, se ele conhecesse outra pessoa, aí, sim, é que eu o *teria* perdido mesmo.

Resolvi participar dos costumeiros jogos noturnos de sábado, para não pensar mais nele. Já participara na semana anterior, mas morta de desânimo e constrangimento, imaginando o tempo todo o que gente como Helenka e outros nova-iorquinos elegantes diriam se me vissem. Passava o tempo todo lançando olhares para o teto e fazendo "tsc-tsc", para o caso de Helenka ser dotada de poderes mediúnicos. Assim, ela compreenderia que eu só estava participando por obrigação, e que certamente não estava me divertindo. *Jogos!*, cada detalhe do meu comportamento parecia gritar: *Que coisa mais brega!*

Mas, para minha surpresa, nessa semana descobri o quanto eram divertidos. Primeiro, dividimo-nos em duas equipes e brincamos de *Red Rover,* correndo até o fim da sala de estar gelada e rompendo a barreira de braços dos opositores. Foi tão divertido, que cheguei a ficar preocupada.

Então, alguém arranjou uma corda de pular.

Passei por alguns maus momentos quando o pessoal começou a pular corda, porque todo mundo foi chamado, menos eu. Exatamente o mesmo que acontecera durante toda a minha juventude. Fiquei no maior azedume, me sentindo excluída.

Me esgueirei com o rabo entre as pernas até a parede e me joguei numa cadeira. Mesmo que alguém me chame para entrar, pensei, aborrecida, não vou. Não vou, não vou e não vou!

– Está se divertindo? – Chris apareceu ao meu lado.

Meus pelos se arrepiaram todos. Deus do Céu, como eu me *sentia atraída* por ele. Aqueles olhos, aquelas coxas... Um dia, pensei, sonhadora. Talvez um dia eu e ele estejamos juntos em Nova York, perdidamente apaixonados... Nesse momento, Misty foi chamada para pular, e minha inveja embaçou tudo.

– Eles me enojam – disse eu, revoltada. – Me enojam até dizer chega. Fazendo a gente se lembrar da infância desse jeito.

– Não é por esse motivo que nós brincamos. – Chris ficou atônito. – É porque nos divertimos, espairecemos um pouco. De mais a mais, que mal há em lembrar a infância?

Não respondi.

Chris ficou com um ar preocupado.

Vagamente ouvi Misty, que pulava como um elfozinho delicado, cantarolar "...e eu chamo Chris pra entrar..."

– Se você acha que lembrar é tão horrível assim, é melhor falar sobre isso na sessão de grupo – disse Chris. – Ah, meu Deus, é minha vez! – exclamou, pulando para o meio da corda com Misty.

John Joe batia a corda com Nancy, a dona de casa viciada em Valium. Embora todos fossem desajeitados e se esborrachassem no chão, Nancy e John Joe estavam um pouco *descoordenados* demais. Na verdade, Nancy mal se aguentava em pé.

Fiquei olhando Chris pular corda. Canhestro e desajeitado, mas uma gracinha. Seu rosto era o retrato da concentração, ao que ele se esforçava ao máximo para acertar.

Fiquei lá sentada, me sentindo extremamente infeliz, ouvindo todos eles entoarem a canção de pular corda, quando Chris entoou as palavras "...e eu chaaamo *Rachel* pra entrar..."

Pulei de pé, eufórica. Adorava quando me chamavam para entrar, mas nunca me chamavam. Eram sempre as meninas maiores.

Ou as menores.

Embrenhei-me por entre os volteios da corda e pulei ao lado de Chris durante alguns segundos, tímida de alegria por ter sido escolhida. De repente, as lindas botas de *lezard* de Chris se embarafustaram na corda, tropecei e nós dois nos esbarrondamos no chão. Durante um momento delicioso, fiquei deitada ao seu lado, mas logo John Joe deu um faniquito, dizendo que já estava cheio de bater corda. Num inesperado acesso de magnanimidade, aceitei bater corda com Nancy, a Olho-de-Vidro. Vivia tão perdida em sua selva benzodiazepínica, que me dava medo.

Depois de John Joe quase fraturar todos os ossos, tanto os seus quanto os alheios, foi a vez da dança das cadeiras. No início, fiquei com medo de ser bruta e empurrar os outros das cadeiras no chão. Mas, quando percebi que o espírito do jogo era ser o mais brutal possível, comecei a me divertir para valer. Rindo, ofegando, brigando e lutando, tinha a impressão de que nunca me divertira tanto na vida. Quer dizer, sem drogas.

E foi só na hora de dormir, quando me lembrei de Luke em Nova York, provavelmente prestes a pôr o pé na rua, que minha felicidade se evaporou.

NA MANHÃ DE DOMINGO, todos os homens do Claustro – inclusive Chris, lamento dizer – aproximaram-se de mim e perguntaram: – Aquela sua irmã não vem hoje?

– Não sei – fui obrigada a lhes responder. Mas, quando chegou a hora das visitas, Helen apareceu com mamãe e papai. Nem sinal de Anna, infelizmente. Papai ainda estava falando em *oklahomês*.

Quando fiquei a sós com Helen – mamãe e papai estavam absortos numa conversa com os pais de Chris, e tenho pavor de pensar no que estariam conversando – passei despistadamente para ela a carta em que pedia a Anna para me visitar, trazendo narcóticos.

– Você entregaria isso a Anna? – perguntei a Helen.

– Não vou estar com ela – disse Helen. – Arranjei um emprego.

– Emprego? – Fiquei muito surpresa. Não só Helen era uma preguiçosa notória, como, à minha imagem e semelhança, não sabia *fazer* absolutamente nada.

– Desde quando?

– Desde quarta à noite.

– E que emprego é?

– De garçonete.

– Garçonete?

– Numa porra de... – interrompeu-se, à procura da palavra exata – ...numa porra de *puteiro* em Temple Bar chamado Club Mexxx. Com três xxx. Isso deve dizer alguma coisa sobre o lugar.

– Bom, er, parabéns – desejei-lhe. Embora não estivesse nem um pouco convencida da pertinência dessas felicitações. Era como dar parabéns a uma amiga que acabasse de descobrir que estava grávida, mas namorado, que é bom, neca.

– Olha, não tenho culpa por ser baixa demais para ser aeromoça! – ela exclamou, de repente.

– Não sabia que você tinha se candidatado para empurrar carrinho na ionosfera – disse, surpresa.

– Pois bem, me candidatei – disse ela, mal-humorada. – Eu não estava dando a mínima, mas o fato é que não era nem mesmo uma companhia aérea decente, era uma daquelas bem chulés, que fretam teco-tecos, Air Paella. Estavam empregando *qualquer um*. Menos eu.

Fiquei chocada com o fato de sua decepção ter uma causa tão concreta. Helen sempre conseguia exatamente o que queria. Ela escondeu o rosto nas mãos, num gesto de desespero que me assustou.

– Eu não estava dando a mínima para isso, Rachel, fiz tudo tão direitinho, estava uma aeromoça perfeita.

– Como assim?

– Você sabe, uma camada de base cor de tangerina com um dedo de grossura, o pescoço pálido, um sorriso assustadoramente hipócrita e a calcinha aparecendo por baixo da saia. Sem falar na surdez seletiva. Eu teria sido *brilhante!*

"Ensaiei muito, Rachel – prosseguiu, seu lábio superior trêmulo. – Juro que ensaiei. Era nojenta com todas as mulheres e me jogava em cima de todos os homens. Fiquei em pé ao lado do freezer, abrindo a porta e balançando a cabeça, com um sorriso artificial, dizendo "Obrigadatchauobrigadaobrigadatchautchauobrigadaobrigada tchauobrigadaobrigadatchautchau" durante *horas*, mas disseram que eu era baixa demais. "E para que eu preciso ser alta?", perguntei a eles. A resposta: para colocar as coisas no bagageiro acima do assento. Ora, qualquer um sabe que isso é uma babaquice, porque a *obrigação* da aeromoça é ignorar todas as mulheres e deixar que façam tudo sozinhas. E, quando é um homem que precisa de ajuda, abrir a blusa, dar uma rápida panorâmica dos seus peitos e deixar que ele também se vire sozinho. E ele vai *gostar muito* de fazer isso. Vai amar.

– Por que a porta do freezer?

– Porque naquele lugar onde as aeromoças ficam quando as pessoas descem, sempre faz frio, entendeu?

– Bom, er, a ideia do ensaio foi boa – disse eu, sem graça.

– Ensaio! – Mamãe tinha voltado. – Pois eu já ensino a ela o que é ensaio! Degelou um freezer cheio de Magnums e crepes crocantes com aquele "Obrigadatchauobrigada". Ensaio, ora, faça-me o favor!

– Mas eram Magnums de menta – argumentou Helen. – Não valiam o espaço que ocupavam, foi uma eutanásia, a atitude humanitária a se tomar.

Mamãe continuou a fazer "tsc-tsc" em tom de desaprovação, como o canguru Skippy tentando explicar que Bruce tinha caído de um hidroavião, fraturado o braço em três lugares e precisava ser resgatado de um pântano cheio de crocodilos. *

– Enfim, é isso aí, obrigada pela força, mãe – explodiu Helen, como se tivesse 12 anos de idade. – Acho que você preferia que eu nunca arranjasse um emprego.

Esperei que ela soltasse uma bomba do tipo "Eu não pedi para nascer" e saísse do quarto, batendo a porta.

Mas então me lembrei de onde estávamos, e a coisa ficou por isso mesmo.

Mamãe tornou a se afastar, dessa vez para confraternizar com os pais de Misty O'Malley. Papai ainda estava atolado até os joelhos numa conversa com o pai de Chris.

– Por acaso você tem um selo? – Voltei-me para Helen. Já que não queria entregar minha carta para Anna, eu mesma tentaria postar a porcaria, enfiando-a despistadamente no meio da correspondência a ser despachada, sem que ninguém visse.

– Eu? – espantou-se Helen. – Um selo? Tenho cara de mulher casada?

– E o que isso tem a ver?

– Só as pessoas casadas andam com selos, *todo mundo* sabe disso.

– Bom, deixa pra lá – disse eu. Tinha acabado de me ocorrer – como podia ter chegado a me esquecer? – que em mais cinco dias, as três semanas que o contrato me obrigava a permanecer expirariam. Estaria livre para ir embora. Nem em um trilhão de anos preferiria completar os dois meses, como os outros. Sairia dali como um meteoro. E aí, poderia me drogar o quanto quisesse.

---

*Referência irônica ao seriado *Skippy*, da TV australiana. Em todos os episódios, devido a seus parcos recursos interpretativos, o máximo que Skippy pode fazer é o ruído característico dos cangurus, a fim de buscar socorro para seu dono, o menino Bruce, que invariavelmente se mete em apuros. (*N. da T.)*

46

Depois que as visitas foram embora, baixou em mim o Sufoco de Domingo à Tarde. Um misto de abatimento e insatisfação, uma sensação de que se alguma coisa não acontecesse logo, se alguma coisa não mudasse, eu explodiria.

Perambulei inquieta do refeitório para a sala de estar, de lá para meu quarto e depois de volta, incapaz de me deter em parte alguma. Sentia-me como um animal enjaulado.

Desejava ardentemente estar no mundo exterior, onde poderia dar o pontapé inicial na minha vida, cheirando de tudo e muito. Dar impulso a minhas emoções, fazendo-as saltar das profundezas cinzentas e enevoadas da depressão em direção ao céu claro e azul da felicidade. Mas no Claustro não havia nada que me servisse de assento ejetor.

Consolei-me com a ideia de que essa era minha última tarde de domingo naquela estalagem de quinta categoria. Que, em menos de uma semana, eu não teria mais que experimentar aquela sensação.

No entanto, com uma pontada de pura angústia, me dei conta de que já sentira aquele misto de inquietude e vazio no passado. Muitas vezes. Em geral começava por volta das quatro da tarde de domingo, mas aquele dia chegara um pouco mais cedo, sem dúvida ainda no fuso horário de Nova York.

Talvez continuasse me acompanhando, quando eu saísse do Claustro.

Talvez, concordei. Mas, pelo menos, eu poderia tomar alguma providência a respeito.

Todos os outros internos estavam me dando nos nervos, com seus bate-bocas e brincadeiras. Mike estava com um gênio cão, andando de um lado para o outro, raspando o sapato no chão, mais do que nunca parecendo um touro. Fechara-se em copas sobre o motivo de seu mau humor, mas Clarence me contou que seu filho, Willy, tinha recebido o pai com as seguintes palavras: "Olha lá o pai-d'água. "

– Como é que é??? – Mike perguntou.

– Pai-d'água – cantou Willy. – Você é meu pai e é um pau-d'água. Juntando os dois, dá *pai-d'água!*

– Ele quase quebrou a cabeça do menino – disse Clarence, muito sério, perto demais do meu ouvido.

Vincent, por sua vez, estava me irritando por estar de *ótimo* humor. Esbanjava alegria, porque fizera sua mulher trazer as perguntas do Trivial Pursuit para Iniciantes. Brandiu a caixa vermelha na cara de Stalin:

– É agora que nós vamos ver quem é o bamba que ganha todas as fatias de torta, é agora! – alardeou, triunfante. – Agora que você não tem a menor chance de decorar as novas respostas.

Stalin rompeu em lágrimas. Tinha a esperança de que Rita viesse visitá-lo e cancelasse o pedido de divórcio, mas nem sinal dela até então.

– Deixa ele em paz! – Neil se voltou para Vincent. Desde que se conscientizara de que era um alcoólatra, passara um ou dois dias chorando, e então ocupara o posto vago de Vincent, Ex-Feroz. Estava com ódio de si mesmo por ser alcoólatra, mas também estava com ódio de tudo e de todos. Josephine dissera que sua raiva era previsível, pois ninguém quer ser alcoólatra, mas que ele em breve aceitaria a ideia. Mal podíamos esperar. Enquanto isso, estávamos todos mortos de medo dele.

– O pobre coitado está em frangalhos por causa da mulher – urrou Neil na cara de Vincent. – Para de infernizar ele!

– Desculpe. – Vincent ficou morto de vergonha. – Não tive intenção, era só brincadeira...

– Você é muito agressivo! – berrou Neil. – Aliás, agressivo é apelido!

– Eu sei – murmurou Vincent, humilde. – Mas tenho me esforçado muito...

– Mas não o bastante! – Neil desferiu um soco na mesa.

Todo mundo disparou para a porta em alta velocidade.

– Desculpe – murmurou Vincent.

Todo mundo se deteve e começou a voltar.

As coisas se aquietaram um pouco, até que Barry, o Bebê, entrou correndo no refeitório. Pelo visto, estava havendo um forrobodó dos bons no andar de cima, porque Celine tinha flagrado Davy lendo a sessão de turfe no jornal. Como Davy era um jogador compulsivo, isso era tão grave quanto pegarem Neil destilando cerveja caseira debaixo da cama.

De acordo com Barry, Davy perdera a cabeça. Tanto que Finbar, o jardineiro, faz-tudo versátil e debiloide-para-toda-obra, teve que *ser* convocado para segurá-lo. Com isso, houve uma debandada geral do refeitório, encabeçada por Barry, o portador da má notícia, todos correndo para arranjar um assento na primeira fila.

Eu não fui.

Estava irritada demais para me dar a esse trabalho.

Mas, quando a poeira baixou, levantei a cabeça e descobri que tinha ficado sozinha com Chris no refeitório. Até a putinha da Misty tinha ido.

– Você está bem? – perguntou ele, com doçura, vindo se sentar ao meu lado.

Fitei-o no fundo dos olhos azul-claros. Sua beleza me dava pruridos.

– Não – me remexi. – Eu estou... estou... sei lá, de saco cheio, só isso.

– Está certo, eu entendo. – Pensativo, ele passou a mão grande e quadrada pelos cabelos cor de trigo, com uma expressão devidamente preocupada, enquanto eu suspirava por ele, cheia de esperança. Ah, com que intensidade fruía o prazer de ser o centro das suas atenções!

– O que podemos fazer para animar Rachel? – perguntou-se, como se falasse sozinho, e eu me contorci, *literalmente* me contorci de prazer. – Vamos dar uma volta – sugeriu, com vivacidade.

– Onde? – perguntei.

– Lá fora. – Meneou a cabeça em direção à janela.

– Mas está escuro – protestei. – E frio.

– Vamos lá – me incentivou, com um de seus sorrisos irônicos especiais. – É o melhor que tenho para te oferecer. Por enquanto – acrescentou, num tom tentador.

Corri para apanhar meu casaco e saímos. A noite estava tão gelada que chegava a deixar o rosto dormente. Caminhamos juntos pelo terreno escuro.

Não falei muito. Mas não por falta de vontade. Teria adorado conversar com ele, mas estava nervosa e meu cérebro fez o que sempre fazia nesses casos: transformou-se numa bolota de cimento uma massa literalmente cinzenta, pesada e oca.

Ele também não tentou puxar conversa. Caminhamos por um bom tempo em silêncio. Os únicos sons eram os de nossa respiração, ao que exalávamos nuvens de vapor diante dos rostos, e a relva triturada sob nossas botas.

Estava escuro demais para eu enxergar o rosto de Chris. Assim, quando ele disse "Peraí, peraí, para um segundo!", e pousou a mão sobre meu braço, eu não soube o que estava pretendendo. Meus países baixos vibraram, na expectativa de um furtivo sarro silvestre. Lamentei estar usando seis camadas de roupas.

Mas ele estava apenas me oferecendo o braço.

– Me dá o braço – disse, fazendo com que eu passasse meu braço pelo dele. – O.k., lá vamos nós de novo!

– Lá vamos nós! – disse eu, tentando fingir, com minha excessiva animação, que meu contato com ele não me perturbara nem um pouco. Que meu fôlego não ficara curto e entrecortado. E que não descera um frêmito do cotovelo às entranhas com a velocidade de um trem expresso.

Continuamos caminhando, lado a lado, braços e ombros encostados. *Somos quase da mesma altura,* pensei, tentando ver nessa coincidência uma sorte. *Nós combinamos.*

Minha proximidade física com Chris fez com que eu me sentisse melhor em relação a Luke. Acalmou meu medo de que ele tivesse conhecido outra pessoa. Resserenou minhas emoções inflamadas.

Pelo menos durante algum tempo, me senti tão cheia de desejo por Chris, que isso nublou completamente minhas horríveis lembranças de Luke.

Como ansiava que ele me beijasse. O desejo deixava minha cabeça leve. Quase louca de desespero.

O que eu não daria...

Com um sobressalto, percebi que já estávamos quase de volta ao casarão.

Já?

– Olha. – Chris se virou para mim, seu rosto muito próximo do meu, quase roçando nele. Cada terminal nervoso de meu corpo entrou em estado de alerta máximo, na convicção de que vinha uma prensa por aí.

– Está vendo aquele banheiro grande lá em cima? – ele apontou, seu corpo tentador quase encostando no meu.

– Estou – respondi, com a voz embargada, acompanhando seu braço estendido a apontar para o alto, na direção de uma janela iluminada. Ele não se aproximou mais de mim, mas também não se afastou.

Se eu puser todo o ar para fora, talvez minha barriga encoste na dele.

– Duas pessoas foram apanhadas transando lá – disse ele.

– Quando? – Mal consegui falar, de tão excitada com o suspense que ele estava fazendo.

– Algum tempo atrás.

– Quem eram? – me obriguei a perguntar.

– Pacientes, clientes, o nome que a gente quiser dar. Gente como nós.

– É mesmo? – murmurei, me perguntando aonde ele queria chegar com essa conversa.

Minha impressão era a de que tinha elaborado a frase de maneira consciente, com o intuito de dar a ela o tom mais provocante possível. Nesse momento, porém, ele se afastou de mim, e me senti como se despencasse de um precipício.

– Não acredito nisso – tornei, minha voz apática de decepção. Toda aquela expectativa para nada...

– É sério – garantiu ele, a sinceridade brilhando em seus olhos na escuridão.

– Duvido – disse eu, finalmente capaz de me concentrar totalmente no que ele estava dizendo. – Como é que essas pessoas podem ter sido tão... tão... enfim, como podem ter infringido as regras desse jeito?

– Você é de uma inocência surpreendente – disse ele, pronunciando as palavras lentamente. – E eu que pensei que fosse uma garota levada.

Furiosa comigo mesma, disparei:

– E sou, ora essa. Sério.

– Vamos voltar? – Ele indicou a casa, com um meneio de cabeça.

Confusa e frustrada, assenti:

– Vamos.

47

Na sessão de segunda de manhã, Josephine voltou sua atenção para Mike, humilhando-o até dizer chega.

– Mike, já faz algum tempo que pretendo voltar a você – disse ela, em tom de desculpas. – Já está na hora de voltarmos a examinar seu passado, não é mesmo?

Ele se recusou a responder, limitando-se a encarar Josephine como se tivesse vontade de mutilá-la.

Que maravilha, pensei, eufórica. Enquanto outra pessoa estivesse na berlinda, não haveria espaço para mim.

Dirigindo-se aos presentes em geral, Josephine perguntou:

– Vocês têm perguntas para fazer a Mike?

Você faz permanente no cabelo? Em caso afirmativo, com que intuito?

– Está bem – suspirou Josephine. – Eu mesma me encarrego disso. Você é o mais velho de uma família de 12 filhos?

– Sou – anuiu Mike, em voz alta.

– E seu pai morreu quando você tinha 15 anos?

– Morreu – berrou Mike.

– Deve ter sido difícil, não?

– A gente se virou.

– Como?

– Dando duro. – O rosto feio de Mike parecia mais duro e frio do que nunca

– Na terra?

– Na terra.

– Gado?

– Lavoura, principalmente.

Eu não tinha a menor ideia do que eles estavam falando.

– Dias longos?

– Acordando de madrugada e ainda trabalhando quando o sol se punha – disse Mike, quase orgulhoso. – Sete dias por semana, incluindo feriados.

– Muito louvável- murmurou Josephine. – Até que você perdeu totalmente o controle do seu vício, passou a desaparecer durante semanas e deixou de fazer o seu trabalho.

– Mas... – começou Mike.

– Já chamamos sua esposa aqui – ela o atalhou. – Sabemos tudo a esse respeito. E você sabe que sabemos.

E por aí ela foi. Não largou do pé dele a manhã inteira.

Tentava fazê-lo reconhecer que sua tentativa de organizar a família inteira numa força-tarefa competentíssima o absorvera tanto, que não tivera tempo de prantear a morte do pai.

– Não, não, não – insistia ele, irritado. – A gente tinha que manter o sistema funcionando, senão morreria de fome.

– Mas por que era você quem tinha que fazer isso?

– Porque eu era o mais velho – murmurou, magoado – A responsabilidade era toda minha.

– Não era, não – discordou Josephine. – E sua mãe?

– Coitada da minha mãe – gaguejou Mike – Eu não queria preocupar ela.

– Por que nao?

– Acho que por causa do mundo dela – disse Mike, com voz sumida, como se Josephine devesse ter vergonha de fazer uma pergunta dessas.

– Pois é – disse ela, em voz baixa. – Você tem uma atitude estranha em relação às mulheres. A distinção mãe/puta é muito acentuada em você.

– Quê...?

– Seja como for, vamos voltar a esse assunto em outra ocasião.

Depois do almoço, a sorte me sorriu, porque Misty apanhou como um boi ladrão. Uma dupla bênção. Qualquer coisa ruim que acontecesse com ela me animava imensamente. E, enquanto ela estivesse sendo humilhada, isso significava que eu não estaria.

Percebi que tinha me safado com relativa facilidade. Tinha certeza de que eles não iriam se incomodar com o questionário num estágio tão avançado da minha internação. Tirando aquele dia em que me interrogara sobre minha infância, Josephine não me dera muito trabalho. E só faltavam cinco dias para eu poder sair. Cinco dias para me convencer de que eu tinha um problema com drogas? Para ser honesta, eu não levava muita fé nas chances de Josephine.

Graças a essa convicção, pude curtir adoidado Josephine baixando o sarrafo em Misty, sem o medo de passar pelo mesmo no futuro.

E o sarrafo foi feio. Josephine desconfiava que a recaída de Misty fora um golpe de publicidade.

Coisa que Misty negava com a maior veemência.

– Não foi só um chamariz para vender *Lágrimas antes de dormir*, meu novo livro – insistia. – Não estou aqui só para promover meu novo livro, *Lágrimas antes de dormir*.

Tinha um ar frágil, delicado e belo.

– Não estou mesmo – insistia, seus olhos grandes e suplicantes, com uma expressão de Por-favor-não-me-entendam-mal.

Tive vontade de vomitar, mas os outros fizeram silêncio, envergonhados.

Trouxas, pensei, furiosa por não conseguirem enxergar como estavam sendo manipulados.

– Vocês não podiam estar mais enganados – protestou ela, permitindo que um leve tremor lhe surgisse no lábio superior.

Mais vergonha. Mais silêncio. Josephine a observava com os olhos franzidos.

– Na realidade, estou em busca de material para meu *próximo* livro – acrescentou Misty, quase como se a ideia tivesse lhe ocorrido na última hora.

Seguiu-se um silêncio de estupefação e, em seguida, um clamor de perguntas irrompeu:

– Vou aparecer nele? – perguntou John Joe, empolgado.

– E eu? – perguntou Chaquie, preocupada. – Você não vai usar meu nome verdadeiro, vai?

– Nem o meu – disse Neil, ansioso.

– Vou ser o herói, não vou? – pavoneou-se Mike. – O que fica com a mocinha?

– E eu? – interveio Clarence.

– CALEM A BOCA! – gritou Josephine.

Dá-lhe, pensei, orgulhosa. Senta o pau. Fiquei me perguntando se conseguiria transmitir o que sentia para Chris. Seria bom que ele ficasse sabendo que putinha frívola ela era. Embora, pensei, desconfiada, não tivesse certeza se Chris estava interessado no bom caráter de Misty.

– É sua segunda internação neste centro de reabilitação – protestou Josephine, furiosa. – Quando vai levar seu tratamento a sério? Pelo amor de Deus, você é uma alcoólatra!

– Claro que sou uma alcoólatra – admitiu Misty, calmamente. – Sou uma *escritora!*

– Quem você pensa que é, Ernest Hemingway? – disparou Josephine.

Sorri, eufórica. Que maravilha.

Em seguida, Josephine desancou Misty por viver flertando.

– Você se comporta de maneira proposital e extremamente provocante com os homens aqui. Gostaria de saber por quê.

Misty não quis colaborar, e Josephine foi se tornando cada vez mais desagradável.

Aquela tarde foi uma delícia só, do princípio ao fim. Porém, quando eu já saía de fininho pela porta para nossa encantadora sessão de chá, Josephine me segurou pela manga. Em um segundo, passei do bom humor relaxado ao pavor paralisante.

– Amanhã – disse ela.

Ah, não, minha cabeça gritou. Ah, não! Amanhã é o dia do questionário. Como pude chegar a achar que o evitaria?

– Amanhã – ela repetiu. – Achei que seria no mínimo justo avisar você...

Senti-me à beira das lágrimas.

– ...para lhe dar um tempinho para se preparar...

Fantasias suicidas punham suas cabecinhas de fora como pequenos botões em flor no início da primavera.

– ...seus pais vão vir aqui como seus OIEs.

Demorei um segundo ou dois para assimilar a notícia. Estava tão fixada em Luke e nas coisas horríveis que podia ter dito sobre mim, que, por um momento, não soube o que significava a palavra "pais".

Pais? Tenho pais? Mas o que eles têm a ver com Luke?

– Ah, tá certo, então – disse eu a Josephine. Dirigi-me ao refeitório, assimilando o que me dissera.

O.k., pensei depressa, logo concluindo que a situação não era tão catastrófica quanto *poderia* ser, porque eles sabiam muito pouco a meu respeito. Mas, mesmo assim, eu estava apavorada. Tinha que ligar para mamãe e papai para descobrir o que pretendiam dizer.

A terapeuta emboscada entre nós era Barry Grant, a baixinha bonitinha. Quando lhe perguntei se podia dar um telefonema, ela reclamou em voz alta, "Tudo bem, Rachel, minha filha, mas agora estou tomando meu chá", e fez um gesto gentil indicando a xícara à sua frente.

Passei o tempo todo me remexendo, até ela finalmente se levantar e me levar ao escritório. Quando passamos pela recepção, para minha surpresa, dei com Mike empoleirado na mesa de Cheia de Vida, a recepcionista.

Será Cheia de Vida uma mãe ou uma puta?, me perguntei.

– Uma garota linda como você? – Ele dizia a meia voz, os olhos brilhantes fixos nela. – Garanto que tem que espantar muitos homens por aí.

Puta, creio eu.

– Ei! – Barry Grant berrou com ele. – De novo, não! Já pego você!

Mike deu um salto olímpico.

– Ah, boa sorte, vejo você outra hora – disse apressado a Cheia de Vida, chispando para a porta.

– Fique longe das garotas – berrou Barry Grant para ele. – E você, pare de dar corda para ele – disse ríspida para Cheia de Vida. – Deveria se comportar como uma profissional. E você, venha cá – berrou para mim. Acho que não quis que eu me sentisse excluída. – Qual é o número?

Papai atendeu o telefone dizendo "El Rancho Walsho". Dava para ouvir "The Surrey with a Fringe on Top"* ao fundo.

– Oi, pai – disse eu. – Como vai a peça? O clamor da maquiagem, os pincéis da multidão?

– Muito mais mió de bão – disse ele. – E ocê?

– Nem tão mais mió de boa assim, para ser franca. Que história é essa de você vir ser meu OIE amanhã?

Ele respirou com tanta força que parecia estar sendo garroteado.

– Vou chamar sua mãe! – gritou. Ato contínuo, o fone bateu na mesa.

Seguiu-se um pingue-pongue de cochichos, enquanto ele a colocava a par da situação, um tentando culpar o outro.

– Cochicho cochicho cochicho – disse mamãe, ansiosa.

– COCHICHOCOCHICHOCOCHICHO – respondeu papai, histérico.

– Ora, cochicho, *cochicho.*

– Você é a cochicho dela, cochicho cochicho cochicho coisa de mulher!

Captei o espírito da coisa.

– O que vou dizer? – sussurrou mamãe.

– Conta a verdade para ela – sussurrou papai.

Ao que ela rebateu seu sussurro:

– Conta a verdade você!

E ele devolveu a cortada:

---

*Canção do musical *Oklahoma.* (*N. da T.*)

– Você é a mãe dela, esse tipo de negócio é coisa de mulher!

Papai deve ter ameaçado destituir mamãe da presidência da casa, porque ela finalmente apanhou o fone e declarou, com a voz trêmula, falsamente animada:

– Vou te dizer uma coisa, musical americano bom é musical americano morto. Ele tem me massacrado com essa *Okla-joça-homa.* E escuta só, você não vai acreditar: sabe o que ele me pediu para preparar? Um prato de *pedra-e-cal!* Para comer na hora do chá, como se isso fosse possível. Diz que é comida de caubói. Onde é que eu vou arranjar um livro de culinária do Velho Oeste com receitas à base de materiais de construção?

Quando finalmente consegui encaixar uma palavra no monólogo, ela confirmou, a contragosto, que viria ao Claustro com papai para me esculhambar.

Achei isso difícil de acreditar. Muito embora estivesse num centro de reabilitação e esse tipo de coisa realmente acontecesse com as pessoas, não era para acontecer comigo. Porque eu não era como os outros. E não se tratava de nenhum tipo de negação ferrenha, típica de dependente. Eu *realmente* não era como os outros.

– Bom, já que têm que vir, então venham – suspirei. – Mas é melhor não me esculhambarem, ou só Deus sabe o que sou capaz de fazer.

Barry Grant alcançou uma caneta assim que eu disse isso.

– É claro que não vamos esculhambar você – disse mamãe, trêmula. – Mas temos que responder às perguntas que a mulher fizer.

Era exatamente disso que eu tinha medo.

– Vá lá, mas não precisam me esculhambar. – Até mesmo aos meus próprios ouvidos, eu parecia uma menina de 13 anos falando. – Vocês vêm de manhã ou de tarde?

– De tarde.

Isso era um pouco melhor, porque, se viessem de dia havia a hipótese de passarem o dia inteiro.

– E, Rachel, meu amor – mamãe parecia prestes a chorar – não vamos esculhambar você. Só vamos tentar ajudá-la.

– Ótimo – disse eu, azeda.

– Tudo bem? – perguntou Barry Grant, com seu olhar de verruma, quando desliguei o telefone.

Assenti. A situação estava sob controle e eu estava bem.

Mas, enfim, relembrei, mais quatro dias... Que mal podia fazer?

48

Brigit e eu estávamos deitadas na sua cama, quase sem conseguirmos nos mexer, por causa do calor de agosto. Irritadas com a luminosidade branca e ofuscante, típica do verão de Nova York, que se refletia nas calçadas e edifícios de concreto, emanando cem vezes mais calor e brancura. Aquilo já tinha deixado de ser brilho para se tornar uma coisa nefasta.

– ...e na noite em que ele põe os olhos em você pela primeira vez, você nunca esteve tão esquálida, com as costelas aparecendo e as maçãs do rosto salientes – ia dizendo Brigit.

– Obrigada – disse eu. – Mas como? Cirurgia plástica?

– Nããão – ela torceu a boca, pensativa. – Não daria certo, as cicatrizes apareceriam naquele vestidinho de *chiffon* de Dolce e Gabbana que você está usando quando derrama uma taça de champanhe nele.

– Claro – arquejei. – Dolce e Gabbana, é muita gentileza sua, obrigada! E champanhe. Legal!

– Vejamos – disse ela, com um olhar distante. Eu olhava para ela, silenciosa e reverente, enquanto ela tentava espichar minha fantasia. – O.k., já sei! – anunciou. – Você tem um daqueles vermes que vivem no intestino e comem toda a sua comida, de modo que não sobra nenhuma para você, e você perde peso às pampas.

– Inspirado – declarei.

De repente, me ocorreu uma coisa.

– Como é que o verme foi parar no meu intestino?

– Ele estava numa carne que não tinha sido cozida direito...

– Mas eu sou vegetariana.

– Olha, não importa – explodiu ela. – Eu vivo dizendo a você, isso é faz de conta.

– Desculpe.

Fiz um ar humilde durante um momento, como mandava o figurino, e logo em seguida perguntei:

– E como foi que descolei a grana para comprar o vestido de Dolce e Gabbana? Arranjei um emprego novo?

– Não – disse ela, seca. – Você roubou. E te apanharam com a mão na massa. Você foi solta sob fiança e tem uma audiência marcada no tribunal segunda-feira. E, assim que o homem dos seus sonhos descobre que você provavelmente é uma delinquente incorrigível, desaparece do mapa.

Brigit parecia estar cansada de nossa brincadeira.

– Mas, seja como for, você não precisa mais que eu faça isso para você – disse ela. – Você *tem* um namorado.

– Não diz isso. – Fiquei morta de vergonha.

– Mas tem, sim – insistiu ela. – Luke é o quê? Um namorado, não há como negar.

– Para.

– Que é que há com você? – cobrou ela, exasperada. – Acho ele o máximo.

– Então por que não sai com ele?

– Rachel – disse ela, em voz alta – para com isso. Eu disse que gosto dele, não que sinto tesão por ele. Você precisa urgentemente dar um jeito nesse seu ciúme.

– Não sou ciumenta – protestei, veemente. Detestava que me chamassem de ciumenta.

– Bom, alguma coisa você é – disse ela.

Não respondi, porque ela me fizera começar a pensar em Luke. Embora eu não conseguisse chegar a uma conclusão sobre o que sentia por ele, bastava uma simples menção ao seu nome para me deixar levemente hipnotizada. Mal comparando, era como se meu cérebro vidrasse.

*Semi*oficialmente, ele era meu namorado. Desde o jantar no Bom e Caro, eu vinha passando todos os fins de semana com ele. Mas agora que recuperara o controle do nosso relacionamento, a ambivalência de antes botou as unhinhas de fora, e eu já não tinha tanta certeza assim de que ainda o queria.

Todo domingo eu prometia a mim mesma que no sábado seguinte faria alguma coisa diferente. Alguma coisa sofisticada em companhia de gente descolada, que não poderia estar mais na crista da onda, nem que houvesse um maremoto. *Não* Luke Costello. Mas seis dias depois, invariavelmente, eu me sentia impotente para resistir quando Luke perguntava: "O que você quer fazer hoje à noite, gata?"

– Certo, agora é sua vez – disse eu, voltando a mim. Estava doida para mudar de assunto. – Você acabou de sair de uma gripe violentíssima, não, minto, de uma intoxicação alimentar, porque comeu sorvete podre e ficou vomitando durante uma semana.

– Sorvete não apodrece – interveio ela.

– Não? Tenho certeza de que apodrece. Embora comigo não tenha a menor chance. Enfim, que diferença faz? Você teve uma intoxicação alimentar e está um esqueleto. Tão magra que as pessoas chegam e dizem: "Acho que você perdeu peso demais, Brigit, precisa urgentemente engordar um pouco, está parecendo uma prisioneira de campo de concentração."

– Que maravilha. – Brigit bateu com os calcanhares na cama, de prazer.

– É, as pessoas estão cochichando alguma coisa a seu respeito e você ouve elas dizerem: "Ela está acabadíssima." Aí nós vamos a uma festa. Você não vê Carlos há séculos, mas ele está lá...

– Não – ela me interrompeu. – Carlos, não.

– Por que não? – Fiz um tom de voz surpreso.

– Porque já tirei ele da cabeça.

– Tirou? – Fiquei ainda mais surpresa. – Não sabia que você tinha conhecido outra pessoa.

– E não conheci.

– Mas então, como pode ter tirado Carlos da cabeça?

– Sei lá, tirei e pronto.

– Você está me assustando, Brigit. – Olhei para ela como se nunca a tivesse visto antes. – Você sabe o que Claire sempre diz: "A única maneira de tirar um homem da cabeça é abrindo as pernas para outro." E você não tem transado com outro cara; eu teria notado.

– Não importa, mesmo assim tirei ele da cabeça. Não está feliz por mim? Não está feliz por eu não estar mais um bagaço?

– Estou, ora, é claro que estou. Fiquei surpresa, só isso.

Mas eu não estava feliz. Estava inquieta e pouco à vontade. E *confusa.*

Primeiro sua promoção, e agora isso.

Brigit e eu sempre fôramos parecidíssimas. Salvo por nossas atitudes em relação à vida profissional – ou, por outra, Brigit *tinha* uma atitude – nossas reações à vida eram quase sempre idênticas. Na verdade, a única outra coisa que não tínhamos em comum era nosso gosto em matéria de homens, provavelmente a razão pela qual nossa amizade já durava tanto tempo. Nada como um conflito de interesses do tipo "Ei, eu vi primeiro!" para acabar com uma amizade que datava de nossos tempos de escola primária.

Mas agora ela tinha ficado muito esquisita. Eu não conseguia entender como simplesmente dera uma guinada de 180 graus daquelas e deixara de gostar de Carlos. Porque nunca, por meus próprios meios, tirei um homem da cabeça. Sempre foi fruto de trabalho em equipe. Era preciso que outro homem aparecesse e dedicasse todos os seus esforços em prol da minha infelicidade para que eu conseguisse esquecer a mágoa causada pelo anterior.

Minha reação à rejeição era sair e procurar uma compensação imediata – em geral, dormindo com outra pessoa. Ou, pelo menos, me esforçar ao máximo; nem sempre tinha sucesso.

Sempre invejara as mulheres que diziam coisas do tipo "Depois que Alex me deixou, eu simplesmente me fechei, não consegui sentir nada por outro homem durante quase um ano."

Eu teria *adorado* não sentir nada. Porque os homens ficavam loucos pela mulher, quando ela não sentia nada por eles.

E agora Brigit parecia estar se transformando numa daquelas mulheres donas de uma autossuficiência apavorante.

– Dá um pulo na geladeira. – Ela me empurrou com o pé. – Dá um pulo na geladeira e traz alguma coisa gelada para mim.

– Não sabia que Helenka mora na nossa geladeira – gracejei, e rimos sem vontade, um riso chocho.

– Não dá, Brigit – me escusei. – Não tenho energia, eu despencaria.

– Sua filha da mãe preguiçosa e imprestável – reclamou ela. Teria energia para dar e vender se Luke-fã-dos-anos-setenta-Costello desse as caras com o pirulito na mão a fim de um bate-coxa.

Preferia que ela não tivesse dito isso, pois fez com que um choque de desejo por ele me percorresse, me deixando insatisfeita e inquieta. Ainda faltavam horas para meu encontro com ele e, de repente, tudo que aconteceria até lá pareceu tedioso e sem sentido.

– Quer alguma coisa? – perguntou Brigit, arrastando-se para fora da cama.

– Por que não traz uma cerveja para a gente? – sugeri.

– Acabou – veio a voz dela da cozinha, alguns minutos depois. Pelo seu tom, percebi que estava extremamente irritada.

De novo não, pensei, desanimada. Ela andava tão mal-humorada nos últimos tempos. Que diabo estava havendo com ela?

Uma boa trepada, era disso que ela precisava. Era disso que *todas as mulheres* precisavam. Eu podia até dar início a uma petição, carregando um cartaz com os dizeres "Trepe com Brigit Leneham já!" e "Trepe com a Nova-Iorquina". E talvez organizasse uma marcha do Cute Hoor ao Tadgh's Boghole, encabeçada por mim mesma, berrando num megafone: "O QUE NÓS QUEREMOS?"

E todo mundo teria que berrar em resposta: "UMA TREPADA PARA BRIGIT LENEHAM."

Ao que eu urraria: "E QUANDO NÓS QUEREMOS?"

E todo mundo responderia: "JÁ!"

– É isso aí – repetiu Brigit, azeda. – Acabou a cerveja. Quem teria imaginado?

– Já pedi desculpas – ergui a voz para que ela me ouvisse. Alguns segundos depois, criei coragem e acrescentei: – Quantas vezes mais vou ter que pedir?

Sentia-me bem mais corajosa agora do que me sentiria se Brigit ainda estivesse no quarto. Eu era uma negação em matéria de confrontos cara a cara. Sempre achara mais fácil discutir com alguém que não estivesse no mesmo aposento que eu. Para dizer a verdade, tive algumas de minhas melhores discussões com gente que na ocasião se encontrava em outro país.

– Pelo amor de Deus, Rachel – veio a voz dela de longe. – A gente estava precisando de tudo. Pão, Coca diet, e eu me refiro a Coca-Cola diet, não à *coca* que você costuma usar para perder peso...

Enrosquei-me de medo do seu tom de voz agressivo.

– ...bisnaguinhas, café, queijo. E você volta da rua com o quê? Com pão? Não. Com queijo? Não Com algum dos itens da lista? Não. Em vez disso, ela volta...

Eu sabia que a coisa estava preta quando ela começava a se referir a mim na terceira pessoa.

– ...e o que ela comprou, o que ela trouxe, senão vinte e quatro latas de cerveja e um saco de Doritos? Até aí tudo bem, quando é o dinheiro *dela* que ela gasta. Quando gasta o dinheiro *dela*, pode comprar quantas cervejas quiser...

Sua voz estava se aproximando, e tornei a me encolher na cama.

– ...e tomar todas elas em questão de horas.

Ela apareceu na porta e desejei estar num campo de concentração madeireiro na Coreia do Norte, onde obrigam os prisioneiros a trabalhar 23 horas por dia. Seria preferível, à maneira como Brigit estava me fazendo sentir.

– Desculpe – pedi, por ser tudo que *consegui* dizer.

Ela me deu um gelo. Quando não consegui mais aguentar a tensão, arrostei o silêncio, tornando a dizer:

– Desculpe.

Ela olhou para mim. Nossos olhos se fitaram por uma eternidade. Não consegui interpretar sua expressão, mas desejei ardentemente que ela me perdoasse. Tentei transmitir mensagens telepáticas para ela.

Perdoe a Rachel, emitia vibrações. *Seja amiga dela.*

Deve ter funcionado, porque a expressão de Brigit se abrandou. Aproveitando a oportunidade, tornei a lhe pedir desculpas. Achei que não poderia fazer nenhum mal, e que poderia até fazer algum bem.

– Eu sei que você está arrependida – ela admitiu, por fim.

Suspirei de alívio.

– Agora, francamente, fala sério – disse ela, a voz bem mais normal. – Vinte e quatro latas de cerveja! – Começou a rir, e me senti eufórica, como se tirassem um peso gigantesco das minhas costas.

– Muito bem – disse eu, me arrastando para fora da cama. – Tenho que me aprontar para Luke.

– Onde você vai se encontrar com ele?

– Vou dar um pulo na Central da Testosterona, e depois vamos sair. Quer vir?

– Depende. É um encontro a dois?

– Não, vou só tomar uns drinques com ele e 49 amigos íntimos seus. Vem, por favor.

– Bom, tá certo, mas não vou dormir com Joey só para fazer a sua vontade.

– Ah, por favor, Brigit – supliquei. – Tenho certeza de que ele sente o maior tesão por você. Seria maravilhoso, seria tão romântico. – Calei-me por um segundo. – Seria tão *prático.*

– Sua filha da mãe egoísta – exclamou ela.

– Não sou, não – protestei. – Só estou dizendo que... bom, você sabe, nós duas moramos juntas, Luke e Joey moram juntos...

– Não! – ela exclamou. – Nem pensar. Somos *adultas,* você e eu...

– Fale por si.

– ...e, como adultas, não somos obrigadas a fazer tudo juntas. O que significa que podemos sair com homens que não sejam amigos um do outro.

– Ótimo – disse eu, mal-humorada,

Ficamos em silêncio por alguns minutos de tensão.

– Tá bem, tá bem – ela suspirou, resignada. – Vou pensar no assunto.

49

Eu estava desesperada para que Brigit engrenasse com Joey, pois ainda me sentia um pouco envergonhada por estar saindo com um dos Homens de Verdade. Se pudesse laçar alguma amiga minha para sair com outro deles, me sentiria muito mais à vontade.

Não me agradava ser a única.

É claro que eu sabia que era uma pessoa frívola e desprezível, mas quanto a isso não podia fazer nada.

BRIGIT E EU tomamos nossas chuveiradas, o que não adiantou grande coisa, pois cinco minutos depois estávamos outra vez suando como duas vacas paridas. Pusemos um mínimo de roupas e saímos nadando pela oceânica umidade do ar afora, rumo à casa de Luke.

Toquei a campainha do porteiro eletrônico, sentindo-me nervosa e tímida. Ele sempre fazia com que eu me sentisse assim – presa de uma estranha mescla compulsiva de desejo e relutância, quase beirando a repulsa. Uma luzinha minúscula brincando de bruxulear entre as paredes do estômago.

Saímos do elevador sem nenhuma pressa – estava quente demais para andarmos mais rápido. A porta do apartamento estava aberta, e Luke deitado no chão, vestindo apenas um short jeans, filho único de uma velha calça que tivera as pernas amputadas. Seu peito e pernas bronzeadas estavam nus, e o ventilador zumbia sobre ele, soprando-lhe os cabelos nos olhos. Quando fiquei cara a cara com ele, seus olhos ficaram turvos e ele sorriu para mim. De uma maneira insinuante, com uma promessa nos olhos que o volume no short se incumbia de cumprir. Senti uma ânsia violenta de desejo e náusea.

– Como é que vai, fã dos anos setenta? – Brigit cumprimentou Luke.

– Pã dos anos setenta – replicou ele.

– Tantã dos anos setenta – treplicou ela.

– Galã dos anos setenta – ele não deixou a peteca cair.

– Tarzan dos anos setenta – tentou ela.

– Não – Luke foi categórico: – Assim não vale.

Luke e Brigit se davam muito bem. Coisa que às vezes me agradava.

E às vezes não.

De uma coisa para a outra, é um pulo. Mas eles não chegavam a se dar tão *bem* assim.

Então fiz o que sempre fazia quando ia ao apartamento de Luke: fingi escorregar numa poça de testosterona.

Luke riu, para fazer minha vontade. Brigit e eu cambaleamos durante algum tempo, agitando os braços, gritando coisas do tipo "Cuidado, tem outra logo ali!".

– Santo Deus – disse Brigit, dando uma geral no apartamento tipicamente masculino, atravancado de traquitandas. – Esse lugar está cada vez pior. O ar está tão saturado de hormônios masculinos que meus colhões vão cair, se eu passar tempo demais aqui. Será que tem um copo de café gelado?

– Putz, não sei – disse Luke, esfregando a barba por fazer num gesto de perplexidade que achei tão sensual, que desejei que Brigit fosse embora para que eu e ele pudéssemos praticar um pouco de surfe horizontal. – A gente não é muito de tomar conta de casa. Posso dar um pulo na esquina e comprar um para você – ofereceu-se. – Ou que tal uma cerveja? – propôs, ansioso para agradar. – Cerveja a gente tem aos montes.

– Por que será que isso não me surpreende? – perguntou Brigit, seca. – O.k., vá lá, uma cerveja.

– Estarei vendo coisas? – Brigit apanhou um colete de couro com o nome "Whitesnake" escrito nas costas. Sacudiu a cabeça, quase triste, e perguntou: – Em que ano nós estamos, Luke? Me diz só em que ano nós estamos.

Estava demorando. Ela fazia isso toda vez que via Luke.

– Em 1972, é claro – disse Luke.

– Não estamos e você sabe disso – tornou ela, curta e grossa:

– Estamos em 1997.

Luke fez uma expressão horrorizada:

– Que asneira é essa que você está dizendo, mulher?

– Me dá o jornal, Rachel – ela ordenou. – Olha aqui, seu anacronismo patético, está vendo a data impressa aqui...

Como sempre, Luke cambaleou, com a mão na testa. Decidi que já estava cansada de ser excluída.

– Onde é que estão os rapazes? – indaguei.

– Saíram – respondeu Luke. – Voltam num minuto.

Nesse exato instante, ouvimos um tumulto na porta, composto por berros, trambolhões, instruções, exortações e reclamações. Em seguida, Gaz, branco como um susto, entrou no apartamento, meio amparado, meio arrastado por Joev e Shake.

– Agora falta pouco, cara – ia dizendo Joey a Gaz.

Um por um, tropeçaram num par de botas de motoqueiro jogado no meio da sala.

Um por um, resmungaram "Pomba."

Eu só me perguntava como conseguiam usar tanto jeans naquele calor. Na verdade, me perguntava como conseguiam usar tanto *cabelo* naquele calor.

– Estamos em casa, cara – disse Shake.

– Graças a Deus – murmurou Gaz, pousando as costas da mão na testa, como uma solteirona vitoriana que tivesse topado na rua com um tarado de roupão aberto e estivesse prestes a desmaiar. Suas pálpebras tremelicaram, cerrando-se, e seus joelhos vergaram.

– Ele tá morrendo, tá morrendo – declarou Shake, todo teatral, quando Gaz caiu duro no chão.

Gaz tinha desmaiado! Que piada.

Luke, Brigit e eu corremos até ele para dar uma olhada e descobrir o que estava acontecendo.

– Dá um espaço pro cara poder respirar, cara – ordenou Joey.

– Anda, cara. – Agachou-se ao lado de Gaz. – Continua respirando, cara, anda, cara, respira fundo.

Gaz fez o que lhe era ordenado, chiando como um asmático.

– Afrouxem o espartilho dele – sussurrei.

– Que foi que houve? – perguntou Luke.

Eu tinha pensado que fora só o calor que deixara Gaz nesse estado, mas, quando Joey respondeu, irritado, "Respeita um pouco a privacidade do cara", vi que, obviamente, algo muito mais interessante tinha acontecido.

Joey sempre ficava um pouco nervoso quando Brigit estava presente. Agia como se ela fosse louca por ele, ou pior, como se estivesse na sua cola, tentando laçá-lo para sair com ela. Só porque ela tinha dormido com ele. Mas dessa vez, especificamente, estava claro que a reticência de Joey não tinha nada a ver com Brigit.

Meu sangue engrossou de expectativa. O que teria acontecido?

Talvez Gaz tivesse sido atropelado. Os ciclistas de Nova York eram maus feito pica-paus.

Dei uma olhada no seu corpo prostrado, procurando ferimentos que elucidassem o enigma – talvez a marca de uma roda de bicicleta na sua cara – quando percebi que havia alguma coisa errada com seu braço esquerdo.

Estava inchado e ensanguentado. Tão ensanguentado que mal se via a palavra "ASSS" gravada em letras góticas na sua pele.

– Que é que há com o braço dele? – indaguei.

– Nada – disse Joey, na defensiva.

De repente, compreendi.

– Ele fez uma tatuagem! – exclamei. – Foi por isso que desmaiou?

Que mulherzinha, pensei, com desprezo.

As pálpebras de Gaz se agitaram e ele abriu os olhos.

– Aquele filho da puta era um açougueiro – gemeu. – Ele me torturou.

Olhei outra vez. "ASSS".

– O que você estava tatuando? – perguntei.

– Simplesmente o nome da melhor banda do universo conhecido.

– Mas ASSS? – perguntou Brigit, confusa. – Uma banda chamada ASSS?

– Não – disse Joey, revirando os olhos de irritação com o que interpretou como sendo burrice de Brigit. – O nome da banda é Assassin.

– Mas cadê o resto da palavra? – perguntei, sem compreender.

– Tenho a impressão de que estão faltando um A, um S, um I e um N. E como vocês vão enfiar um A entre esses dois SS, isso eu não sei.

– O tatuador não sabia escrever direito – disse Joey, bruscamente.

– Gaz não estava se aguentando mais de dor, cara – disse Shake ao mesmo tempo. – Estava implorando feito um miserável pro tatuador parar... – A voz de Shake foi morrendo, quando ele notou o cenho ferozmente franzido de Joey.

– Ele vai voltar pra terminar a tatuagem – sentenciou Joey, resoluto. – Só veio em casa pra descansar um pouco.

– NÃO VOU! – Gaz deu um piti no chão. – Não me obriga, não me obriga, doeu pra caralho, cara. Tô te dizendo, aguentei enquanto deu, cara, mas, cara, a dor, cara... NÃO VOU VOLTAR! – Parecia desvairado de dor.

– Mas, escuta só, cara – disse Joey, em voz baixa, num tom do tipo não-paga-mico-na-frente-das-garotas. – E o resto do nome? Você vai ficar parecendo um babaca, se não terminar.

– Eu amputo o braço – propôs Gaz, fora de si. – Aí ninguém vai ficar sabendo.

– Cala essa boca, cara – ameaçou Joey. – A gente enche você de álcool e depois volta lá.

– Não! – guinchou Gaz.

– É, ouve só, cara – Shake tentou acalmá-lo. – Uma garrafa de JD, você vai ficar nas nuvens, cara, não vai sentir nenhuma dor.

– Não!

– Cara, lembra o dia em que a gente se conheceu? – Joey cravou um olhar duro em Gaz, que ainda estava estatelado de costas no chão. – Primeiro de julho de 1985, na Zeppelin Records? Você me disse que arriscaria a vida da sua própria mulher pelo guitarrista do Assassin. Que é que há contigo? Qual é o *problema* contigo, cara, pra não querer suportar um pouquinho de dor em nome da maior banda do mundo? Depois de tudo que eles fizeram por você? Tô desapontado contigo, cara, sabia?

Gaz estava com uma expressão arrasada.

– Não posso fazer isso. Desculpa, cara, te deixar na mão desse jeito, cara, mas não posso fazer isso.

– Puta que o pariu. – Joey pulou de pé, furioso, e deu um pontapé no sofá. Passou as mãos no cabelo, ficou quieto por um momento e deu outro pontapé no sofá. Sem mais nem menos, pôs-se a vasculhar uma gaveta.

Eu, Luke, Brigit, Shake e Gaz – principalmente Gaz – ficamos a observá-lo, ansiosos. Era impossível prever o que Joey faria, exasperado como estava.

Joey encontrou o que procurava. Um objeto preto e reluzente. Era pequeno demais para ser uma arma, de modo que só podia ser uma faca.

Fiquei me perguntando se estaria pretendendo imobilizar Gaz e retomar o trabalho do ponto em que o tatuador o interrompera.

Pela expressão no rosto de todos, eu não era a única a me perguntar isso.

Joey se aproximou, ameaçador:

– Me dá o braço – ordenou a Gaz.

– Não, escuta, cara, não precisa fazer isso... – protestou Gaz.

– Me dá essa porra de braço. Nenhum amigo meu vai bancar o palhaço na frente dos outros.

Os pés de Gaz se agitaram no chão em busca de apoio. – Toma essa faca dele – implorou a Luke.

– Me dá essa faca, cara. – Luke ficou na frente de Joey, que avançava. Quase me derreti de desejo com a desenvoltura de Luke. – Que faca? – perguntou Joey.

– *Essa.* – Luke indicou com a cabeça a mão de Joey.

– Não é uma faca – protestou Joey.

– Bom, então é o quê?

– É um PILOT, um PILOT DE TINTA INDELÉVEL – berrou ele. – Já que ele não quer terminar a tatuagem, vou *desenhar* o resto no braço dele.

Um suspiro de alívio percorreu o aposento. Ficamos tão aliviados de saber que Joey não ia matar Gaz, que passamos um bom tempo treinando escrever A, I, S e N em letras góticas com ele.

Em seguida, Shake sugeriu que jogássemos uma partida de Scrabble. E quem olhasse para ele pensaria que fazia mais seu gênero atirar aparelhos de televisão por janelas de hotel.

– Uma partida só – disse eu, para fazer sua vontade. – Depois, vamos sair. Hoje é noite de sábado, seu pastel.

– Valeu – agradeceu Shake, alegre. Abrimos latas de cerveja e nos reunimos ao redor do tabuleiro no chão, Shake, Luke, Joey, Brigit e eu.

Gaz ficou assistindo a *Ren e Stimpy** na TV. Antes assim. Não tinha feito outra coisa da última vez além de provocar discussões, insistindo que "barúlio", "abaju", "facs" e "Gaz" eram palavras.

Em meio ao barulho e ao vozerio, o jogo começou. Eu estava totalmente concentrada, pois curtia muito jogar Scrabble. Mas, quando por acaso levantei o rosto, encontrei os olhos de Luke fixos em mim, turvos, carregados. Alguma coisa em sua expressão me encabulou. Desviei os olhos, mas minha concentração já tinha ido por água abaixo, e a única palavra que consegui formar com minhas letras foi "rio", enquanto Brigit conseguiu formar "alegre" e Shake, "raptor".

Meu olhar foi irresistivelmente atraído para Luke novamente. Dessa vez ele o sustentou e sorriu. Começou devagar e foi se abrindo num sorriso largo, radiante, afetuoso. Tão cheio de admiração e carinho, que me senti como se tivesse meu próprio sol particular.

Shake interceptou o sorriso.

– Que foi? – perguntou, ansioso, olhando de mim para Luke e de novo para mim. – Não vão me dizer que formaram "quincunce" de novo!

50

O verão de Nova York deu lugar ao outono, uma estação muito mais humana. O calor assassino amainou, o ar ficou friozinho e revigorante e as folhas nas árvores se coloriram de todos os tons de vermelho e dourado. Continuei a ver Luke todos os fins de semana, e durante a

*Desenho animado norte-americano, famoso por seu humor escatológico. (*N. da T.*)

maior parte da semana também. Se por um lado ainda vivia com medo do escárnio de certas pessoas, por outro estava se tornando cada vez mais difícil negar, tanto para os outros quanto para mim mesma, que ele era meu namorado. Afinal, não estava comigo naquele histórico dia em que comprei um novo casaco de meia-estação, uma capa de chuva cor de chocolate, com um cinto, no estilo de Diana Rigg? Não segurei sua mão na rua? (Embora a tenha soltado quando entramos na Donna Karan.) E, na volta para casa, ele não insistiu em parar diante de cada loja, apontando roupas na vitrine e declarando "Ei, Rachel, gata, aquele ali ficaria *um estouro* em você"?

E eu tinha que arrastá-lo o tempo todo, dizendo, severa: "Não, Luke. É curto demais. Até para mim."

Mas ele não parava de protestar, tentando me puxar para dentro da loja: "Não existe nada curto demais para alguém com as suas pernas, gata."

Em outubro, Brigit conheceu outro micro-hispânico, dessa vez um porto-riquenho chamado José, que se revelou tão escorregadio quanto Carlos. Seu emprego incumbiu-se de reduzir o tempo livre de que ela dispunha antes. Mas, o pouco que tinha, passava plantada em casa, esperando que Josie (como Luke e eu o chamávamos) lhe telefonasse. *Plus ça change...* *

– Por que nunca conheço alguém legal? – indagou de mim uma noite, com lágrimas nos olhos. – Por que eu e Josie não podemos ser como você e Luke? Quer dizer, *José*. Que é que há com você e Luke, que não conseguem chamar Josie pelo nome certo? Quer dizer, *José!* – gritou, exasperada.

Eu estava adorando a infelicidade de Brigit. Enquanto estivesse puta da vida com Josie, não se lembraria de ficar puta da vida comigo. Era uma troca muito oportuna.

– Como assim, "eu e Luke"? – perguntei.

– Você sabe. – Ela agitou os braços. – Apaixonados.

**Plus ça change, plus ça reste la même chose* [Quanto mais isso muda, mais permanece o mesmo]. Dito popular francês. (*N. da T.*)

– Ah, *nem um pouco* – protestei, encantada com a sugestão de que Luke estava apaixonado por mim. Mas não tinha certeza se estava ou não, apesar de ele ser muito generoso com os "Eu te amo". O problema é que dizia a *todo mundo* o quanto os amava, até mesmo a Benny, o vendedor de rosquinhas. Sempre que eu fazia alguma gentileza para ele, dizia: "Valeu, gata, te amo." E não precisava ser nenhuma gentileza fora do comum, bastava uma coisa simples, como preparar-lhe um queijo-quente. Se houvesse outras pessoas presentes, ele esticava o braço, me apontando, e dizia: "Eu amo essa mulher." Para dizer a verdade, ele às vezes fazia isso até quando estávamos a sós.

Brigit observou minha expressão confusa.

– Está tentando seriamente me dizer que não está apaixonada por Luke Costello? – indagou. – Ainda se recusando a abrir o jogo em relação a ele?

– Eu gosto dele – me defendi. – *Sinto tesão* por ele. Isso não basta para voce?

Era verdade. Eu gostava *mesmo* dele e sentia *mesmo* tesão por ele. Simplesmente não podia deixar de pensar que devia haver *mais alguma coisa.*

– O que você quer? Que um mensageiro celestial baixe à Terra com uma trombeta e te *diga* que você se apaixonou por ele? – indagou ela, venenosa.

– Calma lá, Brigit – tornei, ansiosa. – Só porque passou da hora de Josie telefonar para você, não precisa me humilhar por eu não sentir por Luke o que deveria.

– Se parece um pato, anda feito um pato e faz quá-quá feito um pato, então é provável que seja um pato – disse Brigit, sombria.

Olhei para ela, sem compreender. Por que estava chamando Josie de pato?

– O que quero dizer – ela suspirou – é que você gosta de Luke, sente tesão por ele, vive comprando sutiãs novos e não consegue ficar longe dele. Toda noite chega em casa e diz, "Hoje a gente se obrigou a tirar uma noite de folga um do outro", mas aí, às cinco para as nove, você liga para ele, isso se ele já não tiver ligado para você antes. Ato contínuo, enfia uma escova de dentes e uma calcinha limpa na bolsa e desembesta para a casa dele como uma lebre que escapou da armadilha. *Não* me vem com esse papo de que não está apaixonada por ele. – Calou-se por um momento. – Aliás, você nem tem levado a sua escova de dentes ultimamente, sua porca. Não escova mais os dentes?

Escovo. – Corei

– Ah-ha! – exclamou ela. – AH-HA! Está tudo muito claro. Você tem uma escova de dentes nova, que mora na casa de Luke. Uma escova especial, *do amor.*

– Pode ser. – Dei de ombros, constrangida.

– Aposto. – Brigit observava minhas reações, astuta. – Aposto que também tem lá um desodorante novo e um pote novo de algum creme facial maravilhoso.

Não tive coragem de negar.

– EU SABIA! – gritou ela, vitoriosa. – Bolinhas de algodão? Removedor de maquiagem?

Fiz que não com a cabeça.

– Ainda não chegou ao ponto de tirar a maquiagem na frente dele – ela suspirou. – Ah, o sonho juvenil do amor!

Calou-se por um momento, pensativa.

– Você já até cozinhou para ele. Ele já te levou para passar um fim de semana no exterior, telefona para o seu trabalho todos os dias, você se desmancha em sorrisos toda vez que abre a porta para ele e não sabe o que é ter um pelo nas canelas desde junho passado. Ele é tão atencioso e romântico! NÃO me vem com esse papo de que não está apaixonada.

– Mas... – tentei protestar.

– Você é do contra – reclamou ela. – Se ele te tratasse aos pontapés e rompesse com você, aí, sim, chegaria à conclusão de que é louca por ele.

Eu observava Brigit roendo as unhas e andando de um lado para o outro. Tentei definir o que sentia por Luke.

Não podia negar que a maior parte do tempo que passava em sua companhia era maravilhosa. Sentia uma atração violenta por ele. Era sensual, viril, carinhoso, lindo. Às vezes passávamos dias inteiros na cama. Não apenas transando, mas conversando. Eu adorava estar com ele, porque era muito engraçado, um grande contador de casos. E me fazia sentir como se eu também fosse. Me fazia perguntas, me pedia para contar histórias e ria de cada detalhe engraçado.

Brigit tinha razão ao dizer que ele era atencioso e romântico. No meu aniversário, em agosto, me levara para passar um fim de semana em Porto Rico. (Brigit tentou embarcar como clandestina escondida dentro da minha sacola, mas, como não coube, me implorou para que raptasse um rapaz para ela. "Só o que peço", suplicou, "é que ele já tenha idade do ponto de vista legal para transar.")

E Luke *realmente* me ligava todo dia no trabalho. Eu passara a depender de seus telefonemas para dar uma trégua na bagunça que fazia com as reservas dos hóspedes do Motel Barbados, e chorar minhas mágoas no seu ouvido amigo. "Diz a esse mauricinho do Eric para tomar cuidado, gata", Luke ameaçava diariamente. "Se ele sacanear a minha mulher, vai ter que se ver comigo."

E era maravilhoso cambalear de volta para casa rumo aos seus braços depois de um dia difícil, e descobrir que mandara Shake e Joey passarem a noite fora e preparara um jantar para mim. Não importava que os pratos tivessem sido afanados do Pizza Hut, que os guardanapos fossem de papel e do McDonald's, que a comida fosse congelada ou comprada pronta, e que o vinho, na verdade, fosse cerveja. Porque ele tinha providenciado todos os itens românticos importantes – velas, preservativos e uma torta de queijo com cobertura de chocolate só para mim.

O telefone tocou, me arrancando do devaneio inspirado pelas lembranças de Luke. Brigit disparou pela sala e se atirou em cima do aparelho. Era Josie.

Enquanto tagarelava com ele, no auge da animação, compreendi de repente qual era o principal problema comigo e Luke. Não era o mais óbvio deles, o fato de eu ter vergonha de suas roupas horríveis, e sim o fato de termos *prioridades diferentes*. Ele tinha uma gama de interesses incrivelmente ampla. Ampla demais, se você quiser mesmo saber minha opinião. Sempre me obrigava a fazer coisas que eu não queria, como ir ao cinema ou ao teatro, enquanto minha maior diversão era agitar nos lugares chiques da moda. Queria badalar muito mais do que ele. É claro, ele gostava de sair e beber, mas meu método favorito de me descontrair era cheirar cocaína. E Luke tinha verdadeira ojeriza a drogas. Vivia brigando com Joey, porque Joey insistia em ter uma "poupança" de coca no apartamento. Coisa que eu *adorava.* Era bom saber que havia uma reserva disponível, para o caso de eu passar por algum aperto.

Brigit desligou o telefone.

– Era Josie – disse, sorrindo de orelha a orelha. – A irmã dele está participando de uma espécie de instalação performática em TriBeCa. Preciso que você venha.

– Quando?

– Hoje à noite.

Hesitei. Brigit interpretou mal meu silêncio.

– Eu pago – gritou – eu pago. Mas você tem que vir. Por favor. Não posso ir sozinha.

– Luke provavelmente gostaria de ir também – disse eu, em tom casual. – Você sabe como ele gosta de teatro.

– Sua safada. – Brigit Leneham não era nenhuma boba. – Não era para vocês dois tirarem uma noite de folga um do outro?

– Nós tínhamos discutido isso, sim, mas agora que surgiu esse imprevisto... – argumentei, com toda a lógica.

– Você é patética – declarou ela. – Não consegue passar uma noite longe dele.

– Não é nada disso – disse eu, minha voz calma ocultando o prazer que sentia à ideia de vê-lo. Até então, não estava sabendo como iria sobreviver até a noite seguinte. – Ele lamentaria muito perder uma peça, ainda mais conhecendo o irmão de alguém que faz parte do elenco.

O telefone tocou e Brigit caiu de boca em cima dele.

– Alô – disse, ávida. – Ah, é você. Que é que você quer? Tá, me diz o que é, que eu dou o recado.

Voltando-se para mim:

– É Luke. Ele manda dizer que não pode viver sem você e quer saber se pode vir aqui.

51

Hora do almoço no Claustro. Meus pais deviam chegar dentro de meia hora, para serem meus Outros Importantes Envolvidos. Reinava a maior barulheira no refeitório, mas isso não conseguiu me distrair da ansiedade que fazia meu estômago dar voltas.

Tínhamos um novo interno. Um homem. Mas da classe dos gorduchos de suéter marrom. Em outras palavras, desses que mal podem ser considerados homens. Não que isso importasse, pois, afinal de contas, eu estava prometida para Chris. Mesmo que Chris ainda não soubesse disso.

O nome do novo suéter marrom era Digger e as primeiras palavras que me dirigiu foram: – Você é famosa?

– Não – garanti a ele.

– É, não achei que fosse, mesmo – tornou ele. – Mas achei melhor me certificar, por via das dúvidas. – Acrescentou, em tom ameaçador: – Vou dar mais dois dias a esse pessoal e, se até lá não internarem ninguém que preste, vou pedir um ressarcimento.

Relembrei meu começo no Claustro, quando imaginava que havia uma ala de artistas e, em vez de tachá-lo de idiota e burro, sorri, afável.

– Ela é famosa – apontei Misty. Mas Diggy não ficou impressionado com alguém que escrevera um livro. O que esperava era uma celebridade do mundo dos esportes, de preferência algum jogador de futebol da primeira divisão.

Don chegara ao final de suas oito semanas. Estávamos preparando um cartão e um pequeno bota-fora para ele.

Frederick, que iria embora no dia seguinte, presenteou-o com o cartão e fez um pequeno discurso.

– Você me torrou o saco até dizer chega, com seus fricotes e neuras...

Essa confissão foi recebida por um coro de gargalhadas.

– ...mas, mesmo assim, gostei muito de você. Todo mundo aqui te deseja toda a felicidade lá fora. E, não se esqueça, *fique com os sentimentos.*

Mais gargalhadas. Seguidas por pedidos para que Don discursasse. Ele se levantou, gorducho e baixote, corando e sorrindo, alisando a camisa-de-meia por cima da barriga redonda. Respirou fundo e disse em um só fôlego:

– Quando vim para cá, achava que vocês eram todos loucos e não queria ficar no meio de um bando de alcoólatras. Achava que não havia nada de errado comigo.

Fiquei surpresa com a quantidade de sorrisos coniventes e meneios de cabeça trocados pelos internos, quando Don disse isso.

– Tive ódio da coitada da minha mãe por me internar aqui. A duras penas enxerguei como tinha sido egoísta e desperdiçado a minha vida até então. Enfim, desejo tudo de bom para vocês. Aguentem firme, que tudo melhora. Uma coisa eu lhes digo: não vou voltar a beber. E sabem por quê? Porque não quero acabar aqui de novo com vocês, seu bando de babacas!

– Guarda uma cerveja para mim em Flynns – berrou Mike.

Todos riram, inclusive eu.

Seguiu-se uma profusão de abraços e lágrimas.

Alguns até foram para Don.

De repente, chegou a hora da sessão de grupo e, a contragosto, deixamos Don sozinho no refeitório, esperando sua carona. Ele olhou para nós, já cheio de saudades. E nos afastamos, cada um para o seu lado.

Não vou deixar que essa sessão me abale, prometi a mim mesma, desassombrada, avançando pelo corredor. Em menos de quatro dias, vou estar fora daqui.

Mamãe e papai já estavam sentados no Aposento do Abade, vestidos como se fossem a um casamento. Não era todo dia que com pareciam a um centro de reabilitação para dissecar a vida de sua filha do meio.

Cumprimentei-os com um aceno de cabeça encabulado, e apresentei-os com voz sumida para Mike, John Joe e os outros.

Mamãe me deu um sorriso trêmulo e choroso. Alarmada, senti meus olhos ficarem cheios d'água.

Nesse momento, chegou Josephine, a apresentadora do programa.

– Obrigada por terem vindo – disse ela. – Esperamos que possam nos prestar maiores esclarecimentos sobre Rachel e sua dependência.

Encolhendo-me de vergonha, fugi de volta para a cadeira, numa tentativa frustrada de desaparecer. Sempre detestei ouvir o que as pessoas pensavam de mim. Minha vida inteira fora uma tentativa de fazer com que as pessoas gostassem de mim, e era difícil ouvir a extensão do meu fracasso.

Mamãe abriu a sessão rompendo em lágrimas.

– Não consigo acreditar que Rachel seja uma toxicômana.

E eu, consigo?, pensei, tentando enfrentar minha extrema infelicidade.

Papai assumiu o comando:

– Rachel saiu de casa há oito anos. – Resolvera abandonar seu discurso do Velho Oeste durante a sessão. – Por isso, não temos como saber muito sobre drogas e esse tipo de coisas.

Que grande mentira. Por acaso não moravam na mesma casa que Anna?

– Não tem problema – disse Josephine. – Há muitas outras informações essenciais que vocês podem nos dar. Principalmente sobre a infância de Rachel.

Mamãe, papai e eu nos retesamos ao mesmo tempo. Não entendi a razão disso, já que eles nunca haviam me trancado num guarda-louça, me espancado ou deixado passar fome. Não tínhamos nada a esconder.

– Gostaria de lhes perguntar sobre uma época de que ela se lembra como tendo sido particularmente traumática – disse Josephine. – Ficou muito transtornada ao relembrá-la um dia desses, durante uma sessão.

– Não fizemos nada com ela – disparou mamãe, lançando-me um olhar furioso.

– Nem eu estou insinuando que fizeram – tranquilizou-a Josephine. – Mas o caso é que, em geral, as crianças têm uma visão distorcida do mundo dos adultos.

Mamãe me fuzilava com os olhos.

– A senhora alguma vez sofreu de depressão pós-parto?

– Depressão pós-parto! – resmungou mamãe. – De jeito nenhum! Ainda não tinham inventado a depressão pós-parto naquela época.

Senti uma decepção mortal. Valeu a intenção, Josephine.

– Aconteceu alguma coisa com a senhora ou sua família pouco depois do nascimento de Anna? – insistiu Josephine.

Eu não tinha onde enfiar a cara de vergonha. Já sabia as respostas e queria que a coisa parasse por aí.

– Bem – disse mamãe, ressabiada – dois meses depois que Anna nasceu, meu pai, avô de Rachel, faleceu.

– E a senhora ficou abalada com isso?

Mamãe olhou para Josephine como se ela fosse louca.

– *Claro* que fiquei abalada com isso. Meu próprio pai! Claro que fiquei abalada.

– E em que se traduziu esse abalo?

Mamãe me lançou um olhar assassino.

– Eu chorava muito, se bem me lembro. Mas meu pai tinha morrido, o que se *podia esperar* que eu fizesse?

– O que estou tentando apurar – disse Josephine – é se a senhora sofreu algum tipo de colapso nervoso. Rachel se lembra desse período como sendo muito doloroso e é importante descobrir o que há por trás de tudo isso.

– Colapso nervoso! – O rosto de mamãe estava horrorizado. – Um colapso nervoso! Eu teria *adorado* sofrer um colapso nervoso, mas como poderia, com uma família de crianças pequenas para criar?

– Talvez "colapso nervoso" não seja o termo exato. A senhora, em algum momento, ficou de cama? Ainda que por pouco tempo?

– Quem me dera – fungou mamãe.

Ouvi vozinhas infantis gritando dentro da minha cabeça: "Ficou, sim! E a culpa foi toda minha."

– Você não se lembra daquelas duas semanas? – interveio papai. – Em que viajei para fazer aquele curso...

– Em Manchester? – perguntou Josephine.

– Foi – disse ele, estarrecido. – Como a senhora sabe?

– Rachel mencionou o fato. Continue.

– Minha esposa estava tendo dificuldade para conciliar o sono, comigo fora, e o pai tendo morrido há apenas um mês. Então a irmã dela veio passar uma temporada lá em casa, e ela pôde se recolher ao leito durante alguns dias.

– Está vendo, Rachel? – tornou Josephine, triunfante: – Você não teve culpa nenhuma.

– Eu me lembro diferente – murmurei, achando difícil aceitar como verdadeira essa versão dos fatos.

– Sei disso – concordou Josephine. – E acho importante que você perceba *como* se lembra do que ocorreu. Você exagerou tudo. A escala do drama, sua duração e, o mais importante de tudo, seu papel nele. Na sua versão, você fazia o papel principal.

– Não – disse, com esforço, a voz embargada. – O papel *principal*, não. Era mais como, mais como – eu procurava palavras que expressassem como me sentia – mais como o papel do bandido! A ovelha negra da família.

– De jeito nenhum – bravateou papai. – Ovelha negra! Que foi que você fez de mau?

– Belisquei Anna – disse, num fio de voz.

– E daí? Anna beliscou Helen quando ela nasceu. Claire fez exatamente a mesma coisa com Margaret, e Margaret com você.

– Margaret me beliscou? – soltei. Eu pensava que Margaret nunca tivesse cometido uma má ação em toda a sua vida. – Tem certeza?

– Claro que tenho – disse papai. Voltando-se para mamãe: – Lembra?

– Para ser franca, não – disse ela, com frieza.

– Lembra, sim senhora – exclamou ele.

– Se você diz... – disse ela, com um tom que deixava claro que só estava tentando agradar ao pobre marido iludido.

Josephine olhou para mamãe e depois para mim. Tornou a olhar para mamãe, e deu um sorrisinho à socapa.

O rosto de mamãe ficou vermelho. Desconfiava que Josephine estivesse rindo dela, e bem podia estar, pelo pouco que eu conhecia da minha terapeuta.

– Até onde eu me lembro – papai lançou um olhar de estranheza para mamãe, e se voltou para mim – você não era nem melhor nem pior do que nenhuma das suas irmãs.

Mamãe soltou um resmungo que soou como "Melhor não era, com certeza".

Senti um forte mal-estar.

– A senhora alimenta algum ressentimento contra Rachel, Sra. Walsh? – perguntou Josephine.

O atrevimento de Josephine me chocou.

E a mamãe também, a julgar pela expressão horrorizada em seu rosto. Ela tratou de se recompor.

– Nenhuma mãe gosta de ser obrigada a vir a um centro de reabilitação porque a filha é toxicômana – disse ela, do alto de seu pedestal.

– É só isso que a senhora tem contra ela?

– Só. – Mamãe estava com uma cara furibunda.

Josephine olhou para ela com ar de interrogação. Mamãe jogou a cabeça para trás, franzindo a boca.

– Bem, Rachel – Josephine sorriu para mim – espero que agora você consiga enxergar que não tem nenhum motivo para se culpar.

Será mesmo que mamãe tinha chorado tanto só porque o pai tinha morrido?, me perguntei, insegura. Será que papai tinha viajado apenas para fazer um curso?

Mas por que haveriam de mentir? Não tinham a menor necessidade de fazer isso.

E, assim, senti meu passado se transformar um pouco, como se uma parte dele tivesse sido passada a limpo.

Josephine voltou-se para mamãe e papai:

– Gostaria que nos falassem sobre Rachel, de um modo geral. – Os dois se entreolharam, inseguros.

– Qualquer coisa – disse ela, risonha. – Tudo serve para nos ajudar a conhecê-la melhor. Falem sobre suas qualidades.

– Qualidades? – Papai e mamãe se sobressaltaram.

– Isso mesmo – encorajou-os Josephine. – Por exemplo, ela é inteligente?

– Ah, não – papai riu. – A inteligente é Claire, que é formada em língua inglesa, sabe?

– E Margaret também é bastante razoável – mamãe meteu sua colher torta. – Não chegou a se formar, mas eu diria que, se tivesse feito uma faculdade, teria se saído bem.

– É verdade. – Papai se voltou para mamãe. – Ela sempre foi tão esforçada que, mesmo não sendo tão inteligente quanto Claire, provavelmente teria saído de lá com o canudo debaixo do braço.

Mamãe assentiu:

– Embora tenha se dado muito bem por seu próprio esforço, *sem* um canudo. Ela tem um emprego importante, mais do que o de muita gente que tem um canudo...

Josephine soltou um pigarro alto.

– Rachel. – Sorriu, gentil. – É sobre ela que estamos discutindo.

– Ah, sim. – Eles assentiram.

Josephine esperou em silêncio até papai disparar:

– Mediana. Rachel é mediana. Não é nenhuma idiota, mas também não chega a ser uma cientista espacial. Ha-ha-ha – acrescentou, sem muito entusiasmo.

– Nesse caso, quais *são* as qualidades dela? – insistiu Josephine.

Mamãe e papai se entreolharam, perplexos, deram de ombros e continuaram em silêncio. Eu percebia os outros internos se remexendo, pouco à vontade, e me senti morta de vergonha. Por que as merdas dos meus pais não inventavam alguma coisa e me poupavam desse vexame?

– Ela era popular com os rapazes? – perguntou Josephine.

– Não – desfechou mamãe, peremptória.

– A senhora parece muito convicta.

– Era a altura dela, sabe? – explicou mamãe. – Era alta demais para a maioria dos rapazes da sua idade. Eu diria que ela tinha um complexo em relação a isso. É difícil para as garotas altas arranjar namorado.

Vi Josephine olhando ostensivamente para o cocuruto de mamãe e depois para o de papai, alguns centímetros mais baixo. Um olhar que passou completamente despercebido para mamãe.

– Mas acho que, apesar da altura, ela às vezes tem até uma figura bonita – acrescentou mamãe, sem muito entusiasmo. Não acreditava numa palavra do que dizia. Nem papai, que interveio:

– Não, as bonitas da família são Helen e Anna. Embora... – começou, jovial.

Diz que eu também sou, implorei, em silêncio. *Diz que eu também sou.*

– ...as duas sejam tão assanhadas, principalmente Helen, que a gente se pergunta como é que alguém dá bola para elas. Deixam qualquer um maluco!

Parecia esperar um coro solidário de gargalhadas, mas suas palavras caíram no silêncio. Os outros internos tinham os olhos fixos nos próprios sapatos. Eu desejava estar em qualquer lugar do mundo, menos naquela sala. Até uma prisão turca serviria.

Os minutos se arrastavam lentamente.

– Ela sabe cantar – disparou papai, rompendo o silêncio constrangido.

– Não sabe, não – resmungou mamãe, dando-lhe um olhar do tipo cala-essa-bosta-de-boca. – Aquilo foi um engano.

Naturalmente, como Josephine era toda ouvidos, eles se viram obrigados a lhe contar o episódio da tarde de sábado, quando eu tinha 7 anos, e estávamos para instalar uma nova cozinha planejada. Os móveis e eletrodomésticos da anterior haviam sido retirados e, como eu não tivesse ninguém com quem brincar, sentei no chão, sozinha. À falta do que fazer, comecei a cantar. ("Seasons in the Sun", "Rhinestone Cowboy" e outras favoritas das viagens de carro mais longas.) Mamãe, que estava acamada com gripe no andar de cima, ouviu minha cantoria. E a combinação do seu delírio com o efeito que a cozinha vazia e ecoante surtiu sobre minha voz de criança – tornando-a alta, clara e entoada – convenceu-a de que sua filha era uma futura prima-dona.

Menos de uma semana depois, num clima de alta expectativa, fui despachada para a casa de uma professora de canto particular. Que fez o possível e o impossível por mim durante duas aulas, até chegar à conclusão de que não podia mais ludibriar meus pais, recebendo seu dinheiro à custa de uma fraude. "Talvez desse certo, se ela pudesse cantar sempre em cozinhas vazias", explicou para minha indignada mãe. "Mas não posso afirmar que o resultado seria garantido."

Mamãe jamais me perdoou. Parecia achar que eu a enganara de caso pensado.

– Por que não me disse que não sabe cantar? – rosnou. – Pense no dinheiro que jogamos fora.

– Mas eu disse, sim – protestei.

– Não disse.

– *Disse.*

– Não disse.

Então parei de me defender, sentindo-me culpada por tê-los iludido. Mesmo desconfiando de que tudo não passava de um grande equívoco, não podia negar que me deixara levar pelo embalo da coisa, pela vontade de ser talentosa, fora do comum.

Como desejava que papai não tivesse tocado no assunto.

Por fim, como parecesse não haver mais nada a ser dito, Josephine encerrou a sessão.

À NOITE, comecei a fazer minha mala. Não que tivesse chegado propriamente a desfazê-la. Ainda estava jogada no chão, ao lado da minha cama, os sapatos, jeans, meias-calças e saias embaralhados de qualquer jeito no seu interior.

– Vai a algum lugar? – gritou Chaquie, quando tirei meu melhor casaco do guarda-roupa e o atirei na mala.

Como Neil, Chaquie perdera totalmente as estribeiras desde que assumira seu alcoolismo, e agora disputava com ele o título de interno mais irascível do Claustro. Gritava com Deus e todo mundo. Aliás, mais com Deus do que com todo mundo, pois, afinal, era seu velho amigo do peito. "Por que me fez alcoólatra, porra?", berrava toda hora. "Por que eu?"

Josephine não se cansava de lhe garantir que sua revolta era perfeitamente normal, que fazia parte do processo. O que não me servia de consolo, sendo obrigada como era a dividir um quarto com ela e aturar seus gritos.

– As três semanas que o contrato me obriga a ficar acabam na sexta-feira – expliquei a ela, nervosa.

– Eu também pretendia dar no pé quando minhas três semanas chegassem ao fim – disse ela, entre os dentes. – Mas aí eles chamaram aquele filho da mãe com quem sou casada e os podres vieram todos à tona. Depois me ameaçaram com um mandado e agora eu tenho que ficar até o fim.

– Ah, sei – disse eu, sem graça. Pouco depois, acrescentei:

– Vou sentir sua falta.

E me dei conta de que era verdade.

– Também vou sentir sua falta – gritou ela.

52

Na manhã seguinte, como sempre, debandamos pelo corredor em direção ao Aposento do Abade. Irrompemos porta adentro, aos risos e empurrões, na pressa de abiscoitar as boas poltronas. Para nossa surpresa, já havia duas pessoas sentadas na sala.

Tive a sensação de que o tempo deu uma freada brusca, ao que minha consciência se pôs a trabalhar em câmera lenta no reconhecimento daquele homem. Não conseguia me lembrar onde o tinha visto antes, mas havia qualquer coisa na figura dele que...

Os nanossegundos iam morrendo, enquanto eu estudava seu cabelo, seu rosto, suas roupas. Quem era ele? Eu sabia que o conhecia.

Seria...?

Poderia ser...?

Ah, meu Deus, não podia ser...

Era...

Era.

– Oi, Luke – ouvi minha voz dizer.

Ele se levantou, mais alto e mais forte do que eu me lembrava dele. Seus cabelos estavam despenteados, e o rosto bonito, com a barba por fazer. Senti o impacto provocado pelo reconhecimento de sua figura tão *familiar.* Por um átimo de segundo, fiquei totalmente encantada. Luke, *meu* Luke, tinha vindo me buscar! Porém, quase ao mesmo tempo em que um sorriso explodiu em meu rosto, começou lentamente a se desfazer. Estava tudo errado. Ele não estava se comportando como o meu Luke. Sua expressão era dura como granito e ele não tinha avançado para mim, me beijando e rodopiando abraçado comigo pela sala afora.

No ato, revivi aquela última cena terrível, quando ele rompera comigo. Então, sentindo um pavor que me deixou os cabelos em pé, me lembrei do questionário Tinha acabado de chegar em pessoa. Como eu podia ter chegado a achar que o evitaria?

– Rachel – o aceno antipático com a cabeça e o fato de não me chamar de "gata" indicavam que não viera em missão de paz. Recuei, me sentindo rejeitada.

O instante em que me virei para a loura alta que estava de pé ao seu lado durou aproximadamente uma hora. Eu também a conhecia. Já a vira antes, não restava a menor dúvida. Talvez nunca tivesse chegado a falar com ela, mas já tinha visto seu rosto.

Não era...?

Não, não podia ser...?

O que fizera eu para merecer isso...?

– Oi, Brigit – disse eu, os lábios trêmulos e dormentes.

Ela foi tão hostil quanto Luke, limitando-se a me cumprimentar com um lacônico "Bom dia". *Estremeci.*

Voltei-me para Mike e os outros, movida pela suposição idiota de que devia apresentar todo mundo. Meus joelhos estavam bambos do choque e, depois de apresentar Mike a John Joe e Chaquie a Misty, sentei-me, tremendo, na pior poltrona. Quatro ou cinco molas começaram a abrir túneis na minha bunda, mas eu mal as senti.

Luke e Brigit também se sentaram, com um ar exausto e infeliz. Dava para *sentir* o *cheiro* do interesse aguçado de Mike e dos outros internos.

Nesse meio tempo, achei que tinha morrido e ido para o inferno. Pela hostilidade de Luke e Brigit, eu sabia que sua visita prenunciava algo de ruim. Isso não pode estar acontecendo, eu não parava de pensar. Isso não pode estar acontecendo. A presença dos dois me abalara muito, mas a de Luke mais ainda do que a de Brigit. Tínhamos sido tão íntimos, tão cúmplices um do outro. Eu estava arrasada com a frieza que se interpunha entre nós. Sempre que estávamos juntos, ele era generoso e apaixonado em suas demonstrações de afeto. Agora, estava sentado diante de mim do outro lado do aposento, irradiando com a máxima intensidade uma espécie de campo de força invisível que me advertia a não tentar tocá-lo em hipótese alguma.

– Como vai, Rachel? – Ele finalmente tentou entabular uma conversa.

– Muito bem! – respondi, sem pensar.

– Que ótimo. – Ele assentiu, com uma expressão infeliz. Eu não estava habituada a vê-lo infeliz. Ele sempre tinha um ar tão animado. Havia várias coisas que eu queria desesperadamente saber. Você está namorando outra garota? Ela é tão legal quanto eu? Você sentiu saudade de mim? Mas estava aturdida demais para conseguir dizer qualquer coisa.

Voltei-me para Brigit. Embora estivesse maquiadíssima, sua cara parecia lavada. Que coisa estranha.

Tudo era estranho.

A última vez que eu a tinha visto fora no nosso apartamento em Nova York, quando eu estava de saída para o aeroporto com Margaret e Paul. Abracei-a, mas ela ficou dura feito uma tábua.

– Vou sentir saudades suas – disse eu.

– O mesmo não posso dizer eu – retorquiu ela.

Em vez de me aborrecer com isso, tinha apagado o episódio totalmente da memória. Só agora me lembrava.

Sua filha da puta, pensei.

Josephine apareceu e disse algumas palavras sobre a chegada inesperada de Luke e Brigit de Nova York.

– Nós teríamos avisado você que eles vinham, Rachel – ela sorriu – mas só ficamos sabendo hoje de manhã.

Mentira. Eu podia ver pela expressão dela. Sabia que eles vinham, mas escondera isso de mim para provocar o maior impacto possível.

Sem mais delongas, Josephine fez as apresentações e confirmou aquilo de que eu já suspeitava: Luke e Brigit tinham vindo participar como meus Outros Importantes Envolvidos. Brigit não respondera ao questionário porque o que desejava transmitir era tão importante, que exigia sua presença.

Meu estômago dava saltos-mortais de pavor.

– Brigit, posso avaliar o quanto você está abalada – disse Josephine. – Por este motivo, vamos proceder com calma. – Estava parecendo que Brigit ia ser aquela bandinha chulé que abre o show, para em seguida Luke, a estrela da noite, subir ao palco.

Preparei-me para as acusações, literalmente suando frio de medo. Essa era a pior coisa que poderia acontecer comigo.

Fiquei imaginando se seria assim que as pessoas se sentiam quando eram levadas para as salas de tortura à prova de som da Santa Inquisição, conscientes dos horrores que as esperavam, mas ainda sem poderem acreditar que estavam realmente prestes a se concretizar. Com elas. Não com um amigo. Não com um colega de trabalho. Não com um irmão. Não com uma filha. Mas com elas.

– Você conhece Rachel há muito tempo? – Josephine perguntou a Brigit.

– Desde que nós tínhamos 10 anos. – Os olhos de Brigit relancearam os meus nervosamente, logo se desviando.

– Pode nos falar sobre a dependência de Rachel?

– Vou tentar. – Ela engoliu em seco.

Seguiu-se um silêncio terrível, carregado. Talvez ela não consiga pensar em nada para dizer, torci fervorosamente.

Mas, não.

Brigit falou.

– Passamos séculos tentando fazer com que ela parasse. – Ela olhava para o colo, os cabelos escondendo o rosto. – Todo mundo tentou. Todo mundo sabe que ela tem um problema...

Minha tensão era tamanha que eu estava quase trepidando. Não vou escutar, repetia, como um mantra. Não vou escutar. Mas alguns fragmentos do seu discurso condenatório chegaram até mim, a despeito de meus esforços hercúleos para abafá-los.

– ...muito agressiva quando a gente tentava falar com ela... piorando cada vez mais... se drogava sozinha... roubava as drogas dos outros... e antes de ir para o trabalho... vivia doidona... perdeu o emprego... sempre mentindo, não só sobre as drogas, mas sobre tudo...

E por aí ela foi. Eu estava pasma com sua crueldade em relação a mim. Dei uma olhada fugaz em Luke, na esperança de que estivesse encarando Brigit, boquiaberto de espanto e indignação com suas acusações.

Mas, para meu horror, ele balançava a cabeça, concordando.

– ...a pessoa mais egoísta do mundo... muito preocupante... se dando com gente suspeita, que usava drogas... nunca tinha um centavo, deve dinheiro a todo mundo... desmaiou na frente do prédio... podia ter sido estuprada ou assassinada...

Enquanto ouvia Brigit torcer e distorcer minha vida, apresentando uma coisa banal e inofensiva como doentia, comecei a me irritar. Afinal, ela não era nenhum modelo de pureza.

– ...eu tinha medo de ir para casa... torcendo para que ela não estivesse lá... extremamente constrangida por sua causa a qualquer hora do dia ou da noite... sempre matando o trabalho pedindo às pessoas para telefonarem dizendo que ela estava doente.

Quando dei por mim, estava berrando a plenos pulmões:

– E você? Desde quando é alguma santinha? Foi só depois de ser promovida a rainha da cocada preta, à custa de muita puxação de saco, diga-se de passagem, que resolveu ficar careta em relação às drogas!

– Rachel, comporte-se – ordenou Josephine.

– Não me comporto, não! – urrei. – Não vou ficar aqui assistindo a esse... arremedo de júri me condenando, quando eu é que poderia contar a você algumas coisas que ela fez...

– Rachel – ameaçou Josephine – cale a boca e tenha pelo menos a educação de ouvir alguém que viajou quase cinco mil quilômetros por se preocupar com o seu bem-estar.

Abri a boca para dizer "Se preocupar? HA!", mas então vi o rosto de Luke. O misto de pena e nojo estampado nele descarrilhou minha fúria. Estava tão habituada a vê-lo olhando para mim com admiração que, por um momento, cheguei a me sentir zonza, de tão confusa. Humilhada, me calei.

Brigit pareceu abalada, mas recomeçou:

– ...paranoica em último grau... me acusando de flertar com Luke... cada vez mais irracional... não conseguia falar com ela... não só cocaína... vidros enormes de Valium... maconha, tequila... nunca topava fazer nada que não tivesse a ver com drogas, parou de lavar o cabelo... ficando macérrima... dizia que não...

Muito tempo depois, ela parou. Abaixou a cabeça com um ar tão envergonhado, que, obviamente, tratava-se de um ardil. Provavelmente ela e Luke tinham ensaiado a cena no avião.

– Está satisfeita, agora? – Dei um sorriso de escárnio, transbordando de amargura e rancor.

– Não – ela gemeu e, para minha surpresa, desatou a chorar.

Que motivo tem ela *para chorar? Essa prerrogativa sem dúvida é minha, não é?*

– Pode contar ao grupo por que está tão abalada? – pediu-lhe Josephine, com toda a delicadeza.

– Eu não queria fazer isso – ela soluçava. – Não quero ser mesquinha. Ela era minha melhor amiga...

Apesar de todas as acusações que lançara contra mim, senti um súbito nó na garganta.

– Só estou fazendo isso para ajudá-la a se curar – chorava ela. – Reconheço que estava furiosa, com ódio dela...

Essa confissão me horrorizou. Não podia ser verdade. Brigit, com ódio de mim? Brigit, furiosa comigo? Não podia ser. Por que se sentiria assim? Só porque eu tinha filado um pouco da sua coca, uma vez ou outra? Ela precisava urgentemente acordar, precisava mesmo.

– Mas não é por esse motivo que estou fazendo isso. Só quero que ela ponha sua vida nos eixos novamente e volte a ser como era antes...

Brigit tornou a romper em lágrimas. Calado, Luke pousou a mão sobre a dela e apertou-a com força.

Como um casal cujo filho está com meningite, corajosamente esperando no corredor do hospital por notícias da UTI.

Que gentileza, Luke, pensei, cheia de despeito.

Eu tinha que dar asas ao meu despeito, para diminuir a dor causada pela vista de sua mão segurando a mão de outra mulher.

Era a minha mão que ele devia estar segurando, pensei, infeliz

Sem dúvida graças à injeção de ânimo que o aperto firme de Luke lhe proporcionou, Brigit se recompôs e conseguiu responder às inúmeras perguntas que Josephine estava afoita para fazer.

– Há quanto tempo você diria que o consumo de drogas de Rachel se tornou problemático?

– Há um ano, pelo menos – respondeu Brigit, fungando e secando os olhos com as pontas dos dedos. – É difícil dizer, porque todos nós bebíamos bastante e usávamos drogas socialmente. Mas, por volta do verão passado, ela já estava totalmente fora de controle.

"...vivia pedindo desculpas. O tempo todo, era a palavra mais gasta do seu vocabulário. Além de 'mais'.

Esse acréscimo foi recebido com algumas risadas. Fiquei vermelha de raiva.

– ...mas não mudava de comportamento, deixando claro que as desculpas eram da boca para fora.

"...e eu detestava ser a babá dela, tendo que mantê-la na linha. Tenho a mesma idade que ela, aliás, ela é três meses mais velha que eu, e me sentia como se fosse sua carcereira ou sua mãe. E ela ficava me xingando de 'desmancha-prazeres' e 'filha da puta baixo-astral'. Coisa que eu não era.

Por um momento me distraí da ladainha de Brigit, ao ver Luke se remexendo na poltrona, tentando encontrar uma posição confortável. Ele arriou as costas até embaixo, ficando na horizontal, e escancarou as pernas compridas e musculosas.

Arrastei minha atenção de volta para Brigit, era menos doloroso.

– ...a obrigação de fazer com que ela mantivesse a disciplina não deveria recair sobre mim, não levo jeito para essas coisas. E, assim que eu a perdoava por ter aprontado alguma, ela saía porta afora e aprontava de novo.

"... não sou uma pessoa intratável, detestava o que ela fazia comigo, a maneira como o comportamento dela me alterava. Eu vivia ressentida. Ou irritada. Não sou assim, em geral sou uma pessoa de trato muito fácil...

Qual não foi meu espanto ao perceber que, por um momento, me deixei levar pela compaixão e senti pena de Brigit. Tinha brevemente esquecido que a vilã de seu dramalhão era *eu*.

Então me fiz ver o que estava acontecendo. Brigit estava pura e simplesmente tentando reescrever o passado em função de seu novo e importante emprego. Queria se distanciar de seu passado de drogada, por medo de que os patrões o descobrissem. O que estava acontecendo não tinha absolutamente nada a ver comigo.

Mas quase a esganei pelo que disse em seguida.

– ...e ela era horrível com Luke. Tinha vergonha da aparência dele porque achava que era demodê demais...

Para que ela tinha que dizer *isso*?, entrei em pânico. As coisas já estavam bastante ruins entre mim e Luke, sem que ela precisasse jogar lenha na fogueira. Olhei depressa para ele, torcendo desesperadamente para que não tivesse ouvido. Mas tinha, é claro.

– Isso não é verdade – tentei.

– É verdade, sim – rebateu Luke, furioso. *Porra*. Não tive escolha senão calar a boca e deixar que Brigit continuasse:

– ...e ela ficava forçando a barra para que eu saísse com algum dos amigos de Luke, *qualquer um* dos amigos de Luke, porque tinha medo de não conseguir enfrentar sozinha gente como Helenka. Não dava a mínima para o fato de eu não combinar com nenhum dos amigos de Luke, estava preocupada demais consigo mesma. Simplesmente tentava bancar Deus com a vida das pessoas ao seu redor...

"...chegava ao ponto de fazer o sotaque de Nova York quando estava com gente que queria impressionar, usando as expressões de lá...

Eu não estava mais prestando atenção. A raiva de Luke me deixara abalada demais. Ele costumava ser uma pessoa tão encantadora – principalmente comigo. Era tudo tão estranho, tão louco – ele era *a cara* de Luke Costello, o homem que fora meu amante e melhor amigo durante seis meses, mas agia como se fosse um estranho. Ou pior, um inimigo.

– Vamos analisar outro aspecto de Rachel – Josephine interrompeu meus pensamentos. Queria discutir minha vida profissional. Tive o ímpeto desesperado de berrar: "Quer saber qual é a cor da minha calcinha?"

– Rachel é inteligentíssima – disse Josephine a Brigit. – Por que você acha que ela não tinha um emprego que aproveitasse sua capacidade?

– Talvez porque seja difícil permanecer num bom emprego, quando a principal ocupação da pessoa é se drogar – disse Brigit. – Além disso, ela se acha burra.

– Você tem um bom emprego, não tem? – perguntou Josephine.

– Er, tenho – admitiu Brigit, sobressaltada.

– E é formada, não é?

– Sou.

– Em administração de empresas?

– Sim.

– Você viajou para Londres, Edimburgo, Praga e Nova York fazendo estágio para obter seu diploma e Rachel não fez outra coisa senão *seguir* você, não é mesmo?

– Eu não diria que ela me *seguiu* – disse Brigit. – Mas, como eu ia mesmo para esses lugares e ela já estava cheia de Dublin, resolveu vir comigo.

– E durante esse tempo todo você progrediu na sua carreira e Rachel não chegou a parte alguma?

– Acho que sim – admitiu Brigit.

Senti-me imprestável como um cachorrinho de madame.

– É agradável viver em companhia de alguém que não faz tanto sucesso quanto nós – refletiu Josephine, como se estivesse apenas pensando em voz alta. – O contraste é muito alentador.

– Eu... mas... – Brigit ficou confusa e tentou dizer alguma coisa, mas Josephine já tinha mudado de assunto.

A sessão finalmente se arrastou para o seu final. Josephine disse que depois do almoço seria a vez de Luke, e acompanhou Luke e Brigit até o refeitório dos funcionários. O fato de eles irem para o aposento destinado às "pessoas normais" me humilhou mais ainda. Fiquei profundamente magoada por me marginalizarem, por me tratarem como se fosse uma desequilibrada mental.

Quando eles saíam da sala, notei que Luke pousou a mão nas costas de Brigit, num gesto protetor. É verdade que eu estava louca para vê-la pelas costas, mas não daquele jeito, pensei, o azedume mantendo o sofrimento a distância.

Assim que desapareceram de vista, senti um abatimento terrível.

Para onde fora Luke? Onde eu podia encontrá-lo? Queria que ele passasse os braços por meu corpo e me puxasse contra o peito. Queria ser consolada, como era antes.

Tive uma fantasia louca em que irrompia no aposento dos funcionários e conseguia me encontrar com ele. Se conversássemos calmamente, ele sem dúvida chegaria à conclusão de que ainda gostava de mim, não é mesmo? Tinha gostado tanto de mim um dia, que era inconcebível que esse sentimento estivesse morto. E, assim que nos entendêssemos, toda essa loucura terminaria.

Por um momento, o plano pareceu perfeitamente viável. Por um breve instante, vislumbrei um futuro de redenção. Então, caí em mim. Não era viável em absoluto.

Os internos me cercaram em peso, oferecendo-me sua simpatia e compaixão.

– Olhem – eu estava louca para me defender – vocês precisam entender que o que Brigit disse não tem absolutamente nada a ver comigo. Ela exagerou tudo ao máximo porque está com um emprego novo, entendem? Os patrões dela ficariam umas feras se descobrissem que ela se droga. E vocês precisam ver a quantidade de drogas que ela usa. Foi ela quem me ensinou tudo que sei. – Soltei um riso forçado, e esperei que Mike e os outros me acompanhassem. Mas não acompanharam, limitando-se a me consolar com tapinhas carinhosos e murmúrios tranquilizadores.

Não consegui comer nada no almoço. Rezei como nunca tinha rezado antes na vida. Fiz todos os tipos de negociação desesperada com Deus. Uma vida de missionária se alguma calamidade terrível se abatesse sobre Luke ou, o que seria infinitamente melhor, se Ele arranjasse de os dois se encontrarem pessoalmente. Mas eu tinha passado a perna em Deus em alguns acordos no passado, e talvez Ele não quisesse mais fazer negócio comigo.

Quando faltavam uns dez minutos para começar a sessão em que se apresentaria a estrela da tarde, senti uma ânsia de vômito violenta, que chegou a turvar minha visão. Ansiosa, desejei que fosse um presságio de minha morte iminente.

Cambaleei até o banheiro, arrastando-me rente à parede, pois mal conseguia enxergar o chão, devido às manchas negras que flutuavam diante de meus olhos. Porém, assim que vomitei, me senti bem de novo. Certamente meu prazo de validade não estava prestes a expirar. Quão amarga foi minha decepção!

53

Antes que eu me desse conta, já estava sentada numa poltrona no Aposento do Abade – haviam me dado uma das boas, em consideração ao meu estado – e Luke estava para chegar a qualquer momento.

Talvez ele não fosse cruel comigo, pensei, com um lampejo de esperança que quase me fez entrar em parafuso. Talvez, na hora H, ele simplesmente não tenha coragem de ser cruel. Afinal, Luke fora meu namorado, fora louco por mim. Certamente ainda gostava de mim, não é mesmo? Certamente não iria me magoar, não é verdade?

Não era esse o homem que preparava sacos de água quente para mim todos os meses quando eu estava nos meus dias, o homem que não tinha pudor de comprar para mim o que chamava de meus "produtos de higiene femininos"?

Novamente, por um átimo de segundo, tive uma fantasia em que eu e Luke reatávamos. Em que voltávamos juntos para Nova York e púnhamos uma pedra em cima desse terrível episódio.

Então me lembrei do quanto a sessão de Brigit fora horrível, e que provavelmente o voto do jurado Costello seria o mesmo. E voltei a me sentir mal de pavor.

Não parava de rezar para ser poupada, mas, às duas horas em ponto, Luke, Brigit e Josephine entraram e se sentaram. Quando vi Luke, senti aquele ínfimo espasmo de alegria, exatamente como de manhã. Ele era tão sensual e bonito, tão alto e *meu*. Então vi sua expressão séria e fria e me lembrei de que as coisas estavam muito diferentes agora.

A sessão começou. Eu sentia que os outros internos não estavam se aguentando de excitação. Provavelmente tinham sido carrascos em outra encarnação, pensei, indignada, sem me lembrar de que eu também me sentira curiosíssima quando os OIEs *deles* compareceram para lhes baixar o sarrafo.

– Pode nos dizer qual é o seu relacionamento com Rachel? – Josephine perguntou a Luke.

– Namorado – ele murmurou. – Quer dizer, ex-namorado.

– Quer dizer que você estava na posição ideal para testemunhar a sua dependência?

– É isso aí.

A aparente relutância de Luke me consolou um pouco.

– Algumas semanas atrás você se deu ao trabalho de preencher um questionário sobre a dependência de Rachel. Será que se importaria se eu o lesse para o grupo?

Luke deu de ombros, constrangido. Senti meu estômago despencar nos pés.

Pode mandar o terremoto, Deus, implorei, em silêncio. Ainda não é tarde demais.

Mas Deus, como a criatura caprichosa que era, tinha outros planos, e fez com que *meu* terremoto atingisse uma região remota da China, onde não trouxe benefícios a ninguém. Quando poderia ter causado um pandemônio no condado de Wicklow, prestando-me com isso um enorme favor. Tempos depois, descobri que a região remota era um condado de nome Wik Xla, e me senti um pouco melhor. Deus não tinha me abandonado, apenas estava um pouco surdo.

Assustada, vi que surgira um calhamaço de folhas nas mãos de Josephine. Parecia que Luke tinha escrito um livro.

– Certo. – Josephine pigarreou. – A primeira pergunta é: "Que drogas Rachel usa, que sejam do seu conhecimento?", e Luke respondeu: "Cocaína, crack, ecstasy..."

Tive vontade de morrer, tão amarga foi a minha decepção. Não haveria clemência. Luke, *meu* Luke, me delatara, não havia mais margem para dúvidas. Até aquele segundo eu ainda tinha esperanças, mas agora estavam mortas

– "...*speed*, haxixe, maconha, cogumelos alucinógenos, LSD, heroína..."

Alguém abafou uma exclamação ao ouvir a palavra "heroína". Pelo amor de Deus, pensei, furiosa. Eu só tinha *fumado* heroína.

– "...Valium, Librium, analgésicos que só são vendidos sob prescrição médica, antidepressivos, soníferos, moderadores de apetite e qualquer tipo de bebida." – Fez uma pausa para recuperar o fôlego. – Luke acrescentou um pós-escrito à resposta, que diz: "Se é uma droga, Rachel já usou. Provavelmente ela já usou drogas que ainda nem foram inventadas." Uma resposta emocional a uma pergunta objetiva, mas creio que compreendemos o que você quer dizer, Luke.

Até então eu estava de cabeça baixa e olhos bem fechados, mas levantei o rosto em tempo de ver Josephine dando um sorriso afetuoso para Luke.

Era como um pesadelo. Eu não conseguia entender como subitamente passara de uma posição de extremo poder em relação a Luke para uma de total impotência.

– A próxima pergunta é: "Você acha que Rachel abusa das drogas?", e Luke respondeu: "Dá um tempo." O que isso quer dizer, Luke?

– Quer dizer que sim – murmurou Luke.

– Obrigada. A próxima pergunta é: "Quando você acha que o problema de Rachel começou?", e Luke respondeu: "No Dia da Criação." Poderia se estender um pouco mais, Luke?

– O.k. – disse ele, se remexendo, inquieto. – O que eu quero dizer é que o vício dela já vinha de muito antes da gente se conhecer.

Como ele se atreve a usar a palavra "vício" em relação a mim?, pensei, subitamente irritada. Como se eu fosse uma drogada.

– Nesse caso, que é que você estava fazendo comigo? – Quando dei por mim, já estava aos gritos. – Se eu era tão horrível assim? – Todo mundo no aposento levou um susto, inclusive eu.

Luke revirou os olhos, como quem diz "Pela madrugada", como se eu fosse uma louca tendo uma crise histérica. Senti ódio dele.

– Não se preocupe, Rachel – Josephine sorriu, tranquila – nós vamos chegar lá. Próxima pergunta: "Quando você se deu conta de que Rachel tinha um problema com drogas?" E Luke respondeu – é uma resposta um tanto comprida – "Eu sempre soube que Rachel bebia muito e cheirava cocaína..."

Fiquei furiosa com a desonestidade deslavada dessa resposta. A coisa estava ficando cada vez pior. Aquele calhorda mentiroso, me pintando como se eu fosse Oliver Reed.

– "...mas não estranhava isso porque todo mundo que conheço bebe socialmente e fuma uns baseados. Durante um bom tempo nós só nos encontramos à noite, de modo que, embora ela estivesse sempre ligada, eu achava que isso só acontecia em ocasiões sociais. Mesmo assim, disse a ela que adoraria vê-la limpa. E ela disse que só cheirava porque se sentia encabulada na minha frente. Acreditei nela. Até achei engraçadinho."

– Eu *me sentia* encabulada – sibilei, furiosa.

Josephine me fuzilou com o olhar, e prosseguiu:

– "Mas uma vez, depois de ela passar a noite no meu apartamento, senti um forte bafo de bebida nela de manhã. Era estranho, porque ela não tinha bebido muito na noite anterior. Embora tivesse cheirado bastante. Depois que ela foi para casa, meu amigo Joey, que mora comigo, me acusou de beber sua garrafa de JD..." – Josephine interrompeu a leitura.

– JD?

– Jack Daniels – esclareceu Luke.

– Obrigada – disse Josephine. – "...coisa que eu não tinha feito. Mas não pude acreditar que fosse Rachel que a tivesse bebido, ainda mais em jejum."

De repente, minha raiva amainou. Eu estava morta de vergonha. Pensei que ninguém tivesse notado o estrago que eu fizera no uísque

que encontrara na cozinha de Luke aquela manhã. Não teria tocado nele, se não tivesse acordado com um bode tão forte. Estava sem Valium e precisava de alguma coisa para amenizar o pânico e a paranoia.

– "Um dia, depois de sair de casa para ir trabalhar, tive que voltar. Tinha esquecido que precisava acordar Joey, porque o despertador dele estava quebrado. E encontrei Rachel na cama, cheirando uma carreira de cocaína que ela tinha tirado da 'poupança' de Joey." Quer dizer então que ela roubou a cocaína? – Josephine interrompeu a leitura, levantando o rosto da folha para fazer a pergunta a Luke.

– É, roubou.

Eu queria que a terra se abrisse e me tragasse. Sentia o rosto arder de vergonha. Odiava ser a parte culpada. Ou, pior, odiava que os outros soubessem que eu era a parte culpada. Luke não tinha me dito muita coisa, aquela manhã. Bom, tinha dado uns bons berros, dizendo que estava preocupado comigo e que eu nunca mais tornasse a fazer uma coisa daquelas. Mas achei que tinha me safado, que ele estava tão amarrado em mim que tinha resolvido deixar tudo por isso mesmo. Senti-me profundamente traída por não ser esse o caso. E por que ele tinha que contar o que acontecera para todo mundo?

– Passei a ficar de olho nela depois disso e, como estava esperto, percebi o quanto as coisas iam mal. Ela estava sempre sob o efeito de alguma coisa. Nunca estava limpa.

Disse isso olhando para a minha cara. Minha cabeça dava voltas. Era em Nova York que nós devíamos estar. Felizes, apaixonados. Luke no Claustro me esculhambando era uma cena tão surrealista quanto uma revoada de vacas.

– Muito bem – disse Josephine. – Próxima pergunta: "De que forma as drogas afetavam o comportamento de Rachel?" E Luke respondeu: "É difícil dizer, porque, até onde sei, ela estava sempre ligada quando estava comigo. Às vezes era carinhosa e meiga. Mas passava a maior parte do tempo confusa, combinando as coisas comigo e depois esquecendo. Muitas vezes a gente tinha conversas que depois ela não lembrava, quando eu tocava no assunto. Acho que essa distração era efeito do Valium. Ela ficava diferente quando cheirava coca. Vulgar, grosseira, se achando a tal. Um saco, um mico. O que eu achava mais difícil de aturar era o fato de ela dar em cima dos homens com a maior cara de pau, quando ficava naquele estado. Se tivesse qualquer homem presente que fizesse o tipo do que ela chama de 'descolado'..." – Josephine se deteve, engoliu em seco e continuou – " ela se atirava em cima dele."

Eu estava horrorizada, ferida, morta de vergonha, furiosa.

– Como é que você se atreve? – gritei com ele. – Teve muita sorte de eu ter chegado a dar mole para você algum dia. Como se atreve a me ofender desse jeito?

– E de que jeito você gostaria que eu te ofendesse? – perguntou ele com a voz lenta e gelada.

O medo quase fez meu coração parar de bater. Luke *nunca* tinha sido agressivo comigo. Quem era aquele homem alto, sério, zangado e cruel? Eu não o conhecia. Mas ele parecia me conhecer.

– Você se atirava em cima deles, sim – insistiu Luke, com os lábios apertados, um ar adulto e intimidante.

Não sei como algum dia pude achar que ele fosse um palhaço.

– Fala sério, Rachel! – Ele deu um sorriso debochado. – E aquela vez em que eu te levei à abertura da exposição de François, e você saiu de lá, *para casa,* com aquele *marchand* mauricinho?

Meu rosto ardeu de vergonha. Eu já devia saber que ele tocaria no assunto. Nunca tinha me deixado esquecê-lo.

– Não dormi com ele – murmurei. – E, de qualquer forma acrescentei, agressiva – foi só porque a gente cheirou uma carreira.

– Uma carreira que você descolou depois de pôr os olhos no cara – rebateu Luke, com a máxima frieza. Eu estava horrorizada. Pensava que tinha conseguido jogar areia nos olhos dele. Que coisa mais catastrófica, compreender que ele sabia exatamente o que eu estava fazendo.

– O que, muito a propósito, nos leva à próxima pergunta – interveio Josephine. – Qual seja: "Que características incomuns marcavam o comportamento de Rachel quando ela estava sob o efeito de drogas?" E Luke escreveu: "Ela passou a se comportar de maneira cada vez mais estranha. Não comia quase nunca. E tinha surtos brabos de paranoia. Me acusava de ter tesão por suas amigas e de olhar para elas como se quisesse dormir com elas. Vivia ligando para o trabalho dizendo que estava doente. Só que não estava, passava o tempo todo em casa cheirando, até ficar travada. Não saía quase nunca, só para descolar drogas. Pedia dinheiro emprestado para todo mundo e nunca devolvia. E, como ninguém queria mais emprestar dinheiro para ela, passou a roubar..."

Roubar?, me perguntei.

Aquilo não foi roubo, pensei, desdenhosa. Afinal, eles tinham dinheiro, e a culpa era deles por não me emprestarem.

– Muito bem, o questionário está lido – disse Josephine, pouco depois. – Agora, como Brigit está abalada demais para responder a mais perguntas hoje, será que você se importaria de fazer isso, Luke?

– O.k. – ele assentiu.

– Como Rachel... er... colocou, alguns minutos atrás, o que você *estava* fazendo com ela?

– O que eu estava fazendo com ela? – Luke quase riu. – Eu era louco por ela.

Obrigada, Deus, obrigada, Deus, obrigada, Deus. Soltei um profundo suspiro de alívio. Ele tinha caído em si. Já estava na hora! Agora, retiraria todas as mentiras que contara sobre mim. Talvez... talvez até pudéssemos fazer as pazes.

– E por que você era louco por ela?

Luke demorou algum tempo para responder.

– Sob muitos aspectos, Rachel era uma pessoa maravilhosa.

Pretérito imperfeito, notei. Já não me agradou tanto assim.

– Ela tinha um jeito fantástico de olhar para o mundo – disse ele – Era engraçadíssima, me matava de rir. Menos às vezes – acrescentou, incerto. – Principalmente quando estava doidona, forçava demais a barra e aí perdia a graça, cortava todo o meu barato.

Senti uma vontade violenta de relembrar a ele que estávamos analisando minhas qualidades.

– Eu nunca caí naquela encenação de garota sofisticada e badalativa – confidenciou Luke.

Isso me inquietou. Se ele tinha percebido, quem mais teria?

– Porque quando ela era *ela mesma* – ele falou como se tivesse acabado de descobrir o segredo do universo – era *incrível*.

Ótimo, de volta ao caminho certo.

Josephine assentiu, para encorajá-lo.

– A gente podia conversar sobre qualquer coisa – disse ele. – Quando ela estava bem, o dia parecia curto demais para todas as coisas sobre as quais a gente queria falar.

Era verdade, pensei, ansiando pelo passado, por Luke.

– Ela não era como nenhuma das garotas que eu conhecia, era muito mais inteligente. Era a única mulher que eu conhecia que citava trechos de *Medo e delírio*,* que ela chamava de *Medo e colírio*.

– O que você está tentando provar? – perguntou Josephine, confusa.

– Que ela era divertida. – Ele sorriu. – Às vezes, nos sentíamos tão próximos um do outro, que tínhamos a sensação de *sermos* um o outro – disse ele, nostálgico. Ergueu a cabeça e, por um momento, nossos olhares se encontraram. Tive um breve vislumbre do Luke que eu conhecia. Senti uma tristeza lancinante.

– O.k., muito bem – interrompeu Josephine, impaciente, atalhando aquele momento de sonhadora introspecção de Luke. – Presumo que você tenha tentado ajudar Rachel, quando descobriu quão grave era a sua dependência.

– É claro – disse Luke. – Mas, primeiro, ela escondeu de mim, e depois mentiu a respeito. Não admitia o que usava, nem o quanto usava, embora eu soubesse e *dissesse* a ela que sabia. Isso me deixava doido. Tentei fazer com que ela se abrisse comigo. Depois tentei fazer com que fosse a um psiquiatra, mas ela me mandou à merda. – Ele corou. – Desculpe a expressão, irmã.

Ela aceitou suas desculpas com um aceno de cabeça gentil.

---

*Romance autobiográfico do autor norte-americano Hunter S. Thompson, que narra a orgia de drogas a que se entregam dois amigos durante uma viagem de automóvel pela cidade de Las Vegas. (*N. da T.*)

– E depois?

– Depois ela tomou aquela overdose e foi embora de Nova York.

– Você lamentou o fim do namoro? – perguntou Josephine a ele.

– Já nao era mais exatamente um namoro, àquela altura – disse ele.

Senti uma decepção enorme. Ele não estava com jeito de quem queria voltar para mim.

– Já estava praticamente acabado – prosseguiu.

Senti uma decepção maior ainda. Ele não parava de se referir a mim no pretérito imperfeito.

– Nem sei por que ela perdia seu tempo comigo, já que nada do que eu fazia agradava a ela – disse ele. – Queria mudar tudo, minhas roupas, meus amigos, o lugar onde eu morava, as coisas com que eu gastava meu dinheiro. Até a *música* que eu ouvia.

Josephine assentiu, compreensiva.

– Eu sabia que ela ria das roupas que eu e meus amigos usávamos. Até aí, tudo bem. Nós já estávamos habituados. Mas aí ela começou a me ignorar em público, fingindo que não me conhecia. E isso não teve a menor graça, não mesmo.

Olhei para sua expressão franca e honesta e, por um segundo, tive pena dele, como tivera de Brigit. Coitado do Luke, pensei, ser tratado assim. Nesse momento, lembrei que fora eu quem tinha sido ruim com ele, e que, na verdade, não tinha sido ruim coisa nenhuma.

– A primeira vez que Rachel me ignorou – prosseguiu ele –, eu pensei: "Tudo bem, ela é meio desligada, pode acontecer com qualquer um." Mas, depois de algum tempo, tive que encarar o fato. Era uma coisa consciente, não restava a menor dúvida. A menor, cara! Quando ela conhecia um daqueles mauricinhos que trabalhavam em butiques de grife, ficava esquisita comigo, me deixava plantado sozinho feito um babaca. Uma vez saiu de uma festa sem se despedir de mim. E olha que quem levou ela à festa fui eu, mas ela encontrou aquelas filhas da puta burras – desculpe! – Helenka e Jessica, e as duas convidaram ela para ir ao seu apartamento.

– Como você se sentiu? – perguntou Josephine.

Um lixo – disse Luke, com voz rouca. – Me senti um lixo. Ela tinha vergonha de mim. Eu era uma pessoa descartável, do tipo que se usa e joga fora, sabe como? Foi o fim do mundo.

Por um momento, me senti muito mal. Em seguida olhei para ele, com desprezo, e pensei: "Cresce, cara, se alguém aqui deveria estar sentindo pena de si, esse alguém sou eu, não você".

Para minha surpresa, Josephine teve a coragem de perguntar a Luke:

– Você amava Rachel?

Ele não respondeu. Continuou imóvel como uma estátua, olhando para o chão.

Seguiu-se um longo lapso de tempo, insuportavelmente tenso. Prendi o fôlego. Ele me amava?

Queria desesperadamente que amasse. Ele se endireitou e passou a mão pelos cabelos compridos. Eu estava tensa, na expectativa de sua resposta. Ele respirou fundo antes de falar.

– Não – disse. E uma parte no fundo de minha alma murchou e morreu.

Fechei os olhos de dor.

Não é verdade, disse a mim mesma, veemente. Ele era louco por mim e ainda é.

– Não – ele repetiu.

Tudo bem, já ouvi da primeira vez, não precisa ficar jogando isso na minha cara.

– Se fosse a Rachel legal, a que não vivia ligada e babando o ovo daqueles panacas da moda – disse ele, pensativo – aí eu teria amado ela, com certeza. Não tinha mulher melhor. Mas não foi esse o caso, e agora é tarde demais.

Olhei para ele. Podia sentir a dor estampada em seu rosto. Ele se recusava a olhar para mim.

– É isso aí – murmurou ele. – Estou me sentindo muito... - calou-se por um bom tempo, antes de completar a frase –... triste.

A palavra ressoou no ar.

Eu sentia um bolo me entupindo a boca e a garganta. Tinha uma sensação de ardência abaixo do peito, mas minha pele estava fria e arrepiada.

Josephine anunciou o fim da sessão. Brigit deu as costas e foi embora sem olhar para mim. Antes de Luke sair, fitou-me nos olhos longamente. Tentei interpretar seu olhar. Arrependimento? Vergonha?

Mas estava vazio.

Quando a porta se fechou às suas costas, os outros internos correram até mim, para me consolar e proteger. Reconheci a expressão com que olhavam para mim – um misto de pena e curiosidade – porque meu próprio rosto a estampara várias vezes, depois que seus OIEs haviam vindo visitá-los. E achei-a insuportável.

54

A mala que eu não tinha terminado de arrumar me censurava, de seu canto no chão, debochando de mim por pensar que tinha chegado muito perto de ir embora.

Eu tinha achado que poderia desabalar porta afora assim que o relógio marcasse o fim de minhas três semanas. Mas a visita de Luke e Brigit pusera um ponto final nessa pretensão. Na noite de quarta, mal eles saíram do Claustro, fui chamada a comparecer ao escritório do Dr. Billings.

Alto e esquisitão como sempre, ele me recebeu com um esboço de sorriso apavorante, e pressenti que a notícia que estava prestes a me dar não era boa.

– Depois do que ouvimos a seu respeito hoje na sessão de grupo, espero que você não esteja pensanao em ir embora sexta-feira – disse ele.

– É claro que não – me obriguei a dizer. Não daria a ele o gostinho de me ouvir confessando que sim.

– Ótimo. – Ele mostrou os dentes. – Fico feliz por não ιermos tido que impetrar um mandado para obrigá-la a ficar. Coisa que teríamos feito – acrescentou.

Não sei por quê, mas acreditei nele.

– É para o seu próprio bem – garantiu ele.

Consegui conter minha fúria fantasiando que rachava seu crânio a machadadas.

Pelo menos, pensei, para me consolar, ao sair do escritório de Billings, enquanto estivesse presa ali, poderia esclarecer os fatos com os outros internos. Ficava louca imaginando o que todos não estariam pensando de mim, no rastro das revelações de Luke e Brigit.

Era em relação a Chris que eu me sentia pior. Embora não estivesse no meu grupo, havia muito poucos segredos no Claustro. Quando voltei trocando as pernas para o refeitório, depois da sessão de grupo, ele correu para mim como um meteoro.

– Ouvi dizer que hoje te submeteram ao tratamento "Esta é a sua vida" – disse, abrindo um sorriso.

Em geral eu desabrochava como uma flor ao sol quando estava com ele, mas dessa vez tive vontade de fugir. Estava profundamente envergonhada. Mas, quando tentei dizer a ele que tudo que ouvira a meu respeito não passava de mentiras, ele se limitou a rir, dizendo:

– Tudo bem, Rachel, eu ainda te amo.

Aquela noite, quando fui dormir, repassei mentalmente os vídeos das duas sessões, uma vez atrás da outra. Até então eu tinha sido vítima de uma tristeza arrasadora em relação a Luke e o fato de estar tudo acabado. Porém, ao me lembrar das coisas terríveis, cruéis e contundentes que tanto ele quanto Brigit haviam dito, minha mágoa se transformou em ódio. Uma fúria que crescia, borbulhava, supurava, chispava. Não consegui dormir, pois ficava tendo conversas imaginárias com os dois em que os achatava com comentários curtos e grossos, cheios de sarcasmo. Por fim, mesmo morrendo de medo do mau gênio de Chaquie, acordei-a. Tinha que conversar com *alguém*. Felizmente, ela estava embotada demais para dar vazão à sua recente irritabilidade. Ficou lá sentada, piscando como um coelho, enquanto eu gritava sobre como tinha sido humilhada. Jurei a ela que me vingaria de Luke e Brigit, não importa quanto tempo levasse.

– Quando Dermot veio aqui como seu OIE, como você se sentiu? – perguntei, com olhos esbugalhados de louca.

– Fiquei com ódio – ela bocejou. – Aí Josephine me disse que eu estava usando esse ódio para me eximir de qualquer responsabilidade sobre a situação. Agora, por favor, posso voltar a dormir?

EU SABIA QUE seria interrogada por Josephine na sessão de grupo do dia seguinte.

Já a tinha visto fazer o mesmo com Neil, John Joe, Mike, Misty, Vincent e Chaquie. Não me trataria de maneira diferente. Muito embora eu *fosse* diferente.

Como não podia deixar de ser, Josephine veio reta para cima de mim.

– Não foi muito bonito o retrato que Luke e Brigit pintaram ontem de você e de sua vida, foi? – começou ela.

– Luke Costello não é a pessoa indicada para fazer um retrato objetivo de mim – disse eu, em tom entediado. – Você sabe como as coisas são, quando os romances terminam.

– Por isso mesmo foi bom que Brigit também tenha vindo – disse Josephine, tranquila. – Você não teve um romance com ela, teve?

– Brigit foi outra que só disse besteira. – Irritada, me preparei para soltar aquela história sobre a ambição de Brigit e sua promoção.

– Cale a boca. – Josephine me emudeceu com seus olhos brilhantes de raiva.

– Eu nunca disse que não usava drogas – tentei mudar de tática.

– Drogas à parte – disse ela. – *Ainda assim,* não foi um retrato nada bonito.

Não tive muita certeza do que ela estava querendo dizer.

– Sua desonestidade, egoísmo, deslealdade, frivolidade e leviandade – explicou ela.

Ah, isso.

– Sua dependência é apenas a ponta do iceberg, Rachel – disse ela. – Estou muito mais interessada na pessoa que eles descreveram. Ou seja, uma pessoa sem nenhum senso de lealdade, capaz de ignorar o namorado quando se encontra na presença de pessoas que quer impressionar. Uma pessoa tão frívola que julga os outros pela sua aparência, sem nenhuma consideração pelo fato de serem ou não seres humanos decentes. Tão egoísta que rouba sem pensar nem um minuto no quanto isso vai prejudicar a pessoa de quem roubou. Que deixa seus colegas e patrões na mão de uma hora para a outra. Uma pessoa com um conjunto de valores deformado, distorcido. Com tão pouca consciência de quem ela é, que chega a fazer sotaques diferentes para pessoas diferentes...

E por aí ela foi. Cada vez que concluía uma frase, eu pensava que seu discurso tinha chegado ao fim, mas não.

Tentei não escutar o que ela dizia.

– Essa é você, Rachel – ela finalmente desfechou. – Você é esse ser humano amorfo, disforme. Sem lealdade, sem integridade, sem nada.

Dei de ombros. Ignoro o motivo, mas ela não tinha conseguido me desestabilizar. Vibrei, vitoriosa.

Josephine olhou para mim com desprezo:

– Eu sei que você está usando todas as suas forças para não esmorecer na minha frente.

Como é que ela sabe?, me perguntei, tomada pela ansiedade.

– Mas não sou sua inimiga, Rachel – prosseguiu. – Sua verdadeira inimiga é você mesma, e isso não vai passar por si só. Você vai sair desta sala hoje se sentindo o máximo por não ter se aberto comigo. Mas isso não é uma vitória, é um fracasso.

De repente, me senti muito cansada.

– Vou lhe dizer por que você é uma pessoa tão horrível, está bem? – ela perguntou.

Como não respondi, ela tornou a perguntar:

– Está bem?

– Está. – A palavra foi arrancada de mim.

– Você tem uma autoestima catastroficamente baixa – disse ela. – Na sua escala de valores, você é um zero. E não gosta de se sentir insignificante, quem é que gosta? Por esse motivo, procura o aval de gente que admira, como essa tal de Helenka de quem Brigit nos falou.

Fiz que sim com a cabeça, sem forças. Afinal, Helenka *era* uma pessoa de valor, quanto a isso eu concordava.

– Mas é muito incômodo – ela continuou a me espicaçar – não levar nenhuma fé em si mesmo. Você apenas fica à deriva, esperando que outra pessoa lhe sirva de âncora.

Tudo que você disser.

- E esse era o motivo pelo qual você não conseguia confiar na sua decisao de ficar com Luke – disse ela. – Dividida entre a vontade de ficar com ele e a sensação de que não devia, porque a única pessoa a lhe dizer que ele era uma boa pessoa era você mesma. Mas você não acreditava em si própria. Que maneira mais exaustiva de se viver a vida!

Tinha mesmo sido exaustiva, compreendi, entre um lampejo e outro da memória. Tinha havido ocasiões em que me sentira como se fosse enlouquecer, devido aos malabarismos para conciliar a aprovação de gregos e troianos e a companhia de Luke.

Lembrei-me de uma festa a que fora com Luke, segura graças à certeza de que ninguém sabia que eu estaria lá. Mas, para meu horror, a primeira pessoa que vi foi Chloé, uma das acólitas de Helenka. Tomada por um pânico louco, virei-me e saí do aposento, enquanto Luke ia no meu encalço, perplexo. "Que foi, gata?", perguntou, preocupado. "Nada", murmurei. Obriguei-me a voltar, mas passei a noite toda na corda bamba, tentando me esconder nos cantos, sem ficar perto demais de Luke, para o caso de alguém (Chloé) perceber que eu estava com ele, furiosa toda vez que ele passava o braço por minha cintura ou tentava me beijar, e me sentindo arrasada com seu olhar de mágoa quando eu o afastava de mim. Por fim, fui embora de vez, pois, do contrário, entraria em parafuso.

– Não teria sido mil vezes melhor se você assumisse a companhia de Luke de cabeça erguida, *cheia de orgulho?* – De um tranco, a voz de Josephine me arrancou do meu pesadelo.

– Mas... ah, você não tem noção! – Eu estava muito frustrada. – Teria que viver em Nova York para entender o quanto essas pessoas são importantes.

– Não são importantes para mim. – Josephine abriu um largo sorriso. – Não são importantes para Misty.

Misty sacudiu vigorosamente a cabeça. Mas também, não se podia esperar outra coisa daquela filha da puta.

– Existem milhões de pessoas no mundo inteiro que passam muito bem sem a aprovação de Helenka.

– Você se importaria de me dizer – perguntei, com desprezo – o que isso tem a ver com drogas?

– Muita coisa – disse ela, com um brilho nos olhos que não pressagiava nada de bom. – Você vai ver.

DEPOIS DO ALMOÇO, Josephine partiu para cima de mim outra vez. Eu teria dado qualquer coisa para que isso acabasse. Estava muito, muito cansada.

– Você queria saber o que sua baixa autoestima tem a ver com o fato de você usar drogas – disse ela. – No mínimo, se você tivesse amor-próprio, não entupiria seu corpo de substâncias nocivas, a ponto de quase adoecer.

Olhei para o teto, sem saber do que ela estava falando.

– Estou *falando* com você, Rachel – disse ela, ríspida, me dando um susto. – Pense bem no quanto você estava doente quando chegou aqui. Na sua primeira manhã na equipe de Don, quase desmaiou por causa dos sintomas da abstinência do seu querido Valium. Encontramos o vidro vazio na gaveta da sua mesa de cabeceira – disse ela, me olhando nos olhos. Desviei o rosto, morta de vergonha, com ódio por não me ter desfeito dele como devia. Mas, antes que tivesse chance de alinhavar alguma desculpa esfarrapada – "Não era meu" ou "Foi minha mãe que me deu, tinha água benta dentro" – ela já tinha começado a pontificar outra vez.

– Isso serve para todos vocês. – Correu um meneio de cabeça pelo aposento. – Se vocês se tivessem em alta conta, não passariam fome, nem se empanzinariam de comida, nem se intoxicariam com álcool em excesso ou, no seu caso, Rachel, ingeriria tantas drogas a ponto de ser hospitalizada. – Suas palavras ressoaram na sala silenciosa e, por um momento, me senti horrorizada.

"Você esteve num hospital, à beira da morte – prosseguiu ela, implacável – por causa das drogas que impingiu ao seu próprio organismo. Isso por acaso lhe parece normal?

Por estranho que pareça, eu nao tinha pensado muito na minha overdose até aquele momento.

– Eu não fiquei à beira da morte – consegui dizer, em tom de deboche.

– Ficou, sim – rebateu Josephine.

Calei-me. Durante um átimo de segundo, me olhei de fora, como se fosse outra pessoa. E vi qual era a impressão que todas as pessoas naquela sala tinham de mim – a mesma que eu teria, se fosse outra pessoa. Ficar à beira da morte por ingestão excessiva de drogas pareceu uma coisa chocante e horrível. Se tivesse acontecido, digamos, com Mike ou Misty, eu teria ficado horrorizada, pensando em quão baixo eles tinham chegado por causa da bebida.

Mas esse olho mágico de lucidez se fechou e, com alívio, voltei a me ver de dentro, com o conhecimento que tinha da situação

– Foi um acidente – frisei.

– Não foi.

– *Foi.* Eu não tinha intenção de tomar tantas drogas.

– Você levava uma vida em que a ingestão de drogas pesadas era rotineira. A maioria das pessoas não ingere nenhuma droga – salientou.

– Problema delas – dei de ombros. – Se preferem encarar toda a merda que a vida joga em cima delas sem a ajuda de drogas, então são umas pobres coitadas.

– Onde é que você foi arranjar um ponto de vista tão limitado?

– Sei lá.

– Rachel, para chegarmos ao fundo disso tudo – Josephine sorriu – vamos ter que examinar a sua infância.

Revirei os olhos de modo caricato para o teto.

– É duro fazer parte de uma família onde você se sente o membro menos talentoso, menos inteligente e menos *amado*, não é? – perguntou Josephine, em voz alta.

Foi como se tivesse me dado um soco no estômago. Minha vista se embaçou do choque e da dor. Teria protestado, se não tivesse perdido o fôlego.

– Onde sua irmã mais velha é brilhante e encantadora – disse ela, cruel – a irmã que regula com você em idade é uma verdadeira santa e suas duas irmãs mais novas são mais do que medianamente bonitas. É duro viver numa família em que todo mundo tem o seu favorito, e esse favorito nunca é você.

– Mas... – tentei.

– É duro viver com uma mãe que não esconde o quanto se sente decepcionada com você, uma mãe que transferiu para você o desagrado que lhe inspira sua própria estatura – continuou ela, inexorável. – Os outros podem até dizer que você é alta demais, mas é muito contundente quando é a sua própria *mãe* quem o diz, não é, Rachel? É duro quando lhe dizem que você não é inteligente o bastante para fazer carreira.

– Minha mãe me ama – gaguejei, gelada de medo.

– Não estou dizendo que não ame – assentiu Josephine. – Mas os pais também são humanos, e têm medos e ambições frustradas que às vezes projetam nos filhos. É óbvio que a coitada tem um complexo enorme por ser alta demais, e que o passou para você. Ela é uma boa pessoa, mas nem sempre uma boa mãe.

Tive um rompante de ódio brutal por mamãe. Aquela mocreia velha e cruel, pensei, amargurada, me fazendo sentir uma pata-choca desengonçada a vida inteira. Não era de admirar que todos os meus relacionamentos com o sexo oposto fossem desastrosos. Não era de admirar – comecei a namorar a ideia – que eu usasse tantas drogas!

– Quer dizer que posso jogar a culpa na minha mãe por ser, *se* eu for, é claro, uma dependente?

– Ah, não.

Não? Bom, então do que é que você está falando?

– Rachel – disse Josephine, branda – o papel do Claustro não é distribuir culpas.

– Então qual é?

– Se pudermos identificar e examinar a origem da sua falta de autoestima, poderemos enfrentá-la.

Senti um rompante de fúria contra tudo. Estava cheia, cheia, *cheia* disso tudo. Estava cansada, entediada e queria ir dormir.

– Então, por que eu tenho o que você chama de baixa autoestima e minhas irmãs não têm? – perguntei, forçando um ar arrogante. – Somos todas filhas dos mesmos pais. Me diz por quê, então!

– Uma pergunta complexa – respondeu Josephine, tranquila. – À qual, na realidade, eu já respondi para você em pelo menos uma ocasião.

– Já resp...?

– A pessoa forma sua autoimagem inicial a partir dos pais – disse ela, com toda a paciência. – E os seus pais – de uma maneira afetuosa – desprezam você.

Não diz isso.

– Algumas pessoas se magoam com as mensagens negativas que recebem sobre si mesmas. Outras, mais fortes, não dão a mínima para as críticas...

Na verdade, me dei conta, o que ela dizia me soava familiar.

– ...você faz parte do grupo dos sensíveis, suas irmãs não. Simples assim.

– Filhos da mãe – murmurei, com ódio de todo mundo em minha família.

– Como disse?

– Filhos da mãe – repeti, mais alto. – Por que me escolheram para desprezar? Eu poderia ter tido uma vida maravilhosa, se não tivessem feito isso.

– Está certo – disse Josephine. – Você está com raiva. Mas pense, por exemplo, em como Margaret deve se sentir, tendo lhe cabido o papel de "boa" filha. Se algum dia ela quisesse se rebelar, fazer alguma coisa atípica, provavelmente não se sentiria no direito. E poderia ficar profundamente magoada com seus pais por causa disso.

– Ela é boazinha demais para se magoar com quem quer que seja – explodi, feroz.

– Viu só? Você também cai na cilada do estereótipo! Mas e se Margaret *quisesse* ficar magoada com as pessoas? Já imaginou como ela se sentiria confusa e culpada?

– Bolas, quem se importa com ela! – exclamei.

– Estou apenas salientando que você e suas irmãs receberam papéis inconscientes. Isso acontece nas famílias o tempo todo. Você não gosta do seu papel de caso perdido, de filhotinho de cachorro carente e frágil – mas suas irmãs provavelmente também consideram seus papéis um fardo, tanto quanto você. O que estou tentando dizer é que você precisa parar de sentir pena de si mesma – concluiu ela.

– Eu tenho todo o direito e mais algum de sentir pena de mim mesma – disse eu, sentindo muita pena de mim *mesmo.*

– Você não pode passar a vida inteira culpando os outros pelos seus erros – disse ela, severa. – Você é uma adulta. Assuma a responsabilidade por si mesma e por sua felicidade. Você não está mais presa ao papel que a sua família lhe reservou. Só porque lhe disseram que você era burra ou alta demais, isso não quer dizer que *seja.*

– Fui muito prejudicada pela minha família – funguei, me sentindo uma pobre vítima e ignorando seu eletrizante discurso. Flagrei Mike contendo o riso. E Misty sorria abertamente, com ar de deboche.

– Qual é a graça? – interpelei-a, feroz. Nunca a teria enfrentado, se não estivesse tão furiosa.

– Você? Prejudicada? – Ela riu.

– É isso aí – disse eu, em voz alta. – Eu. Prejudicada.

– Se o seu pai tivesse ido para a sua cama toda noite desde que você tinha 9 anos de idade e enfiado o pinto à força dentro de você, aí sim, eu diria que você foi prejudicada – soltou ela de uma vez só, com a voz esganiçada. – Se a sua mãe tivesse te chamado de mentirosa e baixado o braço em você toda vez que você tivesse pedido socorro a ela, aí sim, eu diria que você foi prejudicada. Se a sua irmã mais velha tivesse saído de casa aos 16 anos e te deixado à sanha do seu pai, aí sim, eu diria que você foi prejudicada! – A violenta emoção contraíra seu rosto e a empurrara para a beira da poltrona. Suas sardas estavam quase saltando fora do rosto e ela rosnava sem o menor pudor. De repente, pareceu se dar conta do que estava dizendo, deteve-se abruptamente, tornou a se sentar direito e abaixou a cabeça.

Senti minha expressão se petrificar de choque, um choque que se refletia nos rostos de todos os presentes. Com exceção do de Josephine, que já esperava por aquilo.

– Eu me perguntava quando você iria nos contar, Misty – disse ela, branda.

Ninguém mais prestou atenção em mim durante o restante da sessão. Não só Misty me havia feito passar uma grande vergonha, como me roubara a cena, e não consegui engolir o ressentimento que me provocou por isso.

Depois da sessão, quando fui para o refeitório, Misty estava chorando e, para minha grande inquietação, Chris estava quase sentado em seu colo. Levantou o rosto quando entrei e logo voltou-se para ela, de maneira ostensiva, secando suavemente suas lágrimas com os polegares. Da maneira como um dia fizera comigo. Senti tanto ciúme, que era como se estivéssemos casados há quatro anos e eu acabasse de apanhá-lo o na cama com Misty. Ele tornou a olhar para mim, com uma expressão incompreensível.

55

Com as chocantes revelações de Misty, toda a enorme atenção que me fora dispensada deu uma freada brusca. Os abusos que ela sofrera na infância constituíam uma superprodução hollywoodiana que ocupou toda a sessão de sexta e boa parte da semana seguinte. Todo mundo voltara a atenção para ela, que tinha crises de ódio e choro, aos gritos e uivos.

Quase com uma sensação de anticlímax, descobri que a vida no Claustro continuou praticamente como antes da apocalíptica visita de Brigit e Luke. Tá, confesso, o tempo todo tinha fantasias em que matava os dois. Mas ainda frequentava as sessões de grupo, fazia minhas refeições, discutia e brincava com os outros. Ia à minha reunião dos Narcóticos Anônimos na noite de terça, à aula de culinária na manhã de sábado e participava dos jogos de sábado à noite. Mas, principalmente, vigiava Chris. Ficava frustrada com o fato de ele se mostrar tão escorregadio, porque, embora quase sempre me tratasse bem, era apenas até um certo ponto. Eu esperava que a essa altura ele já tivesse me dado uma prensa, mas nunca aconteceu. E o que realmente me incomodava era que ele tratava Misty bem – às vezes, bem até demais, temia eu.

Apesar de sua esquivez, ele me ouvia pacientemente quando eu gritava feito uma histérica que Luke e Brigit eram dois filhos da mãe mentirosos. Na verdade, *todos* os internos me ouviam, embora eu suspeitasse que fizessem isso apenas para me agradar. Não pude deixar de me lembrar do dia em que Neil ficara furioso com Emer. De como a tinha xingado de todos os nomes, e todo mundo dera tapinhas carinhosos em suas costas, concordando com ele, mansamente.

Foi Chaquie quem me impediu de entrar em parafuso. Ficava acordada me fazendo companhia, quando eu não conseguia dormir, tal a fúria que sentia. Felizmente, sua fase de pavio curto parecia ter passado. Tanto melhor, porque não havia espaço para duas doidas num quarto pequeno como o nosso.

Eu estava com muito mais raiva de Luke do que de Brigit. Mas também me sentia *muito* confusa. Quando vivíamos em Nova York, Luke era carinhoso e meigo comigo. Eu não conseguia aceitar a mudança. O contraste era demais para mim.

Com um tormento acridoce, ficava me lembrando dele no auge de seu amor por mim, em novembro passado, quando eu ficara gripada. Não conseguia parar de tirar a lembrança do baú, desembrulhando-a como se fosse uma relíquia de família e estreitando-a contra o peito.

Brigit estava passando uma semana em Nova Jersey, fazendo um curso para aprender a mandar e desmandar nas pessoas com mais eficiência. Uma conferência sobre pontapés na bunda ou coisa que o valha. Naturalmente, no instante em que ela saiu, Luke chegou com uma toalha de rosto e um suprimento de cuecas para uma semana. De que adianta ter um apartamento vazio, se a pessoa não multiplicar suas chances de fazer sexo em cada aposento sem medo de ser interrompida?

Foi maravilhoso. Quase como se fôssemos casados, salvo pelo fato de que eu ainda estava respirando. Toda noite voávamos para casa, caíamos nos braços um do outro, preparávamos o jantar, tomávamos longos banhos e fazíamos amor no chão da cozinha, do banheiro, da sala, do hall e do quarto. Saíamos juntos de manhã e tomávamos o mesmo trem para ir trabalhar. Ele sempre separava o dinheiro da passagem do metrô para mim. Quando descia antes de mim no centro da cidade, me beijava à vista de todo mundo no trem A, dizendo: "Até de noite, hoje é minha vez de cozinhar." Felicidade doméstica.

Na quarta-feira, passei o dia inteiro me sentindo meio indisposta. Mas, como já estava habituada a me sentir um bagaço no trabalho, não prestei muita atenção a isso. Foi só na caminhada da estação do metrô até em casa que comecei a me sentir realmente estranha. Quente, embora sentisse frio, com o corpo dolorido e a cabeça meio aérea.

Subi cambaleando as escadas do apartamento, as pernas quase paralisadas. No alto do lance, Luke escancarou a porta da frente, abriu um largo sorriso para mim e disse: "A comida já deve estar chegando. Não sabia se comprava milk-shake de chocolate ou de morango para você, então comprei os dois. Agora, vamos tirar essas roupas molhadas!"

Ele sempre dizia isso, muito embora, é claro, minhas roupas não estivessem molhadas.

– Ora, ora – me censurou, desabotoando minha capa de chuva Diana Rigg – você está molhada até os ossos!

– Não, Luke – protestei, sem forças, me sentindo como se fosse desmaiar.

– Nem mais uma palavra, mocinha – insistiu ele, puxando o zíper de minha jaqueta até embaixo com um "zzzzzz", em seguida puxando-a pelos ombros.

– Luke, eu estou me sentindo um pouco... – tentei de novo.

– Quer apanhar uma pneumonia? – perguntou ele. – É isso que vai acabar acontecendo com você, Rachel Walsh. – A essa altura, ele já tinha chegado ao meu sutiã. – Encharcado! – declarou, abrindo-o com destreza.

Normalmente, nesse ponto eu já estaria para lá de acesa e poderia até começar a tirar algumas roupas *dele.* Mas não nesse dia.

– Agora, sua saia – disse ele, tateando o botão no cós. – Meu Deus, está ensopada, deve estar chovendo a cântaros...

Ele deve ter notado que eu não estava reagindo com o entusiasmo habitual, porque hesitou e, por fim, se deteve.

– Você está bem, gata? – perguntou, subitamente ansioso.

– Luke – disse eu, com muito esforço – estou me sentindo meio estranha.

– Estranha como? – ele perguntou, alarmado.

– Acho que talvez esteja doente.

Ele encostou a mão na minha testa e quase desmaiei de prazer, com o contato de sua mão fresca na minha pele ardente.

– Meu Deus! – declarou ele. – Você está pelando. Ah, gata – disse, com um ar arrasado – me perdoe por tirar suas roupas... Enrolou desarvorado o sutiã em volta de meus ombros e fez menção de tornar a vestir minha capa de chuva.

– Vem para perto da lareira – ordenou.

– A gente não tem lareira – objetei, num fio de voz.

– Eu arranjo uma – disse ele. – Tudo que você precisar, eu arranjo.

– Acho que quero ir para a cama – disse eu. Minha voz parecia vir de muito, muito longe.

Por um momento, seus olhos se iluminaram:

– Maravilha!

Só então compreendeu o que eu queria dizer.

– Ah, sim, claro, gata.

Tirei de qualquer jeito o resto de minhas roupas, jogando-as no chão. Embora não precisasse estar gripada para fazer isso. Então, subi na cama, entre os lençóis fresquinhos, fresquinhos. Por um momento, me senti no paraíso. Devo ter cochilado, porque, quando dei por mim, Luke estava de pé, à minha frente, com um monte de milk-shakes.

– Chocolate ou morango? – ofereceu. Em silêncio, fiz que não com a cabeça.

– Eu sabia – disse ele, dando um tapa na testa. – Devia ter pedido de baunilha!

– Não, Luke – murmurei. – Não estou com fome. Não quero nada. Acho que estou morrendo. – Esbocei um débil sorriso.

– Não diz isso, Rachel – ordenou ele, com uma expressão angustiada. – Não se deve brincar com essas coisas atrai.

– Deve-se brincar com tudo, o máximo que atrai é uma mijada – murmurei. Era o que Helen sempre dizia.

– Você vai ficar bem se eu sair um pouco? – perguntou ele, carinhoso.

Devo ter feito uma expressão horrorizada.

– Só para ir até a farmácia – apressou-se em explicar. – Comprar umas coisas para você.

Voltou meia hora depois trazendo a farmácia inteira dentro de um saco de papel enorme, desde um termômetro até revistas, barras de chocolate e xarope para tosse.

– Não estou com tosse – disse eu, fraca.

– Mas pode ficar – observou ele. – É melhor estar preparada. Agora, vamos tirar sua temperatura.

– TRINTA E NOVE! – gritou, alarmado. Aflitíssimo, começou a enfiar as pontas do edredom por baixo de mim, até sob meus pés, agasalhando-me num pequeno casulo.

– A mulher da farmácia disse que era para manter você aquecida, mas você *já está* quente – murmurou ele.

Por volta da meia-noite, minha febre era de quase quarenta graus, e Luke chamou um médico para me ver. Um médico em Manhattan cobrava por uma visita em casa o equivalente ao preço de um apartamento de três quartos. Luke devia mesmo me amar muito.

O médico se demorou três minutos, diagnosticou uma gripe, "Gripe, mesmo, gripe *no duro,* não só um resfriado forte", disse que não havia nada que pudesse me receitar, limpou a carteira de Luke e foi embora.

Durante os três dias seguintes, fiquei um caco. Delirante, sem saber onde estava ou que dia era. Dolorida, suando, tremendo, fraca demais para me recostar sem ajuda e bebericar o Gatorade que Luke empurrava na minha boca.

– Tenta, gata – insistia. – Você precisa de líquidos e glicose. Luke tirou a quinta e a sexta-feira de licença no trabalho para cuidar de mim. Sempre que eu voltava a mim, ele estava por perto. Ou sentado numa cadeira no meu quarto, me observando, ou, às vezes, no quarto ao lado, ao telefone, com os amigos. "Gripe, mesmo", ouvi-o se gabar, várias vezes. "Gripe *no duro*. Não só um resfriado forte. Não, nada que possam receitar para ela."

Na noite de sábado, me senti melhor o bastante para ser embrulhada no edredom e carregada, *carregada*, para a sala, onde ele me deitou no sofá. Tentei assistir à televisão, mas não aguentei mais do que dez minutos. Nunca tinha me sentido tão valorizada na vida.

E agora, olha só para a gente. Melhores inimigos. Como podia ter dado tudo tão errado?

DIVERSOS INTEGRANTES da minha família vieram me visitar no domingo. Com olhos franzidos, cumprimentei mamãe e papai, quando se aproximaram, vergados sob o peso dos doces que traziam. Olha só para eles, os filhos da mãe, pensei. Tentando me subornar com chocolate. Quer dizer então que eu sou burra, não é? Quer dizer então que eu sou alta demais, não é?

Pareceram não se dar conta das vibrações venenosas que eu emitia para eles. Afinal, nossas conversas eram sempre difíceis, e aquele dia não foi exceção à regra.

Helen também resolvera me visitar de novo. Eu estava extremamente desconfiada de seus motivos, e fiquei de olho tanto nela quanto em Chris, para ver se os dois se entreolhavam mais do que o normal. Embora ele tivesse sido atencioso comigo desde a noite em que o pegara consolando Misty, sempre me sentia nervosa e insegura em relação a ele.

A visita surpresa de domingo foi Anna! Fiquei emocionada de vê-la. Não só porque era uma pessoa legal, é claro, mas porque me daria algumas das drogas tão desejadas.

Trocamos abraços apertados. Ato contínuo, ela pisou na bainha da saia e tropeçou. Embora fosse muito parecida com Helen, pequena, de olhos verdes, com cabelos pretos e compridos, não tinha um pingo da autoconfiança de Helen. Era a rainha dos tropeções, tombos e esbarrões em objetos. A grande quantidade de drogas que costumava ingerir tinha algo a ver com o fato de não ser muito boa das pernas.

Helen estava em grande forma, brindando todos com um caso estrelado por um grupo de escriturários que não conseguiram trabalhar no dia seguinte, após uma visita ao Club Mexxx. Para todos os efeitos, em consequência de uma intoxicação alimentar.

– Estão ameaçando entrar na justiça – disse ela, alegre. – E eu espero que aquele mão-de-vaca do Club Mexxx, que paga um salário de merda para a gente, vá à falência. É claro que a gente sabe que os caras vomitaram as tripas por causa da *ressaca*. Intoxicação alimentar é uma desculpa tão óbvia para ressaca, que chega a ser constrangedora. É a que Anna sempre usa. E a que eu também usaria, só que nunca tive um emprego antes.

Finalmente consegui ficar a sós com Anna.

– Tem algum bagulho aí com você? – perguntei, em voz baixa.

– Não – sussurrou ela, corando.

– Bom, nesse caso, que é que você trouxe?

– Nada.

– *Nada?* – repeti, aturdida. – Mas por quê?

– Eu larguei – disse ela, em voz baixa, evitando meus olhos.

– Largou o quê?

– Você sabe... as drogas.

– Mas por quê? – insisti. – Estamos na Quaresma?

– Não sei, pode até ser, mas não é essa a razão.

– Bom, então qual é? – Eu estava horrorizada.

– Porque não quero acabar como você – disse ela. – Quer dizer, num lugar desses! – corrigiu-se, aflita. – É isso que eu quero dizer, não quero acabar aqui!

Fiquei arrasada. Totalmente arrasada. Nem *Luke* tinha me magoado tanto. Tentei recompor meu rosto, para que ela não percebesse meu sofrimento, mas estava arrasada.

– Desculpe – disse ela, com uma expressão infeliz. – Não quero te magoar, mas, quando você quase morreu, fiquei com um medo horrível...

– Tudo bem – disse eu, curta e grossa.

– Ah, Rachel – ela gemeu baixinho, tentando segurar minha mão, para impedir que eu me afastasse. – Não fica com raiva de mim, só estou tentando explicar...

Dessa vez, me desvencilhei dela e, tremendo feito vara verde, fui para o banheiro, para me acalmar.

Não podia acreditar! Anna, logo Anna, tinha se voltado contra mim. *Ela* achava que *eu* tinha um problema. Anna, a única pessoa com quem eu sempre podia me comparar e dizer: "Bom, pelo menos não estou tão mal quanto ela."

56

Os dias se passaram.

As pessoas vinham e iam. Clarence e Frederick foram embora. Assim como a coitada da Nancy, a dona de casa catatônica viciada em tranquilizantes. Até o seu último dia, o pessoal não parava de segurar um espelho diante do seu rosto, para ver se ela ainda estava respirando. E brincávamos que compraríamos para ela um kit de sobrevivência para o mundo exterior, a saber, um walkman e uma fita com as palavras "Inspira, expira, inspira, expira" gravadas em sequência. Por algum motivo, eu desconfiava que Nancy não constaria do folheto do Claustro como um de seus casos bem-sucedidos.

Mike foi embora, mas não antes de Josephine fazê-lo chorar pela morte do pai. A expressão em seu rosto era qualquer coisa – ela sorria como aquele cara no fim do seriado *The A Team*. Numa outra dimensão, ouvi-a dizer, vitoriosa: "Adoro quando um plano dá certo."*

Nos dez dias seguintes, o cadete espacial Fergus e o balofo Eamonn também foram embora.

Quase uma semana depois da visita de Luke e Brigit, recebemos dois novos internos, coisa que, como sempre, gerou um clima de grande excitação.

Um deles era uma gordota chamada Francie que falava alto demais e sem parar, atropelando as palavras. Não consegui desgrudar os

---

*Bordão que o personagem Hannibal, interpretado pelo ator George Peppard no seriado norte-americano *The A Team*, pronunciava ao fim de cada episódio, com um sorriso irônico e um charuto entre os dentes. (*N. da T.*)

olhos dela. Tinha cabelos louros até o ombro, com dois dedos de raízes pretas aparecendo, um espaço entre os dentes da frente tão largo que dava para passar um caminhão entre eles e uma base vagabunda, mal espalhada, escura demais para sua pele. Como se não bastasse, usava uma saia vermelha justa demais, com a bainha desfeita.

A primeira coisa que me passou pela cabeça foi: "Como essa mulher é desleixada." Mas, em questão de segundos, ela já conhecia todo mundo, atirava cigarros para o pessoal, contava piadas que só eles entendiam e estava íntima de todos. Para minha grande ansiedade, percebi que era dona de uma sensualidade tão inegável quanto inexplicável. Senti o terrível medo, já meu conhecido, de que Chris deixasse de me dar atenção.

Sua postura, andar e gestos eram de uma deusa. Ela nem parecia notar o volume redondo de sua barriga estufada sob a horrenda saia justa. Eu teria arrancado os cabelos. Morta de ciúmes, olhava para ela e para Chris olhando para ela.

Quando ela viu Misty, soltou um gritinho e berrou:

– Que é que tá fazendo aqui, O'Malley, sua esponja?

– Francie, sua grande pinguça – saudou-a Misty, eufórica, sorrindo pela primeira vez em quase uma semana. – O mesmo que você.

Mais tarde, fiquei sabendo que as duas tinham estado no Claustro na mesma época, no ano anterior. A turma de 96.

– Você já esteve aqui? – perguntou alguém, chocado.

– Claro, já estive em todos os centros de reabilitação, hospitais psiquiátricos e presídios da Irlanda – disse ela, soltando uma gargalhada escandalosa.

– Por quê? – perguntei, sentindo uma estranha atração por ela.

– Porque sou doida. Esquizofrênica, maníaca, iludida, traumatizada, tudo a que tenho direito. Olha só – disse ela, enrolando suas mangas – olha só essas lacerações! Tudo trabalho da mamãe aqui.

Seus braços eram um caos de cortes e cicatrizes.

– Olha aqui uma queimadura de cigarro – apontou, em tom casual. – E mais outra aqui.

– Que foi que aconteceu com você dessa vez? – perguntou Misty.

– O que *não* aconteceu! – declarou Francie, revirando os olhos. – Eu não tinha nada pra beber, a única coisa que tinha em casa era álcool metílico para as patas do cachorro, daí peguei e bebi. Quando dei por mim, tinha passado uma semana – eu tinha perdido uma semana inteira, dá pra acreditar? Nunca tinha feito isso antes – e, quando voltei a mim, estava sendo currada por um bando de caras perto de Liverpool! – Interrompeu-se para recobrar o fôlego antes de retomar o fio da meada: – Dada por morta, hospitalizada, com uma pílula do dia seguinte no bucho, presa, deportada, mandada de volta pra Irlanda, no momento em que pisei no país, me mandaram pra cá. E cá estou eu!

O aposento inteiro fizera silêncio, todos os homens presentes com uma expressão inequívoca de quem desejaria estar entre os caras perto de Liverpool.

– Cê tá aqui por quê? – me indagou ela, animada.

– Drogas – respondi, deslumbrada com ela.

– Huuuum, são o que há – balançou a cabeça, a boca franzida em sinal de aprovação. – Cê vai às reuniões dos NA? – perguntou. Como fiz uma cara perplexa por um segundo, ela explicou: – Narcóticos Anônimos. Santo Deus, vocês, novatos!

– Só as daqui – disse eu, quase em tom de desculpas.

– Ah, não! Não valem nada. Espera só até ir às lá de fora. – Inclinou-se em minha direção e continuou a tagarelar: – Cheias de caras. Cheias! Os NA têm homem a dar com o pau, nenhum deles com mais de 30, e todos loucos pra partir pro abraço. Você vai poder escolher à vontade. Os AA não chegam nem aos pés dos NA. Um monte de mulheres e velhos.

Até então, as reuniões dos Narcóticos Anônimos não tinham me impressionado. Em geral, me davam sono. Mas fiquei fascinada com o que Francie me disse.

– A que reuniões você vai, as dos AA ou as dos NA? – perguntei, usando as iniciais dos iniciados.

– Todas elas – riu Francie. – Sou viciada em tudo. Bebida, calmantes, comida, sexo...

A luz que se irradiou dos olhos de cada homem presente ao ouvir a última palavra pronunciada por Francie quase provocou um incêndio no refeitório.

Com todo o auê causado por Francie, o outro interno novo praticamente passou despercebido. Foi só depois que Francie e Misty se afastaram para matar as saudades, que prestamos atenção nele. Era um homem de idade chamado Padraig, tão trêmulo que não conseguia sequer pôr açúcar no seu chá. Quando vi, horrorizada, o açúcar cair todo da colher antes de alcançar a xícara, Padraig tentou fazer graça, dizendo "Confere".

Sorri, sem conseguir ocultar a pena que me inspirava.

– Por que você está internada? – ele me perguntou.

– Drogas.

– Sabe – ele se aproximou de mim, e me esforcei para não recuar do bafo – eu não devia estar aqui de jeito nenhum. Só me internei para minha mulher largar do meu pé.

Olhei para ele: trêmulo, malcheiroso, com a barba por fazer, acabado. Chocada, me perguntei, será que estamos todos enganados quando dizemos que não há nada de errado conosco? *Todos* nós?

57

Meu mundo ainda demorou duas semanas inteiras para desmoronar após a visita de Luke e Brigit.

Nesse período, levei dois trancos de advertência, dois mensageiros sísmicos enviados com antecedência para me avisar que uma reviravolta estava a caminho.

Mas em nenhum momento identifiquei a relação entre um e outro. Não consegui enxergar o gigantesco terremoto que se aproximava.

E que, não obstante, aconteceu.

O QUE FRANCIE tinha me dito sobre todos os homens jovens nos NA fez com que eu me interessasse muito mais pela reunião da noite de terça do que jamais me interessara antes. Caso as coisas não dessem certo entre mim e Chris, era bom saber onde encontrar um bom carregamento de homens, e conhecer o protocolo correto.

Lá fomos nós em bando: Chris, Neil, mais dois outros e, é claro, Francie. Aquela noite ela estava usando um chapéu de palha e um vestido estampado de flores, comprido, todo abotoado, os botões quase saindo das casas, repuxando o tecido para os lados, revelando um colo coberto de espinhas e um par de coxas cheias de celulite. Embora ela estivesse no Claustro há pouco mais de um dia, eu já a vira vestindo umas vinte roupas diferentes. No café da manhã, usara um colete de couro e um par de calças jeans justíssimas, enfiadas para dentro de botas de salto agulha. Para a sessão de grupo da manhã, um *tailleur* laranja da década de oitenta, com umas ombreiras parecendo aquelas dos jogadores de futebol americano. Para a sessão de grupo da tarde, uma minissaia de vinil e uma frente-única de napa rosa-choque. Enfim, peças de vestuário variadas, cujas únicas características em comum eram a vulgaridade, o mau caimento e a contundente incompatibilidade com a silhueta da usuária.

– Tenho milhões de roupas – gabou-se ela comigo.

Mas de que adianta, se são todas hediondas?, eu estava roxa para perguntar.

Subimos as escadas rumo à Biblioteca, todos de alto astral, mais alto do que merecia estar, considerando o lugar para onde estávamos indo.

Apesar do bla-bla-blá de Francie, a pessoa enviada pelos NA não foi um homem. Foi Nola, a linda loura com o sotaque de Cork – a que eu pensara que fosse uma atriz – que estivera na minha primeira reunião.

– Oi, Rachel. – Ela me deu um sorriso deslumbrante. – Como vai?

– Vou indo – murmurei, lisonjeada por ela se lembrar de mim.

– E você, como vai? – Queria manter a conversa, porque sentia uma estranha atração por ela.

– Ótima, obrigada – respondeu, com outro sorriso que me aqueceu o coração.

– Não liga pra ela – cochichou Francie. – Os encontros no mundo real estão cheios de caras.

– Me desculpem – pediu Nola, quando todos já tínhamos nos sentado. – Sei que alguns de vocês já ouviram minha história antes, mas a moça que deveria vir hoje à noite teve uma recaída e morreu.

O choque me deixou dura feito uma pedra, e olhei em volta, desesperada, à procura de alguém que me confortasse. Neil olhou para mim, preocupado. "Você está bem?", perguntou por mímica labial. Para minha surpresa, parecia não estar mais furioso. Não apenas isso, como eu também não estava mais com ódio dele. Fiz um sinal afirmativo para ele, agradecida, o coração desistindo de sair pela boca.

Em seguida, Nola começou a nos falar de sua dependência. Quando eu a ouvira pela primeira vez, três semanas antes, tivera a convicção de que ela estava lendo um *script*. Simplesmente não acreditara nela. Era bonita e bem-arrumada demais para me convencer de que já fizera alguma coisa descolada. Mas, desta vez, foi diferente. Suas palavras tinham um tom de mansa convicção, e fiquei fascinada com sua vida. Como nunca se achava boa em coisa alguma, como adorava a heroína e a maneira como a fazia se sentir, como era sua melhor amiga, como teria preferido sua companhia à de qualquer ser humano.

Eu estava me identificando totalmente com ela.

– ...até que, por fim, minha vida inteira passou a gravitar em torno da heroína – explicou. – Como arranjar dinheiro para comprá-la, o ato de comprá-la propriamente dito, a obsessão em arranjar logo um tempo para me drogar, o trabalho para esconder tudo do meu namorado, as mentiras que contava quando estava travada. Era uma coisa terrível, exaustiva, mas, mesmo assim, preenchia minha vida de tal modo, que parecia totalmente normal viver nesse estado obsessivo...

A expressão séria em seu rosto bonito e a sinceridade hipnótica de suas palavras transmitiam o horror da roda-viva que ela vivera, o inferno de ser escrava de uma força externa. Do nada, fui assaltada pelo primeiro minichoque, quando o pensamento pulou dentro da minha consciência: *Eu era assim.*

Minha cabeça se fechou em negação, e eu voltei a afundar confortavelmente na cadeira. Mas as palavras me agarraram e sacudiram de novo: *Eu era assim.*

Lutando para recobrar a firmeza, afirmei para mim mesma, categórica, que eu nunca fora em nada como ela.

Mas uma voz ainda mais alta observou que eu fora, sim. E meus mecanismos de defesa, enfraquecidos por mais de um mês de bombardeio contínuo e seduzidos pela história de Nola, começaram a se esfacelar.

Sobressaltada, descobri que estava em rota de colisão frontal com o processo de conscientização de algumas coisas muito desagradáveis. Em um instante, tornara-se impossível negar a consciência clara como água de que, no passado, eu vivia pensando na cocaína, no Valium, no *speed* e nos soníferos; em arranjar dinheiro para eles, em sair à cata de Wayne e Digby para comprar tudo que meu dinheiro pudesse pagar, em seguida arranjar tempo para usá-los, arranjar a *privacidade* para consumi-los. Tendo o tempo todo que esconder minhas compras de Brigit, escondê-las de Luke, tentar fingir que não estava doidona no emprego, tentar trabalhar enquanto minha cabeça viajava.

Horrorizada, me lembrei do que Luke tinha dito no questionário – quais eram suas palavras exatas? – "Se é uma droga, Rachel já usou. Provavelmente ela já usou drogas que ainda nem foram inventadas." Fiquei com ódio, como sempre que pensava nele e no que fizera comigo. Não queria que uma só palavra do que dissera fosse verdade.

Senti-me furiosa, indignada, apavorada. Quase em pânico. Assim, quando Nola disse "Tudo bem com você, Rachel? Você parece um pouco...", foi com alívio que soltei:

– Eu também era assim, pensava nas drogas o tempo todo. Não sou feliz – disse, com um tom um pouco histérico. – Não sou nem um pouco feliz. Não quero ser assim.

Senti que os outros olhavam para mim, e desejei que não estivessem presentes. Principalmente Chris. Não queria que ele fosse testemunha de minha fraqueza, mas estava apavorada demais para escondê-la. Suplicante, olhei para Nola, desesperada para que ela me dissesse que tudo terminaria bem.

Justiça seja feita, ela bem que tentou.

– Olha só para mim agora – sorriu, afetuosa. – Nunca penso em drogas. Estou livre disso tudo. E olha só para você. Está aqui há, quanto tempo faz?, quatro semanas. E não usou drogas esse tempo todo.

Não usara, mesmo. Na verdade, a maior parte do tempo eu não tinha pensado nem um segundo em drogas. Claro, uma parte do tempo, sim. Mas não o tempo todo, não como fizera até cinco semanas atrás.

Com isso, tive um pequeno vislumbre de liberdade, e a imagem de uma vida diferente passou como um raio por minha cabeça, antes de eu ser atirada de volta ao medo e à confusão.

Quando Nola estava de saída, arrancou uma página de seu diário e anotou alguma coisa nela.

– Meu telefone – disse, entregando-a para mim. – Quando sair, me dá uma ligada. A qualquer hora que esteja a fim de levar um papo, bate um fio.

Hipnotizada, dei a ela meu telefone também, pois parecia a coisa educada a fazer. Então me arrastei até o refeitório, onde Eddie espalhara todas as pastilhas de frutas de um saquinho em cima da mesa.

– Eu sabia – gritou, me dando um susto. – Eu sabia.

– O que você sabia? – alguém perguntou. Fiquei de orelha em pé. *Que Luke não tenha razão.*

– Que tem mais das amarelas do que de qualquer outra cor – declarou Eddie. – E poucas pretas. Olha aqui! Duas pretas. Cinco vermelhas. Cinco verdes. Oito laranja. E oito... nove... dez... *doze*, nada menos do que doze amarelas. Isso não está certo. Todo mundo compra elas por causa das pretas e eles enganam a gente com essas amarelas merrecas, horrorosas.

– Não desgosto das amarelas – intrometeu-se outra voz.

– Seu filho da mãe anormal – disse um terceiro.

Irrompeu uma discussão violenta sobre as pastilhas amarelas, mas eu não estava nem um pouco interessada. Estava ocupada demais tentando avaliar a extensão dos danos na minha vida. Perguntando-me, se tivesse que largar as drogas durante algum tempo – atenção para o grande “se”! – como aguentaria as pontas. O que faria? Uma coisa era certa: eu nunca mais me divertiria. Não que estivesse me divertindo muito, mesmo, verdade fosse dita. Mas, até onde eu podia enxergar, minha vida estaria acabada. Seria o mesmo que estar morta.

Sempre havia a opção de diminuir, pensei, agarrando-me a essa última esperança. Mas eu já havia tentado diminuir no passado, e não diminuíra. Não *conseguira* diminuir, me dei conta, o medo transformando-se em pavor. Depois que começava, não conseguia mais parar.

Outra discussão estourou perto de mim, porque Stalin sabia todas as respostas das novas perguntas do Trivial Pursuit, para perplexidade de Vincent.

– Mas como? – Vincent não parava de se queixar. – Mas como?

– Sei lá – Stalin deu de ombros. – Eu leio os jornais.

– Mas... – disse Vincent, desesperado. Dava para notar que estava louco para dizer: "Mas você é da *classe trabalhadora,* não tem como saber a capital do Uzbequistão." Mas ele não se comportava mais assim.

Foi um alívio supremo ir dormir aquela noite, para fugir por algum tempo de meu cérebro chocado, acelerado. Mas acordei de um pulo de madrugada, sobressaltada, consciente de outra mudança nos pratos da minha balança psíquica. Dessa vez era uma lembrança horrível de quando Brigit me apanhara roubando 20 dólares de sua bolsa. Eu estava *roubando,* pensei, deitada na cama. Era uma coisa indigna. Mas, na ocasião, não a achei horrível. Não senti nada. Ela tinha sido promovida, argumentei comigo mesma, podia passar sem 20 dólares. Agora, não conseguia compreender como chegara a pensar uma coisa dessas.

Então, para meu sincero alívio, me senti bem outra vez.

Na manhã de sábado, antes da aula de culinária, quando Chris passou o braço ao meu redor e murmurou "Como é que você está agora?", consegui sorrir e responder: "Muito melhor."

É claro, ainda não conseguia dormir, pensando na maneira como me vingaria de Luke, mas o futuro parecia mais promissor, ainda intacto. Não a área de desastre destroçada que estava prestes a se tornar.

Mais uma vez, comecei a extrair prazer das coisas que me tinham alegrado desde que eu viera para o Claustro, quais sejam, as discussões. Na noite de segunda, houve uma, deliciosa, entre Chaquie e Eddie, cujo pivô era uma pastilha de frutas. Preta. Eddie berrava com Chaquie:

– Quando disse que você podia pegar uma, não queria dizer que podia pegar uma das pretas.

Chaquie estava nervosa e agitada:

– Bom, agora não há muito que eu possa fazer a respeito. – E mostrou a língua, exibindo os restos da pastilha.

– Quer isso? – indagou, aproximando-se de Eddie com a ponta da língua estendida. – E aí, quer?

Houve gritos de "Boa garota, Chaquie" e "Mostra a ele o que é uma boa pastilha!".

– Caramba – disse Barry, o Bebê, em tom de admiração. – Eu quase gosto da Chaquie, agora.

58

No fim daquela semana, ficou claro que meus horrores não tinham desaparecido. Tinham simplesmente se reagrupado, antes de dar início a um novo ataque.

Era como jogar aquele videogame, *Space Invaders*. As lembranças voavam na minha direção em alta velocidade, como mísseis. Cada vez mais rápidas, cada qual mais vergonhosa e contundente do que a anterior.

No começo, rebati-as com a maior facilidade.

Brigit me implorando às lágrimas para que eu parasse de me drogar. Destruí-a com um POW!

Eu pegando dinheiro emprestado com Gaz mesmo sabendo que ele estava duro, e sem devolver depois. BAM!

Recobrando os sentidos no chão do banheiro, no lusco-fusco, sem saber se estava amanhecendo ou anoitecendo. ZAP!

Ligando para meu emprego e inventando que estava doente no dia de folga de Martine, o que a obrigou a ir trabalhar. KAPOW!

Acordando numa cama desconhecida com um homem idem, sem me lembrar se tinha transado com ele.

Opa, perdi uma vida com essa.

As lembranças foram ficando cada vez mais nítidas e intensas, e os intervalos entre uma e outra mais curtos. Já não haviam restado muitas vidas. Estava cada vez mais difícil combater os inimigos.

Indo ligadona a uma festa no trabalho de Luke e fazendo-o passar um vexame tão horrível, que ele foi obrigado a me levar para casa às nove da noite. BIFF!

Bebendo a garrafa de champanhe que José deu para Brigit no seu aniversário, e depois negando que tivesse sido eu. CRASH!

Dizendo a Luke que Brigit era uma piranha por medo de que ela se sentisse atraída por ele. Lá se foi mais uma vida.

Indo à abertura de uma exposição com Luke e saindo de lá com um cara chamado Jerry. E mais outra.

As lembranças indesejadas vinham cada vez mais depressa.

Batendo à porta de Wayne às quatro da manhã e acordando todo mundo no seu apartamento, porque estava desesperada por um vidro de Valium. KER-ANG!

Anna dizendo que não queria acabar como eu. BAM!

Sendo despedida. POW!

Sendo despedida de novo. BIFF!

Esquecendo de abotoar os fundilhos do collant depois de ir ao banheiro numa festa. E passando a noite inteira sem perceber que a parte de trás tinha ficado pendurada para fora da calça, levando todo mundo a achar que eu estava usando uma daquelas camisas da década de oitenta que tinham uma fralda atrás. Perdi várias vidas com essa.

Achando que ia morrer de tanto vomitar depois de passar uma noite enchendo a cara. BANG!

Sofrendo hemorragias nasais dia sim, dia não. POW!

Acordando coberta de hematomas, sem fazer a menor ideia de como tinham aparecido. ZAP!

Acordando no hospital presa a um tubo de soro e um monitor. Perdi uma vida.

Compreendendo que tinha sido submetida a uma lavagem estomacal. E mais outra.

Enxergando claramente que poderia ter morrido. E mais outra e mais outra e mais outra.

Game over.

DEPOIS DA SESSÃO seguinte dos NA, na terça, quando eu já estava no Claustro havia quase cinco semanas, finalmente chegou o meu Dia do Juízo Final.

As coisas começaram de forma bastante inofensiva. Reunimo-nos às oito horas, como sempre, e nos dirigimos para a Biblioteca.

Para minha decepção, a pessoa que viera nos dar uma palestra era uma mulher. Outra mulher. A essa altura, eu já desconfiava que Francie era uma fantasista de marca maior, e me perguntava se sua história de "Tem um monte de caras nas reuniões dos NA" não seria apenas outra de suas invenções. O nome da mulher era Jeanie e ela era jovem, esguia e bonita. Exatamente como acontecera com a história de Nola, cada palavra saída da boca de Jeanie me deu um solavanco de reconhecimento que me arremessou em direção à consciência chocante, abaladora, verdadeiramente sísmica do meu vício.

Ela abriu a reunião dizendo:

– Quando abandonei meu vício, já não havia mais nada na minha vida. Não tinha emprego, nem dinheiro, nem amigos, nem namorado, nem amor-próprio, nem dignidade.

Senti uma identificação tão abaladora, que tive a sensação de que o chão se inclinara e balançara sob meus pés.

– Meu vício tinha paralisado todos os meus impulsos construtivos. Eu estava atolada, levando a vida de uma adolescente, quando todo mundo ao meu redor se comportava como um adulto.

Um choque maior e mais violento, que me fez perder completamente o equilíbrio.

– Num certo sentido, meu vício me *fossilizava.* Eu continuava viva, mas vegetando, numa espécie de limbo.

Sentindo um pavor terrível, comecei a compreender que dessa vez os abalos não iriam passar enquanto não atingissem sua apavorante conclusão.

– E o estranho foi que... – ela sorriu para cada um, ao dizer isso – ... achei que minha vida estava acabada quando tive que parar de me drogar. Mas eu já não tinha vida de espécie alguma!

Procure abrigo, esse é o mais forte de todos.

Aquela noite, não consegui dormir. Do mesmo modo como um terremoto pode virar uma casa de cabeça para baixo, fazendo com que a mesa da cozinha vá parar no teto, meus indesejados *insights* mudaram a posição de cada emoção e lembrança que eu tinha. Alterando a relação de uma com a outra, desafiando a ordem de sua posição original. O universo em minha cabeça se inclinava e balançava, tudo trocava de posição, indo parar de pernas para o ar em lugares que no passado pareceriam errados, ilógicos, impossíveis. Mas agora, eu admitia a contragosto, estavam nos lugares onde sempre deveriam ter estado.

Minha vida era uma ruína.

Eu não tinha nada. Nenhum bem material, a menos que se possam incluir dívidas nessa categoria. Quatorze pares de sapatos pequenos demais para meus pés constituíam o saldo de uma vida inteira de perdularismo. Eu não tinha mais amigos. Não tinha emprego, nem currículo. Não conseguira nada na vida. Jamais fora feliz. Não tinha marido nem namorado (mesmo em meu desespero, me recusava a usar a palavra "parceiro". Sou algum caubói, por acaso?). E, dentre tudo, o que mais me magoava e confundia era que Luke, o único homem que dera mostras de me amar de verdade, jamais tinha me amado.

NO DIA SEGUINTE, uma sexta-feira, Josephine, com seu impecável senso de oportunidade, abriu a sessão pegando no meu pé. Sabia que estava acontecendo alguma coisa comigo, todos sabiam.

– Rachel – começou – hoje faz cinco semanas que você está aqui. Teve algum *insight* importante sobre si mesma durante esse tempo? Quem sabe já não está conseguindo enxergar que é vítima da dependência?

Minha dificuldade para responder se deveu ao fato de que eu me encontrava em estado de choque desde a noite anterior. Aprisionada numa região estranha e fantasmagórica onde compreendia que era uma toxicômana, mas por vezes achando isso tão doloroso, que voltava a *não* acreditar.

Não podia aceitar que, apesar de todas as defesas que erguera desde que chegara ao Claustro, ainda assim acabaria do mesmo jeito que todos os outros internos. *Como a coisa chegou a esse ponto?*

Reinava aquele clima que precede a derrocada do ditador de um país. Mesmo quando os rebeldes já estão nos portões, na verdade ninguém acredita que aquele tirano invulnerável vá cair.

O fim está próximo, pensei com meus botões.

Ao que outra voz imediatamente perguntou: Quê? Você quer dizer *a um palmo do seu nariz?*

– Dê uma olhada nisso – disse Josephine, em tom casual, me passando uma folha de papel. – Leia em voz alta para nós.

Olhei, mas a letra era tão tortuosa e tosca, que mal consegui decifrar alguma coisa. Salvo por uma palavra ou outra – "vida", "pior" – o texto era totalmente ilegível.

– O que é *isso?* – perguntei, exasperada. – Parece saído do punho de uma criança.

Com esforço, corri os olhos linha por linha, até chegar a uma que dizia "Chega dessa vida". Meu sangue gelou nas veias quando me dei conta de que fora eu quem escrevera aqueles garranchos incoerentes. Vagamente me lembrava de ter decidido que "Chega dessa vida" seria o título de meu poema sobre a ladra que se regenerava. Fiquei horrorizada. Era profundamente chocante ser obrigada a ficar cara a cara com algo que eu fizera quando estava drogada. Eu não conseguia parar de olhar aqueles garranchos finas e tremidos. *Isso não se parece nada com a minha letra.* Eu mal devia estar conseguindo segurar a caneta.

– Dá para entender por que Brigit pensou que fosse um bilhete de suicida – disse Josephine.

– Eu não estava tentando me matar – balbuciei.

– Acredito – disse ela. – Mesmo assim, quase conseguiu. É apavorante, não? – Ela sorriu, me obrigando em seguida a fazer o bilhete circular pelo aposento.

Na sessão daquela tarde, em desespero de causa, tentei me esquivar do ônus da toxicomania.

– Não aconteceu nada de ruim comigo para fazer de mim uma toxicômana – tentei, cheia de esperança.

– Um grande erro que os toxicômanos e alcoólatras costumam cometer é procurar um *porquê* – respondeu Josephine, em cima do laço. – Buscar traumas de infância e lares desfeitos. Até onde eu sei, a principal razão pela qual as pessoas usam drogas é a aversão que sentem pela realidade e por si mesmas. Já sabemos que você se detesta, já examinamos em profundidade sua baixa autoestima. E é óbvio, pelo estado em que você se encontrava quando escreveu aquele bilhete, que se sentia totalmente incapaz de suportar a realidade.

Não me ocorreu nada para dizer. Eu não queria que fosse tudo tão simples assim.

– Portanto, partindo dessa premissa – disse ela, em tom objetivo – você usa drogas e se comporta mal, certo?

– Acho que sim – murmurei.

– Volta a si se sentindo arrasada e cheia de sentimento de culpa, com sua aversão por si mesma e seu medo da realidade ainda maiores. E como lida com isso? Usando mais drogas. Resultado: mais mau comportamento, mais aversão por si mesma, uma confusão maior para enfrentar e, naturalmente, mais drogas. Uma espiral descendente. Mas você podia ter parado a qualquer momento – disse ela, atalhando meus pensamentos de como tudo fora fatal, inevitável. – Podia ter assumido o controle de sua vida, pedindo desculpas às pessoas que magoou, por exemplo. Assim, teria parado de contribuir ainda mais para o fosso das coisas que detesta em si mesma. E, ao se obrigar a enfrentar um pouquinho da realidade, verá que não é algo de que precise fugir. *Você pode deter e reverter* o *processo a qualquer momento.* Como está fazendo agora. Dê um basta nessa busca por um porquê, Rachel – concluiu. – Você não precisa dele.

Pois é, eu era uma porra duma toxicômana

Brilhante!

A CONSCIÊNCIA DISSO não me trouxe nenhuma alegria. Nenhum alívio. Era tão horrível quanto descobrir que eu era uma *serial killer.*

Passei o fim de semana e a maior parte da semana seguinte em estado de choque. Quase sem conseguir falar com as pessoas, devido ao cantochão em minha cabeça: *Você é uma dependente, você é uma dependente, você é uma dependente... Ninguém pode negar!*

Era a última coisa no mundo que eu queria ser, a pior desgraça que podia se abater sobre mim.

Eu sabia, por observar os outros no meu grupo – principalmente Neil, que eu acompanhara quase desde o começo – que atravessavam fases distintas até aceitarem sua dependência. Primeiro vinha a negação, depois a conscientização horrorizada, em seguida o ódio mortal e, por fim, se tivessem sorte, a aceitação.

Eu já passara pela negação e a conscientização horrorizada, mas, quando a fúria chegava, pura, venenosa, eu não estava absolutamente preparada para ela. Josephine, é claro, limitou-se a adotar uma postura do tipo "Ah, Dona Zangadinha, estávamos mesmo esperando a senhora", quando eu perdia as estribeiras em grupo. Fumegava de ódio a um tal ponto, devido à desventura de ser uma toxicômana, que por algum tempo cheguei a esquecer o ódio que sentia de Luke.

– Sou jovem demais para ser uma toxicômana! – gritei para Josephine. – Por que isso aconteceu comigo e com nenhuma outra pessoa que eu conheça?

– E por que não? – perguntou Josephine, mansa.

– Mas, mas, porra... – soltei, enlouquecida de ódio.

– Por que algumas pessoas nascem cegas? Por que algumas pessoas são aleijadas? – perguntou ela. – É tudo aleatório. E você nasceu com a propensão a se tornar uma dependente. E daí? Podia ser infinitamente pior.

– Não, não podia! – gritei, chorando lágrimas de ódio.

– Qual é o problema? – ela perguntou, novamente com aquela mansidão enfurecedora. – Você não pode mais usar drogas? Mas não é uma necessidade, milhões de pessoas nem encostam nelas e vivem vidas felizes, realizadas...

– Você quer dizer que *nunca mais* vou poder usar drogas? – perguntei.

– Isso mesmo – ela confirmou. – A essa altura você já devia saber que, depois que começa, não consegue parar. Você se expôs com tanta frequência aos narcóticos, que perturbou para sempre o equilíbrio químico do seu cérebro. Assim que ingere um narcótico, seu cérebro reage deixando-a deprimida, com isso criando um desejo brutal por mais drogas, em seguida mais depressão, mais drogas etc. Você está viciada tanto física quanto psiquicamente. E a dependência física é irreversível – acrescentou, em tom casual.

– Não acredito – arquejei, horrorizada.

Mais uma fornada fresquinha de fúria. Lembrei-me de como Josephine dissera a Clarence, antes de ele sair, que nunca mais poderia beber, e de como isso me parecera perfeitamente razoável. Mas porque era com *ele*. Comigo, a história era diferente. Eu só tinha admitido ser uma toxicômana porque achava que podia ser curada.

– E pode – disse Josephine, levando meu rosto a se erguer de esperança. Até que a filha da puta acrescentou: – Só não pode mais usar drogas.

– Se eu soubesse disso, nunca teria confessado nada – gritei com ela.

– Teria, sim – disse ela, calma. – Você não tinha escolha, era inevitável.

Folheei mentalmente uma série de hipóteses, do tipo "Se". Se eu não tivesse dado ouvidos a Nola. Se Anna não tivesse dito o que dissera. Se Luke não tivesse vindo. Se Jeanie não fosse tão parecida comigo. Se, se, se... Desesperada, prossegui minha procura pelo lugar onde cruzara a fronteira entre o não reconhecimento da dependência e a aceitação da hipótese de que talvez fosse verdadeira. Queria voltar a esse ponto específico e mudar o passado.

– Você é uma dependente crônica – disse Josephine. – Essa conscientização era inevitável. Deus sabe que você se esquivou dela durante bastante tempo, mas ela fatalmente acabaria chegando a você. A propósito, sua raiva é perfeitamente normal – acrescentou. – Uma última tentativa desesperada de fugir da verdade.

– AAAAAaarrrrrgggghhh – me ouvi gritar.

– Isso mesmo, desabafe toda a dor – encorajou ela, calma, o que fez com que eu gritasse de novo. – Bote tudo para fora. Melhor para fora do que para dentro. Isso vai facilitar muito a sua aceitação.

Escondi o rosto nas mãos e, com voz abafada, exortei-a a ir à merda.

– De uma maneira ou de outra – ela observou, ignorando minha sugestão – você estava *infelicíssima* vivendo aquela vida sem perspectiva, atolada em drogas. Sem as drogas, você tem um futuro, pode fazer qualquer coisa a que se proponha. E pense como se sentirá bem quando acordar de manhã e conseguir lembrar o que fez na noite anterior. E com quem foi para casa. Se tiver ido para casa com alguém.

E o intuito disso era me fazer sentir melhor?

59

Passei uma semana ou mais deixando um rastro de terror e destruição por onde passava, como um anticristo. Nesse ínterim, Neil foi embora, humilde e contrito, tão cheio de boas intenções que só faltou ficar curvo.

John Joe também foi embora. Curado e orgulhoso, já ostentando os primórdios de seu futuro bigode de pontas retorcidas.

Chris foi embora, mas não sem antes me dar o número de seu telefone e me fazer jurar que ligaria para ele no dia em que saísse. Durante quase uma hora depois de sua partida, curti uma deliciosa sensação de encanto com a atenção que ele tivera comigo, para logo depois cair numa fossa súbita e azeda.

Helen não veio mais me visitar. Surpresa, surpresa.

Vincent foi outro que chegou ao fim dos seus dois meses, e também era outro homem, irreconhecível, totalmente diferente daquele brutamontes charles-mansonesco que eu conhecera no meu primeiro dia.* Tão manso e afável, que dava para imaginá-lo coberto de passarinhos numa floresta, com corças, esquilos e outras criaturas silvestres aglomerando-se ao seu redor.

---

*Charles Manson: Líder de uma seita religiosa na Califórnia, responsável pelo assassinato da atriz Sharon Tate e de vários convidados da festa que ela dava em sua casa, na noite de 8 de agosto de 1969. (*N. da T.*)

Barry, o Bebê, Peter, o gnomo risonho, Davy, o jogador, e Stalin também foram embora. Eu agora fazia parte da velha-guarda.

A cada saída, chorávamos e nos abraçávamos, trocando endereços e promessas de mantermos contato. Eu estava surpresa com a força dos vínculos que havíamos formado uns com os outros, a despeito de idade, sexo e classe social.

Perguntava-me se era assim que os prisioneiros de guerra e os reféns se sentiam. Como se tivéssemos estado no inferno e voltado juntos, unidos pela experiência.

Embora as pessoas deixassem saudades quando iam embora, a lacuna deixada por sua partida não ficava aberta por muito tempo. A movimentação dos que ficavam cercava e preenchia o espaço deixado por elas. Assim, pouco depois que Mike foi embora, por exemplo, o buraco em forma de Mike foi preenchido e as flores cresceram sobre ele.

E, como novas pessoas chegavam regularmente, tudo ficava diferente, mesmo, de modo que nem dava para notar que tinha chegado a haver uma lacuna.

Por volta do fim da sexta semana, meu grupo era composto por Barney, um sujeito com cara de que surrupiava sutiãs e calcinhas de varais; o trêmulo Padraig, que se acalmara bastante desde o episódio da aspersão do açúcar no seu primeiro dia; padre Johnny, um alcoólatra hidrófobo, que engravidara a governanta; e uma jornalista de tabloide chamada Mary, gorda, feia, amargurada e sem talento. Passara os últimos cinco anos bebendo uma garrafa de conhaque por dia, armando para cima de todo mundo que encontrava para servir de assunto para suas matérias, e agora sua vida estava em pandarecos. Tinha que acontecer logo com ela, uma mulher tão boa.

E havíamos eu, Chaquie e Misty, as veteranas.

À medida que os novos internos iam chegando, eles não se mantinham estranhos por muito tempo. No Claustro, como sempre, a mais profunda intimidade se estabelecia entre as pessoas antes mesmo que uma soubesse o nome da outra.

Os recém-chegados eram imediatamente engolfados na nossa roda-viva e, em questão de minutos, era como se sempre tivessem estado lá.

DESCOBRI QUE TINHA entrado para a turma da terceira idade no dia em que me escolheram para ser chefe de uma das equipes de tarefas domésticas. Fiquei encarregada dos cafés da manhã, Chaquie dos almoços, Angela dos jantares e Misty do aspirador de pó.

– Olha – disse Chaquie, curta e rasteira – Angela e eu já escalamos as nossas equipes.

– Quando? – perguntei, alarmada.

– Quando você estava assistindo TV – disse ela, com ar esquivo.

– Sua mocreia – reclamei. – Aposto que vocês escolheram todos os que têm uma mente sã num corpo são e que nenhuma das duas quis saber de Francie.

– Mocreia é a avó – disse Chaquie. – Deu mole, dançou.

Fiquei tão comovida com o "mocreia é a avó", que a perdoei. Ela tinha progredido muito.

– Por que você e Misty não sentam e dividem entre si os que sobraram? – sugeriu ela, sem graça.

Fiquei horrorizada. Odiava Misty. Então me ocorreu que a tensão que geralmente vibrava entre nós duas já não estava mais tão carregada de eletricidade desde que Chris fora embora. Mesmo assim, eu não queria me sentar com ela para fazer nada, e foi o que disse a Chaquie.

– Ah, Rachel, vai lá – bajulou-me ela. – Age como uma adulta, dá uma chance à menina.

– Meu Deus, quem te viu, quem te vê – reclamei. Durante as últimas seis semanas, Chaquie e eu trocávamos detalhes do nosso ódio por Misty para conseguirmos nos acalmar e dormir.

– Ah, coitada da menina – disse Chaquie, com ar triste. – Aquelas coisas terríveis que aconteceram com ela, não espanta que seja a princesinha antipática que é...

– Só falo com ela se você tirar Francie das minhas costas – barganhei. Nenhuma de nós queria Francie na sua equipe, porque era louca varrida, um osso duro de roer e, como se não bastasse, uma filha da puta preguiçosa.

Chaquie hesitou, mas terminou por ceder.

– Tá certo, então. Que Deus me ajude.

E, muito a contragosto, fui procurar Misty.

– Temos que escalar o pessoal das nossas equipes de tarefas domésticas – disse eu. Ela me lançou um olhar gelado.

Pegamos a lista dos cérebros desprivilegiados e dos malucos que Angela e Chaquie haviam deixado para nós e os dividimos. Assim que comecei a conversar com ela, descobri que, em meio a todas as reviravoltas que estavam ocorrendo comigo, eu não odiava mais Misty. Nem me consumia de inveja por sua beleza frágil; na verdade, ela despertava meu *instinto protetor.* Houve uma troca um tanto relutante de afeto entre nós.

Quando nos levantamos da mesa, depois de dissimularmos como duas adultas, Misty tocou no meu rosto. Foi um gesto estranho da sua parte, mas não tirei o corpo fora, deixando que me tocasse, sentindo seu rompante de compaixão, afeto e estranha amizade. Uma pequena flor numa região calcinada.

– Viu só? – Chaquie sorriu para mim mais tarde, com ar superior.

– Você devia se empregar como diplomata na ONU – disse eu, em tom de falsa rabugice.

– Assim vou ter o que fazer quando Dermot se divorciar de mim – disse ela, pensativa. Por algum motivo, achamos isso hilariante e rimos de chorar.

Aquela noite, quando a lista das equipes foi para o quadro de avisos, ouvi Larry, um viciado em heroína de 17 anos, que cumprira pena num reformatório por lesão corporal grave, reclamar: "Não quero ficar na equipe daquela tal de Rachel, ela é muito agressiva."

Eu era?, me perguntei, mais divertida do que irritada.

E foi então que descobri que havia acontecido um milagre.

Embora ainda fumegasse de raiva de Luke e, em menor grau, de Brigit, já não tinha mais raiva do fato de ser uma toxicômana. Tinha visto muitos outros internos superarem a raiva e mergulharem nas águas calmas da aceitação, mas nem por um segundo acreditara que isso aconteceria comigo.

Fui invadida por uma sensação inédita. Uma espécie de paz. Como então, eu era uma toxicômana. E daí? Não me torturava mais, desejando que as coisas fossem diferentes. Verdade seja dita, pensei comigo mesma, eu sempre soube que havia algo de errado comigo. Pelo menos, agora sabia o que era

Pela primeira vez, senti alívio. Era um alívio parar de lutar, parar de resistir à insistente consciência de que minha vida e meu comportamento não eram normais. E era um alívio saber que eu não era louca, burra ou imprestável, que as únicas coisas erradas comigo eram minha imaturidade e minha baixa autoestima, e que ambas melhorariam quando eu me afastasse dos psicotrópicos. O futuro parecia promissor. Tudo parecia muito simples.

Durante a semana seguinte, várias outras coisas entraram nos eixos, em consequência da aceitação de minha baixa autoestima. Explicava por que eu me atirava em cima de homens que não me queriam. Como disse Josephine quando faltavam quatro sessões para eu ir embora:

– Você faz com que eles endossem a aversão que sente por si mesma.

E isso explicava por que a maioria dos homens parecia não me querer.

– Você era carente demais – disse Josephine. – Você os afugentava com esse buraco enorme que tinha na sua alma.

Eu estava compreendendo tudo, fascinada com as maravilhas da psicoterapia. Esqueceria Luke e teria um relacionamento fantástico com outro homem.

– E agora vamos falar de sua atitude doentia em relação à comida – anunciou Josephine. Minha felicidade despencou do céu como uma pedra.

– Você abusa da comida quase tanto quanto abusava das drogas. Estava um esqueleto quando chegou...

– Ah, sai pra lá, não estava, não – brinquei, abaixando a cabeça, com um sorriso encantado de vaidade.

– Viu só? – ela gritou. – Doentia, muito doentia. E se origina da mesma fonte da sua dependência das drogas. Você evita encarar sua imaturidade e seus defeitos, se concentrando em algo que *pensa* poder controlar, qual seja, seu peso. Mas não pode mudar seu interior mudando seu exterior. Ora você passa fome, ora come sem parar...

Comecei a protestar, mas ela me atalhou:

– Nós temos observado você, Rachel, nós *sabemos*. Você é obcecada pelo seu peso. Embora isso não a impeça de se entupir toda hora de chocolate e batatas fritas.

Abaixei a cabeça, envergonhada.

Mas nada podia esmorecer meu entusiasmo por muito tempo. Eu estava numa boa forma tão impecável, que me sentia preparada para reconhecer que Josephine talvez estivesse certa sobre minha atitude em relação à comida. Por que não? A essa altura, eu já me tornara *expert* em acreditar em coisas impossíveis antes do café da manhã. Já aceitara que era toxicômana, por que não acrescentar uma desordenzinha alimentar à lista, só por farra? Vê se lembra aí de mais alguma anomalia.

Não havia problema, porque, conforme Josephine dissera, "Se curar a causa de um, curará todos os outros".

– Estou muito ansiosa para começar vida nova – disse alegremente a Misty, aquela tarde, no refeitório.

– Vai com calma – Misty aconselhou, ansiosa. – Nem tudo entra nos eixos num passe de mágica no instante em que você para. Saber *por que* você usava drogas é só a ponta do iceberg. Você tem que aprender a viver sem elas, e isso não é fácil. Olha só o que aconteceu comigo. Tive uma recaída.

– Ah, não – sorri, comovida com seu zelo. – Isso não vai acontecer comigo, estou determinada a não deixar a peteca cair.

– Você vai voltar para Nova York? – ela perguntou.

Na hora me senti confusa e assustada. E muito puta da vida. Minha perspectiva de vida cor-de-rosa ainda não tinha chegado a Luke e Brigit, aqueles filhos da mãe.

– Acho que nunca vou voltar para a porra daquela cidade murmurei.

– Está preocupada com o que aquelas pessoas chiques vão dizer? – ela perguntou. – Como é mesmo o nome dela? Helenka?

– Helenka? – gritei. – Não, ela é sempre venenosa com todo mundo, não tenho mais tempo para gente assim.

Por um momento, degustei aquela sensação de liberdade, antes de dizer, melancólica:

– Não, é com Luke Porra de Costello e Brigit Porra de Leneham que eu tenho problemas.

– Você vai ter que voltar – disse Misty, a sensata. Estava começando a me irritar. – Vai ter que fazer as pazes com eles.

– Nunca vou fazer as pazes com aqueles filhos da mãe!

NA VÉSPERA DE MINHA PARTIDA, à noite, Josephine me levou ao seu escritório, para uma sessão particular. Todos tinham um *tête-à-tête* com sua terapeuta pouco antes de ir embora. Como um time de futebol recebendo as últimas instruções do técnico antes da partida decisiva.

Em linhas gerais, ela disse que eu não poderia fazer nada quando saísse.

– Nenhuma droga, inclusive álcool. Nada de passar fome, se empanturrar de comida ou fazer exercícios em excesso. E, o mais importante de tudo, fique longe dos relacionamentos com o sexo oposto durante um ano.

Quase desmaiei. *E eu que pensei que você fosse minha amiga.*

– Mas por quê? – gritei.

– Você tem uma atitude doentia em relação aos homens. A supressão das drogas vai deixar uma grande lacuna na sua vida. Muita gente começa um namoro para não ter que ficar a sós consigo mesma. Provavelmente, você seria uma dessas pessoas.

Filha da puta atrevida, pensei, ofendida.

– Dizemos o mesmo para todos, quando saem daqui – salientou ela.

Todos?, me perguntei, pensando em Chris.

– É só por um ano – acrescentou ela, afável.

Podia ter dito um século, que daria no mesmo.

– Nesse caso, vou voltar para Nova York – disse eu, mal-humorada. – Mesmo que não quisesse ficar sem sexo lá, seria obrigada.

– Nova York, não – disse ela. – Espere um ano até melhorar. E vai me dizer que você ficava sem sexo quando estava com Luke? – perguntou, com um sorriso malicioso.

Consegui me abster de soltar uma fieira de nomes contra Luke, mas a expressão em meu rosto deixava patente o ódio que sentia.

– Luke é um homem excepcional – disse Josephine. – Talvez você ainda não pense assim, mas ele fez por você o que era certo.

Não dei uma palavra.

– Ele é leal, íntegro, inteligente e muito... – interrompeu-se, dando um rápido toque nos cabelos – ...bonito.

Fiquei atônita. Como então, a velha bruxa era humana!

Mas não por muito tempo.

– Agora que você vai voltar para o mundo lá fora – disse, severa – o trabalho duro está só começando. Você vai ter que aceitar seu passado e aprender novas respostas para cada situação que a vida puser na sua frente. Nem sempre vai ser fácil.

A constatação não me perturbou. Não que eu não acreditasse nela, mas sentia que minha firmeza de ânimo superaria tudo.

– Ainda existe um conflito mal-resolvido entre você e sua mãe – ela alertou. – Se ficar na casa dela, provavelmente isso vai chegar a um desfecho. Cuidado para não ter uma recaída, se isso acontecer.

– Não vou usar drogas, prometo.

– Não adianta prometer para mim – disse ela. – Não é a minha vida que você vai estragar.

– Nem a minha – disse eu, num leve tom de desafio.

– Vá às suas sessões, continue com a terapia e, com o tempo, tudo vai ser muito bom – ela prometeu. – Você tem tantas coisas a seu favor.

– Que tipo? – perguntei, surpresa.

– Nós aqui não nos concentramos muito nas qualidades das pessoas, não é mesmo? – ela sorriu. – Bem, você é inteligentíssima, perspicaz, divertida e *muito* afetuosa. Vimos como se comportou com os outros internos do seu grupo e com os novatos. Você conseguiu tratar bem até Misty.

Corei de orgulho.

– E, finalmente, quero dizer que foi para mim uma experiência muito gratificante ver o quanto você mudou e cresceu durante sua estada aqui.

– Eu era horrível? – perguntei, por curiosidade.

– Era difícil, mas não era das piores.

– Eu te odiava – disse, sem sentir. Fiquei horrorizada. Mas ela não pareceu ficar nem um pouco ofendida.

– Haveria algo de errado com você se não odiasse – concordou. – Como é que dizem naquele filme? "Sou o seu pior pesadelo."

– Como é que você sabia tanto sobre mim? – perguntei, tímida. – Como sabia quando eu estava mentindo? Quando qualquer um de nós estava mentindo?

– Passei muito tempo numa mina de carvão – disse ela. – Essa resposta não esclareceu nada para mim.

– Como assim?

– Vivi com um toxicômano e alcoólatra crônico durante anos – disse ela, com um sorriso secreto.

Fiquei chocada. Coitada da Josephine. Quem poderia ter sido? Um de seus pais? Ou irmãos? Talvez até mesmo um marido. Talvez tivesse sido casada antes de se tornar freira.

– Quem era? – perguntei de chofre.

Esperei que ela me desse uma resposta nervosa, típica de analista, como "Esta não é uma pergunta apropriada, Rachel". Mas ela não deu. Em vez disso, calou-se durante um bom tempo, os olhos fixos nos meus, antes responder em voz baixa:

– Eu mesma.

60

Meu último dia finalmente chegou. Foi como meu aniversário, minha primeira comunhão, meu casamento e meu enterro, os quatro ao mesmo tempo. Adorei ser o centro das atenções – o cartão, o discurso, os votos de felicidades, as lágrimas, os abraços, os "vou sentir saudades suas". Até Sadie, a sádica, Cheia de Vida, a recepcionista, e Finbar, o jardineiro debiloide, vieram me desejar tudo de bom. Além do Dr. Billings, todas as enfermeiras e, é claro, os internos.

Fiz o discurso que todos faziam, sobre como achava que não havia nada de errado comigo quando chegara, como sentira pena de todos os outros etc. Eles me saudaram com vivas, bateram palmas e riram. Como sempre, alguém gritou: "Guarda uma cerveja para mim em Flynns."

Em seguida, foram todos para suas sessões de grupo, e eu fiquei esperando que viessem me buscar. Com os olhos cheios d'água, mas entusiasmada. Cheia de nostalgia, mas eufórica. Ávida para começar minha nova vida.

Tinha passado quase dois meses no Claustro e conseguira sobreviver. O orgulho de mim mesma era a ordem do dia.

Mamãe e papai chegaram. Na saída, quando o carro passou pelo alto portão, tirei meu chapéu num gesto simbólico, curvando a cabeça em memória do dia em que chegara. Cheia de curiosidade e expectativa, à caça de gente famosa. Parecia que tinha acontecido há um milhão de anos, com outra pessoa.

E, num certo sentido, era isso mesmo.

Além de minha breve incursão ao dentista, eu não via o mundo exterior há dois meses. Assim, passei a viagem de volta de Wicklow excitadíssima, tecendo um fio ininterrupto de comentários, no banco traseiro.

– Ih, olha lá, uma caixa de correio!

– Ih, olha só o cabelo daquele homem!

– Ih, olha lá, uma embalagem da Kentucky Fried Chicken naquela porta!

– Ih, olha só que ônibus mais esquisito!

– Ih, olha lá aquela mulher comprando jornal!

– Ih, olha só, viram as orelhas daquele bebê? Eram iguais às do Dr Spock!

Quando finalmente chegamos em casa, a emoção de tudo aquilo quase me fez entrar em parafuso. Por pouco tive uma crise histérica ao ver a porta de casa, a porta por onde eu poderia entrar ou sair *à hora que quisesse.* E quase tive que ser sedada quando vi meu quarto. Meu próprio *quarto*· Minha própria cama. Sem ninguém em cima dela pintando as unhas do pé. Um edredom decente! Que não tinha um cheiro esquisito! Nem me pinicava!

E nunca mais ser acordada de madrugada para fritar setenta ovos. Podia passar o dia inteiro na cama, se quisesse. E *queria.*

Entrei e saí correndo do banheiro, o banheiro que eu só tinha que dividir com mais quatro pessoas! Passei a mão pelo aparelho de TV, regozijando-me com o fato de que o único limite para a quantidade de porcarias que eu podia assistir era a quantidade de sono que precisava pôr em dia.

O aspirador de pó estava no hall. Detive-me para soltar uma boa gargalhada na sua cara. Meu curto relacionamento com seu irmão no Claustro chegara ao fim e eu não ia mais realizar nenhuma tarefa doméstica. Talvez pelo resto da vida.

Escancarei a porta da geladeira e dei uma olhada em todas as coisas apetitosas que havia em seu interior. Podia comer qualquer coisa que quisesse, *qualquer uma.* Com exceção, é claro, das musses de chocolate de Helen, nas quais ela colara com durex o desenho de um gesto obsceno. Abri os armários da cozinha, procurando, procurando, procurando...

Nesse momento, me senti muito, muito deprimida.

Muito deprimida. Era verdade, eu tinha saído.

E daí?

O que podia fazer? Não tinha amigos, estava proibida de frequen tar bares, não tinha dinheiro... Será que o resto da minha vida seria uma sucessão de noites de sábado em casa, assistindo a *Stars in their Eyes* com minha mãe? Ouvindo-a reclamar que Marti Pellow devia ter ganho, pois era mil vezes melhor do que Johnny Cash?*

E será que estava condenada a ver meu pai se levantar toda noite às nove e meia e anunciar "Bem, vou a Phelans tomar uma cerveja"? E

**Stars in their Eyes:* Programa da TV inglesa, no qual o público se inscreve para imitar o cantor ou a cantora de sua escolha. Cada série de programas culmina com uma final ao vivo, em que os espectadores votam no melhor imitador. *Johnny Cash:* Cantor *country* norte-americano. *Marti Pellow:* Cantor escocês, ex-vocalista da banda Wet, Wet, Wet. (*N. da T.*)

aí ser obrigada a puxar um corinho desafinado com mamãe e quem mais estivesse presente, *"Phelans, nothing more than Phelans..."*?*

O ritual já se repetia há uns vinte anos, mas eu tinha me esquecido dele nessa minha primeira noite em casa, quando estávamos só eu e papai na sala. O clima ficou meio tenso quando ele anunciou sua intenção de ir ao bar e eu não comecei a cantar.

– O pessoal não canta em Nova York? – perguntou ele, arregalando os olhos, magoado. – Cantar não é *fino* o bastante para eles?

Fugi para a cozinha.

– Meu Deus – reclamei com mamãe – aqui é pior do que o Claustro. A taxa de maluquice é mais alta.

Mas mamãe me exortou a ser tolerante. Argumentou que papai não era o mesmo desde que *Oklahoma* encerrara sua temporada de apresentação única.

– A coisa subiu à cabeça dele – explicou. – E agora ele voltou a ser um simples joão-ninguém.

– Mas ele só fazia parte do coro.

– Mesmo assim, fazia com que se sentisse importante – disse ela, do alto de sua sabedoria.

"O que vou fazer?", gemia, entediada e infeliz. Só estava em casa há um dia. Sentia saudades do Claustro e tinha vontade de estar lá. – Por que não vai a uma daquelas reuniões de malucos? – sugeriu mamãe, com a inteligência que lhe era peculiar.

Pensei na lista de reuniões que haviam me dado antes de eu sair do Claustro e concluí que não queria ser do tipo de pessoa que frequenta "reuniões de malucos". Eu não usaria drogas, mas faria a coisa à minha moda. Por isso, respondi, distraída:

– Hum, daqui a uns dias eu vou.

O que eu queria *realmente* fazer era ligar para Chris, mas não conseguia criar coragem. Entretanto, no domingo, minha falta do que fazer chegou a um tal ponto que, quando dei por mim, estava indo à

---

*Paródia do verso "Feelings, nothing more than feelings"; da canção "Feelings", de Morris Albert. (*N. da T.*)

missa. Foi a gota-d'água. Assim que cheguei em casa, retirei o fone do gancho com as mãos trêmulas e liguei para ele.

Quão amarga não foi minha decepção, quando alguém – o Sr. Hutchinson, supus – disse que Chris não estava. Não deixei meu nome, para o caso de ele não retomar minha ligação. Na segunda-feira, passei pelo mesmo suplício de esfrangalhar os nervos, mas dessa vez ele *estava*.

– Rachel! – exclamou, parecendo encantado de saber de mim. – Eu estava torcendo para que você ligasse. Como vão as coisas?

– Tudo ótimo! – declarei, animada no ato, achando tudo lindo e maravilhoso.

– Quando foi que você saiu?

– Sexta-feira.

Você devia saber.

– Já foi a alguma reunião? – ele perguntou.

– Er, não – respondi, distraída. – Tenho andado ocupada, sabe...

Ocupada comendo biscoitos e flanando pela casa, sentindo pena de mim mesma.

– Não deixe de ir às reuniões, Rachel – ele advertiu, em tom afável.

– Não vou deixar, não vou – apressei-me em prometer. – Enfim, er, quer se encontrar comigo?

– Acho que a gente pode, sim – disse ele, sem demonstrar metade da animação que eu gostaria que tivesse demonstrado.

– Quando? – insisti.

– Antes de sair do Claustro, eles não te advertiram para não fazer... bom... nada durante um ano? – perguntou. Primeiro, pensei que estivesse tentando mudar de assunto, mas depois compreendi que não estava.

– Advertiram – soltei, morta de vergonha, pois ele podia ter achado que eu estava dando em cima dele. – Nada de relacionamentos com o sexo oposto. Uma coincidência, porque não estou mesmo a fim de começar um agora – menti. – Disseram o mesmo para você?

– Disseram. Nem relacionamentos, nem bebida, nem mesmo raspadinhas! Fiquei surpreso por não me proibirem de respirar, para eu não correr o risco de me viciar em oxigênio!

Rimos às gargalhadas, durante um bom tempo.

Por fim, ele disse:

– Que tal quarta à noite? Às sete e meia, em Stephen's Green?

– Maravilha!

Encantada, desliguei.

Afinal, não havia nenhuma lei que me proibisse de flertar com ele.

61

Em homenagem ao meu encontro com Chris, me convenci a ir a um salão para depilar as pernas a cera ou cortar o cabelo. Não tinha dinheiro para as duas coisas, aliás, para nenhuma das duas, de modo que optei por cortar o cabelo. Não adiantava depilar as pernas. Como tanto Chris quanto eu estávamos proibidos de travar conhecimento bíblico, os resultados jamais veriam a luz do dia. Já que eu ia gastar dinheiro, queria que todo mundo ficasse sabendo.

Na manhã de terça, foi num clima de euforia e alta expectativa que pedi a mamãe para me levar de carro até o salão The Hair Apparent, a fim de cortar o cabelo com Jasmine. Que é que eu tinha na cabeça? Nunca, jamais, em toda a minha vida, saí de um salão de cabeleireiro sem ter que fazer uma baita força para refrear as lágrimas.

Mas sempre me esquecia disso. Era só depois que já estava sentada diante do espelho, enquanto alguém levantava e soltava mechas do meu cabelo num gesto desdenhoso, e ouvia as palavras "Deus do Céu, está um *horror*", que a lembrança me voltava no ato. E aí, já era tarde demais.

Há tanto tempo que eu não fazia nada tão normal quanto ir ao salão de cabeleireiro, que os azulejos, espelhos, toalhas e frascos do The Hair Apparent me inspiraram uma sensação semelhante a maravilhamento. A recíproca não foi verdadeira – a recepcionista mal se dignou me dirigir um breve olhar, enquanto eu lhe explicava minha missão.

– Sente na pia – foi sua ordem, para logo em seguida gritar: – Gráinne, Gráinne, cliente na pia dois!

Gráinne não inspirava confiança. Tinha cara de ser muito jovem. Eu não teria lhe dado mais de 13 anos, se não tivesse certeza de que havia leis proibindo esse tipo de coisa. Ela mancou até onde eu estava no alto de suas pernas de pau, seus olhos tentando, sem sucesso, encontrar os meus.

Cambaleando, colocou uma capa em mim e enfiou um monte de toalhas em torno do meu pescoço. Pelo visto, estava tendo um trabalhão para se equilibrar em cima de seus saltos plataforma.

Ato contínuo, abriu as torneiras e eu me refestelei no assento.

Mas, pelo visto, o privilégio de relaxar não estava à minha espera.

– Er, onde você vai passar o Natal este ano? – perguntou Gráinne, encabulada, como aprendera a fazer com as cabeleireiras mais velhas. Estava claramente decidida a ganhar seu diploma em corte, tintura e conversa fiada.

– Em lugar nenhum – respondi.

– Vai ser maravilhoso – disse ela, massageando meu couro cabeludo.

Tivemos alguns curtos e felizes momentos de silêncio

– Já esteve lá antes? – perguntou ela.

– Várias vezes.

Mais algum tempo se passou, com Gráinne escaldando meu couro cabeludo e direcionando o chuveirinho para as minhas orelhas com tanta frequência, que quase entrou água no meu cérebro.

– Vai com seus amigos? – indagou ela.

– Não – tornei. – Não tenho amigos.

– Isso é ótimo – disse ela, simpática.

Enquanto Gráinne esfregava, enxaguava e condicionava, senti um certo orgulho, pelo fato de, provavelmente, ainda parecer uma pessoa comum.

– Quem é que vai pegar você hoje? – perguntou Gráinne.

Achei sua maneira de se expressar bastante infeliz.

– Jasmine.

– Vou buscar... – Deu uma risadinha estranha, mas, contanto que o alvo não fosse eu, por mim, tudo bem – ...a *Jasmine* para você.

E lá se foi ela, cambaleando, o corpo todo inclinado para a frente por causa dos sapatos, aos gritos de "Maura, Maura, sua cliente já tá pronta".

Reconheci Jasmine/Maura assim que a vi, e não apenas por ter sido ela quem havia cortado meu cabelo quando eu passara o Natal na Irlanda. Sua cara estava tão lambrecada de base moreno-escura, que, com seu cabelo louro-claro, ela parecia um negativo. Um rosto meio difícil de se esquecer.

Ao passar por Gráinne, deteve-se para lhe dirigir algumas palavras irritadas, provavelmente proibindo-a de chamá-la de Maura.

Ela não deve ter me reconhecido, porque, quando fez o número de levantar e soltar as mechas, disse, em tom indignado, com um forte sotaque de Dublin:

– Meu Deus! Quem foi que fez seu cabelo da última vez? Tá um troço.

– Cortei aqui mesmo. – Encolhi-me de vergonha, tendo que me esforçar ao máximo para não falar como ela. Estava com vergonha da minha dicção classe média, temendo que ela pensasse que eu me considerava superior a ela. Queria ser o sal da terra, como Gráinne e Maura.

– Quem cortou? – indagou ela.

– Acho que foi você – murmurei.

Agora ela ia acabar com meu cabelo, como castigo. O cabeleireiro é o profissional mais poderoso do mundo, e não é graças à delicadeza que alcança esse poderio. Com efeito, ela passou os dedos por meus cabelos, soltando exclamações de desaprovação e muxoxos infaustos.

– Meu Deus – dizia, indignada – tá um troço. Que foi que você fez com ele?

– Não sei.

Só falta me dizer que usa secador de cabelo.

– Às vezes.

– Tá maluca? Cê não pode passar secador num cabelo quebradiço desses. E será que *alguma vez* condiciona ele?

– É claro que condiciono! – Eu conhecia a cartilha do bom trato capilar, sua mocreia burra.

– Bom, vou ter que acreditar na sua palavra. – Ela me encarou, estreitando os olhos.

– Quando digo que condiciono – me agitei na cadeira – não quero dizer com isso que faça touca, com óleo quente, toalha quente, esse tipo de coisa. Mas uso um condicionador comum toda vez que lavo o cabelo.

– *Sei* – disse ela, de lábios apertados. – Bom, precisa urgentemente começar. Com um cabelo seco como o seu, cê precisa de um condicionador sério.

Calou-se.

Esperei.

Já sabia o que vinha por aí.

– A gente tem uma linha de produtos – disse ela, no ato. Preparei-me para a indefectível ladainha comercial. Pesquei uma ou outra expressão, do tipo "Testados em laboratório" , "Agentes exclusivos", "Nutrientes vitais", "Fórmula nutritiva", "Sua única esperança".

– Quanto? – perguntei.

Era um preço exorbitante.

– Ótimo – engoli em seco. – Vou fazer.

– Você vai mesmo precisar do xampu, da musse, do condicionador que dispensa enxágue, do soro que não deixa encrespar e do...

– Um minuto – disse eu, me preparando para pronunciar as palavras mais difíceis que já tivera de dizer na vida. Respirei fundo e soltei: – Não posso pagar uma coisa dessas.

Ela fixou meus olhos no espelho. Eu sabia que não acreditava em mim. Sabia que estava pensando: "Sua filha da puta burra e esnobe".

Esperei que me agarrasse pelo pescoço e berrasse, "EMINHA COMISSÃO?" Mas ela não fez isso. Tentei me convencer de que não havia nenhuma razão para me sentir culpada. Mas não adiantou.

– Cê que sabe, se não quer os produtos... – disse Jasmine, de má vontade. – Eu, pessoalmente, acho que vale a pena. Mas cê que sabe.

– Estou desempregada – expliquei, m esperança de que ela abrandasse comigo.

Ela atirou a cabeça para trás, desdenhosa, como uma esposa furiosa que não dá à mínima para o marido que tenta se desculpar com ela.

– Quanto quer que tire de comprimento? – indagou, com frieza.

– Só uma aparadinha, por favor.

– Não – disse ela.

Não?

Pelo visto, não.

– Cê tá cheia de pontas duplas até aqui em cima. Vai ter que cortar até aqui. – Indicou uma região próxima aos ombros.

Não, Jasmine, tudo menos cabelo curto. Tenha piedade de mim. Por favor.

– Não me importo se está cheio de pontas duplas quase até em cima – garanti a ela, afável. – Sinceramente, por mim tudo bem, posso viver com isso.

– Mas tá tudo morto e quebrado. E as pontas 'tão duplas praticamente até a raiz. Olha só! – ordenou. – Olha só! Tá vendo como tá tudo duplo até aqui em cima?

– Estou vendo – disse eu. – Mas...

– Não, cê não tá olhando.

Olhei.

– Mas não me importo – disse, quando achei que já tinha olhado o bastante. – Prefiro cabelo comprido com pontas duplas a cabelo curto sem pontas duplas.

– Não dá – disse Jasmine. – Cê não pode sair por aí com cabelo cheio de pontas duplas. Não tá se usando.

Fomos interrompidas por Gráinne.

– Maura – disse para Jasmine – mamãe tá no telefone, dizendo que não pode tomar conta do Elroy hoje à noite, e que é procê ir pra casa.

– Foda-se, hoje eu vou tomar todas, cê vai ter que ficar com ele.

– Mas...

– Quer encontrar seu emprego no mesmo lugar quando chegar aqui amanhã?

– Ah – fez Gráinne, a resignação estampada no rosto, e afastou-se, mancando.

Fixei os olhos de Jasmine no espelho.

– Minha irmã – disse ela, a título de explicação.

Sorri, nervosa.

– Então, tamos combinadas – disse ela, impaciente.

Talvez desse tudo certo, pensei. Um novo começo, cortando fora a madeira morta e os cabelos mortos do passado. Avançando em direção a um futuro honesto e saudável, com um cabelo honesto e saudável.

A mão que empunha as tesouras governa o mundo.*

Helen levantou o rosto quando entrei em casa.

– Ué, você tá com cabelo de senhora – disse, surpresa. – Por que pediu cabelo de senhora?

– *Não pedi* – gritei.

Corri até o espelho para ver se estava tão ruim quanto eu me lembrava. Eu estava com um anel branco rente à raiz dos cabelos, onde a base saíra com a água. E olheiras cinzentas. Mas o pior de tudo é que estava com cabelo curto e cacheado. Jasmine tinha sido bastante liberal com a tesoura, deixando meu cabelo muito acima dos ombros. E, como se minha desgraça já não fosse completa, tinha feito uma escova no cabelo, enrolando-o em cachinhos pequenos e apertados.

– Tô feia de doer – chorei. Lágrimas grossas, sentidas.

– Tá mesmo – concordou Helen.

Gostei que ela concordasse comigo. Se mamãe estivesse presente e dissesse "Vai crescer", eu provavelmente estaria tendo uma crise histérica.

Pensei nos metros e metros de meu cabelo no chão, os cabelos em que Luke emaranhava suas mãos, e chorei com mais força ainda.

– Minha vida acabou – eu soluçava convulsamente.

– Você não devia mesmo sair de casa durante algum tempo – disse Helen.

Ao ouvir isso, quase dei um chilique. Sair! Eu tinha um encontro com Chris na noite seguinte! Mas como podia ir, agora que estava quase careca?

---

*Referência ao rondó *The Hand that Rocks the Cradle,* do poeta norte-americano William Ross Wallace (1819-1881), cujo estribilho é "A mão que balança o berço/ É a mão que governa o mundo". (*N. da T.*)

– Que ódio que eu tô sentindo dela – arquejei. – Filha da puta burra, gorda, com aquela cara toda pintada. Tenho ódio de *todas* as cabeleireiras.

– Espero que você não tenha dado gorjeta para ela – disse Helen.

– Deixa de ser burra, porra – solucei. – É claro que dei gorjeta para ela.

Não devia ter dado nada a Jasmine, com exceção, talvez, de um olho roxo, mas não me contive. Até murmurei "Está lindo", quando ela fez aquela clássica exibição do produto final, com um espelho à frente e outro atrás.

Consegui me segurar até já estar na rua, antes que as lágrimas começassem a escorrer livremente por meu rosto. Parei no ponto de ônibus, chorando e me sentindo nua sem meu cabelo. Tinha certeza de que todo mundo estava olhando para mim e, pela primeira vez na vida, minha paranoia não era infundada.

– Quem é aquela com cabelo esquisito? – ouvi alguém dizer. E, quando me virei, topei com um bando de colegiais me analisando atentamente, para em seguida caírem na gargalhada. Garotos de 14 anos no seu apogeu hormonal, e estavam rindo de mim!

– E era tão lindo – solucei para Helen.

– O quê?

– Meu cabelo – chorei. – Até aquela filha da puta botar as mãos nele.

– Bom, era razoável – disse Helen. – Eu não diria *lindo,* mas...

– E não me deram nem uma revista *Hello* para ler – chorei.

– Safados – comentou Helen, solidária.

– E o puta preço que paguei! – gritei. – Meu couro cabeludo não foi a única coisa que ficou vazia.

– Sabe com quem você tá parecendo? – disse Helen, pensativa.

– Quem? – perguntei, trêmula, na esperança de uma comparação redentora.

– Com Brenda Fricker.

– AAAAaaarrrrggghhhhh.

– Você sabe, aquela que fez a mãe naquele filme – disse ela.

Corri para o espelho.

– Tem razão – gritei, quase feliz com o fato de as coisas terem atingido um clímax tão apocalíptico. Isso conferia uma legitimidade irrefutável à minha condição.

Mamãe e papai voltaram para casa e foram convidados a dar seu parecer sobre meu cabelo aniquilado.

– Vai crescer – disse mamãe, sem convicção.

– A cada dia que passa, você se parece mais com a sua mãe – disse papai, em tom orgulhoso e afetuoso. Tornei a abrir um berreiro.

– Sabe com quem você está parecendo? – perguntou mamãe.

– Se você disser Brenda Fricker, eu me mato – avisei a ela, meus olhos brilhando, vermelhos.

– Não, nada disso – disse ela, carinhosa. – Não, como é mesmo o nome dela? Uma atriz. Como é o nome dela?

– Audrey Hepburn? – perguntei, esperançosa.

– Nããão. – Mamãe agitava as mãos, frustrada. – Ah, como é o nome dela?

Perguntei-me se conhecia Linda Fiorentino.

– Linda Fiorentino? – arrisquei. (Uma vez, um homem numa festa disse que eu parecia Linda Fiorentino, e fiquei tão comovida que dormi com ele.)

– Quem? Linda quem? Não! – Mamãe fez uma dancinha, numa tentativa de fazer a memória pegar no tranco. – Está na ponta da língua. Ah, em que filme ela trabalhou?

– *A última sedução?*

– Esse tem pinta de ser indecência grossa. Não, não foi esse. Ah, lembrei! Ela fez aquele filme com Daniel Day-Lewis...

Comecei a murchar.

–... você sabe, aquele pobre-diabo que era pintor... Christy Brown! *Meu pé esquerdo,* é esse, é esse! – Ficou eufórica de alívio. – Como é o nome da mulher que fazia o papel da mãe dele?

– Brenda Fricker – respondi, apática.

62

Eu podia escolher entre amarrar uma corda no pescoço e dar um chute na cadeira debaixo de meus pés e me preparar para meu encontro com Chris.

Gostaria de adiar a nossa grande noite até meu cabelo crescer, mas não tinha certeza se ele esperaria os 12 anos necessários.

Embora eu até que não estivesse tão mal, depois de desfazer aqueles cachos de matrona no chuveiro e sapecar na cara o triplo da carga habitual de maquiagem.

– Pelo menos, está bonito e saudável – me consolei, depois de alisá-lo com o pente o máximo possível, para esticá-lo.

Helen soltou uma gargalhada escandalosa.

– Ouve só ela – ria. – Você está tão triste. Vê meu cabelo? – Mostrou-o, levantando algumas das melenas sedosas que lhe vinham até a cintura. Cheio de pontas duplas. E eu tô lá me importando com isso? Nem um pouco!

Na quarta feira, passei horas me aprontando. Os preparativos começaram assim que acordei (por volta das duas e meia) e se estenderam por toda a tarde. Lavei mais uma vez o que restara do meu cabelo, em seguida passei a gilete numa boa parte do corpo, refletindo sobre a injustiça de ter cabelo demais nas pernas e de menos na cabeça. Claro que eu não tinha necessidade de depilar nada, já que Chris não ia me ver nua. Mas, que mal podia fazer?, indaguei, sentindo um agradável friozinho no estômago.

Depois disso, passei no corpo uma generosa porção da loção corporal de Issey Miyake, de Helen. Logo me senti culpada, pois devia ter pedido a ela. E, se ela dissesse que não, não devia chamá-la de vaca, e sim limitar-me a aceitar a negativa como uma adulta. Da próxima vez que precisasse roubar alguma coisa sua, teria oportunidade de praticar, pensei, para me acalmar.

Com isso em mente, minha mão hesitou sobre o vidro de perfume de Helen... para finalmente apanhá-lo, decidida. Ora, o estrago já não estava feito, mesmo, com a loção corporal? Com perfume a coisa era diferente, o conteúdo do vidro era maior. As pessoas podem te acusar de ser uma mocreia egoísta por dizimar sua loção corporal, mas não recusam algumas gotas do seu perfume mesmo a uma completa desconhecida, sem fazer perguntas.

O próximo item da agenda, claro, era a Indecisão Sobre O Que Vestir. A preocupação de que minhas roupas transmitissem para Chris a mensagem certa – provocantes mas casuais, elegantes mas informais – era composta por vários fatores. Primeiro: todas as minhas roupas de verão estavam em Nova York. Segundo: o que era considerado a quinta-essência da sofisticação em Nova York podia provocar uma batida de carros em Dublin, tal o quiriquiqui dos motoristas. E, é claro, o terceiro fator, o único que eu não conseguia realmente admitir, era minha extrema insegurança em relação a como me comportar no mundo exterior.

Mamãe observava meus preparativos com uma expressão preocupada. O que a inquietava não era tanto o fato de sua filha, que acabara de receber alta de um centro de reabilitação, estar prestes a pôr o pé num mundo infestado de drogas, e sim algo infinitamente mais sério.

– Helen vai te matar – avisou, quando viu o vidro vazio de loção corporal.

– Tudo bem – disse eu, irritada.

– E afinal, com quem é que você vai se encontrar? – Senti a enorme ansiedade em sua voz, o que a um tempo me magoou e exasperou.

– Com Chris, do hospício – disse eu. – Você sabe quem é, foi apresentada a ele. Portanto, não precisa se preocupar, não vou estar na companhia de ninguém que use drogas.

– Chris Hutchinson? – perguntou ela, alarmada.

– Éééééé – suspirei, com paciência histriônica.

– Olha lá, Rachel, cuidado – disse mamãe, a testa enrugada de preocupação. – Ele atormenta a coitada da mãe.

– É mesmo? – Cheguei mais perto dela, movida por um misto de interesse e medo. – Que foi que ele fez?

– Ele não parava de se drogar – murmurou ela, evitando meus olhos. – E Philomena e Ted gastavam uma fortuna com um especialista atrás do outro, mas não adiantava nada. Quando menos esperavam, alguém do trabalho dele telefonava para dizer que ele não dava as caras há uma semana. E ele tem trinta e tantos anos, Rachel, já está velho demais para obrigar os pais a ficarem tomando conta dele. E tem mais uma coisa...

– Eu sei – atalhei-a.

– Ele já esteve no Claustro uma vez, quatro anos atrás.

– Eu sei – repeti, com um tom de voz cujo intuito ostensivo era tranquilizá-la. Sua agitação crescente já estava começando a passar do ponto. – Ele me disse.

– Quase fez a coitada da Philomena sofrer um colapso nervoso – disse mamãe, a voz esganiçada, com um tom levemente choroso. Hora de sair. – E, depois disso, vieram as duas internações.

Eu me lembrava da mulherona de voz grossa que visitara Chris no manicômio.

– Ela não parecia *atormentada* – debochei. – Parecia forte como um touro.

– Você julga depressa demais... – A voz de mamãe foi morrendo a distância. – Acha que todo mundo é feliz, menos você.

Lá fui eu de trem para a cidade, com as pernas bambas como as de um novilho recém-nascido. Tudo era tão estranho e novo, que eu me sentia como se também tivesse acabado de nascer.

Embora não fosse um encontro romântico, nem eu *tivesse permissão* para ter encontros românticos, e tanto Chris quanto eu soubéssemos disso, ainda assim eu tinha aquela sensação deliciosa de pavor no estômago, um sobe e desce do tipo Nunca-mais-vou-comer-na-vida.

Tudo parecia novo e lindo. Como se eu visse uma noite de primavera em Dublin pela primeira vez na vida. A maré estava alta e o mar azul e calmo, quando passei por ele no trem. O céu parecia vasto e claro, com um tom desmaiado, pálido. Os parques brilhavam com a grama verde e as tulipas vermelhas, amarelas e roxas. E eu lá no trem, trêmula de medo e maravilhamento diante daquilo tudo.

Quase corri a pé até o parque Stephen's Green, tamanha era minha necessidade de ver Chris. E lá estava ele, à minha espera. Eu sabia que estaria lá, e mesmo assim fiquei maravilhada ao vê-lo. Ele é lindo, pensei, sem fôlego, e está ali porque quer se encontrar *comigo.*

Avistei o brilho azul de seus olhos a uma distância de quase dez metros. E será que havia algum homem na face da Terra com pernas tão gostosas? Deviam baixar uma portaria proibindo Chris de usar qualquer coisa além de Levi's, pensei, ensandecida.

Ele voltou seu olhar azul para mim. Com os olhos baixos, atravessei a rua ao seu encontro. Em seguida lá estava eu, perto dele, o coração palpitando de prazer. Ambos sorrimos, constrangidos, com os olhos cheios d'água. Sem saber direito como nos comportarmos um com o outro no mundo aqui fora.

– Como vai? – perguntou ele, bruscamente, me dando um abraço tão canhestro, que mais parecia uma gravata. Nós, dependentes em recuperação, não externávamos nosso afeto espontaneamente quando saíamos do centro de reabilitação, pensei, com uma sensação de vazio. Podíamos ser muito íntimos lá dentro, mas a coisa era diferente quando nos encontrávamos entre civis.

– Muito bem – disse eu, a voz trêmula, sentindo o coração quase explodir de tanta emoção.

– Um dia de cada vez – disse ele, com um sorriso irônico.

– Pois é – disse eu, com outro sorriso largo, trêmulo. – Nós conseguimos, estivemos no Claustro e sobrevivemos.

A atmosfera geral era a de que sobrevivêramos a algo horrível e isso havia nos unido. Como os sobreviventes de um avião sequestrado que se reúnem uma vez por ano para evocar, com os olhos marejados, lembranças de quando beberam a própria urina, arrancaram à força os pãezinhos de seus entes queridos e levaram uma surra de um homem com um pano de prato na cabeça.

– Pois é! – ele exclamou.

– Pois é – concordei.

Esperei que fizesse algum comentário sobre meu cabelo, mas, como isso não aconteceu, comecei a me preocupar. Estava horrível, não estava?

– Não notou nada de diferente em mim? – perguntei, sem sentir. *Não, não, não!*

– Você raspou o bigode? – Ele riu.

– Não – murmurei, constrangida. – Cortei o cabelo.

– É mesmo – disse ele, pensativo.

Amaldiçoei-me por ter tocado no assunto, e também aos homens em geral por sua inconsciência visual. A única coisa que eles notam numa mulher, pensei, decepcionada, são os peitos grandes.

– Ficou legal – disse ele. – Parece um menininho.

Podia até estar mentindo, mas eu estava mais do que disposta a lhe conceder o benefício da dúvida.

– O que vamos fazer? – perguntei, recobrando meu bom humor.

– Não sei. O que você *quer* fazer?

– Tanto faz – disse eu, sorrindo como uma idiota. – O que você quer fazer?

– O que eu realmente gostaria de fazer é comprar um quarto de Red Leb, fumar em menos de uma hora, levar você para casa e te dar uma trepada de abalar os alicerces – disse, pensativo. – Mas – sorriu, para tranquilizar meu rosto rígido como o de um cadáver –, nós não temos permissão para fazer isso.

– E não podemos mesmo ir a um bar – disse eu, soltando um pigarro masculino, para deixar claro que não o levara a sério, nem ia bancar a menininha grudenta, fazendo beicinho e batendo pé na rua cheia de gente, "Mas você *disse* que ia me dar uma trepada de abalar os alicerces. Você PROMETEU!". Tinha aprendido no Claustro que já cometera o erro de ser carente muitas vezes no passado. E as mulheres carentes afugentam os homens. Quanto a isso, não restava a menor dúvida. Portanto, para *não* afugentá-los, você tem que fingir que não é carente. Mesmo quando está sendo posta para fora do apartamento deles de manhã e eles dizem "Até qualquer hora", você não deve se virar e suplicar na cara deles "QUANDO? HOJE À NOITE? AMANHÃ? QUANDO, QUANDO, QUANDO?" Você deve apenas dizer "Hummm, até qualquer hora", passar uma garra impecavelmente bem-feita na barba por fazer dele e evolar-se numa nuvem de inequívoca autosuficiência.

Eu queria agir como se fosse forte, mesmo não sendo. Mudar os velhos padrões de comportamento. Exatamente como me haviam dito para fazer. Virtuosa foi a Rachel que se virou com um sorriso para Chris.

– Nós podíamos... sei lá... ir ao cinema? – sugeriu ele.

Não era o que eu queria ouvir.

Cinema?

Cinema, *porra?*

Eu estava reduzida a isso?

Não, ainda não estava derrotada. Podiam tirar meu Valium, minha cocaína, meus cartões de crédito, mas nunca poderiam tirar minha alma. Ou meu apetite.

– Podíamos ir comer alguma coisa – disse eu, entusiasmada. Luke e eu tínhamos passado alguns dos nossos melhores momentos em restaurantes. – Isso nós ainda temos permissão para fazer, não temos?

– Temos – concordou ele. – Contanto que nenhum dos dois vomite logo depois ou peça cinco sobremesas ou qualquer outro comportamento anômalo.

– Aonde nós vamos? – perguntei. Estava encantada. Imaginava um pequeno bistrô romântico, com sua penumbra de velas. Nossos rostos próximos, à luz dos castiçais. Conversando até de madrugada, sob o olhar carinhoso do *maître* gorducho, com todas as outras cadeiras do restaurante empilhadas em cima das mesas, Chris e eu continuando a conversar, entusiasmados, sem nos darmos conta.

– Vamos dar uma volta por aí e ver onde vai dar – sugeriu ele.

Enquanto vagávamos, eu não conseguia parar de pensar no que tinha me dito. Que gostaria de me dar uma trepada de abalar os alicerces.

A lábia que aquele diabo tinha.

Hummm...

Não! Você não pode pensar assim.

Tá bem, não vou pensar, a razão me chamou às falas. Está certo que ele era lindo, mas estávamos nos comportando como amigos. E estava de bom tamanho: meus países baixos se fechariam à hipótese de fazer sexo sóbrio com qualquer um que não fosse Luke.

Senti um vento cortante me varar, quando compreendi que nunca mais iria para a cama com Luke. Por um átimo de segundo, esqueci meu ódio por ele.

Recobrando minha objetividade, forcei minha atenção a voltar ao aqui e agora e a Chris.

Fomos para Temple Bar, na margem esquerda de Dublin. Onde testemunhei o completo renascimento da minha cidade natal com meus próprios olhos. Tinha ficado eletrizante. E linda.

Será que eu poderia viver aqui?, me perguntei. Sem dúvida estava muito diferente da cidade que eu deixara oito anos atrás.

Diferente o bastante para você viver nela? Senti um calafrio de medo.

Se eu não ficasse em Dublin, para onde *iria?*

Voltar para Nova York?

Voltar a ficar cara a cara com Brigit, Luke e os outros?

Não me parecia boa ideia.

Virei-me para Chris e sorri.

Me salva.

Estávamos passando por um restaurante que achei simplesmente perfeito. Tinha tudo, as velas, a toalha de mesa xadrez, o *maître* gorducho. Obeso, para dizer a verdade.

– Que tal aqui? – sugeri, empolgada, esperando que minha fantasia se tornasse realidade.

– Não sei – disse Chris, abanando as mãos num gesto vago. É meio...

Minha vontade era entrar. Mas, em vez disso, limitei-me a sorrir, dizendo:

– É, é sim, um pouco, não é mesmo? – Para logo em seguida ficar com ódio de mim mesma.

Devia ter dito o que queria. Acabara de perder uma oportunidade de mudar um velho padrão de comportamento. *Além disso,* pensei, irritada, já estava de saco cheio da voz descarnada de Josephine fazendo pronunciamentos na minha cabeça.

Continuamos caminhando, passando por uma sucessão de bistrôs românticos, iluminados à luz de velas, e Chris desprezando todos eles com um vago "Mas não é um pouco...?".

A cada decepção, meu astral caía mais um pouco, e minhas frases ficavam mais lacônicas e secas. Finalmente chegamos a um barracão amarelo, de onde saía uma música ensurdecedora. Estavam tocando os Gipsy Kings a um volume de furar os tímpanos.

– Que tal aqui? – sugeriu Chris. Sem dizer uma palavra, dei de ombros, cada detalhe do meu comportamento gritando: "*Aqui?* Ficou maluco, porra?"

– Vamos lá, então – disse ele, entusiasmado, abrindo a porta para mim.

Babaca, pensei, furiosa.

Quando entramos, o barulho quase me derrubou no chão. Foi quando notei que estava ficando velha, e que a Rachel sem drogas via o mundo com olhos muito diferentes dos da Rachel com um grama de coca dando voltas na cabeça.

Uma garota de 12 anos de idade usando um poncho e um sombrero nos recebeu com uma cordialidade tão entusiasmada, que raiava o delirante, o maníaco. *Alguém dê um comprimido de lítio para essa menina!*

– Mesa para dois – disse Chris, esticando furiosamente o pescoço, como se procurasse alguém. Enquanto éramos conduzidos pelo chão apinhado de pernas e coberto de pó de serragem, ouvi alguém gritar "Rachel, Ra-chel",

– Rachel. – A voz se aproximou. Localizei de onde vinha, me virei e dei com Helen. Usando uma blusa vermelha de babadinhos, uma saia curtíssima e um sombrero pendurado nas costas. Estava carregando uma bandeja.

– Que é que você tá fazendo aqui? – indagou ela.

– Eu é que pergunto! – rebati.

– Eu trabalho aqui – disse ela, com toda a simplicidade.

– *Este* é o puteiro? – perguntei.

– Outros o chamam de Club Mexxx – disse ela, olhando de relance para a delirante, que sorria de Helen para mim e de mim para Chris, como se fosse explodir.

– Me dá aqui. – Tomou os cardápios da sorridente. – Vou botar eles na minha seção. Agora, não pensem que vão ganhar um monte de drinques de graça – gritou por sobre o ombro, ao que sua bunda minúscula abria caminho por entre os pândegos e seus copos de tequila.

– Sentem aqui. – Atirou os cardápios em cima de uma mesinha bamba de madeira, do tamanho de uma capa de disco. Em questão de segundos, minhas mãos ficaram todas espetadas de lascas de madeira.

– Vou ter que levar umas bebidas para aquele grupo de filhos da puta – explicou, com um meneio de cabeça em direção aos 18 rapazes muito bêbados na mesa ao lado. – Volto logo.

Chris e eu nos encaramos. Ele, com um sorriso. Eu, sem.

– Você sabia que Helen trabalha aqui? – perguntei, com a voz trêmula.

– Como? – ele berrou acima da barulheira.

– VOCÊ SABIA QUE HELEN TRABALHA AQUI? – urrei, desabafando um pouco da minha raiva.

– Não. – Ele arregalou os olhos. – Não fazia a menor ideia.

Senti ódio dele. Não era comigo que queria estar. Estava atrás de Helen. Nunca ninguém queria estar comigo. Eu era apenas o trampolim que usavam para chegar a alguma outra pessoa.

Helen voltou mais ou menos uma hora depois.

– *Adios, amígdalos* – cumprimentou-nos. – Temos que dizer isso – acrescentou, com um beicinho de desdém. – Para dar autenticidade.

– Certo – disse, em tom eficiente. – O que vão querer?

O cardápio oferecia a gororoba texano-mexicana de sempre, com feijão frito em todos os pratos.

– O que você recomenda? – perguntou Chris a ela, com os olhos brilhantes.

– Recomendo que vocês vão a algum outro lugar, para ser franca – disse ela. – Eles dão refeições para os funcionários da casa e, juro por Deus, deviam pagar à gente para comer aquilo. Para quem gosta de viver no limite, tudo bem. Horas atrás, comi um *burrito* que me fez ver a morte de perto. Mas, se vocês não estiverem com instintos suicidas, experimentem ir a algum outro lugar. Tem uma adega maravilhosa mais adiante na rua, vão para lá!

Eu já estava quase de pé, mas Chris riu e disse:

– Ah, não, já que estamos aqui, vamos ficar.

Sendo assim, pedi feijão frito, servido com feijão frito.

– E feijão frito para acompanhar? – perguntou Helen, com a caneta na mão.

– Ah, manda ver – disse eu, mal-humorada. – Que mal pode fazer?

– O.k. – disse ela, afastando-se. – *Murchas graxas, amígdalos.*

– Ah, sim. – Voltou. – O que querem beber? Posso roubar um pouco de tequila para vocês, porque é tão barata e xexelenta que eles não ligam se a gente afanar um pouquinho. O único problema é que vocês podem ficar cegos. Desculpem, mas se me apanharem afanando mais alguma cerveja, vou para o olho da rua.

– Er, não, Helen, tudo bem – disse eu, com vontade de morrer de vergonha – mas vou tomar só uma Coca diet.

Ela me encarou como se estivesse tendo uma visão.

– COCA diet? *Só* Coca diet? Não, ouve só, a tequila não chega a ser *tão* ruim assim, no máximo pode provocar um leve surto de esquizofrenia, mas depois passa.

– Obrigada, Helen – murmurei – mas Coca diet está ótimo.

– O.k. – disse ela, confusa. – E você? – perguntou a Chris.

– O mesmo para mim – disse ele, em voz baixa.

– Mas por quê? – indagou ela. – Vocês são TOXICÔMANOS, mas não são ALCOÓLATRAS.

Todas as cabeças se viraram, até na adega maravilhosa mais adiante na rua.

– E aí? – Era a pergunta estampada em todos os rostos. – *Por que* não tomam um drinque? Que mal um drinque pode fazer? Afinal, vocês não são ALCOÓLATRAS.

Mas não era uma boa hora para eu subir na cadeira e lhes explicar os perigos da dependência cruzada.

– Valeu, Helen. – Chris foi o *savoir faire* em pessoa. – Agradeço a oferta da tequila, mas não, obrigado.

Ela se afastou. Eu e Chris ficamos em silêncio. Estava me sentindo muito, muito deprimida. Só podia presumir que ele também estivesse.

Por fim, comecei a sentir vergonha do nosso silêncio. Contrastava de maneira gritante com os berros escandalosos e bêbados de toda aquela gente ao nosso redor. A sensação que eu tinha era a de que todas as pessoas no mundo estavam se divertindo, menos eu e meu amigo, com seu copo de Coca-Cola.

Sentia ódio dele, de mim mesma, de não estar bêbada. Ou cheia de coca, que seria o ideal.

Sou jovem demais para ser marginalizada desse jeito, pensei, amargurada.

Tinha passado a vida inteira me sentindo excluída, e agora a sensação se tornara realidade.

Desesperada, numa tentativa suicida de ser uma pessoa normal, forcei uma conversa com Chris. Que não enganou a ninguém, principalmente a mim mesma.

Em todo o recinto reinava a desinibição, a liberdade, a juventude, a animação, a euforia. Menos na nossa mesa. Na minha retina mental, a imagem passava de cores brilhantes e diurnas para um tom de sépia, quando eu pensava em mim e Chris. De música de carnaval e gargalhadas para um silêncio arrastado. Éramos dois peixes fora d'água, totalmente deslocados, um fotograma de algum sombrio filme artístico do Leste europeu encaixado no meio de *Pernalonga vai para Acapulco*.

Muito depois, nossa comida chegou, e ambos fingimos estar deliciosa.

Ficávamos empurrando o feijão frito nos pratos e a mesa cambaia balançava, adernando como um navio em alto-mar. Encostei o cotovelo nela e o copo de Chris cambaleou, entornando a Coca-Cola. Ato contínuo, Chris levantou o saleiro e o tranco provocado despachou meu garfo aos trambolhões para o chão. Levantei o cotovelo para poder vasculhar o chão atrás dele, vendo que Chris não ia fazer isso, o filho da mãe preguiçoso, e seu prato deslizou pela mesa, por pouco não despencando no chão.

Muito mais tarde, depois de Helen nos oferecer sorvete, e recusarmos – o sabor, é claro, era feijão frito – o terrível suplício chegou ao fim, e ficamos livres para ir embora.

Chris deixou uma gorjeta polpudíssima para Helen, e foi todo sorrisos quando passamos por ela na saída.

Ela estava preparando drinques à base de tequila para o que parecia ser um grupo de carcereiros em seu dia de folga. Chapou os copos de tequila e Seven-Up na mesa, exortando-os a beber, sem muito entusiasmo, "*Buena borracharia, buena borracharia*", enquanto os carcereiros viravam os copos.

Mal pude olhar para ela. O ciúme roera um buraco no lugar onde antes ficava meu estômago. Embora ela não tivesse culpa por ter nascido tão linda e segura de si. Mas eu não conseguia deixar de pensar que era tudo muito injusto. E eu? Por que não ganhava nada?

63

Quando escapulimos de lá para a noite quente, Chris subitamente pareceu me notar outra vez. Passou o braço pelos meus ombros, de um jeito casual e amigo, e saímos caminhando pelas ruas.

Não pude deixar de me sentir feliz. Talvez ele gostasse de mim, afinal das contas.

– Como foi que você chegou à cidade? – perguntou ele.

– De trem.

– Eu te levo de carro até em casa – disse ele. Isso provocou em mim uma certa sensação de reconforto e alegria. Gostei do que dissera e da maneira como dissera, me senti *protegida*.

– A menos que você queira dar mais um pulo lá em casa para tomar um café – sugeriu ele, com um insondável olhar de soslaio.

– Hum... O.k. – gaguejei. – Tudo bem. Onde você estacionou o carro?

– Em Stephen's Green.

Caminhamos até o parque, em harmonia, pela primeira vez aquela noite. E, quando chegamos lá, descobrimos que seu carro fora roubado.

Diante do que, Chris executou a Dança do Carro Roubado. Cuja coreografia é a seguinte. Dê quatro passos ao lado da vaga vazia e detenha-se abruptamente. Dê quatro passos para trás em outra direção, de novo detendo-se abruptamente. Dois passos na direção inicial, pare, e repita a sequência. Uma meia-volta frenética para a esquerda, uma meia-volta frenética para a direita, seguida por meias-voltas em todas as direções, culminando com uma pirueta de trezentos e sessenta graus. É aqui que as instruções faciais se tornam muito importantes. Arregale os olhos, franza a testa, escancare a boca. Nesse ponto, você já pode dizer: "Mas onde...?! Eu estacionei aqui, juro, não tem nem talvez, estacionei aqui..."

Pausa. Nova série de passos, dessa vez bem mais agitados. De um lado para o outro, de um lado para o outro, de um lado para o outro. Mais rápidos, mais rápidos, *mais rápidos*. Outra pausa para mais meias-voltas, dessa vez com os braços abertos: "Será que foi aqui mesmo que estacionei...? Talvez não tenha sido... Mas tenho certeza que foi, certeza absoluta, porra."

Em seguida, num crescendo: "PUTA QUE PARIU! Que filhos da puta. Que filhos da puta... *filhos da puta*, filhos da puta miseráveis, filhos da puta DESGRAÇADOS."

"Acabei de comprar." (Em algumas versões.)

"Não está no seguro." (Em outras.)

"Meu pai não sabe que eu saí com ele." (Na de Chris.)

Esgotei meu repertório de clichês reconfortantes para acalmá-lo, "Calma", "Não fica assim" etc. Ofereci-me para ir à polícia, telefonar para a companhia de seguros e matar o(s) desconhecido(s) que havia(m) roubado o carro. Embora o que estivesse realmente com vontade de fazer era tomar um táxi para casa, dormir e esquecer completamente Chris e seu drama. Mas, por algum motivo, sentia-me obrigada, por uma questão de honra, a ficar do lado dele e lhe prestar solidariedade.

– Bom – disse ele, por fim – já que não há nada que eu possa fazer, podemos ir para casa. Vou ligar para a polícia de manhã.

Soltei um suspiro de alívio tão forte que quase desenraizei algumas árvores mais próximas.

– Me desculpe por isso – pediu ele, com um sorriso irônico que eu já conhecia de longa data. – Ainda quer voltar para o meu apartamento? Meus pais estão viajando – acrescentou.

Senti um tranco no estômago e disse, em tom casual:

– Ah, claro, eu volto com você, por que não? A noite é uma criança, ha-ha-ha.

O *que você está fazendo?*

Me deixa! Ele é só um amigo.

Embora eu também morasse com meus pais, não pude deixar de sentir uma ponta de desprezo por Chris. Afinal, ele já estava na casa dos trinta anos, ao passo que eu ainda estava na dos vinte.

Justamente.

Mas ele era homem. Havia qualquer coisa da mais extrema pieguice no fato de um homem ainda morar com os pais. Como se ainda chamasse a mãe de "mãezinha". Como se tivesse que pingar na mão dos velhos seu salário toda sexta-feira à noite e pedir permissão para ir ao bar tomar umas cerveJas com os amigos. Como se a mãe fosse uma fanática religiosa que vivesse com as cortinas fechadas e mantivesse lampadazinhas vermelhas acesas para o Sagrado Coração em cada um dos aposentos minúsculos, cheios de paninhos de renda, cheirando a mofo, abafados numa atmosfera de sussurros.

Felizmente, o lar ancestral dos Hutchinson estava longe de fazer esse gênero, ostentando sinais de prosperidade burguesa. Novos cômodos construídos, outros reformados, jardins de inverno, pátios, fornos de micro-ondas, filmadoras e sequer uma lâmpada vermelha acesa para o Sagrado Coração à vista.

Chris me levou para a cozinha e, enquanto punha a chaleira de água para ferver, sentei diante da bancada de café da manhã – é claro que eles tinham uma bancada para tomar o café da manhã – balançando as pernas, para deixar claro que estava relaxada, e não nauseada com aquele misto de pavor e expectativa.

Sabia que morreria, se acontecesse alguma coisa entre mim e ele. E que morreria, se não acontecesse.

Ouvi a voz de Josephine me alertando: "Seu instinto é procurar alguém para compensá-la. Um homem. Provavelmente, qualquer homem." Mas então, olhei para Chris, para o jeito como sua calça se colava à parte de trás das coxas musculosas, e pensei: "Josephine que se foda."

Chris não era simplesmente um homem qualquer, sua beleza ia muito além de mediana. *Além disso,* tínhamos muito em comum, muitas experiências partilhadas. Se tivéssemos permissão para namorar, faríamos um par perfeito.

Ele sentou em outro tamborete diante da bancada e chegou bem perto de mim. Nossos joelhos se encostaram. De repente, ele me deu um susto, mudando a posição da perna, de modo a encaixá-la entre meus joelhos, pressionando-a com suavidade para a frente. Fiquei morta de vergonha da maneira como minha respiração se tornara audível.

Já tínhamos nos sentado muitas vezes daquele jeito no Claustro, e fora uma coisa perfeitamente segura. Mas não estávamos mais no Claustro, me dei conta, com um frêmito de inquietação. Era como se eu tivesse acabado de pular de um avião e descobrisse que tinha esquecido o paraquedas.

– Sabe – disse Chris, com um sorriso que fez meus intestinos virarem coalhada – tem uma coisa que eu venho querendo fazer há dois meses.

E me beijou.

64

Eu sabia que seria errado para nós dois, e tinha a forte suspeita de que ele sequer se sentia atraído por mim. Mas estava determinada a ir até o fim, de um jeito ou de outro.

Não devia.

Foi uma dessas sessões de sexo que parecem um pesadelo, quando vocês dois compreendem, três segundos depois de dada a largada, que tudo não passa de um engano terrível, *terrível.*

E, nessas circunstâncias, com 72 quilos de carne masculina grunhindo e prendendo você ao colchão, como inventar uma desculpa e ir embora?

Não dá para fingir que acabou de avistar um conhecido do outro lado do quarto.

Ah, não.

Também não pode olhar para o relógio de pulso, soltar um "Ih!" e mastigar uma desculpa incoerente sobre o fato de a amiga com quem mora não ter cópia da chave de casa.

Nem pensar.

Você tem que ficar lá até o final dos tempos, limitando-se a sorrir e aguentar.

Assim que tiramos nossas roupas, o que foi por si só um suplício, senti toda a paixão se esvair no ato. Eu sabia, apenas *sabia* que ele tinha perdido totalmente a atração por mim. Quase podia farejar o seu pânico.

E eu também perdera totalmente a atração por ele. Ele era uma decepção dos pés à cabeça. Pequeno demais. A despeito do que eu estava sentindo por Luke, não podia negar que seu corpo era lindo. Em comparação, Chris deixava a desejar em todos os departamentos. Todos *mesmo.*

Éramos bem-educados demais para interromper a evolução dos fatos.

Era como aparecer na casa de uma amiga depois de um lauto jantar e descobrir que ela preparou outro para você, sofisticadíssimo, de oito pratos. Que você tem que comer, mesmo sentindo vontade de vomitar a cada garfada.

Angustiada, assisti ao ritual de colocação do preservativo. Quando você não está minimamente delirante de paixão, um marmanjo cobrindo o trabuco com um pedaço de plástico parece uma rematada loucura. Ato contínuo, nos entregamos, a contragosto, a uma curta sessão de preliminares. Degustação de mamilos, esse tipo de coisa, sem o *menor* entusiasmo. Em seguida, ele montou em mim para o grande acontecimento.

Que sensação de estranheza horrível, horrível, a de ser penetrada por um pênis que não tinha Luke atarraxado na outra ponta. Mas, pelo menos, a coisa estava andando, e logo acabaria.

Errado.

Durou uma eternidade.

Será que ele não vai gozar nunca, pelo amor de Deus, implorei ao universo, enquanto ele fazia o seu bate-estaca em cima de mim. Naturalmente, não havia a menor chance de eu vir a gozar, mas fingi, na esperança de que, se ele estivesse esperando por mim, finalmente se apressasse e concluísse as negociações.

Mas ele lá, bimba, bimba, bimba, até eu começar a sentir dor. Provavelmente, iria para casa cheia de *bolhas.*

Ocorreu-me, então, que talvez ele fosse um desses homens que acham que não satisfizeram a mulher até ela gozar várias vezes. Assim sendo, fingi mais alguns orgasmos, para apressá-lo.

Mas ele continuou lá, bimba, bimba, bimba. E só parou muito, muito tempo depois...

Não com um gemido profundo, alguns espasmos agônicos e uma expressão de quem acabou de levar um chute a gol nos colhões. E sim desacelerando aos poucos, o pinto com uma consistência de marshmallow, o que nada mais era do que um atestado do seu fracasso

– Desculpe, Rachel – murmurou ele, sem olhar para mim.

– Tudo bem – retruquei, em voz baixa, também sem olhar para ele.

Por mim, teria ido embora, mas não queria pedir carona a ele e, de mais a mais, de que adiantaria, tendo seu carro sido roubado? E meu dinheiro não dava para um táxi.

Ele mesmo retirou o preservativo, jogou-o na cesta de lixo – ugh – apagou a luz e deitou-se de costas para mim. Eu não esperava outra coisa.

Luke e eu sempre dormíamos aninhados nos braços um do outro, relembrei, cheia de tristeza.

Aquele filho da mãe.

Deitada no escuro, de repente me bateu uma puta fome. Devia ter comido o feijão frito.

Agora era tarde demais.

Dormi horrivelmente mal. Um sono leve, cheio de sobressaltos. Quando acordei, por volta das seis e meia, minha sensação de derrota foi tão intensa que não aguentei ficar lá nem mais um segundo. Vesti-me, resoluta, apanhei minha bolsa e me dirigi para a porta.

Então hesitei, ao me dar conta de que não havia absolutamente mais *nada* de bom na minha vida. Vasculhei a bolsa até encontrar uma caneta, anotei o número de meu telefone num pedaço de papel e coloquei-o no travesseiro dele. Não tive coragem de fazer o truque que fizera com Luke, de amassar o papel numa bola, atirá-la na cesta de lixo e dizer "Pronto! Isso vai te poupar o trabalho". Porque, no caso de Chris, seria verdade.

– Eu te ligo – murmurou ele, sonolento.

CLARO QUE não ligou.

Eu podia estar abstinente, mas, de resto, nada tinha mudado na minha vida.

Eu estava parada no ponto de ônibus, e as pessoas que tinham saído cedo para trabalhar olhavam minha roupa *extravagante*, soltando risadinhas.

Menos o garoto adolescente que me achou com cara de presa fácil, subiu as escadas do ônibus no meu encalço e sentou atrás de mim, murmurando "Calcinha, calcinha, vi sua calcinha", num tom de voz tão baixo que, no começo, achei que fosse minha imaginação. Fiquei com medo de trocar de assento e as pessoas olharem para mim outra vez.

Quando desci do ônibus, o motorista piscou o olho para mim:

"Cê vai ter que dar algumas satisfações pra sua mamãe." Ignorei-o, ganhando a calçada, e jurei para mim mesma, *Não vou olhar pra cima, não vou olhar pra cima.* Mas me senti impotente, dominada por um instinto poderoso, irresistível. Levantei a cabeça, e não deu outra: o asqueroso garoto obcecado por calcinhas estava olhando para mim, com um sorriso safado Desviei bruscamente meus olhos dos seus, mas não sem antes deduzir, pelos seus gestos, que pretendia bater uma ilustre punheta em minha homenagem.

Encetei a curta caminhada para casa, me sentindo imunda.

Mas, pelo menos, alguém sente tesão por mim, me peguei pensando, quase a meio caminho andado de casa.

Minha mãe me recebeu de um jeito que me fez lembrar no ato a razão pela qual eu tinha ido embora de casa.

– Pelo amor de Deus, onde é que você estava? – gritou, de camisola e olhos esgazeados. – Eu já estava quase telefonando para a polícia!

– Passei a noite na casa da Sra. Hutchinson.

– Achei que "Sra. Hutchinson" soaria muito mais conveniente do que "Passei a noite com Chris e tentamos trepar, mas ele broxou." – Passei a noite na casa da Sra. Hutchinson. Ia voltar para casa, mas o carro deles foi roubado, e ele teve que ligar para a companhia de seguros e a polícia, para dar queixa...

Eu falava depressa, esperando distraí-la da raiva que estava sentindo de mim, com a história do carro roubado.

– Philomena e Ted Hutchinson estão em Tenerife – disse ela, entre os dentes. – Você ficou lá sozinha com ele.

– Para ser franca, mamãe, fiquei, sim – concordei, com ar jovial. Já estava cheia disso tudo. Era uma mulher adulta.

Com essa, ela ficou fora de si. Tentou me bater, atirar uma escova em cima de mim, sentar, levantar e romper em lágrimas, tudo ao mesmo tempo.

– Sua vagabunda! – gritou. – Não tem vergonha na cara? Ele é um homem casado! E os três filhos dele? Imagino que você não tenha parado para pensar neles.

O choque que me paralisou deve ter transparecido em minha expressão, pois ela gritou:

– Você nem sabia, não é? Pois bem, que tipo de idiota você é? Uma burra imprestável e egoísta que sempre fez tudo errado. – Seu rosto estava vermelho e ela ofegava. Eu tinha ficado gelada de horror – Aposto como você nem sabia que ele foi expulso do Claustro a primeira vez que esteve lá! – gritou. – Porque foi apanhado tendo relações com uma mulher casada num dos banheiros. E quer saber o que me deixa mesmo fula da vida?

Respondi que não, mas ela me disse, mesmo assim:

– Já foi bastante ruim o papelão que você me fez passar com aquele deus-nos-acuda das drogas, e agora tinha que fazer uma coisa dessas. Sempre foi uma fedelha mimada e egoísta, nunca me esqueci daquela *vez* em que comeu o *ovo* de Páscoa da coitada da Margaret, você faz essas coisas de propósito, só para me espicaçar...

Saí correndo da sala e subi as escadas, com ela parada ao pé do lance, gritando comigo:

– Sua fedelha egoísta, só pensa em si. Pois bem, pode ir tratando de ir embora, e não precisa se dar ao trabalho de voltar. Anda, faz suas malas e saia daqui, vai ser um alívio para mim se nunca mais tornar a pôr os olhos em você. Me atormentando desse jeito...

Eu estava trêmula do choque. Sempre odiara discussões, e estava horrorizada com a força do ódio da minha mãe. Seu desprezo por mim era aterrador. Eu há muito desconfiava que ela me considerava uma grande decepção, mas a dor da confirmação foi excruciante.

Para não mencionar o que ela me dissera sobre Chris. Eu mal podia acreditar. Ele era *casado*. Com três *filhos*. Obviamente, era separado da mulher, mas isso não melhorava as coisas.

Não conseguia parar de pensar na total falta de desejo dele por mim, que o impedira de gozar. Se o sentimento provocado por sua rejeição já era horrível, em conjunção com o ódio de minha mãe, foi demais.

Mas eu sabia exatamente o que iria fazer.

Primeiro, trocar de roupa. Em seguida, mendigar, roubar ou pedir um dinheirão emprestado, ir para a rua, comprar uma porrada de drogas, ingeri-las e me sentir melhor.

Entrei no meu quarto trocando as pernas e bati a porta, para abafar os gritos histéricos de mamãe. As cortinas estavam fechadas e havia uma pessoa na minha cama. Uma não, duas: Helen e Anna.

De novo.

Por que ninguém nessa casa podia dormir na sua própria cama, porra?, me perguntei, exausta. E por que Helen e Anna estavam juntas? As duas não se odiavam?

Ambas estavam no oitavo sono, enroscadas como dois gatinhos graciosos, os longos cabelos negros confundindo-se espalhados sobre os travesseiros, os cílios pontudos sombreando seus rostinhos serenos.

Acendi a luz, no ato causando um rebuliço.

– Puta que p...! – Uma das duas sentou-se, assustada. – Eu tava *dormindo!*

– Apaga essa porra de luz – ordenou a outra.

– Não – disse eu. – Esse quarto é meu e preciso encontrar umas coisas.

– Mocreia – murmurou Helen, inclinando-se para fora da cama e pondo-se a revirar sua bolsa.

– Você tá bem? – perguntou Anna, com um tom de voz surpreso.

– Tô ótima – respondi, curta e grossa.

– Toma – disse Helen, entregando a Anna um par de óculos escuros. – Bota aí, pra gente poder voltar a dormir.

Helen também colocou um par na cara, e ficaram as duas na cama, de óculos escuros, parecendo os Irmãos Cara de Pau.

– E aí? – Helen resolveu puxar conversa. – Trepou com o cara?

– Trepei – respondi, trêmula. Fiz uma pausa. – E não trepei.

Helen alteou uma sobrancelha por trás dos óculos escuros.

– Trepou e não trepou? Boquetes?

Fiz que não com a cabeça, arrependida por ter chegado a dizer alguma coisa, pois não queria falar no assunto.

– Permita-me lembrar – insistiu Helen – que sexo anal *vale* como trepada.

– Obrigada, Helen.

– Foi isso?

– Isso o quê?

– Sexo anal?

– Não.

– Não gosta?

– Não ligo. – Na verdade, nunca experimentara, mas não ia admitir isso para uma irmã muito mais nova. Era eu quem devia estar falando dessas coisas com *ela,* e não o contrário.

– Eu adoro – murmurou ela.

65

Limpei a bolsa da minha mãe, faturando 130 libras limpinhas. Ela devia ter acabado de receber o dinheiro para as despesas da casa. Soprei a poeira do seu cartão de crédito e embolsei-o também, por via das dúvidas. Cheguei a hesitar quanto à hipótese de roubar dinheiro de Anna, mas quis a sorte que ela só tivesse 8 libras na sua pequena capanga de madras.

Não achei que estivesse fazendo nada de errado. Estava sob o poder de uma compulsão tão forte, que não podia me controlar. Tinha que arranjar Valium e cocaína. Era só nisso que conseguia pensar. As palavras terríveis de minha mãe me dilaceravam, e era inconcebível que eu *ficasse com a dor.*

Mal me dei conta do percurso de trem até a cidade. Meu sangue tinha subido à cabeça, cada átomo do meu corpo gritava por substâncias químicas, e não havia nenhuma força no universo capaz de me dissuadir. Não fazia ideia de onde compraria drogas, mas me parecia que teria mais chances na cidade do que esperando no fim da minha rua, na burguesa Blackrock. Tinha ouvido dizer que o problema das drogas em Dublin era grave. Naturalmente, estava cheia de esperança.

Ao descer do trem, me perguntei, ansiosa, para onde deveria me dirigir. As boates eram ótimos lugares para se comprar cocaína, mas raríssimas estavam abertas às nove da manhã. Um bar seria o lugar onde eu teria maiores probabilidades. Mas onde? Qual?

E por que nenhum estava aberto? Eu caminhava sem parar, o medo crescendo, a necessidade aumentando.

Isso me fez lembrar de uma ocasião em que eu estava apertada para ir ao banheiro e não encontrava nenhum estabelecimento aberto. Batia pernas feito uma louca pelas ruas, em busca de um bar ou café onde me deixassem entrar. Ficando cada vez mais desesperada ao ver os edifícios fechando suas portas e as pessoas fechando suas caras para mim. Nenhum lugar, literalmente nenhum, que me valesse. Mais uma vez, experimentei a mesma sensação de desamparo, frustração e *necessidade* insuportável, excruciante.

Para minha inquietação, cada bar a que eu ia estava fechado, o que me dava um frio no estômago.

Vai para casa.

Vai se foder.

– A que horas abrem os bares? – perguntei à queima-roupa a um homem que ia apressado para o trabalho.

– Às dez e meia – respondeu ele, sobressaltado.

– Todos? – murmurei.

– Todos – assentiu, me dando um olhar de estranheza que, em outras circunstâncias, teria me matado de vergonha.

Mas a Irlanda não tinha a fama de ser uma nação de beberrões?, pensei, confusa. Que diabo de nação de beberrões é essa, em que os bares abrem às dez e meia, quando o dia já está quase chegando ao fim?

Se pelo menos Dublin tivesse um bairro de prostituição...! Por que eu não era holandesa?

Segui caminho, enveredando pelas ruas transversais e, mais por sorte do que por cálculo, fui parar numa rua comprida que aparecia de vez em quando nos noticiários, como exemplo de miséria e violência. Aproximadamente duas pessoas eram baleadas por ano em Dublin, em geral naquela mesma rua. Eram abundantes as histórias apócrifas sobre cidadãos burgueses, de classe média, que haviam se perdido e foram parar lá por engano, onde receberam 184 ofertas de drogas num percurso de dez metros.

Bingo.

Mas a gente nunca encontra um traficante quando precisa. Talvez fosse cedo demais para estarem acordados. Se pelo menos eu tivesse uma carta de recomendação de Wayne...!

Fiquei séculos batendo pernas de um lado para o outro, passando por prédios cobertos de grafites. Havia desenhos tortos e toscos de seringas gigantescas com uma cruz vermelha atravessada no meio e os dizeres "Fora, traficantes" em letras garrafais pintados em cada empena – uma indicação de que eu me encontrava numa zona onde se vendiam drogas. Mas ninguém me abordou, lutou comigo, me derrubou na calçada e injetou drogas em mim à força, como as reportagens dos noticiários levavam a crer que acontecia toda hora. (Eu ainda estava para encontrar o traficante que oferecesse amostras grátis e *test-drive* de seus produtos, mas sua existência era dada como certa no mundo dos tabloides.) Ou talvez eu devesse procurar a escola da regiao, onde, é claro, haveria dezenas de traficantes fazendo ponto, à espreita de suas presas, como num *souk* marroquino.

Calculei que minhas probabilidades de arranjar drogas seriam maiores se eu me aproximasse dos poucos jovens descolados e bem-vestidos que vi. Mas, quando tentei fazer com que nossos olhares se cruzassem, para dar meu recado, todos se viraram, corando, aos risinhos.

Não estou azarando vocês, tive vontade de gritar. Só quero comprar cocaína. Todo aquele lero-lero sobre o terrível problema das drogas em Dublin, pensei, furiosa. O terrível problema é conseguir as porras das drogas!

Por fim, quando eu já estava correndo de um lado para o outro há uma hora, me obriguei a parar e *esperar.* Simplesmente me postar numa esquina, fazendo uma cara desesperada de fissura.

As pessoas me olhavam, desconfiadas. Era horrível. Todo mundo sabia por que eu estava ali, e sua indignação era indisfarçável.

Para não chamar tanto a atenção, sentei num imundo lance de escadas de cimento, diante de um edifício que parecia uma zona de guerra. Mas então, saiu uma mulher lá de dentro com várias crianças e me ordenou: "Levanta daí." Obedeci. O medo rompeu a loucura do meu desejo. Eu tinha ouvido falar nos grupos de vigilantes que eles formavam nessas zonas. E faziam muito mais do que pintar seringas tortas com cruzes vermelhas atravessadas no meio de cada empena. Havia pessoas que tinham sido hospitalizadas devido a espancamentos relacionados com drogas. Para não falar nos disparos anuais.

Uma voz na minha cabeça me incitou a ir embora para casa. Eu me sentia suja, constrangida, envergonhada e morta de medo.

Tornei a me levantar, me encostei numa parede e fiquei olhando com ar fissurado para os transeuntes, estremecendo quando, um por um, me fuzilavam com o olhar.

Não sei há quanto tempo eu já estava ali, parada, morta de vergonha e desespero, quando finalmente um garoto se aproximou de mim. Em poucas e curtas frases, num idioma que ambos conhecíamos, fiz com que entendesse que queria cocaína. Ele parecia estar em condições de me ajudar.

– Também preciso de tranquilizantes – acrescentei.

– Temazepam?

– Ótimo.

– A coca vai demorar um pouco.

– Quanto tempo? – perguntei, ansiosa.

– Umas duas horas, talvez.

– O.k. – assenti, a contragosto.

– E eu também ganho um teco – acrescentou.

– O.k. – tornei a murmurar.

– Espera lá no bar no fim da rua.

Me fez morrer em 80 libras, o que era um assalto à luz do dia, mas eu não estava em condições de negociar.

Quando ele saiu batido dali, uma convicção se apoderou de mim: eu nunca mais o veria, nem a coca, nem o dinheiro.

Porra, que ódio.

Fui para o bar. Não podia fazer mais nada, além de esperar. Havia poucas pessoas – todos homens – no bar. A atmosfera era machista e hostil, e senti com clareza o quanto minha presença era indesejada. A conversa cessou totalmente quando pedi um copo de conhaque. Por um momento horrível, achei que o *barman* não ia me servir.

Nervosa, fui me sentar no canto mais afastado do bar. Esperava que o conhaque acalmasse minha agitação frenética. Mas, quando terminei de torná-lo, ainda estava me sentindo horrivelmente mal, de modo que tomei outro. E mais outro.

Evitando que nossos olhares se cruzassem, aflita para que o tempo passasse, continuei lá, nauseada e com os nervos à flor da pele, tamborilando com os dedos na mesa de fórmica marrom. De tempos em tempos, como o sol brilhando por entre as nuvens, lembrava que faltava pouco para me tornar a feliz proprietária de um monte de cocaína. Talvez. Essa consciência me reconfortou, antes de eu ser novamente atirada ao inferno de minha cabeça acelerada.

Toda vez que relembrava minha noite horrível com Chris ou o que minha mãe me dissera, tomava outra talagada de conhaque e me concentrava na sensação que teria quando pusesse as mãos na coca.

Quando já estava lá há séculos, um homem se aproximou de mim, perguntando se eu gostaria de comprar metadona. Eu podia estar doida para sair do ar, mas sabia que a metadona pode ser fatal para os não iniciados. Meu desespero não chegava a esse ponto. Ainda.

– Obrigada, mas já tem alguém providenciando pó para mim – expliquei, morta de medo de ofendê-lo.

– Ah, deve ser o Tiernan – disse o homem.

– Não sei o nome dele.

– É Tiernan.

Durante a meia hora seguinte, cada homem no bar tentou me convencer a comprar metadona. Era óbvio que tinham tido uma safra recorde aquele ano.

Meus olhos estavam o tempo todo voltados para a porta, enquanto eu esperava que Tiernan tornasse a aparecer. Mas não aparecia.

O pânico, sim, é que tornou a aparecer, apesar do conhaque. Que fazer? Como arranjar drogas, agora que eu me desfizera de todo aquele dinheiro?

Ocorreu-me outra possibilidade. De repente, o fato de Tiernan ter dado no pé com o dinheiro me pareceu uma verdadeira bênção. *Você pode se levantar, ir para casa agora mesmo e se entender com a sua mãe. A situação não é irreversível.*

Mas então, voltei a dar para trás. Não conseguia imaginar nada terminando bem, nunca mais. Eu fora longe demais na estrada em que me encontrava para poder voltar. Pedi mais um copo de conhaque.

Para não ter que ficar a sós com minha cabeça, comecei a prestar atenção nas conversas ao meu redor.

A maioria era extremamente chata, todas sobre máquinas, e com a mesma frase de permeio: "... daí, eu levei pro meu cunhado dar uma olhada..."

Vez por outra, no entanto, eram interessantes. Houve uma legal sobre ecstasy.

– Troco dois Safados Malucos por um Espírito Santo – propôs um sujeito tatuado a um jovem incauto.

– Não. – O jovem incauto sacudiu a cabeça, categórico. – Tô satisfeito com o meu Espírito Santo.

– Quer dizer que não vai trocar?

– Não, não vou.

– Nem por *dois* Safados?

– Nem por dois Safados.

– Tá vendo? – voltou-se o sujeito tatuado para outro sujeito tatuado ao seu lado. – Em tudo quanto é canto o pessoal tá dizendo que prefere um Espírito Santo a dois Safados Malucos. Os Espíritos Santos dão um barato mais limpo, mais claro.

Pelo menos, acho que foi isso que ele disse.

Por volta das duas da tarde – embora o tempo tivesse perdido totalmente o sentido, entre o trauma e o conhaque – Tiernan voltou. Eu já desistira totalmente dele, de modo que achei que estivesse alucinando. Tive vontade de dar um beijo nele, de tão extasiada.

E de tão mamada, também.

– Conseguiu...? – perguntei, ansiosa. Meu fôlego ficou curto quando ele sacudiu um saquinho de pó esbranquiçado diante de mim.

Meu coração deu um salto homérico, e tive ganas de segurá-lo com minhas próprias mãos, como uma mãe querendo segurar seu bebê recém-nascido. Mas Tiernan estava muito cioso dele.

– Uma carreira é minha – relembrou, balançando o saquinho fora do meu alcance.

– O.k. – arquejei, acesa, cheia de pressa e avidez. *Anda logo.*

À vista de todos no bar, ele dividiu a cocaína em duas carreiras lindas e gordas sobre a mesa de fórmica.

Receosa, olhei em volta para ver se alguém se importava, mas não parecia ser o caso.

Ele enrolou uma nota de 10 libras e aspirou habilmente uma das carreiras. A maior, notei, furiosa.

Era a minha vez. Meu coração já palpitava e minha cabeça já viajava, numa prazerosa antecipação. Inclinei-me sobre a coca. Tive a impressão de estar vivendo um momento místico.

Mas, quando estava a pique de cafungar, ouvi subitamente a voz de Josephine: "Você estava se matando com as drogas. O Claustro mostrou a você outra maneira de viver. Você pode ser feliz sem as drogas."

Titubeei. Tiernan olhou para mim, com ar de riso, sem compreender.

Você não tem que fazer isso.

Pode parar agora mesmo, e nenhum mal terá sido feito.

Hesitei. Aprendera tanto no Claustro, fizera tantos progressos em termos de autoconhecimento, admitira ser uma toxicômana e ansiara por um futuro melhor, mais promissor, mais saudável, mais feliz. Será que queria jogar tudo isso fora? E aí, queria?

E aí, queria?

Fitei o pó branco, com sua aparência inocente, disposto numa carreira irregular sobre a mesa à minha frente. Eu já quase morrera por sua causa. Será que valia a pena ir em frente?

Valia?

Valia!

Debrucei-me sobre minha cocaína, minha melhor amiga, minha salvadora, minha protetora. E aspirei fundo.

66

Acordei no hospital.

Só que não sabia que era um hospital, quando recobrei os sentidos. Lutei para sair do sono, como se nadasse em direção à superfície da consciência. Eu podia estar em qualquer lugar. Na cama de qualquer estranho. Até abrir os olhos, eu podia estar em qualquer um dos milhões de camas espalhados por todo o globo terrestre.

Quando vi o soro preso ao meu braço e senti o cheiro estranho de desinfetante, compreendi onde estava. Não fazia a menor ideia de como fora parar lá. Ou o que acontecera comigo.

Mas sentia o mais violento bode que já sentira em toda a minha vida. Como se me encontrasse exatamente no canto mais desolado do universo, diante de um abismo. Vazio ao meu redor, vazio nas profundezas de mim mesma. Tudo tão horrivelmente familiar.

Há quase dois meses que não me sentia assim. Já havia me esquecido como era verdadeiramente insuportável. E é claro que a primeira vontade que me bateu violenta, para rebater o bode, foi a de me drogar mais ainda.

O que terá acontecido?, me perguntei.

Tinha uma vaga lembrança de estar cambaleando pelas ruas iluminadas à noite, com meu novo melhor amigo, Tiernan. E de ter ido a outros bares, bebido mais, cheirado mais. De ter tomado um punhado de comprimidos de temazepam, quando uma leve paranoia deu seus primeiros sinais. Lembrava-me de ter dançado num outro bar, e de ter me achado a melhor dançarina do mundo. Meu Deus do Céu, que vergonha mortal.

Em seguida, fui com Tiernan a outro bar, onde compramos mais cocaína. Depois, a mais outro bar. E depois talvez a mais outro – eu tinha a vaga lembrança, mas não a certeza. Depois disso, fomos com três – ou teriam sido quatro? – amigos seus para o apartamento de alguém. Onde tomamos dois Es cada um. Além de um *flash* do tipo cena de boate, não me lembrava de absolutamente mais nada.

Ouvi alguém chorando convulsamente. Minha mãe. Abri os olhos mesmo contra a minha vontade, e minha sensação de estranheza aumentou ainda mais, quando vi que era papai quem estava aos prantos.

– Não chora – murmurei. – Não vou fazer isso de novo.

– Você já disse isso antes – soluçou ele, o rosto escondido nas mãos.

– Prometo – disse eu, com esforço. – Dessa vez vai ser diferente.

Pelo que constava, eu fora atropelada. Segundo a motorista, eu correra para a frente do seu carro, e ela não tivera como desviá-lo. O relatório policial me descreveu como estando "enlouquecida". O pessoal com quem eu estava fugiu, me deixando caída no meio da rua. Disseram que eu tinha tirado a sorte grande – além de uma grande equimose na coxa, estava em perfeitas condições físicas.

Salvo pelo fato de estar enlouquecendo, é claro.

Desejava, ansiava, *sentia uma vontade imperiosa* de estar morta. Mais do que das outras vezes em que desejara o mesmo.

O desespero me esmagava sob seu peso como um bloco de granito. Um coquetel depressivo cujos ingredientes eram as coisas que minha mãe me dissera aos gritos, a vergonha pela recaída e a rejeição de Chris.

E eu lá, deitada num leito de hospital, as lágrimas escorrendo pelo meu rosto para o travesseiro, sentindo um ódio surdo, profundo, brutal de mim mesma. Eu era um retumbante fracasso, a maior perdedora da Criação. Ninguém me amava. Fora expulsa de casa por ser burra e imprestável. Não podia sequer voltar para lá e, para ser franca, não culpava minha mãe. Porque, além dos meus outros defeitos horríveis, eu tivera uma recaída.

Era isso que estava me matando. O fato de ter estragado tudo, aniquilado totalmente minha chance de ter uma vida feliz, livre de drogas. Sentia desprezo por mim mesma, por causa de todo o dinheiro que papai a custo soltara para minha internação no Claustro, por não ter adiantado nada. Eu tinha decepcionado todo mundo: Josephine, os outros internos, meus pais, minha família, até a mim mesma. Estava torturada de vergonha e sentimento de culpa. Queria desaparecer da face da Terra, morrer e me dissolver.

Tratei de dormir, agradecida por sair do verdadeiro inferno em que minha vida se transformara. Quando acordei, Helen e Anna estavam sentadas à minha cabeceira, comendo as uvas que alguém trouxera para mim.

– Porras de sementes – reclamou Helen, cuspindo alguma coisa na palma da mão. – Será que nunca ouviram falar em uvas sem sementes? Bem-vindos ao século XX! Ah, você acordou.

Assenti com a cabeça, deprimida demais para falar.

– Meu Deus, você está mesmo mal – comentou ela, alegre. Vir parar no hospital *de novo* por usar drogas. Da próxima vez, você pode morrer.

– Para com isso. – Anna lhe deu uma cotovelada.

– Bom, não precisa se preocupar – consegui dizer, com grande sacrifício. – Não vai ser mais da sua conta. Assim que eu estiver bem o bastante para sair daqui, vou para longe, muito longe, onde você nunca mais vai ter que me ver de novo.

Meu plano era sumir do mapa. Me castigar com uma vida vazia e solitária, longe da minha família e amigos. Erraria pela Terra, sem ser bem-vinda em parte alguma, porque não merecia nenhuma outra forma de existência.

– Olha só a rainha do dramalhão – zombou Helen.

– Para com isso – gemeu Anna, aflita.

– Você não entende – disse eu a Helen, desolada com minha condição de quase órfã. – Mamãe me mandou embora para nunca mais voltar. Ela me odeia, sempre me odiou.

– Quem, mamãe? – tornou Helen, surpresa.

– É, ela sempre faz com que eu me sinta uma inútil – consegui dizer, embora a dor quase tenha me matado.

As duas fizeram uma expressão divertida e debochada.

– Você? – escarneceu Helen. – Mas ela vive me dizendo que eu não tenho jeito! Por levar pau nas provas duas vezes e ter um emprego de merda. Dia sim, dia não ela me manda embora para não voltar nunca mais. A essa altura do campeonato, fico até preocupada quando não manda. É verdade, juro – balançou a cabeça diante de meu rosto incrédulo.

– Não, sou eu quem ela realmente odeia – disse Anna. Se não a conhecesse, pensaria que estava se gabando. – E ela não suporta Shane. Vive perguntando por que ele não anda no carro da companhia.

– E por que ele não anda no carro da companhia? – perguntou Helen. – Só por curiosidade.

– Porque ele não trabalha para nenhuma companhia, sua burra, está desempregado! – disse Anna, revirando os olhos.

Senti meu astral levantar um ou dois átomos. Comecei a pensar, um tanto hesitante, que talvez ainda não cometesse suicídio ou me alistasse na Marinha. Que talvez nem tudo estivesse perdido.

– Ela trata mesmo vocês mal? – murmurei – Ou vocês só estão tentando ser boazinhas comigo?

– Não banco a boazinha – disse Helen, em tom de desdém. E ela é horrível com a gente, sim.

Foi maravilhoso sentir o peso terrível daquela depressão apocalíptica saindo de cima de mim, ainda que por um momento.

Helen desajeitadamente tocou minha mão, e fiquei tão comovida com essa sua tentativa de demonstrar afeto, que meus olhos se encheram de lágrimas pela octogésima nona vez aquele dia.

– Ela é mãe – disse Anna, a lúcida. – Acha que, se nos esculhambar, vamos aprender a ser gente. Não é só com você. Ela faz isso com *todas* nós!

– Menos Margaret – dissemos as três em uníssono.

Eu estava me sentindo melhor o bastante para chamar Margaret de santinha umas vinte ou trinta vezes.

– Santinha – todas concordamos. – É, santinha. A grande santinha.

– Quer dizer que você ficou com o eu no chão só porque mamãe te disse para ir embora e nunca mais voltar? – Helen se esforçava para compreender.

– Acho que sim – dei de ombros, constrangida com o ar infantil dessa constatação.

– Sua palerma burra – disse Helen, em tom carinhoso. – Tem que endurecer, você é mole demais. Não pode sair por aí e quase se matar toda vez que mamãe – ou quem quer que seja – berrar com você, assim você não dura cinco minutos.

Fora essa a advertência que Josephine me fizera. A ficha caiu, e de repente compreendi a que ela tinha se referido ao dizer que havia um conflito mal resolvido entre minha mãe e eu. E eu balançara a cabeça, concordando com ela, mas, no momento em que o referido conflito pôs suas unhinhas de fora, esqueci seu conselho.

Levara pau na minha primeira prova no mundo real.

Mas ficaria esperta, da próxima vez.

– Quando ela ficar puta com você de novo, não dá mole. – Helen leu meus pensamentos, abrindo um largo sorriso para me encorajar. – E daí, se ela te disser que você é uma merda? Você tem que acreditar em *si mesma.*

– De mais a mais, ela nem mesmo diz essas coisas a sério – intrometeu-se Anna.

– Só para você – disse-lhe Helen.

Senti a nuvem negra e pestilenta de infelicidade sair de cima de mim. Descobrir que minhas irmãs se sentiam tão perseguidas por mamãe quanto eu foi uma revelação maravilhosa. E também que a única diferença entre nós eram nossas atitudes. Que elas encaravam aquele antagonismo com humor, enquanto eu me magoara demais com ele. E era melhor dar um basta nisso.

– Está se sentindo melhor agora em relação a mamãe? – perguntou Anna, carinhosa. – Ela só perdeu a cabeça porque estava com medo de que você não voltasse para casa. Ela ficou histérica aquela noite, achando que você poderia se drogar com o tal de Chris. As pessoas dizem coisas que não querem dizer, quando estão preocupadas. – Acrescentou, encabulada: – Até eu fiquei preocupada.

– Abstinente e serena, essa é você, não é, Anna? – Helen se espreguiçou, bocejando. – Quanto tempo faz que não toma uma droga?

– Não é da sua conta – disse Anna, altiva. Ato contínuo, as duas começaram a bater boca, mas mal ouvi o que diziam, subitamente assaltada pela vergonha e o sentimento de culpa. Uma vergonha e um sentimento de culpa *diferentes* dos que tinham me torturado desde que eu recobrara os sentidos. Vergonha e sentimento de culpa pelo que fizera com mamãe. Claro que ela tinha ficado preocupada, compreendi, com chocante clareza. Eu era uma toxicômana, aquela fora minha primeira incursão no mundo exterior, ao lado de uma pessoa que era uma notória má companhia, e não voltara para casa. Se ela pensara no pior, tinha todo o direito e mais algum. Eu tinha merecido levar os berros que levara.

Ela me acusara de ser egoísta. E estava coberta de razão. Eu realmente fora egoísta. Estava tão obcecada comigo e com Chris, que não enxerguei o quanto ela se sentira assustada por minha causa. Resolvi pedir-lhe perdão com toda a humildade, assim que estivesse com ela.

Eu já estava começando a me sentir ótima, quando me lembrei que não era só minha briga com mamãe que estava me pesando na consciência.

– Sou um fracasso – murmurei para Helen e Anna. – Usei drogas.

– E daí? – exclamaram elas.

E daí?, pensei, indignada. Obviamente, elas não faziam ideia da gravidade da situação.

– Basta não usar de novo. – Helen deu de ombros. – É como estar de dieta. Só porque você perde a cabeça um dia e come sete barras de chocolate, isso não quer dizer que não possa recomeçar a dieta no dia seguinte. Tanto mais motivo tem para recomeçar, aliás.

– Quem dera que fosse simples assim – disse eu, triste.

– É simples assim, porra – disse Helen, com ar irritado. – Para de sentir pena de si mesma.

– Vai à merda – murmurei.

– Vai você – devolveu ela, imperturbável.

Ela fazia a coisa parecer tão razoável. Como se eu apenas tivesse feito uma tempestade em copo d'água. E talvez tivesse *mesmo* feito uma tempestade em copo d'água, pensei, esperançosa. Seria maravilhoso descobrir que tudo ainda podia ser salvo.

Mamãe chegou ao quarto depois de Helen e Anna saírem. Recostei-me na cama, nervosa e ansiosa para me perdoar, mas ela foi mais rápida do que eu:

– Perdão – pediu, o arrependimento estampado no rosto.

– Não, eu é que peço perdão – insisti, com um nó na garganta. – Você tem razão. Fui egoísta, não tive a menor consideração com você e estou morta de vergonha por ter te causado tanta preocupação. Mas nunca mais vou fazer isso de novo, juro.

Ela se aproximou e sentou-se na minha cama.

– Me perdoa pelas coisas horríveis que eu disse. – Abaixou a cabeça. – Eu me excedi. Mas é o meu jeito, não tive intenção de causar nenhum mal. É só porque quero o melhor para você...

– Me perdoa por ser uma filha tão ruim – pedi, me sentindo profundamente envergonhada.

– Não é! – exclamou ela. – Não é, de jeito nenhum. Você sempre foi um doce, a mais afetuosa, a melhor das cinco. Minha filhinha – gemeu, atirando-se nos meus braços. – Minha menininha.

Ao dizer isso, uma torrente de lágrimas jorrou de meus olhos. Retribuí seu abraço, soluçando, enquanto ela acariciava meus cabelos e me embalava.

– Me perdoa pelo ovo de Páscoa de Margaret – consegui dizer, algum tempo depois.

– Não se culpe! – exclamou mamãe, às lágrimas.

Tive vontade de cortar fora minha língua. No minuto em que as palavras saíram...

– E me perdoa pela vergonha que fiz você passar por eu ser uma toxicômana – pedi, humilde.

– Você não tem que se culpar por isso – disse ela, enxugando minhas lágrimas com a manga do cardigã. – É claro que podia ser mil vezes pior. Hilda Shaw está esperando um bebê. Outro. E *ainda* não é casada. E, espere só até ouvir isso. – De repente, ela começou a cochichar, embora estivéssemos só as duas no quarto. – Angela Kilfeather botou na cabeça que é lésbica...

Imagina só! Angela Kilfeather, cujos cachos louros eu tanto invejava em pequena, era sapatão!

– ...e fica se exibindo de um lado para o outro da rua, beijando na boca a – mamãe hesitou, quase incapaz de pronunciar a palavra – namorada. É claro que uma toxicômana não é nada comparada com isso. Provavelmente, Marguerite Kilfeather acha que eu tenho uma sorte dos diabos.

Rimos por entre nossas lágrimas. E fiz a promessa solene de jamais beijar uma mulher na boca à vista dos vizinhos. Era o mínimo que eu podia fazer pela minha mãe.

67

Assim que tive alta do hospital, papai disse que uma mulher chamada Nola tinha ligado para mim. A loura, linda e sofisticada Nola, que fora ao Claustro para a reunião dos NA. Obrigada, Deus, pensei, trêmula, com sincero alívio. Eu tinha que começar a frequentar as reuniões dos meus grupos de apoio, mas não queria ir sozinha.

Liguei de volta para ela e, morta de vergonha, contei-lhe sobre minha recaída. Ela não me deu uma bronca. Exatamente como nas duas vezes em que eu a vira no Claustro, foi muito humana comigo, embora um pouco doidinha. Logo descobri que Nola era sempre muito humana, embora um pouco doidinha.

Ela disse que talvez eu *precisasse* ter uma recaída para descobrir que não queria mais recair. Era um pouco complicado, mas, como não me colocava num papel ridículo, aceitei a ideia de bom grado.

– Se perdoe, mas não se esqueça – exortou ela.

Levou-me a uma reunião dos NA no salão paroquial de uma igreja. Eu estava insegura e assustadíssima. Era minha primeira incursão no mundo exterior desde aquele dia com Tiernan. E eu estava apavorada com a hipótese de esbarrar com Chris, pois a lembrança da noite humilhante passada com ele ainda ardia. Felizmente, não o vi em nenhuma parte.

A reunião foi muito diferente das que eu frequentara no Claustro. Havia muito mais gente, todos simpáticos e cordiais. E, em lugar de uma única pessoa descrevendo seu passado de drogas, várias pessoas falaram sobre o que estava acontecendo em sua vida cotidiana atual. Como estavam conseguindo lidar com seus empregos, namorados e mães sem usar drogas. E *estavam* conseguindo. Isso me deu uma grande esperança. Às vezes, quando as pessoas falavam, eu tinha a sensação de que estavam me descrevendo. Sabia exatamente o que queriam dizer quando falavam coisas como "Eu comparava meu interior com o exterior de todo mundo". Senti-me totalmente entrosada e à vontade, e fiquei surpresa por constatar que isso me alegrou.

Fora o fato de que a maluca da Francie tinha razão sobre os caras gostosos. Havia um monte deles.

Que maravilha, pensei. Um desses caras jovens e bonitos vai me ajudar a superar o trauma de minha noite com Chris.

– Nem pense nisso – disse Nola, com um sorriso carinhoso, quando me pegou olhando de soslaio para um deles.

Depois da reunião, fomos para o café que ficava ao lado da igreja.

– Que é que você pretendia, comendo todos os caras com os olhos? – me interpelou.

Com um alívio há muito desejado, desabafei sobre minha horrível experiência com Chris. A transa medonha e inconclusiva, a suspeita de que ele sequer se sentia atraído por mim, o medo de que se sentisse atraído por Helen, a humilhação, a sensação de ser uma errada.

– E acho que o melhor a fazer é voltar à ativa – concluí, esperançosa.

– Ah, não – disse Nola, com uma brandura que, por um momento, chegou a me enganar. – Por que você haveria de querer fazer isso? Começar a namorar logo no início do processo de recuperação é um grande erro. Você só vai cavar sua própria infelicidade com isso.

Eu discordava em gênero, número e grau.

– Você é jovem e imatura demais para fazer as escolhas certas! – disse ela, como se isso fosse um elogio.

– Tenho 27 anos – protestei, mal-humorada.

– Que sorte a sua, ser tão jovem e bonita, não? – Ela abriu um sorriso. Não tinha compreendido o que eu quisera dizer. Aliás, tinha fingido não compreender, como fui apurar tempos depois.

– Mesmo assim – acrescentou, jovial – deixe os rapazes de lado por algum tempo. Você acabou de sair de um centro de reabilitação.

Isso me deixou muito frustrada, mas ela era tão boa pessoa que não tive coragem de reclamar.

– Quer saber de uma coisa? – tagarelou. – Você vai morrer de rir ao saber disso, mas o fato é que um monte de gente comete o equívoco de achar que os NA são uma espécie de agência matrimonial.

Francie, sua loroteira!

– Não é hilário? Olha só o desastre que foi sua saída com um toxicômano que tinha acabado de parar. – Nola olhou para mim, carinhosa.

– Fez com que você tivesse uma recaída! Ah, você não quer que isso aconteça de novo, quer? Você tem muito amor-próprio para isso.

Não tinha, mas simpatizava tanto com ela que não consegui discordar.

– Aquele episódio com Chris foi horrível do princípio ao fim – fui forçada a admitir.

– Claro que foi! – exclamou Nola, como se alguém estivesse tentando provar o contrário. – Mas esquece ele.

Me ocorreu que, em qualquer conversa que aconteça entre duas mulheres, seja qual for o contexto, em algum ponto essas palavras aparecem.

– Acho que o que dói mais é o fato de ser rejeitada por alguém que eu tinha um pouco na conta de ídolo – esforcei-me por explicar. – Ele vivia me dando conselhos no Claustro. Era tão lúcido.

– *Não era* nem um pouco lúcido – disse Nola, com um ar inocente de surpresa. – Arrotava um monte de merda, isso sim.

Fiquei chocada. Achava que ela era meiga demais para dizer uma coisa daquelas.

– Que arrotava, arrotava – disse ela, com um risinho. – *Um monte* de merda. Não estou dizendo que a culpa seja do pobre coitado, mas o fato é que ele não se comportou com a menor lucidez, apesar de ficar enchendo sua cabeça de conselhos. Falar é fácil, mas olhe para o que as pessoas fazem, não para o que dizem.

– Mas ele foi muito bom comigo no hospício – me senti obrigada a protestar.

– Aposto como foi, mesmo – disse Nola, compreensiva. – Principalmente quando você estava mal?

– É – concordei, me perguntando como ela sabia.

– Muitos toxicômanos são altamente manipuladores – disse Nola, cheia de compaixão. – Têm o impulso de pegar os outros para Judas, justamente quando estão, eles próprios, no auge da vulnerabilidade. Aposto como você não foi a única mulher com quem o pobre-diabo foi bom. – Disse tudo isso com um tom de voz tão manso e distraído, que custei um minuto a compreender o quanto estava sendo mordaz. E estava repleta de razão, me dei conta, ao ser assaltada pela indesejável lembrança da ocasião em que Chris enxugara as lágrimas de Misty com os polegares, como fizera comigo pouco tempo antes. A maneira como olhara para mim, certificando-se de que eu vira. Isso fora algum tipo de jogo, era inegável. Hesitante, contei a Nola sobre o fato.

– Viu só? – disse ela, triunfante. – Trate de esquecê-lo. Pelo jeito, o coitado do rapaz não está nada bem. E é tão inseguro que teve que seduzir você só para provar a si mesmo que você se sente atraída por ele.

Então me lembrei do passeio que ele me levara para dar pelo jardim do Claustro. As coisas provocantes que dissera. Fora tudo *de caso pensado*, compreendi, chocada. Dissera aquelas coisas de propósito. Aquele calhorda manipulador.

Em um segundo, eu estava botando fumaça pelo nariz. E pensar que me culpara por aquela trepada de merda! Que piada. Ele estava preocupado demais consigo mesmo para que minha participação no evento tivesse qualquer importância.

– Aquele escroto! – gritei. – Brincando comigo, fazendo todo mundo ficar a fim dele só porque se sente um zero à esquerda, me enganando...

– Calma, garota, vá com calma – interrompeu Nola, como se fosse a coisa mais simples do mundo. – A culpa não é dele.

– Falar é fácil para você – disse eu, sem fôlego, sentindo meu ódio justificado.

– Você não faria uma forcinha para lembrar que ele não é diferente de você em nada? – sugeriu ela, afável. – Apenas um toxicômano que acabou de começar uma vida nova.

Isso cortou o meu barato.

– Embora estivesse enchendo a sua cabeça com aquelas babaquices sobre comportamento, é óbvio que ele próprio não faz a menor ideia de como se comportar. – Sorriu para mim, carinhosa. – Se tivesse um pingo de juízo, nunca teria dormido com você. Sem querer ofender, é claro – acrescentou, simpática.

Murmurei que não tinha me senti ofendida.

– Agora, vamos lá, fica calma – me exortou. – Respira fundo, boa menina.

Quase fiquei irritada ao constatar que estava *mesmo* me acalmando.

– Perdoe a si mesma – disse Nola, no momento em que eu me dava conta de que tinha me perdoado. – Você não teve culpa por ele te rejeitar. E, aproveitando a oportunidade, perdoe-o, também.

Para minha grande surpresa, o ódio que eu estava sentindo de Chris e o sofrimento que ele me infligira simplesmente se evaporou. Tudo havia mudado, e passei a vê-lo como um pobre coitado infeliz, mal se aguentando nas pernas, como eu. Não devia ter dormido comigo, mas *eu* também não devia ter dormido com ele. Eu não era nenhuma vítima. Tomara a decisão de sair com ele, embora tivesse sido advertida a não fazê-lo, E, se tudo tinha dado numa merda federal, a culpa, em parte, fora minha.

Gostei dessa sensação. De responsabilidade, autocontrole.

– E, de mais a mais – salientou Nola – você perdeu o tesão por ele tanto quanto, pelo visto, ele por você.

Em vez de me sentir vitoriosa, me dei conta de que estava pensando em *Luke.*

– Que foi que houve com você agora, garota? – perguntou Nola.

– Como assim? – perguntei.

– Você está com um ar um pouco... não sei... *aborrecido.* – Meus olhos estavam quase saltando das órbitas de ódio, mas Nola parecia incapaz de reconhecer qualquer emoção mais negativa do que aborrecimento.

– Eu tinha um namorado – disse eu, sem sentir, meus olhos se enchendo de lágrimas indesejadas. – Quer dizer, um namorado de verdade, não um merdinha como Chris.

Fumegando de ódio, me engasgando de cólera, falei a ela de Luke, que completo filho da puta ele fora comigo, como tinha me magoado e humilhado com as coisas terríveis que dissera no dia em que fora ao Claustro.

Nola a tudo ouviu, compreensiva.

– E você ainda ama Luke – disse ela, quando terminei.

– Eu, amar Luke? – indaguei, olhando para ela como se tivesse perdido a razão. – Tenho ódio mortal dele!

– Tanto assim? – Ela me olhou, penalizada.

– Não, é sério – insisti. – Quero ver Luke Costello pelas costas.

– Apesar de ele ter sido boníssimo com você, viajando de tão longe para ajudá-la a ver o quanto a sua dependência era grave? – Ela ficou espantada. – Acho que ele deve ser um amor de pessoa.

– Ah, não começa – disse eu, azeda. – Tenho ódio dele, nunca vou perdoar o que ele fez, e espero não tornar a pôr os olhos nele até o último dia da minha vida. Essa é uma parte do meu passado que está morta e enterrada.

– Às vezes, quando está escrito, as pessoas do nosso passado voltam – disse ela, como se com isso pretendesse me consolar.

– "Quando está escrito" – imitei-a. – Bom, eu não *quero* ele de volta!

– Você está muito mal-humorada. – Ela sorriu, benevolente.

– Estou falando sério, não quero ele de volta – insisti, diante de seu rosto afetuoso. – Mas nunca mais vou conhecer alguém – gemi, esmaga da por um súbito desespero. – Minha vida acabou.

De repente, Nola se levantou.

– Anda logo, termina de tomar isso – ordenou, apontando meu café e atirando algumas libras sobre a mesa. – E vem comigo!

– Aonde...?

– Vem comigo, sem fazer perguntas – disse ela, ofegante.

Saiu do café a passos largos para a rua e, manuseando seu barulhento molho de chaves, aproximou-se de um carro esporte prateado.

– Entra aí, garota – ordenou. Temerosa, obedeci.

– Aonde você está indo? – perguntei, enquanto ela corria feito uma louca pelas ruas.

– Vou mostrar uma coisa para você – murmurou, distraída. – Vai gostar.

E não deu mais uma palavra até frear o carro, cantando pneu, diante de uma casa de tijolos vermelhos.

– Sai daí – disse ela. Com um tom amável, mas firme.

Eu já não estava achando que Nola fosse aquela pessoa mansinha que aparentava ser.

Saí do carro, e ela disparou pelo caminho de pedras, abrindo a porta da casa e fazendo um gesto para que eu entrasse.

– Harry – chamou – Harry!

Achei que Harry devia ser seu cachorro, porque nenhum *ser humano* irlandês tem um nome desses.

Mas, como não apareceu nenhum cachorro trotando, me ocorreu que Harry era o gatão de três metros e meio de altura, bronzeado e louro que surgiu no hall, em resposta ao seu chamado.

– Este é Harry – disse ela. – Meu marido. Eu o conheci quando estava abstinente há três anos, e tinha mais oito do que você tem agora. Ele é louquinho por mim, não é? – Virou-se para ele.

Ele fez que sim com a cabeça.

– Louquinho por ela – disse para mim, em tom confidencial.

– Nós temos um relacionamento fabuloso. – Ela abriu um sorriso radiante para mim. – Porque eu tinha aprendido a conviver comigo mesma, antes de conhecê-lo. Fui uma pobre coitada extremamente infeliz e idiota, até aprender a fazer isso. Estou sendo clara? – perguntou, a perplexidade subitamente estampada no meu rosto.

– Como água – murmurei.

– Que bom. – Ela sorriu, eufórica. – Que ótimo! Às vezes, parece que eu confundo as pessoas. Vou levar você para casa.

Durante todo o ano seguinte, sempre que eu acordava de madrugada achando que morreria sem jamais sentir os carinhos de um homem outra vez – e tais ocasiões foram numerosas – pensava na "Operação Harry" e o pânico cedia. Assim que tivesse completado um ano de abstinência física e química, teria o direito de exigir meu Harry-brinde.

No dia seguinte, Nola me ligou e me levou a uma reunião. Dessa vez, no salão paroquial de outra igreja, com outras pessoas, mas basicamente com o mesmo formato. "Não deixe de vir sempre, que as coisas vão melhorar", foi o que todos disseram. No dia seguinte, Nola me levou a mais uma reunião. E no outro dia também.

– Por que você é tão boa comigo? – perguntei, um pouco inquieta.

– E por que não haveria de ser? – exclamou ela. – Você não é um amor de pessoa?

– Mas por quê? – insisti.

– Ah – ela suspirou, com ar nostálgico. – Quando vi você no Claustro, com aquela carinha enfezada, me lembrei de mim mesma. E isso me fez voltar sete anos no tempo, até a época daquela infelicidade horrível. A confusão mental, o nervosismo pavoroso! No momento em que pus os olhos em você, pensei: "Meu Deus, essa poderia ser eu."

Me enfureci. Que audácia dessa mocreia!

– Você é *exatamente* como eu era – exclamou ela, afetuosa. – Não existe nenhuma diferença entre nós duas.

Isso me abrandou. Eu queria ser como ela.

– Eu não estaria livre das drogas hoje, se não tivesse contado com a ajuda de boas pessoas na ocasião – disse ela. – Agora, é a minha vez. E, quando você estiver um pouco melhor, vai ajudar outras pessoas.

Fiquei a um tempo comovida e irritada.

– Você não tem que ir trabalhar? – perguntei a ela no dia seguinte, quando chegou para me levar a mais uma reunião.

– Sou minha própria chefe – disse ela, para me tranquilizar. Não se preocupe comigo.

– O que você faz? – perguntei, curiosa.

Fiquei sabendo que ela dirigia uma agência de modelos, uma das mais bem-sucedidas da Irlanda. E, no passado, também fora uma modelo. Isso me animou. Adorei saber que ela podia ser uma toxicômana, e ainda assim ter uma carreira glamourosa e bem-sucedida. Isso melhorou a leve sensação residual que eu ainda tinha de pertencer a uma escória de fracassados.

– Há um monte de nós, toxicômanos em recuperação, com carreiras extremamente bem-sucedidas – disse ela. – Quando você estiver um pouco melhor, provavelmente vai ter uma, também.

Achei difícil de acreditar nisso.

68

Toda vez que Nola me apanhava conversando com um homem, me sabotava, dizendo "Não chega perto dessa aí, não, que ela é doida de pedra, ficou travada e quase morreu, só está limpa há duas semanas", logo tratando de me rebocar rapidinho. Apresentou-me a várias dependentes mulheres, com quem, no começo, fiquei um pouco de pé atrás.

Mas, à medida que as semanas se passavam, descobri que, da mesma forma como acabara gostando muito de todo mundo no Claustro, tinha começado a considerar algumas das pessoas dos NA minhas amigas. Conheci Jeanie, a moça esguia e bonita que presidira à reunião dos NA na noite em que admiti minha dependência pela primeira vez. E fiquei amiga de uma açougueira que fumava um cigarro atrás do outro (ela era açougueira por profissão, não por *hobby*) e que atendia pelo infeliz nome de Gobnet.

– Não admira que eu seja viciada – disse, quando se apresentou a mim. – Com um nome desses. – Foi sacudida por um violento acesso de tosse. – Santo Deus. – Seus olhos lacrimejaram. – Me dá um cigarro.

Depois de algum tempo, constatei que tinha entrado numa rotina de ir a uma reunião quase todo dia.

– Isso não é um pouco excessivo? – perguntei a Nola, ansiosa.

– Claro que não – disse ela, como a burra aqui devia ter sabido muito bem que diria. – Você se drogava todo dia, por que não ir a uma reunião todo dia? E é claro que não é para sempre, só até você melhorar.

– Mas – me remexi, angustiada – eu não deveria arranjar um emprego? Me sinto muito culpada por não estar trabalhando.

– De jeito nenhum – ela zombou de mim, como se a mera sugestão fosse hilariante. – Para que você quer trabalhar? Deita no jardim e pega uma cor, a vida é essa, garota.

– Mas...

– E o que você faria? Você não *sabe* o que quer fazer da sua vida – disse ela, como se fosse algo de que eu devesse me orgulhar. – Mais para a frente, vai saber. E, de mais a mais, você não está recebendo o auxílio-desemprego?

Assenti, ressabiada.

– Então! – disse ela. – Tem bastante dinheiro para viver. Portanto, pense nesse período como uma convalescença, como a cura de uma gripe forte, uma gripe emocional. E, nesse meio tempo, pega uma corzinha nessas pernas!

– Quanto tempo vou ter que viver assim? – perguntei, ansiosa.

– O tempo que for necessário – respondeu ela, como se isso não tivesse nada de mais. – Tá bem, tá bem – apressou-se em acrescentar, ao ver minha expressão de angústia. – Disseram um ano no Claustro, não disseram? Concentre-se em melhorar durante um ano, e depois veja até que ponto melhorou. Tente ser *paciente*.

Ela foi muito convincente, mas, por via das dúvidas, falei com mamãe e papai que estava pensando em arranjar um emprego. E a avalanche de objeções que provoquei me convenceu de que não havia problema, pelo menos por algum tempo, em ser uma vagabunda cabeluda.

Para minha surpresa, não pensei em drogas com tanta frequência quanto achara que pensaria. E fiquei pasma de ver que me divertia tanto com Nola, Jeanie e Gobnet quanto, no passado, me divertira com Brigit. Íamos às reuniões, ao cinema, ao shopping, às casas umas das outras, tomávamos banho de sol no jardim, em suma, tudo que amigas normais fazem juntas, menos beber e usar drogas.

Eu me sentia muito relaxada na companhia delas, pois sabiam o quanto eu estivera mal, no auge da dependência, e não me julgavam por isso. Para cada história vergonhosa e humilhante que eu lhes contava, elas me devolviam dez ainda piores.

Além das reuniões, eu tinha sessões de psicoterapia com uma terapeuta especializada em dependência química, às terças e sextas.

Minha paisagem interior foi lentamente se modificando. Eu ia me desenredando da malha de preconceitos que tecera contra mim mesma, como se me soltasse de amarras de arame farpado. Foi um grande dia, quando compreendi que não precisava me achar burra só porque tinha uma irmã inteligentíssima.

Minha maneira de ver o passado também mudou, pois minha terapeuta desmitificou os episódios de minha infância, do mesmo modo como Josephine, quando observara que eu não era culpada pelo sofrimento de minha mãe, depois do nascimento de Anna. Ela me fez ver repetidas vezes que eu não tinha sido uma criança má, e que tampouco era uma má pessoa.

Foi como ver uma fotografia se revelando muito lentamente, durante um período de um ano, à medida que eu entrava em foco.

E, enquanto mudava, outras coisas entravam nos eixos. Eu sabia que sempre teria um carinho todo especial por salgadinhos e chocolates, mas a oscilação violenta entre as greves de fome e os episódios de voracidade tinha diminuído bastante, sem que eu nem mesmo precisasse me esforçar nesse sentido.

Isso não quer dizer que eu não tenha tido dias difíceis. Tive, sim. As coisas não melhoravam em linha reta. Para cada dois passos que eu avançava, retrocedia um. Havia ocasiões em que tinha vontade de apagar, sair da realidade por algum tempo, quando a consciência implacável de alguma coisa me deprimia. Não precisava acontecer nada de ruim, eu apenas me cansava de *sentir.*

Para não falar das vezes em que a tristeza pelos meus anos perdidos me esmagava por algum tempo. Era acometida por surtos terríveis de sentimento de culpa, por causa do sofrimento e da preocupação que causara a tantas pessoas, mas Nola me garantia que, quando eu estivesse um pouco melhor, haveria de compensá-las pelo que fizera. Só que essa perspectiva também não me agradava nada.

Era como viver numa montanha-russa. Em outras ocasiões, ainda, eu era assaltada pela raiva de ter tido o azar de me viciar em drogas.

Como todas as emoções possíveis e imagináveis transbordavam desordenadamente, eu não teria sobrevivido sem as reuniões. Nola e os outros me confortavam, levantavam meu moral, me acalmavam e incentivavam. O que quer que eu tivesse sentido, eles também já tinham. E, como viviam dizendo: "Nós sobrevivemos, somos felizes, agora."

Seu apoio foi particularmente valioso durante a Grande Guerra do Fio-Dental, que eclodiu sem mais nem menos. Eu pensava que, depois da grande reconciliação à cabeceira da cama, minha mãe e eu jamais brigaríamos de novo.

Estava enganada. Redondamente enganada.

Ah, você não faz a mais pálida ideia do quanto eu estava enganada!

O que aconteceu foi o seguinte: todo mundo sabe que Calcinha Marcando a Roupa é um horror, concorda comigo? Ninguém quer ficar com a calcinha aparecendo por baixo de uma calça justa, quer? E todo mundo sabe que só existem duas soluções para isso: 1) não usar calcinha; 2) usar fio-dental. *Todo mundo* sabe disso.

Usar fio-dental não faz de você uma *stripper* ou uma sem-vergonha, pelo contrário, denota grande modéstia. Mas vai dizer isso para minha mãe.

Ela apareceu no meu quarto, desolada e morta de vergonha. Disse que tinha uma coisa para me contar. Manda ver, disse eu, bem-humorada. Com a mão trêmula, ela me estendeu uma pequena tira de renda preta.

– Perdão – disse, de cabeça baixa. – Não sei como isso foi acontecer, mas o fato é que a máquina de lavar deve ter encolhido ou estraçalhado essa calcinha.

Examinei a dita calcinha, constatei que era, na verdade, um fio-dental, e que não havia nada de errado com ela. · Está perfeita – garanti a ela.

– Está *estragada* – insistiu ela.

– Está perfeita – repeti.

– Mas ficou completamente imprestável – disse ela, olhando para mim como se eu estivesse louca.

– Está em perfeitas condições – disse eu.

– Olha! – ordenou ela, exibindo-a contra a luz e apontando a parte da frente. – Isso não cobriria o traseiro de uma formiga. E quanto a *isso?* – indicou o fio que dá nome à peça. – Que serventia tem para alguém? O que me espanta é como ela foi se rasgar de uma maneira tão uniforme, deixando só esse fiozinho certinho – confidenciou.

– Você não está entendendo – disse eu, branda. Tomando o fio-dental de sua mão, expliquei: – Essa parte não é para a bunda, é para a frente. Esse fiozinho certinho sim, é que é para a bunda.

Ela me encarou, no limiar da compreensão. Ato contínuo, sua boca se pôs a trabalhar furiosamente, e seu rosto ficou vermelho-escuro. Ela deu um passo atrás, afastando-se de mim, como se minha pessoa fosse altamente contagiosa. Por fim, começou a gritar:

– Sua SEM-VERGONHA! Isso pode ser o tipo de coisa que se usa em Nova York, mas você não está mais em Nova York e, enquanto viver debaixo do meu teto, vai se cobrir como uma cristã.

Senti o velho medo tomar conta de mim. Fiquei trêmula e nauseada com os gritos e o confronto. Foi horrível, como se o mundo fosse acabar. Saí correndo do quarto, com vontade de me matar, matar mamãe, me alistar na Marinha e encher a caveira de drogas.

Mas, dessa vez, em lugar de sair voando para a cidade atrás de Tiernan, liguei para Nola. Ela veio e me levou a uma reunião, onde ela e os outros me acalmaram. Disseram que era compreensível que eu ficasse transtornada e garantiram que eu superaria a crise, que logo passaria. Naturalmente, não acreditei neles. A única coisa que queria era me drogar.

– É claro que quer. – Gobnet tossiu, acendendo um cigarro. – Você nunca fez nada traumático sem antes ficar travada.

– É facílimo – disse Nola, para me acalmar. – Você só precisa aprender novas respostas para tudo.

Não consegui conter o riso. Sua certeza era tão absoluta que chegava a dar medo.

– Mas é tão difícil – disse eu.

– Não é, não – rebateu Nola. – É só novo. Basta praticar.

– Vou sair de casa – declarei.

– Ah, não. – Eles sacudiram as cabeças ao ouvir isso, irredutíveis. – As brigas fazem parte da vida, é muito melhor aprender a viver com elas.

– As coisas nunca mais vão ficar bem entre minha mãe e eu – disse, mal-humorada.

E, quase para minha decepção, em menos de um dia a briga estava encerrada e esquecida.

– O próximo arranca-rabo que você tiver com ela vai ser ainda mais fácil – afirmou Jeanie.

Foi de bom grado que dei o braço a torcer, quando ficou provado que ela tinha razão.

O TEMPO CONTINUOU a passar, como é do seu feitio. E não tive uma recaída sequer. Eu me sentia diferente. Melhor, mais calma.

A única coisa ruim que não dava mostras de mudar era o ódio que eu sentia de Luke e Brigit. Não sabia explicar a razão. Deus sabe que tudo que tinham dito era verdade. Mas, toda vez que eu pensava na ida deles ao Claustro e nas suas palavras, sentia uma fúria incontrolável.

No entanto, minha vida melhorou sob todos os outros aspectos. Eu não tinha mais que fazer coisas que odiava, como roubar dinheiro ou pedi-lo emprestado sem a menor intenção de devolvê-lo, ou matar trabalho por estar vomitando as tripas, ou ir parar na cama de algum homem horrível, de quem nunca teria me aproximado se não estivesse travada. Nunca mais acordei morta de vergonha e sentimento de culpa pela maneira como me comportara na noite anterior. Eu recuperara minha dignidade.

Não passava mais o tempo todo me consumindo de preocupação, pensando em quando teria outra oportunidade de me drogar, ou onde conseguiria a droga, ou com quem. Não levava mais uma existência pautada numa sucessão de mentiras. As drogas haviam erguido uma muralha entre os outros e eu – uma muralha não apenas química, mas composta por um misto de clandestinidade, desconfiança e mau-caratismo.

Pelo menos, agora, quando eu estava com as pessoas, podia olhar nos seus olhos, pois, ao contrário do que acontecera no ano anterior com Brigit, eu não tinha mais nada a esconder.

Não era mais torturada por uma ansiedade vaga, indefinida, acompanhada por um frio no estômago. E isso porque não estava desapontando as pessoas, nem sendo desonesta, desumana ou cruel com ninguém.

E nunca mais fui vítima dos violentos surtos depressivos que se seguiam a uma noitada braba.

– Faz sentido – concordou Nola. – Você parou de encher seu organismo de substâncias químicas depressoras. Não espanta que esteja se sentindo melhor.

Coisas que antes eu teria preferido morrer a que me vissem fazendo, passaram a me proporcionar uma grande alegria. Como visitar minha amiga açougueira, preparar o jantar para minha família ou dar um passeio à beira-mar. Extraía um prazer enorme das coisas mais simples. Volta e meia o poema *Advento,* de Patrick Kavanagh, me vinha à cabeça, como na época em que eu fora para o Claustro: *Já provamos e passamos por tanto, amada, atravessando uma fenda tão larga, que nada nos surpreende mais.*

Aprendi a ser íntegra e leal com meus amigos. Tive que aprender, com Helen por perto. Sempre que ela atendia algum telefonema do pessoal dos NA, berrava: "Rachel, é uma daquelas suas amigas drogadas, fracassadas, uma das que não deram certo na vida."

Se eu ainda levasse a mesma vida de antes, teria baixado a crista para o desprezo de Helen – ou de qualquer pessoa – e rompido relações com o pessoal dos NA no mesmo dia. Mas agora, não.

Vez por outra, só de sarro, eu perguntava, "Do que é que você tem tanto medo, Helen?", para dar um susto nela.

Até que um dia Helen esbarrou comigo e Nola na cidade.

– *Você* é que é Nola? – gritou, com óbvia incredulidade. – Mas você parece...

Nola alteou uma sobrancelha, com ar de interrogação, numa fisionomia altamente sedutora.

–... parece uma pessoa normal – disparou Helen. – Melhor que normal. Maravilhosa. Seus cabelos, suas roupas...

– Isso não é nada, garota – disse Nola, com sua voz bem modulada. – Você precisa ver o meu carro.

– E o marido dela – acrescentei, orgulhosa.

NÃO VI CHRIS uma única vez nas reuniões a que compareci. Depois de algum tempo, parei de procurar por ele.

Por fim, me esqueci completamente da sua existência.

Até a noite em que Helen se chegou até mim, com um ar encabulado e nervoso. No ato, fiquei preocupada.

Helen nunca ficava com um ar encabulado e nervoso.

– Que foi?! – cobrei, ríspida, morta de ansiedade.

– Tenho uma coisa para dizer.

– Eu *sei* – berrei. – Isso é o óbvio.

– Promete que não vai ficar zangada? – implorou ela.

– Prometo – menti.

– Estou namorando um cara – disse, toda sem graça.

Quase vomitei. Não o queria mais, mas também não queria saber dele transando com minha irmã, quando não conseguira sustentar uma ereção comigo.

– E você conhece ele – disse Helen.

Eu sei.

– Ele estava no seu hospício.

Eu sei.

– E eu sei que ele não tem permissão para sair com ninguém até passar um ano longe da bebida, mas estou louca por ele – gemeu. – É mais forte do que eu.

– Bebida não, drogas – disse eu, aturdida.

– Quê?

– Chris estava internado por causa das drogas, não da bebida – disse eu, sem entender por que precisava explicar isso para ela.

– Chris quem?

– Chris Hutchinson, seu... – me obriguei a pronunciar a palavra – ... namorado.

– Não. – Ela parecia extremamente confusa. – Barry Courtney, meu namorado.

– Barry? – murmurei. – Barry quem?

– Vocês todos chamavam ele de Barry, o Bebê, no manicômio – disse ela. – Mas ele não é nenhum bebê – acrescentou, defensiva. – É homem bastante para mim!

– Ah, meu Deus – disse eu, fraca.

– E que papo é esse sobre Chris? – indagou ela, para logo em seguida exclamar: – Ah, CHRIS! O que não quis fazer sexo anal.

– É isso aí. – Observei sua expressão. Sabia que tinha acontecido alguma coisa. – Ele alguma vez convidou você para sair? E não mente para mim, ou eu conto para a terapeuta do Barry que ele está namorando e ele vai ser obrigado a romper com você.

Observei sua expressão torturada.

– Uma vez – admitiu. – Séculos e séculos atrás. Apareceu no Club Mexxx com o pinto em busca de aventura. Eu disse não – apressou-se em declarar.

– Por quê? – Me preparei para sofrer, mas, para minha surpresa, não senti quase nada.

– Porque ele era um puta baba-ovo. – Ela deu de ombros. – Partindo para cima de todo mundo com aquela conversa mole, "Você é tão especial". A mim não enganou. De mais a mais, eu nunca sairia com alguém com quem você tivesse trocado figurinhas.

– Por que não me disse? – perguntei, morta de vergonha.

– Porque você tinha tido uma recaída, sido atropelada e quase morta, e eu achei que seria melhor se não soubesse – explicou.

Fui obrigada a admitir que ela tomara a atitude certa, na ocasião. Mas, agora, eu já podia encarar a verdade.

69

O outono passou voando, a temperatura caiu e o inverno chegou.

Alguma coisa mudou. Descobri que não estava mais com ódio de Luke e Brigit. Não podia precisar exatamente o momento em que isso acontecera, porque o amor fraternal e o perdão não acordam a gente de madrugada dando voltas de Fórmula 1 na cabeça, como o ódio e as ideias de vingança.

A gente não fica lá, deitada, acordadíssima às cinco da manhã, rangendo os dentes e visualizando uma cena em que vai ao encontro daqueles que realmente ama e troca um aperto de mão com eles. Dizendo... dizendo... dizendo... "*Me* perdoe." Não, espera aí: "De coração, me perdoe." (É, isso lhes serviria de lição.) A gente não fica deitada, planejando que, tão logo faça isso, vai abrir um sorriso afetuoso. E perguntar, ao se despedir: "Será que tem alguma chance de ficarmos amigos?"

A brandura e a fidelidade não aparecem do nada na sua boca, deixando nela um gosto horrível.

Pela primeira vez, compreendi como fora egoísta. Como devia ter sido horrível para Luke e Brigit conviver comigo e com o caos que eu criara.

Senti uma tristeza insuportável por eles, por toda a infelicidade e a preocupação a que tinham sido submetidos. *Coitada da Brigit, coitado do Luke.* Eu chorava, chorava, chorava, chorava. E, pela primeira vez na vida, não era por mim mesma.

Com uma clareza terrível, enxerguei que suplício devia ter sido para eles embarcar num avião, vir para o Claustro e dizer o que disseram. É claro, Josephine, Nola e todos os outros tinham ficado carecas de tanto me dizer isso, mas até agora eu não estava pronta para encarar a verdade.

Nunca teria admitido ser uma toxicômana, se Luke e Brigit não tivessem me confrontado de maneira tão violenta com a verdade. E estava grata a eles.

Relembrei a cena horrível de minha ruptura com Luke, e só então compreendi sua raiva.

A tempestade começara a se formar no fim de semana. No sábado à noite, tínhamos ido a uma festa e, enquanto Luke conversava sobre música com o namorado de Anya, saí vagando em direção à cozinha. Procurando alguma coisa, *qualquer coisa.* Morta de tédio. No corredor, encontrei David, um amigo de Jessica. Estava a caminho do banheiro com um saco de coca pequeno mas inconfundível, e me convidou para acompanhá-lo.

Eu andava tentando ficar longe do pó, porque Luke se irritava muito quando eu cheirava. Mas uma carreira de graça era demais para resistir. E fiquei lisonjeada por David ter sido tão simpático.

– Tá, valeu – disse eu, partindo rapidamente para o banheiro atrás dele.

Em seguida, voltei para a companhia de Luke.

– Gata. – Ele passou o braço pela minha cintura. – Por onde você andou?

– Por aí – funguei. – Conversando com as pessoas.

Achei que tinha me saído muito bem, escondendo dele meu barato com o rosto à espreita por trás dos cabelos. Mas Luke me obrigou a olhar para ele e, assim que viu meu rosto, soube. Suas pupilas se contraíram de ódio e algum outro sentimento. Decepção?

– Você andou cheirando – disparou.

– Não andei – disse eu, arregalando os olhos de sinceridade.

– Não mente para mim, porra – disse ele, e se afastou, furioso.

Fiquei chocada ao vê-lo apanhar sua jaqueta e ir embora da festa. Por um momento, namorei a ideia de deixá-lo ir. Assim, poderia ficar ligada sem ninguém colado na minha sombra. Mas as coisas andavam tão tensas entre nós nos últimos tempos, que fiquei com *medo* de arriscar. Desci e corri para a rua atrás dele.

– Desculpe – arquejei, ao alcançá-lo. – Foi só uma carreira, não vou fazer isso de novo.

– Você vive se desculpando – gritou ele, seu hálito formando nuvens de vapor no ar gelado de fevereiro. – Mas é sempre da boca para fora.

– Estou pedindo desculpas *de coração* – protestei. Naquele momento, *eram* de coração. Eu sempre me arrependia sinceramente quando ele se zangava comigo. Era justamente quando achava que estava à beira de perdê-lo, que mais o desejava.

– Ah, Rachel – gemeu ele, exausto.

– Vem – disse eu. – Vamos para casa, para a cama.

Sabia que ele não conseguia resistir a mim, que uma boa trepada calaria sua boca. Mas, quando fomos para a cama, ele não encostou um dedo em mim.

No dia seguinte, voltou a ser a pessoa afetuosa de sempre, e eu soube que tinha me perdoado. Sempre perdoava. Ainda assim, eu me sentia extremamente deprimida. Como se tivesse cheirado dois gramas inteiros na noite anterior, em vez de apenas uma carreira. Depois de tomar alguns comprimidos de Valium, o bode passou e tive a sensação de estar aconchegada num berço macio e quentinho.

Passamos a noite de domingo em casa, aconchegados no sofá, assistindo a um filme no videocassete. Sem mais nem menos, minha cabeça foi tomada por uma imagem de mim mesma aspirando uma carreira de coca, comprida, maravilhosa. E me senti terrivelmente cerceada pela presença de Luke.

Me remexi no sofá, tentando me acalmar. Era noite de domingo, eu estava me divertindo muito, não tinha nenhuma necessidade de sair e badalar. Mas não conseguia me livrar do desejo. Eu *tinha* que ir embora. Já podia sentir o gosto sublime, acre, torpente da coca, já podia sentir seu barato.

Relutei o quanto pude, mas foi impossível.

– Luke – chamei, com a voz trêmula.

– Fala, gata. – Ele sorriu molemente para mim.

– Acho melhor eu ir para casa – consegui dizer.

Ele me olhou duro, e seu sorriso se desfez.

– Por quê?

– Porque... – Hesitei. Ia dizer que estava me sentindo indisposta, mas, da última vez que arriscara essa estratégia, ele fizera questão de cuidar de mim, preparando um saco de água quente para minha dor de estômago imaginária e me obrigando a comer raiz de gengibre para minha náusea imaginária.

– Porque eu tenho que acordar bem cedo amanhã e não quero incomodar você quando me levantar – gaguejei.

– A que horas você tem que acordar?

– Às seis.

– Tudo bem – disse ele. – Vai me fazer bem chegar cedo ao escritório.

Ah, não. Por que ele tinha que ser tão bom, porra? Como é que eu ia conseguir fugir?

– E não é só isso, eu vim para cá sem trazer uma calcinha limpa – disse, em desespero de causa. A sensação de estar presa se intensificou.

– Mas você pode apanhar uma de manhã, antes de ir trabalhar – sugeriu ele, tenso.

– Não, porque tenho que acordar muito cedo. – O pânico se apoderou de mim. Senti que as paredes da sala fechavam o cerco ao meu redor. Levantei-me e comecei a me esgueirar de fininho em direção à porta.

– Não, espera um segundo. – Ele me encarou de um jeito estranho. – Você está com sorte, deixou uma calcinha aqui e eu pus para lavar junto com as minhas roupas. A Lavanderia Luke salva o seu dia – disse, com ar sério.

Quase gritei. Senti o suor brotando em minha testa.

– Olha, Luke – não consegui me conter – não vou passar a noite aqui e fim de papo.

Percebi a mágoa em seu olhar, embora continuasse duro.

– Desculpe – pedi, desarvorada. – Preciso de um pouco de espaço.

– Só me diz por quê – pediu ele. – Afinal, cinco minutos atrás você parecia feliz. Foi o vídeo?

– Não.

– Foi alguma coisa que eu fiz? – perguntou, num tom que poderia ser de sarcasmo. – Ou foi alguma coisa que *deixei* de fazer?

– Não, Luke – respondi depressa. – Você é ótimo, o negócio é comigo.

Por seu rosto zangado, vincado de dor, vi que estava falando com as paredes. Mas não me importei. Já me via no Parlour, dançando e fechando negócio com Wayne.

– Te ligo amanhã – arquejei. – Desculpe.

Corri como um raio para a porta, aliviada demais para sentir ódio de mim mesma.

Em dez minutos, encontrei Wayne e lhe pedi um grama.

– Põe na conta. – Forcei uma risada ansiosa. – Vou receber dinheiro daqui a uma semana.

– Não importa – ele deu de ombros. – É como diz o outro: não vem me pedir para vender fiado, que uma bala na cabeça não tem nada de engraçado.

– Ha-ha – fiz eu, pensando que grande filho da puta ele era. Por fim, consegui persuadi-lo a me dar um quarto de grama, que era o estrito necessário para tirar de cima de mim aquela sensação sufocante e me dar uma injeção de euforia.

Quando voltei do banheiro feminino, ele tinha ido embora. Para minha angústia, o bar foi ficando vazio, pois todo mundo que eu conhecia, mesmo de vista, estava indo embora. Mas era apenas uma da manhã.

– Aonde é que vocês estão indo? – perguntava, ansiosa, na esperança de ser convidada para ir também.

– É noite de domingo – respondiam. – A gente tem que pegar no batente de manhã.

Pegar no batente de manhã? Quer dizer que não estavam indo a uma festa, estavam indo para casa dormir?

Em pouco tempo, eu estava totalmente sozinha, ligadona, sem ter ninguém com quem agitar. Experimentei sorrir para a meia dúzia de gatos-pingados que haviam restado, mas nenhum deles foi simpático. A paranoia começava a se infiltrar, gota a gota. Eu não tinha dinheiro, nem drogas, nem amigos. Estava sozinha e era malquista, mas relutava ao máximo em ir para casa.

Por fim, não tive opção. Ninguém quis pagar uma bebida para mim ou me emprestar dinheiro. Embora eu tivesse pedido. Humilhada, enfiei a viola no saco e fui embora.

Mas, quando cheguei em casa e tentei dormir, minha cabeça zumbia como uma serra elétrica e corria como um carro de Fórmula 1. Estava pior agora do que no Parlour. Assim, tomei três comprimidos para dormir e pensei em escrever um pouco de poesia, pois me sentia particularmente criativa e dotada de um talento único.

Como nem assim minha cabeça desligasse, tomei mais dois comprimidos.

Todo o prazer do barato passara, e eu estava presa a uma cabeça que não parava de trepidar. Senti um medo pânico. Quando aquela sensação passaria? E se nunca mais passasse?

O pavor, que não me dava um segundo de trégua, só cessou quando lembrei que tinha que trabalhar no dia seguinte. Meu coração se apertou de medo. Eu *tinha* mesmo que ir, já andava tão enrolada nos últimos tempos que não podia matar mais um dia. Não podia me atrasar, e tinha que parar de dar mancada. Para conseguir isso, eu precisava, verdadeira e desesperadamente, dormir naquele exato instante. Mas não conseguia!

Num gesto frenético, despejei na mão o resto dos comprimidos que havia no vidro e os enfiei na boca.

VOZES, BRILHO nos meus olhos, a cama andando aos solavancos, luz azul, sirenes, mais vozes, a cama tornando a andar, brancura, cheiro estranho e asséptico. "Sua burra", diz uma voz. Quem é?, entrepergunto. Sons de bipe, pés correndo por corredores, barulho de metais se chocando, mão bruta no meu queixo, forçando minha boca a se abrir, algo de plástico na minha boca, arranhando minha garganta. Súbita ânsia de vômito e engasgo, tentativa de me sentar, mãos me forçando a deitar de novo, náusea e convulsões, mãos fortes me mantendo estendida sobre a mesa. *Façam com que isso pare.*

EM MENOS DE vinte e quatro horas estava de volta ao meu apartamento. Onde descobri que Margaret e Paul haviam chegado de Chicago, a fim de me levar para um centro de reabilitação na Irlanda. Eu não podia entender a razão daquele estardalhaço todo. Tirando a sensação de ter levado uma surra, de estar engolindo giletes e quase morrendo de desidratação, eu estava bem. Quase ótima. Tudo não passara de um acidente constrangedor e eu estava louca para esquecê-lo.

Nesse momento, para minha surpresa, Luke chegou.

Opa. Preparei-me para levar uma bronca por ter dado o pira e cheirado coca na noite de domingo. Presumi que, com toda a tragédia da lavagem estomacal, ele devia ter descoberto.

– Oi! – Sorri, ansiosa. – Você não devia estar trabalhando? Entra aí, vem conhecer a caretona da minha irmã Margaret e o marido horroroso dela.

Ele trocou um educado aperto de mão com Margaret e Paul, mas sua fisionomia estava furiosa e fechada. Numa tentativa de melhorar seu humor, narrei a história hilária de meu despertar no Mount Solomon, vomitando as tripas. Ele me agarrou com força pelo braço, dizendo: "Gostaria de dar uma palavra com você em particular." Meu braço doeu e fiquei assustada com a ferocidade de seu olhar.

– Como é que você ainda tem coragem de fazer piada com uma coisa dessas? – perguntou ele, furioso, assim que bateu a porta de meu quarto atrás de mim.

– Acorda. – Forcei uma risada. Estava aliviada pelo fato de ele não pretender me dar um esporro por cheirar coca na noite de domingo.

– Você quase morreu, sua burra – soltou ele. – Pensa na preocupação em que todos nós ficamos, há séculos, não só em relação ao que aconteceu. Pensa na coitada da Brigit, e a única coisa que faz é rir!

– Quer *desencanar*, por favor? – disse eu, em tom desdenhoso. – Foi um acidente!

– Você ficou louca, Rachel, louca varrida – disse ele, exaltado. – Precisa de ajuda, e da boa.

– Quando foi que você perdeu o senso de humor? – perguntei. – Está igual a Brigit.

– Não vou nem responder a isso.

Após uma pausa, acrescentou, mais brando:

– Brigit disse que você vai para um centro de reabilitação. Acho uma ótima ideia.

– Você pirou? – Soltei uma risada histérica, quase me engasgando. – Eu, indo para um centro de reabilitação? Que piada! Além disso, não posso ir embora e deixar você. – Sorri, para reavivar nossa intimidade. – Você é meu namorado.

Ele me encarou com um olhar longo e duro.

– Não sou mais – disse, por fim.

– Q-quê? – gaguejei, gelada do choque. Ele já tinha se zangado outras vezes, mas nunca rompera comigo.

– Acabou – disse ele. – Você está no fundo do poço e eu desejo de todo coração que fique curada.

– Você conheceu alguém? – balbuciei, horrorizada.

– Não seja burra – disparou ele.

– Então por quê? – perguntei, mal podendo acreditar que estivéssemos tendo essa conversa.

– Porque você não é a pessoa que eu pensei que fosse – disse ele.

– É porque eu cheirei na noite de domingo? – Me forcei a engolir o sapo e fazer a pergunta fatal.

– Noite de domingo? – soltou ele, com um riso amargurado. – Por que a noite de domingo, especificamente? Mas o problema *são* as drogas, sim. Seu vício é grave e você precisa de ajuda. Já fiz tudo que podia para ajudar. Convencer você a parar, *obrigar* você a parar, e estou exausto.

Por um momento, ele realmente pareceu exausto. Abatido, infeliz. – Você é uma mulher maravilhosa sob vários aspectos, mas não vale o trabalho que dá. Está descontrolada e eu não sei mais o que fazer com você.

– Ah, não. – Eu não ia me deixar manipular. – Pode romper comigo, se quiser, mas não tenta me culpar.

– Meu Deus – disse ele, feroz – é inútil tentar fazer você entender.

Deu as costas para ir embora.

– Você está fazendo uma tempestade em copo d'água, Luke – insisti, tentando segurar sua mão. Sabia o quanto ele se sentia atraído por mim, sempre conseguia ganhá-lo desse jeito.

– Me esquece, Rachel. – Ele se desvencilhou de minha mão, zangado. – Você me dá nojo. Você é um lixo, um lixo completo. – E saiu a passos largos para o corredor.

– Como você pode ser tão cruel? – choraminguei, correndo atrás dele.

– Tchau, Rachel – disse ele, batendo a porta da rua.

70

Nos dias anteriores ao Natal, fiquei muito nervosa toda vez que fui ao centro de Dublin. Provavelmente, Luke e Brigit estavam na Irlanda, e eu tinha uma certa esperança de encontrá-los. Procurava o tempo todo seus rostos sob as luzes feéricas, entre as hordas de consumido res. Uma vez, cheguei mesmo a achar que tinha visto Luke na rua Grafton. Um homem alto, com o cabelo escuro, mais para comprido, caminhando a passos largos na direção contrária. "Só um minuto", murmurei para mamãe, e desembestei atrás dele. Mas, quando o alcancei, depois de quase derrubar um grupo de cantores de hinos natalinos, descobri que não era ele. Seu rosto e sua bunda eram totalmente diferentes, não chegavam nem aos pés dos de Luke em matéria de beleza. Provavelmente, tinha sido melhor que não fosse mesmo ele. Eu não fazia ideia do que teria dito, se fosse.

NO DIA DE ANO-NOVO, uns vinte integrantes de minha família, além de namorados e crianças sortidas, apinhavam-se na sala de estar, assistindo a *Os caçadores da arca perdida* e gritando "Mostra a banana" toda vez que Harrison Ford aparecia em cena. Até mamãe gritava, mas só porque não sabia o que quer dizer "banana" na gíria. Helen estava bebendo gim com tônica e descrevendo a sensação para mim.

– Primeiro, a gente sente uma quentura maravilhosa na garganta – disse, pensativa.

– Para com isso! – Mamãe tentou bater em Helen. – Não perturba a Rachel.

– Não, fui eu mesma que pedi a ela para me dizer – protestei.

– Aí, a ardência bate no estômago – estendeu-se Helen. – E a gente sente ela se irradiando pelo sangue...

– Maraviiiiiilha – suspirei.

Mamãe, Anna e Claire estavam limpando uma grande caixa de biscoitos de chocolate e, a cada um que apanhavam, diziam: "Posso parar à hora que quiser."

No meio da pândega, a campainha tocou.

– Eu não vou – gritei.

– Nem eu – gritou mamãe.

– Nem eu – gritou Claire.

– Nem eu – gritou Adam.

– Nem eu – disse Anna o mais alto que pôde, o que não chegava a atingir meio decibel, mas, pelo menos, ela tentou.

– Você vai ter que ir – disse Helen a Shane, o namorado de Anna. Agora, Shane estava morando extraoficialmente conosco, porque tinha sido despejado do seu apartamento. O que significava que também víamos Anna com muito mais frequência, pois ela não tinha mais um buraco onde se esconder.

– Aaahhhh – gemeu ele. – Tá chegando na cena em que ele dá um tiro naquele cara com a faca no bazar.

– Onde é que está Margaret, justo quando se precisa dela? – perguntou Adam.

– SANTINHA – gritou o aposento em peso.

A campainha tornou a tocar.

– Atende, Shane, se não quiser dormir debaixo da ponte hoje à noite – advertiu mamãe.

Ele saiu pisando duro, voltou e murmurou:

– Rachel, tem uma pessoa na porta querendo ver você.

Levantei de um pulo, esperando que fosse alguém como Nola, torcendo para que ela também gostasse de Harrison Ford. Mas era claro que gostaria. Nola gostava de todos e de tudo.

Porém, quando cheguei ao hall, quem encontrei parada diante da porta, parecendo pálida e nervosa, senão Brigit? Levei um choque tal, que vi manchas negras passarem diante dos olhos. A custo consegui cumprimentá-la.

– Oi – respondeu ela, tentando sorrir. Para ser franca, foi apavorante. Ficamos lá, em silêncio, apenas olhando uma para a outra. Pensei na última vez em que a havia visto, todos aqueles meses atrás, quando estava de saída do Claustro.

– Achei que talvez fosse bom se a gente se visse – arriscou, constrangida.

Relembrei os milhões de conversas que havia tido com ela mentalmente, nas quais a humilhava com comentários venenosos, cheios de desprezo. "*Achou,* não foi?", "Mas me diz, Brigit, por que *eu* haveria querer ver alguém como você?", "Nem precisa rastejar pela minha porta esperando que eu te perdoe, sua amiga-da-ONÇA!"

Mas nem de longe pareciam adequados agora.

Você quer... – Fiz um gesto manso em direção às escadas e meu quarto.

– O.k. – disse ela, e se pôs a subir, eu atrás, vistoriando suas botas, seu casaco, seu peso.

Sentamos na cama e abrimos a conversa com o tradicional "Como vai", seguido pelo inevitável "Você está com uma cara ótima". O fato de ela *estar* mesmo com uma cara ótima me deixou muito desconfortável durante algum tempo. Tinha feito mechas e cortado o cabelo, um corte chique, nova-iorquino.

– Você ainda está...? – perguntou ela.

– Mais de oito meses agora – disse eu, entre tímida e orgulhosa. – Meu Deus. – Ela pareceu a um tempo impressionada e horrorizada.

– Como vai Nova York? – perguntei, com uma pontada de dor. A entrelinha principal de minha pergunta era "Como vai Luke?", seguida de perto por "Como é que foi tudo dar tão errado?".

– Está ótima. – Deu um sorriso curto. – Gelada, sabe?

Abri a boca, decidida a perguntar como ele estava, mas fiquei na intenção, tão desesperada para saber quanto incapaz de perguntar.

– Como vai seu emprego? – perguntei.

– Vai bem – respondeu ela.

– Que bom – disse eu, efusiva. – Que ótimo.

– Você está... er... trabalhando? – perguntou ela.

– Eu? – soltei. – Não, pelo amor de Deus. No momento, ser uma toxicômana está sendo uma ocupação em tempo integral!

Nossos olhares se cruzaram, constrangidos, agitados, para logo se desviarem rapidamente.

– Como está sendo a sua vida em Dublin? – Ela finalmente rompeu o silêncio.

– Maravilhosa – retruquei, torcendo para que a resposta não tivesse soado tão defensiva quanto eu me sentia. – Fiz um monte de bons amigos.

– Que bom. – Ela me deu um sorriso encorajador, mas seus olhos estavam cheios d'água. Nesse momento, senti, com um aperto na garganta, as lágrimas brotarem nos meus.

Desde aquele dia... naquele lugar – começou Brigit, sondando o terreno.

– Está se referindo ao Claustro?

– É. Aquela velha, Jennifer...

– Josephine – corrigi-a.

– É, Josephine. Meu Deus, ela era um horror, não sei como você aguentava.

– Ela não era tão má assim – me senti obrigada a dizer.

– Achei ela terrível – insistiu Brigit. – Enfim, o fato é que ela me disse uma coisa... Que era ótimo eu ter alguém com quem me comparar, para sempre vencer a comparação.

Assenti. Já fazia uma ideia de aonde ela estava querendo chegar.

– E... *e*... – Ela se interrompeu, uma lágrima pingando nas costas de sua mão. Engoliu em seco e piscou os olhos. –... *e* eu achei que o que ela estava dizendo era uma babaquice, estava com tanta raiva de você que não conseguia me sentir culpada por coisa alguma.

– E não era – insisti.

– Mas ela tinha razão – prosseguiu Brigit, como se não tivesse me ouvido. – Embora eu tenha esculhambado você, o fato de você estar totalmente descontrolada fazia com que eu me sentisse bem. Quanto pior você ficava, melhor eu me sentia em relação a mim mesma. E só posso pedir perdão por isso. – Com essas palavras, rompeu num choro convulso, violento.

– Deixa de ser burra, Brigit – disse eu, tentando manter a firmeza e não chorar. – Sou uma *dependente*, você estava vivendo com uma dependente. Deve ter sido um inferno para você, e só agora começo a me dar conta do quanto deve ter sido horrível.

– Eu não devia ter sido tão dura com você – soluçou ela. – Foi desonesto da minha parte.

– Para com isso, Brigit – ordenei, dura, e ela levantou o rosto, surpresa, as lágrimas sustadas pelo choque. – Lamento muito que você se sinta culpada, mas, se ajuda saber, tudo aquilo que você me disse no dia em que foi ao Claustro...

Ela estremeceu.

–...foi a melhor coisa que poderia ter feito por mim – prossegui. – E eu fico grata.

Ela protestou. Eu tornei a insistir. Ela tornou a protestar, e eu a insistir.

– Você está falando sério? – perguntou.

– Estou, sim, falando muito sério – disse eu, amável. E estava *mesmo* falando sério, me dei conta.

Ela me deu um sorriso angustiado, e a tensão se dissipou.

– Quer dizer que você está mesmo bem? – perguntou, constrangida.

– Estou ótima – respondi, com toda a honestidade.

Calamo-nos.

– E você sai por aí dizendo que é uma dependente? – perguntou ela, um tanto cautelosa.

– Bom, eu não paro os estranhos na rua. Mas, quando é importante, digo, sim.

– Como naqueles encontros a que você vai, por exemplo.

– Exatamente.

Ela se inclinou para perto de mim com os olhos brilhando e perguntou:

– É que nem aquela parte de *Quando um homem ama uma mulher*, em que Meg Ryan se levanta diante de todo mundo e diz que é alcoólatra?

– Igualzinho, Brigit. Só que Andy García não vem correndo para mim no final e abaixa a mão.

– Antes assim. – Brigit sorriu. – Ele é asqueroso.

– Como um lagarto – concordei.

– Um lagarto bonito, justiça seja feita – salientou ela. – Mas um lagarto é um lagarto.

Por alguns momentos, foi como se nada de mau jamais tivesse acontecido. Fomos atiradas de volta no tempo e no espaço, à época em que éramos a melhor amiga uma da outra, e uma sabia exatamente o que a outra estava pensando.

– Acho melhor ir andando – disse ela, se levantando, constrangida. – Tenho que fazer minhas malas.

– Quando você vai voltar?

– Amanhã.

– Obrigada por ter vindo – disse eu.

– Obrigada por ter sido tão boa comigo – respondeu ela.

– Não, eu é que agradeço.

– Tem alguma possibilidade de você voltar a Nova York?

– Não num futuro próximo.

Desci as escadas para acompanhá-la até a porta.

– Tchau – disse ela, com a voz trêmula.

– Tchau – respondi, o tremor em minha voz idêntico ao dela.

Ela abriu a porta da rua, chegando a pôr uma perna para fora, dando as costas. Assim que pensei que tinha ido embora, ela se virou, atirou os braços ao meu redor e nos abraçamos com força. Senti-a chorando com o rosto enterrado em meus cabelos, e teria dado tudo que já tive na vida para voltar no tempo. Para que as coisas voltassem a ser como eram antes.

Ficamos ali durante muito, muito tempo. Por fim, ela me deu um beijo na testa. Tornamos a nos abraçar. E ela saiu para a noite fria.

Não prometemos ficar em contato. Talvez ficássemos, talvez não. Mas, agora, as coisas estavam bem.

O que não quer dizer que eu não tenha ficado arrasada.

Chorei durante dois dias inteiros. Não queria saber de Nola, Jeanie, Gobnet ou quem quer que fosse, porque nenhuma delas era Brigit. Não queria continuar viva, se não podia ter a vida que tivera com Brigit.

Achei que nunca superaria a dor.

Mas superei. Em questão de dias.

E me enchi de orgulho por ter passado por uma experiência tão dolorosa sem me drogar. Em seguida, senti um estranho alívio por não estar mais presa a Brigit. Era bom saber que eu podia sobreviver sem ela, que não precisava da sua aprovação, do seu aval.

Senti-me forte, capaz de ficar de pé sozinha, sem talas ou muletas.

71

Chegou a primavera.

Arranjei um emprego. Era apenas um emprego de meio expediente, como camareira, num pequeno hotel da região. O salário era tão baixo, que provavelmente eu lucraria mais se pagasse a eles. Mas estava encantada comigo mesma. Orgulhosa de chegar na hora, dar duro e não roubar o dinheiro que encontrava caído no tapete, como fizera no passado. A maioria das outras pessoas que trabalhavam lá eram estudantes complementando sua mesada. Eu teria achado isso muito humilhante no passado, mas não agora.

– Que tal voltar a estudar? – sugeriu Jeanie, que estava no segundo ano da faculdade. – Talvez fazer um curso universitário, quando você souber o que quer fazer.

– Um curso universitário? – Fiquei horrorizada. – Mas levaria muito tempo. Quatro anos, talvez. A essa altura, eu estaria com trinta e dois anos. Caquética!

– Mas um dia você vai ter trinta e dois anos, mesmo – observou ela, tranquila.

– O que eu faria? – perguntei, quando o impossível, o impensável, subitamente deixou de ser grotesco para tornar-se até possível.

– Não sei – disse Jeanie. – Do que você gosta?

Refleti.

– Bom, eu gosto *disso* – respondi, tímida, indicando nós duas – Dependência, recuperação, a cabeça das pessoas, os seus motivos.

Desde que Josephine me contara que era toxicômana e alcoólatra, a ideia tinha ficado vibrando em algum canto do meu inconsciente.

– Psicologia – sugeriu Nola. – Ou um curso de aconselhamento. Pesquise e telefone.

ENTÃO CHEGOU o dia 14 de abril, meu primeiro aniversário de recuperação. Nola e as meninas prepararam um bolo com uma velinha para mim. Quando cheguei em casa, ganhei outro de mamãe, papai e minhas irmãs.

– Você é maravilhosa – não paravam de dizer. – Um ano inteiro sem uma única droga. Você é fantástica.

No dia seguinte, anunciei a Nola:

– Completei um ano, agora já posso botar pra trepar, digo, pra quebrar.

– Boa menina, manda ver – disse Nola, com uma ironia que me desconcertou.

Logo compreendi o que ela estava querendo dizer, ao constatar que não havia ninguém com quem eu quisesse dormir. Ninguém por quem me sentisse atraída. E não por não ter conhecido nenhum homem. Além dos milhares de caras nos NA, eu tinha começado a sair à noite uma vez ou outra com Anna ou Helen. Incursões no mundo real, com homens de carne e osso que não eram toxicômanos e nem sabiam que eu era. Eu sempre ficava surpresa quando eles tentavam me seduzir. Claro, era obrigada a passar pelo tédio de explicar a eles por que não bebia. Mas, mesmo quando compreendiam que não havia a menor esperança de me levar para a cama por meios etílicos, não perdiam o interesse por mim.

Um ou dois desses interessados eram até bonitos, usavam boas roupas e eram músicos ou publicitários.

Eu certamente não estava tirando grande partido da libertação de meu eremitério. O problema era que, sempre que eu pensava em ir para a cama com alguém, a pessoa em quem pensava, no ato, era Luke.

Luke, lindo e sensual. Mas eu só passava uma fração de segundo refletindo sobre sua beleza e sensualidade, antes de me lembrar da maneira atroz como o tratara. Imediatamente, me sentia morta de vergonha e tristeza. E apavorada, também, porque Nola vivia me dizendo para eu lhe escrever uma carta, me desculpando. Coisa que eu estava envergonhada e com medo demais para fazer, pois sempre havia o risco de ele me mandar à merda.

– Enfrenta ele – Nola não parava de empurrar. – Vai, escreve, ele parece ser um amor de pessoa. De mais a mais, você vai se sentir muito melhor.

– Não posso – murmurava eu.

– Mas qual é o problema com esses rapazes que vivem convidando você para sair? – Nola me interpelou, depois de eu passar uma hora inteira me lamuriando com ela.

– Ah, sei lá. – Dei de ombros, irritada. – Ou são chatos, ou meio burros, ou tem outra garota de butuca neles, ou se acham os tais... Embora alguns sejam até bonitos – reconheci. – Aquele cara, o Conlith, é *muito* bonito, mas, mesmo assim... – Calei-me, triste.

– Não são bons o bastante, é isso que você está tentando me dizer? – indagou Nola, como se eu tivesse acabado de inventar a cura da AIDS.

– Exatamente! – exclamei. – E eu não posso ficar perdendo meu tempo, tenho mais o que fazer.

– Caramba, mas você mudou mesmo – disse Nola.

– Mudei?

– Claro! Pensa só em como você era um ano atrás – disse ela.

– Teria dormido com o cachorro do mendigo, para não ter que ficar sozinha.

Refleti sobre o que ela dissera. Chocada, enxerguei que, claro, ela tinha razão. *Aquela tinha sido mesmo eu?* Aquela criatura desesperada? Louca por um namorado?

Como as coisas tinham mudado.

– Eu não disse que você ia melhorar? – perguntou Nola.

– Deixa de ser vaidosa – censurei-a. – Que coisa mais feia! – Mas sorri ao dizer isso.

– Sabe como é o nome disso que você tem? – perguntou ela – Como é mesmo que chamam... Ah, sim, amor-próprio!

72

Com as mãos trêmulas, abri a carta. Estava endereçada a mim, aos cuidados do Albergue Feminino Annandale's, rua 15 oeste, Nova York.

Era de Luke.

EU NÃO TINHA a menor intenção de voltar a Nova York. Jamais.

Mas, quando completei um ano e três meses de abstinência, Nola, de repente, sugeriu que eu fosse.

– Ah, vai, sim – incentivou-me, como se isso não fosse nenhum problema para mim. – Claro, por que não?

– Não – disse eu.

– Vai, sim – insistiu ela, ansiosa. Em seguida, ficou o mais antipática que pôde. O que não era muito.

– Se você não for – observou – vai se sentir horrivelmente mal toda vez que pensar nisso. Ah, vai lá! Volte aos lugares aonde costumava ir, repare o mal que fez às pessoas que magoou. – Nola sempre dizia coisas simpáticas, como "As pessoas que você magoou", quando deveria dizer" As pessoas cujas vidas você quase destruiu".

– Como Luke – disse eu, chocada ao constatar o quanto me sentia excitada à ideia de reencontrá-lo.

– Principalmente Luke – Nola sorriu, logo acrescentando: – Aquele amor de pessoa.

NÃO CONSEGUIA parar de pensar em Nova York. Estava obcecada por aquele lugar, e parecia não ter escolha, a não ser ir para lá.

E, tão logo percebi que minha ida poderia se tornar realidade, as comportas da Represa Costello se abriram. Horrorizada, compreendi uma coisa de que já desconfiava há algum tempo. Que ainda era louca por ele. Mas sentia pavor da hipótese de que ele tivesse ódio de mim me esquecido ou se casado com outra mulher.

– Não importa – disse Nola. – De uma maneira ou de outra, só o fato de se aproximar dele já vai surtir um efeito terapêutico sobre você. Aquele amor de pessoa – acrescentou, com um sorriso carinhoso.

Meus pais ficaram de cabelo em pé.

– Não estou indo para sempre – expliquei. – Vou ter que voltar em outubro, para começar a faculdade.

(As autoridades competentes haviam decidido que eu podia cursar psicologia, a título de experiência. Dancei muitas gigas felizes, no dia em que recebi a notícia.)

– Vai ficar com Brigit? – perguntou mamãe, ansiosa.

– Não.

– Mas você fez as pazes com ela – insistiu.

– Eu sei. Mas não seria apropriado.

Eu tinha absoluta certeza de que Brigit me deixaria dormir no sofá, mas eu acharia difícil ficar naquele apartamento como hóspede a curto prazo. Além disso, embora sentisse muito carinho por ela, achei que, de alguma forma, seria mais *saudável* manter minha independência em relação a ela quando voltasse para Nova York.

– Mas você vai procurá-la enquanto estiver lá? – Mamãe ainda tinha um ar preocupado.

– Claro que vou – disse eu, para tranquilizá-la. – Estou ansiosa para ver Brigit.

A partir daí, as coisas aconteceram muito depressa. Fiz um empréstimo enorme, troquei todo o dinheiro por dólares, reservei minha passagem e um quarto num albergue feminino, pois não tinha dinheiro para alugar um apartamento, e fiz as malas.

No aeroporto, Nola me deu um pedaço de papel com um endereço.

– É de uma amiga minha em Nova York. Liga para ela, que ela vai cuidar de você.

– Ela não é toxicômana, é? – indaguei, revirando os olhos com exagero. – Você só faz me apresentar a toxicômanos. Será que não tem nenhuma amiga *decente?*

– Dá um beijão em Luke por mim – disse ela. – Até outubro.

NOVA YORK EM JULHO faz com que a gente se sinta sufocada por um cobertor quente e úmido.

Foi demais para mim. Os cheiros, os sons, a zoeira das ruas, as multidões, o desassombro otimista das pessoas, os gigantescos edifícios erguendo-se imponentes na Quinta Avenida, emparedando o calor úmido de julho, os táxis amarelos colados uns nos outros nos engarrafamentos, o ar crivado de buzinadas e desaforos os mais criativos.

Não aguentei a intensidade da energia daquele lugar. Nem o número de malucos, que sentavam ao meu lado no metrô ou me abordavam na rua.

Era tudo excessivo demais. Passei os três primeiros dias escondida no meu quarto no albergue, dormindo e lendo revistas, com as persianas fechadas.

Não devia ter vindo, pensava, infeliz. Só servira para reabrir antigas feridas. Sentia saudades de Nola e de minhas outras amigas, sentia saudades da minha família.

Jeanie telefonou de Dublin, e fiquei emocionada, até ela me dar um esporro.

– Já foi a alguma reunião?

– Hum, não.

– Já ligou para a amiga de Nola?

– Não.

– Já procurou emprego?

– Ainda não.

– Bom, então mexe a bunda. Agora.

Assim, fui obrigada a abandonar a segurança de meu quarto e sair, vagando sem destino pelas ruas mormacentas.

Sem destino, *ma non troppo.* Para ser franca, sem destino, uma ova

.Era mais propriamente o que se poderia chamar de uma *retrospectiva* de minha vida em Nova York. Uma homenagem.

Lá estava a loja onde eu tinha comprado as mules verde-limão que usara na primeira noite em que transara com Luke, lá estava o edifício onde Brigit trabalhava, seguindo por aquele caminho a gente ia dar no Old Shillayleagh, seguindo pelo lado oposto ia parar na garagem asquerosa onde Brigit, Luke e eu fôramos ver a irmã de José, naquela "instalação" de merda

Eu trocava as pernas para tudo quanto é canto, cambaleando sob o peso das lembranças. Uma nostalgia brutal me avassalava a cada passo.

Passei pelo lugar onde ficava o Llama Lounge, e que agora era um cibercafé. Passei pela calçada do Bom e Caro, e quase me ajoelhei de sofrimento, pelo que poderia ter sido e não fora.

Caminhei sem parar, em círculos cada vez mais estreitos e torturantes, até finalmente conseguir entrar na rua onde Luke morava. Um pouco nauseada, devido ao meu estado de nervos – ou talvez fosse apenas o calor – postei-me diante do edifício onde ele um dia tinha morado, talvez até ainda morasse. Pensei na primeira vez em que estivera lá, na noite do agito no Rickshaw Rooms. Logo pensei na *última* vez em que estivera lá, no domingo anterior à minha overdose. Na época, não sabia que era minha última vez; se soubesse, talvez tivesse tratado a ocasião com um pouco mais de seriedade. Se tivesse feito isso, talvez tivesse tomado as providências necessárias para garantir que *não fosse* minha última vez.

Parada no calor infernal da rua, desejava, em vão, ser capaz de mudar as coisas. Desejava voltar no tempo e traçar um passado diferente. Desejava ainda estar vivendo em Nova York, não ter me tornado uma toxicômana, ainda ser namorada de Luke.

Demorei-me por algum tempo, dividida entre a esperança de que Luke aparecesse e a de que não aparecesse. Por fim, compreendi que, se alguém me visse, iria pensar que eu era uma assaltante, de modo que tratei de ir embora.

No fim da rua, me detive. Fui obrigada a me deter. As lágrimas embaçavam de tal modo a minha visão, que eu me tornara um perigo para mim mesma e os outros. Encostei-me numa parede e chorei, chorei tudo a que tinha direito. Lamentando o passado, lamentando a outra vida que poderia ter tido, se as coisas houvessem sido diferentes.

Eu poderia ainda estar lá, naquele berreiro operístico, se uma mulher falando espanhol não tivesse saído, me convidando a cair fora com gestos vigorosos de sua vassoura, para que eu não baixasse o nível do seu bairro.

TORCI PARA QUE meu curto passeio tivesse enterrado quaisquer sentimentos remanescentes que eu ainda nutrisse por Luke. E era bom que tivesse, mesmo, porque eu não conseguia criar coragem para *me aproximar* dele realmente.

Concentrei-me em construir uma infraestrutura de vida básica.

A primeira coisa que fiz foi arranjar um emprego. Era muito fácil arranjar emprego em Nova York.

Isso é, se a pessoa não fizesse objeções a ganhar um salário de fome. Era num hotel pequeno, italiano, de propriedade de uma família. Muito simpático, salvo pela miséria do salário. Olhando para trás, eu não conseguia imaginar como um dia me permitira trabalhar num lugar como o Motel Barbados.

Em seguida, telefonei para Brigit, nervosa mas entusiasmada à ideia de vê-la. Mas – ironia das ironias! – ela tinha ido passar as férias de verão em casa, na Irlanda.

Durante as duas semanas seguintes, as coisas caíram numa espécie de rotina. Uma rotina muito chata. Eu trabalhava, frequentava as reuniões e só.

Quase todas as garotas no albergue eram peonas saudáveis, de algum daqueles estados sulistas que são as capitais mundiais do incesto. Atendiam pelos imponentes nomes de Jimmy-Jean, Bobby-Jane e Billy-Jill. Eu estava doida para fazer amizade com elas, mas pareciam um pouco arredias e desconfiadas diante de todo mundo, menos delas mesmas.

As únicas a me tratarem com simpatia foram Wanda, uma texana enorme, cabelos oxigenados e chiclete na boca, que estava tendo um trabalhão para se adaptar à vida fora de um trailer. E também uma mulher musculosa, com um buço que chegava às raias de bigode, e que atendia pelo nome de Brad. Era *muito* simpática comigo, mas, para ser franca, eu suspeitava dos seus motivos.

Foi uma época estranha. Eu me sentia sozinha, alheia, isolada. O que não me desagradava de todo.

Salvo pelo fato de que os sentimentos despertados por minha volta a Nova York ainda eram insuportáveis. Às vezes, a nostalgia quase me matava.

E o pavor, também. Eu me lembrava das vezes em que fora para casa em companhia de completos desconhecidos, e sentia um medo pânico por mim mesma. Quantas vezes não correra o risco de ser estuprada ou assassinada? Lembrava-me de como tinha a sensação de que a cidade inteira era maligna. Minha volta desencadeou toda uma nova dimensão de lembranças. A nostalgia em relação a Luke, principalmente, não dava sinais de ceder; pelo contrário, piorava. Comecei a sonhar com ele. Pesadelos passados dois anos antes, nos quais minha vida não se descarrilhava de maneira apocalíptica, e ele ainda me amava. É claro que o terrível não eram os pesadelos. Era o despertar.

Eu sabia que tinha que me encontrar com ele. Ou, pelo menos, tentar. Mas não queria, porque provavelmente ele estava namorando outra pessoa e eu não achava que aguentaria isso. Tentava me consolar pensando que talvez ele não tivesse uma namorada. Mas por que não haveria de ter?, me perguntava. Até *eu* tivera uma experiência sexual, embora incompleta, com outra pessoa, e isso numa época em que deveria estar praticando a abstinência.

Os dias se passaram numa espécie de fuga onírica. Eu tinha uma obrigação desagradável pendendo sobre a minha cabeça e, sendo como sou, preferi fingir que não era comigo.

É difícil mudar os velhos hábitos.

Tentei usar a desculpa de que não tinha o número do telefone dele. Mas tinha, infelizmente. Ou, por outra, ainda o sabia de cor. O de casa e o do trabalho. Sempre na suposição de que ele ainda trabalhava e morava nos mesmos lugares que um ano e meio atrás. Mas isso não era certo, sendo o vai e vem em Nova York intenso como era.

Uma noite, quando eu já tinha voltado há cinco semanas e estava deitada na cama, lendo, de repente criei coragem para telefonar para Luke. Sem aviso. Parecia uma coisa perfeitamente viável, e eu já não conseguia entender por que fizera tanto estardalhaço por causa disso. Rapidamente, antes que o rompante passasse ou eu me dissuadisse da ideia, corri de bolsa em punho para os telefones no corredor do albergue, quase derrubando as pessoas na minha pressa.

Era um pouco constrangedor telefonar dali, ainda mais com Bobby-Ann e Pauley-Sue fazendo fila atrás de mim para conversar com seus carneirinhos de estimação em casa. Mas não me importei. Destemida, digitei o número de Luke e, quando o telefone começou a tocar, senti uma súbita vertigem de pânico, pensando no que diria a ele. Devia dizer "Luke, prepare-se para ter um choque"? Ou "Luke, adivinhe quem está falando"? Ou "Luke, você talvez não se lembre de mim..."? Ou – a hipótese mais provável – "Luke, por favor não deslig..."?

Eu estava tão elétrica, que mal acreditei quando caiu na secretária. ("Living on a Prayer", de Jon Bon Jovi.) Eu tivera todo aquele trabalho para, no final, ele nem mesmo estar em casa.

Amargurada de decepção, mas inegavelmente aliviada, desliguei. Pelo menos, agora sabia que ele estava morando no mesmo endereço. Ainda assim, todo aquele suplício de telefonar tinha me esgotado horrores, de modo que decidi que, em vez disso, seria melhor para os meus nervos escrever uma carta para ele. O que também implicava menores probabilidades de eu levar uma telefonada na cara.

Fiz 168 esboços, até chegar à carta que mesclava as doses certas de humildade, cordialidade e *antiaderência*. Na maioria das que acabaram na lata de lixo, o tom preponderante foi o de autodegradação aguda ("Não sou digna de beijar a sola do seu sapato"). Mas, quando moderei as tintas, comecei a me perguntar se o resultado não teria ficado frio demais, dando a entender que o meu arrependimento não era *total*. Razão pela qual essas tentativas foram amassadas e atiradas na parede.

E quanto ao fecho – "Um abraço"? Ou "Um *forte* abraço"? Ou "Grata pela atenção"? Ou "Tudo de bom"? Ou "Toda a felicidade do mundo"? Ou "Com carinho"? Ou "Com *todo* o meu carinho"? Ou "Será que uma trepada está fora de cogitação"? Qual delas dava o recado certo? A essa altura, eu já estava tão confusa, que nem tinha mais certeza de qual era a porcaria do recado.

Caro Luke, escrevi na carta que por fim pus no correio. *Talvez você fique surpreso por receber notícias minhas. Estou passando uma curta temporada em Nova York e ficaria grata se você pudesse reservar um tempo para se encontrar comigo. Tenho plena consciência do quanto* o *tratei mal quando estávamos namorando, e agradeceria se você me desse uma oportunidade de me desculpar pessoalmente. A resposta deve ser enviada para o endereço acima. Se não quiser mais ter nenhum contato comigo, vou compreender totalmente. Um abraço, Rachel (Walsh).*

Achei que estava contrita sem ser ridícula, simpática sem ser predatória. Fiquei muito orgulhosa dela, até o momento em que a enfiei na caixa do correio, quando subitamente me dei conta de que era a carta mais mal escrita de todos os tempos. Foi um custo me obrigar a ir embora, em vez de ficar ali para interceptá-la quando o carteiro chegasse para esvaziar a caixa.

Torcia desesperadamente para que ele respondesse. Ao mesmo tempo, tentava me preparar para a possibilidade de que talvez não o fizesse. Havia uma grande chance de eu não ser a figura importante na sua vida que ele era na minha. Provavelmente, mal se lembrava de mim.

A menos que se lembrasse bem até demais, e tivesse um ódio mortal de mim, é claro. Em qual caso, eu também não receberia notícias suas.

Durante quatro dias seguidos fiz ponto no balcão da portaria na hora da entrega da correspondência, e durante quatro dias seguidos fui mandada embora de mãos abanando.

Mas, no quinto dia, quando cheguei em casa do trabalho, encontrei uma carta enfiada por baixo da minha porta. Sem selo. Entregue em mãos.

Luke tinha respondido.

Segurei o envelope com a mão suada, encarando-o. Estava apavorada de olhar dentro dele. Pelo menos ele se dera ao trabalho de escrever, me consolei.

A menos que fosse uma página ocupada unicamente por duas palavras: "Vá" e "pastar".

Subitamente, pus-me a estraçalhá-lo, frenética, como um tigre estraçalhando antílopes mortos. Eu *ataquei* o envelope. Ato contínuo, com o coração martelando no peito, procurei a carta em seu interior.

Era curta e precisa. Brusca, mesmo. Sim, dizia ele, gostaria de se encontrar comigo. Que tal aquela noite, às oito horas, no Café Nero? Se houvesse algum inconveniente, que eu deixasse um recado na sua secretária eletrônica.

Não gostei do seu tom. Me pareceu antipático, não exatamente no espírito de perdão de quem estende um ramo de oliveira. Suspeitei que a câmera não iria fechar em *fade-out* sobre esse encontro, com Luke e eu de mãos dadas, balançando o corpo e cantando "War is

Over", "Ebony and Ivory" ou qualquer outra baba melosa desse tipo, sobre o fim de um conflito.

Minha decepção foi terrível. Cheguei mesmo a achar que tinha sido um pouco atrevido da parte dele, até me lembrar que eu me portara de uma maneira medonha com ele. Se ainda guardava algum ressentimento, tinha todo o direito e mais algum.

Mas ele *dissera* que queria se encontrar comigo. Talvez fosse só porque tivesse se lembrado de mais algumas coisas horríveis que não chegara a me dizer no Claustro, pensei, o moral tornando a despencar.

73

Não foi um encontro. Foi mais diferente de um encontro do que qualquer outro encontro que eu já tivera na vida. E tratá-lo como tal seria banalizar os sentimentos de Luke e a minha maturidade.

Ainda assim, passei horas me aprontando. *Horas!*

Deveria ficar bonita ou com um ar maduro e reabilitado?, me perguntava. Tentar conquistá-lo fazendo com que se sentisse novamente atraído por mim, ou me comportar de uma maneira adulta, no estilo Estou-muito-diferente-agora? Decidi pela abordagem séria e sóbria: prendi o cabelo e enfiei um livro sobre dependência química debaixo do braço, me perguntando se Mikey-Lou me emprestaria seus óculos.

Não emprestou. Compreendi que seria obrigada a jogar a cartada Um-dia-sentiste-tesão-por-mim. Tratei rapidinho de tentar sofisticar o meu *look*.

Mas quase não tinha roupas. Um ano e meio de salário de fome tinham se encarregado disso. Assim, não passei pelo frenesi de ficar experimentando roupas para logo em seguida despi-las, atirando atarantada uma peça no chão ao mesmo tempo em que puxava a próxima voluntária do guarda-roupa.

Condenada a usar minha saia jeans comprida e uma camiseta curta, fiquei chateada e morta de vergonha. Queria ter alguma coisa sensacional para usar. Até compreender que essa, agora, era eu – uma mulher simples, honesta, que não se escondia por trás de nada. (E malvestida, também.) Não precisava fazer uma encenação para Luke.

Mas sapequei *quilos* de maquiagem na cara. Prendi o cabelo no alto, soltei-o, tornei a prendê-lo. Tornei a soltá-lo. Finalmente decidi prendê-lo e deixá-lo assim.

Pouco antes de sair, tornei a soltá-lo.

– Você tá linda! – gritou Brad, assim que saí.

– Obrigada – disse eu, nervosa, sem muita certeza de ter gostado do elogio.

Tentei não me atrasar. Foi um custo não fazer gênero, mas resisti. Não pegava bem. Quando cheguei ao Café Nero, não havia nem sinal dele. Naturalmente, suspeitei do pior, que ele mudara de ideia em relação a se encontrar comigo. Decidi ir embora.

Então me detive, me obriguei a sentar e pedi um copo de água mineral. Dez minutos, jurei para mim mesma. Não vou ficar mais do que isso.

Foi um tormento completo. Eu dava saltos dignos de um assento ejetor, nervosíssima, e ficava relanceando a porta, torcendo para que ele aparecesse.

Após a chegada da vigésima pessoa que não era Luke, decidi ir embora, infeliz. Vasculhei minha bolsa, atrás do dinheiro para pagar a água mineral...

De repente, lá estava ele. Passando pela porta. Conversando com o relações-públicas. Que lhe disse onde eu estava. Ele me olhou de relance.

Foi um tremendo choque revê-lo. Ele era mais alto e mais forte do que eu me lembrava. Estava mais maduro. Ainda usava o cabelo comprido e as calças de couro, mas seu rosto estava diferente. O rosto de um adulto.

Ao atravessar a passos largos o café, tentei ler em sua expressão o que sentia por mim, mas estava fechada. Quando ele chegou até mim, não houve nenhum cumprimento efusivo, nem abraços e beijos. Ele se limitou a dizer, curto e grosso: “Como vai, Rachel?” Jogou-se no assento diante do meu, me proporcionando, por um ou dois segundos deliciosos, o prazer de ficar cara a cara com o gancho de sua calça de couro, antes de ocultá-la abaixo do tampo da mesa.

Eu não soube como poderia ter alguma vez chegado a pensar que sua aparência era digna de deboche. Ele era um homem lindo.

Murmurei "Oi, Luke", ou algo igualmente inofensivo. Mal podia acreditar que era ele, Luke, sentado ali, do outro lado da mesa. Perto o bastante para ser tocado.

Pelo menos, era o que eu estava sentindo. Não tinha muita certeza de que esse também fosse o seu caso.

Ele ficou em silêncio, me encarando com um olhar hostil. E eu tive que me armar de coragem para ser forte. Isso ia ser mais difícil do que eu tinha pensado.

Quando a garçonete apareceu, ele pediu uma cerveja e eu indiquei que estava satisfeita com minha água mineral, embora estivesse longe de ser o caso. Em seguida, limpei a garganta e dei início à declamação de minhas bem ensaiadas desculpas.

– Obrigada por vir, Luke, não vou tomar muito o seu tempo – falei depressa. – O que vou lhe dizer já vai com bastante atraso, mas antes tarde do que nunca, ao menos espero que você pense assim. O que estou querendo dizer é que lamento profundamente todo o sofrimento ou infelicidade que causei a você na época em que nós, er, nos conhecemos, quando eu morava aqui. Fui uma namorada horrível, uma verdadeira calhorda, e não sei como você me aguentou, tinha todo o direito de ficar pê da vida comigo.

Como eu teria adorado tomar uma bebida! Tornei a respirar fundo.

– Eu nunca teria me portado daquela maneira horrível se não estivesse viciada em drogas. Mas sei que isso não serve de desculpa, e certamente não atenua o mal que lhe causei, só estou falando para você *saber* por que eu me portava tão mal...

Dei uma olhadela furtiva nele. Impassível em último grau. *Reage, pelo amor de Deus!*

– Eu era uma pessoa desleal – prossegui. – Não tinha integridade, traí você, te deixei na mão. Provavelmente você não tem nenhum interesse em saber *por que* eu era tão indigna de confiança, mas digo isso só para você ficar sabendo que mudei muito e que agora sou alguém que apoia seus amigos. É claro que isso não faz grande diferença para você agora; teria vindo em boa hora dois anos atrás, quando eu era aquela calhorda horrorosa...

E por aí eu fui, minhas palavras batendo e escorrendo no silêncio de Luke. A certa altura, ele se virou de lado na cadeira, jogando o braço por cima do encosto. Em meio ao meu sofrimento, não pude deixar de perceber que ele ainda era um tremendo tesão.

De volta às desculpas. Mantive os olhos baixos, deslizando meu copo pela mesa molhada, como se fosse um tabuleiro Ouija.

Finalmente terminei. Não havia mais nada pelo qual eu pudesse me desculpar, e nem assim ele disse uma palavra. Antes de nosso encontro, eu sentira pavor de sua raiva. Mas teria sido preferível, a essa passividade impenetrável. Pelo menos, estaríamos nos comunicando.

Relutando em ficar ali, calada, pedi desculpas por algumas coisas pelas quais já tinha me desculpado.

– Mais uma vez me desculpe por ter tomado o JD de Joey aquela vez, desculpe por te fazer passar por tantos vexames, desculpe por perturbar sua vida doméstica com o meu vício... – Calei-me. Não adiantava partir para uma segunda rodada..

Eu não tinha opção, senão ir embora.

– Já vou indo, então – disse eu, humilde. – Obrigada por ter vindo.

Novamente, fiz menção de abrir a bolsa para pagar minha despesa e ir embora.

Nesse momento, Luke me desconcertou completamente, dizendo:

– Ah, pelo amor de Deus, Rachel, desce da cruz, que a gente precisa da madeira!

– Quê?

– Senta aí, fala comigo! – exclamou, num tom todo seu, que reconheci como sendo de jovialidade forçada. – Não te vejo há quase um ano e meio. Me diz como é que você vai indo! Como vai a Irlanda?

Não chegava a ser um ramo de oliveira, e sim apenas uma azeitona. Empurrei minha bolsa para o lado e tornei a me acomodar.

Uma conversa relaxada e desinibida era difícil. A situação era artificial demais e eu não estava bebendo nada – nem haveria de beber. Mesmo assim, tentei.

Ressabiados, discutimos a economia irlandesa. Uma conversa constrangida sobre futebol e os Celtic Tigers, capital estrangeiro e renda per capita. Parecíamos dois analistas políticos na TV. Quando eu tinha alguma oportunidade de ser engraçada, agarrava-a com unhas e dentes, na esperança de me redimir, de modificar a lembrança que ele tinha de mim. Mas o crescimento econômico não é um assunto que dê margem a muitas piadas. A conversa se arrastava aos trancos e barrancos, cheia de constrangimento, entre interrupções e recomeços, sem fazer nenhum progresso concreto. Eu não queria ir embora, porque estar com ele era um milhão de vezes melhor do que não estar com ele, mas que era exaustivo, era.

A garçonete apareceu. Ele pediu outra cerveja e eu, outra água mineral. A interrupção cortou o fio da meada do que estávamos conversando até então e, rompendo nosso silêncio, Luke perguntou, quase tímido:

– É só isso que você bebe agora? Água?

– É.

– Meu Deus, como você mudou. – Ele sorriu.

– Mudei – disse eu, séria. Olhamos um para o outro, *realmente* olhamos um para o outro. Era como se as persianas que cobriam sua expressão tivessem subido, e eu pude ver, pela primeira vez, o antigo Luke, *meu* antigo Luke. Fitamo-nos nos olhos por um bom tempo. Eu estava confusa, pois toda hora esquecia que estávamos no presente, não no passado.

– Bom! – Ele pigarreou, quebrando o transe. – Obrigado pelas desculpas.

Com esforço, dei um sorriso curto e trêmulo.

– Sabe – disse ele, alargando um pouco a brecha – eu pensei que você quisesse se encontrar comigo para me dar um esporro pelo que eu disse aquele dia no seu centro de reabilitação.

– Ah, não – disse eu. Fiquei chocada por ele pensar que fora esse o meu motivo, mas fiquei satisfeita pelo fato de estarmos finalmente falando sobre a razão de estarmos ali. Balanças de pagamentos não eram mesmo o meu forte. – Você estava certo por dizer tudo que disse. Se não tivesse feito isso, eu ainda estaria até hoje negando meu vício.

– Eu jurava que você tinha ódio mortal de mim – disse ele, com ar arrependido.

– Claro que não tenho – insisti. Isto é, *agora* não tinha, tinha?

– Jura? – perguntou ele, ansioso.

– Juro – garanti a ele. Era irônico, Luke se preocupando se eu tinha ódio dele.

– Se isso serve de consolo, me deu um nó na cabeça dizer todas aquelas coisas. – Ele tornou a soltar um suspiro fundo. – E responder àquela merda de questionário.

– Mas você tinha que fazer isso – confortei-o. – Era para o meu bem.

– Cara, fiquei com ódio de mim mesmo – retrucou ele.

– Não devia – consolei-o.

– Mas fiquei, assim mesmo – queixou-se ele.

– Mas não devia. Eu era horrível.

– Ah, não era, não.

– Era, sim.

– Não era, não.

– Era, sim.

– Bom, acho que às vezes era – concordou, por fim.

– É claro que eu era. – Sorri para ocultar meu constrangimento. – E foi muito amável da sua parte ir até lá e se submeter àquele suplício, quando nós não éramos nem mesmo casados, não estávamos namorando firme, e você nem mesmo estava apaixonado por mim...

– Peraí, eu *estava* apaixonado por você, sim – interrompeu ele, com um tom magoado.

– Não estava, não – relembrei a ele.

– Estava, sim.

– Luke – observei – não vou brigar com você aqui, mas você disse a todo mundo no meu grupo de terapia que não me amava. Tenho testemunhas – acrescentei, tentando fazer graça.

– Ah, meu Deus, eu disse, não disse? – Ele esfregou a barba por fazer, num gesto que reconheci de outra vida. – É, disse, claro que disse. – Lançou-me um olhar aflito. – Não devia ter dito isso, mas é que eu estava com raiva, Rachel, com muita raiva de você. Pela maneira como você tinha me tratado e pela maneira como tinha tratado a si mesma.

Engoli em seco. Ainda era doloroso ouvi-lo dizer uma coisa dessas. Mas era bom saber que um dia ele *tinha* me amado, pensei.

– É estranho, não é? – perguntou Luke, pensativo. – Como o tempo muda as coisas. Um dia eu estou furioso com você, de repente se passa mais de um ano e eu não estou mais puto da vida.

Graças a Deus, pensei, estremecendo de alívio.

– Embora eu estivesse com raiva, é claro que amava! – declarou ele, com toda a honestidade. – Acha que eu voaria quase cinco mil quilômetros para esculhambá-la numa sala horrorosa, cheia de gente esquisita, se não amasse você?

Caímos na gargalhada.

– Você me esculhambou feio – disse eu. – Donde se conclui que devia mesmo me amar.

– Ah, amava. – Ele balançou a cabeça, irônico. – Amava.

De repente, o astral levantou.

Perguntei por Gaz e os rapazes, o que nos levou a uma série interminável de lembranças. "Lembra da tatuagem de Gaz?" "Não foi hilário como infeccionou depois?" "Lembra daquela vez em que a gente fez pipoca e quase tocou fogo na cozinha?" "E Joey tinha roubado o extintor de incêndio do trabalho?" "Caiu do céu, não foi mesmo?" "Eu tinha me esquecido disso." "Eu também, até agora."

Arriscamos trocar alguns toques nos braços, enquanto refrescávamos a memória um do outro. Toques deliciosos, acridoces, um tênue eco de outro tipo de contato.

Quando a sessão nostalgia já dera tudo que tinha que dar, discorri sobre minhas recentes realizações, como uma criança exibindo seus presentes de aniversário.

– Não bebo nem uso drogas há um ano e quatro meses – me gabei.

– Que bacana, Rachel. – Luke sorriu, cheio de admiração.

Vibrei de prazer.

– *E* em outubro vou para a u-ni-ver-si-da-de – escandi lentamente as sílabas, para causar o máximo de impacto.

A revelação quase o deixou mudo.

– Jura? – arregalou os olhos.

– Sim, senhor! – Abri um sorriso. – Para estudar psicologia.

– Puta que pariu! – exclamou ele. – Só falta você me dizer que vai se casar, para a transformação ser completa.

Sorri. Que ideia!

– Vai? – perguntou ele, quando já estávamos em silêncio há algum tempo.

– Vou o quê?

– Se casar.

– Pelo amor de Deus, que ideia mais louca – disse eu, com um muxoxo.

– Você não conheceu nenhum cara legal na Irlanda? – perguntou ele.

– Não. Um monte de babacas, mas nenhum cara legal.

Ele riu, com seus dentes brancos e sua aura perigosa. Minhas entranhas pegaram fogo.

– Você sempre me fazia rir – disse ele.

– E não só quando tirava as roupas? – brinquei.

Não devia ter brincado. O olhar dele se iluminou e nublou a um só tempo. No ato, revivi lembranças e sensações. Quase podia sentir o cheiro de sua pele, quando estávamos juntos na cama. Nosso bom humor se evaporou no ato. A tensão voltou com força total, acompanhada pela tristeza e um arrependimento colossal, terrível. Naquele momento, tive ódio de mim mesma por ser uma toxicômana, por destruir um relacionamento que poderia ter sido fantástico. A mágoa que senti se refletiu nos olhos de Luke.

Olhamos um para o outro, para logo em seguida sermos obrigados a desviar os olhos. Eu tinha pensado que aquele dia no Claustro fora a pá de cal no nosso relacionamento, mas não fora. A pá de cal era nosso encontro agora.

– Rachel – disse Luke, constrangido – só quero dizer que você não tem mais que se sentir culpada por mim.

Dei de ombros, infeliz.

– Você acharia careta demais se eu dissesse que perdoo você? – perguntou ele, sem graça.

– Claro que não – respondi, com honestidade. – Eu *quero* que você me perdoe.

– Sabe – disse ele, com brandura – você não era tão má assim.

– Não era? – perguntei.

– Nem sempre – disse ele. – Nos bons dias, não havia ninguém melhor do que você. Ninguém – repetiu, em tom manso e afetuoso –, jamais.

– Sério? – sussurrei. Sua inesperada ternura me deixou à beira das lágrimas.

– Sério – sussurrou ele. – Não lembra?

– Lembro – disse eu. – Mas não tinha certeza se era minha imaginação, já que eu passava o tempo todo ligada. Quer dizer então que às vezes nós éramos felizes?

– Muitas vezes – disse ele. Quase não nos mexíamos. Até mesmo o ar tinha parado de circular ao nosso redor.

Uma lágrima desceu pelo meu rosto.

– Desculpe – pedi, secando-a. – É que eu não achei que você seria legal comigo.

– E por que não haveria de ser? – perguntou ele, francamente surpreso. – Eu sou um cara legal.

Claro que era. Era um cara legal e, muito tempo atrás, tinha sido o *meu* cara legal. A consciência da perda me deprimiu por um momento.

– Eu não esperava me sentir tão triste – disse eu.

– Eu esperava.

– Esperava? – Fiquei muito surpresa. – Só por curiosidade, por que você concordou em se encontrar comigo?

– Eu estava curioso para saber se você tinha mudado. E também com saudades de você – acrescentou, brincalhão.

– E eu mudei? – perguntei, fazendo vista grossa para o tom brincalhão.

– É o que parece. – Ele balançou a cabeça. – Eu teria que fazer um *test-drive* com você para ter certeza, mas você parece ter conservado todas as qualidades e se livrado de todos os defeitos.

Fiquei orgulhosa disso.

– Mas, de aparência, você não está muito diferente – disse ele, pensativo. – Seu cabelo está mais curto, mas você ainda é uma gata.

– E você ainda é um tesão. – Consegui abrir um sorriso, embora tivesse a sensação de que meu estômago estava sendo estraçalhado.

Não houve nenhum abraço apaixonado, nenhum pulo em cima um do outro por sobre a mesa. O objetivo do nosso encontro era apagar as últimas brasas da fogueira, e não reavivar as chamas.

– É melhor eu voltar – disse eu. Não queria deixá-lo de jeito nenhum, mas não aguentava mais assistir aos efeitos da destruição que causara.

– Tudo bem – disse ele, se levantando. – Eu acompanho você até em casa.

Eu estava roxa para saber se ele estava namorando.

– Você está...? – tentei, mas me interrompi. – Você está...? – recomecei, mais uma vez incapaz de ir além disso.

Talvez fosse melhor não saber. Seria dolorosíssimo se ele estivesse namorando alguém.

– Sabe – disse ele, em tom casual – eu estou sem namorada desde que você foi embora.

Naquele momento, acreditei em Deus.

– Se cuida – disse ele, quando estávamos os dois parados diante do albergue, constrangidos.

– Você também – disse eu, desejando estar morta, esperando que ele fosse embora.

– Direitinho. – Ele se demorou mais um momento.

– Pode deixar. Você também.

Seu braço avançou um milímetro na minha direção, um gesto infinitesimal e, de repente, como se tivéssemos sido disparados por canhões, estávamos nos braços um do outro. Suas pernas se comprimiam contra as minhas, seus braços apertando minhas costas com força, meu rosto enterrado na curva do seu pescoço, enquanto eu aspirava seu perfume pela última vez. Não queria que esse momento acabasse nunca. Então, me desvencilhei de Luke e corri para dentro, sem tornar a olhar para ele. Quase quebrei o pescoço ao tropeçar em Brad, que assistira a toda a cena com os olhos franzidos. Não achei que ela continuaria sendo minha amiga depois disso.

SABIA QUE O SOFRIMENTO haveria de passar, que eu o superaria.

O que eu achava o mais difícil de tudo era o fato de ter esperado até estar tudo acabado para admitir o quanto o amava. Mas tinha consciência de que isso também passaria.

Não parava de pensar, cheia de dor, que jamais conheceria outro homem como ele.

Mas conheceria, sim, lembrei a mim mesma. Operação Harry.

Era impossível deixar de me perguntar qual teria sido meu destino com Luke se eu não tivesse passado a maior parte de nosso namoro completamente drogada. Ou como seria, se tivéssemos acabado de nos conhecer, e não tivéssemos um passado em comum que nos impedisse de ter um futuro juntos. Mas eu sabia que era inútil pensar desse jeito, pois não se pode mudar o que passou. O melhor a fazer era aceitar as coisas como eram.

E, mesmo não tendo ganho o prêmio principal, eu tinha alguns prêmios de consolação para levar comigo. Por acaso não tinha descoberto que ele um dia me amara? Por acaso ele não tinha me perdoado? Por acaso não tinha me comportado como uma adulta responsável? Por acaso não tínhamos nos separado como bons amigos?

A tristeza que senti foi tão curativa quanto a dor. Eu tinha voltado e enfrentado a parte mais sombria do meu passado. Tinha ficado cara a cara com meus erros, e criara coragem para me desculpar com Luke. Não precisava mais sentir vergonha toda vez que pensasse nele.

O demônio fora finalmente exorcizado. Quem me dera que tivesse sido eu.

Mas estava muito orgulhosa de mim mesma.

Eu era Rachel Walsh. Uma mulher, uma adulta. Uma matuta, uma gata, uma ovelha perdida, uma toxicômana.

Uma ovelha reencontrada. Uma sobrevivente.

Epílogo

Eu estava me aprontando para dormir quando ouvi um vozerio no hall

Fazia duas semanas que eu tinha visto Luke, e ainda esperava, em vão, que a dor de cotovelo passasse. Era muito difícil ser uma adulta madura. Mas eu extraía um certo consolo do meu desespero. Talvez me tornasse uma pessoa mais forte.

Às vezes, eu acreditava nisso.

Mais ou menos dois segundos por dia.

O resto do tempo eu passava chorando escandalosamente, convicta de que nunca o esqueceria. Limpava os vasos sanitários, punha as mesas e passava aspirador de pó nas escadas de Il Pensione com as lágrimas escorrendo pelo rosto. Ninguém se importava, eram italianos, encaravam as emoções à flor da pele com a maior naturalidade.

Quando ouvi as vozes alteradas na entrada do albergue, estava justamente dando por encerrado um bom berreiro, e me eximindo da obrigação de tirar oficialmente a maquiagem.

Aquele lugar era tão pobre em matéria de acontecimentos dramáticos, que saí correndo para dar uma olhada. O barulho parecia vir do primeiro andar. Debrucei-me sobre a balaustrada, olhando para a entrada, onde acontecia um violento corpo a corpo. Brad estava lutando vigorosamente com alguém.

Alguém que, após uma inspeção mais atenta, reconheci. Era Luke Meu coração quase parou de bater.

– Homem não entra aqui – berrava Brad. – Homem não entra.

– Só quero falar com Rachel Walsh – protestava Luke. – Não quero criar nenhum problema.

Eu sabia, tinha a absoluta certeza de que não se tratava de uma visita casual. Nosso último encontro fora marcado por um clima de despedida excessivamente enfático.

Nesse momento, ele levantou o rosto e me viu.

– Rachel – chamou, de olhos fixos nos meus, apesar do ângulo absurdo em que se encontrava, por causa da gravata que Brad lhe aplicara – EU TE AMO. – Brad soltou-o abruptamente, revoltada com o que ele dissera. Luke saiu tropeçando pelo chão.

Eu não podia acreditar no que tinha ouvido, mas, por outro lado, podia. Afinal, eu o amava.

– Diz de novo – pedi, com a voz trêmula, ao que ele se punha de pé, cambaleante.

– Eu te amo – berrou, eufórico, abrindo os braços num gesto suplicante, – Você é linda, fantástica e eu não consigo tirar você da cabeça.

– Também amo você – disse eu, de uma vez só.

– A gente pode se acertar – disse ele, olhando lá de baixo para mim. – Vou voltar para a Irlanda e arranjar um emprego. A gente já foi feliz uma vez, e pode ser mais feliz ainda agora.

Todas as outras garotas tinham saído dos seus quartos, algumas de camisola.

– É isso aí, Rachel – disse uma delas.

– Se ela não te quiser, eu quero – gritou a texana Wanda para Luke.

– Eu te amo – ele voltou a dizer, avançando pelas escadas.

Houve uma explosão de palmas e vivas, com um ou dois gritinhos de quebra.

– E eu te amo – murmurei, parada diante da minha porta, vendo-o se aproximar.

Ele despontou no mezanino. As garotas correram de volta para seus quartos quando ele passou, tornando a sair logo em seguida para admirar sua bunda.

– Rachel – disse ele, quando finalmente me alcançou. Para minha incredulidade, vi Luke se pôr de joelhos. As meninas foram ao delírio! Ele tomou minha mão. – Será – perguntou, olhando no fundo dos meus olhos – que uma trepada está fora de cogitação?

fim

Nota da autora

O Claustro não existe. Há vários centros de reabilitação em todo o mundo que oferecem tratamento para dependentes. As condições de vida, os métodos terapêuticos e o tipo de psicoterapia empregado variam de um estabelecimento para o outro. Alguns são mais severos do que o Claustro, outros mais brandos. Na realidade, alguns *têm* mesmo banheiras de hidromassagem!

Durante minha pesquisa, o único denominador comum que encontrei foi a recomendação de que todos os dependentes em recuperação frequentassem a reunião do grupo de "Anônimos" pertinente ao seu caso. Sendo assim, achei necessário mencionar que Rachel frequenta as reuniões dos Narcóticos Anônimos, ao mesmo tempo tendo o cuidado de preservar o caráter confidencial das reuniões.

EDIÇÕES
BestBolso

Este livro foi composto na tipologia Minion, em corpo 10/12,5, e impresso em papel off-set 56g/m² no Sistema Cameron da Divisão Gráfica da Distribuidora Record.